Kylie Kaden

Der Sommer mit Kate

Roman

Aus dem australischen Englisch
von Uta Hege

Ullstein

Besuchen Sie uns im Internet:
www.ullstein-taschenbuch.de

MIX
Papier aus verantwortungsvollen Quellen
FSC® C083411
FSC
www.fsc.org

Deutsche Erstausgabe im Ullstein Taschenbuch
1. Auflage Mai 2015
2. Auflage 2015

Titel der Originalausgabe: *Losing Kate* (Bantam Books,
Random House Australia, Sydney)
Umschlaggestaltung: ZERO Werbeagentur, München
Titelabbildung: Fine Pic®, München
Satz: Pinkuin Satz und Datentechnik, Berlin
Gesetzt aus der ITC Galliard/Optima
Druck und Bindearbeiten: CPI books GmbH, Leck
Printed in Germany
ISBN 978-3-548-28663-1

Für meine Mutter,
die immer an mich geglaubt hat.

实 ist das Kanji-Symbol für Wahrheit.

1

Ausgerechnet du

Ich erkenne ihn an seinem Nacken. Ich habe diesen Nacken im Lauf der Jahre oft genug gesehen. Vom Rücksitz unseres Wagens aus und während der Doppelstunden Bio, in denen er immer direkt vor mir saß. Sein Hals ist breit und muskulös und weist seitlich zwei fast schwarze Sommersprossen auf.

Und jetzt taucht er mit einem Mal in meinem Garten auf. Ich weiß, dass er es ist, weil sein Haar in Höhe des Genicks so seltsam absteht. Und weil sich mein Magen urplötzlich zusammenzieht. Wie durch einen Tunnel sehe ich in der Menschenmenge plötzlich nur noch ihn. Meine Kehle ist wie zugeschnürt, weil er sich unerwartet umdrehen und in meine Richtung sehen könnte. Ich sitze in der Falle.

Jack ist wieder da.

Heute findet die Versteigerung des Nachbargrundstücks statt. Potentielle Käufer drängen sich wie eine Schafherde unter dem alten Gummibaum. Die wenigen echten Interessenten sind an den nervösen Blicken und den Plastikschildchen zu erkennen, und ich frage mich, wer wohl mein neuer Nachbar wird. Auf der Straße rauschen ungewöhnlich viele Autos dicht an uns vorbei. Meine Nachbarin zur anderen Seite, Meg, fordert mich

auf, dieses Spektakel zu genießen. Sie hat ihre Jungs im Schlepptau und eine Riesenschüssel Popcorn für uns alle mitgebacht. Also habe ich auf meiner hinteren Veranda ein paar Stühle aufgestellt und würde sogar so weit gehen zu behaupten, dass das ungewohnte Treiben in unserer normalerweise eher ruhigen Gegend bis vor zwei Minuten wirklich einen hohen Unterhaltungswert hatte – nur dass eben jetzt Jacks Nacken mein Vergnügen trübt.

Seit ich dieses Haus gekauft habe, hat mich irgendetwas an dem leeren Nachbargrundstück – diesem Streifen ameisenverseuchten Zyperngrases – gestört. Ich habe oft zur abendlichen Weinstunde hinter dem Haus gesessen, auf das Stückchen Land geschaut und mich gefragt, wer es wohl einmal kaufen würde. Ein Bauunternehmer, um dort eine kleine Streichholzschachtel draufzusetzen, weil sich damit bei den momentanen Immobilienpreisen sicher ein Gewinn erzielen ließe? Ein verrücktes altes Hippieweib, von dem ich lernen würde, wie man Tabak kaut und bunte, surreale Bilder malt? Die Leere dieses Grundstücks und die Ungewissheit, was mal daraus würde, haben die ganze Zeit an mir genagt. Doch damit ist es ja nun bald vorbei.

Der Auktionator, der in seinem Anzug schwitzt, klärt die Interessenten pflichtschuldig darüber auf, dass abgegebene Gebote nicht mehr rückgängig zu machen sind, und fügt, um Zauderer dazu zu bringen, trotzdem mitzubieten, in beinahe strengem Ton hinzu: »Aber, meine Damen und meine Herren, dieses Grundstück wird heute auf jeden Fall verkauft!«

Zunächst bleibt alles still, doch irgendwann geben zwei Frauen die ersten Angebote ab, und ich vergesse

kurzfristig, Jacks Nacken anzustarren. Schließlich aber lenke ich den Blick zurück auf ihn und studiere eingehend seine Haltung und die Art, wie er sich bewegt. Ich überlege kurz, ob ich ins Haus flüchten und mich verstecken soll, kann mich aber vor lauter Angst nicht rühren, und so kauere ich weiter hinter dem Verandapfosten, wo ich halbwegs sicher bin. Ich mache mich so klein wie möglich, doch mein Hals ist wie zugeschnürt, so dass mir wahrscheinlich bald die Luft ausgeht.

Und dann dreht er sich um, und ich kann sein Profil und seine kantigen Wangenknochen sehen.

Jack löst sich aus der Menge der ernsthaften Bieter und verfolgt ein Kind, das sich heimlich davongestohlen hat. Einen kleinen Kerl mit einer Baseballkappe, der versucht, den Ball, den er in seinen Händen hält, für Megs Hund zwischen den Zaunlatten hindurchzuschieben, was ihm aber nicht gelingt. Als Jack sich vor den kleinen Jungen hockt, erkenne ich den Mann, der er geworden ist, und zucke innerlich zusammen. Er hat erschreckend breite Schultern und angenehm gebräunte, muskulöse Waden, über denen eine khakifarbene Cargohose sitzt, die seinen straffen Hintern vorteilhaft betont. Auf dem dunklen, leicht gewellten Haar steckt eine schicke Sonnenbrille. Ein durch und durch erwachsener Mann, der nur für mich in all den Jahren immer siebzehn geblieben ist.

Meg, die gerade klebrige Orangenstücke in den Mund ihres Jüngsten schiebt, stößt mich mit dem Ellenbogen an. »Sahneschnittchen auf drei Uhr. Los, mach dich an ihn ran. Meine beste Freundin soll schließlich nicht bis an ihr Lebensende Single bleiben«, flüstert sie mir mit verschwörerischer Stimme zu.

»Ihr Glucken seid einfach alle gleich«, antworte ich.

Weil Meg ständig versucht, mich für den Pärchenklub zu rekrutieren – der mit dem Klub der selbstzufriedenen Mütter eng verbandelt ist. »Außerdem bietet er nicht mal mit.« Ich lasse mir nicht anmerken, dass ich ihn kenne. Er ist bestimmt gleich wieder weg, und dann brauche ich an der Geschichte nicht zu rühren.

Mit dieser Hoffnung sehe ich erneut in seine Richtung. Während er zugleich in meine Richtung blickt.

Er reißt die Augen auf, und ich erkenne, dass er mit den Lippen meinen Namen formt.

»Fray?«

Er hat mich entdeckt, und ich höre, wie das Blut in meinen Ohren rauscht. Ich klettere von meinem Liegestuhl. Das ist der reinste Wahnsinn. Er ist schon vor Jahren von hier weggezogen. Aber er ist es, daran gibt es keinen Zweifel. Meg zieht die Brauen hoch, als er in unsere Richtung kommt, und fragt erstaunt: »Du *kennst* den Typ?«

»Jack?« Ich tue möglichst überrascht und schirme meine Augen mit der Hand gegen die Sonne ab. »Du bist wieder in Brisbane?« Während der Auktionator etwas brüllt, trete ich zu ihm an den Zaun.

Er nickt. »Ich fand, es wäre langsam an der Zeit.« Er sieht mir forschend ins Gesicht. Wahrscheinlich ist es längst nicht mehr so glatt wie beim letzten Mal, als wir uns gesehen haben. Dann lenkt er seinen Blick auf die Veranda, wo mein Hund von Meg und ihrer Brut mit Popcorn und Orangenbrei gefüttert wird.

»Wie? Ist das hier etwa dein Haus?«, fragt er mich und reißt die Augen noch ein bisschen weiter auf.

»Yep – ich habe es vor ein paar Monaten gekauft.« Unglücklicherweise sieht es noch beinah genauso baufäl-

lig wie damals aus. Trotzdem liebe ich jeden einzelnen urigen Zentimeter meines Heims. »Die Pfähle wurden gerade erst erneuert, und wenn du genau hinschaust, kannst du sehen, dass es kerzengerade steht. Allerdings wurden die Risse noch nicht ordentlich verputzt, deshalb sieht es teilweise noch ein bisschen schäbig aus.«

Er zuckt zusammen. »Wohnst du etwa hier?«

Ich sehe mich gezwungen, mein Haus zu verteidigen, als wäre es ein missratenes Kind. »Es ist zwar kein Palast, aber ich fühle mich hier trotzdem wohl.«

Er schüttelt den Kopf und setzt ein etwas schiefes Lächeln auf. »Nein, das ist es nicht, es ist …« Doch plötzlich hellt sich seine Miene auf, und er scheint sich zu entspannen. »Es ist einfach seltsam, dass du hier bist.«

Blitzmerker. Da könnte ich ja wohl dasselbe sagen. Vor allem, weil ich im Gegensatz zu dir nie von hier abgehauen bin.

In diesem Augenblick kommt laut brüllend einer der Söhne meiner Freundin angesprungen, und während der Auktionator stirnrunzelnd in seine Richtung sieht, bemüht sich Meg verzweifelt, ihn dazu zu bringen, dass er etwas leiser ist.

»Und die gehören alle dir?«, fragt Jack, wobei er auf die Kinder meiner Freundin zeigt.

»Nein, nein, sie wohnen nebenan. Hier wohne nur ich. Das heißt, ich und Bear, mein Hund.« Mir wird klar, dass Meg und ich wahrscheinlich wie ein nettes Lesbenpaar aussehen.

Jack nickt und stößt ein leises Schnauben aus. Plötzlich aber starrt er mich aus ungläubig zusammengekniffenen Augen an. Was mich in höchstem Maß verwirrt.

Dass aber auch ausgerechnet *wir* inmitten dieses Meeres aus Gesichtern zusammengestoßen sind …

»Sieh dich nur an, Francesca Hudson. Du bist jetzt eine erwachsene Frau.« Er löst seinen Blick noch immer nicht von mir, und ich spüre eine heiße Röte im Gesicht. Ich nehme an, dass ich erwachsen bin. Schließlich gehe ich inzwischen auf die dreißig zu. Mein kastanienroter Zopf weist neuerdings einige Strähnchen auf, aber ich fühle mich noch immer wie das zwölfjährige Mädchen, das auf Jacks Gepäckträger mitfahren und dabei selbst aufgenommene Kassetten auf seinem Walkman hören durfte. Ich kann tatsächlich immer noch die bunten Plastikperlen an den Speichen seines Fahrrads hören, deren Klappern noch lauter war als die Musik in meinen Ohren.

»Ich hoffe nur, ich halte dich jetzt nicht vom Bieten ab«, stelle ich lachend fest, und er kratzt sich am Kopf.

»Eh, nein, mich nicht.«

Meine Anspannung nimmt etwas ab. »Puh, das wäre auch echt unheimlich«, sage ich ein wenig spöttisch und lache schnaubend auf. Dann beuge ich mich zu ihm vor und flüstere ihm zu: »Außerdem verwandelt sich die Straße schon beim kleinsten Regenschauer in einen Sumpf …«

»Ach ja?« In seiner Wange taucht ein Grübchen auf. Dann ist er plötzlich wieder abgelenkt und sieht sich suchend nach dem kleinen Jungen um, der immer noch mit seinem Ball vor dem Zaun zu meinem Grundstück sitzt und Bear betrachtet. Ich nutze die Gelegenheit und mustere Jack eingehend. Er trägt jetzt Markenkleidung, die zu allem Überfluss auch noch gebügelt ist, und seine Haare sind ein wenig länger, sorgfältig geschnit-

ten und gekämmt. Doch obwohl er keine fettglänzende Stirn mehr hat und keine schlabberigen Jeanshemden mehr trägt, ist er immer noch der alte Jack, der zu den schmuddeligen Klängen von *Nirvana* noch spätabends neben mir in seinem Zimmer auf dem staubbedeckten Fußboden gesessen hat. Wir haben meist irgendwelchen hochfliegenden Träumen nachgehangen und Weltverbesserungspläne geschmiedet. Er lenkt seinen Blick zurück auf mich. »Also, wie geht es dir?« Bei dieser Frage muss er sichtlich schlucken und fummelt nervös mit einer Hand an seinem Hemdkragen herum.

Was soll ich dazu sagen? Nachdem ich ihn dreizehn Jahre nicht gesehen habe und nach allem, was damals geschehen ist.

Plötzlich schreit der Auktionator in sein Megaphon: »Zum Ersten, zum Zweiten und zum Dritten! Damit geht das Grundstück an die Dame ganz in Schwarz.« Die anderen klatschen halbherzig, bevor die Menge auseinandergeht und eine blonde Frau in schwarzem Leinenhemd und schwarzen Leggins zum Verkaufstisch geht. Sie ist tadellos frisiert, makellos gekleidet und sportlich – also das genaue Gegenteil von mir. Ich blicke auf die Schokoladenflecken, die auf meiner Jogginghose prangen, und bin mir nicht sicher, ob der Funke zwischen mir und dieser Fitnessstudiobarbie jemals überspringen wird. Trotzdem hat nun einmal sie und kein verrücktes Hippieweib das Grundstück nebenan gekauft.

Meg gibt mir mit ihrem seitlich ausgestreckten Daumen zu verstehen, dass sie nach Hause geht, und sammelt ihren Nachwuchs ein.

»Dann bist du also hier, weil du den Markt sondieren willst?«, konzentriere ich mich wieder auf das Zweier-

klassentreffen meines Jahrgangs, das sich ganz spontan aus der Versteigerung ergeben hat.

Jacks graue Augen werden schmal, und auch sein Mund bildet plötzlich einen dünnen Strich. »Nicht ganz …«

Wieder schweift mein Blick zur Käuferin des Nachbargrundstücks. Sie steht noch immer neben dem Verkäufer, sieht sich aber suchend in der Menge um.

Jack folgt meinem Blick, und auf einmal verzieht die Frau in Schwarz den Mund zu einem Lächeln und winkt meinem Freund aus Kindertagen fröhlich zu.

Mir klappt die Kinnlade herunter.

Hat er etwa irgendwas mit dieser Frau zu tun?

In diesem Augenblick entdeckt ihn auch der kleine Junge mit der Baseballkappe und kommt fröhlich angerannt. »Daddy!«, zwitschert er in Höhe meines Knies. »Da ist ein Hund. Er hat mich abgeleckt.«

Daddy?

Plötzlich taucht auch Fitnessstudiobarbie bei uns auf und schlingt Jack die Arme um den Hals. Sie wirkt genervt. »Da bist du ja. Ich habe dich schon überall gesucht.«

Er erwidert ihre Umarmung und sagt entschuldigend: »Ich wollte nicht, dass Oli dir im Weg ist.«

Am liebsten würde ich mich so schnell wie möglich aus dem Staub machen, doch vor lauter Schreck bin ich vorübergehend wie gelähmt. Wie eine Fliege in dem Augenblick, bevor die Fliegenklatsche auf sie niedersaust.

»Das ist toll, Sara«, freut sich Jack. »Wir haben es bekommen.«

»Ich kann es noch gar nicht glauben!« Sie strahlt wie

ein Honigkuchenpferd, als sich die Aufregung des Bietens legt. »Und für weniger, als wir erwartet haben!«

Dann bemerkt sie, dass ich immer noch verlegen an dem Maschendrahtzaun stehe, der mein Grundstück von dem ihren trennt. Sie richtet sich zu ihrer ganzen Größe auf und unterzieht erst mich und danach meine armselige Hütte einer eingehenden Prüfung. »Wie ich sehe, hat Jack keine Zeit verloren und sich schon mit der Nachbarschaft bekannt gemacht.« Sie reicht mir die Hand, und noch während ich das Klirren ihrer Armreifen vernehme, wende ich mich abermals an Jack.

Doch er sieht eilig fort.

Warum stellt er mich der Frau nicht vor?

Es bringt mich vollends aus der Fassung, dass er dort steht und kein Wort sagt. Was zum Teufel spielt er für ein Spiel?

Die Chance zu sagen: ›Sara, Frankie. Frankie, Sara‹ ist vertan. Hat sich zusammen mit der Menschenmenge aufgelöst.

Saras Blicke huschen zwischen mir und Jack hin und her, während sie gleichzeitig einen gebräunten Arm um seine Taille schlingt. Denn auch wenn sie vielleicht blond ist, ist sie offenkundig alles andere als blöd. Wahrscheinlich fürchtet sie, die Spannung zwischen uns könnte zu einem heißen One-Night-Stand oder vielleicht sogar einer Affäre führen. Nur, dass es leider noch viel komplizierter ist.

»Hmmm, ich bin Frankie«, murmele ich also, bevor die Spannung unerträglich wird. »Und ich lebe wirklich in der Bruchbude, die Sie hinter mir sehen.« Endlich denke ich wieder daran zu atmen und ergreife ihre Hand. Ihre Haut ist seidig weich. Plötzlich nehme ich

die Farbe unter meinen Fingernägeln und die Farbflecke auf meinen Kleidern überdeutlich wahr. Wahrscheinlich weise ich Proben von allen Farben, die ich auf die Außenwände meines Häuschens aufgetragen habe, irgendwo am Körper und an meiner Garderobe auf.

»Nun, dann sind wir, wie es aussieht, wohl ab jetzt Nachbarn. Ich bin Sara. Nett, Sie kennengelernt zu haben.« Ihre Miene steht in deutlichem Kontrast zu ihren Worten, während sie sich zwischen mich und ihren Liebsten schiebt. Ich überlege, ob es ihr inzwischen wohl leidtut, dass sie bei der Auktion erfolgreich war.

Doch noch während ich mich selber frage, was zum Teufel all das zu bedeuten hat, spricht Sara bereits weiter und ist schon nach ein paar Sätzen wieder gut gelaunt.

»Wir haben das Haus, das wir hier aufstellen lassen wollen, schon ausgesucht.« Sie redet immer weiter. Über Umzüge, die letzte Grundstücksteilung, die sie vorgenommen haben, und das viele Geld, das sich damit verdienen ließ.

»Dann bist du also in der Immobilienbranche, Jack?«, erkundige ich mich, als ich endlich ein Wort dazwischenkriege, auch wenn ich noch immer nicht verstehe, weshalb diese Frau nicht wissen darf, dass Jack und ich uns eben nicht zum ersten Mal begegnet sind.

»Eigentlich nicht. So etwas mache ich nur nebenher. Ich leite ein Restaurant – das *Duck Duck Pig* am Fluss. Vielleicht hast du davon ja schon mal gehört.«

Ich nicke und versuche, mir nicht anmerken zu lassen, dass meine Ernährung hauptsächlich aus dem Inhalt diverser Konservendosen besteht. Das braucht er schließlich nicht zu wissen. »Ich kenne mich am Fluss nicht besonders gut aus, ich arbeite am anderen Ende der Stadt.«

»Und was genau arbeitest du?«, fragt Jack mich stirnrunzelnd.

»Ich bin Sozialarbeiterin im Krankenhaus.«

Mit genau demselben mitleidigen Nicken hat er mich auch früher oft bedacht. Ja, genau, ich bin ein Gutmensch, Jack. Und jetzt setzen die Violinen ein.

Zum letzten Mal haben wir uns vor einer halben Ewigkeit an einem Strand über unsere Zukunftspläne ausgetauscht. An dem Tag, der unser Leben ein für alle Mal verändert hat.

»Vielleicht könnte man sagen, dass auch Sara im Gesundheitswesen tätig ist.« Jack zieht seine Sonnenbrille aus den Haaren vor die Augen. »Sie ist Pharmareferentin.«

Macht sie das zu einer Drogendealerin? Vielleicht kann sie mir ja ein paar Proben gegen Sodbrennen überlassen, weil mir dieser ganze Zirkus langsam, aber sicher auf den Magen schlägt.

»Wobei man unsere Jobs wohl kaum vergleichen kann, mein Schatz«, lacht sie und legt ihm die Hand auf die Schulter. Sie nutzt jede Gelegenheit, den Mann erneut mit einem Teil ihres Körpers zu umschlingen. »Und, Frankie, wie lange wohnen Sie schon hier?«

»Seit ungefähr sechs Monaten.« Ich werfe einen Blick auf mein bescheidenes Häuschen mit der abblätternden Farbe und dem rostzerfressenen Dach. »Aber keine Angst, ich bin gerade dabei, das Haus zu renovieren – deshalb auch die Farbe.« Ich berühre mein Gesicht, spüre dort trockene Flecken *Winterweiß* und kann mir lebhaft vorstellen, dass Sara mich mit meinen Farb- und Schokoladenflecken für genauso ungepflegt wie meine Bleibe hält. Und tatsächlich sieht sie wieder eilig dorthin, wo der Auktionator steht.

»Oh, sie sind anscheinend fertig. Also gehe ich wohl besser rüber und werfe unser Geld mit nur einer Unterschrift diesen Leuten in den Rachen!« Sie wendet sich zu Jack: »Kommst du?«, fragt sie.

Jack versucht, das Kind von meinem Hund zu trennen. »Sicher, bin in zwei Sekunden da.«

Saras Miene wird zu Stein, und sie verschränkt erbost die Arme vor der Brust.

»Ich bringe Oli sofort zu dir rüber. Geh du einfach schon mal vor, und lass ihn noch kurz spielen, ja? Er wäre dir doch sicher nur im Weg.«

Was sie zu überzeugen scheint, weil sie sich endlich in Bewegung setzt.

Jack starrt vor sich auf den Boden, weil er offenbar die Hoffnung hat, dass dort zwischen den Grashalmen die Lösung unseres Problems zu finden ist. »Wie soll das funktionieren, Fray?«

Wie schon früher redet er nicht lange um den heißen Brei herum, und ebenfalls wie früher bringt er mich auf diese Weise aus der Fassung. Denn ich spreche, ganz egal, um welche Probleme es sich handelt, nur sehr ungern darüber.

Ja genau, wie soll das funktionieren? *Wenn ich nicht mein Haus wieder verkaufen, meine Siebensachen packen und so schnell es geht von hier verschwinden will …*

»Die Situation ist wirklich seltsam, Jack.«

Als er mich ansieht, weiß ich, dass er weiß, was ich ihm damit sagen will. »Länger als ein halbes Jahr sind wir bestimmt nicht hier. Wir stellen das Haus auf, bringen es auf Vordermann und verkaufen es dann weiter. Hoffentlich mit Gewinn.«

Dann steht mein Strafmaß also fest. Er ist wieder Teil

meines Lebens, und zwar mindestens bis Weihnachten, ob ich es möchte oder nicht. Ich denke an den Grund, aus dem er damals über Nacht verschwunden ist. An den Medienrummel und die Polizei. Das war vor einer halben Ewigkeit, doch jedes noch so winzige Detail der grauenhaften Nacht am Strand hat sich mir für alle Zeiten eingeprägt.

Was er, das heißt, was *wir* verbrochen haben, hat mich über all die Zeit hinweg verfolgt.

Und jetzt ist mein Komplize plötzlich wieder da und zieht direkt ins Nachbarhaus.

2

Der Anfang vom Ende

Cooloola Nationalpark, Südost-Queensland
18. November 2000, 23.00 Uhr

Das Licht der Scheinwerfer kommt näher, und noch während ich versuche, meinen Atem zu beruhigen, gehen mir die Geschehnisse des Abends blitzartig durch den Kopf.

Ein menschenleerer Strand. Ein verschwundenes Mädchen. Ihr entnervter Freund. Jack steckt bis zur Unterlippe in der Scheiße, wenn sie nicht bald gefunden wird.

»Es ist der Ranger!« Dan zeigt Richtung Strand und holt mich zurück in die Gegenwart.

Er und sein Kumpel springen auf, rennen dem Gefährt entgegen, und während die beiden Lichtkegel auf ihre blassen Gesichter fallen, steht Jack auf, um ihnen nachzulaufen – doch ich packe ihn am Ärmel und halte ihn zurück.

»Jack, wir müssen uns überlegen, was wir sagen!«

Er macht einen Satz zurück. »Überlegen, was wir sagen? Da gibt es nichts zu überlegen, Fray. Ich habe dir doch schon gesagt, ich habe ihr kein Haar gekrümmt.« Er fährt sich mit den Fingern durch sein wild zerzaustes Haar. »Wir müssen nur die Wahrheit sagen, weiter nichts.« Dieser verdammte Narr hat einfach keinen Selbsterhaltungstrieb. Auch im Skaterpark, wenn er ganz oben auf der Halfpipe steht, hat er nie auch nur einen Hauch von Angst.

»Die Wahrheit?«, frage ich mit schriller Stimme. Als ich ihn anschubse, stolpert er rückwärts, bohrt aber noch rechtzeitig, bevor er fällt, die Fersen seiner nackten Füße in den Sand. Ich laufe auf ihn zu, aber mit jedem Schritt, den ich in seine Richtung mache, weicht er einen Schritt vor mir zurück. »Was? Dass du sie loswerden wolltest und dass sie genau in dem Moment verschwunden ist? Hast du den Verstand verloren? Merkst du denn nicht, wie das aussieht? Du warst der Letzte, der mit ihr zusammen war.« Ich pikse ihm mit einem Finger in die Brust. »Du hast dich mit ihr gestritten, und als du zurückkamst, warst du kreidebleich, klitschnass und …« Wie aufs Stichwort fließt ein dünnes rotes Rinnsal über seinen Hals und bildet eine kleine Pfütze in der Kuhle über seinem Schlüsselbein.

»Du blutest, Jack.« Ich kann die weißen Kratzer links und rechts von der schmalen Wunde überdeutlich sehen. Es sind Spuren von Fingernägeln.

Jack greift sich an den Hals und ertastet dort das triefende, feuchte Blut. Er erbleicht, und es sieht aus, als denke er daran zurück, wie er zu dieser Verletzung gekommen ist. Offenbar begreift endlich auch er, was das bedeuten könnte. Mein Magen zieht sich vor lauter Furcht zusammen.

Angst liegt in der Luft. Ich verschränke die Arme vor der Brust. »Niemand kennt die Fakten außer dir und mir.«

Inzwischen ist auch ihm die zunehmende Panik deutlich anzusehen. Trotzdem schüttelt er den Kopf und sieht mich durchdringend aus seinen schiefergrauen Augen an. »Was willst du damit sagen? Ich weiß, was du denkst, aber trotzdem kannst du ruhig die Wahrheit sagen. Ich habe nichts verbrochen.« Jack macht eine abschließende Handbewegung, aber sein Gesicht macht deutlich, dass er diese Worte selbst nicht wirklich glaubt.

Matt und Dan winken den Ranger dorthin, wo wir beide stehen. Mein Herz fängt an zu rasen, aber Jack bleibt völlig ruhig. Oder er hat inzwischen resigniert.

»Keine Lügen. Sag ihnen die Wahrheit, Frankie. Mir wird schon nichts geschehen.« Und mit ruhiger, aber eindringlicher Stimme fügt er noch hinzu: »Ich habe sie nicht angerührt. Ich fühle mich beschissen, weil ich das getan habe, aber sie wusste schon die ganze Zeit, dass das passieren würde. Sie wusste es. Und ein Verbrechen war das schließlich nicht.«

Über dem Tosen der Brandung höre ich das Dröhnen eines Motors, und dann taucht der weiße Allradwagen oben auf der Düne auf.

Mein Herz wird schwer. Mir kommt es so vor, als sei es auch meine Schuld, dass sie verschwunden ist. Hat er es vielleicht für mich getan? Wir haben zwar nie darüber gesprochen, aber schon seit Monaten darüber nachgedacht.

Aber plötzlich ist in meinem Kopf kein Platz mehr für seine Probleme. Weil ich außer an die Angst, die ich empfinde, an nichts anderes mehr denken kann, als sich ein Mann im Khakihemd aus dem Geländewagen lehnt.

Wir reden alle durcheinander, und der Ranger hebt die Hände, weil er so beim besten Willen nichts versteht. »Also bitte. Immer mit der Ruhe, Kinder. Ich bin gerade auf dem Heimweg, und als ihr gewunken habt, dachte ich, die Batterie von eurem Wagen hätte vielleicht schlappgemacht. Ist alles klar bei euch?« Jetzt steigt er aus und zieht erst einmal seine Hose richtig hoch. »Was ist das für ein Gerede, dass jemand verschwunden ist?«

Jack hat bisher keinen Ton gesagt. Deshalb ergreife ich das Wort und sage: »Unsere Freundin Kate … Kate Shepherd. Sie ist siebzehn Jahre alt und schon den ganzen Abend weg. Sie

wollte spazieren gehen, und als sie nicht zurückkam, haben wir nach ihr gesucht und das hier ...« Eilig halte ich dem Mann ein achtlos weggeworfenes pinkfarbenes T-Shirt hin. »... ein gutes Stück von hier entfernt in einer Düne liegen sehen.«

Übelkeit steigt in mir auf, und Bilder unserer Suche gehen mir durch den Kopf. Das T-Shirt lag zerknüllt inmitten einer Reihe wirrer Fußabdrücke auf dem Sand. Doch eine andere Spur des Mädchens, das immer überall sofort auffiel, haben wir nicht entdeckt. Als hätte sich die Erde aufgetan und sie einfach verschluckt.

Anfangs versteht der Ranger unsere Sorge nicht. Er versucht, uns zu beruhigen, fragt nach Kates Adresse und verspricht, dass er den Kapitän der Fähre nach ihr fragen wird. Außerdem will er ein Foto von ihr haben, vielleicht das aus ihrem Schülerausweis, der doch sicher in dem Geldbeutel in ihrem Rucksack steckt.

Mit zitternden Händen öffnet Jack sein eigenes Portemonnaie. »Hier, das ist noch ziemlich neu.«

Ich kenne dieses Bild sehr gut. Und kann mich noch genau an jeden Augenblick des Tages erinnern, an dem es entstanden ist. Wir alle – ich, Jack und Kate – sind auf dem Bild zu sehen. Sein Haremfoto hat er diese Aufnahme genannt. Wir haben das Bild in einem Fotoautomaten machen lassen, nachdem wir im Kino waren. In *American Beauty*, einem Film, der uns richtig naheging. Wir alle haben furchtbare Grimassen vor der Kamera geschnitten und vor lauter Übermut die Zungen bis zum Bauchnabel herausgestreckt. Wir waren außer Rand und Band gewesen vor lauter Glück, einfach weil wir am Leben und zusammen waren. Und drei Monate später nimmt ein Ranger dieses Bild, weil er damit nach unserer Freundin suchen lassen will.

Er sagt uns, dass wir hier bei unseren Zelten bleiben, uns keine Gedanken machen und am besten erst einmal etwas schlafen sollen. Weil sie höchstwahrscheinlich morgen früh von selbst auftauchen wird.

Was ich ihm glauben will. Doch als die gelben Lichter seines Wagens immer kleiner werden, schwindet meine Hoffnung vollends. Weil der Ranger mit dem T-Shirt und dem Bild auch noch die letzten Dinge, die wir von ihr hatten, mitgenommen hat.

3

Haus auf Rädern

Zwei muskelbepackte Kerle, deren dicke Trageriemen wie zwei Sprengstoffgürtel aussehen, steigen auf die Laderampe des riesigen Umzugswagens und befreien die Möbelstücke, die mit breiten Gurten festgebunden sind – so wie Megs Kinder in den Kindersitzen auf der Rückbank ihres Wagens. Jacks und Fitnessstudiobarbies Nachkriegsheim wurde schon Wochen vorher in zwei Hälften geliefert und ragt neben meinem kleinen Haus wie ein Gigant auf Stelzen auf. Die beiden Hälften wurden so verbunden, dass das Alte und das Neue nahtlos ineinander übergehen. Ich habe mitverfolgt, wie es Gestalt annahm, und konnte trotzdem immer noch nicht glauben, dass Jack tatsächlich zurückgekommen ist. Wenn ich jetzt das Nachbarhaus betrachte, kann ich mir fast nicht mehr vorstellen, dass es in der Mitte durchgeschnitten und dann so geschickt wieder verbunden wurde, dass es wieder ganz aussieht. Wobei es diesem Haus ganz ähnlich geht wie mir. Meiner eigenen, ganz privaten Vorortwildnis wurde der Garaus gemacht.

Wenige Minuten nach dem Umzugswagen taucht auch Jacks orangefarbener Subaru auf dem Grundstück auf. Ich will ihnen erst mal ihren Freiraum lassen, aber Bear scheint es da anders zu gehen; vor lauter neuen Bildern und Gerüchen stürzt er bellend aus dem Haus.

Ich muss ihn anbinden, damit die Umzugsleute ihn nicht mit dem Mobiliar zerquetschen, und schleiche ihm möglichst lautlos hinterher.

»Nun komm schon, Bear, du kriegst auch einen feinen Knochen …«

Alle außer meinem Hund drehen sich zu mir um. Na toll.

»Morgen. Sorry, dass mein Hund nicht besser hört«, entschuldige ich mich, ohne jemand Besonderen anzusehen.

Sara, die in pinkfarbenen Leggins, einem weißen Lycrahemd und farblich darauf abgestimmten Joggingschuhen auf der Bildfläche erschienen ist, hält kurz in ihrer Arbeit inne. He, Moment mal, trägt sie etwa Mascara? An einem Umzugstag? Kein Wunder, dass ich selbst noch Single bin. Vielleicht sollte ich mich doch ein bisschen mehr bemühen. Sie hebt einen gebräunten Arm und winkt mir freundlich zu. Ich packe Bear am Genick, zerre ihn zurück auf meine Seite, werfe ihn ins Haus und knalle kurzerhand die Tür hinter ihm zu. Wimmernd kratzt er am Holz, als Sara näher kommt.

»Hi, Frankie. Wir haben uns auf der Auktion kennengelernt. Vor einem Monat oder so«, ruft sie mir in Erinnerung. Dabei leidet Jack an Amnesie, nicht ich. Doch obwohl ich seither schon ein paarmal mitbekommen habe, wenn sie ganz geschäftig hier erschienen war, habe ich immer so getan, als wäre ich nicht da. Weil ich die Frau von Jack ganz sicher nicht als Freundin brauchen kann.

Aber trotzdem ist sie meine neue Nachbarin, und wie bei uns üblich wähle ich deshalb bei meiner Antwort das vertraute »Du«, denn sie zu siezen wäre ein Affront. »Dann

seid ihr also jetzt da, mit eurem Haus und allem Drum und Dran.« Bisher dachte ich, nur Schnecken schleppen ihr Zuhause stets mit sich herum. Als sie eine Braue hochzieht, wird mir klar, dass mir die mangelnde Begeisterung anscheinend deutlich anzuhören war. Nur, dass ich meine Emotionen einfach nicht verbergen kann. Deshalb bin ich auch beim Poker ein so hoffnungsloser Fall.

Sie begutachtet das fertige Produkt und erklärt, auf den Plänen für die Position des Hauses sei nicht zu erkennen gewesen, wie nah wir beieinanderwohnen würden, und entschuldigt sich für Lärm und Dreck und andere Störungen, denen ich während ihres Umzugs vielleicht ausgesetzt war. Ich versichere ihr, dass ich problemlos damit klargekommen wäre, auch wenn ich in Wahrheit Mordgedanken gegenüber diesen unmöglichen Kerlen hatte, die für das Zusammenflicken ihrer beiden Haushälften allmorgendlich bereits um sechs erschienen sind. Weil lautstarkes Grölen noch vor Sonnenaufgang einfach nicht so mein Fall ist. Vor allem nicht nach einer Spätschicht, wenn mein Schädel sowieso noch ein paar Stunden brummt, weil die Probleme der Patienten nicht so einfach aus dem Kopf zu kriegen sind.

»Jack hat mir erzählt, dass er dich schon von früher kennt«, sagt Sara, während sie mit ihrem Arm die Umzugshelfer dirigiert. »Weil er mit deinem Bruder in der Schule war.«

Dann hat er also halbwegs reinen Tisch gemacht. Trotzdem hätte ich die Sache vielleicht etwas anders dargestellt. Denn schließlich kenne ich ihn (abgesehen von einer Lücke von knapp dreizehn Jahren) schon seit meinem dritten Lebensjahr.

»Und mit mir«, stelle ich deshalb klar.

Sie dreht sich zu mir um und sieht mich plötzlich unbehaglich an. Nun, zumindest konzentriert sie sich jetzt ganz auf mich.

»Verstehe. Auch wenn es mich ein bisschen überrascht, dass Jack das mit keinem Wort erwähnt hat.« Sie reckt die Nase in die Luft, und ich sehe die Falten, die die sorgsam aufgetragene Grundierung um die Nasenflügel herum hinterlassen hat. Wobei ich mindestens so sauer bin wie sie. Denn es ist völlig daneben, dass Jack unsere Freundschaft verschwiegen hat. Was hat er für ein Bild von uns gezeichnet? Kein allzu akkurates, wie mir scheint.

Dann taucht er plötzlich aus dem Nichts neben uns auf, und ich bin völlig überwältigt von der Frage, was ich sagen und wie ich mich geben soll. Zwar hatte ich ihn dieses Mal erwartet, aber trotzdem flippe ich wie schon bei der Auktion bei seinem Anblick innerlich vollkommen aus.

Er grüßt mich freundlich, wiederholt Saras Bedauern, weil die Handwerker seit Ankunft ihres Hauses meine Ruhe stören, und als er eine Pause macht, um Luft zu holen, nutzt sie die Gelegenheit und fragt: »Dann wart ihr beiden also auch zusammen in der Schule, ja?«

»Das habe ich dir doch erzählt«, erwidert Jack und starrt den Boden an, als zähle er die Ameisen dort.

»Du hast gesagt, es könnte sein, dass vielleicht ihr *Bruder* mit dir in der Schule war«, schnaubt sie und bläht die Nasenflügel auf wie ein Stier.

Jack zuckt mit den Schultern, sagt aber nicht einen Ton. Als sei ich eine vollkommen Fremde, der er vielleicht irgendwann mal zufällig im Gang vor seinem Klassenraum begegnet ist. Ich sehe ihn durchdringend an, doch er weicht meinem Blick nach Kräften aus.

»Jack, willst du sie vielleicht fragen – na, du weißt schon …«, flüstert Sara, während sie ihm einen Ellenbogen in die Rippen rammt.

»Nicht jetzt, Sara, schließlich sind wir gerade erst hier angekommen.« Er rollt mit den Augen, als er merkt, dass er zu laut gesprochen hat.

»Es ist nichts Wichtiges«, sagt er zu mir und funkelt Sara zornig an. »Sara wollte nur darüber sprechen, ob der Zaun vielleicht etwas erhöht und blickdichter gestaltet werden kann.« Er zeigt auf den Maschendrahtzaun, der die Gärten voneinander trennt. »Mit diesem Ding hier kriegt man schließlich alles voneinander mit.«

»Das stimmt …«, gebe ich zu, obwohl ich mir nicht sicher bin, ob ein höherer Zaun mir helfen würde, weil schließlich ihr Haus das meine deutlich überragt.

»So teuer dürfte das nicht werden. Und wenn wir die Kosten teilen, müsste jeder sicher höchstens einen Tausender berappen«, klärt mich Sara auf. Sie ist anscheinend ebenso direkt wie Jack. Redet im Gegensatz zu mir nicht lange um den heißen Brei herum.

Jack sieht Sara aus zusammengekniffenen Augen an. »Ich kann den Zaun auch selbst aufstellen, und das Holz könnten wir auch allein bezahlen. Denn schließlich hat Frankie schon für diesen Zaun bezahlt.«

Sara stößt ihr Oberlehrerinnenschnauben aus. »Ich nehme an, dass du und *Frankie* eine Einigung erzielen werdet. Wie auch hinsichtlich des Mangobaums.«

»Des Mangobaums?«

»Tja, nun, wir hätten es gar nicht erwähnen wollen.« Sara klemmt sich eine blonde Strähne hinters Ohr. »Aber wir hatten zusätzliche Kosten für das Leihen bestimmter Baumaschinen, nur, damit der Baum erhalten bleibt.«

Ich verschränke meine Arme vor der Brust. »Wie bitte?« Ich habe keine Ahnung, was sie meint. »Habt ihr etwa ein Problem mit einem Baum?«

»Nein, nein, dieses Problem haben wir schon gelöst.« Und ohne mir auch nur auf Wiedersehen zu sagen, stapft sie in Richtung Haus.

»Keine Panik, es ist alles gut.« Jack sieht eilig fort, und plötzlich wirkt er wieder wie damals als Kind. Ich weiß, dass er gelogen hat, und schüttle unglücklich den Kopf.

Dann ruft Sara über einem riesigen Karton mit Aufschrift *Küche*: »Liebling, kannst du den mal nehmen? Schließlich haben wir den Umzugswagen nur für einen halben Tag.«

Jack macht einen Schritt auf seine Seite des zu kleinen Zauns und kehrt auf sein Grundstück zurück. Allerdings begegnet er dabei noch einmal meinem Blick, verzieht den Mund zu einem schmalen Lächeln und bewegt so schnell die Hand, dass es fast nicht als Winken zu erkennen ist.

Wie ein abgebrochener Absatz, der auf einer Tanzfläche zurückgelassen wurde, komme ich mir völlig fehl am Platz und irgendwie im Stich gelassen vor. Doch was hatte ich erwartet? Offenbar bin ich inzwischen nur noch eine flüchtige Erinnerung für ihn. Weshalb ein möglichst hoher Zaun oder vielleicht sogar ein Schutzwall zwischen unseren Grundstücken vielleicht durchaus in Ordnung ist.

Sechs Monate. So lange muss ich es ertragen, dass Jack Shaw mein nächster Nachbar ist. Und ich kann nicht gerade behaupten, dass es gut begonnen hat.

***

Am nächsten Tag werde ich wach, als Bear mit der Verteidigung des Grundstücks gegen seine Artgenossen beginnt, die die erste morgendliche Gassirunde drehen. Außerdem klopft irgendjemand an mein Fenster. Wer zum Teufel kann das sein? Meg weiß, dass wir montags nicht spazieren gehen. Müde schließe ich wieder die Augen. Doch es klopft immer weiter, und wie eine furchtbare Migräne steigen hinter meinen Augen plötzlich eine Reihe grauenhafter Bilder auf. Von dem Umzugswagen, der hier gestern ankam, und von meinem neuen Nachbarn, Jackson Shaw. Ich gehe jede Wette ein, dass er dort draußen steht und klopft, während ich noch in meinem Elmo-Nachthemd in den Federn liege, das nicht länger als ein T-Shirt ist, mit Haaren, die so aussehen, als hätte dort ein Vogel genistet. Während Saras Haar wahrscheinlich immer glatt und niemals auch nur ansatzweise struppig ist.

»Scheiße«, sage ich zu Bear, der durch die Katzenklappe in den Garten schießt.

Denn natürlich ist es Jack.

»Hi«, sagt er, als ich den Kopf durch den schmalen Türspalt schiebe. Gestern ist mir gar nicht aufgefallen, dass er inzwischen leicht ergraute Schläfen hat – in dem entsetzlichen Moment, als er mir das Gefühl gegeben hat, dass er mich höchstens flüchtig kennt. Dass ich nicht das Mädchen war, mit dem er splitternackt unter dem Rasensprenger hin- und hergelaufen ist und das er davor bewahrt hat, dass es Ryan Murray küssen musste – einen wirklich widerlichen Kerl.

Er sieht mich aus zusammengekniffenen Augen an und fragt mit einem vorsichtigen Lächeln: »Darf ich reinkommen?«

»Das wäre wohl kaum angemessen.« Ich recke den Kopf, um mich zu vergewissern, dass die Fitnessstudiobarbie, die sich in der Zwischenzeit auch noch als Holzzaunfetischistin und als Baumfeindin geoutet hat, nicht in der Nähe ist. Dann wende ich mich abermals an Jack und stelle eisig fest: »Da ich schließlich nur die Schwester eines Typen bin, mit dem du in der Schule warst.« Er soll nicht glauben, dass er mich einfach einlullen kann und ich dann urplötzlich wieder seine Freundin bin. Dafür ist die Situation einfach zu verfahren.

»Darf ich reinkommen und dir … alles erklären?«, fragt er mich noch einmal. Durch den Türspalt sehe ich den Jungen, der er früher einmal war. Seine großen, runden Augen sehen mich so flehend an wie die eines verlorenen Welpen. Und dieser alte Jack bringt mich noch immer aus der Fassung. Nur hat er inzwischen ein etwas volleres Gesicht und das Schlaksige der Jugend gegen eine offensichtliche Männlichkeit getauscht. Ich hülle mich so fest es geht in meinen Frotteemorgenmantel ein. Ich bin hin- und hergerissen, ob ich ihn reinlassen oder nach Hause schicken soll, und es ist einfach viel zu früh, um so verunsichert zu sein. Weshalb ich dringend Grenzen setzen muss.

»Ich habe Donuts mitgebracht.«

Der Kerl kennt einfach meine Schwachstellen. Mit Donuts hat er mich schon immer rumgekriegt.

Nachdem ich ihm geöffnet habe, unterzieht er mich erst einmal einer eingehenden Musterung und stellt mit einem breiten Grinsen fest: »Elmo? Das ist doch wohl nicht dein Ernst.«

Ich ziehe meinen Morgenmantel über Elmos Grinsen zu. »Doch, das meine ich ernst, genauso ernst, wie du

es gemeint hast, als du mich kurzerhand als flüchtige Bekannte ausgegeben hast.«

»Deshalb habe ich ja auch die Donuts mitgebracht. Die sind noch genauso lecker wie vor all den Jahren.« Er zieht einen der süßen Kringel aus der Tüte, die er in der Hand hält, und beißt einen großen Happen davon ab. »Weißt du noch? Dienstags auf dem Weg zum Sport haben wir immer erst beim Bäcker haltgemacht.«

Jetzt gibt er also plötzlich zu, dass ich nicht nur die Schwester eines Typen bin, mit dem er zur Schule gegangen ist. Auch wenn das immer noch keine Erklärung für sein seltsames Verhalten von gestern ist.

»Falls du dir einbildest, ich würde dir verzeihen, nur, weil du mir Donuts mitbringst, Jack …«

»Ich werde es Sara sagen, Fray. Ich komme mir schon die ganze Zeit wie ein Arschloch vor, weil ich nicht sofort vollkommen ehrlich war. Nur … ich hatte einfach nicht den Mut, sofort etwas zu sagen, und dann habt ihr zwei euch unterhalten, und da war es irgendwie zu spät.« Er hält mir die Tüte hin, und der verführerische Duft von Zimt und Zucker, der mir daraus entgegenweht, lässt meinen Magen knurren. Aber schließlich habe ich ja auch noch nichts im Bauch. Weil niemand, der noch ganz bei Trost ist, schon so früh gefrühstückt hat.

Ich greife in die Tüte und suche mir einen der noch warmen Donuts aus. »Das verstehe ich nicht, Jack. Was ist so schlimm daran, Sara zu sagen, dass wir früher … gute Freunde waren?« Wobei die Pause mehr sagt als tausend Worte.

Jack sieht mich reglos an. »Sie weiß, dass ich dich aus der Schule kenne. Aber da ich ihr von der Sache mit Kate nie was erzählt habe, habe ich ihr auch nie etwas von

dir erzählt.« Unsere beiden Geschichten sind in der Tat recht eng verwoben. Und für Jack war es damals besonders schlimm. Die allgemeine Aufregung und der Verdacht, der gegen ihn gehegt wurde. Doch auch wenn ich das verstehe, kommt der Kerl mir nicht so leicht davon.

»Du bringst mich einfach in eine blöde Lage. Weil ich keine Ahnung habe, wie ich mich verhalten soll und was ich in ihrer Nähe sagen darf. Du weißt genau, dass ich nicht lügen kann.«

»Aber du sollst ja gar nicht lügen, sondern einfach ein paar Dinge nicht erzählen. Du brauchst nichts zu sagen, was nicht stimmt. Das ist deutlich leichter.«

Ich beiße in den Donut und erinnere mich an unseren letzten Streit über das Lügen. Damals hatte ich dafür plädiert, auf keinen Fall die Wahrheit zu sagen. Was, wie ich inzwischen weiß, ein Riesenfehler war.

»Für dich vielleicht.«

»Ja, das macht es mir leichter. Und dir bringt es zumindest frische Donuts ein.«

Ich beiße abermals in das Gebäck. Der Zucker scheint meine Nerven zu beruhigen. Nachdem ich ihn nicht hineinbitte, nimmt er einfach auf der Treppe Platz. Mir fällt auf, dass ich unter der Dusche einen Streifen Haare an der Seite meines linken Beines übersehen habe. Entschlossen ziehe ich den Stoff meines Morgenmantels über diese Stelle.

»Also, weshalb hast du dir ausgerechnet diese Bude ausgesucht? Hast du etwa noch immer eine Vorliebe für hoffnungslose Fälle?« Jack sieht sich auf der verfallenen Veranda meines Hauses um, steht auf und steckt zur Untermalung seiner Worte seinen Zeigefinger durch ein Loch in meinem Dach.

»Wenn ich mich recht entsinne, hast doch wohl eher du immer die Streunerinnen auf der Straße aufgesammelt und mit nach Hause gebracht.«

»Meinst du damit etwa meine Freundinnen?« Er lacht. »Vielleicht waren sie alle etwas durchgeknallt, aber hässlich waren sie auf keinen Fall.«

Mir stockt der Atem.

Durchgeknallt.

Als er merkt, was er gesagt hat, schüttelt er den Kopf, als könne er seine Bemerkung dadurch ausradieren. »Mit diesem Ding hast du dir ganz schön Arbeit aufgehalst.« Er zupft ein bisschen Farbe von der angegrauten Wand und tritt gegen ein gammeliges Brett.

»Vorsicht«, schreie ich, als habe er meinem geliebten Kind eine Ohrfeige verpasst.

»Du musst diese ganze Wand doch sowieso ersetzen, Frankie – weil sie vollkommen verrottet ist.«

Ich rolle mit den Augen. »Das steht schon auf meiner Liste.« Von dem Wellblechdach sind anfangs rote Sturzbäche geflossen, und ein paar der Fensterrahmen waren mit Plastikfolie abgedeckt. Meine Liste ist also recht lang, weshalb die Wand noch etwas halten muss.

Er entspannt sich neben mir. »Musstest du sehr lange suchen, bis du dieses Haus gefunden hast?«

Lachend denke ich daran zurück, wie ich über dieses Haus gestolpert bin. Es war die berühmte Liebe auf den ersten Blick. Das Zu-verkaufen-Schild hing windschief an dem umgekippten Zaun, als ich direkt vor dem Grundstück halten musste, weil in meinem Tank kein Sprit mehr war. »Nee, ich wollte eigentlich nur Kaffee trinken gehen, und dann kam ich mit einem Kaufvertrag zurück.«

»Was, du hast die Hütte einfach auf der Stelle gekauft?«

Ich zucke mit den Achseln. »Tja, ich hätte meinen Hund ganz sicher nicht in irgendeine Wohnung eingesperrt. Und das Häuschen hatte hohe Decken, noch den Originalfußboden, und vor allem mochte ich die Holzwände und dass das Haus in einer ruhigen Straße liegt. Ich hatte vorher schon im Internet gesucht, aber all die Häuser hätte ich mir niemals leisten können, deshalb habe ich gleich zugeschlagen, als ich dieses hier sah.«

Ich erwähne nicht, dass ich zuvor bei Seamus ausgezogen war. Nach dem Vorfall mit der anderen Frau. Dass ich bis zum Einzug in das Haus in meinem Wagen lebte, dass mein Leben grau und trist geworden war und mich die Vorstellung, bis an mein Lebensende jeden Samstag alle Hände voll zu tun zu haben, wahrscheinlich gerettet hat. Diese traurige Geschichte will ich nicht erzählen, weil ich schließlich die Distanz zu meinem Freund aus Kindertagen erst einmal beibehalten will.

Er zieht die Brauen hoch. »Ach ja? Wenn ich mich recht entsinne, hast du fast ein halbes Jahr gebraucht, um dich zu entscheiden, welche Kurse du an der Uni belegen willst.«

»Weshalb am Schluss genau das Richtige dabei herausgekommen ist. Aber genug von mir.« Ich wische Zimt von meinen Fingern ab. »Wie in aller Welt bist du mit einem Mal direkt in meiner Nachbarschaft gelandet, Jack?« Gelegentlich bekomme sogar ich es hin, direkt zu sein.

Er lacht. »Das ist total verrückt, nicht wahr? Ich meine, wie groß war schließlich die Wahrscheinlichkeit, dass ich nach all den Jahren plötzlich wieder Loftys Nachbar würde?«

Der Spitzname Lofty ruft Erinnerungen in mir wach. »So hast du mich seit der achten Klasse schon nicht mehr genannt.«

Plötzlich schlägt mein Magen einen Purzelbaum, denn er sieht mich mit einem wehmütigen Lächeln an. Wir beginnen mit dem altvertrauten Tanz. Das mir selbst gegebene Versprechen, ihn auch weiter auf Distanz zu halten, löst sich unter seinem Blick in Wohlgefallen auf. Weil er Erinnerungen in mir weckt, von denen ich geglaubt hatte, ich hätte sie für alle Zeit verdrängt.

»Ich glaube, es ist nicht unbedingt verrückt, dorthin zurückzukehren, wo man aufgewachsen ist. Und ich schätze, dass man in dieser Gegend kaum noch leere Grundstücke bekommt. Ich weiß nur von einer Handvoll, deswegen ist es vielleicht gar nicht mal so überraschend, dass du plötzlich mein Nachbar bist.«

Er denkt kurz darüber nach und stellt dann naserümpfend fest: »Ich finde trotzdem, dass das völlig irre ist.«

»Und du hast Sara nichts davon erzählt, warum du damals hier verschwunden bist?«, frage ich ihn vorsichtig.

Sein Gesicht wird starr, als er den Kopf schüttelt und vor sich auf den Boden sieht. Ich finde es beunruhigend, dass Sara nichts von alldem weiß, aber ich nehme an, dass das durchaus verständlich ist. Er ist von Brisbane weggezogen, deshalb gibt es uns und alles, was uns zu der Zeit umgeben hat, für ihn nicht mehr. Genau das hatten seine Eltern sich von ihrem Umzug damals schließlich auch erhofft.

»Tee?« Immer, wenn ich nicht weiterweiß, biete ich etwas zu trinken an.

»Gerne, denn bei mir zu Hause dürfte er noch immer

unauffindbar sein. Das ganze Haus ist mit Kisten vollgestellt.«

Ich mache mich auf den Weg in die Küche und hoffe, dass er draußen bleibt. Aber er folgt mir wie ein Schatten, und als er den beigefarbenen Büstenhalter sieht, der auf der Duschstange zum Trocknen hängt, ist mir ganz klar, dass ich puterrot werde – das hätte ich auch ohne meine plötzlich siedend heißen Wangen sagen können.

»Wird es deine Frau nicht seltsam finden, wenn sie merkt, dass du mit reingekommen bist? Schließlich ist sie auch so schon argwöhnisch genug.«

»Sie dreht gerade ihre morgendliche Joggingrunde. Deshalb bleibt mir eine gute Viertelstunde Zeit.«

Ich schüttele den Kopf. »Sie joggt, und gleichzeitig schiebst du dir jede Menge Fett und Zucker rein?«

Als Antwort beißt er abermals von seinem Donut ab. »Sie ist nicht meine Frau«, erklärt er mir mit vollem Mund. Was zeigt, dass seine Manieren noch immer nicht die allerfeinsten sind.

Sie ist nicht seine Frau? Doch irgendwie bin ich nicht wirklich überrascht. Egal, wie ich es drehe oder wende, kann ich mir einfach nicht vorstellen, dass er mit der Fitnessstudiobarbie irgendwann vor den Altar getreten ist. »Oh. Tut mir leid. Ich dachte nur …«

»Tja. Vor ungefähr zwei Jahren habe ich tatsächlich einen Ring für sie gekauft. Nachdem Oli auf die Welt gekommen ist. Ich dachte, falls es ihr gelingt, mir einmal eine ganze Woche lang nicht furchtbar auf den Keks zu gehen, würde ich ihr einen Antrag machen«, klärt er mich mit nachdenklicher Stimme auf.

»Und …?«

Er leckt den Zuckerguss von seinen Fingern ab.

»Schließlich habe ich das Ding verpfändet und mir von dem Geld ein neues Surfbrett zugelegt.« Als sich unsere Blicke treffen, kommt es mir so vor, als hätte ich genau denselben Augenblick schon mal erlebt. Weil er mich immer noch so ansehen kann, als wäre ich für ihn der Mittelpunkt der Welt.

»Und wie ist es dir ergangen, Fray?«, bringt er mich schon wieder aus dem Konzept. »Wie es aussieht, ziemlich gut. Als hättest du dein Leben super im Griff.«

Ich lache innerlich. Denn er hat den Haufen Kleider neben meinem Bett und den mit Papierservietten, Brotkrumen und runzeligen, trockenen Jalapeñoresten übersäten Boden meines Wagens nicht gesehen. Ganz zu schweigen von meinem nur halbenthaarten Bein. Wenn ich, wie er denkt, mein Leben im Griff hätte, sähen diese Dinge sicher anders aus.

Wie es mir ergangen ist? Wann – in dieser Woche, im vergangenen Jahr?

»Es geht mir gut«, erkläre ich und meine es tatsächlich ernst. Diese Antwort ist mein Lackmustest für das Erwachsensein – und wenn ich sie meinem Freund aus Kindertagen gebe, ist sie wahrscheinlich auch wahr. »Vor ein paar Monaten hatte ich eine ziemlich schlechte Phase – eine schwierige Beziehung –, aber das ist jetzt vorbei.« Ich bin schon vor Monaten bei Seamus ausgezogen, doch erst jetzt, nach unseren letzten leicht gestelzten Telefongesprächen, kann ich ehrlich sagen, dass die Sache zwischen uns Geschichte ist.

Als ich hier mit Jack in meiner Küche stehe, liegt zum ersten Mal seit Jahren meine Seele wieder völlig bloß. Dafür habe ich ihn immer schon geliebt und gleichzeitig gehasst. Für die Fähigkeit, mich zu durchschauen

und mich dazu zu bewegen, dass ich völlig ehrlich bin. Manchmal fand ich es entsetzlich, dass er in mir lesen konnte wie in einem offenen Buch, doch danach war mir jedes Mal klarer, wie die Dinge wirklich waren. Er war mein Wahrheitsserum. »Wie du weißt, habe ich nach der Schule angefangen, Jura zu studieren. Aber das war einfach nicht das Richtige für mich. Weil es dabei mehr um Geld als um die Wahrheit geht. Ich wollte den Leuten wirklich helfen können, deshalb habe ich am Schluss Sozialarbeit studiert.«

Wieder schaut Jack mich mitleidig an.

»Ich weiß, das ist nicht gerade glamourös. Alle dachten, dass ich irgendwann als Richterin am Obersten Gerichtshof enden würde. Und am Schluss bin ich in einem Krankenhaus gelandet, obwohl das zuständige Ministerium nicht nur jämmerlich bezahlt, sondern obendrein auch keinen blassen Schimmer von der Organisation unseres Gesundheitswesens hat.«

Er starrt nachdenklich durch meine weißen Jalousien auf das Nachbargrundstück. »Als du mir erzählt hast, was du machst, fand ich, dass das ganz ausgezeichnet zu dir passt. Der Gutmensch Frankie, der die Gebrochenen heilt.«

»Meistens habe ich es mit Junkies und mit jugendlichen Alkoholikern zu tun. Was in höchstem Maße demoralisierend ist.«

Jack sieht mich unter hochgezogenen Brauen an. »Trotzdem ist es seltsam, dich jetzt als erwachsene Frau zu sehen. Obwohl du das irgendwie wahrscheinlich schon immer warst.«

Ich habe das Gefühl, als befände ich mich auf einem Klassentreffen und als urteile dort jemand über mein

Leben, der beim Start in dieses Leben stets an meiner Seite war. Wir haben uns erneut dem Small Talk zugewandt, und ich entspanne mich auf eine Art, wie es mir nur in seiner Nähe möglich ist. Dabei habe ich noch immer keine Ahnung, wie es ihm in all der Zeit ergangen ist. Hat er mich in den dreizehn Jahren vermisst? Und hat er Kate vermisst? Hat er mit den Dingen abgeschlossen, die in jener Nacht am Strand passiert sind, als wir siebzehn waren und versucht haben, Erwachsene zu sein, weil schließlich auch die Welt, in die die Schule uns entlassen hat, erwachsen war?

»Geht es dir gut?«, erkundige ich mich.

»So gut, wie es mir gehen kann.« Bear marschiert zu Jack, schiebt seinen Kopf in seinen Schoß, und während Jack ihn tätschelt, fügt er rau hinzu: »Ich habe dir geschrieben …«

Du hast mir geschrieben? Warum hat mich dann niemals ein Brief von dir erreicht?

»Du brauchst nichts zu erklären.« Ich berühre ihn am Arm. Als ich merke, was ich tue, ziehe ich die Hand so schnell es geht zurück und schiebe mir eine Haarsträhne hinter mein rechtes Ohr. »Ich weiß, es war nicht leicht. Am wenigsten für dich.«

»Ich hatte keine Ahnung, was du von mir denkst. Wie du reagieren würdest«, fährt er fort und starrt dabei die Wand an, weil ihm offensichtlich viel mehr Dinge durch den Kopf gehen, als er mir erzählt. »Und dann sind wir in aller Eile weggezogen, als …«

Er muss sichtlich schlucken, und am liebsten würde ich mich kneifen. Denn das alles ist wahrscheinlich nur ein Traum. Oder sitze ich etwa tatsächlich frühmorgens um sieben in meinem Elmo-Nachthemd in der Küche und

höre, wie Jack von Dingen spricht, die ich in meinem Kopf ganz hinten abgespeichert habe, weil ich niemals wieder daran rühren will?

»Ich habe auch danach die ganze Zeit an dich gedacht. Und mir gesagt, es wäre nicht so schwer für dich gewesen, wenn du hiergeblieben wärst«, gestehe ich dem Mann, der längst ein Fremder für mich ist.

»Das hätte keinen Unterschied gemacht«, gibt er zurück. »Denn ich hatte euch beide verloren. Dich und Kate …«

Mit diesen Worten gibt er mir, wonach ich mich all die Jahre gesehnt habe. Sein Eingeständnis dessen, was wir damals füreinander waren, zeigt mir, dass ich nicht verrückt geworden bin.

Bisher sind wir diesem Thema ausgewichen, doch die Stille, die auf seine Worte folgt, ist tröstlich, und ich werde plötzlich völlig ruhig.

Hinter meinen Jalousien erwacht die Welt zu neuem Leben. Ich kann sehen, dass Meg in ihrem Morgenmantel hinter einem ihrer Kinder durch den Garten läuft, während ihr Hund die Elstern, die auf ihrem Zaun sitzen, verscheucht.

Und plötzlich dämmert mir, dass dieser Mann, der mir hier gegenübersitzt, derselbe Jack ist wie damals. Und dass auch ich dieselbe bin. Auch wenn wir inzwischen älter und in seinem Fall auch deutlich besser angezogen sind.

Jack erzählt mir von den Jahren, nachdem er weggezogen war, doch ich bin viel zu abgelenkt, um richtig hinzuhören. Ich kann immer noch nicht fassen, dass er wirklich hier im Chaos meiner Küche vor mir sitzt, und spitze erst die Ohren, als er von Sara spricht. Er hat sie

vor drei Jahren kennengelernt, als er als Küchenchef in Townsville war. Sie hat damals Marketing studiert und nebenher als Kellnerin gejobbt. Während er davon erzählt, krault er Bear zwischen den Ohren. So, wie es mein Hund am allerliebsten hat.

»Tja, ich werde überwiegend abends arbeiten, sobald ich genau weiß, wie in dem Laden alles läuft. Das Kochen habe ich nach Olis Geburt aufgegeben – weil die Arbeitszeiten, wenn man Kinder hat, einfach beschissen sind. Außerdem hat auch mein Rücken nicht mehr mitgespielt. Inzwischen habe ich hauptsächlich mit der Leitung meines Restaurants, mit der Planung der Menüs und so zu tun. Das heißt, dass ich Oli, wenn er mit dem Kindergarten anfängt, immer abholen und den Nachmittag mit ihm verbringen kann, bevor Sara heimkommt und ich selbst zur Arbeit muss.«

»Wo ist er überhaupt?« Ich kann mich durchaus noch an den Jungen während der Auktion erinnern, obwohl ich von seinem Vater ziemlich abgelenkt war.

Jack verzieht den Mund zu einem Lächeln. »Keine Bange, du wirst sicher sofort mitbekommen, wenn er hier auftaucht. Heute Nachmittag dürfte es so weit sein. Wir haben ihn in Townsville bei den alten Herrschaften geparkt, bis wir hier halbwegs eingerichtet sind. Das arme Kind. Schließlich habe ich meine Familie nur mit Mühe überlebt, und deshalb will ich nicht, dass er zu große Dosen davon abbekommt. Kannst du dich an meine Eltern noch erinnern?«

»Klar.« Immerhin war ich Dauergast in ihrem Haus, bis mein Vater zu Beginn der Pubertät die Übernachtungen bei Jack verboten hat. Und ich erinnere mich durchaus gern an sie. Jacks zierliche Mutter, die stets

wie ein aufgeregter Spatz durchs Haus geflattert ist, und sein korpulenter Vater, der immer nach Ohrenwachs und Zigaretten roch, waren lange Zeit eine Art Ersatzeltern für mich.

»Wie du dir vorstellen kannst, haben sich die Streitereien zwischen ihnen im hohen Alter noch vertieft.«

Ich stelle mir Jacks Vater vor, wie er mit einer seiner unzähligen Zigaretten in dem Liegestuhl aus aufgesprungenem Plastik liegt. Und höre das Genörgel seiner Mutter aus der Küche, während sie den Knoblauch in der Pfanne brät. Nur, dass Jack inzwischen eine eigene Familie hat und selber Vater eines Sohnes ist.

»Ein kleiner Jackson«, stelle ich kopfschüttelnd fest. »Dass ich das einmal erleben würde, hätte ich niemals gedacht.«

»Das war auch nicht unbedingt geplant«, räumt Jack mit einem stolzen Grinsen ein. »Aber inzwischen kann ich mir ein Leben ohne diesen kleinen Racker einfach nicht mehr vorstellen. Und mit dem neuen Job habe ich sicher deutlich mehr von ihm.« Seine Stimme bekommt einen weichen Klang, sobald er von ihm spricht. »Du solltest mal zu mir zum Abendessen kommen, wenn der Laden erst mal richtig läuft. Du und deine Freundin – Meg, nicht wahr?«

Mir wird klar, wie sehr ich mich danach gesehnt habe, die wunderbare Freundschaft fortzuführen, die wir vor so langer Zeit verloren haben. Obwohl ich so viel dafür geopfert habe, um sie zu erhalten.

Plötzlich aber holt mein alter Freund mich unsanft in die Wirklichkeit zurück. Er scharrt mit den Füßen und erklärt: »Bestimmt taucht Sara bald zu Hause auf, ich sollte also langsam gehen.«

Ich nicke stumm, während die Freundschaftsblase platzt. Jack läuft an den durch einen Wasserschaden aufgequollenen Wänden und den Fenstern, die nicht richtig schließen, vorbei zur Tür, den Teebecher hat er noch immer in der Hand. Dann bleibt er stehen und hält sich mit der freien Hand am Rahmen fest. »Schön, dich zu sehen, Lofty.«

Ich starre auf den Boden, denn bei dem Vorhaben, ihn weiter auf Distanz zu halten, habe ich gar jämmerlich versagt. »Komm die Tage ruhig mal mit dem kleinen Kerl vorbei. Damit ich ihn richtig kennenlernen kann.«

»Das würde sich sowieso nur schwer vermeiden lassen.« Wieder lächelt er mich an, und ich erforsche sein Gesicht. Die Lachfalten sind neu, aber ansonsten haben es die Jahre bisher gut mit ihm gemeint. Was einfach nicht fair ist. Denn während ich selbst die ersten Falten kriege, sieht er immer besser aus.

Als wir noch zur Schule gingen, haben Kate und ich uns immer scherzhaft ausgemalt, wie wir zusammen alt und irgendwann mit lilagefärbtem Haar in einem Haus voll Katzen leben würden, und ich frage mich, wie sie wohl jetzt aussähe.

Wahrscheinlich wie ihre Mum, der sie schon damals wie aus dem Gesicht geschnitten war.

4

Die Neue

Mitchelton State High School, Brisbane
Februar 2000

»Dies hier ist Kate Shepherd. Sie ist gerade von Singleton hierhergezogen, und ich weiß, dass ihr sie hier freundlich aufnehmen werdet.«

Statt des halbherzigen Klatschens, das wir für gewöhnlich zur Begrüßung irgendwelcher Neuzugänge in der Klasse hören ließen, dringen plötzlich schrille Pfiffe und lautes Grölen an mein Ohr.

Überrascht hebe ich den Kopf und sehe ein scheues elfenhaftes Mädchen vor der Klasse stehen. Kate Shepherd wirkt so zurückhaltend und zerbrechlich, dass ich sofort das Gefühl habe, ich müsse sie beschützen, als sie eine Strähne goldenen Haars aus ihren grünen Augen wischt. Dann geht sie den Gang hinunter, starrt meine Mitschüler durchdringend an, und plötzlich legt sich eine unheimliche Stille über unseren Klassenraum. Gleichzeitig nehme ich das Blitzen ihrer Augen wahr, als sie den Kopf neigt und den Jungs in der letzten Reihe ein verstohlenes Grinsen schenkt.

Sie ist ein rätselhaftes Mädchen. Ich nehme mir vor, ihrem Geheimnis auf den Grund zu gehen.

Und tatsächlich hätten wir uns sicher auch gefunden, hätte sie das Schicksal nicht bereits am ersten Tag zu einem freien

Bunsenbrenner direkt neben meinem Arbeitsplatz geführt. Ihr Erscheinen weckt in meinem Inneren eine ungeahnte Sehnsucht. Und aus Gründen, die ich wahrscheinlich nie verstehen werde, setzt sie sich gleich neben mich, die graue Maus. Vielleicht hat sie sofort gespürt, dass wir in unserem tiefsten Inneren Seelenverwandte sind.

Beim Mittagessen ignoriere ich die bösen Blicke von Leanne und Helen, weil ich kurzerhand eine Schülervertretungssitzung geschwänzt habe, um in der Zeit die Neue herumzuführen. Anschließend setzen Kate und ich uns mit gekreuzten Beinen auf eine der Bänke auf dem Schulhof. Ich fische gerade die Eiswürfel aus meinem Saftbecher, als plötzlich Jack erscheint. Er marschiert breitbeinig auf uns zu, fährt sich mit der Hand über den Flaum an seinem Kinn und rammt seine Schuhspitze in den Asphalt. Ich reiße überrascht die Augen auf. Seit er angefangen hat, in der Mittagspause mit den anderen Jungs Football zu spielen, treffen wir uns normalerweise nur noch nachmittags.

»Hi«, murmelt Jack, während er zu uns in den Schatten tritt.

»Hi. Ist es heute zu heiß zum Footballspielen?«

Als er keine Antwort gibt, sehe ich verwundert auf. Er hat sein Gesicht mir zugewandt, sein Blick aber ruht auf Kate.

»Du bist einer von den Typen aus der letzten Reihe«, sagt sie und inspiziert gleichgültig ihre Haarspitzen.

Er schenkt ihr sein hübsches Grübchenlächeln. »Ja. Ich kann dir nur empfehlen, möglichst weit hinten zu sitzen. Von Mr Masons Mundgeruch fällt man fast ins Koma.«

Als Kate anfängt zu lachen, sehe ich sie beunruhigt an. Denn Jack hat es völlig ernst gemeint.

»Rück mal«, sagt Jack und scheucht mich wie eine Fliege weg, obwohl auf meiner anderen Seite noch genügend Platz

ist. Doch er zwängt sich zwischen uns, kehrt mir den Rücken zu und fragt meiner neuen Freundin Löcher in den Bauch.

Währenddessen nehme ich noch einen Schluck Saft und verschütte dabei etwas über seine grauen Shorts.

»Meine Güte, Fray!« Er rückt noch ein Stückchen weiter von mir ab. »Jetzt sieht es aus, als hätte ich mich vollgepinkelt.« Stirnrunzelnd fegt er die Eisstückchen von seinem Schoß und wirft sie auf den Asphalt.

»Tut mir leid«, murmele ich. Doch zumindest nehmen mich die beiden wieder wahr, und Kate setzt ein süßes Lächeln auf.

»Dir fehlen ja noch die Streifen«, sagt Jack zu ihr.

»Was für Streifen? Muss man sich hier irgendwas verdienen?«, fragt sie.

Jack beugt sich zu ihr vor und streicht mit seinem Finger über ihren Hemdkragen. »Die Zwölftklässler haben hier zwei burgunderrote Streifen. Damit jeder sieht, dass sie in der Abschlussklasse sind.«

Kate hebt eine Augenbraue und zieht an seinem Schlips. »Ich dachte, dafür hätte man den hier.«

Ich muss schlucken und sehe den Bienen bei der Nektarsuche in den Blumenbeeten zu.

»Wie dem auch sei, Frankie wollte mir noch den Rest der Schule zeigen. Also bis später … Junge von der letzten Bank«, sagt sie herablassend. Lächelnd hakt sie sich bei mir ein und führt mich hocherhobenen Hauptes wieder in Richtung Schulgebäude. Ich nehme in meinem Inneren ein aufgeregtes Kribbeln wahr.

Als die Schule vorüber ist, stößt sie mich sanft mit ihrer Tasche an. »Kommst du?«, fragt sie. Ihr Tonfall ist nett, aber bestimmt, und es ist völlig klar, dass es auf diese Frage nur eine Antwort gibt.

Wie ein herrenloses Hündchen folge ich ihr in das Haus ihrer Familie, das am Ende einer steilen Kieseinfahrt inmitten dunkler Felsen und leuchtend grüner Farne im Schatten liegt.

Kate hat einen eigenen Schlüssel und sperrt uns auf. Durch die Fenster der modernen Pantryküche, die vom Boden bis zur Decke reichen, sieht man direkt auf den Regenwald, der das Innere des Hauses etwas kühl erscheinen lässt. Im Vorbeigehen erhasche ich einen Blick ins Wohnzimmer – doppelt mit Ziegeln verblendete Wände, braune Ledersofas und ein Weinregal. Auf dem Mahagonitisch liegen ein Stapel Schallplatten sowie ein aufgeschlagenes Kunstbuch, und auf dem Sims des offenen Kamins steht ein Aschenbecher. Dieses Haus ist völlig anders als mein helles, luftiges Zuhause mit den gelben Küchenschränken voller Kochbücher und dem Stapel alter Zeitungen, die Dad noch lesen will, obwohl er fast nie dazu kommt.

Hier wartet keine Mutter mit einem süßen Brötchen aus der Bäckerei. Ich habe meine neue Freundin ganz für mich allein. Ich werfe einen verstohlenen Blick auf ein gerahmtes Hochzeitsfoto – auf dem eine ältere Version von Kate neben einem Mann mit leuchtend grünen Augen steht. Wie die Mona Lisa folgen mir die zwei mit ihren Blicken, als ich durch den Flur laufe.

Kate wirft ihren Rucksack achtlos auf den Boden, holt ein paar Kekse und zwei Limos aus der Küche und führt mich in ihr Zimmer, das genauso faszinierend ist wie sie selbst. Verglichen mit ihrem buntgemischten Stil aus Klimt-Drucken und orientalischen Lampen, die mit Tüchern geschmückt sind, wirkt mein eigenes Zimmer geradezu kindlich. Ich muss auf jeden Fall verhindern, dass sie die rosafarbene Tapete an den Wänden und die Teddybären auf der Decke meines Bettes sieht. Wenigstens nicht allzu bald.

Sie tritt vor einen alten Plattenspieler, und kurz darauf erfüllen die Klänge von The Doors die Stille im Raum. Nicht der vorhersehbare Top-40-Pop, mit dem ich mich gern umgebe. Schwungvoll springt sie auf ihr ungemachtes Bett, reißt sich den Schlips ihrer Uniform vom Hals und wirft ihn achtlos auf den Kleiderhaufen, der schon auf dem Boden liegt. Dann fängt sie an zu tanzen, spielt Luftgitarre und verliert sich ganz im Rhythmus der Musik.

Angesichts der ungebremsten Leidenschaft dieses mir praktisch unbekannten Mädchens wird mir ein wenig unbehaglich zumute – aber trotzdem kann ich mich ihr nicht entziehen. Bei ihren wilden Sprüngen auf dem Bett fliegen ihre langen, goldblonden Haare wirr um ihren Kopf und verleihen ihr einen Ausdruck grenzenloser Sinnlichkeit. So sexy könnte ich niemals tanzen, und plötzlich will ich nicht einfach nur so ähnlich sein wie sie. Nein, ich will dieses Mädchen sein.

Als die Musik verklingt, hört auch Kate auf zu tanzen, als hätte sich der Bann gelöst. Ihre Atemlosigkeit ist der einzige Beweis, dass dieser Soloauftritt tatsächlich stattgefunden hat. Hat sie vielleicht nur meinetwegen auf dem Bett getanzt? Oder ist das die normale Art für sie, die Frustration eines Schultags abzubauen? Ich kann es nicht sagen. Und es ist mir auch egal, solange sie mich noch ein wenig Anteil daran haben lässt.

Statt eines Schranks hat sie eine Kleiderstange voller bunter Klamotten, Tücher, Taschen sowie ein Regal mit Gürteln, Mützen und Hüten aller Art. Ehrfürchtig berühre ich die Jacke, die über dem Stuhl liegt, und atme ihren warmen Lederduft so tief wie möglich in mich ein. Zu Hause habe ich ähnliche Sachen, nur hatte ich bisher nicht den Mut, wirklich damit aus dem Haus zu gehen. Mit jeder neuen Seite, die ich aus dem Leben dieses Mädchens kennenlerne, verfluche

ich mein eigenes stinknormales Leben etwas mehr. Aber ich habe das Gefühl, dass ich dieses Leben ändern könnte, wenn ich nur in ihrer Nähe bliebe. Und das kann ich von nun an hoffentlich jeden Tag.

»Willst du ein bisschen Gras rauchen?«, erkundigt sich Kate. Dies ist er, der Augenblick des Gruppenzwangs, vor dem mich meine Eltern immer gewarnt haben. Zu meiner eigenen Überraschung sage ich: »Oookay …«

Sie tänzelt in Richtung Kommode, wühlt kurz in einer Schublade und zieht ein Tütchen mit getrocknetem grünbraunem Kraut daraus hervor. Sie rollt mit geschickten Fingern einen Joint, zündet ihn an, nimmt einen tiefen Zug und hält ihn mir dann hin. Während ich vorsichtig paffe, gebe ich mir die größte Mühe, auszusehen, als würde Kiffen bei mir auf der Tagesordnung stehen, nur dass mein jämmerliches Husten mich sofort verrät. Zu meiner Erleichterung bricht Kate jedoch einfach in ungestümes Lachen aus, als mache es sie stolz, vor mir als Profikifferin dazustehen. Kichernd werfen wir uns auf ihr Bett, auf dem wir von einer zerknüllten Decke und von viel zu vielen Kissen umgeben sind. Dann dringt mit einem Mal das Knallen einer Wagentür an unsere Ohren.

»Mist«, entfährt es Kate. Eilig stellt sie den Ventilator auf dem Schreibtisch an und reißt das Fenster auf. »Das ist Mum! Sie rastet aus, wenn sie das riecht!« Sie zieht mich in den Flur, fächelt die verrauchte Luft durch ihre offene Zimmertür und wirft sie dann hinter sich zu. »Sie denkt, dass man von Gras zum Psycho wird.«

Die wunderschöne Frau, die ich schon auf dem Hochzeitsbild gesehen hatte, tritt, die Hände voller Einkaufstüten, durch die Küchentür. »Hallo, Mädels«, sagt sie mit einer Stimme, die noch jugendlicher als ihr Aussehen ist. »Wen haben wir denn hier?«

»Mum, das ist Francesca.«

»Frankie«, korrigiere ich. Francesca finde ich fürchterlich. Weil das zu sehr nach meiner toten Oma klingt.

Die Dame reicht mir die Hand, und ich ergreife sie mit einem scheuen Lächeln.

»Wir haben uns beim Fröschesezieren kennengelernt«, erklärt Kate.

»Freut mich, deine Bekanntschaft zu machen, Frankie. Ich bin Jess. Schön, dass du so schnell eine Freundin gefunden hast, Katie. Wie war dein erster Tag?«

Kate erzählt ihr vom Unterricht, dem (offenkundig) heißen Sportlehrer und dem coolen Kunstraum. Danach erzählt ihre Mutter mir, dass man ihren Mann bei der Armee versetzt hat und sie deswegen hierher gezogen sind.

Es ist seltsam, aber als die beiden miteinander sprechen, klingt das nicht wie eine Mutter-Tochter-Unterhaltung, sondern eher wie ein Gespräch zwischen zwei Freundinnen. Echt cool. Als wisse ihre Mutter alles über sie, sogar die Dinge, die man Müttern für gewöhnlich lieber nicht erzählt. Neiderfüllt höre ich zu, bis ihre Mum am Schluss den Raum verlässt, Kate mich ansieht und wir beide vor Erleichterung laut lachen müssen. Das ist gerade noch mal gutgegangen.

Kate öffnet die Schiebetüren zum Garten und läuft vor mir über den schattigen Hof zu einem alten, rostzerfressenen Trampolin, das neben den Überresten eines laubbedeckten Grills in einer Ecke steht. Sie schwingt sich auf das Trampolin, und während sie erzählt, dass die Vorbesitzer des Hauses das Gerät einfach zurückgelassen haben, legen wir uns in den Schatten auf das runde Netz und blicken auf die Palmwedel, durch die das Licht der Sonne fällt. Außer Sichtweite des Hauses und inmitten all der Bäume fühlt es sich

an, als treiben wir auf unserem eigenen, kleinen Rettungsboot durchs All. Als könnte nichts uns etwas anhaben.

Aber vielleicht sind wir auch einfach nur bekifft.

Während wir so in den Himmel starren, vertraut mir Kate ihre bisherige Lebensgeschichte an. Anscheinend fällt ihr das leichter, wenn sie nicht gezwungen ist, mich dabei anzusehen. Und ich sauge jedes noch so winzige Detail begierig in mich auf. Zum Beispiel, dass sie immer auf der Durchreise und nirgends jemals länger als zwei Jahre ist, dass ihr Dad fast nie zu Hause und dass ihre Mutter ihre größte Stütze ist.

»Also, Francesca – ist das nicht ein ziemlich altmodischer Name?«, fragt sie mit einem Mal. Was meiner Meinung nach in mindestens demselben Maß für ihren eigenen Namen gilt.

»So hieß meine Großmutter ... Aber die meisten Leute nennen mich Frankie ... oder Fray.« Jack nennt mich Fray. Nur Jack. Plötzlich kommt es mir so vor, als würde mich dieses coole Mädchen auf irgendeine Probe stellen wollen und als hätte ich versagt.

»Erzähl mir mehr von diesem Typen in der Mittagspause. Wie hieß er noch mal ... Jack?«

Als sie seinen Namen sagt, stockt mir der Atem. So, als hätte sie die Seifenblase, die uns zwei umfangen hat, platzen lassen und ein Stück von meiner sterbenslangweiligen Welt mit ihrer rundherum perfekten Welt vermischt.

»Er sieht ganz gut aus. Seid ihr beide, na, du weißt schon, läuft was zwischen euch?«

»Zwischen mir und Jack?« Meine Kehle ist so rau, als hätte ich ein Stückchen Stacheldraht verschluckt, und ich denke zurück an den Moment, in dem sie ihn am Schlips gezogen und er sie mit seinem Grübchenlächeln angesehen hat. »Wir sind praktisch zusammen aufgewachsen, deshalb ist er für mich eher so etwas wie ein Bruder.« Eilig drehe ich mich auf

den Bauch und zupfe das Laub von einem Ast, der auf dem Trampolin gelandet ist. »Er wollte einmal mit mir ausgehen, aber ich hatte zu viel Angst, es zu vermasseln. Außerdem wäre es irgendwie komisch, ich meine, schließlich kenne ich ihn schon seit einer Ewigkeit. Meine Mum hat auf ihn aufgepasst, als wir beide klein waren, und wie es aussieht, lässt er sich nicht so einfach abschütteln. Er schneit immer wieder bei uns rein«, kläre ich sie lächelnd auf.

»Ich wünschte mir, ich hätte auch so was mit irgendwem. Einen Menschen, der meine Geschichte kennt. Aber sie achten stets darauf, dass es für mich so jemanden nicht gibt.«

Ich frage mich, wer *sie* wohl sind.

»Das kann ich verstehen. Der Nachteil ist, dass ein solcher Mensch fast alles über einen weiß und in den denkbar ungünstigsten Augenblicken Sachen auf den Tisch bringen kann, an die man garantiert nicht erinnert werden will.«

Ich denke an die unzähligen nassgemachten Unterhosen aus dem Kindergarten, an die erste Periode, die an einem unserer Campingwochenenden kam, daran, wie ich mit dem Rad in der Dornenhecke gelandet war. Alle diese peinlichen Erinnerungen würde es schon lange nicht mehr geben, wenn Jack oder mein Bruder Ben sie nicht miterlebt hätten.

Anonymität verleiht den Menschen ungeahnte Kraft. »Hast du keine Geschwister?«, frage ich.

Sie schüttelt den Kopf. »Zwei von meiner Sorte wären meinen Eltern eindeutig zu viel. Aber vor allem hatte Mum Probleme mit dem Kinderkriegen. Ihre Eileiter wollten nicht so wie sie.«

»Aber dich hat sie doch bekommen …«

Kate stellt sich aufs Trampolin und hüpft so ausgelassen auf und ab, dass sie mich fast herunterwirft. Also springe ich herunter und wandere durch den Garten, in dem, wohl wegen

des dauerhaften Schattens, nicht der allerkleinste Grashalm wächst. Aber hier ist schließlich alles anders als bei mir zu Hause – wie in einer völlig fremden Welt. Als wäre Gras für Leute wie die Shepherds irgendwie nicht gut genug.

Als mein Blick auf eine halbverfallene Wellblechhütte fällt, wische ich mit einem Ärmel meines Schulpullovers vorsichtig den Staub von einem kleinen Fenster und spähe neugierig hinein. Hinter einer Reihe leerer Umzugskisten ist irgendein mit Decken und Plastikplanen zugedecktes Gefährt. Sofort ist meine neue Freundin hinter mir und bläst mir ihren heißen Atem in den Nacken.

»Das ist mein Thunderbird – Dad richtet gerne alte Autos her und hofft, dass dies hier bis zu meinem achtzehnten Geburtstag fertig sein wird.« Ich denke an das Angebot von meinem eigenen Vater, meine mageren Ersparnisse für den Erwerb eines Autos zu verdoppeln, doch etwas anderes als ein Magna, ein Ford Laser oder sonst ein sterbenslangweiliger Wagen wäre niemals drin. Und als sei das nicht bereits schlimm genug, bestehen meine Eltern aus Gründen der Sicherheit auch noch auf leuchtend gelbem oder grell orangefarbenem Lack.

»Willst du ihn mal sehen?«

Kate ist nicht die Art von Mädchen, die erst darauf wartet, dass man ihr eine Antwort gibt. Ehe ich etwas erwidern kann, öffnet sie kurzerhand die Tür, tritt die Kisten zur Seite und hebt vorsichtig die Plastikplane, unter der die blankpolierte Seite eines Cabrios zum Vorschein kommt. Seidig schimmernd und vor allem unglaublich cool. Genau wie Kate.

»Das Ding ist ein Vermögen wert. Dad hat es importieren lassen und dann noch mal einen Haufen Kohle für seinen Transport nach Brisbane hingelegt. Ich habe ihm gesagt, er soll es einfach fertigmachen, dann hätte ich es irgendwann

selbst herfahren können. Aber dafür müsste er zumindest ab und zu einmal Zeit haben.«

Ich hoffe, dass ich ihren Vater eines Tages kennenlernen werde. Aber dafür müsste Kates und meine Freundschaft länger währen, und plötzlich überfällt mich ein Gefühl der Angst. Der Gedanke ist mir unerträglich, dass sie meiner eines Tages überdrüssig sein und sich neu orientieren könnte. Weil sie dazu offenbar völlig problemlos in der Lage ist.

Mein Bruder Ben hat vor kurzer Zeit den Führerschein gemacht und ist deswegen froh, wenn er sich unter irgendeinem Vorwand das Auto unseres Vaters leihen kann. Also rufe ich ihn von Kate aus an und bitte ihn, mich am späten Nachmittag dort abzuholen.

Wir fangen an, Musik zu hören, doch kaum hat Kate *Destiny's Child* in ihren Walkman eingelegt, riecht es plötzlich nach verbranntem Gummi, das laute Knirschen einer Bremse unterbricht die drei Sängerinnen, und mein bekloppter Bruder taucht auf.

Er steigt aus und wirft die Tür des Wagens schwungvoll zu.

»Aber *hallo* …«, stößt er in einem fast singenden Ton aus, als er Kate im Türrahmen entdeckt, während ich das Haus verlasse. Mir fällt auf, dass er sich noch immer den dämlichen Flaum unter dem Kinn stehen lässt, den er für ein modernes Ziegenbärtchen hält. »Wen haben wir denn da?«, will er wissen, während er breitbeinig näher kommt.

Ich zische: »Denk am besten gar nicht erst daran.« Denn Kate gehört mir.

***

In den nächsten Wochen erfährt mein bisher so langweiliges Leben eine radikale Wandlung. Kate und ich gehen jeden Tag auf einem anderen Weg nach Hause, laufen barfuß am

Bachufer entlang, füttern die wilden Enten, tauschen unsere Lieblingsplatten, unsere Bücher und selbst unseren Lipgloss aus. Wir sind unzertrennlich, und bereits nach kurzem bin ich völlig fasziniert von allem, was mit Kate zusammenhängt.

Da das Auftauchen von Kate natürlich auch von Jack nicht unbemerkt geblieben ist, sehen auch er und ich uns noch öfter als bisher. Von heute auf morgen lässt er Charlotte, eine Sportskanone mit unglaublich weichen glänzenden Haaren, fallen und kommt in den Mittagspausen zu der Bank im Schatten, wo ich neben meiner neuen Freundin sitze.

Wenig später überbringe ich, wie zuvor auch schon Charlotte und vor ihr diversen anderen Mädchen, Kate den ersten Brief von ihm. Meine beiden besten Freunde sind jetzt offiziell das heißeste Paar der ganzen Schule.

»Du hast doch nichts dagegen?«, hatte Kate mich vorsorglich gefragt. »Ich weiß, du hast gesagt, dass du ihn nicht auf diese Weise magst, aber … manchmal siehst du ihn so komisch an. Und ich will nicht, dass du sauer auf mich bist.«

Ich habe nur mit Mühe einen Ton herausgebracht, am Ende aber achselzuckend versichert: »Solange du auch weiter meine Freundin bleibst …«

Damit hat die Beziehung wohl meinen Segen. Aber schließlich hat Jack schon vor ihr unzählige andere Freundinnen gehabt, und die Geschichte zwischen ihm und meiner besten Freundin wird sicher nur von kurzer Dauer sein.

Ich versuche, mir nicht anmerken zu lassen, dass ich einen trocknen Mund und kaum noch Luft bekomme, wenn ich die beiden Händchen halten sehe. Ich sage mir, dass es gut sei, dass sie zusammen sind. Denn durch ihre Beziehung wird meine Position in diesem Dreieck noch gestärkt.

Meistens ist die Freundschaft zwischen uns vollkommen ausgeglichen. Manchmal allerdings gerät das gleichseitige

Dreieck etwas aus der Form. Wenn sich die beiden streiten oder einer von uns dreien vorübergehend eine andere Freundschaft schließt. Meistens aber sind wir drei in jenem letzten Jahr eine eingeschworene Gemeinschaft. Bis am Ende eine Seite unseres Dreiecks bricht …

Mir ist von Beginn an klar, dass ich, seit ich Kate begegnet bin, mein Leben wirklich leben wollte, statt einfach mit anzusehen, wie es vergeht. Mir ist aber nicht klar, dass sie schon vor Ende jenes Jahres nicht mehr Teil dieses Lebens sein wird. Dass sie über Nacht daraus verschwinden wird. Ebenso wie Jack.

Hätte ich gewusst, was kommen würde – hätte ich dann weiter jeden Augenblick mit ihr genossen, oder hätte ich beide Beine in die Hand genommen, um so schnell wie möglich davonzurennen?

5

Der Meisterkoch

Unweigerlich starre ich Saras dürre Storchenbeine an, als sie nach der morgendlichen Joggingrunde kurz an meinem Zaun stehen bleibt und ein paar Dehnübungen macht. Ich kann ihr nicht verdenken, dass sie alles andere als glücklich ist, ihren Mann so früh am Tag ohne erkennbaren Grund vor meiner Haustür stehen zu sehen.

»Könnte ich mir einmal dein Bügeleisen ausleihen?«, fragt mich Jack so laut, dass ich erschreckt zusammenfahre. »Ich muss nachher zur Arbeit und kann meins nicht finden.« Dabei zwinkert er mir mit dem Auge zu, das Sara nicht sehen kann.

»Okay?« Ich komme mir wie seine Dienstmagd vor, mache aber trotzdem kehrt und sammele mein Bügeleisen und den Rest meiner Würde ein. Auf dem Weg zurück in Richtung der Veranda wickle ich die Schnur um das Gerät, und als ich wieder auftauche, bemerke ich, dass jetzt auch Jacks Beinahe-Ehefrau dort steht.

Es ist einfach ungerecht. Diese Frau macht mich verrückt. Nach ihrem morgendlichen Lauf sieht sie sogar noch besser aus – sprühend vor Vitalität, wie in einer Deo-Werbung. Ich würde nur laufen gehen, wenn mir irgendwer mit einer Waffe auf den Fersen wäre. Bereits nach hundert Metern wäre ich wahrscheinlich puterrot und würde stinken wie ein Schwein.

Sie wendet sich mir zu und setzt ein unehrliches Lächeln auf. »Morgen, Frankie.«

»Okay, danke«, fällt ihr Jack ins Wort und streckt die Hand nach meinem Bügeleisen aus, als wäre er ein Alkoholiker und das Gerät ein Bier. »Du hast mir das Leben gerettet.«

»Gerne. Kein Problem.«

»Dann hast du jetzt also das Bügeleisen, Jack. Und was ist mit den anderen Dingen?« Sara schiebt die Hüfte vor, und als das Holz meiner Veranda knirscht, muss ich innerlich grinsen. Denn mit etwas Glück brechen gleich die morschen Bohlen durch.

»Die sind ebenfalls erledigt.«

»Das heißt wahrscheinlich, dass du deine Stereoanlage angeschlossen hast«, stellt Sara augenrollend fest.

»Was ja auch wichtig war.«

»Trotzdem haben wir noch immer keinen Gasanschluss … Hast du noch mal bei den Stadtwerken nachgefragt? Ich kann den ganzen Mikrowellenfraß allmählich nicht mehr sehen.«

»Heißt das, dass ihr drüben noch nicht kochen könnt?«, frage ich überrascht. Allerdings bewahre ich in meinem eigenen Ofen einen Teil meiner Bücher auf, deshalb würde auch bei mir der Gasanschluss nicht unbedingt ganz oben auf der Prioritäten-Liste stehen.

»Wenn du willst, bringe ich einfach aus dem Restaurant etwas zu essen für uns mit«, sagt Jack.

»Dumm nur, dass du dieses Wochenende freihast«, stellt Sara mit spitzer Zunge fest.

Worauf sich Stille über die Veranda senkt.

»Ihr könnt gern meinen Herd benutzen«, bietet mein verräterischer Mund den beiden an. »Ich meine – meine

Küche ist ein Witz, aber wenn ich mich nicht irre, habe ich zumindest Gas.« Auf alle Fälle kann ich mich noch vage daran erinnern, dass ich einmal Cupcakes backen wollte, die dann allerdings völlig verbrannt sind.

»Siehst du, Jack, ich habe dir gesagt, dass wir sie einfach fragen sollen.«

»Ich würde euch auch anbieten, für euch zu kochen, aber da du Koch bist, macht mir der Gedanke eine Heidenangst«, wende ich mich abermals an Jack.

Er runzelt angespannt die Stirn. »Wir können uns auch einfach ein paar Brote machen, Frankie – das ist echt kein Ding. Ein letzter Abend ohne warmes Essen wird uns schon nicht umbringen, Sara.«

»Warum fährst du nachher nicht kurz auf den Markt, bringst ein paar Lebensmittel mit und kochst dann für uns alle?«, schlägt ihm Sara mit leuchtenden Augen vor. »Und ich hole nach der Arbeit eine Flasche Wein. Oliver kommt nachher, dann können wir uns alle richtig kennenlernen und auch gleich auf die gute Nachbarschaft anstoßen.«

Auf mich wirkt sie wie die Art Frau, die durchaus in der Lage ist, etwas zu trinken, ohne dass sie dafür extra nette Nachbarinnen braucht.

Ich lenke meinen Blick zurück auf Jack. Er sieht aus, wie ich mich fühle. Wie ein kleines Tier, das in der Falle sitzt.

»Dann kommt Jack also so gegen sechs und fängt schon mal mit Kochen an, okay?« Ohne auch nur eine Antwort abzuwarten, hüpft Sara zurück in Richtung Straße und wirkt dabei derart energiegeladen, dass mir davon richtig übel wird.

»Warum nicht?«, murmele ich. Obwohl es mindestens

ein Dutzend oder eher Tausende von Gründen gäbe, einem neuerlichen Treffen aus dem Weg zu gehen.

»Bleib nicht mehr so lange, Babe. Frankie muss sich anziehen. Und außerdem musst du noch Olis Bett zusammenbauen.«

Während sie davonspringt, merke ich, dass – wie nicht anders zu erwarten war – ihre Haare wippen, ihre Brüste aber nicht.

Jack beugt sich zu mir vor, und sein Geruch nach Seife und nach Donuts schnürt mir regelrecht die Kehle zu.

»Du brauchst das nicht zu tun, Fray.« Er blickt Sara hinterher, die in Richtung ihres eigenen Hauses rennt und mühelos die Stufen bis zu ihrem Eingang nimmt.

Ich schüttele den Kopf. »Wir sind keine Kinder mehr, und das, was einmal war, ist längst vorbei, nicht wahr? Wenn nicht irgendeine Katastrophe über mich hereinbricht, müsste ich so gegen fünf wieder zu Hause sein.«

Aber vielleicht habe ich ja Glück. Auch wenn es in Brisbane bisher nie einen Tsunami gab …

»Danke für das Bügeleisen«, lacht er, und plötzlich nehme ich zahllose kleine Fältchen rund um seine Augen wahr.

»Gern geschehen. Das war eine wirklich gute Tarnung, 007. Und ich werde schweigen wie ein Grab.«

Grinsend winkt er mir mit meinem Bügeleisen zu und hält es auf dem Weg zur Straße wie eine Trophäe in die Luft. Weil es uns – vorläufig – gerettet hat.

***

Ich gehe meiner Arbeit wie in Trance und mit zusammengezogenem Magen nach. Kämpfe mich durch eine Reihe von Berichten und fahre so früh wie möglich wie-

der nach Hause. Trotzdem schaffe ich es kaum, dafür zu sorgen, dass mein Haus nicht mehr so aussieht, als ob gerade jemand bei mir eingebrochen hätte, als bereits jemand durch meinen Garten kommt. Ich bin noch nicht mal umgezogen.

In beiden Händen umweltfreundliche Papiertüten, aus denen grüne Blätter ragen, nähert Jack sich meiner Hintertür.

»Bin ich zu früh?«, fragt er, während er höflich klopft. Der vertraute Klang seiner Stimme lässt mich an unsere Teenagerzeit denken. Weil sie auch schon vor dem Stimmbruch immer etwas tiefer als die Stimmen anderer Jungen war.

»Nein, nein. Komm rein«, flunkere ich, stopfe das Papier eines Schokoriegels unter eins der Sofakissen und ziehe meine zerknitterte Arbeitsbluse glatt. Ich bin wirklich schlampig. Sehen wir den Tatsachen ins Auge: Eines Tages werde ich wahrscheinlich ganz allein inmitten des Drecks in meiner Bude sterben, ohne dass es irgendjemand merkt.

Doch auch er sieht heute etwas ungepflegter aus. Hat die schicken Yuppiesachen gegen Shorts und T-Shirt eingetauscht. Und zum ersten Mal seit seinem Wiederauftauchen schockiert mich seine Nähe nicht. Als er die Zutaten für unser Mahl auf meine winzig kleine Arbeitsplatte packt, stehe ich so unbeholfen neben Jack wie eine Komparsin in einer der Kochsendungen, die inzwischen jeden Tag im Fernsehen gezeigt werden. »Kann ich … irgendetwas tun? Ich fühle mich ein bisschen unhöflich, weil ich nicht mal versucht habe, etwas zu kochen …«

Jack schüttelt den Kopf. »Kein Problem, Miss Hudson. Lass mich einfach meine Arbeit machen, und ent-

spann dich, ja?«, beruhigt er mich. »Sara wird gleich rüberkommen, nur dass unser kleiner Mann noch in der Badewanne sitzt. Er ist erst ein paar Stunden da, aber trotzdem bin ich schon am Ende meiner Kräfte. Deshalb dachte ich, es wäre gut, wenn Sara ihn so spät wie möglich rüberbringt, auch wenn er deine Wohnung wahrscheinlich auch dann noch auf den Kopf stellen wird. Ich an deiner Stelle würde vorher alles, was von Wert ist, irgendwo verstauen, wo er es nicht erreichen kann.«

»Was soll denn hier schon von Wert sein?«, lache ich, und meine Anspannung nimmt etwas ab. Weil inzwischen unter seinen schicken Kleidern und den ganzen anderen Dingen, die aus meiner Sicht nicht zu Jack Shaw gehören, Teile der Person, die ich gekannt habe, zum Vorschein kommen. Ich kann einfach immer noch nicht glauben, dass er Vater, Koch und Immobilieninvestor ist. Noch immer bringt es mich etwas aus dem Gleichgewicht, wenn er von Sachen spricht, von denen ich nicht die geringste Ahnung habe, nachdem ich ihn früher lesen konnte wie ein offenes Buch. Aber schließlich bin auch ich kaum noch das Mädchen, das ich damals war.

Ich schraube den Deckel von der Weinflasche auf und schenke uns großzügig ein.

»Ist das in Ordnung so? Ich weiß, ihr Feinschmecker habt jede Menge Regeln, welcher Wein zu welchem Essen passt. Mich hingegen interessiert allein der Alkoholgehalt.«

»Alles bestens, Fray.« Lächelnd nimmt er einen vorsichtigen Schluck aus seinem großen Glas. »Und was soll der Blödsinn mit den *Feinschmeckern*? Das klingt, als wäre ich aus deiner Sicht einer dieser aufgeblasenen

Wichtigtuer, die sogar Fliegen tragen, wenn sie essen gehen.«

Ich lehne mich an meine Arbeitsplatte und greife ebenfalls nach meinem Glas, während Jack fachmännisch Knoblauch hackt, eine Ingwerwurzel schneidet und Kurkuma in siedendem Öl erhitzt, bis der Geruch den ganzen Raum erfüllt. »Ich nehme an, dass du wahrscheinlich keinen Mörser hast?«

»Keinen was?«

Jack improvisiert und drückt die Koriandersamen kurzerhand mit einem Esslöffel in einem Suppenteller klein. Seine Hände sind mir gleichzeitig vertraut und völlig fremd, denn er kaut nicht mehr an den Nägeln, und vor allem weisen seine Finger – anders als zu unserer Schulzeit – keine Tintenflecken auf.

»Also, Herr Küchenchef, kannst du Gemüse so schnell hacken, wie man es im Fernsehen immer sieht?«

Als er lächelt, tauchen links und rechts von seinen Augen abermals die vielen kleinen Fältchen auf. Er hackt die Schalotten in Sekundenschnelle so klein, dass man nur noch weiße Miniringe auf dem Brettchen liegen sieht.

»Wirklich beeindruckend, Jack Shaw«, erkläre ich und tippe flüchtig gegen seinen Arm. »Jetzt zähmst du also nicht mehr nur Insekten, backst mit irgendwelchen bunten Förmchen Sandkuchen und bist der ungeschlagene *Donkey-Kong*-King, sondern hast dich obendrein auch noch als Meisterkoch bewährt.« Ein eigener Koch im Haus wäre auf Dauer gar nicht schlecht …

»Dieses Gericht ist meine Vorzeigenummer. Obwohl auch mein Moussaka alles andere als übel ist.«

»Du isst Auberginen?«, frage ich in ungläubigem Ton.

»Früher hast du selbst Karotten nie gegessen, sondern immer irgendwo versteckt.«

»Das muss ich manchmal immer noch, wenn Sara kocht …«, räumt er achselzuckend ein.

Abgesehen vom Zirpen der Zikaden und dem Kreischen wilder Loris wird es plötzlich völlig still. Dann aber krächzen auch die Papageien hoch oben im Baum, der vor meinen Vorderfenstern steht.

»Kannst du mir vielleicht sagen, warum Sara anscheinend ein Problem mit meinem Mangobaum hat?«

Jack sieht mich verlegen an. »Wegen der Sache mit dem Baum und mit dem Zaun … Ich weiß, dass sie manchmal etwas *direkt* sein kann. Wahrscheinlich wirkt sie dann wie eine blöde Kuh, aber sie meint es nicht böse. Ich habe selbst etwas gebraucht, um mich daran zu gewöhnen, doch im Grunde ihres Herzens ist sie echt okay. Sie ist cool und eine tolle Mum. Du wirst sie mögen, wenn du nicht nur auf den Schwachsinn hörst, den sie Leuten, die sie gerade kennenlernt, erzählt. Und die Sache mit dem Baum – das ist wirklich kein Problem. Nicht mehr.«

»Dann gab es also eins?«

Er rollt mit den Augen und stöhnt leise auf. »Technisch gesehen versperrt der Stamm des Baums die Durchfahrt. Die großen Laster kamen nicht daran vorbei, deswegen mussten wir ein bisschen mehr bezahlen, damit das Baumaterial mit kleinen Lastwagen geliefert wird. Sara wollte den Baum fällen lassen, um das Geld zu sparen, und ich sollte dich dazu bringen, dass du damit einverstanden bist. Aber ich habe nein gesagt. Das war's.«

Ich schaue ihn verblüfft an. »Sie hätte meinen einhundert Jahre alten Baum zu Kleinholz machen wollen?«

»Nicht ganz, aber den Haarschnitt, den wir ihm hätten

verpassen müssen, damit der größere Laster dran vorbeikommt, hätte er bestimmt nicht überlebt.«

Ich frage mich, wem dieser Baum von Rechts wegen gehört. Auch wenn sie über diesen Teil von meinem Grundstück fahren dürfen, gehört der Baum doch wohl trotzdem mir. In meinen Wangen steigt die Zornesröte auf, und wahrscheinlich klingt auch meine Stimme ungewöhnlich schrill. »Aber –«

»Fray?« Er legt seinen Zeigefinger sanft an meine Lippen. Als ich erstarre, fährt er fort. »Ich hätte niemals zugelassen, dass der Baum gefällt wird, also können wir das Thema bitte abhaken?«

Damit zieht er die Hand wieder zurück, und während mir die Düfte Thailands in die Nase steigen, höre ich, wie Sara mit dem Kleinen näher kommt. Das Klirren ihrer Armreifen verrät, dass sie inzwischen fast auf der Veranda ist. Ich richte mich kerzengerade auf, als hätte man mich während eines Tests beim Abschreiben erwischt.

»Sara, hi, komm rein.« Noch ehe sie das Haus betritt, werde ich bereits in ihren Moschusduft gehüllt.

»Hi, Frankie. Danke für die Einladung. Oh, tut mir leid, du trägst noch deine Arbeitsuniform. Kommen wir etwa zu früh?«

Uniform? Mangelt es meiner Arbeitskleidung tatsächlich derart an Stil? Saras Outfit ist eine gewagte Mischung unzähliger Accessoires – eine violette Strickmütze sitzt schräg auf ihrem Kopf, ein knallbunter Schal ergießt sich bis auf ihre Jeans, wo er auf kniehohe Stiefel fällt, und durch die weich fließende Bluse, die durch einen Lederflechtgürtel zusammengehalten wird, sind die Perlenstickereien auf ihrem BH zu sehen. Mein gesamter Kleiderschrank weist nicht mal einen Bruchteil dieser Menge

bunten Zierats auf. Unnötigerweise rücke ich den Bund meines grauen Rockes zurecht (und zucke innerlich zusammen, als ich sehe, dass darauf ein Ölfleck vom Mittagessen prangt).

»Schicke Mütze, Sara«, biete ich in dem Bemühen an, *eine Beziehung aufzubauen*, wie wir auf der Arbeit sagen. Und das Strickteil ist wirklich süß und macht vor allem ihre makellosen Züge weicher. Auch wenn man im Mai in unseren Breiten sicher keine Kopfbedeckung braucht.

Oliver taucht hinter ihren Beinen auf. Er ist von Kopf bis Fuß ein Kleinkind wie aus einem Katalog, in der wunderbaren Zwischenphase, in der er kein Baby mehr, zugleich aber auch noch kein echter Junge ist. Er ist die perfekte Mischung seiner Eltern. Er hat die reine Haut seiner Mutter und Jacks dunkle Haare und sein hinreißendes Grübchenlächeln geerbt. Als die kleine Familie in meiner Küche herumtänzelt, fühle ich mich wie ein Gast in ihrer Welt.

Saras weiße Zähne blitzen, als sie mir die Flasche Wein hinhält. Ich blicke auf das Etikett und sehe, dass der Name unaussprechlich ist. »Danke«, sage ich, öffne die Kühlschranktür und stelle den edlen französischen Tropfen neben meinen Billigfusel und das Glas Miracel Whip.

»Wie geht's, Babe?«, fragt Sara Jack und küsst ihn auf die Wange, während er in der Currypaste rührt. Dann wirft er noch das Hühnchen und die Bambussprossen in den Wok. In seinem Gesicht leuchtet jetzt ein chiliroter Kussmund, und am liebsten würde ich mir in die Hand spucken und an dem Mal herumwischen wie eine Mutter, deren Kind mit einem Schmutzfleck im Gesicht zur Schule will. Aber das lasse ich wohl besser sein.

Der Duft des Korianders zieht durch meine winzige

Küche, und ich merke, dass ich hungrig bin. Da piepst auch schon der Reiskocher.

Neben dem Alkohol für uns hat Sara ein iPad für den Kleinen mitgebracht. Wahrscheinlich hat sie dieses Überlebenspaket überall dabei. Und tatsächlich macht Oli es sich nach einem kurzen Rundgang durch mein »Zwergenhaus«, wie er es nennt, zu den Klängen irgendwelcher Kinderlieder auf der Couch bequem. Weswegen Sara wieder zu uns in die Küche kommen, Jack beim Kochen überwachen und von ihrem Tag erzählen kann – *Termine um Termine bei furchtbar arroganten Ärzten, die sie größtenteils zu ihren Assistenten abgeschoben haben, obwohl die gar nicht befugt sind, irgendwelche Sachen zu bestellen.* Ich kann beinahe spüren, wie sie jede positive Energie aus meiner Küche saugt. Meine Freundin von der Uni hätte wahrscheinlich den Fachbegriff für diese negative Einstellung parat und mir genau beschreiben können, welche Farbe ihre Aura hat. Während sie aus meiner Sicht einfach die Oberflächlichkeit einer Kontaktlinse besitzt.

»Und was machst du, Frankie? Jack hat mir erzählt, du arbeitest im Krankenhaus. Bist du Krankenschwester oder so?«

»Sozialarbeiterin.«

»Oh, okay. War das dein Traumberuf? Ich kann mir vorstellen, dass das manchmal ganz schön stressig ist. Ich selber *hasse* Krankenhäuser, auch wenn ich meistens nur dort bin, weil ich was verkaufen will.«

»Nicht wirklich. Als ich zwölf war, dachte ich, ich würde einmal eine Spitzenanwältin werden. Wahrscheinlich habe ich einfach zu viele Anwaltsserien im Fernsehen gesehen.«

»Und warum ist dann nichts daraus geworden? Haben

deine Noten dazu nicht gereicht?« Sara schwenkt das Weinglas, und jeder Punkt, den sie bisher bei mir gewonnen hat, fliegt zu meinem ohnehin schon undichten Küchenfenster raus.

»Ich habe damit angefangen. Aber irgendwie war es vollkommen anders, als ich dachte – Jura kann entsetzlich trocken sein. Und vor allem gibt es sowieso schon viel zu viele Anwälte …« Von denen ich auch noch einen heiraten wollte, denke ich mir. »Aber wie dem auch sei, eine meiner Uni-Freundinnen war Rettungstaucherin, und ich habe sie ab und zu begleitet, wenn es um die Suche nach Vermissten ging, und …«

Jack spuckt seinen Wein auf meine Arbeitsplatte und lenkt mich dadurch von meiner Rede ab. Hat das Wort *Vermisste* ihn derart aus dem Konzept gebracht? Mit dem Rücken seines Handgelenks wischt er die Tropfen, die an seinem Kinn herunterlaufen, ab.

»Alles in Ordnung, Babe? War in deinem Chardy etwa eine Gräte oder was?«, stößt Sara prustend aus.

»Ja«, gibt er zurück und hustet. »Etwas in der Art.«

Was hat er nur für ein Problem?

Entschlossen erzähle ich weiter. »Ich nehme an, durch diese Arbeit wurde mein Interesse, Leuten zu helfen, geweckt.« Ich will einfach Leuten helfen. Blöder geht's ja wohl nicht mehr.

»Und was machst du genau? Überredest du die Leute, nicht vom Dach zu springen, wenn sie keine Lust mehr haben, oder was?« Wieder lacht sie derart prustend, dass ihr eine lose Haarsträhne unter die Nase weht.

»Ich mache alles Mögliche.« Wenn ich nicht näher darauf eingehe, gibt sie die Fragerei ja vielleicht auf. Ich denke bereits oft genug an meine Arbeit und muss auf-

passen, dass sie nicht auch noch meine Freizeit infiltriert. Vor allem habe ich ganz sicher keine Lust, darüber mit jemandem wie dieser Frau zu diskutieren. Nicht nach dem Spruch, ob vielleicht meine Noten für ein Jurastudium nicht gut genug gewesen wären.

»Also, was hast du heute zum Beispiel getan?«

Mann, sie gibt einfach nicht auf. Ich sammele den Rest an Kraft, der für gewöhnlich schwierigen Patienten vorbehalten ist.

»Heute musste ich ein paar postnatale Gutachten erstellen. Dabei geht's vor allem darum, einzuschätzen, ob man junge Mütter zusammen mit ihren Babys aus dem Krankenhaus entlassen kann.«

Jack fängt wieder an zu husten, stößt ein knappes »Sorry« aus und rührt erneut im Wok.

Was hat er nur? So enttäuscht kann er doch wohl nicht von mir sein. Habe ich beruflich so versagt? Immerhin bin ich Abteilungsleiterin.

»Ob man sie entlassen kann? Das heißt, ob sie körperlich in Ordnung sind? Stellen so was nicht die Ärzte fest?«, fragt Sara, während sie mit ihren Fingernägeln gegen ihr fast leeres Weinglas schnipst.

»Ob sie psychisch in der Lage sind, sich um ein Kind zu kümmern. Wie groß die Wahrscheinlichkeit ist, dass sie wieder etwas nehmen, falls sie drogensüchtig sind, und andere Sachen dieser Art.«

»Wow, dann sind sie also drauf, während sie schwanger sind? Sind die Babys dann nicht deformiert?«

»Ein paar FAS-Fälle habe ich schon gesehen.«

Jack sieht verwundert auf, und ich erkläre ihm: »Von fetalem Alkoholsyndrom, das heißt, dass die Babys viel zu leicht und häufig Frühchen sind. Aber ehrlich gesagt

ist es erstaunlich, wie viel so ein Fötus aushält, ohne dass er Schaden nimmt. Obwohl es wirklich traurig ist, wenn man mit ansehen muss, wie diese ungewollten Kinder, die wahrscheinlich Unfälle gewesen sind, mit drogenabhängigen, alleinerziehenden Müttern heimgehen, während gleichzeitig unendlich viele Paare, die sich lieben, sich den Qualen einer künstlichen Befruchtung unterziehen, darüber verrückt werden und schließlich sogar die Beziehung ruinieren, weil einer von den beiden keine Kinder kriegen kann.«

»Eine ungewollte Schwangerschaft bedeutet ja wohl nicht, dass man ein Kind nicht lieben kann«, wirft Sara überraschend giftig ein.

»Das wollte ich damit auch gar nicht sagen.«

»So, die Damen, falls ihr ein paar Schüsseln holen wollt … Das Essen wäre fertig«, fällt mir Jack ins Wort. Also schnappen wir uns ein paar Teller und ziehen dabei, um uns nicht anzurempeln, Ellenbogen und Füße ein.

Da es in meinem Haus kein Esszimmer gibt, dinieren wir an der frischen Luft – und genießen dort den wunderbaren Ausblick auf den halbgestrichenen Stelzenriesen, der seinen enormen Schatten auf meine Veranda wirft. Der Duft des Thai-Currys ist köstlich, aber seine Schärfe brennt derart im Hals, dass ich zwischen jedem Bissen Reis, von dem ich möglichst gut die Soße abtropfen lasse, literweise Wasser trinken muss.

»Zu scharf?«, fragt Jack. »Tut mir leid, ich hätte vorher fragen sollen, ob du Chili magst. Ich kann davon nicht genug kriegen.«

Tapfer lüge ich: »Es geht schon«, während ich erneut nach meinem Wasser greife, weil die Innenwände meiner Speiseröhre immer noch in Auflösung begriffen sind.

»Iss etwas Brot, Fray«, rät mir Jack und hält mir lächelnd eins der Brötchen hin. »Wasser macht es nur noch schlimmer.«

Wieder mal hat er mich Fray genannt, und Sara reißt verständnislos die Augen auf. Er muss endlich aufhören, das zu tun. Für mich ist das einfach zu viel. Außerdem haben wir uns immer noch nicht ganz von dem Gespräch über alleinerziehende Frauen erholt.

»Ich gucke vielleicht besser mal nach unserem Sohn. Die Reise hat ihn fürchterlich erschöpft«, murmelt die Supermum von nebenan und schleicht auf Zehenspitzen ins Haus. Nur zu, Süße, damit ich mich kurz erholen kann.

Ich flüstere Jack zu: »Hast du Sara gesagt, wie gut wir zwei uns kennen?« Denn er achtet so wenig auf seine Worte, dass ich sicher davon ausgehe, dass sie nicht mehr völlig im Dunkeln tappt.

Doch er schüttelt nur den Kopf. Ich hatte ganz vergessen, wie entspannt er immer ist.

»Dann hör auf, mich Fray zu nennen.«

Er sieht mich mit einem breiten Lächeln an. »Wenn dir Francesca lieber ist …«

Mir geht es vor allem um die Grenzen, die es einzuhalten gilt, wenn wir uns sehen. Auch wenn sie leicht verschwommen sind. Sara weiß nicht einmal ansatzweise, wie es damals war – aber welche Teile der Geschichte sind in ihrer Gegenwart tabu?

Sie taucht wieder auf und nickt zufrieden mit dem Kopf. »Er schläft.«

Wir wenden uns dem Thema Renovierung zu. Sara möchte wissen, was in meiner Bude noch zu machen ist, und Jack wirft fröhlich ein, am besten finge ich mit mei-

ner Küche an. Dann erzählen die beiden mir von ihren Plänen für ihr eigenes Haus. Interessanterweise stehen für sie die kommerziellen Aspekte – wie zum Beispiel, dass sie nur neutrale Farben nehmen wollen, weil das Haus damit am besten wieder an den Mann zu bringen ist – im Vordergrund. Daran würde ich als Allerletztes denken, aber schließlich liebe ich mein Häuschen auch und lege keinen Wert darauf, es aufzuhübschen, so dass sich damit vielleicht etwas verdienen lässt. Trotzdem werde ich das ungute Gefühl nicht los, dass ich auf dem Häuserkauf- und Renovierungssektor eine vollkommene Niete bin.

»Vielleicht hättest du noch etwas länger suchen sollen, statt das erste Haus, das du gesehen hast, zu kaufen, obwohl du noch nie richtig mit Werkzeug umgehen konntest …«

»Wie bitte?«, fällt Sara ihm mit eisiger Stimme ins Wort.

»Oh, ich habe Jack vorhin erzählt, dass ich dieses Haus gekauft habe, ohne mich überhaupt noch nach was anderem umzusehen. Und dass ich bisher auch kaum zu irgendwelchen Renovierungsarbeiten gekommen bin.«

Noch immer bilden ihre Lippen einen schmalen Strich. »Es ist ziemlich ungewöhnlich, dass sich eine junge Frau so was allein aufhalst. Trotzdem ist es natürlich schön für dich.«

Ich lächle, denn ich will um keinen Preis verächtlich das Gesicht verziehen. Jack steht währenddessen auf und räumt die Teller ab, als ob er hier zu Hause wäre. Aber schließlich hat er das auch schon als Teenager getan – und mir erklärt, dass man damit am einfachsten bei Müttern Punkte machen kann.

»Die elektrischen Leitungen sind alle neu«, erwähne

ich. »Hat ganz schön was gekostet, aber schließlich waren die Kabel, die hier lagen, schon uralt und teilweise von Ratten angenagt. Und ich bin froh zu wissen, dass jetzt alles sicher ist.«

Mir ist klar, dass aus dem Haus kosmetisch durchaus noch was rauszuholen wäre. Trotzdem überrascht es mich, dass Sara mir mit Leichenbittermiene gegenübersitzt und bei den durchaus amüsanten Hausgeschichten keine Miene verzieht. Glücklicherweise habe ich die Mäuse hinter meinem Herd und die natürliche Belüftung der Toilette durch das Loch neben dem Abflussrohr mit keinem Wort erwähnt.

»Dabei fällt mir ein, Jack, ich habe die Steckdosen bestellt. Du weißt schon, die importierten, aus rostfreiem Stahl.« Sie wendet sich mir zu, wobei ihre elegante Hand mein Handgelenk berührt. »Ich kann dir auch welche bestellen, wenn du möchtest, Fray. Dann bekommen wir sie sicher etwas günstiger. Sind trotzdem nicht ganz billig, aber sehen einfach phantastisch aus.«

Jetzt hat auch sie mich Fray genannt, worüber ich nicht gerade glücklich bin. Denn so nennt mich nur Jack. »Danke, aber kein Bedarf.« Mein Vater hat mir eine Schachtel Steckdosen gegeben, die mal irgendwo von einem Lkw gefallen war und die er aufbewahrt hatte, seit er vor gut zwanzig Jahren auf dem Bau gewesen war. Seither haben sie in seinem Schuppen rumgelegen, doch nachdem ich sie vom Staub befreit hatte, haben sie ausgezeichnet funktioniert.

Jacks Gesicht wird ausdruckslos. »Ich dachte, wir hätten uns darauf geeinigt, dass wir die Normalen nehmen und dafür die Leitungen erneuern lassen. Weil die alten langfristig nicht sicher sind.«

»Die paar Monate, die wir dort wohnen werden, halten sie bestimmt noch durch.« Sie hebt ihr Weinglas an den Mund, leert es mit einem Zug und schenkt sich fröhlich nach.

Doch so leicht gibt Jack nicht nach. »Die Käufer sind nicht dumm. Sie werden mehr bezahlen, wenn die Elektrik neu ist, Sara. Für ein Haus, in dem es täglich brennen kann, blättert wahrscheinlich niemand das hin, was wir haben wollen.«

»Aber es wird alles super aussehen. Und ein Haus, das super aussieht, verkauft sich auf jeden Fall. Vertrau mir. Ich verdiene schließlich meine Kohle im Verkauf!« Ihr Pandora-Armband funkelt, als sie unbekümmert ihre Arme schwenkt.

Während Jack noch mit den Augen rollt, endet meine Playlist, und um die verlegene Stille zu durchbrechen, tritt er vor die Stereoanlage. Im nächsten Augenblick entdecke ich eine weitere Spur des Jungen, der er einmal war, als *These Days* von *Powderfinger* aus den Lautsprechern ertönt. Ich erschaudere. Hat er das Lied etwa meinetwegen ausgesucht? Oder wollte er es einfach hören?

Der Blick, den er mir zuwirft, als er wieder auf die Veranda kommt, verrät mir, dass es Absicht war. Wortlos und ohne bei Sara abermals einen Verdacht zu wecken, erkennt er die guten Augenblicke unserer Jugend an. Und die Jungs aus Brissy hatten recht – nichts ist auch nur ansatzweise so gekommen wie geplant.

»Weißt du noch, wie lange wir uns anstellen mussten, bis wir diese Typen spielen sehen konnten?«, platzt es in dem Augenblick aus ihm heraus, und ich ziehe die Brauen hoch.

»Huh? Ich weiß ja nicht mal, wer das ist. So düstere Sachen höre ich nicht gern. Ich brauche immer was, worauf ich tanzen kann.« Sara zupft an ihrer Bluse. Sie hat keine Ahnung, dass Jack nicht mit ihr gesprochen hat.

Er sieht aus, als hätte man ihm einen Fußtritt in die Kronjuwelen verpasst, und ich denke zurück an das Konzert, auf dem wir während unseres letzten Schuljahrs waren. In der Zeit *davor*. Sein Plan, zu tun, als hätten wir uns früher kaum gekannt, ist hochriskant – vor allem, wenn wir, wie jetzt, nicht völlig nüchtern sind.

Eilig lenkt er das Gespräch auf sicherere Themen. Wir plaudern über die Musik, die uns beim Kampf gegen die Pubertät geholfen hat. Über unsere großen Tage, als wir alle Macarena tanzen konnten, dachten, dass die Zivilisation den Übergang ins Jahr 2000 niemals schadlos überstehen würde, und der festen Überzeugung waren, dass jeder Mensch mit jedem anderen über höchstens fünf Menschen verbunden sei. Und schließlich streitet Jack mit Sara und behauptet, dass der doofe House- und Techno-Mist von heute sich mit unserem Grunge von damals einfach nicht vergleichen lässt.

Da wir morgen alle früh rausmüssen, klingt der Abend langsam aus. Ich bedanke mich bei Jack fürs Kochen, sage scherzhaft, dass ich hoffe, nach der Schockbehandlung mit dem Chili wüchsen die Geschmacksknospen in meinem Mund noch einmal nach, und nach einer höflichen Verabschiedung wirft Sara ihren Sohn wie einen Mehlsack über ihre Schulter und stolpert mit Mann und Kind zurück in Richtung ihres eigenen Hauses. Als sie die Haustür öffnet und das Licht anmacht, winke ich ihr noch mal zu und atme dann erleichtert auf.

Gott sei Dank. Ich habe diesen Abend überlebt. Von jetzt an wird es sicher einfacher. Mit dem Rest von meinem Pinot noir nehme ich auf meiner schmalen Hintertreppe Platz. Es ist schön, einen Moment alleine in der Dunkelheit zu sitzen. Weil ich mich hier nicht verstellen muss.

Ich stelle fest, dass es nach Regen riecht, und eine süße Feuchtigkeit hängt in der Luft, die mich an reife Weihnachtsmangos denken lässt.

Dann kehrt Jack mit einem Mal zurück und springt über den Zaun, der mein Grundstück von seinem trennt. »Ich habe mein Handy bei dir liegenlassen. Tut mir leid.« Er winkt in Richtung Küche, stapft ins Haus, kommt mit dem Telefon zurück und bleibt neben mir stehen.

»Wie es aussieht, hast du die Komödie bisher überlebt. Ich wusste, dass es komisch werden würde …«

»Ihr seid erst seit einer Woche hier«, schränke ich eilig ein. »Trotzdem schätze ich, dass ich mit euch als Nachbarn leben kann. Besser als Reality-TV und Fertigpizza ist es allemal.«

Nach kurzem Zögern stellt er fest: »Schön, dich zu sehen, Fray.«

In meinem Hals formt sich ein Kloß.

Und, als täte ich ihm in meiner Einsamkeit leid, quetscht er sich plötzlich neben mich und lehnt sein heißes Bein an meinen Schenkel an.

Noch während mir der Atem stockt, sieht er mich von der Seite an. »Sie hat dich immer noch in ihrem Bann. Das, was du vorhin erzählt hast, von den freiwilligen Einsätzen beim Notfalldienst, von deinem Job … Sie hat dich verändert.«

»Kate?« Ich runzele die Stirn.

»Wer sonst? Ich meine, weshalb bist du so verloren, Frankie?«, fragt er mich mit einer Stimme, der ich deutlich anhöre, dass er nicht mehr ganz nüchtern ist.

Es ging mir durchaus gut, bis er mit einem Mal mit seinem Fertighaus und seinen Vorurteilen hier aufgekreuzt ist.

»Weshalb haben wir uns verloren?« Er lehnt sich an mich wie früher auf dem Rücksitz des uralten XD Falcon seines Dads, wo wir uns die Zeit mit Spielen vertrieben haben, wenn es in den Campingurlaub ging. Er presst seine Schulter gegen meine und schmiegt seinen Kopf an meine Wange an. »Ich meine, mir ist klar, ich habe meine Chance bei dir um circa zehn Jahre verpasst. Aber warum haben wir uns überhaupt so lange nicht gesehen?«

Plötzlich sind all die Gedanken, die ich mir verboten hatte, wieder da, und jetzt wird mir aus anderen Gründen als dem scharfen Chili heiß. Müssen wir darüber reden?

»Du weißt, warum«, erkläre ich in dem Versuch, den Faden abzuschneiden, ehe er noch stärker daran ziehen und mich vollends aus der Fassung bringen kann. »Es war einfach zu schwer.« Und ich war zu verletzt.

Er legt seine Finger um mein Weinglas und nimmt einen vorsichtigen Schluck. Die Vertraulichkeit der Geste ist ein Schock für mich. Genau wie der Druck seines Oberschenkels auf den dünnen Baumwollstoff meines Arbeitsrocks.

»Vielleicht wäre es einfacher gewesen, wenn wir den Kontakt nie ganz hätten abreißen lassen … wenn wir …« Seine Augen führen seinen Satz zu Ende, und mit meinem rotweinschweren Kopf denke ich an all die Aufregung zurück. All die Lügen. Die entsetzlichen Gerüchte.

Die verdrehten Alpträume aus jener Zeit. »Wir hätten es nie durchziehen können, Jack. Nicht nach allem, was geschehen ist.«

»Und warum nicht?«, hakt er unerbittlich nach. Seine Stimme schneidet durch das Zirpen der Zikaden und das ferne Brummen des Verkehrs. »Ich meine, okay, wir wären verrückt gewesen, es sofort im Anschluss zu versuchen, aber warum haben wir es nicht zumindest eine Weile später probiert?«

Der Wein, den er getrunken hat, hat ihm anscheinend Mut verliehen, aber ich bringe es nicht über mich, auf dieses Thema näher einzugehen.

Ich frage mich, warum Sara ihn nicht ruft. Sie kann doch sicher sehen, dass er hier neben mir auf meiner Treppe hockt. Bestimmt fragt sie sich doch, was derart wichtig ist, dass er hier sitzen muss, nachdem er schon den ganzen Abend bei mir war.

Schließlich sieht er mich aus tränenfeuchten Augen an. »Ich dachte, vielleicht hättest du gedacht …« In diesem Augenblick verlässt ihn der alkoholbedingte Mut, und er fährt sich mit der Hand über die Stirn. Der Wein in meinem Glas, das er noch immer festhält, schwappt dabei fast über, und noch immer sieht er mich so flehend an wie ein ausgesetzter Hundewelpe. »Ich denke oft daran, was du für mich getan hast. Obwohl das für dich bestimmt nicht leicht gewesen ist, weil du in deinem ganzen Leben vorher schließlich nie auch nur geflunkert hast. Aber dann, als du dich nie bei mir gemeldet hast …«

»Das hast du schließlich auch nicht«, falle ich ihm zornbebend ins Wort.

Meine Worte scheinen ihn ins Mark zu treffen, denn er wirft den Kopf zurück und starrt den rabenschwarzen

Himmel an, als könnte der ihm sagen, was das heißen soll. »Ich habe dir geschrieben, Frankie. Immer wieder. Aber so, wie meine Mum geredet hat, dachte ich irgendwann, dass du wie alle anderen bist. Dass du auch denkst, dass ich schuld an allem war.«

Ich streiche mit der Hand über sein Knie und starre ihn entgeistert an. Kennt er mich wirklich so schlecht? Wie kann er nur denken, dass ich jemals glauben könnte, er wäre in der Lage, so etwas zu tun? Er ist außer Kate der einzige Mensch, der mir je wirklich wichtig war. Und es noch immer ist.

Es gibt einen anderen Grund, weshalb ich mich niemals bei ihm gemeldet habe. Das weiß er genauso gut wie ich.

Nebenan fällt plötzlich gleißend helles Licht auf Grasflecken und leere Blumentöpfe. Offenbar hat Sara jetzt genug.

Genauso gut könnte die Frau ein Neonschild über die Haustür hängen. *Jack! Komm sofort nach Hause!*

Wir werden in blendend weißes Licht und eine Dosis Wirklichkeit getaucht. Gehorsam steht er auf, verzieht unglücklich das Gesicht und berührt flüchtig meine Finger, als er mir mein Weinglas wiedergibt. Ich wünschte, ich könnte seine Schuldgefühle lindern.

»Denkst du allen Ernstes, ich hätte jemals geglaubt, dass du Kate etwas getan hast?« Meine Worte hallen durch die Dunkelheit, doch er hat mir bereits den Rücken zugewandt und kehrt zurück ins Licht.

Ich frage mich, ob es zu spät ist – ob ich ihn mit Worten vielleicht gar nicht mehr erreichen kann. Weil sich diese Schuld in all den Jahren so tief in ihn eingegraben hat, dass sie inzwischen nicht mehr auszuwischen ist.

Dabei hat er alles völlig falsch verstanden. Denn der Grund, aus dem ich nicht länger an seinem Leben Anteil haben konnte, war nicht Kate und auch nicht das, von dem es hieß, er hätte es ihr angetan.

Der Grund war, dass *ich* von ihm im Stich gelassen worden war.

6

Bis ans Ende aller Zeit

Cooloola National Park, Südost-Queensland
18. November 2000, 15.00 Uhr

Nachdem wir die Erlaubnis unserer Eltern haben, ist die Fahrt hierher das reinste Kinderspiel. Anders als die meisten anderen, die zur Feier ihres Schulabschlusses nach Surfers Paradise fahren, haben wir uns ein entlegeneres Ziel gesucht. Zusammen mit einer Gruppe biertrinkender Angler nehmen wir die Autofähre, die über den Noosa River führt, und setzen die Fahrt mit unserem Geländewagen fort. Die Straße durch den Nationalpark wird von leuchtend grünen Farnen, die im immer feuchten Sandboden besonders gut gedeihen, und von schmuddelig grauen Teebäumen gesäumt. Die Kängurus, die auf den grün schimmernden Feldern grasen, laufen auseinander, als wir an ihnen vorbei Richtung Norden zur Landspitze Double Island fahren.

Ben lenkt den Wagen an den Straßenrand, lässt für die Strecke, die wir über Sand fahren müssen, etwas Luft aus unseren Reifen ab und nimmt den ersten Weg hinunter an den Strand. Die Vegetation wird dort spärlicher und die feuchte Hitze durch die frische Luft am Meer ersetzt. Ich bin wie geblendet von dem breiten Streifen weißen Sandes, der sich vor uns auftut, und hätte nicht sagen können, wo genau das Wasser endet und der Himmel anfängt. Dann aber fällt

mir auf, wie wunderschön diese Gegend ist. Feuchte karamellfarbene Sandflecken werden durch flache Lagunen vom pudrig weichen weißen Streifen trockenen Sands getrennt. Wir schießen wie auf einer Autobahn über den flachen, harten Untergrund zwischen den seichten Wasserstellen hindurch.

Jack und Kate haben sich auf der linken Rückbank angeschnallt, Dan und Matt sitzen den beiden gegenüber, und zum ersten Mal in meinem Leben bin ich dankbar, dass ich vorne neben meinem Bruder sitze. Weil Kate auch drei Wochen nach unserem Abschlussball noch immer kein Wort mit mir spricht. Auch wenn ich keine Ahnung habe, was dort ihrer Meinung nach geschehen ist. Und vor lauter Prüfungsstress hatte ich bisher keine Zeit, herauszufinden, weshalb sie so sauer auf mich ist, und dafür zu sorgen, dass sie mir verzeiht. Aber vielleicht geht es ja auch gar nicht um den Abschlussball. Vielleicht ist mir nur nicht aufgefallen, dass sie neue Schuhe hat. Oder dass ihr Haar drei Millimeter kürzer ist als sonst. Bei ihr weiß man schließlich nie.

Ben stellt den Geländewagen an einer Düne kurz hinter dem letzten Weg zum Strand und der Landspitze ab, und wir laden unsere Sachen aus. Vor der steil ansteigenden Düne, die zwischen den Flecken roten Sandes dicht mit Gras bewachsen ist, sieht der Lagerplatz, den wir beziehen wollen, winzig aus. Er ist so schwer zu erreichen, dass wir uns dort völlig isoliert, zugleich aber so frei fühlen wie nie zuvor.

Ben schnappt sich seinen Schlafsack und sein Angelzeug. »Ich suche mir einen Platz hinter dem Hügel – also, seid schön brav, Kinder.« Er starrt mich und unsere Tasche voller Spirituosen an. »Guck, dass du nicht ins Koma fällst, sonst reißt mir Mum den Arsch auf, ja, Frankfurt?« Mein Bruder

zwinkert mir zu und stapft dann mit seinem Zeug davon. Er ist immer am glücklichsten, wenn er alleine ist, und er kennt alle guten Angelplätze von den unzähligen Campingtouren mit Dad.

Das leuchtend blaue Wasser, auf dem weiße Schaumkrönchen sitzen, kracht laut gegen die schwarz glänzenden Felsen unterhalb der Landspitze. Unserer Landkarte zufolge führt ein steil abfallender Weg am Leuchtturm und den zerklüfteten Felswänden vorbei in Richtung Norden, wo das Wasser ruhiger ist. Und wo es jede Menge Fische gibt.

»Wo geht er hin?«, erkundigt sich Kate – die offensichtlich endlich wieder mit mir spricht – und schlägt die Eingangsklappe des Zelts, das Jack für sie beide errichtet hat, auf. Mir wird das kleinere der beiden Zelte zugewiesen, und die beiden anderen Jungen rollen einfach ihre Schlafsäcke neben der Feuerstelle aus.

»Angeln. Offenbar ist er kein ganz so gutes Kindermädchen, wie sich Mum erhofft hatte.«

Sie zuckt mit den Schultern, und der kalte Krieg zwischen uns beiden wird fortgesetzt.

Endlich sind wir hier. Wir feiern den Augenblick, indem wir uns auf eine Düne setzen, Blödsinn reden mit Bier und Wodka, während aus der Stereoanlage unseres Wagens ›Mascara‹ von *Killing Heidi* dringt. Die letzten Prüfungen sind vorüber, und wir haben ein kollektives Hoch.

»Wer als Erstes nass wird …«, fordert uns Jack plötzlich heraus, sprintet noch vollständig bekleidet los und wirbelt, als er ins Wasser springt, die weißen Krönchen auf den Wellen auf. Kate trägt noch immer ihre Uniform, da wir direkt nach ihrer letzten Prüfung losgefahren sind. Gemäß der Tradition der Schule sind unsere Baumwollblusen mit den letzten Abschiedsgrüßen unserer Mitschüler vollgeschrie-

»Im Wasser ist mir etwas klargeworden«, fängt er schließlich an.

Ich bete, dass er mir nichts gestehen wird, was er doch nicht halten kann. Damit käme ich einfach nicht zurecht.

»Was, dass du ein mieser Surfer bist?«

»Genau. Und obendrein, dass du was anderes als Jura machen solltest«, fügt er in ernstem Ton hinzu.

Ich atme erleichtert auf. Mit einer Unterhaltung über dieses Thema komme ich problemlos klar.

»Und warum?« Um ihn nicht ansehen zu müssen, streiche ich mit der Hand den Sand neben mir glatt. Er lehnt sich mit seiner nassen Schulter an mich an und hinterlässt auf meinem T-Shirt einen dunklen Fleck. »Vielleicht, weil deiner Meinung nach eine Frau ihre Zeit nicht unnötig mit einem Studium vergeuden soll, wenn sie am Ende doch nur heiratet und Kinder kriegt?«

»Hältst du mich für so altmodisch? Bei mir bringt einmal meine Frau den Speck nach Hause.«

»Den sie dann wahrscheinlich auch noch für dich in der Pfanne brutzeln darf. Ein ziemlich schlechtes Geschäft, wenn du mich fragst.«

Er schüttelt die Arme aus, und Wassertropfen fliegen glitzernd durch die Luft. »Du musst mal was mit Menschen machen, Fray. Irgendwas, wobei du direkt mit Leuten zu tun hast, statt den ganzen Tag nur über irgendwelchen langweiligen Büchern zu sitzen. So etwas macht nur Pedanten Spaß. Ich weiß, du denkst, es ginge dabei um Gerechtigkeit und darum, anderen zu helfen. Aber in Wahrheit geht es einzig darum, wer den anderen besser hinters Licht führen kann.«

»Und was schlägt Meister Yoda mir in seiner unendlichen Weisheit vor?« Ich kneife ein Auge zu, um ihn im hellen Licht besser sehen zu können.

Er blickt auf das wild wogende Meer hinaus, als tauche die Antwort auf die Frage irgendwo hinter den Wellen auf.

»Du solltest unterrichten oder wenigstens auf irgendeine Weise Menschen anleiten, etwas zu tun.«

»Unterrichten? Bildest du dir ernsthaft ein, ich käme damit zurecht, dass jeden Tag irgendwelche halbwüchsigen Jungs Hundescheiße in die Schublade von meinem Schreibtisch stopfen oder so? Früher oder später würde ich wahrscheinlich einen von den Kerlen umbringen. Mir fehlt einfach die Geduld, um mich Tag für Tag mit irgendwelchen Vollidioten rumzuschlagen.«

»Wie Sie meinen, Miss Hudson.« Er steht auf, winkt mir zu und wendet sich zum Gehen. »Möge die Weisheit mit dir sein.« Er hebt ein Stück Treibholz auf, setzt es als provisorischen Spazierstock ein und humpelt wie Yoda davon. Möge die Weisheit mit dir sein.

Ich verziehe den Mund zu einem kurzen Lächeln und genieße das wärmende Gefühl in meinem Innern, als ich daran denke, dass Jack und ich vielleicht tatsächlich zusammen an die Uni gehen könnten, bis mir wieder klarwird, dass das unmöglich ist.

Denn er gehört bereits Kate, und trotz allem, was er sagt, kommt er vielleicht nie wieder von ihr los.

***

»Wer kommt mit zum See?«, ruft Dan später vor meinem Zelt aus. »Mein Bruder denkt, er hätte da ein Krokodil gesehen.«

»Schwachsinn«, widerspricht ihm Matt. »Wir sind hier nicht in Cairns. Hier gibt es höchstens rotbäuchige Schwarzottern, du Vollhirn.«

»Echt?« Kates Stimme klingt schrill, denn bei allem, was mit Schlangen zu tun hat, ist sie sehr empfindlich.

»Die gibt es dort genauso wenig wie hier in den Dünen, Katie Kate«, spottet Dan. »Aber vielleicht holt ja Jack nachher in eurer Liebeshöhle seine Schlange raus. Um rauszufinden, ob du brüllst oder eher zu den Schreihälsen gehörst.«

»Deine Mum brüllt immer wie am Spieß, wenn ich freitags abends bei ihr bin«, mischt sich Jack in dem Bemühen, seine Freundin zu verteidigen, in das Gespräch ein.

Wir stapfen durch die feuchte Luft in Richtung See, und die Jungen können nicht aufhören, endlose Beleidigungen auszutauschen, während Kate sich weiter in der Rolle der Mimose aus der Stadt gefällt. Ich selbst bekomme die Rolle der langweiligen Vermittlerin.

Schließlich taucht vor uns eine Lichtung auf, doch außer ein paar Autos, die mit ihren Kanus auf den Dächern aussehen, als ob sie Helme tragen würden, gibt es dort nur einen stechmückenverseuchten Tümpel, der nicht größer ist als das Schwimmbecken in unserer Schule.

»Offenbar ist gerade Trockenzeit.« Enttäuscht, aber entschlossen, sich nach den Strapazen unserer Wanderung zumindest etwas abzukühlen, bahnen sich die Jungen einen Weg durchs dichte Schilf. Und nachdem die Witzbolde verkündet haben, dass im Wasser nicht so viele Schlangen sind wie an Land, läuft Kate ihnen so schnell wie möglich hinterher.

Sie beginnen mit einer zweiten wilden Wasserschlacht, und während Jack und Kate so eng umschlungen durchs Wasser waten, dass sie eine feste Einheit bilden, bemühe ich mich, möglichst unbeeindruckt auszusehen. Als meine Freundin ihre schlanken Gliedmaßen um seinen Körper schlingt, als sei sie ein kleines Mädchen kurz vor dem Ertrinken, wirft er einen Blick in meine Richtung. Und ich kann deutlich sehen, wie peinlich ihm die Szene ist.

Um dem makabren Schauspiel zu entkommen, tauche ich den Kopf ins warme Wasser, schwimme ein Stück, bis ich im Schatten bin, und setze mich ein wenig abseits in den Schlamm.

Ich träume vor mich hin, doch plötzlich taucht Kate neben mir auf, und ehe ich zurück ins Wasser flüchten kann, beginnt sie auch schon mit dem immer gleichen Monolog. Dass Jack ihr immer ausweicht, wenn sie Zukunftspläne mit ihm schmieden will, und in letzter Zeit fast immer distanziert und einfach seltsam ist.

Während sie dies sagt, fällt mein Blick auf ihr Kinn, das von seinen Barstoppeln gerötet ist. So distanziert, wie sie behauptet, ist er anscheinend nicht.

Irgendwann klagt sie über Sonnenbrand, und als auch den Jungs langweilig wird, schleppen wir uns ermattet zurück zu unserem Lagerplatz. Allmählich spüren wir den Alkohol, den wir den ganzen Nachmittag getrunken haben, und als wir zurück zu unseren Zelten kommen, merken wir, dass unser Feuer ausgegangen ist. Außerdem hat der Ranger einen Zettel an einem der Zelte festgemacht, auf dem es heißt, ein unbeaufsichtigtes Feuer hier in dieser Gegend würde von der Polizei mit einer Geldstrafe belegt, und wir sollten unsere Nahrungsmittel in Container packen, wo sie vor den Dingos sicher sind.

Kate verkriecht sich in ihr Zelt. Matt und Dan legen sich hinten in den Wagen und türmen zum Zeichen dafür, dass sie nicht vom anderen Ufer sind, ihre Schlafsäcke zwischen sich auf. Also bleiben nur noch Jack und ich. Früher konnte ich mich immer wunderbar entspannen, wenn wir zwei alleine waren, aber seit dem Abschlussball macht die leise Hoffnung, die er in mir wachgerufen hat, mich derart nervös, dass ich in seiner Nähe kaum noch Luft bekomme.

Ich blicke ihn verstohlen von der Seite an und merke, dass er abwartend in meine Richtung sieht.

»Ich kann so nicht mehr weitermachen, Fray.« Er steht auf, um ein paar trockene Zweige für das Feuer einzusammeln, sieht mich aber weiter reglos an. »Ich werde es ihr heute Abend sagen. So kann es einfach nicht weitergehen.«

Ich bekomme weiche Knie, doch neben freudiger Erregung steigen heiße Schuldgefühle in mir auf. Soll es nach all unseren Gesprächen und nach all den Briefen, die wir uns geschrieben haben, plötzlich wirklich so weit sein? Aber können wir tatsächlich nur zusammenkommen, wenn wir gleichzeitig das Herz von einem Menschen brechen, der uns beiden furchtbar wichtig ist?

»Vielleicht solltest du damit noch warten. Vielleicht ist es besser, wenn du es ihr erst zu Hause sagst. Immerhin hat sie dann, wenn sie nicht damit klarkommt, zumindest noch ihre Mum.«

»Sie kann doch auch mit dir reden – ich kann ihr einfach nichts mehr vormachen, ich halte dieses Lügen einfach nicht mehr aus. Außerdem glaube ich, dass sie es sowieso schon ahnt. Ich habe es ja schon des Öfteren versucht. Bisher habe ich am Schluss aus lauter Feigheit immer wieder einen Rückzieher gemacht, aber jetzt reicht's.«

Er lässt die Zweige fallen, schaut nach, ob die anderen schlafen, tritt dann auf mich zu, streckt seine Hände nach mir aus und legt wie ein Richter beim Urteilsspruch vor seinem nächsten Satz eine bedeutungsvolle Pause ein.

Schließlich aber beugt er sich so dicht zu mir vor, dass ich die Wärme seines Atems spüren kann, und erklärt mir in ruhiger Flüsterstimme: »Ich will mit dir zusammen sein.«

Nervös mache ich einen Schritt zurück. Er sieht vor sich

auf den Boden und kratzt sich unbeholfen am Kopf. »Wäre es vielleicht besser, weiter so zu tun, als ob ich sie noch lieben würde? Sie wird es schon verkraften, Fray.«

Ich trete ans Feuer, ziehe mir einen Stuhl heran, und Jack setzt sich neben mich.

»Aber was ist, wenn es zwischen uns nicht klappt? Wenn wir es vermasseln?«, frage ich, während ich einen Ast ins Feuer werfe. »Vielleicht kommst du zu dem Schluss, dass du mich doch nicht willst, und dann stehe ich plötzlich ganz alleine da.«

Er berührt mich sanft an der Taille. »Fray, du bist die Einzige für mich.«

Ich habe einen bitteren Geschmack im Mund und das Gefühl, als dränge die Schuld aus allen Poren meines Körpers.

Das Feuer prasselt, die trockenen Zweige sprühen Funken, und wahrscheinlich, um mein grüblerisches Schweigen zu durchbrechen, greift er nach der Rumflasche, nimmt einen großen Schluck und hält sie mir dann hin.

Ich schiebe sie weg. »Du bist wohl eher derjenige, der sich noch Mut antrinken muss.«

Entschlossen hebt er die Flasche wieder an den Mund und nimmt einen zweiten, möglichst großen Schluck des bernsteinfarbenen Getränks.

Ich vergewissere mich kurz, dass Kate nicht zwischenzeitlich unbemerkt aus ihrem Zelt gekrabbelt ist. »Ich habe einfach das Gefühl, ich würde sie verraten.« Traurig schiebe ich eine Haarsträhne aus meiner Stirn. »Aber das hat sie nicht verdient. Ich meine, sie hat sowieso schon immer Angst, dass sie bei irgendwelchen Dingen von uns ausgeschlossen wird. Und jetzt schließen wir sie plötzlich richtig aus.«

»Fray, das zwischen mir und Kate ist vorbei, ganz egal,

ob wir beide zusammenkommen oder nicht. Denk also bitte nicht, es wäre deine Schuld.«

Die Musik im Hintergrund klingt verzerrt und bricht dann plötzlich ganz ab. Wir haben den ganzen Tag das Autoradio laufen lassen und die Wagentüren aufgelassen, weshalb jetzt die Batterie am Ende ist. Schlecht gelaunt stehen die anderen wieder auf, und schließlich sagt Dan, Jack und Kate sollen nach irgendwelchen anderen Campern suchen, die ein Überbrückungskabel haben. Sonst säßen wir am nächsten Tag hier fest.

»Ich komme mit«, erkläre ich, denn der Gedanke, eine ganze Stunde lang mit Dan und Matt allein zu bleiben und mit ihnen irgendwelche Trinkspiele zu spielen, schreckt mich ab. Also folgen wir zu dritt den Reifenspuren, die wir in den Dünen sehen, und suchen den Strand nach irgendwelchen Lebenszeichen ab. Unterwegs erklimmen wir die rostbedeckten Überreste eines alten Frachtschiffs, und als auch von dort aus nichts zu sehen ist, laufen wir weiter, bis wir eine halbe Stunde später einen alten Fischer treffen, der ein Funkgerät besitzt.

Der Mann, der breitbeinig auf einem ausgebrannten Baumstumpf sitzt und sich gerade eine Zigarette dreht, hat eine Haut wie Leder sowie einen langen, um die Lippen herum gelb verfärbten Rauschebart.

»Ihr Kids steckt also in der Klemme?«, fragt er, nachdem ihm Jack erklärt hat, in welcher Notlage wir sind. »Schade, dass ihr euch nicht festgefahren habt. Ich habe nämlich nur ein Abschleppseil dabei.« Als er lacht, kann ich zwei Reihen grauer, schiefer Zähne sehen. »Normalerweise sitzt ihr Kids mit euren Kisten, wenn die Flut kommt, auf den Felsen fest. Ihr habt doch sicher schon die Bilder von den Autowracks

an der Wand im Pub gesehen. Aber schließlich bildet ihr junges Gemüse euch auch immer ein, dass ihr von allem eine Ahnung habt.«

Der Fischer leckt seine Zigarette an und wendet sich an Kate. »Ich habe eine Tochter, die in deinem Alter ist. Aber natürlich ist sie nicht so klapperdürr wie du. Ich bin übrigens Nick.«

Kate verschränkt die Arme vor der Brust.

»Könnten Sie vielleicht den Ranger für uns anrufen?«, erkundigt sich Jack.

»Wo campiert ihr denn genau?« Der Fischer zündet sich seine Zigarette an, geht zu seinem Wagen, dessen Ladefläche unter all den Krebskörben und Netzen kaum zu sehen ist, und zieht sein Funkgerät hervor.

»Ein Stück südlich des Wracks. Wir haben zur Markierung oben auf der Düne ein Surfbrett in den Sand gesteckt«, erklärt Jack ihm unsere genaue Position.

Der Fischer ruft den Ranger an und richtet uns von ihm aus, er käme morgen früh an unserem Lagerplatz vorbei.

»Nick, richtig? Danke, Kumpel.« Jack gibt ihm die Hand, und nach erfolgreicher Mission treten wir den Rückweg an. Wobei Kate des Öfteren zum Muschelsammeln stehen bleibt, während Jack mehrere Meter vor uns läuft.

Während allmählich die Sonne untergeht, verlangsame ich meine Schritte, um auf Kate zu warten, die in die Betrachtung ihres neusten Fundstückes versunken ist.

»Hast du ein Stück Angelschnur dabei?«

»Warum? Bisher hast du noch nie auf mich gewirkt, als würdest du jemals freiwillig irgendwelche Fische umbringen.«

»Ich will eine Kette für dich machen.«

Während ich dir gleichzeitig den Freund ausspannen will, denke ich.

Sie schiebt sich eine Haarsträhne aus dem Gesicht und trocknet die Muschel mit dem Stoff ihres T-Shirts ab.

»Dieser Fischer würde dir bestimmt ein Stückchen geben. Schließlich war er völlig hin und weg von dir …«

»Haha.« Mit ihrem breiten Grinsen wirkt sie mal wieder wie ein Filmstar, und wie so oft kommt es mir vor, als hätte sie die Dinge, die sie sagt, vorher auswendig gelernt.

»Wusstest du, dass ich, als wir in Sydney gewohnt haben, fast zwei Jahre lang total vegan gelebt habe?«, fragt sie. »Ich habe so lange nichts anderes als Kartoffelsalat oder Marsriegel gegessen, bis ich derart blutarm wurde, dass mich nur noch eine Transfusion gerettet hat.«

»Das ist ja wohl totaler Schwachsinn. Denn ohne Cheeseburger würdest du nicht mal eine Woche überstehen. Und außerdem ziehst du beim Lügen immer deine Nase kraus.«

»Okay, erwischt«, räumt sie lächelnd ein, hebt einen Stock vom Boden auf, malt eine Herzform mit der Inschrift »Kate und Frankie« in den Sand, und wieder steigen Schuldgefühle in mir auf. Ich überlege kurz, ob ich ihr sagen sollte, dass Jack ihr den Laufpass geben will. Vielleicht wäre es ja einfacher für sie, wenn sie gewappnet ist.

»Du hast mir gefehlt.« Sie blickt mich mit ihrem süßen Lächeln an. »Du hast mich nie danach gefragt, was nach dem Abschlussball passiert ist.«

»Weil du mich seither wie Luft behandelt hast.« Ich trete näher an sie heran. »Was sollte dieser Blödsinn überhaupt? Du hast mich doch wohl nicht wochenlang geschnitten, nur weil ich mit Jack getanzt habe?«

Eilig wendet sie sich ab. »Es gab da ein paar Sachen, über die ich mir klarwerden musste, aber jetzt ist alles gut.«

Es ist typisch Kate, dass sie mir nie eine direkte Antwort gibt. »Vielleicht kannst du mir dann ja jetzt erzählen, weshalb du die ganze Zeit kein Wort mit mir geredet hast.«

Meine Freundin reißt die Augen auf. »Ich wollte es dir schon die ganze Zeit erzählen!« Sie nimmt meine Hände und fährt fort: »Aber irgendwie hatte ich eine Heidenangst ... ich meine, du bist so verantwortungsbewusst und alles, und ich war so glücklich, als ich es herausfand. Aber ich konnte den Gedanken nicht ertragen, dass du der Meinung sein könntest, dass ich eine kleine Schlampe bin.«

»Wie? Was meinst du, Kate?«

Sie steckt ihre Muscheln in die Tasche, drückt mir vor lauter Aufregung erneut die Hände. Ich nehme den grobkörnigen nassen Sand an ihren Fingern wahr und stelle fest, dass sie nach Meerwasser und Frangipani riecht.

»Ich kriege ein Baby!«

Ich verschlucke mich und ringe erstickt nach Luft. »Wie bitte?«

»Meine Periode ist seit vierzehn Tagen überfällig, meine Brüste tun mir weh, und ich habe diesen seltsamen, metallischen Geschmack im Mund – ist das nicht phantastisch?« Ihre Augen funkeln, und mir wird bewusst, dass sie den ganzen Nachmittag bei Diet Coke geblieben ist.

»Du bist schwanger?«, kreische ich.

»Pssst.« Sie legt ihre sandverklebte Hand auf meinen Mund. »Du musst mir versprechen, keinem Menschen was davon zu sagen.«

»Ernsthaft?« Mir wird schlecht, und um nicht zu ersticken, atme ich mühsam ein und aus.

»Glaubst du etwa, mit so etwas würde ich Witze machen? Ich habe sogar zweimal so ein Stäbchen vollgepinkelt, deshalb ist es offiziell. Ich wollte so, dass du mir hilfst, aber

ich hatte Angst, du würdest ausflippen.« Sie beugt sich entschlossen vor, zieht mir die Beine weg, und während wir übereinander fallen, bricht sie in hysterisches Gelächter aus.

Meine Gedanken überschlagen sich. Meine ganze Welt bricht zusammen.

Über das laute Klopfen meines Herzens hinweg kann ich mich nicht mehr denken hören. Der arme Jack. Sie hat ihn hereingelegt. Sie hat tatsächlich gewusst, dass er sich von ihr trennen wollte, und dass sie ihn nur auf diese Weise halten kann. Dafür aber bis ans Ende aller Zeit.

Wir beide haben keine Chance mehr. Er würde sie heiraten. Dieser verrückte, gutherzige Narr.

Aber irgendwie geschieht es ihm vielleicht sogar recht. Kate ist bestimmt nicht von allein schwanger geworden.

Ich unterdrücke einen halben Schluchzer und frage sie heiser: »Freust du dich darüber?« Eine Frage, die ich mir auch hätte sparen können. Weil das Leuchten ihrer Augen bereits Bände spricht.

»Bitte freu dich mit mir! Du musst mir helfen, Frankie. Mir ist klar, was du von Teeniemüttern hältst, aber es muss nicht immer schlecht sein, und ich weiß, dass ich es schaffen kann.«

»Wie konnte das passieren, Kate?«

Sie gräbt eine Kuhle in den Sand und macht es sich dort bequem, als setze sie zu einer wunderbaren Erzählung an. »Es war am Abend nach dem Abschlussball. Nachdem wir dich zu Hause abgesetzt haben, sind wir auf den Mount Cootha rauf. Er hatte diese kleinen Teelichter und Rosenblätter und eine noch volle Flasche Pfirsichschnaps dabei.«

Ich kriege kaum noch Luft.

»Dann hat er neben einer Picknickhütte angehalten, eine

Decke auf dem Boden ausgebreitet, und, na ja, dann haben wir es dort getan.«

Ich habe das Gefühl, als würde mir ein Messer in die Brust gerammt. Es ist gerade einmal eine Stunde her, dass er mir seine Liebe offenbart hat.

»Die Sterne haben geleuchtet, und das Ganze ging entsetzlich schnell, aber trotzdem kann ich ihn immer noch spüren …«

Aus reinem Selbsterhaltungstrieb muss ich ihr plötzlich widersprechen. »Warte, er ist unbegleitet ohne Führerschein gefahren?« Meines Wissens hat es Jack bisher noch nie geschafft, alleine am Berg anzufahren, ohne dass dabei der Motor abgesoffen ist.

Kate zieht einen Schmollmund. »Also wirklich, Fray, manchmal bist du eine echte Spaßbremse. Schließlich darf ich auch mit Begleitung fahren.«

Dann ergeben also plötzlich zwei begrenzte Führerscheine eine unbegrenzte Fahrerlaubnis?

Sie rollt mit den Augen, aber dann fährt sie überschwänglich fort und erzählt, wie liebevoll er sie berührt und wie sanft er sie geküsst habe, bevor sie irgendwann in seinen Armen eingeschlafen sei. Mit einem Kloß im Hals denke ich an den ganzen Mist zurück, den Jack mir kurz vorher in derselben Nacht erzählt hat. Er hat mir erklärt, ihm wäre schon seit Jahren klar, dass er das erste Mal mit mir erleben wollte. Bei der Erinnerung an diese Worte komme ich mir wie eine hoffnungslose Verliererin vor.

Mit einem Mal will ich nur noch nach Hause und weg von den beiden.

Noch immer brabbelt sie fröhlich vor sich hin. Nasse Sandkörner kleben wie brauner Zucker an der klaren Haut ihres Gesichts, und ihre grünen Augen leuchten im letzten

Tageslicht. Wie habe ich nur jemals denken können, Jack zöge mich einem derart wunderschönen Wesen vor?

Sie greift nach den Muscheln, die sie in der Tasche trägt, und zieht mich dicht an sich heran. »Versprichst du mir, dass du mit niemandem darüber sprichst? Ich will nämlich sein Gesicht sehen, wenn er es erfährt.«

»Was glaubst du, wie er darauf reagieren wird? Ich meine, die meisten Jungs in unserem Alter würden –«

»Das ist mir egal. Ich habe gründlich über alles nachgedacht und ziehe diese Sache notfalls auch alleine durch. Ich weiß, dass ich das kann.«

Ich denke daran, dass sie morgens oft noch nicht mal alleine ihre Schuhe findet, und frage mich, ob sie tatsächlich denkt, sie käme allein mit einem Kind zurecht.

Sie sieht den Strand hinauf dorthin, wo Jack in einiger Entfernung auf einer Düne steht. Er trinkt das letzte Bier, das er mit auf die Wanderung genommen hat, und als er uns winkt, weil wir etwas schneller machen sollen, werfe ich ihm einen tödlichen Blick zu.

»Sag, dass du dich für mich freust.« Kate sieht mich flehend an, und deshalb sage ich ihr nicht, wie irre und dumm diese ganze Sache ist. »Mum wird sicher ausrasten, und ohne Tante Frannie kämen wir bestimmt nicht klar …«

»Wer wird ausrasten?« Jacks Stimme dringt durch den bruchstückhaften Alptraum, in dem ich gefangen bin, an mein Ohr. Stirnrunzelnd kommt er dorthin zurück, wo wir im Sand sitzen. Mir steht der Schock wahrscheinlich ins Gesicht geschrieben. »Was macht ihr beiden hier? Ich will langsam zurück, mein Bier ist leer.«

Er wirft sich zwischen uns, doch als er uns die Arme um die Schultern legt, verschränke ich meine Arme vor der Brust und wende mich entschieden ab.

»He, was ist denn jetzt los?«

Statt etwas zu erwidern, starre ich ihn einfach böse an. Hätte ich ihn vielleicht fragen sollen: »Wie zum Teufel konntest du mit ihr schlafen, kurz nachdem du mir erklärt hast, dass du keine Lust mehr auf sie hast?« Ich ersticke fast vor Zorn, doch Kate schlingt ihm die Arme um den Hals und küsst ihn begierig auf den Mund.

Als er rücklings in den weichen Sand fällt, muss ich die beiden einfach anstarren, während ich gelähmt vor Schreck danebensitze und mich bemühe, den Gedanken an das winzig kleine, fremdartige Wesen zu verdrängen, das durch Zellen, die sich erst geteilt und dann vermehrt haben, in ihrem Bauch entstanden ist.

»Ich gehe zurück.« Am liebsten würde ich mich irgendwo in einem Loch verkriechen und mir dort die Augen aus dem Kopf heulen.

»Alleine?«, fragt Jack. »Allmählich wird es dunkel. Deshalb sollten wir vielleicht lieber zusammen gehen.«

Kate zwinkert mir zu und stellt achselzuckend fest: »Sie kommt schon klar. Es ist schließlich Vollmond.«

Am liebsten würde ich mich übergeben, als sie mit den Fingerspitzen sanft über den Rand seiner Surfershorts streicht. Aber vielleicht sollte ich mich besser gleich daran gewöhnen, unerwünscht zu sein. Nicht einmal mehr als drittes Rad am Wagen werde ich in Zukunft noch gebraucht. Schließlich wächst in ihrem Bauch schon ein Ersatz für mich heran.

Als ich mich zum Gehen wende, fällt mein Blick ein letztes Mal auf Jack.

»Was ist nur mit dir los?«

»Nichts«, fahre ich ihn an. »Lass mich einfach in Ruhe, ja?«

Daraufhin lässt er mich, wenn auch widerwillig, ziehen.

»Bis später, Süße.« Lächelnd legt Kate den Arm um seine Taille. Beklommen laufe ich los. Es ist klar, dass er sie jetzt nicht mehr abservieren kann.

Und der Traum von Jack und mir als Paar ist für alle Zeiten ausgeträumt.

7

Allgemeines Kinderglück

In aller Herrgottsfrühe reißt mich ein lautes Poltern aus dem Schlaf. Wer braucht schon einen Wecker, wenn er in einer Gegend voller Kinder wohnt? Ich koche Tee und setze mich ans Fenster in die Sonne. Dort höre ich eine gedämpfte Männerstimme – sie gehört sicher Jack – und dann das laute Kreischen eines Kindes, als amputiere man ihm gerade eine Gliedmaße. Während ich die Jalousien schließe, um den Krach ein wenig abzumildern, sehe ich, wie Jack in nichts als seinen Boxershorts hinter dem Jungen aus dem Haus hechtet. Die Schlaksigkeit der Jugend hat er in den letzten dreizehn Jahren gegen jede Menge Muskeln eingetauscht.

»Oliver, du musst im Haus bleiben. So früh kannst du nicht draußen spielen«, herrscht er seinen Sohn mit zornbebender Flüsterstimme an, während Oli kleine Kieselsteine nach ihm wirft.

»Oliver – hör auf!«

»Nein!«, erklärt der Junge in dem Superman-Kostüm, doch mit einem offenbar erprobten Seitengriff zieht Jack ihn kurzerhand ins Haus zurück. Lächelnd muss ich daran denken, dass er selbst vor gar nicht allzu langer Zeit noch in einem Superman-T-Shirt herumgelaufen ist, das er nicht mal ausziehen wollte, wenn man die Farben vor lauter Dreck kaum noch erkennen konnte.

Ich dusche ausgiebig, ziehe mich an, und als ich merke, dass ich über eine Stunde früher dran bin als gewöhnlich und deshalb noch etwas Zeit totschlagen muss, nehme ich mir meine Zeitung vor. Doch bevor ich anfange zu lesen, sehe ich, dass Meg in ihrem Garten steht und dort die Blumen gießt. Die schwache Wintersonne ist eigentlich noch viel zu kalt, um jetzt schon wach zu sein, doch die Vögel zwitschern bereits fröhlich in der frischen Morgenluft und ich trete an meinen Zaun.

»Ich habe eine schlechte Nachricht, Meg ...«, erkläre ich mit ernster Stimme. »Diese Pflanzen sind Kakteen.«

»Mach dich nicht über sie lustig. Sie können dich nämlich verstehen«, schimpft meine Freundin. »Guck, hier ist ein grünes Blatt – was für Photosynthese steht.«

»In diesem Fall wohl eher für Schimmel«, spotte ich. »Diese Pflanze ist so alt, dass sie bereits verwest.«

Dann werde ich von ihrem Jüngsten – oder wenigstens dem Jüngsten derer, die sich bereits selber fortbewegen können – abgelenkt. Er hat sich einen Eimer auf den Kopf gesetzt und so tief ins Gesicht gezogen, dass er völlig blind an mir vorüberrennt. Was mich aber noch viel mehr beunruhigt, ist, dass Meg mit völlig gleichgültiger Miene dabei zusieht, ohne einzuschreiten. Was bedeutet, dass sie offenbar den Willen, ihre Brut am Leben zu erhalten, endgültig verloren hat. Ich weiß, dass sie drei Jungen hat, von denen einer Ken heißt, aber insgeheim bezeichne ich sie einfach als den Großen, den Mittleren und den Kleinen.

»Hast du von den Nachbarn auf der anderen Seite schon was anderes mitgekriegt als die endlose Prozession von Handwerkern, die Tag für Tag in deiner Einfahrt

parkt?« Es nervt mich, dass es mich nervt, dass sie überhaupt von ihnen spricht.

»Ich bemühe mich grundsätzlich, meinen Nachbarn aus dem Weg zu gehen. Weil sie einen zwingen, aufzustehen, bevor es richtig hell ist, und einem mit neugierigen Fragen auf die Nerven gehen. Aber ja, ich habe ihnen gestern Abend sozusagen meinen Herd geborgt.«

»Du hast gesagt, dass du den Mann schon ewig kennst. Das muss doch seltsam sein.«

»Ein bisschen«, räume ich stirnrunzelnd ein. »Wir sind zusammen aufgewachsen. Seine Mum war Krankenschwester, und sie hat nach Jacks Geburt nur eine kurze Babypause eingelegt. Als sie wieder anfing zu arbeiten, hat meine Mum in der Zeit auf ihn aufgepasst. Außerdem haben wir öfter zusammen gezeltet und so Sachen. Doch dann …«

Ich spüre, wie mir das Blut in den Kopf schießt. Soll ich ihr davon erzählen? Von der Sache mit Kate, die damals meine beste Freundin war, und davon, wie alles endete? Schließlich ist Meg inzwischen meine beste Freundin, und vielleicht wäre es gut, es mir endlich einmal von der Seele zu reden. »Schließlich sind sie weggezogen.«

Ja, ich weiß, ich bin ein Feigling. Aber ich kann einfach nichts dagegen tun.

Und außerdem ist Meg inzwischen durch ihre Kinder abgelenkt. Obwohl alles still ist, hat sie irgendwas gehört. Wahrscheinlich mit dem dritten Ohr, das Mütter offenbar nach der Geburt des ersten Kindes eingepflanzt bekommen, weil es wie das zusätzliche Augenpaar im Hinterkopf einfach zur Mutterschaft dazugehört. Ich frage mich, ob ich diese Organe jemals brauchen werde,

aber vielleicht reicht auch schon ein Frühstück, damit sich das Gefühl der Leere, das ich plötzlich habe, wieder legt.

»Dann weißt du also nicht, wer diese klapperdürre Tussi mit den falschen Brüsten ist?« Meg schwenkt ihren Gartenschlauch ein Stück nach links und sieht sich um, ob irgendwer etwas von unserer Unterhaltung mitbekommt.

»Du meinst, die sind nicht echt?« Sara saß mir schon beim Abendessen gegenüber, ohne dass mir irgendwas an ihren Brüsten aufgefallen wäre, während Meg bereits von hier aus sehen konnte, dass sie ihren prallen Busen nicht nur ihren guten Genen zu verdanken hat? Sie ist eine Arztfrau, aber trotzdem …

Meine Freundin nickt.

»Aber dieser Jack ist ganz schön heiß. Du kennst ihn nicht zufällig *näher*?«, fragt sie mich in jugendfreier Sprache und sieht mich durchdringend an.

»Nein«, erkläre ich ihr knapp. »Die Typen kann ich an einer Hand abzählen, und er gehört ganz sicher nicht dazu.«

»Nur an einer Hand? Wow.« Meg zieht die Brauen hoch.

»Die vier Jahre mit dem Idioten haben die Sache ein bisschen ins Stocken gebracht«, erkläre ich entschuldigend.

»Was ist ein Idiot?«, piepst es plötzlich in Kniehöhe hinter der Wand der Waschküche.

Huch. Meg lacht.

»Eine Art Gemüse«, sagt sie Richtung Wand und setzt dann ohne Unterbrechung unsere Unterhaltung fort. »Das kann ich verstehen. Dieses treulose Schwein.« Sie

klemmt sich eine Strähne ihres angegrauten Bobs hinters Ohr.

»Vor ein paar Tagen habe ich ihn in der Stadt gesehen«, erinnere ich mich. Es hatte Monate gedauert, bis ich mich nach der Trennung und dem Umzug wieder wohl in meiner Haut fühlte.

Meg reißt die Augen auf. »Und, hast du dem Kerl eine verpasst?« Sie kommt eindeutig viel zu selten aus dem Haus, wenn schon mein langweiliges Liebesleben derart unterhaltsam für sie ist.

»Ich habe mich hinter einem Laternenpfahl versteckt.« Hmm, wenn das nicht wieder einmal typisch für mich ist.

»Wie nett.«

»Vielleicht ein bisschen unreif ...« Doch auch wenn ich jetzt wieder nach vorne blicke, hat mich dieses Wiedersehen vorübergehend völlig aus dem Gleichgewicht gebracht. »Aber dann hat er mich gesehen und gesagt, dass wir uns mal auf einen Kaffee treffen sollen.«

»Du bist ihm nichts schuldig, Schätzchen.«

»Außer vielleicht seinen Ring ...«, gestehe ich im Flüsterton, während sich Meg nach ihrer Brut umdreht. Doch ich bin es gewohnt, dass sie bei unseren Gesprächen stets mit einem Ohr woanders ist.

»Sebastian!« Es ist geradezu unglaublich, dass ein derart winziges Persönchen derart drohend klingen kann. »Leg! Sofort! Die! Schippe! Weg!« Sie wackelt drohend mit dem Zeigefinger. »Zwing mich nicht zu kommen ... drei ... zwei ... eins.« Und genauso plötzlich, wie es aufgeflackert ist, erlischt das Feuer ihrer Stimme wieder mit einem ruhigen »Danke«, und sie klappt kurz die Augen zu.

Sie macht einen tiefen Yogaatemzug und schlägt die

Augen wieder auf. Ich frage mich, ob in der Wasserflasche neben ihren Füßen vielleicht Wodka ist. Ich an ihrer Stelle bräuchte den auf jeden Fall.

»Wie dem auch sei, wie geht es deinen Engelchen?«, frage ich todesmutig. Weil ich sie von mir ablenken muss.

Sie atmet schnaubend wie ein Drache aus, als habe man ihr einen Knebel aus dem Mund genommen, und macht ihrem Herzen lautstark Luft.

»Ach, ich weiß nicht, Frankie. Irgendwie geben sie mir fast immer das Gefühl, ein grauenhafter Mensch zu sein. Früher war ich *nett*, *gelassen* und *im Einklang mit der Welt*. Jetzt bin ich ein Fischweib, das in knitterigen Cargohosen durch die Gegend läuft und in einem Haus voll Müll und vollgepinkelter Toiletten lebt.«

Ich drücke ihr aufmunternd die Schultern. »Also bitte, Meg. Du brauchst dich nicht dafür zu schämen, dass du drei aktive Kinder hast.«

»Dass wir sie nicht mit einem Liter O-Saft vor dem Supermarkt im Auto sitzen lassen, heißt noch längst nicht, dass wir gute Eltern sind. Letztes Wochenende waren sie derart außer Rand und Band, dass ich mich ernsthaft fragen muss, was ich bei der Erziehung falsch mache.«

»Du machst nichts falsch! Deine Kinder haben einfach … Temperament und einen großen Freiheitsdrang, sonst nichts. Und meistens musst du ganz allein mit ihnen fertig werden, weil dein Mann fast ständig bei der Arbeit ist. Wenn ich jemals auch nur eine halb so gute Mutter werde, würde ich mich glücklich schätzen, Meg.«

Damit ist das Rührseligkeitssoll des Tages eindeutig erfüllt. Leise schniefend wendet Meg sich ab, und gleich darauf ist meine allzeit aufgekratzte Freundin wieder da

und klärt mich fröhlich über ihre Pläne für das Wochenende auf.

Das war einfach, stelle ich zufrieden fest. Sie hat mich schon an so vielen Freitagabenden aus meiner Einsamkeit errettet und nach derart vielen grauenhaften Arbeitstagen meinen Glauben an die Menschheit wiederhergestellt, dass ich immer froh bin, wenn auch ich sie mal aufmuntern kann.

Während sie mir langatmig von den Zusammenkünften der Familie erzählt, schrillt urplötzlich ein Rauchmelder in ihrem Haus, wobei der durchdringende Ton im aufgeregten Kreischen zweier Jungen beinah untergeht. Ich sehe ihre Köpfe wippen, während sie mit Handtüchern den dichten Rauch durchs offene Fenster wedeln, aber plötzlich werde ich von diesem Durcheinander durch den Anblick eines schläfrig dreinblickenden, mittelgroßen Kinds mit wild zerzaustem Haar und Shrek-Ohren abgelenkt, das sich rittlings auf den Zaun geschwungen hat.

»Da bist du ja, Mummy«, brüllt der Mittlere und steigt vom Zaun herab. »Daddy kocht uns Milchreis, aber der sieht wie Klebstoff aus. Und er hat den Sirupsmiley obendrauf vergessen, und er findet meine Lieblingsschüssel nicht und … wir brauchen dich, Mummy!«

Der Rauchmelder schrillt immer noch, und Meg legt ihre Hände an die runden Wangen ihres Sohns, streicht den Vorhang blonder Haare aus den grauen Regenpfützenaugen und schwingt sich das Kind so auf die Hüfte, dass er dort wie angewachsen sitzt. Sie schlingt einfach einen ihrer dünnen Arme locker um die schmale Kinderhüfte und hält sie dort fest, als sei das ihr angestammter Platz.

»Jetzt geht der alte Wahnsinn wieder los. Aber denk ja nicht, dass die Sache mit Jack damit erledigt ist! Wir setzen unsere Unterhaltung einfach später fort!«

Meg trägt ihren Sohn ins Haus. Nach einem letzten Winken wende ich mich ebenfalls zum Gehen.

Auf dem Weg zurück zu meiner schäbigen Singlebehausung wird mir klar, dass sogar Jack inzwischen Vater ist. Ich hingegen habe nur ein lange noch nicht abbezahltes Haus und einen Hund. Flüchtig denke ich an Seamus und das Leben, das wir beide jetzt führen könnten, hätte ich die Kraft gehabt, ihm zu verzeihen. Aber dann fallen mir wieder unsere Streitereien ein – weil er über Kinder nicht mal hatte reden wollen –, und mein Herz verwandelt sich erneut in Stahl.

Als ginge es mir noch nicht schlecht genug, steht plötzlich Jack vor mir. Mit seinem Kind. Wie in einer Kochsendung, in der er schon mal alles vorbereitet hat. Ein Bonus-Kind, zu dem er ähnlich wie zu einem Gratissatz Messer gekommen ist. Können sie nicht einfach drinnen bleiben? Er scheint auf seinen Sohn aufzupassen, der auf einem viel zu großen, wackeligen Kinderrad mit Stützrädern den Weg hinunterschlingert und sich derart auf die Übung konzentriert, dass er sich auf die Zunge beißt.

Ich hätte nie gedacht, dass Jack einmal ein Helikoptervater würde. Schließlich war er selbst ein Schlüsselkind.

»Morgen«, rufe ich ihm zu.

»Das ist es in der Tat«, gibt er zurück. »Sorry, falls wir dich geweckt haben, aber im Augenblick stellt Oli einfach jede Menge Blödsinn an. Er hat sich nach der Woche bei den alten Herrschaften noch immer nicht ganz eingewöhnt.« Jack kratzt sich am Kopf, während

der Junge langsam etwas sicherer durch die schlammigen Pfützen in der Einfahrt rollt. »Oli! Komm und sag hallo zu Frankie!«

Er fährt einen ordentlichen Halbkreis und kommt auf uns zu.

»Hallo zu Fwankie«, grüßt er mich, als er direkt vor meinen Füßen hält.

Ich schmelze dahin. Vielleicht muss ich mich damit abfinden, immer nur die nette Tante zu sein. Obwohl ich mir nicht vorstellen kann, dass mein Bruder Ben sein Leben jemals derart auf die Reihe kriegen wird. Vielleicht muss unsere Mum am Ende ein paar Kinder mieten, wenn sie Enkel haben will.

Ich gehe vor dem Kleinen in die Hocke und grabe nach meiner Kinderstimme, die inzwischen merklich eingerostet ist. »Hallo, Oli. Na, du kannst aber schon super Fahrrad fahren«, lobe ich, und er strahlt mich mit seinen riesengroßen Kulleraugen an.

»*Mein* Rad.«

Nachdem das geklärt ist, fährt er wieder los, und Jack trottet ihm hinterher, schlägt seine Zeitung auf und überfliegt die Schlagzeilen, als der Kleine abermals durch eine tiefe Pfütze rollt. Die Zeitung schützt sein Hemd, aber im Gesicht sieht er mit all den Schlammspritzern auf einmal wie ein Dalmatiner aus. Stirnrunzelnd wischt er sich mit dem Zeigefinger den dicken Tropfen ab, der an einem seiner Ohren hängt, und schnipst ihn in meine Richtung, als er mich verstohlen grinsen sieht.

»Weißt du noch, die Schlammschlacht auf der Bio-Exkursion?«

Als er lächelt, stelle ich mit einem noch breiteren Grinsen fest: »Als ob ich die jemals vergessen könnte.«

Wir sprechen von Schlamm. Und trotzdem sehe ich plötzlich völlig klar.

Wir vierzehn Schüler hatten eine Woche lang in Holzhütten gewohnt. Außer mir waren nur noch zwei andere Mädchen in dem Kurs gewesen. Kate hatte es vorgezogen, währenddessen in der Schule auszuharren, denn für Botanik interessierte sich unsere Dramaqueen nicht die Bohne, und in meinem tiefsten Inneren war ich neugierig darauf zu sehen, wie die Dinge laufen würden, wenn die Sonne unserer kleinen Dreiergalaxie, um die wir beiden anderen kreisten, eine Zeitlang mal nicht schien.

Und tatsächlich änderte sich während dieser Exkursion die Dynamik zwischen Jack und mir. Ich weiß noch, dass es sich so anfühlte, wie als wir beide klein waren, wie in der Zeit v. K. – vor Kate. Bis zu ihrem Auftauchen war kaum ein Tag vergangen, ohne dass mir Jack auf seinem Fahrrad nach der Schule hinterhergefahren war, ohne dass er seinen Ranzen krachend auf die Steine unserer Einfahrt hatte fallen lassen, seine Schuhe ausgezogen hatte und mit reingekommen war, als wäre er dort ebenfalls zu Hause.

Wie die Krebse waren wir am Ufer eines Sumpfs entlanggekrabbelt, hatten dessen Erosion erforscht und die im Schlamm stehenden Mangroven untersucht – die mir wie mutierte stachelige Triffid-Pflanzen vorgekommen waren. Unsere erste Aufgabe war gewesen, die Bestandteile des Lebenszyklus von Mangroven darzustellen. Also hatte ich mein Clipboard an die Brust gedrückt, mich so nah wie möglich an die stinkend braune Brühe, die um meine Füße waberte, herangeschoben, mich gebückt

und eine der Mangroven sanft mit meinem Kugelschreiber angestupst.

»He, Fray, wir sollen auf dem Steg bleiben«, hatte mir Jack erklärt. »Du hast den Mann gehört – wir sollen nur Fotos machen und nichts als unsere Fußabdrücke hier zurücklassen …«

»Außerdem sollen wir die Pflanzen zeichnen und beschreiben.« Ich hatte ihn tatsächlich ernst genommen, doch der humorvolle Blick, mit dem er mich bedachte, zeigte mir, dass das ein Irrtum war.

Er setzte sich gemütlich auf den Steg und fing mit seiner Zeichnung an. »Auch wenn ich nicht weiß, wofür Leadgitarristen diesen ganzen Schwachsinn brauchen.« Man musste ihn dafür bewundern, dass er diesen Traum noch immer hegte, obwohl er … tja, nun … nicht wirklich musikalisch war.

»Damit sie mit einem anständigen Job ihr Geld verdienen können …«, klärte ich ihn nüchtern auf.

»Dir werde ich mein erstes Album ganz bestimmt nicht widmen, Fräulein Spaßbremse.«

Ich hatte es vermisst, ihn ganz für mich allein zu haben. Wir gingen nur so locker und so ungezwungen miteinander um, wenn wir alleine waren. Es versetzte mir noch immer einen Stich, wenn ich Kate und Jack beim Knutschen zusehen musste, auch wenn es inzwischen nicht mehr ganz so weh tat, wie als ich sie zum ersten Mal hinter dem Schuppen des Hausmeisters überrascht hatte. Was mich am meisten störte, war, dass sie mich offenbar für dämlich hielten und gedacht hatten, ich würde es noch nicht wissen. Als hätte ich die Briefchen nicht gelesen, die ich ihnen gegenseitig hatte überbringen müssen, weil ich nun mal ihrer beider beste Freundin

war. Wobei ich keine Ahnung hatte, ob ich eifersüchtiger auf Kate oder auf meinen Freund aus Kindertagen war. Es war eindeutig einfacher, wenn ich die beiden einzeln sah. Doch das kam nur noch selten vor.

Nach ein paar Minuten war die Zeichnung, die ich hatte machen müssen, fertig, und ich richtete mich wieder auf.

»Können wir jetzt endlich los? Alle anderen haben sich schon längst verdrückt.«

»O nein, Jack, ich stecke fest.«

»Was?«

»Ich stecke fest. Ich komme nicht mehr aus dem Schlamm heraus. Hilf mir!«

Meine Turnschuhe und meine Knöchel waren schon nicht mehr zu sehen.

»Und wie soll ich das machen? Wir sind hier nicht bei *Donkey Kong*, wo ich Lakitu rufen kann, damit er mit seiner Wolke kommt.« Er schüttelte den Kopf. »Wenn ich näher komme, stecke ich am Ende selber fest.«

Da hatte er natürlich recht, doch dadurch wurde meine Panik nur verstärkt. »Kannst du nicht einen langen Ast oder so holen?«

Er fand einen dicken Stock, der von einem der Bäume, die am Ufer standen, abgebrochen war, schob sich vorsichtig vom sicheren Steg und streckte seinen Arm in meine Richtung aus.

Inzwischen konnte ich nicht mal mehr meine Knie sehen. Ich ergriff das andere Ende des Stocks und versuchte, mich aus dem Morast zu ziehen, riss dabei aber den Ast aus seiner Hand.

»Hier …« Jack warf sein Clipboard auf den Steg, trat noch einen Schritt näher und reichte mir seine Hand.

Ich umklammerte verzweifelt seine Finger, zog mit aller Kraft, hörte ein schmatzendes Geräusch und hoffte, ich wäre frei, stellte aber fest, dass ich noch tiefer sank, und kreischte: »Jack!«, als der Saum meiner Shorts in der braunen Lava unterging, die mich bei lebendigem Leib zu verschlingen schien.

»Verdammt!«

So alarmiert hatte Jack nicht mehr geklungen, seit ich mit fünf Jahren kopfüber in einen Dornenbusch gefallen war.

Mein Atem ging noch schneller, und mein Puls fing an zu rasen. Weil ich inzwischen bis über den Hintern im Schlamm steckte.

Aber gerade als ich anfing, mir zu überlegen, wie es wäre, Schlamm zu atmen, riss er plötzlich so hart an meinem Arm, dass ich das Gefühl hatte, er würde mir die Schulter auskugeln. Mit einem neuerlichen Ruck zog er mich aus dem Sumpf. Von Kopf bis Fuß mit Schlamm bedeckt, purzelten wir auf den harten Untergrund am Rand.

»Danke«, stieß ich keuchend aus. Ich lag auf ihm und konnte seinen schnellen Herzschlag deutlich spüren. Trotzdem achtete ich darauf, möglichst wenige Mangrovenwurzeln zu zerstören, als ich mich von ihm herunterschob.

»Nun steh schon auf! Mir steckt nämlich eine Luftwurzel im Arsch!«, rief Jack halb amüsiert und halb besorgt.

Schließlich schafften wir es beide, aufzustehen. Die untere Hälfte meines Körpers und sein Rücken waren schwarz vom Schlamm, und dazu hatte er noch eine Reihe brauner Spritzer im Gesicht.

»Fray?«, fragte er, als wir einander gegenüberstanden

und auf die Verwüstung blickten, die bei meiner Rettung entstanden war. »Wo ist dein Clipboard?«

Wir starrten all die abgebrochenen und umgeknickten Wurzeln und den braunen Höllenschlund an, der meine Zeichnungen gefressen hatte, und brachen in hysterisches Gelächter aus.

Ich war so dick mit Schlamm bedeckt, dass ich nicht mehr sehen konnte, ob ich überhaupt noch Schuhe an den Füßen trug.

Ich blickte wieder auf. Mit todernster Miene trat Jack auf mich zu.

Platsch.

Ich sah ihm weiter ins Gesicht, zu feige, um den Schaden zu begutachten.

Weil eine Handvoll stinkenden Morasts direkt auf meiner Brust gelandet war. Dem einzigen Bereich meines Körpers, der bisher noch halbwegs ansehnlich gewesen war.

»Du Arsch!«, brüllte ich, griff in den Schlamm und bewarf ihn ebenfalls mit einer Handvoll braunen Drecks. Der schmuddelige Handabdruck auf meiner Brust sollte nicht ungesühnt bleiben.

Sofort kam die nächste Ekelladung angeflogen, dieses Mal in mein Gesicht.

»Hör auf! Ich habe Schlamm im Auge!«, kreischte ich in meiner Mädchen-in-Not-Stimme.

Er fiel darauf herein, stellte das Feuer ein, packte eine saubere Ecke seines T-Shirts und wischte mir fürsorglich damit das Auge aus.

Wofür er zum Dank die nächste Handvoll Schlamm direkt auf den Kopf geklatscht bekam.

»Miss Hudson, Mr Shaw«, bellte plötzlich Mr Mason

aus Richtung des Stegs. »Was in aller Welt ist nur in Sie gefahren?«

Unsere ganze Klasse hatte sich in unserer Nähe aufgebaut. Die beiden anderen Mädchen rissen angewidert ihre Augen auf, die Jungen machten sich vor Lachen fast ins Hemd, und in ängstlicher Erwartung unserer Strafe redeten wir auf unseren Lehrer ein.

»Wenn wir wieder bei den Hütten sind, werden Sie beide die Toiletten putzen.«

Jack zog eine Grimasse und schüttelte stirnrunzelnd seine Uhr – »Du schuldest mir eine neue *Casio*« –, sah mich dann aber mit seinem schiefen Grübchenlächeln an. »Tja, zumindest hatte ich so die Gelegenheit, dir an die Brust zu fassen.«

»Super, Jack. Das hast du gut gemacht. Immer mitten auf die Titten«, brüllte Matt.

»Halt die Klappe, du Idiot«, fauchte Jack und kehrte in den Kreis der anderen zurück. »Das war schließlich nur Frankie.«

Und mit diesen Worten ließ er mich alleine auf dem Steg zurück.

8

Der Strand

Cooloola Nationalpark, Südost-Queensland
18. November 2000, 20.20 Uhr

Die beiden sind noch immer nicht zurück. Um mich davon abzulenken, darüber nachzudenken, was zum Teufel meine beiden besten Freunde gerade machen, sammele ich Holz und werfe einen Ast ins Feuer, das inzwischen fast erloschen ist. Es kommt mir vor, als wäre ich bereits vor Stunden ohne die beiden zu unserem Lagerplatz zurückgekehrt. Ich bin froh, dass Matt und Dan betrunken hinten auf dem Wagen schnarchen, so bleiben mir die pausenlosen Blödeleien der zwei erspart.

Wie eine Meerkatze halte ich Ausschau von der Düne, und im letzten Tageslicht kann ich undeutlich sehen, dass eine einsame Gestalt in Richtung unseres Lagerplatzes kommt. Ich erkenne Jack daran, wie er die Schultern hängen lässt, als hätte er sich immer noch nicht ganz daran gewöhnt, wie breit sie in den letzten Monaten geworden sind.

»Was hast du die ganze Zeit gemacht?«, frage ich ihn, als er die sandige Erhöhung zu dem Platz erklimmt, auf dem wir unsere Kühlboxen, die Isomatten und die Zelte wild verstreut haben. Obwohl unser elternfreies Wochenende heute erst begonnen hat, sind schon jede Menge leerer Chipstüten und Bierflaschen im Sand verteilt.

Er verzieht kurz das Gesicht und läuft an mir vorbei.

»Wo ist Kate?« Ich verschränke meine Arme vor der Brust, weil er nicht merken soll, wie angespannt ich bin. »Hast du es getan?« Ich vergewissere mich kurz, ob die anderen beiden noch im Koma liegen, und fahre mit leiser Stimme fort: »Worüber wir geredet haben …«

Ich will wissen, ob er sich an unseren Plan gehalten hat.

Er sieht mich grimmig an. »Ich habe doch gesagt, dass ich es machen würde, oder nicht?«

Ja, aber du hast es schon des Öfteren versucht, dann aber immer wieder einen Rückzieher gemacht, denke ich.

Mein Blick fällt auf sein aufgeweichtes T-Shirt und das Wasser, das von seinen Shorts auf seine Knöchel tropft. Er setzt sich in den Sand und zieht die Knie an.

»Warum bist du so nass?«

Er zuckt mit den Achseln.

Ich hätte gedacht, es würde ihn erleichtern, dass er diese Sache endlich durchgezogen hat. Schließlich hatte er darauf gedrängt, es hier zu tun, während ich lieber gewartet hätte, bis wir drei wieder zu Hause sind. Ich setze mich dicht neben ihn, spiele mit einem Bierkühler und sehe ihn verstohlen von der Seite an. Sein Gesicht ist kreidebleich, und seine roten Augen sehen aus, als hätte er geweint.

Ich habe mich noch immer nicht davon erholt, was mir Kate erzählt hat, als ich mit den beiden unterwegs war, und kann einfach nicht glauben, dass es wirklich wahr sein soll. Ich bin vollkommen verunsichert, vor allem in Bezug auf Jack, doch als ich ihn jetzt sehe, habe ich zumindest einen Hauch von Mitgefühl mit ihm, weil er derart in der Falle sitzt.

Ich versuche, mir nicht anmerken zu lassen, wie verletzt ich bin. »Und wie hat sie reagiert?«

Er dreht den Kopf und wischt sich das Gesicht mit seinem

Ärmel ab. »Sie hat gesagt, dass es ihr leidtäte ... dass sie es in Zukunft besser machen würde ...«

Die heiße Scham, die in mir aufsteigt, fühlt sich wie ein Stromschlag an.

Das Gefühl, dass Kate von uns im Stich gelassen worden ist, hängt wie eine dunkle Wolke über uns. Ich kann ihn nicht verurteilen. Ich habe auch meinen Anteil an dem grausamen Verrat, den er begangen hat.

Ich versinke derart in Selbstmitleid, dass ich kurzfristig vergesse, was mir Kate erzählt hat, und ich schwanke zwischen dem Verlangen, seine Tränen wegzuwischen, und dem Wunsch, ihm ins Gesicht zu treten.

»Das war alles. Weiter hat sie nichts gesagt?« Ich hatte angenommen, Kate bräche in lautes Schluchzen aus oder würde ihn lautstark beleidigen. Sie war ja für ihre emotionalen Ausbrüche berühmt.

Wieder zuckt er mit den Schultern. »Doch. Sie ist in Tränen ausgebrochen, wollte wissen, seit wann ich sie nicht mehr liebe, ob es irgendetwas war, was sie getan hat. Hat gesagt, dass sie sich ändern könnte ...« Er bricht ab, bevor ein unterdrücktes Schluchzen über seine Lippen dringt.

Dann hat sie ihm die Dinge, die sie mir erzählt hat, also nicht gesagt? Das ergibt nicht den geringsten Sinn. Oder war sie, nachdem er gesagt hat, was ihm auf der Seele lag, vielleicht einfach zu fertig, um dieses Thema anzuschneiden? Natürlich hat er ein Recht darauf, etwas von dem Baby zu erfahren. Aber sie hat mich gebeten, es ihm nicht zu sagen. Und wenn sie gleich auftaucht, wird sie mich erwürgen, wenn sie merkt, dass ich nicht dichtgehalten habe. Trotzdem brauche ich all meine Willenskraft, um Jack nicht anzuschreien, weil er mich angelogen hat und weil er derart dämlich war.

»Aber du hast es wirklich durchgezogen? Du hast keinen Rückzieher gemacht, als sie anfing zu weinen?«

»Ich dachte, dass es das ist, was du willst. Damit wir beide …« Als er meine Hand berührt, zucke ich zusammen. Denn nach dem, was Kate gesagt hat, frage ich mich, ob er sie vielleicht nur dewegen abserviert hat, weil er meinetwegen keine Schuldgefühle haben will.

»Ich kann nicht, Jack.« Als ich ihm meine Hand entziehe, sehe ich, dass er zusammenfährt, und meine Kehle zieht sich zu. »Ich mache mir Sorgen. Sie sollte längst zurück sein. Warum hast du sie allein gelassen, obwohl es schon dunkel war?«

»Das habe ich nicht. Ich habe sie beruhigt, und sie wirkte wieder ganz okay, als ich kurz zum Pinkeln in den Dünen war … aber dann ist sie einfach weggerannt!«

»Und wohin ist sie gerannt? Ich meine, hast du nicht versucht, sie einzuholen?«

»Keine Ahnung. Sie war plötzlich wie vom Erdboden verschluckt. Ich habe mich umgesehen, und dann wurde ich panisch, aber es war derart warm, dass ich dachte, dass sie vielleicht einen klaren Kopf bekommen wollte und deshalb schwimmen gegangen ist.«

Ich schaue ihn nachdenklich an. Mit dem Wissen um die Dinge, die mir Kate erzählt hat, wird mir klar, dass vielleicht nichts von all dem stimmt. Weil plötzlich alles möglich ist. Der Mensch, von dem ich bisher angenommen hatte, dass ich ihn in- und auswendig kenne, stellt sich plötzlich als ein völlig Fremder raus.

»Ich hätte sie bestimmt nicht freiwillig allein am Strand zurückgelassen.« Er legt eine Hand auf meine Schulter.

»Wag es nicht, mich anzufassen!«, kreische ich und bin von meiner schrillen Stimme selber überrascht.

Er sieht mich mit zusammengekniffenen Augen an. »Was ist bloß mit dir los? Seit du vorhin am Strand mit Kate gesprochen hast, bist du echt komisch drauf. Dabei habe ich das für dich getan!«

Ich schaue ihn zornig an. »Du meinst, nachdem sie dir gegeben hatte, was du haben wolltest, hattest du keine Verwendung mehr für sie.«

Er verzieht verächtlich das Gesicht. »Monate der Stimmungsschwankungen und schlechten Laune, oder was?«

Es rauscht in meinen Ohren. »Das ist alles deine Schuld!« Ich pikse ihm mit meinem Finger in den Bauch. »Du bist nicht der, für den ich dich gehalten habe, Jack.«

Der salzige Geschmack von Tränen sammelt sich in meinem Mund.

»Was habe ich denn deiner Meinung nach verbrochen? Sag's mir, Frankie«, fordert er mich auf.

Als ich schweige, beugt er sich zu mir herüber und durchbohrt mich regelrecht mit seinem Blick. »Denkst du, sie ist meinetwegen noch nicht wieder da?« Er steht auf und breitet hilflos seine Arme aus. Dabei kann ich das Pochen seiner Schläfen und das Beben seiner Nasenflügel sehen. »Denkst du, ich hätte ihr was angetan? Ich hab sie nicht angerührt!«

Jetzt ist es endgültig um mich geschehen. Um nicht auf ihn loszugehen, verschränke ich erneut die Arme vor der Brust. »Heute vielleicht nicht.«

Er sieht mich an, als ob ich plötzlich Spanisch sprechen würde. »Wovon redest du?«, brüllt er mich an.

Wodurch er das Fass für mich zum Überlaufen bringt.

»Das weißt du ganz genau.«

Angesichts seiner Wut brechen meine eigenen Gefühle wie ein glühender Lavastrom aus mir heraus. Ich sehe rot vor

lauter Zorn, atme keuchend ein und aus, und meine Füße pflügen durch den schweren Sand.

Die wunderschöne Kate, meine beste Freundin, ist verschwunden. Und das Einzige, woran ich denken kann, ist, dass mich Jack belogen hat, als er behauptet hat, er wolle mich, und die Sache zwischen ihm und Kate sei vorbei.

Ich schreie ihn aus voller Kehle an: »Verdammt, Jack. Tu doch nicht so, als ob du das nicht wüsstest. Denn ich weiß, dass du's getan hast.«

Er reißt verblüfft die Augen auf, und selbst als ich mich auf ihn stürze und ihm mit den Fäusten auf die Schultern trommele, bleibt er einfach stehen. Er lässt die Schläge einfach über sich ergehen, und als ich zu erschöpft bin, um noch länger auf ihn einzudreschen, nimmt er meine Unterarme und hält sie mit seinen starken Händen fest.

»Ich weiß wirklich nicht, wovon du redest, Fray. Was habe ich denn deiner Meinung nach getan?«

Um mich zu beruhigen, atme ich so tief wie möglich ein. »Auf dem Abschlussball hast du gesagt …« Ich habe eine Heidenangst, ihm meine Gefühle jetzt noch zu gestehen. »Ich dachte, dass du mich magst.«

»Das tue ich ja auch«, stimmt er mir zu, während er mit dem Kopf hin- und herfährt.

Doch meine Erleichterung ist nur von kurzer Dauer. »Aber wie konntest du das dann noch tun?« Abermals dresche ich auf ihn ein, auch wenn mein Zorn nicht mehr nur gegen ihn, sondern im selben Maß gegen mich selbst gerichtet ist. Meine beste Freundin ist verschwunden, irrt alleine durch die Kälte, und ich mache mir Gedanken wegen eines blöden Jungen. Darüber, wen von uns beiden er wohl lieber mag.

»Und was habe ich getan?«

»Sie ist schwanger, Jack.«

Er wippt auf seinen Fersen und bohrt seine Finger in mein Fleisch.

»Hat sie dir das erzählt?«, fragt er und blitzt mich zornig an. »Wann? Vorhin am Strand?«

Ich nicke knapp. »Ich dachte, sie hätte es dir vielleicht auch gesagt, bevor sie ...«

Er reißt den Kopf zurück, als hätte ich ihm einen neuerlichen Schlag verpasst. »Und warum hätte sie das ausgerechnet *mir* erzählen sollen?«

»Weil du ihr Freund bist, warum denn wohl sonst?«

Er massiert sich das Genick. »Tja, nun, soweit ich weiß, muss man mit einem Mädchen schlafen, damit es von einem schwanger werden kann ...«

Genau. »Vergisst du nicht vielleicht etwas? Den Abend nach dem Abschlussball? Eine mit Rosenblättern übersäte Decke unter dem blanken Sternenhimmel?«

»Rosenblätter?« Er verzieht ungläubig das Gesicht, und im abendlichen Dunkel kann ich seine weißen Zähne blitzen sehen. »Ist das etwa dein Ernst? Wirke ich vielleicht wie ein Typ, der solche Sachen macht? Das ist doch alles vollkommener Schwachsinn.«

Kann ich ihm das tatsächlich glauben? Er sieht aus, als meine er es durchaus ehrlich, aber so hat Kate bei unserer Unterhaltung auch gewirkt. Weshalb einer der beiden mich offenbar belügt.

Und im Gegensatz zu Kate hätte er allen Grund dazu.

»Willst du etwa sagen, sie hätte behauptet, dass ich sie geschwängert habe, Fray? Falls sie das getan hat, hat sie irgendwas nicht richtig mitgekriegt.«

»Aahhh. Ich kann dich einfach nicht mehr sehen.«

Ich mache auf dem Absatz kehrt, ziehe mich in meine Gedankenwelt zurück und versuche, Jacks Behauptung, dass

er nichts getan hat, in diese Geschichte einzubauen. Kate hat doch gesagt, dass er der Vater wäre. Oder war ich vielleicht einfach davon ausgegangen, ohne dass sein Name überhaupt gefallen ist?

Jack bricht ein paar Äste durch und wirft sie auf das Feuer, weil es keine andere Lichtquelle mehr gibt. »Tja, wenn sie zurückkommt, kannst du sie ja selber fragen. Ich will sehen, wie sie sich windet.«

Ich versuche, mir nicht vorzustellen, wie die beiden Babys machen, und verkrieche mich allein in meinem Zelt, um diese ganze Farce erst mal in Ruhe zu verdauen.

***

Meine Gedanken drehen sich stundenlang im Kreis. Es ist, als würden Ameisen durch meine Adern krabbeln. Ich bin rastlos, und es macht mich rasend, untätig herumzusitzen, während Kate noch immer nicht zurückgekommen ist. Ich suche meine Uhr, starre auf den Minutenzeiger, und mit jeder seiner winzigen Bewegungen nimmt meine Angst weiter zu.

Als es auch nach über einer Stunde keine Spur von meiner Freundin gibt, dafür aber die beiden Saufköpfe wieder wach geworden sind, stehe ich auf und setze mich zu Dan und Matt ans Feuer, wo ich hören kann, falls jemand näher kommt.

»Kate ist noch nicht zurück. Sie ist ganz allein und schon seit Stunden weg.«

»Huh?« Matt kratzt sich im Schritt und stößt einen lauten Rülpser aus. »Wahrscheinlich will sie einfach Shaw mal wieder einen reinwürgen, weil der ein Blödmann ist. Schließlich rastet unsere Diva seinetwegen regelmäßig aus.« Er macht die Kühlbox auf, holt sich ein Bier, klappt den Deckel wieder zu und nimmt gemütlich darauf Platz.

Ich hoffe, dass das alles ist. Trotzdem zieht mein Magen sich zusammen, ich stopfe die Hände in die Taschen meiner Shorts und geselle mich zu Jack, der etwas abseits auf der Düne sitzt. Der Mond beleuchtet sein Profil, während er reglos auf das dunkle Wasser starrt. Er sucht pausenlos die Wellen ab. Seit er von Kates Geheimnis weiß, ist er sichtlich nervös. Und obwohl er kein Wort sagt, verrät mir seine Körpersprache alles. Nämlich, dass Kate tatsächlich verschwunden ist. Ich versuche, mir nicht anmerken zu lassen, dass ich immer noch verwirrt und wütend bin. Denn jetzt müssen wir uns erst mal darauf konzentrieren, rauszufinden, wo sie ist.

»Wo könnte sie denn hingegangen sein? Ich meine, bis zur Fähre ist es ohne Auto doch zu weit. Schließlich haben wir selbst mit dem Wagen über eine halbe Stunde bis hierher gebraucht. Vielleicht ist sie getrampt, weil sie nach Hause will. Wenn man erst den Noosa überquert hat, ist man in nicht mal zwei Stunden dort.«

»Es ist gerade Flut. Da kommt hier niemand weg.« Ich bemerke, dass die Wagen, die wir nachmittags gesehen haben, vom Strand verschwunden sind. »Außerdem fährt die Fähre nur bis Mitternacht, und wenn sie nicht bei Rainbow über die Felsen klettern will, kommt sie vor morgen früh hier nicht mehr weg.«

»Das ist doch gut. Weil sie dann sicher noch hier in der Nähe ist.« Ich gehe alle Möglichkeiten durch. »Vielleicht ist sie ja am See.«

Jack schüttelt den Kopf. »Nicht bei dieser Dunkelheit. Sie hat es schon gehasst, dorthin zu gehen, als es noch hell war.«

Ich nicke zustimmend. Weil meine Freundin schließlich eine Heidenangst vor Schlangen hat. »Okay, dann müsste sie am Strand geblieben sein.«

»Sie war richtig besessen von dem Wrack – hat mich die ganze Zeit gefragt, ob darin jemand gestorben ist, und so getan, als hätte sie dort einen Geist gesehen.«

Das passt zu unserer Dramaqueen. »Ich nehme an, das Wrack wäre ein guter Unterschlupf. Vielleicht hat sie sich ja dort versteckt, um uns eins auszuwischen. Obwohl sie sich dort alleine in der Dunkelheit vor lauter Angst wahrscheinlich in die Hose macht.«

Wir sehen einander an. Einen Versuch wäre es sicher wert. Das Adrenalin vertreibt die Spinnweben aus meinem Hirn und verleiht mir neue Kraft. Jetzt weiß ich, was ich machen muss. Ich kehre zu unserem Lagerplatz zurück, wo Matt und Dan, die beiden halb betrunkenen Vollhirnis, das Surfbrett, das als Totempfahl im Sand steckt, mit Toilettenpapierkugeln bombardieren. Das Schicksal unserer Freundin ist den beiden offenbar vollkommen egal.

»He, ihr zwei, schwingt eure Hintern, und kommt her. Kate ist immer noch nicht wieder aufgetaucht. Jack und ich suchen den Strand bis zu dem Schiffswrack ab, und ihr beide lauft nach Süden und guckt, ob sie in den Dünen sitzt.« Ich hätte nicht gedacht, dass meine Stimme derart herrisch klingen kann.

Und auch Matt starrt mich verwundert an. »Was soll der Scheiß?«

»Sie ist schon seit Stunden weg! Wir müssen etwas unternehmen! Vielleicht hat sie sich den Fuß verstaucht und braucht Hilfe. In zwei Stunden treffen wir uns wieder hier, mit ihr oder ohne sie.«

Matt stellt seine Flasche in den Sand und bringt Dan dadurch in Schwung, dass er ihm in den Hintern tritt. Weil er kein ganz so großer Trottel ist wie sein Bruder. Ich werde nie verstehen, weswegen Jack darauf bestanden hat, die zwei

auf diesen Ausflug mitzunehmen. Sie sind zwar vollkommen harmlos, aber einfach grottendämlich.

Es gelingt mir nur mit Mühe, mit Jack Schritt zu halten, deshalb bleibt er immer wieder stehen und dreht sich nach mir um. Ich gehe, renne, bleibe stehen und laufe so schnell weiter, wie es mir bei meiner Übelkeit und den vor Angst zitternden Beinen möglich ist. Immer wieder rufe ich Kates Namen, und nachdem wir über eine Stunde lang panisch den Strand hinaufgelaufen sind, ragt endlich das Schiffswrack wie ein dunkler Schatten vor uns auf.

Wir hatten den verrosteten Koloss bereits am Nachmittag erforscht. Mein Bruder Ben kannte die *Cherry Venture* von den Campingtrips mit unserem Dad und hatte mir einmal erzählt, dass sie vor über zwanzig Jahren während eines Sturms auf Grund gelaufen war. Inzwischen ist das Wrack mit unzähligen bunten Graffiti verziert, was allerdings die vielen rostzerfressenen Eisenstücke, deren Spitzen aus dem Sand ragen, nicht weniger gefährlich macht. Trotzdem ist das Wrack vielleicht die Antwort auf unsere Gebete – denn Kate könnte sich ja tatsächlich hier vor uns versteckt haben.

Jack zieht sich auf das Wrack, und als er oben ankommt, ruft er: »Kate!«

Der Wind, der plötzlich durch den Rumpf des Schiffes fährt, weht mir meine verklebten Haare ins Gesicht. Jedes Mal, wenn ich um eine Ecke biege oder durch die Tür einer Kajüte sehe, hoffe ich, dass sie dort in der Ecke kauert und vielleicht verheult und wütend, dafür aber in Sicherheit ist. Doch das Einzige, was sich in diesem Wrack bewegt, sind die Sandkrebse und Jack, der panisch durch die Gänge läuft und noch im letzten Winkel nach ihr sucht.

Ich lasse mich auf den Boden fallen und fühle mich genauso wie das Wrack. Als wäre ich auf Grund gelaufen

und als hätte ich nicht mehr die Kraft, mich aus dieser Zwangslage zu befreien.

Sie ist nicht hier. Was jetzt? Sollen wir weiter ziellos nach ihr suchen? Schließlich hat sie bereits einen Riesenvorsprung. Und wenn sie nicht irgendwo gestoppt hat, holen wir sie nie mehr ein. Außerdem ist von dem breiten, harten Sandstrand jetzt nur noch ein kleiner Teil zu sehen. Und falls Kate am späten Nachmittag dort irgendwelche Fußabdrücke hinterlassen hat, hat die Flut sie längst verwischt.

Als mein Keuchen etwas abnimmt, fällt mein Blick auf einen Gegenstand, der auf den Wellen wippt. Angst und Hoffnung branden in mir auf – könnte sie das vielleicht sein?

Dort blitzt irgendetwas Helles. Eilig wate ich bis zu den Knien ins dunkle Wasser.

»Kate!«

Der vom Mond beschienene Gegenstand wippt weiter auf und ab. Ich sehe ihn mir aus zusammengekniffenen Augen an, und mein Herz fängt an zu rasen. Aber nein. Er ist zu hell – zu bleich, um Kate zu sein. Oder ist das vielleicht eine Illusion, und hebt sich ihre Haut vielleicht so hell vom Schwarz des Meeres ab? Eine große Welle hebt das Ding kurz in die Luft, und einen Moment später taucht es wieder ab. Gellend rufe ich nach meiner Freundin, aber meine schrille Stimme wird vom Meeresrauschen übertönt. Wie in einem Traum, in dem man schreit, ohne dass dabei ein Ton über die Lippen kommt.

Ich stoße mit dem Fuß an einen harten, glatten Gegenstand, weiche furchtsam einen Schritt zurück und sehe, dass ein Stückchen vor mir etwas Weißes leuchtet.

Ein Kunststoffbehälter wippt dort auf den Wellen, dessen Etikett genau wie meine Hoffnung allmählich in Auflösung begriffen ist.

Ich hebe den Kanister hoch, lasse ihn gegen den Schiffsbug krachen, und mit einem lauten Platsch fällt er zurück ins Meer. Dann wate ich zurück zum Strand, bleibe dort stehen und reibe mir die Stirn, während mir das Wasser von den Beinen tropft. Der Mond verschwindet hinter einer Wolke, und ich merke, dass ich völlig durchgefroren bin.

Plötzlich kommen mir die Dünen wie ein Paradies für Serienkiller vor, und der Wind klingt wie das Heulen eines Geistes, der mir auf den Fersen ist. Auch zu allen anderen Geräuschen fallen mir fürchterliche Geschichten von maskierten Männern oder tollwütigen Dingos ein.

»Jack? Bist du da?« Ich verschränke die Arme vor der Brust, aber sie fühlen sich auf meinem nassen T-Shirt wie Eisbeutel an.

Meine Anspannung hält an, bis Jack wieder aus dem Wrack geklettert kommt und sein Blick auf meine nasse Kleidung fällt. Mit meinem Oberteil und meiner kurzen Hose, die mir am Körper kleben, sehe ich wahrscheinlich aus, als probe ich für einen Wet-T-Shirt-Contest oder so.

»Du warst im Wasser? Ganz allein?«

»Ich dachte, ich hätte dort etwas gesehen ...«

»Du bist klitschnass.«

Zum Glück war sie es nicht. Denn dann wäre sie tot. Zum Glück war es nicht Kate.

»Bleib bloß am Strand«, befiehlt er keuchend. »Weil ich sonst nach euch beiden suchen kann!« Er holt tief Luft, wendet den Blick von meinem durchsichtigen T-Shirt ab, gibt mir die Hand und zieht mich hoch. Seine Finger wärmen mich wie ein Becher Kakao an einem trüben Nachmittag, und plötzlich nimmt mein Ärger ab.

Während dieses Augenblicks sieht er mich an, und ich vergesse, dass wir unsere Freundin suchen. Während dieses

Augenblicks bin ich nur froh, dass wir zwei alleine sind. So wie früher.

Doch genauso plötzlich fühle ich mich völlig ausgehöhlt.

Als sei meine Scham mir deutlich anzusehen, wendet Jack sich eilig wieder ab, und wir stehen ganz alleine mitten in der Nacht an einem endlos weiten Strand und haben keine Ahnung, wie wir weitermachen sollen.

Wir haben alle Möglichkeiten durchgekaut und uns in Schuldzuweisungen ergangen, ohne dass etwas dabei herausgekommen ist. Deshalb können wir jetzt nur zurückgehen und beten, dass auch sie inzwischen wohlbehalten bei unserem Lager angekommen ist. Falls sie tatsächlich per Anhalter gefahren ist und mit der letzten Fähre übersetzen konnte, wären es nur ein paar Stunden bis zurück nach Brisbane. Theoretisch könnte sie also tatsächlich längst wieder zu Hause sein.

Während wir zurück zu unseren Zelten laufen, wird das gleichförmige Meeresrauschen von Jacks leisem Schluchzen unterbrochen, und als ich den Kopf in seine Richtung drehe, kann ich deutlich seine roten Augen sehen.

»Es sind erst ein paar Stunden ...«, sage ich und hoffe, dass ich seine Angst und die Verwundbarkeit aus seinem Gesicht vertreiben kann.

»Ja, aber wir sind hier nicht in einem Einkaufszentrum, Frankie. Wir sind hier mitten im Nichts. Und nach dem, was wir ihr angetan haben ...«

Ich brülle: »Wir?«, und murmele: »Ja wohl eher du.«

Verlegen wendet er sich ab. Während ich verzweifelt an den Schuldgefühlen kratze, die wie Kaugummi an meiner Seele kleben, fahre ich mit hoffnungsvoller Stimme fort: »Sie taucht bestimmt bald auf – die Schuhe in den Händen, sauer wegen all der Sandflöhe, die sie gebissen haben –

und erzählt uns, dass sie in den Dünen eingeschlafen ist.«

Jack bleibt abrupt stehen. »Und was, wenn sie verschwunden ist? Dann denken alle bestimmt, ich hätte ihr was angetan! Was, wenn sie …« Er reißt die Augen auf.

Gott, im einen Augenblick ist er ein stummer Zombie. Im nächsten tobt er wie ein Irrer rum.

Ich lege ihm die Finger an den Mund. »So etwas darfst du nicht mal sagen! Sie wird da sein, wenn wir wiederkommen!«, mache ich vor allem mir selber wieder Mut. Weil ich mich mit den anderen Möglichkeiten einfach nicht befassen kann. Ich will so schnell es geht zurück, ich will diesen Alptraum endlich unter ›Verrückte Story‹ abhaken. Als den Abend unserer Abschlussfahrt, an dem uns Kate erfolgreich einen Streich gespielt hat.

Ich wiederhole wie ein Mantra: »Sie wird dort sein, wenn wir wiederkommen«, und marschiere los. Wenn wir zu den Zelten kommen, werden wir erkennen, dass wir uns die ganze Panik hätten sparen können. Schließlich waren wir fast zwei Stunden unterwegs. Sie hatte also jede Menge Zeit, wieder aufzutauchen.

Plötzlich aber strecke ich den Arm zur Seite aus und zwinge Jack zum Stehenbleiben. »Was ist mit dem Fischer? Vielleicht hat ja er etwas damit zu tun …«

»Dieser Alte, der uns mit der Batterie geholfen hat?« Er sieht mich mit zusammengekniffenen Augen an.

»Er sah irgendwie seltsam aus. Überleg doch mal, er war der Einzige, den wir den ganzen Tag über gesehen haben, und vielleicht hat er sie ja irgendwo erwischt.«

»Ja, genau, Frankie, oder vielleicht haben auch Aliens sie entführt. Wie bei *Akte X*. Am besten schalten wir Mulder und Scully ein.«

»Ach, halt die Klappe«, fauche ich und schubse ihn.

Seine Augen sind blutunterlaufen, seine Haare voller Sand und Zweige, und sein unrasiertes Kinn ist unter einer Salzkruste versteckt. Als er sich schluchzend auf die Knie sinken lässt, lasse auch ich mich auf die Knie fallen, nehme seine Hände, als wolle ich mit ihm beten, schiebe ihm die Haare aus den Augen und starre ihn reglos an.

»Du weißt, dass ich ihr nichts getan habe. Das weißt du doch, nicht wahr?« Er sieht mich flehend an, doch ich muss erst einmal tief durchatmen, bevor ich ihn beruhigen kann.

»Das weiß ich, Jack. Natürlich weiß ich das. Es geht ihr gut. Das werden wir gleich sehen.« Ich schlinge meinen Arm um seinen Hals, wobei ich mich, obwohl wir beide knien, nach oben strecken muss. Ich bin mir nicht sicher, ob die Worte eher ihn oder mich selbst beruhigen sollen. Doch inzwischen glaube ich sie fast. Ich halte ihn im Arm und spüre seine harten Schluchzer, während ein Gemisch aus Meerwasser und Tränen über seine Wangen rinnt und der Vollmond über seine Schulter scheint.

Schweigend gehen wir zurück zu unserem Lagerplatz. Meine Waden tun mir von dem vielen Laufen weh, aber der Schmerz lenkt mich von meinen Ängsten ab.

»Guck. Da oben auf der Düne ist das Surfbrett!«, rufe ich. Wir haben dieses Brett extra zur Markierung unseres Lagerplatzes in den Sand gerammt. »Wir sind fast da. Sie hat sich sicher nur den Fuß vertreten und deshalb ein bisschen länger für den Weg zurück hierher gebraucht.«

Meine Worte zeigen Wirkung. Entschlossen wischt er sich die Tränen aus den Augen, wir wechseln vom harten Sand des Strandes auf den weichen Untergrund der Düne, und ich flitze so schnell es geht durch das kratzige Gras. Sie ist

bestimmt zurück. Der Alptraum ist bestimmt im nächsten Augenblick vorbei.

Eilig sehe ich mich zwischen unseren Zelten um.

Dan hockt am Feuer, Matt starrt trübe Richtung Meer. Beide nehmen einen Schluck aus ihren Bierflaschen, als sie uns näher kommen sehen.

Sie antworten mir nicht, als ich sie frage »Ist sie wieder da?«, und Jack stürzt los und sucht die Zelte nach ihr ab. Als er wiederkommt, verrät mir sein Gesicht, dass er sie nicht gefunden hat.

Er setzt sich ein wenig abseits in die Düne und stützt seine Ellenbogen auf den Knien ab. Eine unheimliche Ruhe hat die Hysterie vom Strand ersetzt. Es kommt mir vor, als hätte meine Ruhe sich durch die Berührung unserer Hände auf ihn übertragen und als hätte sich in meinem Inneren seine Panik breitgemacht.

Als ich wieder auf das Surfbrett und die Reste unserer Truppe blicke, steht Jack plötzlich wieder auf. Seine Haare wehen im Wind, und seine Silhouette hebt sich schwarz vom sternenklaren Himmel ab.

»Das hier lag oben in den Dünen.« Plötzlich drückt mir Matt ein zerknülltes, feuchtes, pinkfarbenes T-Shirt in die Hand, das nach dem Deo meiner Freundin riecht.

Ich denke an den Augenblick zurück, als ich Kate und Jack allein zurückgelassen habe. Sie trug Shorts und ein ausgewaschenes pinkfarbenes T-Shirt, unter dem das gelbe Band ihres Bikini-Oberteils zu sehen war. »Zeig mir, wo genau!« Ich kann nicht sagen, ob der Fund des Oberteils ein gutes oder eher ein schlechtes Zeichen ist.

Auf dem Weg bis zu der Stelle spielen wir unsere Ängste erst herunter und erklären, Kate sei nun einmal unsere Dramaqueen und spiele uns bestimmt nur einen Streich,

um abermals im Mittelpunkt zu stehen, brechen dann aber erneut in Panik aus und überlegen, was wir sagen sollen, wenn sie verschwunden bleibt. Jack sagt keinen Ton, aber ich kann ihm deutlich ansehen, was er denkt.

Schließlich kommen wir zu einem Wasserlauf, der Richtung Ozean fließt, und sehen eine Reihe wirrer Fußabdrücke dort im Sand. Inzwischen geht die Flut zurück, und sie sehen aus wie Flecken auf einer ansonsten glatten Leinwand.

»Hier«, erklärt uns Dan mit hohler Stimme. »Ich weiß noch, dass der Bach hier nach links abgebogen ist.«

Gespenstische Stille senkt sich über uns, während wir überlegen, was in aller Welt das alles zu bedeuten hat. Vier Teenager. Alleine in der Dunkelheit. Ohne einen blassen Schimmer, was sie machen sollen.

»Okay. Wir müssen diese Stelle irgendwie markieren«, sage ich. »Falls sie Beweise oder etwas brauchen.«

»Beweise wofür?«, fragt Jack mit angespannter Stimme. »Was willst du damit sagen?«

»Dass die Polizei wahrscheinlich wissen wollen wird, wo sie zuletzt gesehen worden ist. Vielleicht wollen sie ja mit Helikoptern nach ihr suchen oder so.«

»Die Polizei? Verdammt, jetzt reg dich ab, Frankie – hör zu, wahrscheinlich sitzt sie irgendwo hier in den Dünen und lacht sich ins Fäustchen – oder sitzt vor ihrem Zelt und fragt sich, wo wir alle sind«, meint Dan.

»Ich hoffe, du hast recht. Aber trotzdem müssen wir erst einmal weiter nach ihr suchen. Jeder von uns geht von hier aus zehn Minuten lang in einer Richtung geradeaus. Ihr wisst schon, wie die Jungs vom Suchdienst es im Fernsehen machen, wenn jemand verschwunden ist. Wenn ihr nichts findet, treffen wir uns wieder hier.«

Und genau das tun wir.

Der eine Teil von mir hofft geradezu verzweifelt, irgendeine Spur von ihr zu finden, doch der andere hat genauso große Angst davor. Zumindest kann die Tatsache, dass wir sie nicht gefunden haben, heißen, dass sie irgendwo sicher im Warmen sitzt, vielleicht bei irgendeinem süßen Camper, oder dass einer der Fischer sie auf seinem Rückweg mit zum Fluss genommen hat.

Jack und ich bleiben zusammen. Einzig unsere Furcht hält uns noch auf den Beinen, doch wir brüllen, bis wir heiser sind, und suchen, bis uns ein Gemisch aus Tränen und aus Gischt durchnässt, ohne dass auch nur die allerkleinste Spur von ihr zu finden ist.

Ich zermartere mir das Gehirn nach einer anderen Möglichkeit. »Wir könnten wieder dahin gehen, wo ihr T-Shirt lag. Vielleicht ist sie ja nur kurz schwimmen …«

Aber Jack schüttelt den Kopf. »Siehst du den Strudel da? Der Ozean ist voll davon. Niemand, der noch ganz bei Trost ist, würde hier ins Wasser gehen.«

Ja, aber war Kate noch ganz bei Trost?

Jack starrt auf das Meer. Plötzlich blitzt in seinen Augen Panik auf, als habe er entdeckt, dass gerade ein Tsunami auf das Ufer zugeschossen kommt. Anscheinend macht er sich vor Angst fast in die Hose, wenn er daran denkt, dass er vielleicht bald Vater wird. Er starrt nach Norden Richtung Landspitze, während er unbewusst das Salz von seinen Wangen kratzt.

Und dann hechtet er plötzlich los.

»Jack?«

»Die Landspitze …«, ruft er mir über die Schulter zu.

Bei seinen Worten wird mir siedend heiß. »Ich habe dir doch schon gesagt, dass sie bestimmt nicht mitten in der Nacht über die Klippen krabbelt, nicht mit einem Kind im

Bauch! Du hättest sie sehen sollen, Jack! Sie hat noch nie so glücklich ausgesehen!«

Er kommt zu mir zurück und verkrallt die Hände derart fest in meinen Schultern, dass ich keuchend Luft hole, um nicht zu schreien.

»Es gibt kein Baby, Fray! Sie lügt. Begreifst du das denn nicht? Du weißt doch, wie sie manchmal ist. Sie ist total verrückt!« Er lässt mich wieder los.

Seine Worte machen mir Angst. Ich weiß, er will, dass ich ihm glaube, doch das kann ich einfach nicht. Weil ich weiß, dass Kate mich nicht belogen hat. Ich umklammere ihr T-Shirt, hebe es vor mein Gesicht und atme den Geruch meiner Freundin ein. Als sie sich mir anvertraut hat, hat sie regelrecht vor Glück gestrahlt. Sie hat mir alle Einzelheiten jener Nacht erzählt und würde mich ganz sicher nicht belügen. Nicht in einer so wichtigen Angelegenheit.

Aber einer von beiden hat mich angelogen. Einer der beiden Menschen, die mir wichtiger sind als alle anderen Menschen auf der Erde.

»Warum willst du gerade dorthin? Jack?«

Aber er kann mich nicht mehr hören, denn wie von Furien gehetzt jagt er in Richtung Landspitze und dort auf die gefährlich hohen Klippen zu.

Und ich bleibe allein am Strand zurück.

9

Die Teufelsaustreibung

Es ist nur ein Drink, erkläre ich dem Kloß in meinem Hals. Seamus ist kein Teil von meinem Leben mehr, aber das ist sicherlich kein Grund, ihn nie wiederzusehen. Ich bin eine erwachsene Frau, und außer mir sitzen noch Dutzende von anderen Leuten in diesem Café. So schlimm kann es ja wohl nicht werden. Nur ein kurzes Treffen, um mir zu beweisen, dass ich eine durch und durch erwachsene Frau bin und mit diesem Thema abgeschlossen habe. Dass mich die Erinnerung an den Mann, den ich einmal geliebt habe und der mich so enttäuscht hat, nicht länger zusammenzucken lässt. Ich wusste auch schon vorher, dass etwas nicht stimmte – früher war er nie derart nervös gewesen, hatte mitten in der Nacht noch Nachrichten auf seinem Handy abgerufen oder mittags schon geduscht. Tagsüber duschte er nur nach *einer* Tätigkeit.

Genug. Das alles liegt inzwischen fast ein Jahr zurück. Ich werde es schon schaffen. Sonst hätte ich nicht zugesagt.

Vor allem bleibt mir keine andere Wahl. Denn in diesem Augenblick betritt er das Café.

»Hi«, grüßt Seamus mich mit weicher Stimme, als er vor mich tritt. Ich hatte ganz vergessen, wie phantastisch er mit dem Dreitagebart und seinen schmal geschnit-

tenen Maßanzügen immer ausgesehen hat. Wie sein sandfarbenes Haar das warme Braun seiner Augen noch betont.

Liegt es vielleicht an meiner Aufregung, dass mir bei seinem Anblick plötzlich schwindlig wird? Oder habe ich einfach vergessen, wie ich mich gefühlt habe, als ich mit ihm zusammen war?

»Hi«, grüße ich zurück, und da ich sitzen bleibe, beugt er sich über den Tisch und küsst mich sanft auf die Wange. Er hat immer noch dasselbe Aftershave. Das er von mir zu unserem letzten Weihnachtsfest bekommen hat. Was will er damit sagen? Alles? Oder nichts?

Wir betreiben etwas Small Talk, ich bestelle mir nervös etwas zu trinken und versuche, Seamus möglichst selten direkt anzusehen. Er ist Strafverteidiger und spricht von dem Betrüger, den er momentan vertritt.

»Der Kerl ist schuldig wie die Sünde«, flüstert er verschwörerisch. »Aber behalt das bloß für dich.« Offenbar berauscht er sich noch immer an der Macht, die ihm sein Job verleiht.

»Das hat dich bisher nie davon abgehalten zu gewinnen«, sage ich und hebe meine Diet Coke an den Mund.

»Ich kriege für gewöhnlich, was ich will. Außer in Bezug auf dich«, fügt er hinzu und streicht mit seinem Finger über meine auf dem Tisch liegende Hand. Als ich sie zurückreiße, kippe ich dabei meine Cola um. Etwas verärgert über mich selbst, greife ich hastig nach ein paar Servietten und entschuldige mich bei ihm, weil ich so ungeschickt gewesen bin. Er ist seit gerade einmal fünf Minuten da, und schon bin ich das kleine Dummerchen, während er mir mit dem Selbstbewusstsein des geborenen Erfolgsmanns gegenübersitzt.

Souverän setzt er die Unterhaltung fort, mit genau der Dosis an Vertrautheit, die ein leichtes Unbehagen in mir weckt, ohne dass er übergriffig wird. Er spricht immer noch von seiner Arbeit, davon, dass er alle Hände voll zu tun hat, es aber in seiner neuen Junggesellenbude, die direkt am Fluss liegt, manchmal etwas einsam ist. Ich kann mir vorstellen, dass der Ärmste in dem schicken Penthouse nur mit Mühe überlebt.

»Dann hast du die Blondine, mit der du dich damals geschmückt hast, also inzwischen wieder abserviert?«, erkundige ich mich, obwohl mich das im Grunde nicht mehr interessiert. Ich will nur sein Gesicht sehen, und ich feixe innerlich, als es vor Scham und Schuldbewusstsein glüht.

Doch gleichzeitig bedenkt er mich mit einem durchdringenden Blick. Er legt die Stirn in Falten und presst seine Kiefer aufeinander. Früher habe ich geliebt, wie er, wenn er sich konzentrieren musste, immer seine Nase krausgezogen hat. Jetzt zucke ich zusammen, als mir klarwird, wie naiv und blind ich damals war. Es ist mir peinlich, dass ich diesem Menschen gegenüber immer völlig ehrlich war – dass für mich seine Bedürfnisse immer an erster Stelle kamen, weil ich hoffnungslos in ihn verschossen war. Damals wäre ich sogar bereit gewesen, alles aufzugeben, nur damit er glücklich ist.

Ich nehme die kleine Schachtel aus der Tasche, mit der dieser Kerl vor einer Ewigkeit an einem menschenleeren Strand in Krabi vor mir auf die Knie gefallen ist.

»Ich glaube, das hier gehört dir«, erkläre ich ihm kalt.

Damit hatte er anscheinend nicht gerechnet. Schweigend lehnt er sich auf seinem Stuhl zurück und streicht mit seinen starken Daumen vorsichtig über den Samtbe-

zug. Ich hätte angenommen, dass er sich darüber freuen würde – schließlich ist der Ring wahrscheinlich ein Vermögen wert. Und er bildet sich doch ganz bestimmt nicht ein, wir beide wären noch verlobt.

»Behalt ihn. Ich habe ihn schließlich für dich gekauft.«

»Es besteht keine Notwendigkeit mehr, dass ich ihn behalte.« Durch die Förmlichkeit meiner Worte wird meine Kälte noch verstärkt.

»Er steht für ein Versprechen, dass ich mal gegeben habe.« Jetzt geht's los. »Und ich würde es noch immer gerne einlösen …«

»Bitte sag so etwas nicht. Nimm das Ding zurück, und bring es entweder ins Pfandleihhaus oder schenk es deiner nächsten Tussi, wenn du willst. Ich kann es nicht mehr tragen, also …«

Seine Unterlippe scheint zu zittern. Zeigt Herr Unerschütterlich etwa mit einem Mal Gefühle? Plötzlich denke ich daran zurück, wie süß und anhänglich er immer war, wie brillant er im Gerichtssaal aufgetreten ist und welche Sicherheit mir sein Selbstbewusstsein gegeben hat. An die Überraschung, als er mit einem »Ersatzkind« für mich kam – dem süßen kleinen Bear, der sogar eine blaue Schleife trug.

Er muss sichtlich schlucken. »Mir ist klar, was ich getan habe, und das werde ich mir nie verzeihen. Aber du musst zugeben, dass du daran nicht völlig unbeteiligt warst. Weil die Sache zwischen uns für dich schon längst gegessen war.«

Ich versuche, Ruhe zu bewahren. »Und was genau war mein Fehler? Dass ich Kinder haben wollte? Das war doch ganz bestimmt nicht übertrieben egoistisch.«

»Du wusstest von Beginn an, dass ich keine Kinder

will. Und hast nie auch nur mit einem Wort gesagt, dass das ein Hindernis für unsere Beziehung ist. Und du selber wolltest auch erst unbedingt ein Kind, als …«

Meine Brust zieht sich zusammen. »Könnten wir das Thema beenden, Seamus? Bitte?«

»Ich habe mich gefragt, was wäre, wenn …«

»Wenn *was*?«

»Wenn du mich dazu überreden könntest, doch ein Kind mit dir zu kriegen.«

Macht er Witze? Nach den unzähligen Diskussionen über dieses Thema, all den ruinierten Ausflügen, nur, weil mir beim Anblick eines süßen Kleinkindes in einem Kinderwagen warm ums Herz geworden war, und nach einem emotionalen Ausbruch wegen eines dämlichen IKEA-Stoffhäschens, für das ich nie Verwendung haben würde, wenn ich dauerhaft mit ihm zusammenbliebe, sagt er plötzlich diesen Satz?

Der kommt ungefähr ein Jahr und eine Affäre zu spät, mein Freund.

Ich habe ihm den Ring gegeben, und jetzt muss ich gehen. Ich will mir nicht mal vorstellen, dass er wieder Teil meines Lebens wird. Denn ich habe mir ein durchaus angenehmes eigenes Leben aufgebaut, in dem es vielleicht keinen heißen Sex, keine Abendessen mit den angesehensten Anwälten Australiens und keine Romantikwochenenden in Hotels der Spitzenklasse gibt, das aber grundsolide ist. Und vor allem mir allein gehört.

»Es ist zu spät«, murmele ich, und in meinem Hirn wogt der vertraute Nebel auf, den ich aus den Diskussionen mit ihm schon kenne.

»Mehr hast du dazu nicht zu sagen?« Er wirft seine Hände in die Luft und schlägt sie dann krachend auf den

Tisch. »Ich biete dir die Erfüllung deines größten Wunsches, und das ist noch immer nicht genug?«

Für dieses Gespräch fehlt mir die emotionale Kraft, und da ich spüre, dass ich abermals in seinen Sog gerate, stehe ich entschlossen auf.

»Ich muss gehen. Pass auf dich auf, Seamus. Arbeite nicht zu hart«, rufe ich schon in die frische Luft und flüchte mich auf die ruhige, von gepflegten Vorgärten gesäumte Straße. Ich fühle mich bei weitem nicht so siegreich wie die vielen Male, als ich die Szene vorher in Gedanken durchgegangen bin.

Denn auch wenn es mir gelungen ist, durch dieses Treffen das Kapitel Seamus ein für alle Mal abzuschließen, komme ich mir einfach grausam vor. In wie vielen Nächten hatte ich in meinem Bett gelegen und gehofft, er würde seine Meinung in Bezug auf Kinder ändern? Und jetzt hatte ich ihn ohne nachzudenken einfach abserviert. Wie lange hatte ich versucht, mir einzureden, dass ich eigentlich gar keine Kinder wollte? Weil sie jede Menge Mühe machen. Und entsetzlich klebrig sind.

Ich schleppe mich unglücklich den Bürgersteig hinab, als plötzlich eine Hand auf meiner Schulter liegt und er mir wieder gegenübersteht. Der Mann, der mich nach meiner Knie-OP gepflegt hat. Der trotz eines lukrativen Angebots aus Melbourne hiergeblieben war, weil ich nicht hatte umziehen wollen. Der Mann, der auf dem kalten Fußboden der Waschküche genächtigt hatte, bis Bear stubenrein gewesen war. Der Mensch, auf den ich mich früher jeden Abend gefreut habe.

»Warte, bitte. Ich weiß, wir haben dieses Thema bereits unzählige Male durchgekaut. Aber seit du mich verlassen hast, vergeht kein Tag, an dem ich nicht bereue, was

geschehen ist.« Seine Worte klingen wie aus einem Film. Mit meiner Welt, in der es um das Abschmirgeln von Wänden und die Heilung von gebrochenen Menschen geht, haben sie nicht das Geringste zu tun.

»Du bist die Liebe meines Lebens, Frankie.«

Jetzt schmelze ich endgültig dahin. Weil trotz allem, was geschehen ist, ein Teil von mir ihm glaubt oder ihm glauben will. Weil es in unserer Beziehung, auch wenn sie sehr schlecht geendet hat, so viele gute Dinge gab. Ich trete auf ihn zu, atme seinen vertrauten Moschusduft ein, schmiege mein Gesicht an seine Wange und küsse ihn innig auf den Mund. Will ich mir weniger gemein vorkommen? Bin ich einfach neugierig? Oder will ich mich eine Sekunde nicht mehr ganz so einsam fühlen – einen Teil von ihm oder von dem, was wir einmal geteilt haben, bewahren, damit es in meinem Leben wenigstens für einen Augenblick wieder so etwas wie Romantik gibt?

Die Leidenschaft, die ich erneut für ihn empfinde, ist ein Schock für mich, und während ich ihn an mich ziehe, zieht mich Seamus seinerseits an seine Brust und vertieft den Kuss. Die Berührung ist so unglaublich vertraut, rüttelt mich aber zugleich auch wach.

Ich bekomme keine Luft mehr, doch ich brauche meine ganze Willenskraft, um ihn zurückzustoßen und seiner berauschenden Nähe zu entfliehen.

Weil es, nachdem ich schon so weit gekommen bin, jetzt kein Zurück mehr für mich gibt.

***

Abends rufe ich Meg aus der Klinik an. Ausgerechnet jetzt, wo ich die Ablenkung so dringend brauche, ist es hier gespenstisch ruhig. »Bleib stark, Frankie«, empfiehlt

sie mir. »Er hat dein Herz schon einmal in den Schmutz getreten, Schatz. Du warst monatelang vollkommen fertig, und ich glaube, eine weitere Dosis dieses Typen täte dir bestimmt nicht gut.« Ich klemme den Hörer zwischen meinen Kopf und meine Schulter, und mit jedem ihrer Worte nimmt meine Entschlossenheit zu.

»Nein. Aber er hat sich in der Kinderfrage umentschieden. Vielleicht ist er ja gereift?« Bei der Erinnerung an ihn mit dieser Frau in unserem Bett dreht sich mir immer noch der Magen um, aber was, wenn ihn die Streitereien wegen eines Babys erst dazu gebracht haben? Werfe ich vielleicht die Liebe meines Lebens und die letzte Chance, ein Baby zu bekommen, weg, ohne wenigstens zu überlegen, ob ich es nicht doch noch mal mit ihm versuchen soll? Denn schließlich werde ich nicht jünger.

»Einmal untreu, immer untreu«, setzt Meg ihre Gehirnwäsche mit lauter Stimme fort, während ich in meinem winzigen Büro im Krankenhaus gefangen bin. Sie hat gut reden, schließlich hat sie selbst drei Jungs. Ich hingegen bin der Prototyp der Karrierefrau, die schockiert die Hände vors Gesicht reißt, als sie auf ihr Smartphone guckt. Oje! Ich habe ganz vergessen, irgendwann ein Baby zu bekommen!

Sicher ist das dämliche Kaninchen von IKEA schuld.

Meine Freundin serviert mir inzwischen sämtliche Klischees und Aphorismen, die ihr zu diesem Thema einfallen. Aber die kenne ich bereits, deshalb beende ich unser Gespräch und fahre traurig nach Hause.

Es ist bereits nach zehn, und als ich meine Bruchbude erreiche, lehnt dort Seamus an der Tür. Bear hat sich gemütlich neben seinen Füßen eingerollt. Obwohl mein

Stinktier ihn seit Monaten nicht mehr gesehen hat, hat er seinen Menschenvater offenkundig nicht vergessen. Und sie sehen zusammen einfach rührend aus.

»Du hättest mich nicht küssen sollen, Esky.« Seamus wirft die Hände in die Luft. »Das hier ist alleine deine Schuld …«

Ich lasse mich neben ihm auf die Veranda sinken. Früher fand ich diesen Spitznamen (den er von Cheska über Eska bis hin zu Esky – diesem blöden Ausdruck für Kühlboxen, wahrscheinlich werden sie wegen ›Eskimo‹ so genannt – abgewandelt hat) entsetzlich, aber plötzlich kommt mir dieser Name wunderbar vertraut vor. Ich habe das Gefühl, als sei ich nach Monaten der Einsamkeit urplötzlich heimgekehrt. Er küsst mich zärtlich auf den Mund, und unter der Berührung fällt mein Elend von mir ab. Seine Hände gleiten über meinen Körper. Begierig macht er sich über die Knöpfe meiner Bluse her. Ist es wirklich so schlimm, ihn mit ins Haus zu nehmen?

»Könnten wir wohl reingehen? Ich stinke fürchterlich nach Hund.«

Während ich die Tür aufschließe, legt er beide Hände auf mein Hinterteil, und plötzlich frage ich mich panisch, ob die Unterwäsche, die ich trage, auch nur annähernd passabel ist. Er war noch nie in diesem Haus, findet aber mühelos die Tür zum Schlafzimmer, zieht sich das Hemd über den Kopf und macht die letzten Knöpfe meiner Bluse auf. Ich habe seine Kühnheit und sein Selbstbewusstsein immer schon geliebt, weil sie mir das Gefühl gegeben haben, dass er mich begehrt. Und plötzlich wird mir klar, dass ich mir bereits viel zu lange nicht mehr so sinnlich und lebendig vorgekommen bin wie jetzt. Was macht es da schon aus, wenn es total verrückt ist, aus

einem Impuls heraus noch mal mit meinem Ex ins Bett zu gehen?

Auch wenn es grottendämlich, grundverkehrt und der totale Wahnsinn ist.

»Seit wir uns getroffen haben, konnte ich an nichts anderes mehr denken«, flüstert er und lehnt den Kopf an meine Stirn.

Moment mal. »Als an Sex oder an mich?«, hake ich eilig nach. Wie kann sich dieser arrogante Kerl nur einbilden, er brauche nur hier aufzutauchen, und ich ginge bereitwillig mit ihm in die Kiste? Habe ich im letzten Jahr tatsächlich nicht das Geringste von Meg gelernt, die mir im Verlauf unzähliger Gespräche mühsam meine Selbstachtung zurückgegeben hat?

Doch, natürlich.

Plötzlich empfinde ich einen regelrechten Ekel und mache mich von ihm los. Ekel davor, was die erneute Nähe zwischen uns über mich selbst aussagt. Mir ist klar, wohin das führen würde. Sicherlich nicht dorthin, wo ich anfangs dachte.

Und genau das sage ich ihm auch, obwohl das durch den Nebel der Begierde, der sein Hirn umströmt und vor dem ich schon vor Monaten geflüchtet bin, nicht bis zu ihm durchzudringen scheint. »Ich kann das nicht.«

Er macht einen Schritt zurück und stemmt die Hände in die Hüften. »Es muss ja nicht wirklich was bedeuten – wir können doch auch einfach so …«

»Raus.« Ich zeige wütend auf die Tür, und während er sich wieder anzieht, mache ich die Knöpfe meiner Bluse zu und trete in den Flur, damit er auch ganz sicher geht.

»Können wir nicht einfach noch ein bisschen reden?

Oder uns als Freunde treffen?«, fragt er mich in meiner Tür. »Du fehlst mir.«

»Freunde habe ich genug, Seamus. Mir fehlt ein Mann, dem ich vertrauen kann. Ein Mann, der Kinder will, und keiner, der sie höchstens toleriert.«

Während er zusammenzuckt, wird sein Gesicht plötzlich vom Licht zweier greller Scheinwerfer erhellt. Jack ist von der Arbeit heimgekommen und stellt den Subaru nicht wie sonst direkt vor seiner Haustür, sondern hier in meiner Einfahrt ab.

Während wir verlegen in der offenen Tür stehen, wirft er einen Blick auf Seamus, verzieht unbehaglich das Gesicht und harrt unschlüssig neben seinem Wagen aus.

Seamus erwidert seinen misstrauischen Blick, doch keiner von den beiden sagt ein Wort.

»Wer ist das? Ist er der Grund, warum ich wieder gehen soll?«, fragt Seamus mich.

»Er wohnt nebenan«, erkläre ich frustriert, weil ich ihm ganz bestimmt keine Erklärung schuldig bin, und atme hörbar ein, als Jack in unsere Richtung kommt.

»Hallo, Leute – tut mir leid, falls ich bei irgendetwas störe. Aber ist das vielleicht dein Wagen, der direkt vor meiner Einfahrt steht, Kumpel?«

»Schon gut, Seamus wollte sich sowie gerade verabschieden«, erkläre ich und kreuze meine Arme vor der Brust.

Woraufhin Seamus sich zum Gehen wendet, weil er sich geschlagen geben muss. Stirnrunzelnd rüttelt er noch am Geländer meiner Treppe und stößt böse aus: »Ein wirklich hübsches Häuschen hast du da …«

Ich brenne vor Verlangen, meine neue Bleibe und

mein neues Leben zu verteidigen, obwohl ich bereits tief genug gesunken bin.

Seamus' glänzender Mercedes steht direkt neben der alten Mühle, aus der Jack gestiegen ist. »Wenn du diese Klapperkiste zur Seite schaffst, mache ich Platz«, bietet er Jack verächtlich an. »Bis dann, Esky …«

Inzwischen weiß ich wieder, weshalb dieser Name mir derart verhasst gewesen ist. Denn im Gegensatz zu einer Kühlbox bin ich alles andere als kalt und leer.

»Immer mit der Ruhe, Kumpel.« Jack steigt wieder ein, fährt den Subaru aus der Einfahrt, und als der Weg frei ist, schwingt sich Seamus stirnrunzelnd hinter das Lenkrad seiner Luxuslimousine und macht sich so schnell wie möglich aus dem Staub.

Jack steigt wieder aus, lässt allerdings den Motor seines Wagens laufen und schiebt schnell das Tor zu seinem eigenen Grundstück auf.

»Alles klar?«, fragt er, obwohl ich ihn über das Dröhnen des Motors hinweg fast nicht verstehen kann. In der schwarzweißen Arbeitskleidung sieht er durch und durch erwachsen aus.

Ich nicke wenig überzeugend mit dem Kopf. Ich will nur noch zurück ins Haus, um mir die Augen auszuheulen, aber irgendwie wäre es sicher unhöflich, ihm meine Haustür vor der Nase zuzuwerfen, also gehe ich ins Wohnzimmer, setze mich auf die Couch und lasse die Haustür offen stehen.

Er stellt den Motor seines Wagens ab, klappert laut mit seinen Schlüsseln, und dann sehe ich sein Grübchenlächeln in der Tür. Als ich mich für das Benehmen meines ungebetenen Gasts entschuldige, hält er mir achselzuckend einen Pappkarton voll Essen hin.

»Hattest du bei der Arbeit Zeit zum Essen?«, fragt er, während er in Richtung Küche läuft. Ich höre, wie er schon das Essen in die Mikrowelle stellt.

»Hast du etwa keine Mikrowelle?«, frage ich zurück. »Ist so was im Haus von einem Meisterkoch etwa illegal?«

»Doch, wir haben eine«, räumt er ein. »Aber Sara kriegt die Krise, wenn ich die um diese Uhrzeit noch benutze – weil das Piepsen sie angeblich weckt. Es ist nur Risotto. Aber falls du Hunger hast, reicht er auf jeden Fall für zwei.« Offensichtlich hat er sein privates Abendbrot im Restaurant geklaut.

Auch wenn es nur Risotto ist, riecht es erheblich besser als alles, was ich selber kochen kann.

Während er zwei Schüsseln sucht, lässt er sich abermals über den Zustand meiner Küche – eines kleinen Rechtecks, in dem eine Reihe alter Schränke und diverse Plastikkisten voll Geschirr in einer Reihe stehen – aus. Seit ich weiß, dass irgendwelche Nagetiere Löcher in die Außenwände meiner Speisekammer fressen, bewahre ich alles, was ich in der Küche brauche, in geschlossenen Containern auf. Natürlich nur vorübergehend, aber da ich selten etwas anderes als Toast und Dosensuppe mache, kann ich damit leben, bis der Scheck für meine Überstunden kommt.

Als Jack mit Schüsseln und mit Gabeln zurück im Wohnzimmer erscheint, sitze ich noch immer auf dem Sofa. Die Sache mit Seamus hat mich völlig aus dem Gleichgewicht gebracht. Ich bin kurz davor, in Tränen auszubrechen, und vor allem unendlich erschöpft, aber vielleicht lenkt mich ja das Essen kurzfristig von meinem Elend ab. Dieser Mistkerl hat mich schließlich schon oft genug um meinen wohlverdienten Schlaf gebracht.

Wir fangen schweigend an zu essen, und als Jack den Speck aus seiner Schüssel heimlich Bear zusteckt, löst sich der Kloß in meinem Hals, weshalb ich meinen Reis problemlos schlucken kann.

»Willst du mir vielleicht erzählen, wann du derart tief gesunken bist und dich mit einem Typen mit einem Mercedes eingelassen hast?«, fragt Jack in beiläufigem Ton.

Wieder füllen meine Augen sich mit Tränen, und als ich ihm eine Antwort geben will, breche ich in leises Schniefen aus.

»Hey.« Er nimmt mir meine Schüssel ab und stellt sie auf den Tisch. »Ich wollte dich ganz sicher nicht … du brauchst es mir nicht zu erzählen, wenn …«

Als ich anfange zu heulen, massiert er mir die Schultern und stellt scherzhaft fest: »So schlimm kann doch noch nicht mal ein Mercedes-Fahrer sein.«

Ich lache unter Schluchzen auf, erkläre ihm, dass dieser Typ mein Exfreund ist, der plötzlich wieder bei mir auf der Matte stand und mir versprochen hat, dass er sich ändern will, was allerdings bestimmt gelogen war. Dann tupfe ich mir meine Augen mit dem Saum von meiner Arbeitsbluse ab. Dabei fällt mir auf, dass ich beim Zuknöpfen meiner Bluse wohl doch ein, zwei Knöpfe vergessen habe. »Danke, dass du mir das – *nicht* – gesagt hast«, fauche ich ihn an und verschränke eilig meine Arme vor der halbentblößten Brust.

»Ich dachte, dass dir das wahrscheinlich peinlich wäre. Ich sage den Leuten auch nicht, wenn die Reißverschlüsse ihrer Hosen offen sind. Aber wenn sie Klopapier an ihren Schuhen hängen haben, mache ich sie darauf aufmerksam. Weil das einfach nicht richtig ist.«

Ich beruhige mich so weit, dass ich wieder nach meiner

Schüssel greifen kann. Ein Gefühl der Entspannung legt sich über mich – als hätten meine Tränen die Verwirrung aus meinem Gehirn gespült und durch neue Zuversicht ersetzt.

»Warst du jemals im Zwiespalt in Bezug auf eine Ex?«, frage ich Jack, der wie ein Hund die Reisreste aus seiner Schüssel leckt. Was zeigt, dass sein Benimm im Gegensatz zu seiner Kochkunst offenkundig immer noch zu wünschen übriglässt.

»In Bezug auf Sara, als wir mal vorübergehend auseinander waren. Aber dann hat ihre Schwangerschaft die Sache doch noch mal in Gang gebracht.« Er stellt seine leere Schüssel fort. »Aber bei den anderen war ich mir sicher, dass nicht noch mal etwas aus uns werden würde, nachdem es vorüber war. Womit ich nicht sagen will, dass ich nicht mit einer von den Bräuten trotzdem noch einmal ins Bett gegangen wäre, wenn sie das gewollt hätte.«

»Genau das habe ich gemeint.«

Er sieht mich mit einem schiefen Grinsen an. »Auch wenn der Kerl ein Arschloch ist, sieht er durchaus nicht schlecht aus. Vielleicht hättest du also tatsächlich noch mal mit ihm in die Kiste steigen sollen. Denn wem hätte eine letzte gemeinsame Nacht schon weh getan?«

Ich ramme ihm den Ellenbogen in die Seite. »Hast du etwa wirklich gerade gesagt, ein anderer Typ sähe *nicht schlecht* aus?«

»Warum denn nicht? Ich kann durchaus anerkennen, dass ein anderer attraktiv ist, ohne dass ich ihm deswegen an die Wäsche will. Abgesehen von dem Wagen hat er echt Stil. Edler Zwirn, in dem er da rumgelaufen ist.«

»Mir fällt auf, dass du inzwischen selbst ein kleiner Yuppie bist.«

»Sagt ausgerechnet die, die mit Mercedes-Fahrern in die Kiste springt ...«

»Also bitte, Jack. Meine gesamte Garderobe einschließlich der Schuhe kommt aus irgendwelchen Billigläden. Aus Mode mache ich mir wirklich nicht viel. Aber guck doch einmal dich an, Mr Markensachen, Mr Cappy ...«

»Willst du dich etwa über meine Baseballkappe lustig machen?«, fragt er mich verblüfft. »Ich liebe dieses Teil.«

»Ich hätte einfach nicht gedacht, dass du selbst mal einer dieser Modefuzzis werden würdest, die du während unserer Schulzeit gnadenlos verarscht hast. Als ich dich zum letzten Mal gesehen habe, hattest du noch eine Jogginghose, ein knallbuntes T-Shirt und furchtbare knöchelhohe, leuchtend grüne Turnschuhe von K-Mart an.«

»Sagt die, die sich den Pony jeden Morgen vor der Schule mit mindestens einer halben Flasche Haarspray gestylt hat. Ständig kamen wir zu spät, nur weil du das Zeug danach so lange wieder rausgebürstet hast, bis jede Strähne richtig lag.«

Ich zucke zusammen, als ich daran denken muss, dass ich damit Eindruck auf ihn hatte machen wollen. »Und inwieweit habe ich mich noch verändert?«, frage ich.

»Genau das ist es ja. Du hast dich nicht verändert. Du bist immer noch der Gutmensch, der du immer warst. Immer noch Single. Immer noch vollkommen ahnungslos, wenn es um Autos, Sport und, wie es aussieht, Männer geht.«

Er steht auf, nimmt das Geschirr vom Tisch, und ich höre ein Klappern aus der Küche, als er unsere Schüsseln in die Spüle stellt, bevor er wiederkommt. »Da wir gerade davon reden, vielleicht sollte ich langsam nach

Hause gehen und gucken, ob es dort vielleicht noch etwas Action gibt …«

Ich runzele die Stirn und rümpfe meine Nase, als mir klarwird, was er damit meint. »Ich dachte, du hättest gesagt, sie würde immer schlafen, wenn du abends von der Arbeit kommst.«

»Sie braucht ja auch nicht völlig wach zu sein …«, gibt er zurück und verschwindet durch die Hintertür.

Ich weiß nicht, was an seinem Abgang die Erinnerungen in mir weckt, doch ich lehne mich gegen den Türrahmen und rufe ihm leise hinterher: »Jack? Hast du dich je gefragt, wie diese Sache uns verändert hat? Die Sache mit Kate?«

Er blickt in den dunklen Nachthimmel, an dem sich eine Wolkenwand zusammenzieht, und sieht mich dann mit einem schiefen Lächeln an. »Jeden Tag«, gibt er zurück. »Verdammt, wir waren kurz davor, ein ganz normales Paar zu werden …«

10

In der Arena

Einkaufszentrum Fortitude Valley, September 2000

Ich bereue jetzt schon, dass ich hochhackige Schuhe trage. Ich stakse unbeholfen an den übervollen Mülleimern, den Straßenmusikern und den fröhlichen Hare-Krishna-Anhängern in ihren orangefarbenen Kutten und mit ihren laut klingelnden Glöckchen vorbei über das Kopfsteinpflaster. Die Abendluft ist kühl, und während Kate und Jack sich eng umschlungen auf die Rolltreppe stellen und nach oben fahren, stehe ich allein auf einer Stufe und komme mir plötzlich schmerzlich einsam vor.

Als wir nach einem kurzen Fußweg die Konzerthalle erreichen, sehen wir, dass Ben und seine Kumpel bereits in der Schlange vor dem Eingang stehen, und drängeln uns, obwohl die anderen Musikfans, die schon vor uns angekommen sind, wütend knurren, bis zu ihnen durch.

Die *Arena* hat keine Fenster und kommt mir wie eine Höhle vor. Auf einer Empore drängen sich die Leute. Trotz des grellen Flutlichts trübt die dichte Rauchwolke, die über allem hängt, die Sicht, und das laute Bellen der Bässe wird vom Summen Hunderter von Stimmen fast noch übertönt.

»Hier riecht's nach Käsefüßen«, brülle ich, obwohl mich bei dem Lärm bestimmt niemand versteht, und sehe mich suchend in der Menge um. Ben, Kate und Jack sind in dem

Meer aus Armen abgetaucht, und während ich versuche, mir nicht anmerken zu lassen, dass mir ganz allein in dem Gedränge ziemlich unbehaglich ist, erhasche ich einen kurzen Blick auf meine beiden besten Freunde, die ganz vorne vor der Bühne miteinander rummachen, als gäbe es kein Morgen.

Ein Ozean aus wild zuckenden Leibern trennt mich von den beiden, und weil ich nicht einfach tatenlos alleine in der Ecke stehen will, marschiere ich entschlossen Richtung Bar.

Doch der Barmann schüttelt knapp den Kopf, zeigt auf mein Handgelenk und brüllt etwas, was ich bei all dem Krach beim besten Willen nicht verstehe. Dann erklärt dicht hinter mir jemand: »Ohne Armband gibt es keinen Alkohol.«

Verwundert drehe ich mich nach der Stimme um. Der Typ, dem sie gehört, sieht mich mit einem breiten Lächeln an. Er muss mindestens schon Mitte zwanzig sein, hat platinblondes stacheliges Haar und trägt ein Muskelshirt, das seine durchtrainierten Oberarme betont. Ich muss schlucken, als er mich mit Blicken auszuziehen scheint, doch gleichzeitig bestellt er mir einen Drink, nimmt ihn vom Tresen und drückt ihn mir grinsend in die Hand. Eilig wühle ich in meiner Hosentasche nach dem Geld, doch er winkt lässig ab, legt sich den Finger an die Lippen und sagt einfach: »Pst. Verrat mich nicht.«

Lächelnd leere ich mein Glas zur Hälfte aus.

»Du bist mir schon am Eingang aufgefallen. Haben deine Freunde dich im Stich gelassen?«

»So sieht's aus«, gebe ich zu. »Mein Bruder ist einfach zu cool, um hier mit seiner Schwester rumzuhängen, und die beiden anderen … tja … die sind in ihrer eigenen Welt.«

Er nimmt meine Hand und führt mich in eine Lounge im Retrostil, wo es ein bisschen ruhiger ist. Im Grunde ist die

relative Ruhe durchaus angenehm, aber bei dem Gedanken, dass ich mich mit diesem Typen unterhalten soll, steigt nackte Panik in mir auf.

»Ich bin Jasper«, stellt er sich mit einem Filmstarlächeln vor, und ich starre verlegen meine Füße an.

»Frankie.«

»Und der Bursche mit dem Schlabberpony – ist er dämlich oder blind?«, fragt er, und ich runzele verständnislos die Stirn.

»Weil er sich nicht für dich entschieden hat ...«

Ich rolle mit den Augen und starre erneut den Boden an. Weil ich so einem Mann – der keine Ähnlichkeit mit all den ungelenken, pickeligen Jungen meines Alters hat – ganz einfach nicht gewachsen bin.

»He, ist das nicht deine Freundin?«, fragt er mich, wobei er Richtung Bühne nickt.

Ich folge seinem Blick dorthin, wo Kate gerade den Bühnenrand erklimmt, und gehe sicher davon aus, dass die Security sie wieder runterschmeißen wird. Zu meiner Überraschung allerdings hilft ihr der Leadsänger der Vorband lächelnd ganz hinauf, sie stellt sich neben ihm ans Mikrophon und fällt in den Refrain des nächsten Liedes ein. Mit einem ungläubigen Grinsen winke ich ihr zu, doch sie nimmt mich überhaupt nicht wahr, weshalb ich mir meine Begeisterung für ihren Ruhm auch sparen kann.

Die Menge jubelt meiner Freundin zu, Jasper allerdings hebt mahnend einen Zeigefinger in die Luft und stellt mit Oberlehrerstimme fest: »Dieses Mädel macht bestimmt nur Ärger.«

»Kate? Sie könnte niemals auch nur einer Fliege was zuleide tun.«

»So habe ich es nicht gemeint.« Er hebt seinen Becher

mit Rum-Cola an den Mund. »Ich meine, sie sieht wirklich super aus. Aber gleichzeitig auch wie die Art Mädchen, die dir kurzerhand den Schwanz abschneidet, wenn du sie mal auf dem falschen Fuß erwischst.«

Ich finde diese Feststellung beleidigend, aber wahrscheinlich zeigt sie nur, dass er ein Menschenkenner ist. Weil Kates Leidenschaft manchmal durchaus nicht ungefährlich ist.

»Aber wie gesagt, er muss verrückt sein, weil er sich für sie entschieden hat.«

Wieder starre ich verlegen vor mir auf den Boden. Weil ich keine Ahnung habe, wie ich auf die Schmeicheleien dieses Fremden reagieren soll.

»Möchtest du noch was?«

»Oh, normalerweise trinke ich eher wenig Alkohol ...«

»Keine Angst«, beruhigt er mich. »Ein zweiter Becher haut dich ganz bestimmt nicht um.«

Und tatsächlich fällt mir als alkoholtechnischem Laien das Leeren meines zweiten Bechers überraschend leicht.

»Falls du die Absicht hast, mich abzufüllen, machst du deine Sache wirklich gut«, erkläre ich etwas zu laut.

Inzwischen hat die Vorband *Bernard Fanning* Platz gemacht, die Menge bricht in lauten Jubel aus, und die vertrauten Klänge von *These Days* nehmen mir meine schreckliche Befangenheit.

»Tanzt du, Jasper?«

»Nee.«

»Na los!« Entschlossen ziehe ich an seinem Arm.

Wahrscheinlich ist es nur der Wodka, der mich derart mutig macht. Eilig nehme ich den nächsten Schluck, ziehe diesen Fremden hoch und tauche in das Meer aus Ellenbogen, Händen und halbvollen Plastikbechern ein. Ein ums andere Mal werde ich angerempelt, immer wieder kippt

jemand mir einen Schluck aus seinem Becher aufs T-Shirt, und in dem salzigen Geruch nach Schweiß und abgestandenem Bier bekomme ich nur noch mit Mühe Luft.

»Tanz mit mir«, sage ich. Ich zucke zusammen, weil das allzu sehr nach *Dirty Dancing* klingt. Kate hat mich bestimmt schon an die tausendmal dazu gezwungen, mir den Film mit ihr anzusehen, und ich habe den Text inzwischen praktisch auswendig gelernt.

Während wir uns weiter durchs Gedränge schieben, merke ich, wie klebrig der Linoleumboden von den unzähligen verschütteten Drinks ist, und als mir jemand fast mein Haar versengt, erkenne ich, dass ein Großteil der Konzertbesucher Feuerzeuge über ihren Köpfen schwenkt.

Die Menge tobt, während sie unbarmherzig weiter Richtung Bühne drängt, und mein Herz fängt an zu rasen, wie als ich im Schwimmbad vom Zehnmeterturm gesprungen bin.

Aber es ist okay. Schließlich bin ich kein kleines Mädchen mehr.

Ich schlinge ihm die Arme um den Hals, und wir spüren gemeinsam die Musik. Doch vielleicht war es ein Fehler, nicht zu warten, bis der Rhythmus etwas flotter wird, denn plötzlich küsst mich dieser Fremde, und noch während der Geschmack von altem Tabak sich ganz auf meine Lippen überträgt, spüre ich seine heiße Zunge in der Nähe meines Ohrs. Eilig drehe ich mich um und sehe Jack und Kate, die etwas weiter vorne stehen. Ein Anblick, der in diesem Meer der Ungewissheit tröstlich für mich ist.

Kate sieht mich mit meinem neuen Freund, reckt einen ihrer Arme in die Luft und ruft lautlos: »Gut gemacht.« Dann dreht Jack sich mit ihr um, und als er mich und diesen Typen sieht, wird seine Miene hart. Er starrt mich aus wütenden Augen an. Was hat der Kerl für ein Problem? Macht er nicht

schon den ganzen Abend selbst mit einem Mädchen rum?, denke ich mir.

Ich lenke meinen Blick zurück auf meinen neuen Freund.

Wie hieß er noch gleich, Jasper, Jacob?

Dann schiebt der Mann mir seine Zunge in den Hals, doch alles, was ich fühle, ist, dass fremde Hände mich begrabschen, und ich schmecke Asche und Alkohol. Ich spüre, dass der Kerl an meiner Unterlippe nagt und sich dabei so eng wie möglich am mich presst.

Ich habe keine Ahnung, was ich machen soll. Das Selbstbewusstsein, das der Wodka mir verliehen hatte, löst sich plötzlich auf. Gott sei Dank beendet er die wilde Knutscherei, doch gleichzeitig dreht er mich um, schlingt mir von hinten beide Arme um den Bauch, reibt sich an meinem Hinterteil und schiebt mir seine Hände auf die Brust.

Ich habe das Gefühl, als durchsuche der Kerl mich.

»Wollen wir ein Taxi nehmen?«

Und wohin?

Ich bin schon jetzt vollkommen überfordert, obwohl wir bisher in einem Riesenpulk von Leuten stehen. Aber was soll ich tun? Ich blicke zu ihm auf, aber vor lauter Panik bringe ich kein Wort heraus. Entschlossen nimmt er meine Hand und führt mich durch die Menge auf den Ausgang zu.

Das kann nicht sein.

Das will ich nicht.

»Ich sage nur noch schnell den anderen Bescheid«, erkläre ich und schiebe seine Hände von mir weg. Ich muss diesen Kerl loswerden.

»Sie werden es schon merken, wenn du nicht mehr da bist.« Wieder packt er mein Handgelenk. Ich versuche, mich loszureißen, aber er tritt auf mich zu und drückt mich wenig sanft gegen die raue Backsteinwand.

»Nein!«

Er hat mich eingezwängt, und seine starken Hände tasten nach dem Knopf von meiner Jeans. Ich will mich von ihm losreißen, aber er ist einfach zu stark. Verzweifelt sehe ich mich um und spüre, wie meine Wangen anfangen zu glühen.

Die Menge grölt, ich sehe einen Lichtblitz, rieche Gras … und entdecke durch die dichte Rauchwolke hindurch, dass … Jack in unsere Richtung kommt!

»Frankie?«

Gott sei Dank.

»Nimm deine Pfoten weg!«, brüllt er, und während er den Grabscher bei den Schultern packt, kommt meine Chance. Der Riese hält mein Handgelenk noch immer fest umklammert, doch mein Bein kann ich bewegen, und als ich ihm in die Eier trete, lässt er endlich von mir ab und greift sich mit beiden Händen in den Schritt, während er gleichzeitig vor Schmerz zu Boden geht.

Jack packt meine Hand und zieht mich mit sich.

»Du kannst die Schlampe haben«, ruft der Kerl ihm hinterher. »Erst macht sie einen heiß, und dann spielt sie mit einem Mal die Jungfrau Maria.«

Jack legt schützend einen Arm um meine Schultern und schiebt mich in einen leerstehenden Garderobenraum.

Meine Hände zittern, und in meinen Augen steigen Tränen auf.

»Jetzt ist alles gut«, raunt Jack mir zu. Seine Stimme ist das beste Trostpflaster, das ich mir wünschen kann, und schluchzend schmiege ich mich wie ein kleines Kind an seine Brust. Sein Hemd ist nass von meinen Tränen, als er mein Gesicht umfasst und meinen Kopf ein Stückchen anhebt, damit er mir in die Augen sehen kann. »Es ist vorbei«, flüstert er sanft,

und zum ersten Mal wird mir bewusst, dass er keine blauen, sondern graue Augen hat.

Ich brauche meine ganze Willenskraft, um ihn nicht auf den Mund zu küssen, ehe ich ihn mit verheulter Stimme frage: »Wo ist Kate? Kannst du sie suchen? Ich muss nach Hause ...« Weil dieser grauenhafte Abend endlich enden muss.

»Ich lasse dich jetzt sicher nicht allein hier sitzen. Sie wird uns schon finden«, gibt er ruhig zurück.

»Er hat einfach nicht aufgehört. Ich dachte, ich käme selbst damit zurecht, aber er war so wahnsinnig stark.« Meine Lippen fangen an zu zittern, und während wir schweigend darauf warten, dass Kate auf der Bildfläche erscheint, massiert er meine linke Schulter und ich lehne mich mit meiner rechten Schulter an ihn an.

»Weißt du, woran mich das erinnert?«, fragt er plötzlich. »An den blöden Aufkleber, den Ben an seinem Wagen hatte, bis ihn deine Mum gesehen hat. ›Wenn Frauen nein sagen‹.« Er lacht, und ich muss grinsen.

Mein Bruder war einfach immer schon total bescheuert.

Wir sitzen hier an unserem ganz privaten Zufluchtsort, und Jack streichelt mir sanft das Haar.

Bis die raue Wirklichkeit in Form der Stimme meines Bruders bei uns Einzug hält und ich vor Scham erröte. Ich bin alles andere als erfreut, als auch Kates Gesicht im Türrahmen erscheint und ich mich aus der sicheren Umarmung meines Freundes lösen muss.

Sie hat erst meinen Bruder und dann uns gefunden.

»Da seid ihr ja!«, schreit Kate. »Wenn ihr noch länger hier rumsitzt, kriegt ihr kaum noch was von Bernie mit.«

Ben schüttelt den Kopf, als er mich auf dem Boden sitzen sieht. »Wenn du zu viel getrunken hast, bringt Mum mich um.«

Ich bin nur froh, dass ich jetzt endlich heimgehen kann. Obwohl es mir, als Jack und ich allein waren, vorkam, als sei ich schon zu Hause.

Jack führt mich zur Tür, und Kate fragt uns frustriert: »Ihr wollt doch wohl nicht schon nach Hause gehen?«

»Dieser Typ hat Frankie einen Riesenschrecken eingejagt, und vor allem ist es schon fast Mitternacht. Kannst du nachher Kate nach Hause bringen, Ben?«

»Meinetwegen, haut doch ab!« Sie verschränkt erbost die Arme vor der Brust, und mein Bruder stößt ein Knurren aus, das hoffentlich als Ja zu werten ist.

Wieder laufen wir durch die Einkaufspassage, und um mich aufzuheitern, probiert Jack eine Reihe bunter Strickmützen an einem der noch offenen Stände aus, kauft mir einen zum Schwein geformten Luftballon und lädt mich in ein Café, das gerade schließen will, auf eine heiße Schokolade ein.

Während wir versuchen, auf dem Weg zum Bahnhof den ganzen Alkohol in unseren Körpern mit einer Riesenportion Pommes aufzusaugen, erklärt er: »Mein Dad behauptet immer, dass man mit den wirklich heißen Dingern nur Probleme kriegt.«

»Redest du von Mädchen oder von Pommes frites?«, erkundige ich mich.

»Weißt du, mit Kate ist es nie wirklich einfach«, gibt er lachend zu. »Mit ihr ist immer alles furchtbar kompliziert. Ich kann nie einfach nur ich selbst sein, wie wenn ich mit dir zusammen bin.«

»Tja, sie hat nun einmal einen ausgeprägten Sinn fürs Drama. Vielleicht, weil sie sich dadurch irgendwie erwachsen fühlt.«

»Dafür, dass sie gern erwachsen wäre, kann sie manchmal ganz schön unreif sein.«

»Wenn du eine pflegeleichte Freundin haben möchtest, hättest du dir niemanden wie Kate aussuchen sollen.«

Ich kann gar nicht sagen, wie oft ich in diesem Halbjahr zwischen ihm und Kate vermitteln musste, wenn es wegen irgendeiner Nichtigkeit zum Streit gekommen war. Nachdem die beiden über Monate hinweg das Traumpaar unserer Schule waren, sieht die Sache mittlerweile etwas anders aus. Ihre Seifenblase ist dabei zu platzen, und ich will nicht miterleben, wenn es so weit ist.

Ich fühle mich etwas verantwortlich für das Dilemma, in dem Jack inzwischen steckt. In gewisser Weise bin ich dafür verantwortlich, dass sie zusammen sind. Sie war meine Freundin, er war ständig in der Nähe – und dann ist es irgendwie passiert. Trotzdem zieht mein Magen sich bereits zusammen, als wir auf sie zu sprechen kommen. Weil ich meine beste Freundin sicher nicht bei ihrem Freund anschwärzen will. Im Gegenteil, ich nehme Kate, wie schon so oft, in Schutz. »Aber sie kann auch ungeheuer witzig sein.« Ich lache, als ich daran denke, was für irre Gags sie oft auf Lager hat. »Weißt du noch, als sie mal einen ganzen Tag lang nur in Liedzeilen gesprochen hat?«

»Ja. Das war echt cool.«

»Und wie sie uns alle ins *City Rowers* reingeschmuggelt hat, als es dort Wodka für zwei Dollar gab? Wie hieß noch mal das Lied, zu dem sie auf dem Tisch getanzt hat?«

Jack verzieht den Mund zu einem Lächeln. »*Say my name*. Und sie ist auch auf anderen Gebieten wirklich gut.« Er pikst mich in die Rippen und zieht vielsagend die Brauen hoch.

Ich mache ein würgendes Geräusch. »Davon hat mir Kate bereits mehr als genug erzählt.«

»Was man dem armen Mädchen ja wohl kaum verübeln kann.« Jack zeigt auf seinen Körper wie der Moderator einer Quizshow auf den Hauptgewinn.

»Jedem das Seine.«

»Allerdings gehen bei ihr zu Hause ein paar wirklich schräge Sachen ab – wie zum Beispiel, dass ihr Dad sie jeden Abend in die Zange nimmt, damit sie ihm erzählt, was alles passiert ist. Vor allem mit mir. Als wäre sie ein kleines Kind.«

»Es ist ja wohl verständlich, wenn er sie vor Typen deiner Art beschützen will.«

»Wenigstens ihre Mum ist nett.«

»Das stimmt.«

»Ich meine, ein Typ sollte sich möglichst ein Mädchen suchen, dessen Mum ein heißer Feger ist, weil dann die Chance groß ist, dass die Tochter ebenfalls für alle Zeit ein heißer Feger bleibt.«

In mir steigt ein Gefühl des Ärgers auf. Bei dem Gedanken, dass die zwei für alle Zeit zusammenbleiben, wird mir schlecht. Ich stelle sie mir vor, wie sie mit grauen Haaren in ihrem Garten sitzen, sich darüber unterhalten, dass sie schon in ihrer Schulzeit unzertrennlich waren, und frage mich, ob auch für mich in diesem Bild ein Plätzchen vorgesehen ist. Vielleicht irgendwo in einem Anbau mit einem Gefrierschrank voller Tiefkühlkost und einem dicken Kreuzworträtselheft?

Während Jack noch auf dem Rand des Gehwegs balanciert, marschiere ich davon.

»He, warte, Lofty!« Eilig setzt auch er sich in Bewegung, doch als er mir seine Hände auf die Schultern legt, ist mir meine schlechte Laune deutlich anzusehen.

»Was ist los?«, fragt er mich in besorgtem Ton.

»Nichts.« Ich runzele die Stirn, denn als wir durch die Tür

des Bahnhofs Brunswick treten, sehe ich, dass wir noch eine knappe halbe Stunde warten müssen, bis der nächste Zug in unsere Richtung fährt.

Dann hören wir den Lärm vom Bahnsteigende. Aufgeregte Rufe und hyänenartiges Gelächter, das genauso klingt wie das von Kate.

Sofort stürzen wir los.

Es ist tatsächlich Kate – die mitten auf den Gleisen steht!

Mein Herzschlag setzt kurzfristig aus.

Ben steht auf dem Bahnsteig, streckt die Arme nach ihr aus und versucht, sie dazu zu bewegen, dass sie sie ergreift. Seine Stimme klingt dabei so flehend, wie wenn er als Kind in Schwierigkeiten war.

Doch sie nimmt ihn gar nicht wahr, als sie mit seitwärts ausgestreckten Armen und auf Zehenspitzen wie ein Hochseilkünstler über das Metallgleis balanciert, einen Schluck aus ihrer Flasche nimmt, der erst über ihr Kinn und danach auf den Boden schwappt, und dazu irgendwelche Lieder grölt.

Sie klingt wie ein betrunkener Matrose, und ihr Blick irrt hin und her.

»Schaff sie von den Gleisen!« Meine Stimme klingt wahrscheinlich noch hysterischer als die von Ben.

»Was glaubst du, was ich, verdammt noch mal, die ganze Zeit versuche? Bildest du dir vielleicht ein, ich schreie hier zum Spaß seit zehn Minuten rum?«

Meine Kehle ist wie zugeschnürt. Ich raufe mir die Haare und kreische entsetzt: »So lange turnt sie da schon rum? Du hättest längst schon Hilfe holen sollen.«

»Und wie hätte ich das machen sollen, ohne sie allein zu lassen, Fräulein Neunmalklug? Einmal hatte ich sie schon hier oben, aber dann hat sie sich wieder von mir losgerissen und sich sofort wieder auf das Gleis gestürzt!«

Ich versuche, das Geschehen zu begreifen, und zermartere mir das Gehirn, was wir jetzt machen sollen.

Als plötzlich in der Ferne Licht aufblitzt.

Ein Zug!

Er ist über das wilde Klopfen meines Herzens hinweg kaum zu hören.

Im Handumdrehen schwingt auch Jack sich auf die Gleise, ergreift seine Freundin, schiebt sie auf den Bahnsteig, und mein Bruder zerrt sie noch ein Stück zurück.

Dann kommt auch Jack zurückgeklettert, nimmt sie in die Arme und bringt sie in Sicherheit, als sei er ihr Bräutigam und trüge sie über die Schwelle ihres neuen Heims.

Ich atme keuchend ein, und meine wackeligen Knie geben nach. Vor Erleichterung, weil Kate gerettet ist.

Niemand besteigt oder verlässt den Zug, als er kurz hält und weiterfährt. Jack hat Kate in sicherer Entfernung von den Gleisen abgestellt, und ich kann hören, wie er in dem Ton, der bisher immer mir gegolten hatte, wenn ich mir die Knie aufgeschrammt oder beim Wettschwimmen verloren hatte, zu ihr sagt: »Ich lasse dich nicht los.«

Doch die Mühe hätte er sich sparen können. Weil sie in Gedanken ganz woanders ist.

Ihr wütendes Geschrei macht deutlich, dass er ihr den Spaß verdorben hat. Jack hält sie noch immer fest, und als sie ihn nicht schlagen kann, tritt sie ihm an den Kopf. Doch obwohl er das Gesicht verzieht, bleibt er auch weiter völlig ruhig und zieht sie möglichst eng an seine Brust.

Während Ben vor Angst und vor Erleichterung eine wütende Schimpftirade auf sie niedergehen lässt.

Soll ich vielleicht Hilfe holen? Nein, am besten ziehen wir nicht auch noch Erwachsene in die Sache rein.

Wir beschließen, erst mal abzuwarten, ob nicht vielleicht

Jack sie zur Besinnung bringen kann. Auch ich bemühe mich, sie zu beruhigen, so wie Mütter es im Supermarkt mit ihren Kindern tun. Denn mit ihren siebzehn Jahren kommt mir meine Freundin plötzlich wie ein Kleinkind vor, das seinen Willen nicht bekommt.

Ich versuche, ihre Aggressivität zu ignorieren, und brabbele wirr von unseren Plänen für den Abschlussball. Beschreibe ihr die Kleider, die sie schon seit Monaten für dieses Fest im Sinn hat, und die Schuhe, die sie dafür braucht. Ich sitze neben Jack und Kate, die wieder eine Einheit bilden, und schirme sie so gegen die Gleise ab. Wobei mich überrascht, dass immer noch kein Bahnhofspolizist hier unten nach dem Rechten sieht.

Wie sie da auf seinem Schoß sitzt und er seine Arme, die viel stärker sind, als man vermuten würde, um sie schlingt, sieht sie ganz klein und fürchterlich zerbrechlich aus. Er ist ihr Rettungsanker, und irgendwann beruhigen sie der Druck seiner Muskeln und die Wärme seiner Brust. Sie hört auf zu treten, und ihr wirres Plappern und das wütende Geschrei brechen so plötzlich ab, als habe sie mit einem Mal all ihre Energie verbraucht. Wie die pinkfarbenen Duracell-Häschen, die man im Fernsehen sieht.

Mein Bruder vergewissert sich, dass Jack mit Kate allein zurechtkommt, weil er den nächsten Zug nach Hause nehmen will.

»Vielleicht solltet ihr gucken, dass ihr irgendwie auf einem anderen Weg nach Hause kommt …«, fügt er wenig einfühlsam hinzu.

Woraufhin Jack ihm einen Vogel zeigt.

Kate schmiegt sich an seine Brust, als sei sie ein schützender Kokon, und da ich weiß, dass ihr in seinen Armen nichts passieren kann und dass das Paar auf einmal wieder glück-

lich ist und abermals in seiner eigenen Seifenblase schwebt, beschließe ich, es meinem Bruder gleichzutun und heimzufahren.

Jack Shaw – der Mädchenflüsterer.

Ben und ich steigen zusammen in den Zug.

»Sind eigentlich alle heißen Bräute psycho?«, fragt er mich. Ich ziehe die Brauen hoch.

Ich selber habe langweiliges braunes Haar und ein eher ausgeglichenes Gemüt. Vielleicht hat er ja recht?

»Wie hieß es damals über Marilyn Monroe? Wenn man mit ihren schlechten Seiten nicht zu Rande kommt, verdient man auch die guten nicht?«

Ich bin mir sicher, dass es nicht nur schöne geisteskranke Menschen gibt. Schließlich habe ich schon oft genug total verrückte, potthässliche, alte Männer auf der Straße sitzen sehen. Und vor allem ist Kate bestimmt nicht krank. Ihre Stimmungsschwankungen sind einfach ein normaler Teil der unberechenbaren, quicklebendigen Person, die uns derart ans Herz gewachsen ist.

Und in einer Freundschaft nimmt man neben all den guten eben auch die schlechten Seiten eines Menschen hin.

11

Grenzlinien

Es ist inzwischen drei Monate her, seit Jack, Sara und Oli in mein ruhiges und vorhersehbares Leben eingedrungen sind. Und allmählich dreht sich meine Welt nicht mehr nur um meine Arbeit, weil mich abends nichts nach Hause zieht. Unsere anfängliche Unbeholfenheit im Umgang miteinander hat sich größtenteils gelegt, weil wir inzwischen unbewusst bestimmte Themen ausklammern, wenn Sara und das Kind zu Hause sind. Aber wenn ich Nachtschicht hatte oder freihabe und Oli vormittags im Kindergarten ist, finde ich häufig einen Grund, hinter das Haus zu gehen, wenn ich höre, dass Jack im Schuppen auf der Grenze zwischen unseren Grundstücken beschäftigt ist. Auch die Wäscheleine nutzen wir gemeinsam, seit ich einmal ein paar Handtücher von Jack vor einem Regenguss gerettet habe, und den schmalen Streifen Gras zwischen meiner Pergola und ihrem Zaun hat Oliver zu *seinem* Eigentum erklärt. Weshalb die alte gusseiserne Wanne, die ich ursprünglich als Kräutergarten vorgesehen, doch schon nach kurzer Zeit wieder vergessen hatte, jetzt als Kochtopf dient, in dem der Mini-Meisterkoch aus Sand, Steinen und Zweigen zahllose Menüs kreiert.

Was heißt, dass unsere Grundstücksgrenze, die ursprünglich vehement hatte verteidigt werden sollen,

inzwischen ziemlich dehnbar ist. Es fing ganz harmlos an, mit einem Klopfen an der Tür, um sich einen Schraubschlüssel auszuleihen, woraus dann die Erlaubnis wurde, jederzeit alles zu borgen, was man gerade braucht. Weil man über Werkzeug oder andere Gerätschaften stets unbedenklich reden kann.

Und auch heute Morgen läuft es so. Seit drei Tagen schmirgele und streiche ich die Außenwand meines Hauses und habe das Gefühl, als ob auf meiner Zunge eine dicke Farbschicht läge, weil das alles ist, was ich noch riechen oder schmecken kann. Mein Körper schmerzt an Stellen, für die ich nicht mal einen Namen habe, und vom steten Auf und Ab des Pinsels tun mir selbst die Daumen weh.

Kurz nachdem ich angefangen habe, erscheint Jack mit einem Kaffeebecher in der Hand am Zaun.

»Ich will gleich in den Baumarkt – brauchst du irgendwas?«

»Nein, danke.«

»Bist du sicher? Wie es aussieht, hat dein Pinsel seine besten Zeiten langsam hinter sich …«

»Kein Problem. Ich habe mir gleich einen Zehnerpack Zweidollarpinsel zugelegt. Denn wenn ich Billigpinsel nehme, habe ich weniger Schuldgefühle, wenn ich keine Lust habe, sie richtig auszuwaschen«, kläre ich ihn auf.

Er schüttelt verständnislos den Kopf. »Du brauchst einen anständigen Rosshaarpinsel, weil du damit deutlich gleichmäßiger streichen kannst.«

»Dir kann doch vollkommen egal sein, wie die Wand am Ende aussehen wird. Oder glaubst du, dass den Käufern eures Hauses eine ordentlich gestrichene Rückwand meiner Bude wichtig ist?«

»Ach, mach doch einfach, was du willst …«

»Ich bräuchte vielleicht doch etwas. Und zwar Band zum Abkleben.«

»Ein ordentlicher Maler braucht so etwas nicht«, gibt er zurück, und ich blitze ihn zornig an.

»Okay – das billige, nehme ich an …«

»Danke. Oh, und vielleicht ein paar Rollen?«, füge ich hinzu. Die letzte Rolle habe ich nach ihrem Einsatz in der Sonne liegen lassen, wo sie wenig überraschend innerhalb von kurzer Zeit steinhart geworden ist.

»Rollen? Was für Rollen?«

»Du bist der Experte …«

»Nee, die Verantwortung ist mir zu groß.« Er blickt in meinen beinah leeren Farbeimer und lädt mich ein: »Du bist hier fast fertig. Komm doch einfach mit.«

»Ich soll mit dir in den Baumarkt fahren?« Ich bin es nicht gewohnt, Jack abseits seines Schuppens oder der Veranda hinter meinem Haus zu sehen. »Ich bin voller Farbe.« Und tatsächlich weisen sogar meine Turnschuhe inzwischen unzählige blaue Sprenkel auf.

»Weshalb du geradezu hervorragend in einen Baumarkt passt.«

»Aber würde das nicht etwas seltsam wirken?«, frage ich und senke meine Stimme, damit Oli mich nicht hören kann. »Ich meine, Sara denkt noch immer, dass du mich kaum kennst«, füge ich mit einem bösen Blick hinzu.

»Frankie. Wir fahren nicht in ein Motel, sondern in den Baumarkt. Also stell dich nicht so an. Außerdem ist sie im Fitnessstudio – was der Code für Fitnessstudio, Kaffee trinken, Shopping und danach noch ein paar Gläser Rotwein ist. Ich ziehe nur schnell Oli an und bin sofort wieder da.«

Da mein Protest auf taube Ohren stößt, trete ich fünf Minuten später leicht verlegen durch die Tür seines Hauses. Es ist kaum zu glauben, was sich dort alles getan hat, seit mich Sara kurz nach ihrem Einzug einmal zur Besichtigung geladen hat. Durch all das frische Weiß werden die Holzvertäfelungen an den Wänden und die reich verzierten Kranzgesimse des traditionellen Hauses vorteilhaft betont und erhalten gleichzeitig ein durch und durch modernes Flair. Die sorgsam abgeschliffenen Fußböden verströmen einen warmen Glanz, und die stromlinienförmigen, eleganten Möbel sehen aus wie für das Haus gemacht. Eines muss ich Sara lassen. Sie hat ganz eindeutig Stil.

Das Einzige, was ich ein wenig seltsam finde, ist das riesige Familienporträt, das beinah eine ganze Wand im Flur bedeckt. Die Schwarzweißaufnahme eines Profis, auf der Vater, Mutter, Kind in Lebensgröße abgebildet sind. Lächelnd, frisch und ordentlich, alle drei in weißem Hemd und Jeans.

So sehen sonst nur die Familien in der Werbung aus.

Ich trete einen Schritt zurück, damit ich alles sehen kann. Ich verschränke meine Arme vor der Brust und habe plötzlich das Gefühl, ein Eindringling zu sein. »Wow. Das ist …«

»Peinlich? Pompös? Grandios?« Jack klingt wie ein sprechendes Wörterbuch, während er gleichzeitig die zappeligen Beine seines Sohns in einen Overall bugsiert.

»Groß.«

»Sara liegt sehr viel daran, ein ganz bestimmtes Image aufrechtzuerhalten.« Jack lässt seinen Sohn kopfüber baumeln, um ihm seinen zweiten Stiefel anzuziehen. Dabei fällt mir auf, wie klein der Stiefel ist. Er sieht echt

winzig aus. »Sie wäre wahrscheinlich außer sich, wenn sie erführe, dass du überhaupt von mir hereingelassen worden bist – obwohl noch Müslikrümel auf dem Boden liegen und unser Geschirr vom Frühstück in der Spüle steht.«

Es überrascht mich, dass er derart offen spricht. Doch auch wenn wir keine Fremden sind, bringen die nicht gerade schmeichelhaften Anekdoten über Sara mich aus dem Konzept. Ich drehe meinen Kopf und sehe einen jungfräulichen Raum, in dem die Kissen ordentlich nebeneinander auf dem Sofa liegen und der Couchtisch frei von all dem Krempel ist, den ein normaler Mensch dort deponiert. »Wie hast du Chaot es angestellt, dass du an einen solchen Ordnungsfreak geraten bist?« Ich kann mir gar nicht vorstellen, dass jemals ein Kind an diesem Tisch gesessen hat, geschweige denn hier lebt. Man sieht nirgends Kugelschreiberflecken oder wenigstens das allerkleinste Spielzeug.

»Keine Angst, sie ist sogar noch schlampiger als ich. Auf ihrer Seite unseres Schlafzimmers liegt immer jede Menge Kram, und unser Bad sieht aus, als hätte jemand die Kosmetikabteilung von einem Kaufhaus ausgeraubt. Nur hier unten soll es immer aussehen wie geleckt.«

Menschen, die so tun, als würden sie ein rundherum perfektes Leben führen, leben oft in einem Kartenhaus, das bei der kleinsten Windböe in sich zusammenfällt.

Endlich hat der Kleine seine Schuhe an, und bei der Führung durch das Wohnzimmer versuche ich herauszufinden, welchen Teil von meinen Räumlichkeiten man von hier aus sehen kann. Zum Glück versperrt mein Dach ihnen zum größten Teil die Sicht. Ich kann also weiter nackt aus meinem Schlafzimmer ins Badezimmer flitzen.

Jack schnappt sich seine Schlüssel, und im nächsten Augenblick sitze ich neben ihm in seinem Wagen, und wir fahren los.

Auf dem Weg zum Baumarkt erzählt Jack von seinem Bruder Charlie, der in London lebt und sich als freier Journalist eher mühsam über Wasser hält. Ich stelle ihn mir vor, wie er mit anderen Paparazzi auf der Lauer liegt und auf ein Bild von Kate und William hofft, wenn sie einmal schlecht gelaunt und ungekämmt das Haus verlassen.

Dann berichte ich von meinem Bruder Ben, der ungeliebt und mittellos sein Leben in Towoomba fristet, und bevor wir unser Ziel erreichen, haben wir die Lücken der letzten dreizehn Jahre in unseren Lebensläufen weitestgehend ausgefüllt.

Ich sauge wie ein Schwamm die Neuigkeiten über Jacks Familie auf, während Oli auf der Rückbank sitzt und wie gebannt einer CD mit Kinderliedern lauscht, mit der sein Vater ihn beim Autofahren unterhält.

»Du wirst diese Art der akustischen Folter ebenfalls erleben, wenn du Kinder hast.«

»Und wie kommst du darauf, dass ich irgendwann mal Kinder haben werde?«, fauche ich ihn zornig an. Ich hasse es, dass alle Welt von Frauen meines Alters wissen will, wie es mit Kindern steht.

Jack reißt seinen Kopf zurück, als hätte ich ihm eine Ohrfeige verpasst, presst die Lippen aufeinander und sieht mich verlegen von der Seite an. »Tut mir leid. Ich dachte einfach, dass du Kinder haben willst. Denn schließlich wusstest du schon in der Schule, wie du sie mal nennen willst. Rachel und Ross …«, erinnert er sich lachend, während er den Wagen vor dem Baumarkt parkt.

So viel zu meiner Hoffnung, dass sich niemand mehr an meine damalige Leidenschaft für *Friends* erinnern kann. »Obwohl Ross niemand leiden konnte. Weil der Kerl ein fürchterlicher Lahmarsch war.«

»Wenn ich mich nicht irre, hast du selbst dafür immer Jennifer Aniston auf meinem *Friends*-Poster betatscht. Was bestimmt nicht besser war.«

»Daddy? Was ist ›tatschen‹?«, fragt sein Sohn aus Richtung Rücksitz, und ich muss mein Urteil revidieren, dass er neben seinen Kinderliedern nicht viel mitbekommen würde.

»So was Ähnliches wie angucken«, erkläre ich dem Kind.

Jack befreit ihn kurzerhand aus seinem Sitz und nimmt seine Hand. Als wir in den Baumarkt gehen, ist es dort kochend heiß, und es riecht nach Lack. Jack schnappt sich die paar Sachen, die er braucht, während mich Oli nach den Namen der verschiedenen Geräte, die in den Regalen liegen, fragt. Da ich keine Ahnung habe, kann ich immer nur »ein Werkzeug« oder »noch ein Werkzeug« sagen. Dann führt Jack uns durch den überfüllten Baumarkt bis in die Abteilung mit den Pinseln und vergleicht dort verschiedene Marken eingehend, bevor es weiter zu den Farben geht. Inzwischen ist mir klar, weshalb ich ihn begleiten sollte – zur Bewachung seines überaus aktiven Sohns.

Mit einem Eimer Farbe in der Hand kommt er zu uns zurück und hilft dem Jungen von einer Leiter, die er ganz allein erklommen hat. »Ich hoffe nur, es stimmt, wenn sie behaupten, dass die Farbe an der Wand nicht ganz so hell aussieht – denn sonst schläft Daddy heute auf der Couch«, erklärt er seinem Kind.

Ich habe das Gefühl, als wüsste ich inzwischen Einzelheiten aus dem Schlafzimmer des Nachbarhauses, die ich gar nicht wissen will.

Auf dem Weg zur Kasse ergreift Oli plötzlich meine Hand. Es wärmt mir das Herz, wie winzig und vertrauensvoll die kleinen Kinderfinger sind. Jack nimmt seine andere Hand, wir schwingen Oli hin und her, und er bricht in ein ansteckendes Kichern aus.

Der Verkäufer, der uns in dem Augenblick entgegenkommt, kitzelt ihn unter dem Kinn. »Na, genießt du deinen Ausflug mit Mummy und Daddy?«, fragt der alte Kauz, und als er vor Oli in die Hocke geht, taucht der Kleine hinter einem von Jacks Hosenbeinen ab.

Jack und ich setzen ein schwaches Lächeln auf, während wir weitergehen.

»Ich verstehe wirklich nicht, weshalb du dachtest, dass es vielleicht seltsam wär, wenn du mit uns in den Baumarkt fährst«, stellt mein Freund aus Kindertagen augenzwinkernd fest.

Ich wende mich so schnell wie möglich ab, als mir eine verlegene Röte in die Wangen schießt.

Und plötzlich weiß ich wieder ganz genau, weshalb ich damals für ihn gelogen habe.

12

Völlig durchgedreht

Cooloola Nationalpark, Südost-Queensland
19. November 2000, 2.00 Uhr

Die Stunden vergehen, und ich sitze am Feuer, starre in die Flammen und warte auf Jack, der immer noch nicht von der Landspitze zurückgekommen ist. Auch die anderen Jungen suchen weiter irgendwo nach Kate, weshalb ich ganz alleine bin.

Panisch gehe ich den Abend noch mal in Gedanken durch. Kates Enthüllung, dass sie schwanger ist, der Ranger, Jacks Gesicht, als er von ihrer Schwangerschaft erfuhr, und seine Hektik, als er plötzlich loslief. Seine Angst war echt gewesen. Weshalb aber war er plötzlich ausgerechnet zu der Landspitze gerannt? Hatte sie den Ort vielleicht zuvor erwähnt?

Irgendetwas nagt an mir. Doch natürlich ist sie eine Dramaqueen, und vielleicht ist dies alles Teil eines Drehbuchs, einer Story, deren letzte Szene hoch oben auf einer windumtosten Klippe spielen soll.

Ich zittere.

Vielleicht hätte ich mir eine andere beste Freundin suchen sollen. Schon ihre erste Übernachtung bei mir war seltsam.

Wir waren lange aufgeblieben, hatten zusammen die Psychotests verschiedener Zeitschriften gemacht, und plötzlich hatte Kate sich ihre Bettsocken über die Hände gestreift,

die Stimmen unsrer schlimmsten Lehrer nachgeahmt und mit ihren Sockenpuppen mehrere nicht jugendfreie Szenen dargestellt. Danach war sie mit ihren langen, wunderbar gebräunten Beinen auf mein Bett gesprungen und in wildes Lachen ausgebrochen, hatte sich dann aber plötzlich vor mich hingekauert und gefragt: »Glaubt du, wenn wir sterben würden, käme einer dieser Leute zu unserer Beerdigung?« Immer noch halb lachend sagte ich, das wäre ja wohl eine selten blöde Frage, denn unsere Lehrer würden schließlich viel eher ins Gras beißen als wir. Doch als hätte diese eine seltsame Bemerkung nicht gereicht, erzählte Kate mir dann, mein Bruder hätte sie im Schwimmbad mal beobachtet, und sie hätte ihr T-Shirt hochgezogen, damit er auf seine Kosten kommt. Doch bevor ich darauf eingehen konnte, sagte sie, sie hätte Durst und würde sich etwas zu trinken holen gehen.

Als sie nach einer halben Ewigkeit noch immer nicht zurück war, schlich ich ihr auf Zehenspitzen hinterher und konnte hören, dass außer ihr noch jemand in der Küche war. Aber wer schlich sich außer uns noch derart spät durchs Haus? Hatte vielleicht auch mein Bruder heimlich an den Kühlschrank gehen wollen? Ich lehnte mich gegen die Wand, lauschte angestrengt und konnte sie dabei zur Hälfte sehen. Sie hatte ihre Arme so fest vor dem Bauch verschränkt, dass ihre Brüste halb aus ihrem dünnen Baumwollnachthemd quollen, warf beim Lachen ihren Kopf zurück und saugte an der Kette, die sie trug. Ich dachte, armer Ben, jetzt zieht sie dich schon wieder auf, als sie mit gedämpfter Stimme sagte: »Diese ganzen Muskeln kriegt man doch wahrscheinlich nur, wenn man permanent Gewichte stemmt.«

Ihr Gegenüber lachte leicht verlegen auf. »Ich bin Landschaftsgärtner.«

Meine Freundin flirtete mit meinem *Dad*.

Mir stockte der Atem, als Kate ihre Hand auf seinen Bizeps legte. Erschrocken stieß ich aus: »Was macht ihr da?«

Mit belegter, eigenartig hoher Stimme befahl Dad uns knapp, ins Bett zu gehen, und wir sprachen diesen Vorfall niemals wieder an.

Und auch noch andere Dinge in Zusammenhang mit Kate kamen mir seltsam vor. Einmal war sie völlig ausgerastet, weil Jack vergessen hatte, dass sie an dem Tag ein Vierteljahr zusammen waren. Oder als sie in einem Nachtklub auf den Tisch geklettert war und sich gewunden hatte wie die Stripperinnen, die man ab und zu im Fernsehen sah.

Sie ist tatsächlich unberechenbar, aber das ist Teil ihres Charmes. Spielt sie uns also vielleicht auch jetzt ganz einfach einen dummen Streich?

***

Ich flüchte mich vor meinen düsteren Gedanken in die Düne, und nach einer Weile sehe ich Bewegung und ein Licht. Das Licht einer Taschenlampe, die jemand beim Laufen schwenkt. Mein Herz fängt an zu flattern, aber ich kann deutlich sehen, dass die Gestalt viel kräftiger und größer ist als Kate. Und vor allem sehe ich nur einen Schatten. Kann es sein, dass er sie trägt?

Schließlich aber zieht mein Magen sich zusammen. Denn Jack kommt ohne Kate zurück. Meine letzte Hoffnung ist dahin. Die Hoffnung, dass er sie gefunden hat, als sie weinend auf den Klippen saß, wo sie seit Stunden starrsinnig darauf gewartet hatte, dass er käme und sie bäte, ihm noch einmal zu verzeihen.

Keuchend fragt er: »Ist sie hier?« Und mir wird klar, dass in diesem Moment auch er die letzte Hoffnung verliert.

Denn ich schüttele unglücklich den Kopf.

»Dann hast du sie also nicht gefunden? Keine Spur von ihr?«, stoße ich schluchzend aus, wobei mir meine Panik deutlich anzuhören ist.

Noch immer außer Atem lässt mein Freund sich in den Sand der Düne sinken und starrt trübe in die Dunkelheit hinaus.

Ich berühre seine Schulter, doch er schüttelt meine Finger ab.

»Ich nehme an, du musst dich dafür wappnen, dass sie …« Seine Lider zucken, und ich kann in seinen Wimpern eine Träne hängen sehen. »… nicht mehr wiederkommt.«

»Bisher wissen wir doch nur, dass sie nicht auf der Landspitze auf dich gewartet hat.« Die Panik, die ich unterdrückt hatte, während er fort gewesen war, breitet sich abermals in meinem Innern aus.

»Und auch nicht am Strand, am Wrack oder irgendwo dazwischen«, führt er tonlos aus.

»Irgendwo muss sie doch sein. Wir haben sie bisher nur einfach nicht gefunden. Denn ich meine, selbst wenn ihr etwas … passiert ist, wird sie ja wohl kaum einfach … verschwunden sein. Warum hast du überhaupt gedacht, sie wäre an der Landspitze?«

Jack sieht vor sich auf den Boden, stößt ein leises Schniefen aus, holt Luft und sagt mit dumpfer Stimme: »Es gibt Dinge, die sie dir niemals erzählt hat, Frankie. Sie war krank.«

»Sie war schwanger – was ganz sicher keine Krankheit ist.«

Er rollt mit den Augen. »Glaubst du das tatsächlich immer noch?«

»Sie hätte mich niemals derart belogen. Und sie hat mir ganz genau erzählt, wie es dazu gekommen ist.«

»Und wenn schon. Schließlich hat sie ständig irgendwelchen Scheiß erzählt. Hat sich ständig irgendwelche furcht-

baren Geschichten ausgedacht. Zum Beispiel hat sie mir einmal erzählt, ihre Mutter sei unheilbar an Krebs erkrankt. Und als ich Jess danach gefragt habe, hat sie gelacht und nur gefragt: ›Dann erzählt sie dieses Märchen also immer noch?‹ Ein anderes Mal hat sie erzählt, sie wäre adoptiert, doch ihre Eltern hätten es ihr nie erzählt. Ich meine – also bitte, sie und ihre Mutter sehen sich derart ähnlich, dass man denken könnte, dass sie Schwestern sind.«

»Aber das heißt noch lange nicht, dass sie sich etwas antun würde! Denn das willst du doch mit diesen Sätzen andeuten, nicht wahr? Los, Jack. Spuck es aus. Ich komme damit klar.«

Seine Lippen fangen an zu zittern. »Als ich sie einmal gefragt habe, warum sie öfter mal nicht in der Schule ist, hat sie gesagt, sie könnte manchmal nächtelang nicht schlafen, und dann ließe ihre Mutter sie zu Hause bleiben.« Er macht eine Pause und blickt auf die Wolken, die wie eine dünne Nebelwand am Mond vorüberziehen. »Ab und zu erzählt sie wirklich total krasses Zeug.«

Das hatte er auch vorher schon manchmal zu mir gesagt, wenn er mit mir alleine nach Hause gelaufen war. Ich hatte bisher allerdings immer gedacht, dass es derselbe Blödsinn sei, wie wenn sie behauptete, sie sei furchtbar hässlich, nur, damit wir anderen ihr bestätigten, wie wunderschön sie war.

»Sie sagt immer, dass sie anders ist als wir. Dass ich mit ihr in ihrem Thunderbird abhauen soll. Und manchmal schlägt dann ihre Stimmung plötzlich um, und sie wirft mir irgendwelche fiesen Sachen an den Kopf.«

Ich kann deutlich sehen, wie aufgewühlt er ist. Der Junge, der mir einen Schnauzbart ins Gesicht gemalt hat, während ich bei *Melrose Place* auf dem Sofa eingeschlafen war. Er meint es wirklich ernst.

Vor ein paar Monaten war Kate fast eine Woche lang nicht

in der Schule aufgetaucht. Schon in der Woche vorher hatte sie praktisch kein Wort mit uns gewechselt, weil sie superschlecht gelaunt gewesen war. Jack hatte mich gebeten, ihn zu ihr nach Hause zu begleiten und mit ihrer Mum zu sprechen für den Fall, dass die nicht wüsste, dass mit ihrer Tochter etwas nicht in Ordnung war. Aber als wir dort erschienen waren, hatte Jess uns aufgemacht und uns beruhigt. Kate habe ein »Frauenleiden«, sei aber sicher bald schon wieder auf dem Damm. Worauf Jack errötet und davongelaufen war. Am nächsten Tag war unsere Freundin, so als wäre nie etwas gewesen, munter wie ein Fisch im Wasser wieder in der Schule aufgetaucht, hatte mir ein violettes Freundschaftsarmband in die Hand gedrückt und aus einer Zeitschrift für mich Kleider ausgeschnitten, weil sie dachte, sie entsprächen meinem Stil. So was tat sie manchmal, wenn ihr etwas leidtat. Das waren dann jedes Mal die Ruhephasen nach dem Sturm.

Nach diesem einen Mal hat Jack nie mehr versucht, mit seiner Angst um sie zu ihrer Mum zu gehen.

Und auch wir beide schnitten dieses Thema nicht noch einmal an. Aber deswegen war es noch lange nicht erledigt, sondern hatte die ganze Zeit im Hintergrund gelauert, während auf den ersten Blick alles völlig normal gewesen war.

Ist es jetzt etwa so weit? Offenbart sich jetzt vielleicht ein düsteres Geheimnis unserer Freundin, das der Grund für ihr seltsames Verhalten war?

13

Geoutet

Verrückt. Es ist Freitagnachmittag. Die meisten Singles sind inzwischen in der Kneipe und bestellen sich den dritten Drink. Ich hingegen bin von Kopf bis Fuß mit Sägemehl bestäubt. In einem Anfall geistiger Umnachtung habe ich beschlossen, dass das manuelle Abschmirgeln der Außenwände meines Häuschens, um die einzigartige geschwungene Form der Bretter zu erhalten, der ideale Zeitvertreib fürs Wochenende ist.

Jack sitzt mit einem Bier neben Oliver auf seiner Treppe und baut eine Rennstrecke für dessen Spielzeugautos auf. Ein ums andere Mal wandert mein Blick zu der Bilderbuchfamilie, die im Nachbargarten sitzt. Zu dem attraktiven, hochgewachsenen schwarzhaarigen Mann und der gertenschlanken blonden Modepuppe, die entspannt mit einer Flasche Wein und einer Zeitschrift in der Sonne liegt und ihre beiden Männer überwacht. Nachdem ich anfangs ihre mitleidigen Angebote, mich zu ihnen zu gesellen, ausgeschlagen hatte, kann ich der Versuchung schließlich doch nicht widerstehen und nehme auf ein Gläschen neben Sara Platz.

Ich sehe sie nur selten, was mir alles andere als ungelegen kommt. Weil sie ständig bei der Arbeit oder sonst wo unterwegs ist und sich, wenn sie mal zu Hause ist, von

ihren anstrengenden Ausflügen erholen muss. Sie gibt sich keine Mühe zu verbergen, dass sie unserer Nachbarschaft nicht traut. Aber sicher wirke ich in ihrer Gegenwart auch immer fürchterlich nervös. Denn schließlich muss ich meine Worte sorgsam abwägen, damit sie nicht erfährt, dass Jack und ich zusammen aufgewachsen sind. Auch wenn das mittlerweile kaum noch eine Rolle für mich spielt.

Auch wenn Sara ihren Mann nur ungern aus den Augen lässt, geht sie ins Haus, um mir ein Glas zu holen. Und ich nutze die Gelegenheit, um mich zu ihm und Oli auf die Treppe zu gesellen – weil ich immer noch nicht gern mit ihr alleine bin. Da ich meine gesamte Energie darauf verwenden muss, nicht irgendetwas zu sagen, was ich eigentlich nicht wissen dürfte, kommen unsere Gespräche für gewöhnlich gar nicht erst in Gang.

Jack erzählt mir von der neuen Speisekarte seines Restaurants, davon, dass er hofft, dass er auf Dauer ein paar Kochmützen verliehen bekommen wird und dass man in Brisbane wunderbar frische Produkte kaufen kann, sich der Preis für Schalentiere aber wegen der Beschränkungen der Fangquoten verdoppelt hat, was die Preisstruktur des Ladens ruiniert.

Oli hat das Autorennen aufgegeben und sitzt jetzt zufrieden auf der Erde, schaufelt Sand in einen Eimer, kippt ihn aus und fängt wieder von vorn an. Jack betrachtet ihn, wendet sich dann wieder an mich und zieht eine Braue hoch wie in der Schule, wenn die Lehrer irgendwelchen Müll erzählt haben. Worauf ich jedes Mal in lautes Lachen ausgebrochen bin.

Nächsten Monat werden sie nach Townsville fliegen, weil sein Vater siebzig wird, und er fragt mich, ob ich sie

vielleicht zum Flughafen fahren könnte, wenn ich dann nicht gerade bei der Arbeit bin. Das tue ich natürlich gern. Denn vielleicht habe irgendwann auch ich wieder ein Leben, in dem er mich dann mal fahren kann.

Auch Sara kommt zum Sandkasten und regt sich auf, weil sie zu dieser Feier fliegen sollen. Weil Jack noch nie ein Wochenende freihatte, wenn sie bei ihren Eltern eingeladen waren, es aber jetzt für seinen eigenen Dad so hingebogen hat, dass jemand ihn im *Duck Duck Pig* vertritt.

Jacks Blick wird trüb. Eilig trinke ich den Rest von meinem Wein. Ihre Streiterei ist für mich das Stichwort, zu gehen. Da höre ich plötzlich, wie die Gartenpforte meines Grundstücks quietscht.

Die Schritte auf dem Split der Einfahrt kommen näher.

»Frankfurt – bist du da?«

Typisch Ben, er taucht mal wieder völlig unerwartet (und wahrscheinlich unrasiert und hungrig und mit einem Riesensack voll Schmutzwäsche) hier auf.

Er macht große Augen, als er um die Ecke biegt und das monumentale Nachbarhaus entdeckt, wirft einen Blick auf Jack und reißt die Augen noch ein bisschen weiter auf.

O verdammt. Ich habe Ben vor Monaten zum letzten Mal gesehen. Und ihm auch am Telefon bisher noch nicht erzählt, dass Jack wieder in Brisbane ist.

»Leck mich doch am Arsch. Jack Shaw!«

Ohne mich darum zu scheren, dass der Rest von meinem Wein über den Rand des Glases schwappt, springe ich so schnell wie möglich auf. Ich muss ihn ins Haus bugsieren, bevor er uns verrät.

Aber es ist bereits zu spät.

»Ben?«, fragt Jack in einem Ton, der gleichermaßen überrascht wie ängstlich klingt.

»Hallo, was machst du denn hier?«, stoße ich mit wild klopfendem Herzen aus.

»Vielleicht sollte ich eher fragen, was dein Freund hier macht. Ich dachte, du wärst in Townsville, Kumpel.« Ben muss sichtlich schlucken, das Wiedersehen mit Jack ist offenbar ein Schock für ihn.

»Ich lebe seit Anfang dieses Jahres wieder hier. Das ist Sara, meine Partnerin. Und das ist Oli, unser Sohn.«

»Oh. Scheiße, okay.« Mein Bruder kratzt sich nachdenklich am Kopf. »Dann machst du inzwischen also einen auf Familie. Und besuchst die gute alte Frank.« Achtlos lässt er seinen Rucksack fallen und tritt zu uns an den Zaun. Aber ist es wirklich meine Aufgabe, den Schaden abzuwenden?

»Die beiden haben das Grundstück nebenan gekauft. Sie leben hier.«

Ben sieht mich an, als sei ich verrückt geworden. »Was zum Teufel soll das heißen? Jack und Sara leben hier?«

Die Zeit bleibt stehen.

Ich kann sehen, dass Sara erst mal warten will, was diese Frage zu bedeuten hat. Doch statt mich zu bemühen, die Katastrophe jetzt noch abzuwenden, könnte ich genauso gut versuchen, eine Schneelawine mit den bloßen Händen aufzuhalten. Deswegen versuche ich es gar nicht erst.

»Kuschelig, so Tür an Tür«, stellt Ben sarkastisch fest. »Aber dass ausgerechnet du …«

»Du bist also Frankies Bruder, der, den Jack noch aus der Schule kennt?«, fragt Sara ihn.

»Ja. Aber das alles ist inzwischen locker zehn, zwölf

Jahre her …« Bens Miene spannt sich an. »Ich war eine Klasse über ihnen.«

Während ich noch innerlich zusammenzucke, wendet Sara sich an Jack. »Ihnen? Soll das heißen, dass du nicht mit ihm, sondern mit *ihr* in einer Klasse warst?« Sie starrt regungslos geradeaus, als benötige sie ihre gesamten kognitiven Fähigkeiten, um sich einen Reim darauf zu machen, was das zu bedeuten hat. »Ich dachte, dass sie deutlich älter ist als du und du sie deswegen kaum kennst.«

Deutlich älter? Blöde Kuh.

Jack schaut wie ein Reh, das von grellen Scheinwerfern geblendet wird. Er ist vollkommen gebannt von dem stahlharten Blick, den sie ihm zuwirft.

Ben reißt verwirrt die Augen auf. »Diese beiden?«, fragt er Sara. »Nee, die beiden waren, seit sie laufen konnten, total dicke miteinander.«

Sara kneift die Augen zu und bläst wie ein Ochsenfrosch die Backen auf.

»Verstehe ich dich richtig?«, fragt sie Ben und verschränkt die Arme vor der Brust. »Frankie – deine Schwester – und Jack Shaw – der Mann, der dir hier gegenübersteht – waren dicke Freunde?« Sara wendet sich erneut an Jack, der dafür, dass in diesem Augenblick die Welt für ihn zusammenbricht, erstaunlich wortkarg ist. Aber vielleicht ist er auch erleichtert, weil ihm die Entscheidung, Sara endlich alles zu erzählen, abgenommen wurde.

»Er hat recht«, gesteht er tonlos und lenkt seinen Blick auf Oli, der noch immer glücklich und zufrieden seinen Eimer füllt. Ich wünschte mir, der kleine Kerl bewürfe mich mit Sand, denn dann könnte ich meine Augen

schließen und müsste nicht mehr mit ansehen, wie hier alles den Bach hinuntergeht.

»Habe ich da irgendwas nicht mitbekommen, Jack? Warum hast du mir nicht erzählt …« Dann wendet sie sich abermals an mich, als sähe sie mich jetzt zum allerersten Mal, und fuchtelt mit dem Zeigefinger vor meinem Gesicht herum. »Die Fotos – jetzt erinnere ich mich. Er hat ein altes Bild von einem braunhaarigen Mädchen mit einem Neunzigerjahrepony. Das warst du!« Sie schließt die Augen und hebt, wie um die Gefühle, die sich plötzlich in ihr breitmachen, zurückzudrängen, eilig eine Hand vor ihren Mund. »Ist sie so etwas wie eine alte Flamme? Sollte ich nicht wissen, dass ihr beiden mal zusammen wart? Hast du mich deshalb angelogen?«

Jack sagt immer noch kein Wort, weshalb ich für ihn in die Bresche springen muss.

»So ist es nicht. Wir sind zusammen aufgewachsen, aber sonst war nie was zwischen uns«, erkläre ich. Was fast die Wahrheit ist.

»Warum also diese Geheimniskrämerei? Warum all diese Lügen, Jack? Wenn das alles derart harmlos war, warum hast du mir dann nichts davon erzählt?« Als ich höre, wie verletzt sie klingt, steigen leise Schuldgefühle in mir auf. Ich habe einen bitteren Geschmack im Mund, weil ich Teil dieser Scharade war. Denn ich habe zwar vielleicht nicht freiwillig, aber auf alle Fälle dabei mitgemacht.

Ben kratzt sich verwirrt am Kopf. Er hat keine Ahnung, was das alles zu bedeuten hat und dass er selbst – unwissentlich – der Auslöser für diese Szene ist. Stirnrunzelnd tritt er neben mich und fragt mit rauer Flüsterstimme, der sein Ärger deutlich anzuhören ist: »Willst du etwa sagen, diese Tussi wusste nicht, dass ihr euch kennt?«

Ich sage nichts.

»Das ist doch total krank, Mann. Na, dann guckt mal, wie ihr diese Sache wieder geradebiegt«, fährt er mich an, schnappt sich seine Tasche und stürmt durch die Hintertür in mein Haus.

Ich stehe immer noch in ihrem Hof, denn obwohl ich mich am liebsten ebenfalls nach drüben flüchten würde, damit Sara Jack alleine in die Zange nehmen kann, erscheint es mir, als müsse sie mich erst entlassen. Weil ich schließlich Jacks Komplizin war.

»Es tut mir leid, falls wir dir etwas vorgemacht haben, Sara. Jack war der Gedanke irgendwie unangenehm, dass du …«, beginne ich und breche wieder ab. Weil sich zuerst Jack zu der Sache äußern muss.

»Die Dinge waren furchtbar kompliziert, als wir alle uns zum letzten Mal gesehen haben«, setzt er schließlich an. »Ich wollte einfach nicht sofort mit dir darüber sprechen. Ich hatte nicht geplant, dir auf Dauer zu verschweigen, wie gut ich und Frankie uns in Wahrheit kennen, doch je länger es so lief, umso schwerer wurde es für mich, dir alles zu erzählen.«

Sara wirft die Hände in die Luft und stürmt wutschnaubend ins Haus.

Jack lehnt sich mit gekreuzten Armen an den alten Sägebock, starrt vor sich auf den Boden und erscheint mir wie ein Ball, aus dem die Luft entwichen ist.

»Das ist mein ganz privates Chaos«, stellt er schließlich fest und geht an mir vorbei ins Haus, um sich dem unvermeidlichen Gespräch zu stellen.

Mit zugeschnürter Kehle ziehe ich mich ebenfalls ins Haus zurück, um meine eigene Suppe auszulöffeln, weil mich auch mein Bruder sicher nicht so leicht davonkom-

men lassen wird. Er schwingt sich immer gern aufs hohe Ross, wenn die »perfekte« kleine Schwester irgendeinen Fehler macht.

Als ich höre, dass er duscht, atme ich erleichtert auf. Wie immer fühlt er sich gleich heimisch, ohne dass ich ihn erst lange darum bitten muss. Und vor allem bleibt mir so noch eine kurze Gnadenfrist.

Es ist eine Katastrophe, und es kommt mir vor, als spiele ich mit einem Mal in einer schlechten Seifenoper mit. Zugleich aber bin ich erleichtert, weil ich endlich nicht mehr heucheln muss. Und glücklich, weil er all die Zeit ein Foto von mir aufgehoben hat.

***

Es widerstrebt mir immer etwas, meinen großen Bruder bei mir aufzunehmen, wenn er, ganz egal, aus welchem Grund, nach Brisbane kommt. In den ersten Tagen läuft normalerweise immer alles bestens, aber dann geht es bergab. Und meine Bude fängt an zu stinken.

Aber nach der Sache mit Seamus, in den Wochen vor Beginn meines neuen Lebens, hat er mir großzügig Unterschupf gewährt, weshalb ich seine Gastfreundschaft jetzt wohl erwidern muss.

»Anscheinend hat sich hier in letzter Zeit so einiges getan«, sagt Ben, als er in meinem ausgewaschenen pinkfarbenen Morgenmantel aus dem Badezimmer kommt. Er riecht nach meinem Deo, hinter ihm quillt eine Dampfwolke durch die offene Tür, und seine Haare tropfen meinen Boden nass. »Normalerweise sind die aufregendsten Nachrichten, die ich von dir bekomme, dass du wieder mal ein neues Mittel gegen die Kaninchenplage ausprobierst«, zieht er mich auf.

»Als ob in deinem Leben derart viel passieren würde«, gebe ich erbost zurück.

»Nein, ich glaube, darauf hast inzwischen du das Monopol.«

Er zieht die Tür des Kühlschranks auf, und während er darin nach Nahrung sucht, kratzt er sich durch den Stoff meines Morgenmantels an den Eiern, und ich mache mir eine gedankliche Notiz, das Ding sofort zu waschen, wenn er wieder fährt.

»Und jetzt erzähl mir mal, weshalb Jack Shaw nicht mehr in sicherer Distanz in Townsville, sondern auf einmal in Spuckweite von deiner Bude lebt«, ruft Ben mir hinterher, als ich an ihm vorbei zum Sofa gehen will.

»Das ist inzwischen alles dreizehn Jahre her. Außerdem ist er schließlich kein Straftäter, den man aus London in die Kolonie verfrachtet hat, und manchmal kommt es eben durchaus vor, dass jemand wieder in die alte Heimat zieht.«

»Ja, aber wie groß war wohl die Chance, dass er ausgerechnet hier in deine Straße und praktisch in deinen Garten zieht?«

»Gering, aber anscheinend war es durchaus möglich.«

»Mir kommt es eher wie ein verdammtes Wunder vor«, stellt der alte Anti-Hippie fest.

»Willst du damit etwa andeuten, er hätte das geplant? Dann bist du eindeutig nicht mehr ganz dicht.«

Und ich hatte gedacht, dem armen Jack würde die Hölle heißgemacht. Was allerdings dem lauten Bellen aus Richtung Nachbarhaus zufolge auch geschieht. Mir wird flau im Magen.

»Es fällt mir einfach schwer zu glauben, dass das alles

reiner Zufall ist«, reißt mich Ben aus meinen Überlegungen.

»So war es aber.«

»Du willst also sagen, von sämtlichen freien Grundstücken im Land hätten sie aus reinem Zufall ausgerechnet das in deiner direkten Nachbarschaft gewählt.«

»Es ist nicht ungewöhnlich, wenn jemand zurück zu seinen Wurzeln will. Und leere Grundstücke in einer alten Wohngegend wie hier sind nun mal rar.«

Ben sieht mich fragend an. »Dann glaubst du also nicht, dass Jack vielleicht nach dir gesucht und herausgefunden hat, wo du inzwischen wohnst?«

»Weshalb hätte er das tun sollen?« Krachend werfe ich die Hintertür ins Schloss, weil unsere Nachbarn nichts von dieser lächerlichen Auseinandersetzung mitbekommen sollen. Denn wenn wir hören können, wie die beiden streiten, hören sie uns vielleicht auch.

»Weil das einfach typisch für euch wäre. Weil er Jack ist und du *du* bist, Frank.«

Ich schüttele den Kopf. Was redet er da für ein Zeug?

Ich mache auch die Fenster zu. »Ben, wenn er mich plötzlich nach so vielen Jahren hätte sehen wollen, hätte er mich einfach anrufen oder besuchen können. Ohne dass er dafür erst ein Grundstück kauft.«

Darauf fällt ihm keine Antwort ein.

Mit einem Mal beruhigt er sich und kratzt sich nachdenklich am Kopf, als kämen erste Zweifel an seiner beschränkten Logik in ihm auf.

»Trotzdem ist es total verrückt, Frankie.«

»Denkst du, das wüsste ich nicht? Glaubst du nicht, dass mich beinah der Schlag getroffen hätte, als er plötzlich vor mir stand?«

»Okay. Aber was soll diese Geheimniskrämerei? Warum hat er seiner Tussi nichts von euch erzählt?«

»Weil sie nichts von den Dingen weiß, die damals geschehen sind.«

Ben starrt mich verwundert an. »Aber das stand doch in allen Zeitungen.«

»Das ist inzwischen ewig her …«

»Und außerdem hätte er einfach sagen können, dass ihr zwei euch kennt, ohne auf die ganze Scheiße einzugehen.«

»Wer weiß?« Ich zucke mit den Achseln. »Vielleicht wäre dann der Damm gebrochen, und er hätte ihr das ganze Zeug von Kate erzählt.«

Bei der Erwähnung ihres Namens verzieht Ben unglücklich das Gesicht.

Mir ist schlecht vor lauter Schuldgefühlen. Ich lehne mich erschöpft an meine Arbeitsplatte. Warum zum Teufel hatte ich bei dieser blöden Lüge mitgemacht? Plötzlich habe ich kein Mitleid mehr mit Jack. Denn das ist alles seine Schuld. Obwohl ich nicht behaupten kann, dass diese Fitnessstudiobarbie mir sympathisch wäre, hat sie doch ein Mindestmaß an Ehrlichkeit verdient. Und auch wenn diese Scharade Jacks Idee war, habe ich brav mitgemacht. Obwohl ich nie wirklich verstehen konnte, weshalb es ihm derart widerstrebt hat, reinen Tisch zu machen – denn das wäre sicher nur ein Sturm im Wasserglas gewesen. Jetzt aber hat seine verdammte Heimlichtuerei eine ernsthafte Krise zwischen ihm und seiner Freundin ausgelöst. Ich hätte gedacht, er hätte Kates Geschichte oder die Geschichte von uns allen irgendwann mal angesprochen. Weil eine Beziehung ohne Ehrlichkeit oder Vertrauen einfach keine richtige Beziehung ist.

Als Ben und ich erneut die zornbebenden Stimmen unserer Nachbarn hören, wird mir klar, dass es auf meinem Grundstück seit Errichtung ihres Hauses keinerlei Privatsphäre mehr gibt. Ich schwanke zwischen dem Bedürfnis, ihren Zank mit meinem Fernseher zu übertönen, und dem Wunsch, zu hören, wie sich Jack aus der Affäre zieht.

»Ich fand von Anfang an, dass du immer ein bisschen seltsam warst, sobald sie in der Nähe war. Habt ihr eine Affäre? Antworte mir, Jack!«

Als ich höre, wie verletzt sie klingt, zieht sich mein Herz vor lauter Mitgefühl zusammen. Das ist alles derart unnötig, und es hätte sich vermeiden lassen, hätte Jack ihr nicht die ganze Zeit etwas vorgemacht.

»Klar, dass sie das denkt«, sagt Ben, während er seine Beute aus der Speisekammer schleppt. Als dabei eine offene Schachtel Reiscracker herunterfällt, fängt er sie geschickt mit einer seiner großen Zehen wieder auf.

»Ich wüsste nicht, was dich das angeht, Ben.«

»Haha. Und du hast dabei mitgemacht. Also spiel jetzt bitte nicht die Unschuldige. Wie lange habt ihr dieses Spielchen, dass ihr Fremde seid, denn überhaupt gespielt?«

»Du warst ja wohl derjenige, der ohne Vorwarnung die Katze aus dem Sack gelassen hat.«

»Weil du mir vorher nicht Bescheid gegeben hast. Warum hast du nicht einfach eine SMS geschickt – *übrigens wohnt jetzt Jack Shaw im Nachbarhaus.* Und woher hätte ich wohl wissen sollen, dass seine Frau nichts von euch beiden weiß?«

»Sie ist nicht seine Frau.«

»Das macht doch keinen Unterschied. Genauso gut könnte sie's sein.«

Noch immer kann ich Saras spitze Schreie und Jacks monotone Stimme durch die sorgfältig geschlossenen Fenster meines Hauses hören. Dann flippt Sara plötzlich vollends aus, und er fährt sie mit seiner dunklen Stimme an.

»Glaubst du, dass er ihr jetzt auch das von Kate erzählen muss?«, frage ich Ben. Weil Sara Jack anscheinend wie ein echter Profi in die Zange nimmt.

Mein Bruder zieht die Brauen hoch. »Dafür bräuchte er auf alle Fälle jede Menge Mut.«

»Ich dachte nur, dass das vielleicht erklären würde, weshalb er nicht gleich gesagt hat, dass er mich viel besser kennt. Und dass sie sich dann nicht mehr einbildet, es hätte was mit mir zu tun.«

»Aber in gewisser Weise hat es doch mit dir zu tun.«

Ich werfe Ben einen bösen Blick zu, und er wirft gleichmütig die Hände in die Luft. »Was auch immer«, winkt er ab und macht sich abermals über sein Abendessen her.

Gerade als wir uns etwas entspannen, gehen die Verbalattacken drüben wieder los, und als sich Saras Stimme beinahe überschlägt, halten wir gespannt den Atem an.

»Dann denkt also die Polizei, du hättest ihr was angetan? Wer bist du, Jack?«

Mein Herz fängt an zu rasen.

»Tja, jetzt wissen wir's. Er hat ihr offenbar von Kate erzählt«, versucht Ben, die Stimmung etwas aufzuhellen, während wir uns ins Wohnzimmer begeben, um dem weiteren Geschrei der beiden anderen zu entgehen.

Ben beginnt, auf einem Zahnstocher herumzukauen, eine nervtötende Angewohnheit, die mir schon in unserer Kindheit auf den Keks gegangen ist. Sein Talent im

Aufstöbern von irgendwelchem Zeug, an dem er nagen kann, ist echt bemerkenswert. Aber es wundert mich, dass er jetzt nicht ein Stückchen Plastik oder einen Strohhalm, sondern einen echten Zahnstocher benutzt. Weil es so etwas in diesem Haus noch nie gegeben hat.

»Also, ist sonst noch was passiert, außer dass mit einem Mal ein Monsterhaus in deinem Garten steht und der Junge, der mit uns zusammen aufgewachsen ist, dort wohnt?«, fragt Ben mich lachend.

»Das dürfte so ziemlich alles sein«, erkläre ich und starre auf den Fernsehbildschirm, ohne etwas zu sehen. Der Streit im Nachbarhaus ist offenbar noch immer nicht verebbt.

Schließlich hole ich uns eine Flasche Rotwein, und wir plaudern über andere Dinge, bis mir Ben nach seinem dritten Glas gesteht, dass er bei seiner Freundin rausgeflogen ist. Bestimmt ist auch die jüngste Flamme seines Junggesellenlebens irgendwann erloschen, weil er pausenlos bekifft ist und beruflich einfach keinen Ehrgeiz hat. Aber ich bezweifle, dass es etwas nützen würde, diese Überlegung laut zu äußern. Weil mein Bruder auf Kritik empfindlich reagiert.

Natürlich läuft der Mietvertrag der Wohnung auf den Namen seiner Ex, weshalb er erst mal auf der Straße sitzt. Obdachlos und mit gebrochenem Herzen ist er also hier bei mir gelandet. Meine vorsichtige Anmerkung, dass unsere Eltern sich wahrscheinlich freuen würden, ihn zu sehen, tut er achselzuckend ab. Denn Mum und Dad leben zwar in Brisbane, doch inzwischen stehen wir uns nicht mehr wirklich nah. Es ist nie wieder so geworden wie vor meinem Schulabschluss. Vor unserem großen Streit.

Und auch wenn ich meinen Bruder liebe und Bewunderung empfinde für die Leidenschaft, die er fürs Leben hat, ertrage ich auch ihn höchstens für kurze Zeit. Weil er bereits in jungen Jahren eine gequälte Seele war. Weil seine Musik oder die Filme, die er sieht, schon immer anspruchsvoll, exzentrisch, doch vor allem düster waren. Dadurch wirkte er schon während unserer Schulzeit irgendwie geheimnisvoll, war aber gleichzeitig auch furchtbar anstrengend.

»Irgendwie kapiere ich das nicht. Dass er bisher nie mit ihr über den ganzen Scheiß geredet hat. Das hat ihr jetzt wahrscheinlich einen echten Schlag versetzt«, spricht er wieder unser ursprüngliches Thema an. »Wirft kein wirklich gutes Licht auf die Beziehung, wenn er ihr diese Geschichte jahrelang verschwiegen hat …«

»Ich kann nicht gerade behaupten, dass ich diese Sache überall herumposaune. Bis auf Seamus habe ich noch keinem Menschen was davon erzählt.«

Ich kann verstehen, dass Ben erbleicht. Denn es fühlt sich sicher schrecklich für ihn an, dass die sorgfältig verschlossene Kiste mit der Aufschrift *Kate* so plötzlich aufgerissen wurde. Er war in unserer Schulzeit oft genug mit ihr zusammen, als dass diese Sache nicht auch bei ihm gewisse Spuren hinterlassen hat. Ich habe mich oft gefragt, wie viel von seiner Sauferei in dieser Zeit vielleicht mit den Geschehnissen in jener Nacht zusammenhing. Er hatte sich immer seltener an der Uni blicken lassen, irgendwann sein Studium ganz geschmissen und einen Job in der IT-Branche bekommen, mit dem er seine Burger und sein Bier finanzieren konnte, und möglichst anspruchslose Freundinnen gesucht. Trotzdem wage ich zu behaupten, dass die Sorge unserer Eltern um sein Wohlergehen wäh-

rend dieser dunklen Phase in unserer Familiengeschichte nicht so groß war wie die Angst um mich.

»Es überrascht mich, dass du mitgemacht und Sara wochenlang belogen hast. Schließlich sitzt du in Bezug auf Ehrlichkeit, vor allem, nachdem Seamus so auf dir herumgetrampelt ist, immer auf einem ziemlich hohen Ross.« Er hat recht. Ich frage mich, wie Sara sich mir gegenüber zukünftig verhalten wird und wie groß ihrer Meinung nach mein Anteil an dieser Geschichte ist. Nie zuvor in meinem Leben war ich einem Menschen gegenüber wissentlich so lange unehrlich.

»Ich bin nicht gerade stolz auf mich«, gestehe ich und trinke einen Schluck von meinem Wein. »Ich glaube, ich hatte das Gefühl, ich müsste Jack zur Seite stehen, als er meinte, dass er Sara nichts von alledem erzählen will.«

»Du hast ihn nicht zum ersten Mal gedeckt …«, sagt Ben, wobei ein kalter Schauder über meinen Rücken rinnt. Weiß er etwa mehr von dieser grauenhaften Nacht, als mir bisher bewusst gewesen ist?

»Weißt du noch, als er mit seinem Fahrradlenker an der Fahrertür von Mrs Marshs Toyota entlanggeschrappt ist?«

Puh. Nein. Ich atme auf. »Wie auch immer. Außerdem stand ich im Gegensatz zu ihm nicht derart in der Schusslinie der Medien. Ich kann durchaus verstehen, dass er ein Leben führen will, über dem diese Geschichte nicht wie eine dunkle Wolke hängt.« Trotzdem überrascht es mich, dass er nicht mal mit der Mutter seines Sohnes darüber gesprochen hat.

Ben will sich bei Jack entschuldigen, weil er ihn derart reingerissen hat. Aber ich wage mich bestimmt nicht auf das Minenfeld im Nachbarhaus.

»Was hast du damit gemeint, als du vorhin gesagt hast, dass es einfach typisch für uns wäre, wenn er absichtlich hierhergezogen wäre, weil Jack Jack ist und ich ich bin? Als wären wir eine Einheit oder so.«

Ben, der immer noch wie eine welke Palme auf dem Sofa hängt, scheint seine nächsten Worte gründlich abzuwägen, während er den Wein wie Wasser runterkippt. »Einfach, dass es zwischen euch immer diese ganz besondere ... Verbindung gab.«

»Nur, dass diese ganz besondere Verbindung mehr als ein Jahrzehnt lang unterbrochen war ...«

»Ich meine, ihr habt euch immer geradezu magnetisch angezogen. Weil ihr einfach immer auf derselben Wellenlänge wart.«

»Und wobei zum Beispiel?« Ja, natürlich war es so gewesen, doch ich hätte nicht gedacht, dass es auch anderen aufgefallen war.

»Bei diesem Duett, das ihr mal an Silvester auf der Karaokeparty in unserer Straße vorgetragen habt.«

»Damals waren wir acht Jahre alt.«

»Trotzdem waren sich die Leute damals sicher, dass ihr zwei für alle Zeiten unzertrennlich sein würdet.«

Ich schüttele den Kopf.

»Oder wenn du bei *Pictionary* nur ein Strichmännchen gemalt hast und er trotzdem sofort wusste, was du damit meinst.«

»Wahrscheinlich hat er einfach geschummelt.«

»Das dachte ich am Anfang auch, aber dann wurde mir klar, dass das einfach typisch für euch war. Wie beim Scharadespielen – du hast dir was ausgedacht, und er hat es gesagt. Ich hatte niemals eine Chance gegen euch, weil ich immer nur das fünfte Rad am Wagen war.«

»Seltsam, so kam ich mir immer vor, wenn er mit Kate zusammen war. Als ob ich völlig überflüssig wäre.«

Ben wird still. »Ich schätze, Kate kam sich damals immer genauso überflüssig vor.«

So viel also zu unserem gleichschenkligen Dreieck, das für alle Zeiten aus der Form geraten war.

Ich schenke den Rest des Weins in mein Glas. »Wie kommst du denn auf die Idee? Schließlich haben die beiden ständig miteinander rumgemacht.«

»Warum wohl?«, fragt mich Ben zurück und stößt einen lauten Rülpser aus.

»Weil sie heiß und Jack ein pubertierender, notgeiler Junge war?«

»Weil sie keinen anderen Trick auf Lager hatte. Weil sie sonst nichts mit ihm hätte machen können, was du nicht genauso gut gekonnt hättest.« Er trinkt den nächsten Schluck von seinem Wein.

»Und seit wann kennst du dich derart gut mit Psychoanalyse aus?«

»Seit mir selbst ein paar Beziehungen total misslungen sind.«

Was eindeutig die Wahrheit ist.

»Du scheinst dich ja ziemlich für Kate interessiert zu haben. Aber schließlich dachte ich schon immer, dass du eine Schwäche für sie hattest.« Ich luge vorsichtig über den Rand von meinem Glas und sehe, dass er seine Lippen aufeinanderpresst.

»Sagen wir einfach, dass ich weiß, wie schmerzlich eine einseitige Liebe ist.«

Ich räume seine leeren Essenspäckchen und die Krümel fort und werfe seine Wäsche in die Waschmaschine, damit ihr Geruch nicht das gesamte Haus verpestet.

Dabei komme ich mir vor wie Mum, die jahrelang Bens Sklavin war.

»Und, wie ist er jetzt? Jack, meine ich«, brüllt Ben in Richtung Waschküche und rappelt sich vom Sofa auf. »Unser Familienmensch.«

»Ich glaube nicht, dass du die Absicht hast, es wirklich rauszufinden«, brülle ich zurück. »Oder wolltest du ihn vielleicht fragen, ob er Lust hat, morgen Abend hier zu essen, oder so?«

»Ich glaube nicht, dass er mich nach diesem misslungenen Wiedersehen so schnell noch einmal treffen will.«

»Ich auch nicht. Aber schließlich bleibt er ja noch eine Weile hier.« Allerdings hat Sara vielleicht mittlerweile schon ein Zu-verkaufen-Schild in ihren Vorgarten gestellt.

»Also, wie ist er denn jetzt so? Und wie kommt es, dass der Kerl sich ständig irgendwelche heißen Bräute sucht, mit denen es nur Ärger gibt?«

Ist Sara eine heiße Braut? Na klar, sie ist gepflegt und durchtrainiert, aber ist sie deswegen gleich heiß? Es sieht so aus.

»Du meinst, ob Jack noch immer Noten für die Brüste sämtlicher vorbeilaufender Mädchen gibt und dann den *M.A.S.H.*-Song rülpst?«

»Ich bin mir sicher, dass er das beides noch macht, wenn auch vielleicht nicht, wenn irgendwelche Frauen in der Nähe sind.«

»Er hat sich kaum verändert«, stimme ich ihm zu. »Er ist immer noch ein Klugscheißer und immer noch ziemlich entspannt. Wenn es um Werkzeug geht, markiert er gern den großen Macker. Aber es ist einfach seltsam, ihn als liebevollen Vater zu erleben. Das führt mir immer vor

Augen, dass wir selbst inzwischen anscheinend erwachsen sind.«

»Bis zur Rente hast du trotzdem noch ein bisschen Zeit. Auch wenn du oft so tust, als ob du schon seit einer Ewigkeit jenseits von Gut und Böse wärst.« Ben sieht mich feixend an. »Es liegt eindeutig an dem Kind. Kinder lassen einen altern, denn sie machen einen einfach platt. Die Frauen ohne Kinder, die ich kenne, sind viel peppiger als die Frauen mit.«

Toll. Dann sollte ich mich vielleicht freuen, weil ich bisher kinderlos geblieben war. Ich könnte mit Jungs wie Ben ausgehen und mich *peppig* fühlen. Na wunderbar.

Dann denke ich erneut an Jack und daran, wie er mit seinem Sohn umgeht. Weil ein Kind zu haben einfach unvergleichlich ist. Weil man dadurch, wenigstens für einen Menschen, etwas ganz Besonderes ist. Ich merke, dass ich lächele, als ich daran denke, wie Jack eines Nachmittags für Oli Elmo nachgemacht hat, bis auch ich vor lauter Lachen fast am Boden lag.

»Neu ist, dass er sich zum Feinschmecker entwickelt hat. Er hat eine Ausbildung als Koch gemacht und leitet jetzt ein Restaurant. Stell dir vor, er hat zu Hause sogar eine Pfeffermühle mit Beleuchtung. Und er achtet darauf, welcher Wein zu welchem Essen passt.«

»Wer hätte das jemals gedacht, nachdem er früher sogar Spiritus getrunken hätte. Nach dem Motto: ›Hauptsache, es dröhnt‹«, scherzt Ben, und ich muss leise kichern, als ich daran denke, wie er für ein Trinkspiel einen Weinschlauch mit der Kordel von Mums Morgenrock an unserer Wäschespinne festgebunden hat. Dann haben wir das Ding gedreht, und wer unter dem Schlauch stand, wenn es anhielt, musste trinken, bis es weiterging.

»Hör zu, Frankfurt, da wir gerade von diesem Nichtsnutz reden. So glücklich habe ich dich schon nicht mehr erlebt, seit dieser andere Scheißkerl dich betrogen hat.« Ben stößt mich mit dem Ellenbogen an. »Du brauchst gar nicht zu versuchen, es zu leugnen.«

Ich versuche, mir nicht anmerken zu lassen, dass diese Bemerkung mich mitnimmt.

Ich kenne das Gefühl, das über meinen Rücken kriecht. Das hatte ich schon mal. Doch nach allem, was passiert ist, nachdem ich vor dreizehn Jahren einmal danach hatte handeln wollen, gehe ich das Wagnis sicher kein erneutes Mal ein.

***

Nach dem Sturm, der uns alle erschüttert hat, ist es auf unseren beiden Grundstücken gespenstisch ruhig.

Als ich am nächsten Abend von der Arbeit komme, hat sich Ben genauso plötzlich, wie er aufgetaucht war, wieder aus dem Staub gemacht, und Jack ist in den nächsten Tagen nirgendwo zu sehen. Hin und wieder – meistens morgens, weil er abends arbeitet – bekomme ich die Auseinandersetzungen der beiden mit, aber selbst wenn wir uns aus der Ferne sehen, blickt Sara immer eilig weg. Während Jack sorgfältig darauf achtet, dass er gar nicht erst in meine Nähe kommt.

Ich habe sein vertrautes Klopfen schon seit einer Ewigkeit nicht mehr gehört. Er fragt nicht mehr, ob er sich eines meiner Werkzeuge ausleihen kann, ob ich eine Flasche Wein mit ihnen trinken möchte, Oli betreue, während er noch vor der Arbeit duscht, und bringt auch keine Post für mich vorbei, die aus Versehen in ihrem Briefkasten gelandet ist. Ich weiß nicht, ob es daran liegt,

dass Sara ihm befohlen hat, sich von mir fernzuhalten, oder dass er selbst grollt, weil er nur wegen meines blöden Bruders aufgeflogen ist.

Ich nehme wieder mein vorhersehbares Leben auf, in dem sich außer Arbeit, Essen und Schlafen nichts Besonderes tut.

Womit hatte ich nur meine Zeit verbracht, bevor direkt vor meiner Haustür diese Seifenoper abgelaufen war?

Es ist wieder ein normaler Freitagabend, und ich schaue nach der Arbeit kurz bei Meg vorbei. Es schockiert mich jedes Mal, was für ein Chaos drüben herrscht, wenn ich unangekündigt dort auftauche. Nirgends sieht man auch nur einen Zentimeter freier Arbeitsfläche in der Küche, und die Tische sind mit Stapeln von Papier und halb zusammengebauten Lego-Autos übersät. Angebissene Brotkrusten und Apfelkerngehäuse klemmen zwischen Tellern oder umgekippten Plastikbechern, die in kleinen Milchseen schwimmen, und beinah verfange ich mich in dem dicken schwarzen Wollfaden, der wie ein riesengroßes Spinnennetz sämtliche Stuhl- und Tischbeine im Raum umspannt.

Während ich mir einen Weg vorbei an diesem Faden bahne, erscheint Meg inmitten all des Lärms, der aus der Küche dringt. Sie hat ein Kleinkind auf der Hüfte, wahrscheinlich den Kleinen, aber das ist schwer zu sagen, wenn ich sie nicht alle drei zusammen sehe, und ich habe keine Ahnung, wo der Mittlere und der Große sind.

»Tut mir leid, die Kinder laufen gerade Amok.« Meine Freundin hat ihren gewohnten leicht erschöpften, aber durchaus einladenden Gesichtsausdruck und trägt dieselbe Cargohose mit den Joghurtflecken, in der sie mir

gestern schon entgegenkam. Wortlos setzt sie ihren Filius auf dem Sofa ab, holt eine Flasche Weißwein aus dem Kühlschrank, nimmt zwei Gläser aus dem Schrank und nickt in Richtung der Veranda. »Los, lass uns nach draußen gehen. Denn im Augenblick läuft gerade *Peppa Wutz* im Fernsehen, aber das ist bald vorbei.«

Ich steige vorsichtig über das Spinnennetz und folge ihr.

»Also, was war das für ein Lärm vor ein paar Tagen? Spuck es aus, Mädchen«, sagt Meg und hebt ihr Weinglas an den Mund.

Da ich weiß, dass Jack nicht da ist und uns deswegen nicht hören kann, kläre ich meine Freundin auf.

»Aber wie konnte er ihr diese Sachen jahrelang verschweigen? Dann hat er ihr also die ganze Zeit was vorgemacht?«

»Ich nehme an, nach seinem Wegzug wusste niemand was davon, und deshalb hat er selbst die ganze Geschichte ebenfalls verdrängt. Ich meine, weil sein Leben schließlich auch noch andere Kapitel hat.« Ich weiß, wie schwer es damals für ihn war, und deshalb muss ich ihn verteidigen.

»Wobei dieses besondere Kapitel offenkundig deutlich aufregender als die anderen war. Tut mir leid, nach dem, was du mir letztens über die Sache erzählt hast, habe ich den Fall gegoogelt«, räumt sie mit verschämter Stimme ein.

»Du hast *was* gegoogelt?«

»Frankie, wenn es so war, wie du sagst, steht darüber auch etwas im Netz. Und erzähl mir bitte nicht, dass du nicht ebenfalls ein bisschen darin rumgeschnüffelt hast.«

»Nicht wirklich. Schließlich ist das alles ewig her. Und ich war durchaus zufrieden, dass die Sache abgeschlossen war, bis plötzlich Jack auf meiner Matte stand. Ich meine, schließlich habe ich selbst dir erst was davon erzählt, als ich es musste – deshalb kann ich durchaus verstehen, dass auch er den Leuten nichts davon erzählen will.«

»Den Leuten meinetwegen, aber seiner Partnerin? Ich meine, er hat diese Frau gesehen, als sie in den Wehen lag. Und irgendwann müssen die beiden sich doch wohl so nahegestanden haben, dass er es ihr hätte sagen können. Wenn auch meinetwegen nur, damit sie es nicht aus dem Internet erfährt. Oder von deinem bekloppten Bruder …«

»Ich hatte ihn nicht vorgewarnt, deswegen war das meine Schuld. Und Jack hat sicher Gründe dafür, dass er nicht mehr über die Geschichte sprechen will.«

»So, wie du redest, könnte man glatt meinen, dass zwischen euch doch erheblich mehr gelaufen ist, als du mir gegenüber bisher zugegeben hast …«

»Es war nicht, wie du denkst. Er und meine beste Freundin waren damals ein Paar.«

Meg sieht mich mit einem mitleidigen Nicken an und drückt mir aufmunternd das Knie.

Die Kindersendung ist vorbei, und sofort bricht im Wohnzimmer die Hölle los. Aus jeder Ecke taucht ein Junge auf, der mit quengeliger Stimme irgendetwas verlangt. Meg verdreht die Augen, und da sie jetzt nicht mehr wirklich Zeit für mich hat, trete ich den Rückzug an.

»Ich an deiner Stelle würde einen möglichst großen Bogen um Jack machen, Schatz.« Sie nimmt mich in den Arm, und ich empfinde es als puren Luxus, in mein leeres

Haus zurückzukehren, wo ich nach dem ganzen Chaos wieder tun und lassen kann, was mir gefällt.

Dann sehe ich, wie Jacks Subaru in die Einfahrt, unsere Einfahrt, schießt.

Er steigt aus, schwenkt seinen Autoschlüssel und bleibt stehen, als er mich am Zaun zwischen Megs und meinem Grundstück hängen sieht. Ich bin zu faul gewesen, bis zur Gartentür zu gehen, aber meine dämliche dreiviertellange Hose hat sich in dem blöden Maschendraht verhakt.

Wahrscheinlich habe ich noch nie so wenig elegant gewirkt wie jetzt.

Und statt mir seine Hilfe anzubieten, bricht der Kerl in lautes Lachen aus.

»Hast du dich etwa im Gebüsch versteckt, bis ich nach Hause komme?«, stichelt er und fügt lächelnd hinzu: »Aber das ist wahrscheinlich auch nicht schlimmer, als dass ich ins Nachbarhaus gezogen bin, damit ich dich besser stalken kann.«

Scheiße, er hat mein Gespräch mit Ben doch gehört, oder zumindest Bens abwegigen Verdacht. Ich bin entsetzt. »Das hast du gehört? Mein Bruder ist einfach paranoid. Das liegt bestimmt an seiner jahrelangen Kifferei.«

Jack steht tatenlos daneben, während ich versuche, mich aus meiner unglücklichen Lage zu befreien.

»Ist Ritterlichkeit heute vielleicht unmodern?«

»Wenn ich mich nicht irre, hat der Feminismus damit ein für alle Mal aufgeräumt«, gibt er zurück, kommt aber trotzdem an den Zaun.

Inzwischen habe ich mich selbst befreit, und meine Hose ist zum Glück noch ganz. Also bringt er mich noch bis zu meiner Tür.

»Also, wie tief steckst du drüben in der Scheiße?«, frage ich.

»Bis über beide Ohren«, gibt er unumwunden zu. »Ich habe Hausarrest und darf erst einmal nicht mehr mit dir reden. Habe also praktisch ein Kontaktverbot.«

»Was ich nach der Affäre, die wir hatten, durchaus nachvollziehen kann«, enthülle ich, dass auch ihr Streit nicht ungehört geblieben ist.

»Nun, dann hätte sich der Kauf von diesem Sumpfland wenigstens gelohnt«, meint Jack. »Dein Bruder hatte übrigens schon damals immer das Bedürfnis, mich dir gegenüber in ein möglichst schlechtes Licht zu rücken.«

»Weil er seine kleine Schwester schützen wollte«, sage ich und gehe auf die Eingangstreppe meines Hauses zu.

Dann trete ich auf die Veranda und stelle mich dort neben meinen Hund. Die Lampe über meiner Tür, die mich willkommen heißt, taucht mich in grelles Licht, während ich mit einer Hand meine Schuhe halte und die andere auf das Geländer lege. »Trotzdem tut es mir leid, dass er dich derart reingeritten hat.«

»Es musste irgendwann ja dazu kommen, und am Ende war es fast eine Erleichterung für mich. Denn ich kam mir wie ein Riesenarschloch vor, weil ich ihr gegenüber niemals ehrlich war. Das hat mich richtiggehend krank gemacht.«

Das Gefühl kenne ich allzu gut.

»Das kann ich mir vorstellen. Trotzdem dachtest du wahrscheinlich nicht, dass plötzlich wieder alles wieder hochkäme, als du hierher zurückgezogen bist.«

»Damals war nicht alles schlecht.« Er lächelt, und sein Blick wird weich.

Mir selbst wird warm ums Herz, als er mir in die

Augen sieht, und plötzlich denke ich an Kate und habe das Gefühl, als stünde sie im Licht des Mondes hinter meinem Mangobaum und sähe uns mit zornblitzenden grünen Augen an.

In diesem Augenblick erkenne ich ganz deutlich, dass die Grenze zwischen Jack und mir bestehen bleiben muss.

»Ich gehe besser rein«, erkläre ich und sehe vor mich auf den Boden.

Er tippt sich wie früher mit zwei Fingern an die Stirn und kehrt zurück zu seiner Partnerin und seinem Sohn.

Wo er schließlich auch hingehört.

14

Alles Lügen

Cooloola Nationalpark, Südost-Queensland
19. November 2000, 4.30 Uhr

Nachdem sich Jack noch eine halbe Ewigkeit darüber ausgelassen hat, dass Kate total verrückt ist, und ich ihn gefragt habe, warum er sie, wenn er sie offenbar für eine Irre hält, allein an einem menschenleeren Strand zurückgelassen hat, beschließe ich, mich erst einmal vor diesem ganzen Wahnsinn in mein Zelt zurückzuziehen. Die Nacht ist fast vorbei, und immer wieder fallen mir die Augen zu. Ich werfe mich von einer Seite auf die andere. Sobald ich ein Geräusch höre, hoffe ich, es ist Kate. Der bauschige Schlafsack klebt an meinen Beinen, und an meinem Rücken rinnen dicke Schweißtropfen herab.

Irgendwann bin ich anscheinend eingenickt, denn plötzlich fahre ich erschrocken aus dem Schlaf. Mein Schädel dröhnt, und ich vergesse kurz, dass Kate verschwunden ist. Ich sehe Licht und höre Vögel singen. Der neue Tag hat begonnen. Dann höre ich, wie jemand in den Kisten mit dem Essen wühlt. Ein unbekannter Fuß stolpert über einen Hering meines Zelts, und mein Leinenhaus fängt an zu wackeln, während jemand leise flucht.

Ein Mann. Nicht Kate.

Ich schiebe meinen Kopf nach draußen, sehe blinzelnd in

die gleißend helle Sonne, die über dem Ozean aufgegangen ist und die glatte, leuchtend blaue Fläche seidig schimmern lässt. Es wirkt alles so, als könne hier in diesem Postkartenidyll nichts Schreckliches geschehen.

Während ich mich strecke, wird mir plötzlich schlecht. Ich nehme eine Wasserflasche aus der Kühlbox und lasse mich dann wie eine alte Frau auf einen unserer Campingstühle fallen. Es ist gerade Ebbe, und wahrscheinlich gleicht der Strand bald wieder einer Autobahn, auf der unzählige Landcruiser-, Patrol- und Hiluxfahrer ordentlich die Blinker setzen, um zu zeigen, ob sie die entgegenkommenden Wagen linker oder rechter Hand passieren wollen. Wie schon gestern werden Camper mit der Fähre zum oder vom Nationalpark übersetzen, und ich frage mich, ob wohl auch Kate die Fähre nehmen wird oder vielleicht bereits genommen hat.

Ich sehe, wie sich Jack in seinem selbstgebauten Schlafsack – einer mit Handtüchern ausgestopften Surfbretthülle – rührt, und hoffe, dass er noch ein wenig liegen bleibt. Weil ich keine Ahnung habe, wie ich mich verhalten soll, und es nichts mehr zu reden gibt. Ich habe in der Stille meines Zelts noch einmal gründlich über alles nachgedacht, bin aber immer noch im Zwiespalt in Bezug auf Jack. Mein Gefühl sagt mir, dass er die Wahrheit sagt und nicht mit Kate geschlafen hat, aber mein Hirn ist weiter auf der Hut. Was, wenn er mir etwas vormacht, weil er irgendetwas Schlimmes vor mir verbergen und mich weiterhin auf seiner Seite wissen will?

Ich höre, dass ein Wagen mit laut dröhnendem Motor in unsere Richtung kommt. Mein Hals zieht sich zusammen, als ich daran denke, was der Ranger uns vielleicht zu sagen hat, und ich versuche zu erkennen, ob die Person an seiner Seite vielleicht meine Freundin ist.

Nein, er kommt mit seinem Partner, und sein Ton und seine Miene sind erheblich ernster als am Tag zuvor. Die hektische Betriebsamkeit, die plötzlich herrscht, kann ich nur zum Teil verstehen. Der Ranger, Bob, schickt einen Suchtrupp los und sagt, in derartigen Fällen müsste man so schnell wie möglich reagieren.

»Hört zu. Macht euch bitte keine allzu großen Hoffnungen, weil das, was ich euch jetzt erzähle, vielleicht gar nichts zu bedeuten hat. Aber der Kapitän der Fähre hat gemeldet, gleich nach Tagesanbruch hätten ein junges blondes Mädchen und ein Mann mittleren Alters zusammen übergesetzt …«

Natürlich wogt in meinem Inneren Hoffnung auf.

»Aber Sie hatten doch das Foto, richtig?« Jack steht stocksteif da. »Hat der Kapitän sie auf dem Bild erkannt?«

»Er war sich nicht ganz sicher. Denn die zwei saßen im Auto, deshalb hat er sie nur undeutlich gesehen.«

»In was für einem Auto?«, hakt Jack nach.

Um ihn zu beruhigen, legt der Ranger eine Hand auf seine Schulter und fährt fort: »Ihr wisst ja, dass ihr eigentlich gar nicht hier zelten dürft. Und unten auf dem Campingplatz ist noch eine andere Schülergruppe, vielleicht haben die beiden also zu diesem Trupp gehört. Wir tun alles, was in unserer Macht steht. Macht euch keine Sorgen, ja?«

Jack schüttelt die Hand des Mannes von seiner Schulter und atmet hörbar aus. »Ich soll mir keine Sorgen machen? Haben Sie nicht zugehört? Sie ist bereits seit gestern Abend weg!« Er guckt grimmig wie ein Kneipenschläger, der bereit ist, auf sein Gegenüber loszugehen.

Als ich ihm einen bösen Blick zuwerfe, zieht er seinen Kopf ein, aber da ich sehe, dass sein Kampfgeist längst noch nicht erloschen ist, packe ich ihn kurzerhand am Arm und

ziehe ihn ein Stück zur Seite. Ranger Bob geht zurück zu seinem Wagen.

»Mach ihn nicht wütend, Jack«, raune ich ihm zwischen zusammengebissenen Zähnen zu.

Er schüttelt mich genauso wie den Ranger ab und verzieht sich schmollend unter einen Baum. Obwohl ich immer noch sauer auf ihn bin, kann ich nicht tatenlos zusehen, wie er für seine eigene Verhaftung sorgt.

Ich setze mich auf einen Stuhl, schlinge die Arme um meine angezogenen Knie und verfolge, wie es weitergeht. Ich bin froh, dass jetzt die Suche eine Richtung hat und dass es neue Hoffnung gibt, aber es kommt mir vor, als hätten wir ein furchtbares Theaterstück geprobt und als schrieben plötzlich die Erwachsenen die Handlung um und zögen uns Jugendliche von der Bühne ab.

Immer mehr Erwachsene infiltrieren unser Camp und dadurch unsere Welt. Plötzlich schlüpfen wir alle in die Rollen kleiner Kinder, die sich danach sehnen, dass man sie beschützt. Die dankbar dafür sind, dass jemand anderes die erforderlichen Fragen stellt und die Entscheidung trifft, was zu tun ist. Ich kann mir kaum noch vorstellen, wie souverän und unabhängig wir vor weniger als vierundzwanzig Stunden waren. Ich habe einen Stein im Magen, und mein Hals fühlt sich so rau an, als hätte ich ein Stückchen Stacheldraht verschluckt.

Unsere heile Welt ist zerbrochen.

Der Sand wird von der Sonne aufgeheizt, und wir sind vor Sorge derart krank, dass jeder sich in sich zurückzieht, weil inzwischen alle Schuldzuweisungen und Theorien ausgesprochen worden sind. Wir können nur noch warten und verzweifelt darauf hoffen, dass der Alptraum bald vorüber ist.

Ein Polizeigeländewagen taucht in unserem Lager auf, das

anscheinend jetzt das Hauptquartier der Suchtrupps ist. Die Polizistin und der Polizist verschränken ihre Arme vor der Brust und nicken, während sie der Ranger über den Stand der Dinge informiert.

Doch was kann er schon sagen? Außer, dass sie bisher nichts herausgefunden haben. Dass es keine Neuigkeiten gibt.

Der rotgesichtige Beamte, der einen marineblauen gefilzten Schlapphut trägt und eindeutig mehr Haare im Gesicht als auf dem Schädel hat, ruft uns in sein provisorisches Revier, das aus einer Kühlbox und zwei Campingstühlen unter einem Baum besteht. Er verschafft sich einen Überblick darüber, wer wir alle sind, und ruft uns nacheinander auf. Als Ersten ruft er Jack und bittet uns drei anderen, so weit wegzugehen, dass wir nicht hören können, was er sagt. Mit einem entschlossenen Blick und einem halbherzigen Recken seiner Daumen stapft Jack los.

Ja sicher, Jack, du hast mal wieder alles vollkommen im Griff, denke ich mir.

Die Beamtin, eine Frau mit roten Locken, die sie allerdings in einem strengen Knoten trägt, ruft mich in ein anderes »Vernehmungszimmer« unter einer alten blauen Plastikplane, und als ich ihr folge, sehe ich noch einmal über meine Schulter dorthin, wo Jack mit verschränkten Armen vor dem anderen Polizisten steht und seine Fersen tief im Sand vergräbt. Ich gerate aus dem Gleichgewicht und stolpere, gehe aber schließlich weiter zur Plane, wo die Polizistin schon auf einem Campingstuhl im Schatten sitzt.

Mit einem Kloß im Hals kauere ich mich auf den Rand des zweiten Stuhls. Ich kann mich nicht genug entspannen, um es mir bequem zu machen, und noch während ich nervös den leeren Dosenhalter in der Armlehne befingere, drückt

der Rotschopf auf den kleinen grauen Knopf eines Aufnahmegeräts. Sie nimmt meine Aussage im sanften Ton einer Lehrerin entgegen, die nicht als Respektsperson, sondern als Freundin angesehen werden will, und die ersten Sätze fallen mir überraschend leicht. Wie lange Kate und ich uns kennen (wirklich erst seit einem Jahr?), dass sie mit Jack zusammen ist, wie der Fischer uns geholfen hat, den Ranger anzurufen wegen unserer Autobatterie.

»Wie spät war es, als du Kate zum letzten Mal gesehen hast?«, erkundigt sich die Frau und kritzelt eilig etwas in ihr kleines blaues Buch.

»Um, ich bin mir nicht ganz sicher. Es wurde allmählich dunkel, also vielleicht gegen sechs.«

»Der Fischer hat den Ranger um Viertel vor sieben kontaktiert, es muss also später gewesen sein …«

Dann vermassele ich die Sache also schon. Aber warum fragt sie überhaupt danach, wenn sie es sowieso schon weiß?

»Wirklich? Oh, okay. Tja, es war danach … sagen wir, so gegen sieben.«

»Glaubst du, du könntest uns die Stelle zeigen, wo der Fischer war? Wie weit war sie von hier entfernt?«

»Ich schätze schon. Er hatte einen schmutzig weißen Bart. Glauben Sie, er hat etwas damit zu tun?«

»Wir sammeln erst mal nur Informationen, Francesca.« Sie wischt sich den Schweiß von ihrer Stirn. »Dann seid also du und Jack und Kate wieder in Richtung Camp gelaufen, nachdem dieser Fischer bei dem Ranger angerufen hat. Wart ihr die ganze Zeit zusammen?«

»So in etwa. Jack ist eine Zeitlang vor uns hergelaufen. Weil wir Muscheln sammeln wollten und deshalb etwas getrödelt haben.« Und weil Kate mir anvertraut hat, dass sie ein Kind bekommen wird. »Ungefähr auf halbem Weg haben

die beiden beschlossen, dass sie noch etwas allein sein wollten, und ich bin allein zurück zu unserem Lagerplatz.«

»Gab es dafür einen bestimmten Grund? Wäre es nicht sicherer gewesen, zusammen zurückzugehen – weil es schließlich schon nach sieben war und langsam dunkel wurde?«

Ich hätte es nicht ausgehalten, nach den Dingen, die mir Kate erzählt hat, noch eine Sekunde länger mit den beiden rumzulaufen. Jack hatte anscheinend nur mit mir gespielt, weshalb ich total sauer auf ihn war.

»Ich nehme an, die beiden wollten ... na, Sie wissen schon. Und da wollte ich nicht stören.«

Der Rotschopf hält im Schreiben inne und sieht mich durchdringend an. Hatte man vielleicht ihre Pupillen durch mikroskopisch kleine Lügendetektoren ersetzt?

»Also, nach dem Anruf bei dem Ranger und bevor du Jack und Kate allein gelassen hast, wie war sie da gelaunt?«

»Es ging ihr gut. Sie war echt super drauf. Wollte eine Muschelkette für mich machen und war furchtbar aufgeregt, weil sie jetzt nicht mehr in die Schule muss.« Und weil sie schwanger ist.

»Sie war also nicht irgendwie bedrückt? Vielleicht wegen der Abschlussprüfung in der Schule? Weil sie Angst hat vor der Zukunft oder so?« O nein, es hat ihr nicht mal Angst gemacht, dass sie mit siebzehn schwanger ist.

»Nachmittags hat sie gescherzt, dass ihre Noten für ein Studium niemals reichen würden. Aber wirklich Angst hat ihr das nicht gemacht. Denn sie ist sowieso nicht unbedingt der Typ, der gerne viel lernt.«

Wieder schaltet sie die Lügendetektoren ein, starrt mich reglos an. Und ruft Gewissensbisse in mir wach.

»Und das war alles? Sie hat nicht erwähnt, dass sie Pro-

bleme hat? Mit ihrem Freund? Zu Hause? Nichts derart?« Ich bin wie benebelt, und ein Bild von Jack in Handschellen unter der Schlagzeile ›Teenager bringt schwangere Freundin um‹ schießt durch mein Hirn. Danach sehe ich Jacks ruhigen Blick, während er die Daumen in die Höhe reckt. Ich brauche niemanden, der für mich lügt.

»Nein«, erkläre ich dem Boden unter meinen Füßen, und die Nähte meines Campingstuhls lösen sich unter meinen Fingern schneller auf, als diese neuerliche Lüge über meine Lippen kommt. Ja, denke ich mir im Stillen.

»Und Jack? Wie würdest du seine Stimmung beschreiben, als du die beiden allein gelassen hast?«

Er hatte eine Heidenangst. Und die Nase voll von ihr.

»Er war ziemlich entspannt. Total normal.« Wollte meinetwegen seine Freundin fallenlassen. Hatte es auch vorher schon zweimal versucht, aber dann aus lauter Feigheit beide Male einen Rückzieher gemacht.

»Es war also nichts ungewöhnlich an den beiden?«, hakt der Rotschopf nach.

»Nee«, sage ich zu meinen Füßen. Damit mir diese Frau nicht in die Augen sehen kann.

Sie lehnt sich zurück, hört auf zu schreiben und lässt ihren Kugelschreiber zwischen ihren Fingern kreisen.

»Bist du sicher?«, fragt sie zweifelnd. »Denn der Ranger hat gesagt, als er hier angekommen wäre, hättest du erzählt …« Sie blättert ein paar Seiten in ihrem Buch zurück. »… es hätte einen Streit gegeben, und sie wäre weggerannt.«

Scheiße. Um die Frau nicht ansehen zu müssen, starre ich die Bäume an. »Jack meinte, dass sie gestritten hätten. Aber worum es dabei ging, kann ich nicht sagen.«

»Wie viel hatte Jack getrunken?«

»Vielleicht drei Bier?« Den Rum verschweige ich.

»Wie lange hat es gedauert, bis Jack dann allein zurück in euer Lager kam?«

»Ich bin mir nicht sicher. Eine ganze Weile. Vielleicht zwanzig Minuten?« Oder eine Stunde, oder so …

»Und die anderen Jungs. Sie waren die ganze Zeit hier bei den Zelten, während ihr drei Hilfe holen wart?«

»Soweit ich weiß.« Wahrscheinlich hatten sich die beiden während dieser Zeit mit einem Furzwettkampf und jeder Menge Alkohol vergnügt.

»Und als Jack zurückkam, wie war er da gelaunt?«

Gott. Ich muss ihr endlich wieder in die Augen sehen, sonst weiß sie gleich, dass was nicht stimmt.

Ich wende mich ihr wieder zu. »Er war beunruhigt, weil er keine Ahnung hatte, wo sie hingelaufen war. Er meinte, sie hätten sich gestritten, er wäre kurz … zum Pinkeln in die Düne, und in der Zeit hätte sie sich aus dem Staub gemacht. Anscheinend ist sie weggerannt.«

Schweigend klopft sie mit dem Kugelschreiber auf ihr Clipboard, stellt dann aber fest: »Dann ist Kate anscheinend ziemlich schnell. Eine gute Sportlerin. Denn auch Jack sieht wie ein durchaus guter Läufer aus.«

Vor ein paar Monaten, beim Querfeldeinlauf, haben wir derart getrödelt, dass wir irgendwann als Allerletzte durch das Ziel gelaufen sind. »Sie kann gut rudern, und sie schwimmt in unserer Schulmannschaft.« Ich blicke auf das ruhige, klare Meer und frage mich, was sie wohl alles wissen.

»Warst du mit Jack zusammen, nachdem er zurückgekommen ist?«

»Ja.« Abgesehen von den Stunden, nachdem er wie ein Besessener zur Landspitze gesprintet war.

»Hat Jack erzählt, warum sie weggelaufen ist? Worum es bei dem Streit gegangen ist?«

»Nein.« Ja. Sie hat gesagt, dass sie sich ändern würde, nachdem er ihr Herz gebrochen hat.

»Du bist ihre beste Freundin. Und nach allem, was ich höre, kennst du offenbar auch Jack sehr gut. Ihr seid zusammen aufgewachsen, richtig? Sag mir, was du denkst, worum es bei dem Streit vielleicht gegangen ist.«

Meine Knie zittern mindestens so stark wie meine Nerven, und ich werfe einen Blick in Richtung Düne, um zu sehen, ob sie auch ihn noch immer in die Zange nehmen. Oder ob sie ihn vielleicht bereits in Handschellen zu einem Streifenwagen führen. Ich weiß, er hat ihr nichts getan, aber das wird mir der Rotschopf niemals glauben. Weil es nicht so aussehen wird. Für diese Leute nicht.

Ich breche stumm in Panik aus, und mir wird siedend heiß.

»Ich werde dir ein paar Möglichkeiten nennen«, hilft die Frau mir auf die Sprünge. »Waren die beiden sexuell aktiv?«

Keine Ahnung. Kate sagt ja und Jack sagt nein. Woher also soll ich wissen, was genau zwischen den beiden lief?

Also sage ich ihr, was ich sicher weiß, und sehe sie dabei durchdringend an.

»Woher soll ich das wissen? Klar, die beiden haben ständig miteinander rumgeknutscht und auf jeden Fall darüber nachgedacht. Trotzdem weiß ich nicht, wie weit sie tatsächlich gegangen sind. Aber eine Sache weiß ich ganz genau. Jack würde keinem Menschen je auch nur ein Haar krümmen.«

»Wer sagt denn, dass er das getan hat?«, fragt sie mich mit einem schiefen Lächeln. »Also, was ist deiner Meinung nach mit Kate passiert?«

»Keine Ahnung!«, schreie ich sie an. »Vielleicht wollte sie zu diesen anderen Schulabgängern, von denen der Fischer uns erzählt hat? Oder hat sich auf dem Weg zurück hierher am Bein verletzt. Ich weiß es nicht.« Ich raufe mir die Haare,

die total verknotet und vom Salzwasser steinhart geworden sind. »Ich will sie einfach finden, damit das alles hier ein Ende nehmen kann!«

Der Rotschopf verzieht nachdenklich das milchige Gesicht. »Das alles? Die größten Sorgen machst du dir doch wohl um Kate.«

»Ja, natürlich. Schließlich war sie meine beste Freundin.«

Als die Polizistin nickt, wird mir bewusst, dass ich in der Vergangenheit von ihr gesprochen habe. Wieder schaue ich, ob Jack inzwischen fertig ist oder noch immer irgendwelche Fragen über sich ergehen lassen muss.

»Denn mir kommt es so vor, als gälte deine größte Sorge diesem Jack.«

Sie sieht auf ihr Clipboard, klickt den Kugelschreiber zu, drückt auf den Knopf des Aufnahmegeräts, und ich atme erleichtert auf.

»Das war's. Erst mal.«

15

Das *Duck Duck Pig*

Nachdem der kalte Krieg zwischen den beiden Häusern ein paar Wochen angedauert hat, kommt Jack eine Idee, wie er mich sehen kann, ohne dass der Schießhund drüben etwas davon mitbekommt. Er hat mir *Duck Duck Pig, 19.30 Uhr* auf die rechte Hand gekritzelt und mich streng ermahnt, ja nicht zu spät zu kommen – weil man offenbar schon Monate im Voraus einen Tisch in seinem Laden reservieren muss. Es ist wie in unserer Schulzeit – auch damals waren unsere Unterarme andauernd mit irgendwelchen Kugelschreiberkritzeleien übersät.

Ich verziehe das Gesicht, als ich den bescheidenen Inhalt meines Kleiderschranks durchforste, und entscheide mich für schwarze Jeans, einen dunkelgrauen Strickpulli und Boots. Im Winter gehe ich niemals ohne feste Schuhe aus dem Haus. Ich trete vor den Spiegel, sehe, dass mein Outfit völlig farblos ist, und frage mich, ob stimmt, was Ben behauptet. Nämlich, dass der Kommunistenlook, den ich so liebe, seit Jahrzehnten aus der Mode ist.

Ich höre, dass Mitchs Wagen vor der Tür des Nachbarhauses hält. Das ist für Meg das Startsignal zur Flucht aus dem Familienknast, und innerhalb von fünf Sekunden taucht sie bei mir auf, schwenkt fröhlich eine Flasche Wein in ihrer Hand und sieht mich mit einem kilometer-

breiten Grinsen an. Nicht nur wegen dieses Grinsens, sondern auch wegen ihres Outfits sieht sie aus wie ein Filmstar. Ich konnte mich für hochhackige Schuhe nie begeistern, sogar in flachen Ballerinas überrage ich die meisten anderen Frauen. Der zierlichen Meg jedoch verleihen sie eine ungeahnte Eleganz. »Haben wir noch Zeit für einen Aperitif?«

»Na klar. Wobei du allerdings die Flüssigkeitszufuhr etwas begrenzen solltest. Weil man hier im Augenblick das Campingklo benutzen muss …«

Meg zieht eine Braue hoch. »Doch wohl nur vorübergehend, oder?«

»Die Toilette wird am Montag repariert.«

»Ich wollte nur ganz sichergehen. Denn schließlich weiß man bei dir nie. Nachdem du schon seit Monaten mit einer Küche lebst, die nicht besser ist als das, was wir benutzen, wenn wir zelten gehen.« Da die Qualität meines WCs nicht mal mehr ihren eher bescheidenen Ansprüchen genügt, brechen wir ohne Aperitif auf.

Als wir das Restaurant erreichen, bin ich von der Atmosphäre seines Ladens völlig überrascht. Die Schickimicki-Restaurants, in denen ich bisher gegessen habe, waren alle riesengroß und hell erleuchtet, spärlich ganz mit Chrom und jungfräulichem Weiß möbliert und hatten keinerlei Persönlichkeit. Das *Duck Duck Pig* jedoch kommt mir vor wie eine mit zahllosen bunten Schätzen vollgestopfte dunkle Räuberhöhle. Die Holzmöbel verschiedener Herkunft wirken rustikal und gleichzeitig irgendwie abgefahren. Die mit Kerzen und überdimensionalen Kissen einladend geschmückten Ecknischen, in denen jeweils bis zu zehn Personen sitzen können, sind durch leuchtend bunte Stoffvorhänge von den

anderen Tischen abgetrennt. Antike Vogelkäfige baumeln an Eisenketten von der Decke, eine altmodische Telefonzelle bietet den Gästen Internetzugang, und auf einem Deckenbalken ist ein altes rostzerfressenes Fahrrad installiert. Mitten im Raum ist eine offene Küche in den Boden eingelassen, die man allerdings hinter dem riesengroßen Weinregal aus dunklem Holz nur schlecht sehen kann. Irgendwie kommt man sich vor, als sei man in einem schicken Haus spanischer Freunde eingeladen, die moderne, stilbewusste Hippies sind. Die Einrichtung ist kühn und völlig irre, stellt aber zugleich ein durch und durch harmonisches und einladendes Ganzes dar.

Eine charmante, elegante Frau führt Meg und mich an einen Tisch am Fenster.

»Mr Shaw hat mich gebeten, Ihnen diesen Tisch zu geben.« *Mr Shaw?* Was hat Jacks Dad mit diesem Restaurant zu tun? Dann aber fällt mir wieder ein, dass wir jetzt erwachsen sind.

Es ist einfach urgemütlich. Obwohl man durch das Fenster – oder eher das Bullauge – den botanischen Garten und den Fluss im Licht der Abendsonne schimmern sieht, konzentriere ich mich weiter auf die unzähligen Kinkerlitzchen, den versteckten Zierat und die vielen Ornamente, die die einladende Atmosphäre schaffen, der ich sofort bei Betreten des Lokals erlegen bin.

Während wir einander gegenübersitzen, sehe ich, dass Meg die Kinnlade herunterklappt. Sie ist anscheinend ebenfalls total beeindruckt. Auch sie hat mit einer solchen Räumlichkeit ganz sicher nicht gerechnet. Von außen wirkt der Laden wie ein stinknormaler Backsteinbau – man würde niemals denken, dass sich hinter dieser nüchternen Fassade eine derart faszinierende, stil-

volle Welt verbirgt. Ich komme mir beinahe wie in einer *Harry-Potter*-Szene vor.

»Eine von den Müttern in der Schule hatte mir erzählt, das Restaurant wäre echt cool. Aber das hier ist nicht cool, sondern einfach göttlich«, schwärmt sie wie ein Teenager.

Nachdem wir uns in unserem neuen Universum eingerichtet haben, beschreibt Meg ihre Probleme bei der Planung eines Urlaubs mit den Kindern, der nicht »wieder nur der alte Scheiß an einem anderen Ort als letzten Sommer« werden soll, und ich mache dem gewohnten Ärger über meine Arbeit Luft. Mich treibt nicht nur der Papierkram in den Wahnsinn, sondern auch die neuen Vorschriften, die jeden Tag erlassen werden, und die Tatsache, dass immer wieder einmal plötzlich eine Änderung des Schichtplans vorgenommen wird.

Wie durch Zauberhand stehen plötzlich Wein und Essen auf dem Tisch. Ich frage mich, ob das normal ist, aber die Bedienung sagt, der Chef hätte für seine VIP-Gäste persönlich ein Menü erstellt.

Ich habe keine Ahnung, was ich esse – außer dass es irgendwelche Tapas sind. Ich habe so etwas vorher noch nie probiert. Wie konnte mir bisher verborgen bleiben, dass es derartige Köstlichkeiten gibt?

Meg erzählt mir irgendwas vom Elternbeirat ihrer Schule, als ich ihn mit einem Mal entdecke. Plötzlich bin ich taub für ihr Plappern und die orientalisch angehauchte Hintergrundmusik. Er kommt, ein Clipboard unter dem Arm, aus Richtung Küche und, obwohl er uns den Rücken zudreht, erkenne ich ihn an seinem Nacken. Er trägt die gutsitzende schwarze Hose und das frisch gestärkte weiße Hemd, in dem ich ihn bereits so oft

zu seinem Wagen habe laufen sehen, wenn ich von der Arbeit kam. Aber hier in seinem Restaurant kommt er mir irgendwie verändert vor.

Seine Angestellten folgen ihm wie Schatten, während er nach vorne zum Empfang, nach hinten ins Büro und dann wieder in die Küche geht. Ich habe keine Ahnung, ob sie ihn bei irgendwelchen Sachen um Erlaubnis fragen oder seinen Rat erbitten, aber ich kann deutlich sehen, dass er hier in seiner kleinen Welt der König ist. Er verströmt das souveräne Selbstbewusstsein, das er schon als Junge hatte, während er kurz stehen bleibt, um mit dem Koch zu sprechen, oder einer der Bedienungen kurz zuzwinkert, als sie an ihm vorüberläuft. Der schicke Zwirn, das Clipboard unterm Arm und der Kugelschreiber hinter dem Ohr verleihen ihm Autorität und machen mich entsetzlich stolz auf ihn. Gut, er ist kein Rockstar, aber trotzdem hat er was aus sich gemacht, was ihn von innen heraus strahlen lässt. Etwas, worin er gut ist und wofür er respektiert wird. Weshalb er, wenn auch kein Rock-, auf jeden Fall ein Star geworden ist.

Ich erschaudere und sehe, wie er an der Bar vorbei die Galerie erklimmt. Alle Tische sind besetzt, und ich betrachte kurz die lange Warteschlange draußen, die von roten Absperrkordeln sowie einem muskulösen Türsteher in Schach gehalten wird. Das hübsche Mädchen vorne am Empfang wirft flirtbereit ihr Haar über die Schulter, greift sich an den Hals, sieht Jack mit einem breiten Lächeln an und nickt in Richtung unseres Tischs.

Er berührt sie kurz am Arm, macht auf dem Absatz kehrt und kommt dann direkt auf uns zu.

Eilig konzentriere ich mich wieder auf Megs Stimme,

die noch immer von den Vorteilen privater Schulen schwärmt. Ich rücke meinen Stuhl ein wenig vor und stoße dabei gegen den winzig kleinen Tisch. Mein Glas kippt um, und der Wein ergießt sich über mein Oberteil.

Der scharlachrote Wein ist einfach überall.

»Oh, Frankie, du bist schlimmer als die Kinder.« Meg schnappt sich ihre Serviette, um mich abzutupfen, und als Jack an unseren Tisch tritt, beugt sich meine Freundin gerade zu mir vor und streicht mit einer Stoffserviette über meine Brust. Er sieht mich grinsend an, und seine Augen funkeln amüsiert.

»Hi, Jack!«, grüßt Meg und setzt zu einem Loblied auf das Essen, die Umgebung und den ganzen Krempel an. Verlegen versuche ich, mein Oberteil zu säubern, was natürlich aussichtslos ist. Bei Rotwein kann auch ein dunkelgraues Oberteil, das sonst, wenn ich beim Essen kleckere, eine gute Tarnung ist, mich nicht mehr retten.

Irgendwann legt meine Freundin eine kurze Atempause ein, und ich stoße ein verlegenes »Hallo« aus.

Jack blickt auf mein leeres Glas. »Eigentlich war dieser Wein zum Trinken vorgesehen, aber wenn du lieber deinen Pulli damit färbst, ist das natürlich auch okay.«

Ich verdrehe die Augen und sende ein Stoßgebet zum Himmel, dass die Farbe des Getränks, das ich von meinem Pulli reibe, sich nicht in der Zwischenzeit auf meine Wangen übertragen hat.

»Na, wie findest du es hier?«, fragt Jack. »Ich hoffe, das Essen hat geschmeckt. Ich wollte nicht den großen Macker raushängen lassen, indem ich für euch bestellt habe, aber diese pseudo-künstlerischen Namen in der

Speisekarte klingen völlig anders, als die Sachen dann am Ende schmecken, und ich wollte nicht, dass du am Schluss irgendwas Scharfes kriegst.«

»Das Essen war großartig, und die Einrichtung ist einfach sagenhaft.«

»Das ist allerdings nicht mein Verdienst.« Er sieht sich um. »Das Konzept stand schon, bevor ich angeheuert wurde. Aber wie es aussieht, funktioniert's.«

»Auf jeden Fall.« Ich versuche, möglichst unauffällig die Serviette, die zwischen BH und Stricktop klemmt, hervorzuziehen.

Jack schüttelt den Kopf, nimmt meine Hand und zieht mich hoch.

»Ich hoffe, du kommst kurz allein zurecht, Meg«, sagt er über seine Schulter, während er mich bereits durch den Laden zieht. »Ich bringe sie dir gleich zurück.«

Er führt mich durch das Labyrinth der Tische und antiker Artefakte in den rückwärtigen Teil des Restaurants. Ich fühle mich wie eine Schnäppchenjägerin, die sich mit ihrem Freund in einem fremden Land in das Gewimmel eines Flohmarkts stürzt, und plötzlich wünschte ich, es wäre wirklich so. Aber dann stehen wir vor der Tür eines Büros, und Jack schließt uns auf.

»Soll ich jetzt vielleicht Teller spülen, weil mein Wein auf einer eurer teuren Tischdecken gelandet ist?«

Als er lächelt, bin ich plötzlich nicht mehr ganz so angespannt. Er macht das Licht an und klärt mich auf: »Willkommen in meinem Refugium. Wo ich dich nur etwas saubermachen will.«

»Mach dir über mich keine Gedanken. Du hast viel zu viel zu tun, um …«

»Keine Angst, es geht ganz schnell. Wenn ich dich in

diesem Aufzug lasse, wischst du nur den ganzen Abend lang an dir herum …«

Unsere kleinen Finger sind verhakt, und mit wild klopfendem Herzen folge ich ihm in den Raum.

Das Büro ist klein und staubig, und der Schreibtisch ist unter den unzähligen Dokumenten, Ablagen und wild verstreuten Heftklammern kaum noch zu sehen.

»Dein Büro ist überraschend langweilig. Dafür, dass der Rest des Ladens derart mystisch ist«, stelle ich fest. »Du solltest hier in einer kleinen Höhle, einem Zelt oder etwas in der Richtung residieren.«

Jack macht eine Schranktür auf, und als ihm ein halbes Dutzend schlichter, weißer Männerhemden, alle noch in Zellophanpapier, entgegenkommt, reißt er eine Packung auf.

»Zieh deine Sachen aus«, fordert er mich auf. »Ich werde auch nicht hinsehen.«

»Vermeidest du etwa die Bügelei, indem du jeden Tag ein nagelneues Hemd anziehst?«

»Genau«, erklärt er seelenruhig, nimmt auf der Kante seines Schreibtischs Platz und kehrt mir brav den Rücken zu.

Sobald ich sicher bin, dass er nicht mehr in meine Richtung sieht, ziehe ich mir schnell mein weingetränktes Oberteil über den Kopf und schiebe meine Arme in das blütenweiße Hemd.

In dem Bemühen, in dem Riesending nicht allzu lächerlich zu wirken, rolle ich die Ärmel auf, in Höhe meiner Brust ist es jedoch wirklich viel zu weit.

Jack dreht sich wieder zu mir um und wendet sich mit einem leisen Lachen wieder ab. »Du siehst aus, als wäre irgendwer mit einem Messer auf dich losgegangen.«

Ängstlich sehe ich an mir herab. Mein blassblauer BH ist mit leuchtend roten Sprenkeln übersät, also knöpfe ich das Hemd in aller Eile zu, um diese Peinlichkeit schnellstmöglich zu beenden. Dann merke ich, dass es zu dem letzten Knopf kein Loch mehr gibt, also muss ich von vorn anfangen.

»Beeil dich, Mädchen.« Jack tritt auf mich zu. »Sonst denkt Meg noch, ich hätte dich entführt. Hier«, flüstert er rau an meinem Ohr und schließt den ersten Knopf für mich. »Ich knöpfe von unten, und du fängst am besten oben an. Sogar Oli weiß, wie man das macht, und er ist gerade einmal zwei.«

Er arbeitet sich langsam an mir hoch, wobei ein warmer Schauder über meinen Rücken rinnt. »Das kann ich auch alleine!« Ich stoße ihn weg.

»Ich wirke in dem Ding doch hoffentlich nicht lächerlich?«, erkundige ich mich, während ich den Kragen umklappe und mich bemühe, möglichst viel von dem Stoff in meine Jeans zu stopfen, um nicht allzu dämlich auszusehen.

»Nur ein bisschen.« Lächelnd schiebt er mich zur Tür, löscht das Licht und sperrt das Zimmer wieder ab.

Als wir wieder zurück sind, hat Meg den gesamten Rest des Weins allein getrunken und singt leise vor sich hin.

»Danke«, sage ich zu Jack.

»Hätte ich dich vielleicht einfach in der Scheiße sitzen lassen sollen?«, fragt er lächelnd. Früher hatten wir für solche Sprüche Hausarrest bekommen. »Aber jetzt muss ich noch ein paar andere Feuer löschen. Genießt ihr beiden Damen weiterhin den Abend. Wir sehen uns noch, bevor ihr geht.« Er zwinkert mir kurz zu, bevor er eilig weitergeht, und ich atme erleichtert auf.

»Wie superpeinlich.« Augenrollend setze ich mich wieder an den Tisch.

»Keine Panik, Schätzchen. Du siehst in dem Ding echt heiß aus.« Meg tätschelt mir die Hand wie einem kleinen Kind, nimmt einen Schluck aus ihrem Glas und sieht mich über seinen Rand hinweg argwöhnisch an.

»Also, wie gut, hast du gesagt, hast du diesen Jack gekannt? Früher, meine ich.«

Ich denke kurz darüber nach, doch schließlich sehe ich ihr in die Augen und erkläre nüchtern: »Ich war hoffnungslos in ihn verliebt. Und wie es aussieht, bin ich das anscheinend immer noch.«

***

Ich weiß noch ganz genau, wann es begonnen hat. In der zwölften Klasse. Auf dem Abschlussball. Ich weiß noch sämtliche Details. Denn zusammen mit den Schuldgefühlen haben sie sich mir für alle Zeiten eingeprägt. Als ich anfange, davon zu reden, komme ich mir urplötzlich wieder wie siebzehn vor.

An dem Abend war es furchtbar warm. Ich war vor der Musik und den Gefühlen auf der Tanzfläche geflüchtet, um allein zu sein. Inmitten der Menschenmenge in der Aula wäre ich erstickt. Ich hatte meine blöden hochhackigen Schuhe ausgezogen und war kurzerhand den dunklen Weg hinunter zum rechteckigen Pavillon gestolpert, der im warmen Licht einer Lichterkette lag. Die Musik war fast nicht mehr zu hören, und ich lehnte mich an das Geländer, sog die frische Luft in meine Lungen und war froh, allein zu sein, als plötzlich seine dunkle Stimme fragte: »Rauchst du etwa einen Joint?«

»Ja genau«, gab ich zurück. »Schließlich bin ich für

meine Kifferei berühmt.« Ich spürte, dass er federleicht mit seiner Hand erst über meinen Rücken und dann an meinem Arm hinab in Richtung meiner Fingerspitzen glitt, und während ich erschauderte, ergriff Jack meine Hand und führte mich direkt zum Pavillon. »Du schuldest mir noch einen Tanz, Lofty.« Er trug einen schlichten Anzug ohne jeden Schnickschnack, inzwischen klatschte er sich auch kein Glibbergel mehr in sein dunkles Haar.

»Seit wann bist du so groß?« Ich musste nicht einmal den Kopf einziehen, um mich unter seinem Arm zu drehen.

»Vielleicht schrumpfst du ja auch einfach. Das kommt, wenn man alt wird, durchaus vor.«

Plötzlich hörte man aus Richtung Aula einen leisen Blues. Jack zog mich an seine Brust und rief dadurch ein Gefühl des Glücks und gleichzeitig der Trauer in mir wach. Ich musste daran denken, was ich in Kates Handtasche gesehen hatte, als ich mir ihren Lipgloss hatte borgen wollen. Eine Packung mit Kondomen.

»Kate hat mir erzählt, dass heute euer großer Abend wäre.«

Schweigend schob er mich ein Stück zurück und sah mir ins Gesicht. »Ach ja? Das hat sie mir bisher noch nicht erzählt ...«

»Ich hatte mich die ganze Zeit gefragt, ob ihr – na du weißt schon ...« Meine Kehle war wie zugeschnürt. Ich wollte mir nicht vorstellen, wie die zwei zusammen waren. Deshalb starrte ich auf meine nackten Füße, deren Nägel ich knallrot lackiert hatte, weil ich von Kate dazu gezwungen worden war.

»Ob wir was?« Jack legte eine Hand unter mein Kinn und zwang mich sanft, ihn wieder anzusehen. »Ob wir

schon miteinander in der Kiste waren? Ob ich schon ein Rohr bei ihr verlegt habe?«

»In Ordnung, du kannst aufhören.«

»Nein, hab ich nicht, auch wenn wir öfter kurz davor gewesen sind …«, klärte er mich lachend auf. »Allerdings kann ich mir diese Dinge, seit ich zwölf war, recht gut vorstellen. Denn wenn ich damals unter der Dusche stand oder allein in meinem Bett lag, habe ich an kaum was anderes gedacht.« Jack schaffte es ganz einfach nicht, länger als ein paar Sekunden ernst zu sein. Er wirbelte mich abermals im Kreis, und ich kam mir wie Aschenputtel auf dem Ball des Prinzen vor. Jedes Mal, wenn ich den Blick hob, merkte ich, dass er mir in die Augen sah.

»Aber im Ernst …« Seine Hände fingen an zu schwitzen, und ich hielt es nicht mehr aus, ihn anzusehen. Also legte ich mein Kinn auf seine Schulter, und wir wiegten uns in dem Bemühen, so zu tun, als ob wir tanzten, während es in Wahrheit einzig um die Nähe unserer Körper ging.

»Im Ernst? Wann bist du jemals ernst?« Ich wagte es, den Kopf zu heben und ihn flüchtig anzusehen.

Aber seine Miene war tatsächlich ernst. Von dem Selbstbewusstsein, mit dem er auf unserer eigenen Tanzfläche die Führung übernommen hatte, war nichts mehr zu sehen.

»Ich weiß, wie es für dich in diesem Jahr wahrscheinlich ausgesehen hat. Erst diese Sache mit Charlotte und jetzt die mit Kate. Aber trotzdem habe ich mir immer vorgestellt … dass du für mich die Erste sein würdest.«

Mit diesem einen Satz hatte er unsere Beziehung in ein völlig neues Licht gerückt und all die seltsamen Momente, die es während dieses letzten Schuljahrs zwi-

schen uns gegeben hatte, aufgeklärt. Dann drehte ich also anscheinend nicht allmählich durch.

Ich brach in Panik aus und wandte die Vermeidungs- und Veralberungsstrategie des Meisters an. »Wahrscheinlich hast du dir genauso häufig vorgestellt, dass du deine Unschuld irgendwann an eins der *Spice Girls* oder so verlieren wirst. Deswegen bin ich nicht sicher, ob das viel zu sagen hat«, stellte ich spöttisch fest.

Er ließ meine Hände fallen. »Musst du immer irgendwelche blöden Witze machen?«

Ich kniff die Augen zu und hörte wieder die Musik, die aus der Aula unserer Schule kam. Er meinte es anscheinend wirklich ernst.

»Jack …« Ich packte ihn am Arm.

»Was, Frankie? Was sollen wir bloß tun?« Hilflos warf er seine Hände in die Luft, und in seine bisher warmen Augen trat ein Ausdruck der Verletztheit und der Frustration.

»Was *wir* tun sollen? Du bist doch derjenige, der eine andere hat. Dachtest du vielleicht, ich würde einfach rumsitzen und warten, bis du dein Vergnügen hattest? Hast du überhaupt gemerkt, dass ich einen Monat nicht mit dir geredet habe, als du plötzlich angefangen hast, mit Charlotte rumzumachen? So wie jetzt mit Kate.« Mein Herz schlug bis zum Hals. »Meiner besten Freundin …«, stieß ich mit rauer Stimme aus.

»Ja. Ich weiß, dass sie das ist.« Er stapfte vor mir auf und ab und klammerte sich hilfesuchend am Geländer fest. »Und was wäre, wenn sie das nicht wäre?« Eilig trat er wieder auf mich zu und umfasste meine Hände.

Sein Gesicht war mir so nah und seine Hände derart warm. Ich wusste, dass ich mich schnellstmöglich von

ihm lösen sollte, doch ich tat es nicht. »Aber sie ist es nun einmal. Und selbst wenn sie's nicht wäre, käme es mir irgendwie nicht … richtig vor.«

Er sah auf unsere verschränkten Finger. »Ja, ich weiß.« Dann zog er mich zurück an seine Brust und drehte sich im Walzertakt mit mir im Kreis, während mein Kopf erneut an seiner Schulter lag. »Hast du dich je gefragt, was wohl geworden wäre, wenn sie nie hierhergezogen wäre? Wenn es niemals eine Kate gegeben hätte?«

Ja, das hatte ich. Wenn ich, erfüllt von Eifersucht und Zorn, hatte mit ansehen müssen, wie die beiden miteinander rummachten, sooft sich die Gelegenheit ergab. Ich hatte mich gefragt, ob Jack und ich wohl einen anderen Weg gegangen wären, wenn sie nie hierhergezogen wäre. Wenn sie uns nicht voneinander abgelenkt hätte durch ihre überwältigende Präsenz.

Doch das hätte ich niemals gewollt. Nicht mal seinetwegen. Unglücklich hob ich den Kopf und schmiegte mich so eng an seine Wange, dass der dünne Flaum darauf an meiner Haut zu spüren war.

Die Musik verklang, und wir lenkten den Blick in Richtung Aula. Auf die einsame Gestalt, die in der Tür stand und zu uns herübersah.

Unsere Freundin Kate.

Vielleicht hatte gar nicht erst am Strand das Unglück seinen Lauf genommen. Sondern schon in jenem Augenblick.

Vielleicht hatten ja wir beide durch unseren Tanz diese Katastrophe ausgelöst.

16

Der Ausraster

Leuchtturm Landspitze Double Island
19. November 2000, 8.00 Uhr

Die Stunden vergehen. Fünfzehn Mitglieder des freiwilligen Suchdiensts sind erschienen und durchkämmen bis zum Mittag das Gebiet. Sie arbeiten unermüdlich, während man uns in das Besucherzentrum an der Landspitze mehrere Kilometer nördlich unseres Camps verfrachtet hat, wo wir unsere dehydrierten Körper mit ausreichend Flüssigkeit versorgen und das Schlimmste fürchten. Inzwischen hat auch Dan und Matt der alkoholbedingte Mut verlassen, und sie leiden unter einem derartigen Kater, dass sie kaum zu etwas zu gebrauchen sind. Trotzdem laufen wir zusammen bis zum Leuchtturm und ruhen uns dort zwischen den Wildblumen im Schatten aus, als einer der Cops mit einem Clipboard unter seinem Arm erscheint und mich stirnrunzelnd bittet, mitzukommen und ihnen zu zeigen, wo am Vorabend der Fischer gesessen hat.

Schweigend steige ich in den Geländewagen und komme mir klein und unbedeutend vor. Aber auch die Menschen, die sich mit der Suche nach Vermissten auskennen, haben offensichtlich keine Ahnung, wie sie meine Freundin finden sollen. Weshalb von ihrem anfänglichen Optimismus kaum noch etwas übrig ist.

Wir passieren die *Cherry Venture*, und ich merke, dass wir über unser Ziel hinausgeschossen sind. Bei Tageslicht vom Wagen aus sieht einfach alles anders aus. Ich bitte den Fahrer, umzudrehen, aber dann zieht sich mein Innerstes zusammen, als ich in der Ferne unser in den Sand gerammtes Surfbrett sehen kann. Mit einem Mal wird mir bereits von seinem Anblick schwindlig.

»Sollten wir nicht einfach noch einmal zurückfahren und gucken, ob sie vielleicht in der Zwischenzeit zurückgekommen ist?«, platzt es aus mir heraus. »Vielleicht hatte sie sich ja verirrt und jetzt bei Tageslicht den Weg gefunden.« Am liebsten würde ich die Wagentür aufreißen und zurück zu unserem Lager rennen – ich habe die Vision, dass sie dort oben auf der Düne auf mich wartet. Dass alles halb so wild war. Panisch strecke ich die Finger nach dem Türgriff aus.

»Immer mit der Ruhe, Kleine. Wir haben zwei Leute dort zurückgelassen. Keine Angst. Falls sie dorthin zurückkommt, geben sie uns sofort über Funk Bescheid. Wir haben ganz genaue Vorschriften, wie man sich in einem solchen Fall verhalten muss«, erklärt der Ranger, während mir die rothaarige Polizistin von der Rückbank aus beruhigend über die Schulter streichelt. Ich zucke zusammen, denn für mich drückt die Berührung geradezu herablassendes Mitleid aus. Weil ich armes Hascherl nicht begreifen kann, dass meine Freundin nie mehr wiederkommen wird. Es steht ihr ins Gesicht geschrieben, dass sie längst die Hoffnung aufgegeben hat. Aber wie will diese Truppe meine Freundin finden, wenn sie bereits denken, dass sie ein für alle Mal verschwunden ist?

Als der Wagen möglichst langsam durch den kleinen Bach in Höhe unseres Lagers fährt, stoße ich die Tür ruckartig auf, springe in den Sand und renne los.

Denn ich sehe Kate genau. Wie sie dort oben auf der Düne steht und mir lächelnd entgegensieht.

Das Wasser spritzt, als ich den Bach durchquere, und dann klettere ich atemlos die Anhöhe hinauf. Denn wenn ich schnell genug bin, steht sie gleich bestimmt noch da, lächelt und wickelt zum Zeichen ihrer Langeweile eine Haarsträhne um ihren Zeigefinger. Oder vielleicht sitzt sie auch auf einem Campingstuhl und wundert sich, weil mich die Polizei zurück zum Lager bringt. Wahrscheinlich geht sie davon aus, dass mich die Cops mit Alkohol erwischt haben, den ich mit meinen siebzehn Jahren noch gar nicht trinken darf. Aber egal, das Einzige, was zählt, ist, dass ich sie erwische, während sie dort oben sitzt.

Als ich keuchend unseren Lagerplatz erreiche, nehmen dort gerade zwei Polizisten Fingerabdrücke vom Türgriff unseres Wagens.

Wie es sonst im Fernsehen an irgendwelchen Tatorten geschieht.

»Was tun Sie da?« Inzwischen bin ich vollkommen hysterisch. »Warum sind Sie zwei nicht unterwegs und suchen Kate, statt Ihre Zeit mit diesem Blödsinn zu vergeuden?«

Inzwischen haben auch der Ranger und die rothaarige Polizistin unser Camp erreicht, ergreifen meine Arme und drücken mich sanft, aber entschieden in den Sand. Ich werfe mich dem Ranger an die Brust und breche dort in hemmungsloses Schluchzen aus. Ohne mich dafür zu schämen, denn wenn Kate nicht wiederkommt, ist alles andere egal.

Schließlich aber lichtet sich der Nebel, der mein Hirn umwogt hat, und ich merke, dass die Polizisten argwöhnisch in meine Richtung sehen, während sie mit Handschuhen in unseren Sachen wühlen. Wahrscheinlich denken sie, ich sei völlig durchgedreht.

Entschlossen richte ich mich wieder auf, wische mir die Tränen und den Sand aus dem Gesicht, und plötzlich fällt mir auf, wie steif mein T-Shirt ist – beim Trocknen hat das Salzwasser den blauen Stoff mit weißen Linien überzogen und ihn gleichzeitig gestärkt.

Ich habe keine Ahnung. Es ist mir auch egal, wie lange ich dort wie ein Häufchen Elend sitze. Schließlich aber schüttele ich die mitleidigen Hände ab, klopfe den Sand von meinen Shorts und kehre schweigend zu dem Polizeiwagen zurück. Ich fühle mich, als hätte ich zu viel getrunken, mir den Absatz abgebrochen und sei vor aller Augen schwungvoll auf den Bürgersteig gekracht.

Auch der Ranger und die Polizistin steigen wieder ein. Schweigend fahren wir bis zu einer Schneise in der Düne, die ein Stück hinter dem Schiffswrack liegt. »Da. Ich kann mich noch daran erinnern, weil es ziemlich nah beim offiziellen Zeltplatz war.« Wir steigen aus, die Polizistin schreibt sich etwas auf, und wir gehen zu der kleinen Baumgruppe, die zwischen Strand und Düne steht. »Ich weiß noch, dass hier sein Wagen stand und dies sein Lager war. Das Seil da war auch gestern schon an dem Baumstamm festgemacht. Anscheinend ist er nicht mehr da.«

Die beiden sehen sich suchend um.

»Glauben Sie, er hat ihr vielleicht etwas angetan?«, erkundige ich mich, als wir zurück zum Wagen gehen.

»Bisher können wir noch nicht sagen, was geschehen ist, aber wir gehen allen Spuren nach und werfen das Netz so weit wie möglich aus«, klärt mich die Polizistin auf.

Schweigend fahren wir zurück zum Hauptquartier. Ich merke, dass ich aufgehört habe, die Dünen abzusuchen, wie ich es die ganze Zeit getan habe, als es vorhin in Richtung Süden ging.

Stattdessen denke ich darüber nach, dass Kate nie gerne draußen ist, weil sie es hasst, wenn ihr der Wind das Haar zerzaust oder der Sand in ihre Schuhe dringt. Außerdem ist sie entsetzlich schnell gelangweilt. Und wenn ein Ort sie nicht mehr interessiert, verschwindet sie von dort.

In diesem Augenblick wird mir bewusst, dass sie ganz sicher nicht die ganze Zeit am Strand geblieben ist. Sie muss also woanders sein. Vielleicht irgendwo im Wasser oder in einem Café in Noosa, wo sie gut gelaunt an einer heißen Schokolade nippt. Sie könnte überall sein, nur nicht hier am Strand.

Die Wände des Besucherzentrums, das zum Hauptquartier der Suchmannschaft geworden ist, sind mit Umweltschutzparolen und mit Bildern einheimischer Tiere übersät. Jack hat sich aus ein paar Plastikstühlen ein Bett gebaut, wirft sich aber, statt zu schlafen, unruhig hin und her. Ich setze mich vorsichtig neben seine Füße und betrachte ihn. Er sieht jünger aus als sonst. Sein schlafendes Gesicht erinnert mich daran, wie Ben ihn einmal angetippt hat, als er bei *Kevin allein zu Haus* auf unserem Sofa eingeschlafen ist. Es kommt mir vor, als sei das inzwischen ewig her. Jetzt sind seine rabenschwarzen Haare steif vom Salz, seine Lippen aufgesprungen und die Wangen rot vom Wind.

Am späten Nachmittag entlassen uns die Cops mit einem Mal. Obwohl wir anfänglich darauf bestehen zu bleiben, geben wir am Ende aus Erschöpfung nach. Denn statt zu helfen, sind wir hier im Grunde nur im Weg und lenken die Beamten, die sich um uns kümmern müssen, von viel wichtigeren Dingen ab.

Trotzdem kommen wir uns beim Verlassen dieser kargen Gegend wie Verräter vor.

Der Geländewagen, mit dem wir in Hochstimmung hier

angekommen sind, soll »bis zur Rückkehr unserer Freundin« erst einmal in unserem Lager bleiben. Weshalb wir nur warten können, bis uns jemand holen kommt. Matt und Dan, die neben Ben die einzig anderen Mitglieder der Gruppe waren, sind schon lange weg. Sie waren natürlich ebenfalls erschüttert, aber froh, als sich die Möglichkeit ergab, dem ganzen Unglück erst mal zu entfliehen und in der Anonymität ihres Zuhauses abzutauchen und dort abzuwarten, wie es weitergeht.

Der Ranger hat auch unsere Eltern angerufen, und als wir jetzt ebenfalls den Ort des Grauens verlassen sollen, fährt ein freiwilliger Helfer uns den langen Strand hinunter bis zum Fluss.

Ben ist offenbar im Morgengrauen in unserem Lager aufgetaucht, wollte wissen, was der ganze Trubel sollte, und erfuhr auf diese Art, dass Kate verschwunden ist. Seither läuft er wie in Trance herum. So, als hätte man ihn wieder einmal einfach außen vor gelassen und vergessen, ihn zur größten Party dieses Jahres einzuladen, oder so.

Auch wenn wir anderen uns von Herzen wünschen, diese ganz spezielle Party wäre endlich bald vorbei.

Die Polizisten haben all unsere Sachen mitgebracht. Das Einzige, was sie behalten haben, waren die Handtasche von Kate und – weil die Spürhunde etwas zum Schnüffeln brauchen – eine Handvoll Kleidungsstücke, die mich an das nasse T-Shirt denken lassen, das von ihr unweit des Bachs zurückgelassen worden ist. Ein Fund, der mir am Tag zuvor weit weniger bedrohlich vorgekommen ist als jetzt. Bei dem Gedanken wird mir bang ums Herz.

Inzwischen haben wir den Anleger erreicht, und Jack und ich nehmen mit unserer ganzen Habe, aber ohne Kate im Schatten eines Baumes Platz. Mein Bruder wirkt noch immer

wie ein Junkie auf Entzug. Er sitzt wie betäubt ein wenig abseits, rollt sich eine Zigarette nach der anderen und starrt trübe vor sich hin. Schließlich heißt es, unsere Eltern seien unterwegs und brächten uns bald heim. Zurück in die Zivilisation.

Ich sitze neben Jack unter dem frischen grünen Blätterdach, denke mir plausible, wenn auch vielleicht abwegige Gründe dafür aus, dass Kate nicht bei uns ist, und urplötzlich durchströmt mich neue Energie. Am besten dehnen wir die Suche nach ihr aus und drucken schnellstmöglich ihr Bild in allen Zeitungen der Gegend ab. Weil es noch immer Hoffnung gibt! Entschlossen laufe ich hinüber zu den Polizisten, die sich mit dem Kapitän der Fähre unterhalten, und erkläre, dass wir nicht nach einer Leiche suchen, weil sie nämlich sicher längst drüben in Noosa irgendwo in einer Kneipe sitzt. Oder einen fürchterlichen Kater auskuriert.

Meine Stimme überschlägt sich, denn ich kann nicht so schnell reden, wie der Plan in meinem Kopf Gestalt annimmt. Doch auch wenn ich noch ein Kind bin, werde ich die Leute dazu zwingen zuzuhören, Gott verdammt. Werde sie dazu bewegen einzusehen, dass sie Leute in die Klubs der Gegend schicken müssen, um zu fragen, ob sie dort am Vorabend gesehen worden ist. Ihnen sagen, dass ich jede Menge Bilder von ihr habe, die man in den Nachrichten im Fernsehen zeigen kann. Anständige Bilder, nicht die wackelige Aufnahme aus einem Fotoautomaten, die Jack ihnen gestern überlassen hat. Werde ihnen deutlich machen, dass die Menschen es sicher nicht vergessen haben, wenn sie Kates Gesicht und ihren leuchtend grünen Augen irgendwo begegnet sind. Weil sie unvergesslich sind.

Weil meine Freundin unvergesslich ist.

Ich fange an zu schreien. Ich bin wie betäubt und schreie

meine Überlegungen heraus. Das Blut rauscht laut in meinen Ohren. Ich habe das Gefühl, als hätte ich ganz plötzlich grenzenlose Energie, die ich in diese Suche investieren kann. Als sei es unmöglich, meine Freundin nicht zu finden, wenn ich einen grenzenlosen Vorrat an Entschlossenheit und Wut in meine Suche investieren kann. Denn sie zu finden ist das Einzige, was jetzt noch zählt.

Stirnrunzelnd drückt Ranger Bob sein Clipboard gegen seine Brust. »Frankie, bitte, Frankie. Wir tun alles, was in unserer Macht steht. Jetzt beruhig dich erst einmal.« Doch ich blende seine Stimme einfach aus. Denn offenbar hört er mir gar nicht zu.

Hinter seiner Schulter blitzen plötzlich blonde Haare auf. Keine zwanzig Meter vor mir lehnt ein Mädchen sich an einen Pfahl vor dem Toilettenhaus. Sie hat mir den Rücken zugewandt, zupft sich aber am Ohr, wie Kate es immer macht, sobald sie müde wird. Das Oberteil ist neu, aber …

Ich weise meine Beine an zu rennen, komme aber langsam wie in Zeitlupe voran.

»Kate! Ich bin es, Kate!«

Sie ist es! Während ich zu ihr hinüberrenne, denke ich, dass es nur logisch ist, dass sie nach ihrem Streit mit Jack noch in die Stadt gefahren ist. Wir haben stundenlang am Strand nach ihr gesucht, und sie hat sich die ganze Zeit für alle sichtbar hier vor uns versteckt.

Inzwischen habe ich sie fast erreicht. »Kate!«

Warum zum Teufel dreht sie sich nicht um? Bestimmt ist meine Stimme derart heiser, dass sie sie nicht gleich erkennt. Endlich bin ich bei ihr und versuche, sie zu mir herumzudrehen, aber sie reißt sich von mir los.

Also ziehe ich an ihrem Ärmel. »Es ist Kate! Ich habe sie

gefunden!«, rufe ich erleichtert, aber als ich sie umarmen will, hält jemand meine Hände fest.

Werde ich etwa verhaftet? Legen sie mir etwa Handschellen an? Denken sie, wir alle hätten ihnen einen Streich gespielt, infolgedessen jede Menge Steuergeld verschwendet worden ist?

Ich nehme alles wie durch einen Schleier wahr. Wie wenn ein Film in Zeitlupe abläuft und alles irgendwie verzerrt erscheint. Doch auch wenn ich meine Arme nicht bewegen kann, kann ich noch immer treten und vor allem gellend schreien.

Lasst mich los, ihr Schweine!

Aber nein, es ist nur Jack. Er umklammert meine Handgelenke, versucht, mich im Zaum zu halten. Zieht mich fort von Kate.

Und mit einem Mal läuft der Film wieder in normalem Tempo ab, das Bild wird klar, und alle starren mich mit großen Augen an.

»Mum!« Als die Toilettentür geöffnet wird, wirft sich das Mädchen in die Arme einer Frau. Als wäre ich verrückt und hätte sie vollkommen grundlos attackiert.

»Sie ist es nicht, Frankie. Das ist nicht Kate«, dringt eine Stimme an mein Ohr.

Ich blinzele und sehe, dass das Mädchen höchstens zwölf ist und vor allem jede Menge Sommersprossen und ein rotes Muttermal hat. Während es sich fortführen lässt, blickt es noch einmal über seine Schulter und starrt mich entgeistert an.

Nicht schon wieder, denke ich. Ich drehe doch wohl nicht noch einmal durch. Ich habe mich in der Düne schon genug blamiert. Zumindest hätte ich versuchen sollen, in Gegenwart derselben Polizisten wie bei unserer Suche nach dem

Angler auszuflippen. Denn die denken sowieso schon, dass ich nicht mehr ganz dicht bin. Aber jetzt sind auch noch andere Leute in der Nähe. Jetzt bin ich den mitleidigen Blicken völlig Fremder ausgesetzt.

In meinen Ohren hat es derart laut geklingelt, dass ich völlig orientierungslos vor dem Toilettenhäuschen stand, aber inzwischen dringen auch die anderen Geräusche wieder zu mir durch. Ich kann hören, dass die Leute mich beruhigen wollen. Und spüren, dass mich Jack noch immer in den Armen hält. Während ich lautstark protestiere, dass das Mädchen – ja, okay – vielleicht nicht Kate gewesen ist, man sich aber schließlich auch mal irren kann. Dass meine Freundin garantiert noch irgendwo hier in der Nähe ist! Und dass ihr Bild im Fernsehen kommen muss!

Ranger Bob versichert mir, dass man die Medien in die Suche einbezogen hat.

Und dass auf den Titelseiten aller Zeitungen das Bild unserer verschwundenen Freundin prangt.

Natürlich könnte sie ertrunken sein, aber bisher wurde in der Gegend keine Leiche angespült, deswegen haben sie die Suche ausgedehnt. Nicht nur räumlich, sondern sie gehen jetzt auch anderen Möglichkeiten nach.

Dann lässt uns der Ranger stehen. Jack hält mich so lange fest, bis mein Schluchzen irgendwann verebbt. Trotzdem atme ich auch weiter keuchend ein und aus, denn meine Angst nimmt mir die Luft, die Angst davor, was uns die Zukunft bringen wird. Wie ein Baby, das man in den Schlaf wiegt, schmiege ich den Kopf an seine Brust und murmele rau: »Ich dachte wirklich kurz, dass sie es ist …«

»Ich weiß, Fray.« Jack verfolgt mit seinem Blick die Fähre, die in diesem Augenblick den Noosa überquert. »Aber sie war es nicht.«

Es regt mich auf, dass er derart gelassen ist. Weiß er vielleicht irgendwas und regt sich deswegen nicht auf? Ben verhält sich wie sonst auch, wenn etwas schwierig ist – bei ihm verhindern Nikotin und der Rückzug zu sich selbst bis hin zu völliger Erstarrung, dass er den Verstand verliert. Und ich flippe vor aller Leute Augen aus. Doch Jack, der für gewöhnlich nie die Klappe halten kann und selbst seine Probleme stets für alle hörbar überdenkt und löst, ist geradezu gespenstisch ruhig. Als hätte man ihm einen Maulkorb angelegt.

Oder als wüsste er schon, was geschehen ist.

Als ich merke, dass die anderen gegangen sind, mache ich mich wieder von ihm los. Drehe sein Gesicht zu mir herum und versuche, seinen Augen zu entnehmen, was am Strand passiert ist und ob Kate ein Kind von ihm erwartet oder nicht. Ich bin mir völlig sicher, dass er niemals in der Lage wäre, einem anderen Menschen etwas anzutun. Denn schließlich hat er früher, wenn wir zelten waren, sogar Motten vor den Flammen der Laternen retten müssen, um die Schönheit ihrer durchscheinenden Flügel zu bewahren. Aber irgendetwas weiß er, und da mir sein Mund nichts sagt, verraten mir ja vielleicht seine Augen, was das ist.

Doch das Einzige, was ich in seinem Blick erkennen kann, bevor er seinen Kopf so schnell es geht wieder zur Seite dreht, ist eine abgrundtiefe Traurigkeit.

Was zeigt, dass er die Hoffnung aufgegeben hat.

17

Das Nachspiel

Nordufer des Noosa
19. November 2000, 18.00 Uhr

Das Knirschen der Reifen auf dem Kies kommt näher.

»Das ging aber schnell«, stellt Jack verwundert fest. »Hat der Ranger nicht gesagt, dass er eben erst bei unseren Eltern angerufen hat?«

»Was?« Zu meiner Überraschung taucht in diesem Augenblick der Wagen meiner Eltern vor uns auf. *»Mum?«*

Ihr lilienweißer Arm liegt auf dem Fenstersims unseres Geländewagens, während sie auf Jack und mich heruntersieht. Ich sitze so dicht neben ihm, dass unsere Knie sich berühren, als sie aus dem Wagen steigt. Sie ist über Nacht gealtert und wirkt ebenso gequält wie wir. Dad folgt ihr auf dem Fuß und macht ein grimmiges Gesicht.

Ich breche vor Erleichterung in Tränen aus, werfe mich meiner Mutter in die Arme, frage dann aber verblüfft: »Wieso seid ihr schon da?«

»Wir sind sofort losgefahren, als der Ranger angerufen hat, Schätzchen. Bist du okay? Ich hatte solche Angst!« Dann wendet sie sich meinem Bruder zu. »Junger Mann, du solltest auf die Mädchen aufpassen! Warum hast du nicht angerufen, damit wir euch helfen?«

Ich schüttele den Kopf. »In den Dünen gibt's keinen Emp-

fang, und selbst wenn – was hättet ihr von Brisbane aus schon machen wollen?«

Ben erwacht aus der Erstarrung und flüchtet sich auf den Rücksitz unseres Wagens, während meine Mutter mir über den Rücken streicht und murmelt: »Nun ... wir waren gar nicht so weit weg. Dein Vater hat beschlossen, dass wir unser kinderfreies Wochenende nutzen sollten, deshalb sind auch wir im letzten Augenblick hier raufgefahren.«

Wütend reiße ich mich von ihr los. »Das darf ja wohl nicht wahr sein. Schließlich war es auch schon peinlich, dass ihr mich nicht ohne meinen großen Bruder habt fahren lassen!«

Ben schnaubt leise auf, und Mum streckt ihre Arme nach mir aus. »So war es nicht, Schätzchen. Und jetzt komm, lass uns nach Hause fahren.«

Ich marschiere dorthin, wo Ben sitzt, reiße ihm den Kopfhörer herunter und will von ihm wissen: »Wusstest du etwa Bescheid? Wusstest du, dass Mum und Dad hier in der Nähe waren, um uns hinterherzuspionieren?«

Wütend lasse ich den Kopfhörer so fest wie möglich gegen seinen Schädel knallen und baue mich erneut vor meiner Mutter auf. »Habe ich euch jemals einen Grund gegeben, mir nicht zu vertrauen?«

Sie macht eine sorgenvolle Miene, und mein Vater zieht die Brauen hoch. Diesen Tanz führen sie schon seit Jahren regelmäßig auf – wenn ich mich als kleines Mädchen mit den Fingern in der Keksdose habe erwischen lassen oder mit Verspätung aus der Schuldisco gekommen bin. Nur, dass dieses Mal nicht ich es bin, die ein schlechtes Gewissen haben muss.

»Es ist nicht so, dass wir dir nicht vertrauen, Liebling! Nur von diesen Abschlussfahrten hört man immer wieder irgendwelche schlimmen Dinge. Und vor allem hatten wir, wie's

aussieht, schließlich allen Grund, besorgt zu sein! Die Idee, hier raufzufahren, war einfach lächerlich.«

Ich geselle mich wieder zu Jack, der mit verlegenem Gesicht an seinem Platz im Schatten sitzt, lege den Arm um ihn und lehne meinen Kopf an seiner Schulter an.

Die Lippen meiner Mutter bilden einen schmalen Strich. »Komm, Schätzchen, gleich geht unsere Fähre.«

Als ich sitzen bleibe, stößt sie zähneknirschend aus: »Auf Wiedersehen, Jack. Deine Eltern sind wahrscheinlich auch bald da.« Dabei starrt sie durchdringend auf meinen Arm, der locker um die Taille meines Freundes liegt. Das also stößt ihr derart sauer auf.

Jack macht sich von mir los und setzt ein schiefes Lächeln auf. »Du solltest besser gehen. Wir sehen uns dann zu Hause, Fray.«

Dad legt meine Tasche in den Kofferraum, und Mum nimmt meine Hand und führt mich zu der offenen Wagentür. Als sie Jack auf diese Weise meinen Arm entzieht, verspüre ich mit einem Mal den Drang, mich ihr zu widersetzen und mit ihm zu warten, bis er ebenfalls nach Hause fahren kann. Weil nur er mich wirklich kennt, weil nur er wirklich versteht, wie es sich anfühlt, wenn man innerlich zerbricht, die Welt in Dunkelheit versinkt und man jede Hoffnung gehen lassen muss.

Der Mensch, der diesen Ort verlässt, ist wie ein Exponat aus einem Wachsfigurenkabinett, eine Schwindlerin, die aussehen und riechen mag wie ich, doch innerlich ein völlig anderes Wesen ist als das, das einen Tag zuvor hier angekommen ist. Trotzdem muss ich weiter ein- und ausatmen, bis Kate gefunden ist. Bis sie uns sagen kann, was wirklich unter dem orangefarbenen Himmel an dem schaumgesäumten Strand geschehen ist.

»Bleib, wo du bist!« Mum streckt drohend einen Arm in Richtung meines Freundes aus, und Jack weicht einen Schritt zurück, als habe sie ihm einen Schlag versetzt.

»Was hast du für ein Problem?«, schreie ich meine Mutter an.

»Steig ein«, befiehlt sie mir und schiebt mich durch die offene Wagentür, als wäre ich ein Trunkenbold, den man in einen Polizeiwagen setzt.

Ich habe keine Kraft mehr, um ihn zu verteidigen, und lehne mich erschöpft auf meinem Sitz zurück. Trotzdem presse ich noch meine schweißbedeckten Finger an die Scheibe, als wir losfahren und ihn verlassen, starre auf den langen, geraden Weg in Richtung Strand und habe das Gefühl, als wäre es schon ewig her, dass wir in Hochstimmung hier angekommen sind.

Vorn hält meine Mutter mit besorgter Stimme ein ums andere Mal denselben Monolog, und im Kopfhörer des ein Meter neunzig großen Stinktiers, das sich mit genüsslich ausgestreckten, widerlich behaarten Beinen neben mir im Innenraum des Wagens lümmelt, erklingt immer wieder dasselbe Lied. Kate hat recht, mein Bruder ist ein echter Drecksack. Was vielleicht der Grund ist, weshalb er so gerne *Teenage Dirtbag* hört. Während wir darauf warten, dass wir auf die Fähre dürfen, lasse ich den Zeigefinger an der Schläfe kreisen, worauf Ben mir einen Vogel zeigt.

In dem Moment dreht sich mein Vater zu uns um. »Hat die Polizei schon irgendeine Spur? Der Ranger hat gesagt, sie würden einen Fischer suchen, mit dem ihr gesprochen habt.«

Ich knurre nur, doch Dad versteht den Hinweis nicht und stellt mir immer weiter irgendwelche blöden Fragen. Danach, was die Polizisten von mir wissen wollten und ob sie gesagt haben, was ihrer Meinung nach geschehen ist.

Während wir den Noosa überqueren, stellt er grimmig fest: »Jack Shaw wird einiges erklären müssen.«

Woraufhin es endgültig um mich geschehen ist.

»Als ob euch diese Sache wirklich interessieren würde«, schreie ich ihn von der Rückbank an. »Schließlich habt ihr Kate noch nie gemocht, und jetzt habt ihr endlich, was ihr wollt. Weil sie jetzt wohl kaum noch einen schlechten Einfluss auf das Leben eurer Tochter haben kann. Das müsste euch doch freuen.«

***

Nach einem todesgleichen Schlaf erwache ich in der Vertrautheit meines eigenen Betts, und während eines kurzen Augenblicks vergesse ich die unglaubliche Wirklichkeit und erlebe einen flüchtigen Moment Normalität. Bevor die Tatsache, dass Kate verschwunden ist, mich wie ein Schlag mit einem Vorschlaghammer trifft. Übelkeit steigt in mir auf, ich stürze zur Toilette, und mein raues Würgen lenkt mich abermals von meinem Elend ab.

Schließlich aber wogt erneut das Grauen in mir auf, und grelle Blitze zucken hinter meinen Augen, während ich mich auf den kalten Fliesenboden lege, wo mir der Geruch unseres Toilettenreinigers entgegenschlägt. Es ist wie an dem Morgen, nachdem ich in Kates Garage eine Flasche Wodka ausgetrunken hatte, nur, dass jetzt der Wodka fehlt.

Als meine Übelkeit sich etwas legt, sehe ich deutlich vor mir, wie sie ihre Arme nach mir ausstreckt, während sie als winzig kleiner, silberblonder Fleck in einem Meer aus Dunkelheit versinkt. Und fange abermals an zu würgen.

O Gott, wispere ich. Obwohl kein körperlicher Schmerz dem Elend meines Herzens auch nur nahekommen kann. Dieser abgrundtiefen Trauer, grenzenlosen Einsamkeit und

diesen fürchterlichen Schuldgefühlen, die sich tief in meinem Inneren zusammenballen und dort nagen, bis am Ende nichts mehr von mir übrig ist.

Schließlich rapple ich mich auf, dusche eine halbe Ewigkeit und wundere mich, weshalb mein Vater nicht erbost gegen die Tür des Badezimmers klopft. Doch wahrscheinlich ist es ihm noch immer peinlich, dass ich mitbekommen habe, dass sie mir bei meinem Ausflug heimlich hinterhergefahren sind.

Als ich in die Küche komme, treffe ich auf lauter mitfühlende Gesichter, und mit ebenso mitleidiger Stimme fragt mich meine Mutter, ob ich etwas essen will.

Nein, ich will nichts essen. Ich will meine Freundin und mein altes Leben wiederhaben. Alles andere interessiert mich nicht.

Als ich einen Blick auf meinen Vater werfe, der am Tisch sitzt und die Zeitung liest, trifft mich beinah der Schlag. Weil dort das Bild von Kate und Jack auf unserem Abschlussball unter der Überschrift »VERSCHWUNDEN« prangt. Als ich über seine Schulter spähe und mir der Geruch der frischen Druckerschwärze in die Nase steigt, klappt Dad die Zeitung eilig zu.

»Da steht nichts Interessantes drin«, ruft Mum und stellt mir einen Teller Rührei hin.

»Auf jeden Fall nichts Wahres«, murmelt Dad. »Da fragt man sich, ob überhaupt was von den Sachen, die sie drucken, stimmt.«

»Ich bin kein kleines Kind mehr, Dad.« Ich muss wissen, was auch alle anderen wissen, damit ich gewappnet bin.

Dad wirft einen Blick auf Mum und hält mir dann die Zeitung hin.

Der Bericht erstreckt sich über eine ganze Seite, ist aber vor allem auf Gerüchten, Hörensagen, Märchen aufgebaut.

Weil die Welt nach möglichst reißerischen Storys lechzt. Der Schreiberling behauptet, die geheimnisvolle Kate, die erst seit ein paar Monaten in Brisbane lebe, hätte offensichtlich ein Problem mit ihrem Freund gehabt, und er erwähnt sogar die Kirche der Familie Shaw (die seinen Worten nach eher eine Sekte ist). Zum Glück bleibe ich unerwähnt. Der arme Jack jedoch hat eine Hauptrolle in diesem Stück erwischt. Zwar geht der Schmierfink nicht so weit, ihn als Hauptverdächtigen in einem Kriminalfall zu bezeichnen, rückt ihn aber trotzdem in ein denkbar schlechtes Licht.

Ich versuche, bei ihm anzurufen, doch es klingelt immer bis zum Ende durch. Vielleicht wählen seine Eltern ja die Anrufe, die sie entgegennehmen, aus. Dafür sind ihr Haus und Mr Shaw, der ahnungslos den Müll nach draußen bringt, inzwischen stündlich in den Nachrichten zu sehen. Regelmäßig kommen irgendwelche Updates, ohne dass es wirklich etwas Neues gibt, und eine kurze Aufnahme der Eheleute Shepherd, die mit rot verquollenen, eingesunkenen Augen vor der Kamera erscheinen, während unter ihrem Bild die Telefonnummer der zuständigen Polizeibehörde eingeblendet wird.

In den nächsten Tagen kommt mir mein Zuhause mehr und mehr wie ein Gefängnis vor. Meine Eltern sind die Wärter, die mir raten, Jack erst einmal etwas Zeit zu lassen und mich möglichst von der ganzen Gruppe fernzuhalten, bis die allgemeine Aufregung sich wieder legt. Denn in der Tat zieht unsere bisher ruhige Gegend plötzlich Heerscharen von Journalisten an und kommt mir mit den ganzen fremden Leuten fast wie eine Filmkulisse vor.

Doch erst ein kurzer Gang in unseren Supermarkt, um

Dann wird es plötzlich still im Raum, ich wühle zwischen den CDs, wir streiten kurz, was wir als Nächstes hören sollen, und nehmen dann *Nirvanas* »Nevermind« – denn dieses Album haben wir zum letzten Mal mit Kate gehört.

Doch wir erwähnen ihren Namen nicht. Und sprechen auch nicht über sie. Auch so geht die Geschichte uns nicht aus dem Kopf.

Trotzdem hätte ich, als ich mich gemütlich auf den Kissen auf dem Boden fläze, während eines Augenblicks beinah vergessen, was geschehen ist, doch dann kehre ich ruckartig in die Realität zurück.

»Ich habe versucht, im Hof ein bisschen Basketball zu spielen – aber diese verdammten Aasgeier schreien ständig irgendwelche blöden Fragen über unseren Zaun.«

Ich zucke zusammen. Armer Jack. Wie gerne würde ich ihn trösten, aber erst mal muss ich dafür sorgen, dass wir uns wieder normal fühlen, wenn wir zusammen sind.

»Ich schätze, das passiert, wenn man berühmt ist«, sage ich.

Er versucht zu lächeln, beißt sich auf die Lippe, und die blauen und weißen Karos auf der Bettdecke verrutschen, als er sich mit einem Seufzer auf die Seite dreht. »Trotzdem ist es seltsam. Da machen sie so ein Theater um jede Kleinigkeit, haben ihr Haus nach Hinweisen durchsucht und in den Nachrichten von ihrem Tagebuch, den Briefen, die ich ihr geschrieben habe, und dem ganzen anderen Zeug erzählt, aber ihre angebliche Schwangerschaft mit keinem Wort erwähnt.«

Ich habe das Gefühl, als hätte jemand mir ein Messer in die Brust gerammt.

Er sieht mich reglos an. »Du hast es ihnen nicht erzählt, nicht wahr? Dann ist dir also klargeworden, dass das vollkommener Schwachsinn war?«

»Ich glaube immer noch, dass sie mich nicht belogen hat.«

»Was bedeutet, dass du mich für einen Lügner hältst.« Er schüttelt ungläubig den Kopf und bläst die Backen auf. »Aber warum hast du dann den Bullen nichts davon erzählt? Ich meine, schließlich haben sie aus mir jedes noch so winzige Detail herausgepresst.«

Ich verschränke meine Arme vor der Brust. »Weshalb hätte ich davon erzählen sollen? Willst du etwa, dass das in den Zeitungen erscheint? Dann stünde sie wie eine Schlampe und du wie ein Mörder da.«

Er springt vom Bett, stapft durch den Raum und fährt sich mit den Fingern durch den Pony, als er plötzlich direkt vor mir stehen bleibt und mich bitterböse ansieht. »Ich habe dir schon mal gesagt, du musst nicht für mich lügen, Fray!«

»Ich habe nur versucht, dich zu beschützen!«

»Und vor was? Ich habe nichts getan!«

»Das ist mir klar. Aber wie hätte das ausgesehen, wenn ich plötzlich gesagt hätte, der Typ, ihr Freund, tja, nun, er hat am selben Abend mit ihr Schluss gemacht und kam dann kreidebleich, klitschnass und blutend ohne sie zurück. Und, übrigens, das Letzte, was mir Kate erzählt hat, war, dass sie von ihm ein Kind erwartet. Findest du nicht auch, dass das etwas verdächtig klingt? Als hättest du ein glasklares Motiv gehabt?«

»Ich habe dir gesagt, dass du die Wahrheit sagen sollst. Ich habe dir gesagt, dass ich nichts zu verbergen habe und du mir nicht helfen musst. Denn ich komme auch allein mit dieser Sache klar.«

»Was durchaus nobel, aber gleichzeitig auch ziemlich dämlich ist. Weil die Polizisten das nicht so sehen werden. Weil sie einfach einen Jungen sehen werden, dessen ganze

Zukunft vor ihm lag, als ihm plötzlich die schwangere Freundin in die Quere kam.«

»Nun, sie hat mich entweder betrogen oder dich belogen. Such's dir aus. So oder so kannst du mir glauben, dass sie alles andere als ein Engel war. Du hast sie immer falsch gesehen. Für dich war sie dieses perfekte Wesen, und auch mich hat sie am Anfang kräftig an der Nase rumgeführt.«

Ich empfinde seine Worte als Verrat. Ist das tatsächlich wahr? Hat sie mir etwas vorgemacht? Oder macht Jack mir etwas vor?

Die Klänge der Musik füllen die Stille an.

»Du hast diesen komischen Komplex«, knurrt er und hockt sich neben mich aufs Bett. »… dass du ihr nicht das Wasser reichen kannst. Aber das ist nicht wahr. Weil du nämlich viel besser bist als sie.« Er presst seinen Oberschenkel an mein Bein, beugt sich zu mir herüber und schiebt mir eine Haarsträhne hinter mein Ohr.

Ich springe eilig auf. »Versuchst du etwa, mich anzubaggern? Ausgerechnet jetzt? Im Ernst?«

»Nein«, stößt er mit rauer Stimme aus und zieht den Arm zurück. »Aber dadurch, dass wir streiten, bringen wir sie nicht zurück. Das ändert auch nichts an den Dingen, die geschehen sind.«

»Glaubst du etwa, wenn ich geahnt hätte, was daraus würde, hätte ich je zugelassen, dass du dich von meiner besten Freundin trennst?«

»Denkst du vielleicht, dann hätte ich von mir aus auch nur einen Ton zu ihr gesagt? Verdammt, ganz sicher nicht. Nicht dass du mich falsch verstehst. Ich wollte sie verlassen, Fray. Aber ganz sicher nicht auf diese Art. Niemals auf diese Art«, erklärt er rau und zeigt mit einem Finger in die Luft. »Ich hätte sie, verflucht noch mal, sogar geheiratet, wenn

ich dadurch hätte verhindern können, dass ihr irgendwas passiert.«

Das hätte er sogar bestimmt getan, dieser verrückte Narr.

Ich betrachte sein Gesicht, das mir vertrauter ist als mein eigenes. Das Muster seiner Brauen, die fast übertrieben langen Wimpern und das Grau der Augen, das von einer Reihe warmer dunkelblauer Sprenkel durchsetzt ist.

»Sie werden sie nicht finden, Fray. Oder zumindest nicht lebendig. Denn so, wie sie war, bevor sie abgehauen ist – sie war vollkommen durchgedreht.« Inzwischen flüstert er nur noch. Er bewegt sich auf einer emotionalen Achterbahn, auf der es wechselweise wie in Zeitlupe bergauf und rasend schnell wieder hinuntergeht. »Deshalb bin ich zu der Landspitze gerannt. Ich hatte Angst, sie würde …«

»Sag es nicht!«, stoße ich schluchzend aus. Es überwältigt mich, dass er so etwas denken kann. Und mich alleine hoffen lässt.

»Ich habe mir seit Tagen das Gehirn zermartert, und allmählich werde ich total paranoid. Himmel, irgendwann war ich sogar so weit, dass ich gedacht habe, dein alter Herr hätte etwas damit zu tun. Denn ich bin mir sicher, dass am nächsten Vormittag in aller Herrgottsfrühe ein weißer Patrol den Strand herabgefahren kam.«

Ich lache müde auf. »Der war wirklich gut. Weil es schließlich höchstens zehn Millionen solcher Autos gibt.«

»Aber nur eins, das diese ganz besondere Hülle für seinen Reservereifen hat.« Mit ruhiger Stimme fährt er fort: »Ich meine, völlig dämlich ist das nicht. Denn schließlich hat mir Kate erzählt, dass er sie einmal angegraben hat.«

Ich boxe ihm gegen die Schulter. Das ist einfach total absurd. »*Sie* hat mit *ihm* geflirtet, Jack.«

Wieder rauft er sich das Haar und zieht die Knie an. »Tja,

verdammt, was könnte dann passiert sein? Es war gerade Flut, und außer uns war niemand dort.«

»Ben hat Dad erzählt, dass da noch dieser Fischer war. Inzwischen haben sie sogar im Fernsehen ein Phantombild von dem Mann gezeigt, das mit Hilfe unserer Beschreibung angefertigt worden ist. Er ist dort oben allgemein bekannt. Sie nennen ihn den alten Nick – er lebt in dieser Gegend, und sie sagen, dass er dort schon seit Jahrzehnten fischen geht. Hat in den Dünen einen Wohnwagen und ein paar Käfige versteckt, in denen er Kaninchen hält.«

»Kaninchen?«, fragt mich Jack in einem Ton, als wäre ich jetzt völlig durchgedreht. »Das ist doch wohl totaler Quatsch.«

»Dad sagt, als er selbst früher dort oben angeln war, hätte er mal erlebt, wie dieser Nick vollkommen ausgerastet ist, weil ihm angeblich irgendwer die Krebskörbe gestohlen hat.«

»Denkst du vielleicht, er hat Kate entführt, weil sie an seine Krebskörbe gegangen ist?« Jack schüttelt nachdrücklich den Kopf. »Er war total harmlos. Du hast ihn gesehen. Weshalb hätte er den Ranger zu uns schicken sollen, wenn er einen von uns hätte umbringen wollen? Außerdem ist Selbstmord viel verbreiteter als Mord.«

Einen anderen Grund für ihr Verschwinden sieht er nicht?

Er hat anscheinend aufgegeben. Was mich furchtbar wütend macht. »Du hältst mich für dämlich, stimmt's? Weil ich noch immer hoffe ...«

Mühsam kämpfe ich gegen den Kloß in meinem Hals, und Jack legt einen Arm um meine Schultern wie schon tausendmal zuvor, nur dass es heute anders ist. Ich wische die Feuchtigkeit von meinen Wangen und von meiner Nase, während er mir sanft die Haare aus den Augen streicht und zärtlich meine Hand ergreift. Mit einer starken, dunklen Männer-

hand, die ich schon kannte, als sie eine schmale, blasse Kinderhand gewesen ist.

Seit diesem einen Abend in dem Klub habe ich mich gefragt, wie es wohl wäre, wenn mich diese Hand berühren würde. Und als er jetzt seine andere Hand vollkommen unschuldig auf meinen Oberschenkel legt, versetzt mir die Berührung einen Schlag. Ich kneife meine Augen zu und kämpfe gegen das beschämende Verlangen an. Sag mir, es ist nicht echt, sondern ein Teil der aufgeladenen Stimmung und des Schmerzes, der im Augenblick zwischen uns herrscht. Und obwohl ich das Gefühl habe, als ramme ich mir dadurch selbst ein Messer in die Brust, schiebe ich seine Hand von meinem Bein.

»Wir … es geht nicht … Jack«, stoße ich schluchzend aus. Überall um mich herum erinnert mich irgendetwas an Kate. Ein Haargummi neben dem Bett, der Teddybär, den er von ihr bekommen hat, als sie ein halbes Jahr zusammen waren, ihre Schrift auf einem kleinen Blatt Papier …

Denn auch wenn sie nicht mehr da ist, ist das Zimmer voll von ihr.

In seinen Augen steigen Tränen auf. Ist er verletzt? Tut es ihm leid? Zum allerersten Mal kann ich nicht sehen, was er empfindet oder denkt.

»Wir haben sie dazu gebracht! Verstehst du das nicht, Jack? Wenn sie verschwunden ist und sich was angetan hat, wie du denkst, dann ist das unsere Schuld! Wegen dieser Sache zwischen dir und mir!« Ich springe auf und stapfe durch den Raum. »Ihre größte Angst war immer, dass sie außen vor gelassen wird. Erinnerst du dich noch daran, wie es nach dem Besuch von *Seaworld* war – sie hat tagelang kein Wort mit dir geredet, nur weil du mit mir und nicht mit ihr Autoscooter gefahren bist. Oder wie sie immer früher heimgegan-

gen ist, sobald wir uns darüber unterhalten haben, was für einen Blödsinn wir immer verzapft haben, als Mum noch deine Tagesmutter war.« Plötzlich ist es völlig offensichtlich. »Stell dir also nur mal vor, wie es wahrscheinlich für sie war, als du sie plötzlich fallen gelassen hast.«

»Sie wusste nicht, dass du der Grund warst …«

Ich.

Das war das Schönste und zugleich das Schlimmste, war er hätte sagen können.

Eilig stürze ich zum Fenster, und mit schwerem Kopf und schwerem Herzen springe ich hinaus.

»Warte, Fray«, ruft er mir hinterher und stützt sich mit den Händen auf den Fenstersims.

»Die Mühe hättest du dir sparen können, Jack. Denn wir haben das, was unserer Meinung nach zwischen uns war, kaputtgemacht«, rufe ich elend aus und fliehe, ehe Jack mich daran hindern kann, in die Dunkelheit.

Aber glaube ich tatsächlich, dass die innige Verbindung, die wir beide immer hatten, plötzlich abgerissen ist? Oder hoffe ich nur, dass sich meine Schuldgefühle legen, wenn ich leugne, dass die ganz besondere Nähe zwischen uns auch weiterhin besteht? Um den Schmerz in meiner Seele durch den Schmerz in meinem Körper zu betäuben, renne ich so schnell wie möglich los, und erst als ich in unsere Straße biege, drehe ich mich noch einmal um.

Er ist mir nicht gefolgt. Ich habe ihn verloren.

Also jetzt auch ihn.

Unsere Eingangstreppe ist in helles Licht getaucht, und wie ein dunkler Schatten stützt sich Mum auf dem Geländer ab. Bestimmt hat sie gemerkt, dass ich mich aus dem Haus geschlichen habe, und steht dort, um mir die Ohren lang-

zuziehen. Aber als ich näher komme, wirft sie eine Hand vor ihren Mund, und ich kann deutlich spüren, dass etwas geschehen ist.

»Nein! O nein!« Ich überlege, ob ich wieder umdrehen soll, um ihren Neuigkeiten zu entgehen. Hat Jack womöglich wirklich recht gehabt?

Sie kommt mir entgegen, führt mich bis zur Treppe und drückt mich dort sanft auf eine Stufe. Meine Hände zittern, denn ich weiß schon, was sie mir gleich sagen wird. Im Grunde würde ich ihr diese Worte gern ersparen, aber plötzlich muss ich hören, wie die Wahrheit ausgesprochen wird.

»Liebling.« Ihre Stimme klingt so sanft wie als sie uns erzählen musste, dass der Hund gestorben war. »Die Polizei hat angerufen. Sie wird nicht mehr wiederkommen, Schatz. Sie haben sie gefunden.«

Plötzlich stiebt ein neuer Funke Hoffnung in mir auf. »Sie haben Kate gefunden?«

»Ihren ... Leichnam.« Wieder hebt sie eine Hand vor ihren Mund, damit sie trotz des Zitterns ihrer Lippen weitersprechen kann. »Sie wurde ein paar Kilometer oberhalb der Landspitze an Land gespült. Sie ist ertrunken.«

Ihre leisen Worte hallen laut in meinem Inneren nach. Und wie bei einem Flugzeugstart verspüre ich plötzlich einen fürchterlichen Druck auf meinen Ohren und verliere meinen Gleichgewichtssinn.

Mum erklärt, die Polizei habe Kates Eltern informiert und sie hätten die Tochter identifiziert.

Es war also tatsächlich Kate.

Ein kurzer Satz, und mein ganzes Leben bricht in sich zusammen wie ein instabiles Kartenhaus.

Als mir klarwird, was die Worte meiner Mutter zu bedeuten haben, fürchte ich, noch tiefer in das dunkle Loch zu

fallen, in dem ich bereits gefangen bin. Doch obwohl das Ende dieser Suche schrecklicher nicht hätte sein können, verspüre ich auch so etwas wie Erleichterung. Denn plötzlich denke ich nicht mehr, was wäre, wenn. Plötzlich gibt es keinen Grund mehr, irgendwelche Mutmaßungen über Jack als ihren Freund und mich als ihrer beider Freundin anzustellen. Plötzlich sind wir beide wieder frei.

Der Schock, den ich erwartet habe, stellt sich irgendwie nicht ein.

Tief in meinem Inneren habe ich es schon die ganze Zeit gewusst. Während unserer Suche hatte ich die Möglichkeit so gut es ging verdrängt, doch schließlich hatte sich der furchtbare Gedanke in mir festgesetzt, seit ich in unser Camp zurückgekommen war.

Während ich dort neben meiner Mutter auf der Stufe sitze, ergibt plötzlich alles einen grauenhaften Sinn. Sie ist nirgendwo hingetrampt. Der Fischer ist ein ganz normaler Mensch. In den Dünen hat kein Axtmörder gelauert. Schließlich hatte mich der Ranger bereits vorgewarnt. Er hatte mir erklärt, wenn sie nicht irgendwelche anderen Spuren fänden, wäre davon auszugehen, dass sie ertrunken ist. Doch ich hatte es einfach nicht glauben wollen. Ich hatte mich bereits bei dem Gedanken wie eine Verräterin gefühlt. Und das tue ich auch jetzt.

Kate ist ertrunken; Kate, der Ruderchampion und die hervorragende Schwimmerin.

Ich schwanke zwischen Schluchzen und hysterischem Gelächter hin und her. Weil diese Ironie des Schicksals nur so zu ertragen ist.

Meine Mutter reißt die Augen auf und hätte mir bestimmt am liebsten ein paar Ohrfeigen verpasst, weil sie nicht weiß, wie sie mich anders wieder zur Besinnung bringen soll.

»Francesca?«, stößt sie ängstlich aus. »Frankie? Geht's dir gut?«

Irgendwie kann ich nicht aufhören zu lachen. Stoße immer neue, laute, nicht zu kontrollierende Salven brüllenden Gelächters aus, als bekäme ich allein durch umgebremste Heiterkeit mein Gleichgewicht zurück.

Irgendwann schiebt meine Mutter mich ins Haus. Wahrscheinlich hat sie Angst, dass unsere Nachbarn meinen kleinen Ausbruch in die Sammlung der Geschichten integrieren, die man anderen Leuten an der Kasse unseres Supermarkts erzählen kann.

Ich erhasche einen Blick auf Dad, der, ein Bier in seiner Hand, mit trüben Augen in der Küche steht, flüchte mich schnellstmöglich in mein Zimmer, werfe mich aufs Bett und weigere mich aufzustehen, bis sie mich zwingen, so zu tun, als wäre mit dem Tod von Kate nicht auch mein eigenes Leben vorbei.

***

Kates Beerdigung.

Ich kann gar nicht in Worte fassen, wie bizarr mir die Veranstaltung erscheint. Wir hätten zusammen alt und brummig werden, umgeben von lauter Hunden gemütlich in unseren Schaukelstühlen wippen und uns gegenseitig unsere langen grauen Pferdeschwänze binden sollen. Denn wir haben noch so vieles nicht gesagt oder getan.

Ich sitze hier in der staubigen Kirche und starre auf einen warm schimmernden Sarg. Kate hätte diese feierliche Muffigkeit gehasst. Während der Gebete bringe ich kein Wort heraus – durch die schmerzlichen schönen Bilder meiner wunderschönen Freundin und die mitfühlenden Worte all der anderen wird mein Elend noch verstärkt. Weil durch sie

Ich muss an den Abend ein paar Wochen vor den Sommerferien denken, als wir Wassereis gekauft haben und durch die heiße Brise heimgelaufen sind. Ich habe rumgetrödelt, und sie hat auf mich gewartet und sich bei mir eingehakt. »Komm mit, mein Liebes«, hat sie mich mit ihrer Alte-Frauen-Stimme aufgefordert. »Schließlich muss ich mir noch meine Haare lila tönen, weil morgen mein Bingo-Abend ist.« Und dann hat sie uns plötzlich unsere Zukunft ausgemalt und mir erklärt, sie würde sich schon darauf freuen, eines Tages jede Menge Kohle zu verdienen, eine ganze Reihe Ehemänner zu verschleißen und danach mit mir zusammen alt zu werden. Sie würde mein Haar flechten, während wir in unseren Schaukelstühlen auf unserer Veranda sitzen und Jane Austen lesen oder zuschauen, wie unsere Katzen in der Sonne liegen und zufrieden schnurren.

»Vergiss die Katzen«, habe ich ihr widersprochen. »Lass uns ein paar Hunde kaufen, Katzen kann ich irgendwie nicht leiden. Und außerdem wirst du mit Jack als deinem Ehemann auf der Veranda sitzen, und zu euren Füßen werden eure Enkelkinder spielen, während ich allein in eurem Anbau sitze, Strümpfe stricke und leise Selbstgespräche führe, weil man das als einsame, verrückte Alte schließlich macht.«

Ungefähr auf halbem Weg kamen wir an unserer Schule, die einsam und verlassen in der Dunkelheit lag, vorbei. Das Einzige, was sich bewegte, war ein Stück Papier, das die noch immer heiße Abendbrise quer über den Gehweg wehen ließ. Und plötzlich wusste ich genau, wie man mich hier nach meinem Abschluss in Erinnerung behalten würde. Nämlich als den Liebling aller Lehrer und die Leuchte unseres Debattierklubs. Wow.

»Nun komm schon, meine Beine werden langsam müde«, rief mir meine Freundin zu.

Doch ich ignorierte sie. Denn wollte ich tatsächlich einen solchen Eindruck hinterlassen? Den der langweiligen Streberin, die ihrer amüsanten Freundin bei den Hausaufgaben half?

Ich blickte auf das Leuchtschild über meinem Kopf. HAUSMEISTERGEHILFE GESUCHT.

Bestimmt hatte der Hausmeister die bunten Plastikbuchstaben dort oben angebracht. Ich sah mich suchend um, entdeckte an der Wand des Schuppens hinter unserem Schwimmbecken die große Stehleiter, trug sie unter das Schild, sah nach, ob sie auch sicher stand, und kletterte so schnell es ging hinauf.

Wenn ich innehielt, um nachzudenken, zöge ich die Sache niemals durch.

»Was zum Teufel machst du da?«, rief meine Freundin mir mit lauter Flüsterstimme hinterher. Sie stand immer noch draußen auf der Straße. Der Schulhof schien aus ihrer Sicht das reinste Minenfeld zu sein. »Seit der Brandstiftung im letzten Jahr wird das Gelände nachts von ein paar scharfen Wachhunden bewacht.«

Ich winkte ab, kletterte weiter, und als ich auf Kate herunterblickte, die wie ein gefangenes Nagetier am Gitter seines Käfigs am Metallzaun unserer Schule auf und ab lief, kam ich mir wie eine Riesin vor. Wollte sie sich vergewissern, dass uns niemand sah? Die Panik war ihr selbst aus meiner Warte deutlich anzusehen.

»Weißt du, das war alles Schwachsinn, als ich dir erzählt habe, ich hätte ab und zu im Laden irgendwas geklaut. In meinem ganzen Leben habe ich noch nie was mitgehen lassen«, sagte sie, als hätte ich das nicht die ganze Zeit gewusst. Aber schließlich machte das Problem, dass man nie sicher wusste, wann sie flunkerte und wann sie die Wahrheit sagte, einen Teil des Reizes um meine Freundin aus.

Ich machte mich ans Werk, sortierte einige Plastiklettern um und ließ die, die ich nicht brauchte, einfach fallen.

Geschafft. Ich atmete tief ein, sah mit wild klopfendem Herzen auf die Tafel und bewunderte mein Werk.

MEISTERSAU SUCHT GEHHILFE.

Nicht wirklich originell, aber was Besseres gaben die verfluchten Buchstaben nun mal nicht her.

Als wir am Montagmorgen vor dem ersten Klingeln durch das Schultor traten, war die Tafel noch intakt. Kichernd zeigten ein paar Schüler auf das Schild, und ich war furchtbar stolz auf mich, bis unser Rektor wissen wollte, wer verantwortlich für diesen Unfug war, und uns alle auf dem Schulhof aufmarschieren ließ.

Ich war der festen Überzeugung, dass mir mein schlechtes Gewissen überdeutlich anzusehen war. Und selbst wenn nicht, waren meine Fingerabdrücke auf den vermaledeiten Plastikbuchstaben ein handfester Beweis für meine Schuld. Doch obwohl ich keine Lust mehr hatte, überall als Streberin zu gelten, fehlte mir in diesem Augenblick der Mut, zu meiner Tat zu stehen. Trotzdem müsste ich mich noch am selben Morgen stellen. Sonst würde unser Schulleiter bestimmt die Polizei rufen.

Da die Bürotür offen stand, war die nasale Stimme unseres Rektors deutlich zu verstehen. »Nachdem Sie sich freiwillig gemeldet haben, werde ich mein Wort halten und keine Anzeige erstatten …«

»Danke, Sir.«

Das Mädchen, das da sprach, war ganz eindeutig Kate.

Mir wurde schwindelig. Hatte ich das neue Mädchen vielleicht doch nicht richtig eingeschätzt? Hatte sie mich tatsächlich verpetzt?

»... aber betrachten Sie sich als offiziell verwarnt. Sie werden für den Rest der Woche nach der Schule nachsitzen, während wir im Kollegium darüber nachdenken, wie in der Sache weiter vorzugehen ist.«

Das klang ein bisschen hart, aber gerecht.

»Falls wir uns verstanden haben, Fräulein Shepherd, können Sie jetzt gehen.«

Ich sah auf, als sie gesenkten Hauptes schweigend Richtung Ausgang lief. Meine Beine waren wie gelähmt, und vollkommen verdattert setzte ich mich auf den Stuhl neben der Tür.

»Alles klar, Francesca?«, fragte mich der Rektor. »Falls Sie hier sind, um mich über Ihre heldenhafte Freundin aufzuklären, können Sie sich die Mühe sparen – weil sie ihre Tat bereits gestanden hat.«

»Aber –« Mir blieb nur ein kurzer Augenblick, um klarzustellen, dass ich die Übeltäterin gewesen war, aber ehe ich mich dazu überwinden konnte, war er auch schon wieder vergangen.

Also ging ich zu Kate, doch als ich von ihr wissen wollte, weshalb sie die Sache für mich ausgebadet hatte, leugnete sie strikt, dass sie bei unserem Schulleiter gewesen war. Trotzdem wartete ich in der Woche täglich auf dem großen Stein vor unserer Schule, bis auch sie nach Hause gehen durfte, und lief an der Seite meiner wunderhübschen Freundin heim.

Obwohl ich Kate nur ein Jahr kannte, war ich viel wichtiger für sie als all die Menschen, die in diesem Augenblick in ihrem Elternhaus versammelt sind. Denn ich war Tag für Tag mit ihr zusammen, seit ihre Familie hierhergezogen war. Ich habe sie zur Schulschwester begleitet, wenn sie Bauchweh

hatte, ihr die Hausaufgaben mitgenommen, wenn sie wegen einer Grippe nicht zur Schule kam, ich weiß, dass sie ein Grübchen in der linken Wange hatte, dass ihre Lieblingsfarbe Lila war, ihre größte Liebe Johnny Depp und ihre größte Angst die war, dass Jack und ich sie außen vor ließen, egal, wobei. Am liebsten aß sie Pfannkuchen mit Speck und jeder Menge Ahornsirup. Sie mochte die gesamte Brandbreite von süß bis würzig.

Und das galt bei ihr nicht nur fürs Essen, sondern für das ganze Leben.

18

Gepäck

Die Regentropfen, die auf meine Brille klatschen, sehen wie kleine Risse in der Windschutzscheibe eines Wagens aus. Ausgelaugt und ausgehungert schleppe ich mich nach der Mittagsschicht nach Hause, und obwohl ich völlig hirntot bin, denke ich über den letzten Fall des Tages nach. Eine junge Ausreißerin, deren Mutter eine Woche hatte Todesängste ausstehen müssen, bis sie endlich wieder heimgekommen war. Es war ein seltenes Happy End, hatte aber die *Damals*-Kiste in meinem Kopf geöffnet, wie es immer, wenn es um Vermisste ging, geschah.

Aber anders als gewöhnlich klappe ich die Kiste nicht schnellstmöglich wieder zu, sondern denke, während ich den Bürgersteig hinuntertrödele, über meine Freundin nach. Das Bild der schmerzverzerrten Miene ihrer Mutter während der Beerdigung ist noch so frisch, als hätte es sich mir nicht schon vor einer halben Ewigkeit, sondern erst gestern eingeprägt.

Danach habe ich Mrs Shepherd jahrelang nicht mehr gesehen, bis ich ihr vor ungefähr zwei Jahren plötzlich im Supermarkt begegnet bin. Sie stand an der Kasse und legte einen Karton fettarmer Milch, eine einzelne Birne und ein Päckchen Haferflocken auf das Band. Ich fragte mich, ob sie inzwischen wohl alleine lebte. Vielleicht hatte ja auch ihre Ehe die Geschehnisse nicht überlebt.

Sie sah deutlich älter aus als damals. Ein grauer Bob rahmte ihr bleiches, eingefallenes Gesicht. Ich betrachtete sie aus meinem Versteck hinter dem Blumenstand. Sie sah wie eine ganz normale, attraktive und gepflegte Frau von um die fünfzig aus, als sie höflich lächelnd Nettigkeiten mit dem jungen Mann austauschte, der hinter der Kasse saß. Doch auf mich wirkte sie ausgebleicht – als hätte der Verlust der Tochter jede Farbe ausgesaugt. Am liebsten hätte ich sie angesprochen, aber da ich keine Ahnung hatte, was sie von mir hielt, blieb ich wie angewurzelt stehen.

Als ich heimkomme, fallen die letzten Regentropfen auf den Weg vor meinem Haus. Die Sonne hängt schon tief am Himmel, und die Hunde bellen gegen den Wind. Eilig öffne ich die Hintertür, vielleicht ist ja Jack im Garten, bevor Sara von der Arbeit kommt. Als ich sehe, dass er vor dem Hochbeet steht und Setzlinge in die vom Regen feuchte Erde steckt, bevor sein Sohn sie mindestens genauso schnell wieder herausreißt, atme ich erleichtert auf. Ich bin zwar hundemüde, aber trotzdem muss ich kurz mit einem Menschen reden, deshalb gehe ich zum Zaun und sage: »Hi.«

»Ist Sara noch als Dealerin unterwegs?«, rutscht es mir heraus, während ich ein Gähnen unterdrücke. Habe ich das wirklich laut gesagt? Dann scheint mein Sprachfilter defekt zu sein.

»Du magst sie nicht besonders, stimmt's?« Jacks Grübchen treten in Erscheinung, als er fröhlich lacht.

»D-das ist nicht wahr«, stottere ich. »Ich kenne sie nur einfach kaum.«

»Sie ist mit anderen Frauen noch nie zurechtge-

kommen.« Er fährt sich mit einem Handschuh durchs Gesicht und hinterlässt auf seiner Wange einen dunklen Fleck.

»Aber mit Männern hat sie sicher kein Problem …«

Jack zieht die Brauen hoch. »Sie ist durchaus in Ordnung, wenn man erst mal hinter die Fassade guckt. Und schließlich ist nicht jeder Mensch so selbstbewusst wie du.«

Schuldbewusst beschließe ich, nicht weiter auf das Thema einzugehen.

»Also, hast du heute irgendwelche Leute vor sich selbst gerettet, Fray?«, zieht er mich auf. »Die Welt zu einem besseren Ort gemacht?«

Ich wische mit der Handfläche die Regentropfen von der Sitzfläche des Gartenstuhls und rücke ihn zurecht, damit ich sitzen kann, ohne dass mir die Sonne in die Augen scheint. Es ärgert mich, dass er meinen Beruf nicht ernst zu nehmen scheint. »Ach, aber durch deine Arbeit wird sie das? Welchen Einfluss hat denn deine Gastfreundschaft auf die Leben deiner Gäste?«, frage ich erbost zurück.

»Ihre Brieftaschen sind deutlich leichter, wenn sie wieder gehen«, antwortet er gleichmütig. Es hat mich früher schon gestört, dass kaum etwas ihn jemals aus der Ruhe bringen kann, und es stört mich immer noch. »Geld regiert nun mal die Welt, Unternehmen wie das meine bieten Menschen Arbeit, und von unseren Steuern werden wichtige Funktionsträger wie du bezahlt …«

Mit zunehmender Aufregung nimmt auch das Tempo zu, mit dem mein Knöchel auf dem freien Stuhl an meiner Seite wippt. »Heißt das, dass du denkst, dass meine Arbeit *einfach* oder *sinnlos* ist?«

Schnaubend stellt er seine Arbeit an dem Hochbeet ein. Endlich eine Reaktion.

»Du bist heute echt empfindlich.« Als er eine leere Plastikanzuchtplatte auf die anderen leeren Platten fallen lässt, wirft er dadurch den ganzen Haufen um. »Ich habe doch nur einen Witz gemacht.«

Genervt lenke ich den Blick auf Oliver und Bear. Ich weiß, ich bin schlecht drauf. Aber warum hat mein letzter Fall all die Erinnerungen an Kates Mum in mir geweckt? Schließlich hatte ich auch vorher schon mit Dutzenden trauernder Mütter von verschwundenen Teenagern zu tun – die nicht zurückgekommen waren –, ohne dass das Elend mit mir heimgegangen ist. Ich gebe Jack die Schuld daran, weil er so egoistisch war, urplötzlich wieder aufzutauchen. Und vielleicht auch Ben, weil er uns ohne Not geoutet hat. Mit zunehmendem Alter habe ich gelernt, zu meinen Stimmungen zu stehen, die Kunst, sie zu verändern, allerdings beherrsche ich noch immer nicht. Deswegen beschließe ich, ihm zu erzählen, was mir auf der Seele liegt. Weil mir dadurch die Sache selbst ja vielleicht etwas klarer wird.

»Ich hatte heute mit einer jugendlichen Ausreißerin zu tun, die wieder heimgekommen ist. Sie ist im letzten Schuljahr und ein bisschen überfordert mit allem. Als sie vor mir saß, musste ich an unsere alte Clique denken. Hattest du zu irgendwem von denen noch Kontakt, nachdem du weggezogen warst?«

»Nee. Das war Teil der Strategie des Hinter-sich-Lassens, die Mum damals entwickelt hat«, erwidert Jack. »Und wie steht es mit dir? Ich meine, du lebst immer noch am selben Ort. Da läuft dir doch bestimmt manchmal der eine oder andere über den Weg.«

»Eigentlich nicht. Ich meine, ab und zu sehe ich Helen und Leanne beim Einkaufen, aber von denen, die dabei waren, habe ich danach nie wieder was gehört.«

Natürlich sehe ich die Posts der glücklichen Familien, wenn ich auf Facebook bin, doch wenn ich sie im wahren Leben sähe, würde ich vermutlich das Weite suchen. Wobei Dan und Matt nach unserem misslungenen Ausflug sowieso mit einem Mal einfach verschwunden waren. Aber auch sonst treffe ich praktisch nie jemanden aus alten Zeiten. Obwohl sie ganz bestimmt nicht alle von hier weggezogen sind. Seltsam, irgendwie ist es, als seien wir lauter Ameisen, die ihre Arbeit zwar im selben Staat verrichten, aber trotzdem völlig anonym bleiben.

»Zu Anfang meines Studiums haben sich noch ein paar der Mädchen ab und zu bei mir gemeldet – wenn auch vielleicht nur, damit sie überall herumerzählen konnten, dass sie mit der besten Freundin des ertrunkenen Mädchens in Verbindung stehen.«

»Dann hast du also keinen von den Jungs noch mal gesehen? Ich dachte, dass sie immer noch in Brisbane wären.«

Plötzlich kann ich unsere alten Kumpels deutlich vor mir sehen, wie sie am Strand herumgealbert haben und nach unserer anfänglichen Suche in den Dünen mit dem T-Shirt der verschwundenen Kate zurückgekommen sind.

»Einmal dachte ich, ich hätte einen mittlerweile kahlen Dan im Pub gesehen, aber er hat einfach durch mich hindurchgesehen, als nähme er mich gar nicht wahr.« Ich verlasse meinen Stuhl, setze mich auf einen Schattenplatz im Gras und zupfe ein paar Halme heraus. »Einmal habe ich Kates Mum im Supermarkt gesehen – vor unge-

fähr zwei Jahren.« Als ich diese Worte sage, überrascht es mich, dass man mir den Kloß in meinem Hals nicht anzuhören scheint.

Jack sieht mich an, als wolle er noch mehr aus mir herausquetschen. »Natürlich bin ich sofort abgetaucht. Ich hätte es nicht über mich gebracht, sie anzusprechen. Sie sah furchtbar zerbrechlich aus.«

Jack legt eine neuerliche Arbeitspause ein und hockt sich vor mich auf den Boden.

»Aber ich bin ihr heimlich hinterhergeschlichen … bis zu ihrem Wagen.«

»Und?«, fragt Jack, steht auf und reckt die Arme in die Luft. Dabei rutscht sein T-Shirt hoch. Eilig wende ich mich ab. Wodurch erst offensichtlich wird, dass ich mich zwingen muss, nicht hinzusehen.

Jack setzt ein müdes Lächeln auf. »Dann hast du also nicht mit ihr gesprochen, sondern sie heimlich wie eine Stalkerin verfolgt?«

»So in etwa«, räume ich mit einem leicht verlegenen Achselzucken ein. Hätte ich das Thema vielleicht nicht so früh anschneiden sollen? Hatte mich vielleicht die trügerische Nähe zu dem Jungen, den ich mal gekannt habe, dazu gebracht?

Jack gibt seine Gartenarbeit auf und blickt in Richtung seines Sohns, der fröhlich seine Spielzeugautos auf dem Weg aufreiht.

»Sie hat dich immer noch in ihrem Bann, nicht wahr?« Er sieht mich forschend an und fährt, obwohl er sehen muss, wie entsetzt ich bin, mit ruhiger Stimme fort.

Bitte fang nicht noch mal davon an.

»Ich meine, durch das Wiedersehen mit dir sind auch bei mir sehr viele Dinge wieder hochgekommen«, gibt

er zu. »Aber du bist nie von hier weg, und mir kommt es so vor, als ließe die Vergangenheit dich immer noch nicht los.«

»Wie kommst du denn auf die Idee?«, stoße ich mit rauer Stimme aus.

Er sieht mich reglos an. Seine Lippen bilden einen schmalen Strich, bevor er sagt: »Dein sicheres Singledasein, deine Tätigkeit als Wonder Woman …«

Ich funkele ihn zornig an. »Danke für die Gratisanalyse, Dr. Freud, aber ich habe nicht darum gebeten, dass du meine Seele auseinandernimmst.«

Ich stehe auf und wische schlecht gelaunt das Gras von meinen Händen ab. Plötzlich komme ich mir hoffnungslos verloren vor. Ich will davon stürmen, aber in meinem Inneren wogt plötzlich heißer Ärger auf. Und noch während sich in meinem Kopf die Worte bilden, brechen sie bereits aus mir heraus: »Du denkst also, weil ich kein schickes Restaurant betreibe, nicht mit Immobilien handele und keine verfluchte Bilderbuchfamilie aufzuweisen habe, wäre ich ein einsamer und unglücklicher Mensch, der über den Tod von seiner besten Freundin nie hinweggekommen ist.«

»Bilderbuchfamilie?«, hakt er lachend nach. »Dürfte ich dich wohl daran erinnern, dass ich seit der Aktion von deinem Bruder auf dem Sofa schlafen darf?«

»Du hättest noch viel Schlimmeres verdient.«

Jack zieht die Brauen hoch und folgt mit seinem Blick dem Vogelschwarm, der im abendlichen Dämmerlicht über die Häuser zieht. »Ich denke nur, dass du ein anderes Leben leben würdest, wenn sie nicht gestorben wäre. Du hättest das Zeug zu Größerem gehabt.«

»Und das habe ich einfach weggeworfen, um für einen

Hungerlohn im Krankenhaus zu arbeiten – und dort auch noch ausgerechnet in der Psychiatrie?«

Er sieht mich an, wendet sich aber wieder ab, als denke er eingehend über seine nächsten Worte nach, und sieht mich dann aus sanften, warmen Augen an. »Du kannst ihr nicht mehr helfen, Fray.«

Ich schüttele den Kopf. »Und wie kommst du darauf, dass ich das will? Wir teilen seit ein paar Monaten die Einfahrt, weiter nichts. Du hast doch keine Ahnung, wer ich bin.«

»Ich weiß, dass du nur dann gemein wirst, wenn du einen Streit verlierst. Ich weiß, dass du die Nase krausziehst, wenn du angetrunken bist. Ich weiß, dass du loyal bis zum Erbrechen bist und es als Verrat an Kate empfinden würdest, dein Leben in vollen Zügen zu genießen, während sie es nicht mehr kann.«

»Wohingegen du so locker damit umgehen kannst, dass du selbst der Mutter deines Sohnes jahrelang verschwiegen hast, was damals war. Gratuliere, Jack.« Während ich die nächste Handgranate zünde, höre ich, dass jemand durch das Tor kommt. Und dass Oliver sich umdreht.

Er läuft zu seiner Mutter.

»Hallo, Schatz. Sollte ich dich nicht vom Bahnhof abholen?«, fragt Jack.

»Aber jetzt bin ich zu Fuß gekommen.« Sie wuschelt dem Kind durch das Haar und scheucht es Richtung Haus. Mich behandelt sie wie Luft.

»Tut mir leid, falls ich gestört habe«, schiebt sie mit ausdrucksloser Stimme nach. »Ich habe Oli versprochen, dass wir zu *McDonald's* fahren, also machen wir uns besser langsam auf den Weg.«

»Ich wollte Pizza machen«, widerspricht ihr Jack. »Der Teig ist bereits fertig.«

»Ich lasse euch vielleicht besser allein«, murmele ich und wende mich zum Gehen.

»Nicht nötig«, faucht mich Sara an, bevor sie sich vor Oli hockt und ihm ins Ohr flüstert, dass sie gleich einen Ausflug mit ihm macht. Er strahlt bis über beide Ohren, als sie ihn ins Auto packt und, ohne Jack auch nur zu winken, rückwärts aus der Einfahrt schießt. Er wirkt erleichtert, als sie weg ist, aber als der Wagen auf die Straße biegt, verpasst er seinen leeren Plastikanzuchtplatten einen solchen Tritt, dass der gesamte Stapel quer über den dürren Rasen fliegt.

»Fray?«, hält er mich auf, als ich im Haus verschwinden will. »Das Leben ist erschreckend kurz. Ich denke, dass du sie besuchen solltest. Finde raus, wo Mrs Shepherd wohnt, fahr hin und sprich mit ihr.« Als er die Handschuhe auszieht und sich auf den Metallgriff seiner Schaufel stützt, kann ich die angespannten Muskeln seiner Oberarme sehen. »Denn es ist einfach krank, dass du dich vor der Frau versteckst.«

Der Vorschlag überrascht und ängstigt mich. »Und was soll das bringen? Ich fände es grausam, alle diese Dinge wieder aufzuwühlen.«

Und zwar nicht nur Kates Mum, sondern im selben Maß auch mir selbst gegenüber.

»Vielleicht kann sie dir ja ein paar Dinge erzählen, die du noch nicht weißt. Zum Abschluss bringen, nennt ihr Psychofuzzis das.« Er sammelt sein Werkzeug und die leeren Plastikschalen ein. »Ich meine, damals haben sie versucht, uns zu beschützen. Weil wir Kinder waren. Noch bevor wir weggezogen sind, hat mein Dad schon

keine Zeitungen mehr gekauft, aus Angst, wir kämen mit den schmutzigen Details, die dort geschrieben standen, nicht zurecht.«

»Als hätten wir uns nicht noch viel schlimmere Dinge ausgemalt.«

In den Tagen, während sie verschwunden war, und in den Nächten, nachdem klar war, dass sie nicht mehr lebte, hatte ich, egal ob ich geschlafen hatte oder wach gewesen war, die schlimmsten Alpträume durchlebt. »Hast du dich je gefragt, ob wir es irgendwie hätten verhindern können?«

»Eine Zeitlang ging mir kaum was anderes durch den Kopf.«

Ich lehne mich gegen die Wand, gleite daran herab und lasse mich auf meine Knie fallen wie ein Kind. Das nagende Gefühl der Trauer breitet sich aus meinem Hals über meine Brust bis in die Tiefe meines Magens aus. So stark hatte ich sie schon seit Jahren nicht mehr empfunden. Aber das Gefühl ist mir sofort vertraut, als hätte es sich mir für alle Zeiten eingeprägt. In meinen Augen steigen Tränen auf, und ich versuche es mit den gewohnten Tricks, blicke in den Himmel auf, damit sie sich sammeln, statt mir über das Gesicht zu laufen, und bemühe mich, an etwas anderes zu denken, damit ich sie vielleicht doch noch unterdrücken kann.

Jack kommt auf mich zu und setzt sich so dicht neben mich, dass ich seinen Arm an meiner Schulter spüren kann. Ich hoffe, dass er irgendein Geräusch macht, das mein leises Schniefen übertönt. Aber er schweigt, als ginge es mir schneller wieder besser, ließe ich dem Unglück freien Lauf.

Ich schäme mich dafür, dass ich nach all der Zeit noch

immer derart stark empfinde. So, als wäre es ein Makel, dass ich niemals wirklich über den Verlust von Kate hinweggekommen bin. Weil sie schließlich nicht meine Tochter oder Schwester und noch nicht mal eine lebenslange Freundin von mir war. Ich habe sie ein knappes Jahr gekannt. Und auch wenn die Zeit mit ihr in höchstem Maße aufregend gewesen war, war es doch nur ein kurzer Ausschnitt eines ganzen Lebens.

Aber Jack hat recht. Sie in dieser Nacht zurückzulassen, hat meine Sicht des Lebens dauerhaft verändert, und auch wenn die Wunde im Verlauf der Zeit verheilt ist, tut die Narbe auch nach dreizehn Jahren noch weh. In einem Alter, in dem ich mich freudig in das Leben hätte stürzen sollen, habe ich gelernt, es zu ertragen. Denn es hat mir damals seine schlimmste Seite offenbart. Liegt es daran, dass ich in der Nähe war, als es geschah, an der tragischen Art, wie sie umgekommen war, oder an meinen Schuldgefühlen, dass ich diesen Schatten, der auf meiner Seele lastet, niemals losgeworden bin? Oder einfach daran, dass ich immer noch nicht weiß, was damals genau geschehen ist? Hatte sie ihren Tod geplant? Wollte sie tatsächlich einen endgültigen Schlussstrich ziehen, als sie praktisch nackt ins Wasser ging und dort im Nichts versank?

»Denkst du immer noch, dass sie sich umgebracht hat?« Diese Frage habe ich bisher immer nur mir selbst und niemals jemand anderem gestellt. Doch schließlich sitze ich jetzt plötzlich mit dem Mann zusammen, der sie als Letzter lebendig gesehen hat.

»Ich meine, absichtlich.« Ich bekomme einen trocknen Mund. »Ich habe all die Zeit gehofft, dass es ein Unfall war. Dann hätten wir keine Schuld gehabt. Aber

wenn sie es geplant hat, wenn sie sterben *wollte*, hätten wir versuchen können, ihr zu helfen. Wir hätten zuvor ihrer Mum erzählen können, was für einen Schwachsinn sie manchmal von sich gegeben hat.« Hatte sie sich wirklich so verhalten wie die lebensmüden Menschen, denen ich oft in der Klinik gegenübersaß? Ich erinnere mich daran, dass eine Dozentin an der Uni mal erzählt hat, Menschen, die sich umbringen wollten, wäre oft egal, wann sie es tun. Sie wären dem Leben gegenüber manchmal derart gleichgültig, dass es für sie noch nicht mal eine Rolle spielen würde, wann es endet. Dass der Selbstmord eine Waffe ist, die sie einsetzen können, wenn das Leben vollends unerträglich für sie wird.

Aber so war meine Freundin nicht gewesen. Sie hatte vor Lebenslust gesprüht.

»Sie hatte Probleme, Fray. Wie groß die waren, war mir damals nicht bewusst. Oder vielleicht wollte ich es mir und dir auch bloß nicht eingestehen. Ich war zu jung und zu naiv, um die Signale zu erkennen. Hätte ich das nur getan.«

»Hätten *wir* das nur getan.« Ich lege meine Hand auf seine Schulter, aber er schüttelt sie ab.

»Fang jetzt bloß nicht mit dem Psychoschwachsinn an, dass es nicht meine Schuld gewesen wäre. Denn ich weiß, dass es so war. Dumm gelaufen, wie man so schön sagt.«

Ich hatte mir immer lieber vorgestellt, dass es ein Unfall war. »Denkst du wirklich, dass sie einen endgültigen Schlussstrich unter alles ziehen wollte?« Der Gedanke war mir abgrundtief verhasst. »Ich meine, Selbstmord ist das Egoistischste, was ein Mensch machen kann. Die dauerhafte Lösung eines meistens nur vorübergehenden Problems.«

»Du hast gut reden«, murmelt Jack.

»Was soll das heißen?«, frage ich erbost. »Dass ich nicht weiß, in welch extremen Situationen Menschen manchmal sind? Das sehe ich bei meiner Arbeit jeden Tag. Nur bilde ich mir eben gerne ein, dass es immer einen Ausweg gibt.«

Er schaut mir ins Gesicht, und plötzlich sehe ich die Wunde, die Kate ihm zugefügt hat. Im Gegensatz zu meiner Wunde ist sie bisher nicht einmal vernarbt. Als sie verschwand, war ihm bewusst, wie schlecht es um sie stand. Doch er hatte mich vor dieser schrecklichen Erkenntnis schützen wollen und mir deshalb nie etwas davon gesagt.

»Sie war wie ein Feuerwerk«, erklärt er jetzt. »Dafür geschaffen, andere mit ihrem hellen Glanz zu blenden und dann zu verglühen.«

19

Zu vermieten

Mitchelton, Brisbane, 28. Dezember 2000

Seit meine beste Freundin nicht mehr da ist, gibt es für mich nur noch sie. Mein Zimmer ist ein Schrein, der ihr gewidmet ist. Die Vertiefungen in meinem Teppich von dem Stuhl, auf dem sie ungeduldig hin- und hergewippt ist, wenn ich lernen wollte, das riesige *Friends*-Poster, das ich von ihr bekommen habe, ihr Ersatzbikini, der noch bei mir liegt. Ich habe es nicht über mich gebracht, bei ihrer Mum zu klingeln und ihn ihr zurückzugeben. Aber was hätte sie jetzt auch noch damit gesollt? Plötzlich schnappe ich mir ihre Jacke, die über der Lehne meines Stuhls hängt, hebe sie vor mein Gesicht und denke daran, wie sie sie mir auf dem Weg vom Bahnhof überlassen hat, obwohl sie selbst gefroren hat. Begierig atme ich den Duft ihres Apfelshampoos ein, doch plötzlich kommt es mir so vor, als würde ich inmitten all der Dinge, die mich in dem Raum an sie erinnern, untergehen.

»Warum muss es immer nur um dich gehen?«, schreie ich die Wände an und schleudere ihre Jacke fort. Aus dem Zimmer meines Bruders schallt noch immer *Teenage Dirtbag*, er hört es wieder und wieder. Wütend stapfe ich über die Hintertreppe bis zu seiner Räuberhöhle, platze durch die Tür – was ich sonst niemals tue, ohne vorher anzuklopfen, seit ich einmal mitbekommen habe, was er treibt, wenn er

alleine ist –, trete vor den CD-Player und schnappe mir die *Wheatus*-Single, die mir schon seit Tagen auf die Nerven geht. Mein Bruder ist ein solcher Loser. Zornig trampele ich mit all meinem Gewicht auf der CD herum, bis sie unter meinen Schuhen zerspringt. Ich gehe sicher davon aus, dass er einen Wutanfall bekommt. Doch er starrt mich einfach reglos an.

»Was ist bloß mit dir los? Sie war meine Freundin!«, schreie ich ihn an.

Meine zornigen Worte dringen in das grüblerische Innenleben meines Bruders nicht vor. Ich lasse mich erschöpft auf den Rand seiner Matratze fallen und starre auf das Unkraut, das draußen zwischen den Steinen wächst. Unser Schwimmbecken sieht wie eine mit Laub bedeckte Jauchegrube aus.

Plötzlich muss ich all die Bildfetzen, die mir durch den Kopf schießen, irgendwie zusammenkriegen, um herauszufinden, welche der Geschichten, die sie mir erzählt hat, wahr gewesen sind.

»Hast du Spanner sie tatsächlich mal beobachtet, als sie sich im Freibad umgezogen hat?«

»Wie bitte?« Ben richtet sich kurz auf, bevor er abermals in sich zusammensackt. »Ich wünschte mir, es wäre so gewesen.«

Zornig stürme ich wieder nach oben in mein eigenes Zimmer. Dieser Blödian zeigt nicht mal eine Reaktion, wenn man ihn provoziert. Weil in seinem Innern ein emotionales Vakuum herrscht. Worauf ich fast ein bisschen neidisch bin.

Ich schnappe mir mein Schwimmzeug, denn wenn ich im Freibad meine Bahnen ziehe, lenkt mich das ja vielleicht etwas ab.

»Wo willst du hin, Schätzchen?«, ruft meine Mutter aus

der Küche, wo sie gerade nach den Innereien eines Hähnchens gräbt.

»Nur ins Schwimmbad«, murmele ich. Inzwischen habe ich gelernt, mit möglichst knappen Worten das zu sagen, was sie hören will. Doch ich habe kaum die Haustür aufgezogen, als sie hinter mir erscheint und ihre Hände sorgfältig mit dem Geschirrtuch trockenwischt.

»Er wird nicht dort sein, Schatz.«

»Ich weiß.« Weil mir der geflochtene Träger meiner Tasche in die Schulter schneidet, nehme ich sie in die Hand. »Die Shaws sind noch bis Samstag weg.«

»Genau, Schätzchen«, meint Mum. »Wobei ich glaube, dass Jack vielleicht gar nicht wiederkommt.« Sie verschränkt die bleichen Arme vor der Brust, wie sie es immer macht, wenn sie nicht weiterweiß.

Verwundert drehe ich mich zu ihr um.

»Er ist noch in Townsville, aber seine Eltern sind schon wieder da. Weil sie das Haus ausräumen wollen, um es zu vermieten.«

»Zu vermieten?«, frage ich und habe das Gefühl, als hätte jemand mir ein Messer in den Hals gerammt. »Weil sie von hier wegziehen wollen? Du lügst! Weil du nicht willst, dass ich ihn treffe, stimmt's?«

Meine Tasche und mein ganzes Leben krachen auf den Boden.

Meine Mutter schafft es nicht, mir ins Gesicht zu sehen. »Ich weiß, das ist nicht leicht für dich, Schätzchen«, stellt sie mit leiser Stimme fest, während sie das Geschirrtuch ordentlich zusammenlegt.

»Nicht leicht? Mein Leben geht den Bach hinunter, und ihr alle seid verrückt, euch einzubilden, wenn er von hier verschwindet, würde alles wieder gut.«

»Liebling, an der Uni fängt für dich ein völlig neues Leben an. Vielleicht hättet ihr euch jetzt, da ihr nicht mehr zusammen in die Schule geht, ja sowieso kaum noch gesehen. Du wirst andere nette Freunde finden, mit denen du viel mehr Gemeinsamkeiten hast.«

»Mehr als ein ganzes Leben?«, frage ich. »Kennst du nicht auch Jacks Mum – die deine beste Freundin ist – schon, seit du sieben warst?«

»Nun, ja, wobei …«

»Wobei?« Auf einmal wird mir klar, dass Mum im Gegensatz zu mir kein Problem damit zu haben scheint, ihre beste Freundin zu verlieren. Doch wie kann das sein?

»Ich bin mir nicht sicher, ob wir noch groß miteinander reden.« Traurig legt sie das Geschirrtuch aufs Geländer der Veranda und streckt ihre Arme nach mir aus. »Gegen Jack wird immer noch ermittelt.«

»Was? Aber sie ist ertrunken.«

»Nun, so einfach ist das nicht. Die Untersuchungen sind noch nicht abgeschlossen, Schatz, und ich will nicht, dass du da mit reingezogen wirst.«

Ich mache mich von meiner Mutter los. Das kann nicht sein. Er hat ihr nichts getan.

»Obwohl du ihn kennst, seit er ein Baby war, denkst du allen Ernstes, dass er Kate ermordet hat? Denkst du etwa, er hätte sie erwürgt und ihre Leiche dann im Meer entsorgt?«

Sie wendet sich ab, schließt ihre Augen, und ich schäme mich für sie. »Du bist ja ein tolles Vorbild!«, schreie ich. »Du hast nicht einmal den Mumm, es zuzugeben! Aber warst nicht du diejenige, die mir immer Loyalität gepredigt und immer behauptet hat, dass Freundschaft wichtiger als alles andere ist? Und dass man seinem Instinkt vertrauen soll?«

Ihre Unterlippe zittert, während ihre Miene wie ein Wasserball, der gegen einen Felsen prallt, in sich zusammenfällt.

»Vielleicht habe ich ihm ja sogar geholfen«, streue ich noch Salz in ihre Wunde. »Um die heiße Blondine endlich loszuwerden – damit ich ihn ganz für mich alleine haben kann?«

»Red doch keinen Unsinn!«

»Warum sollte das größerer Unsinn sein als das, was du anscheinend denkst?«

Meine Gedanken überschlagen sich. Ich muss so schnell wie möglich mit ihm reden. Weil er sicher denkt, ich würde diesen Schwachsinn glauben, den mir Mum da gerade erzählt.

»Du hast doch keine Ahnung, was passiert ist!«, heule ich. »Er hätte ihr niemals auch nur ein Haar gekrümmt!«

Mum wird kreidebleich, ihre Augen werden glasig, und sie wirft sich zitternd beide Hände vor den Mund. »Frankie, ich weiß, du hast gedacht, die Gefühle, die du für Jackson hattest, wären echt.«

Hattest? Sie spricht in der Vergangenheit. Ich hasse diesen herablassenden Ton. Als wäre das, was ich für Jack empfinde, eine bloße Schwärmerei, und als wäre ich nicht reif genug, um zu erkennen, wie er wirklich ist. »Also bitte, du weißt genau, dass es nicht darum geht! Und du willst mir doch nicht einreden, dass du dir ernsthaft eingebildet hast, Jack hätte was damit zu tun, als du erfahren hast, dass sie verschwunden ist? Obwohl er nicht einmal der Vater ihres Kindes war?«

Verdammt.

Ich atme zischend ein und hoffe, durch die Luft würden die letzten Worte ausgewischt.

»Wie bitte?« Plötzlich hat Mums Stimme wieder den gewohnten scharfen Klang.

Ich kann deutlich spüren, dass mir eine heiße Röte in die Wangen schießt, und sie starrt mich mit großen, dunklen Augen an.

»Kate war schwanger?« Ihre Knie geben nach, und sie packt eilig das Geländer, um nicht umzufallen. »Warum wurde das mit keinem Wort erwähnt? Davon stand nichts in den Zeitungen. Weiß die Polizei etwas davon?«

Ich wende mich ab und streiche mit der Hand übers Geländer, als mein Magen sich zusammenzieht.

»Sag mir, dass du das bei der Vernehmung nicht verschwiegen hast ...«

Sie zwingt mich, ihr ins Gesicht zu sehen.

»Was hast du getan, Francesca?« Ihre Fingernägel graben sich in meine Schultern, und sie funkelt mich mit zornblitzenden Augen an. »Du hast die Polizei belogen? Oh, Frankie! Habe ich dir denn in all den Jahren nichts beigebracht? Du dummes Mädchen.« Ihre Nackenmuskeln spannen sich wie die einer Gewichtheberin an. Ich kann ihre Worte nicht verstehen, sondern nehme nur die Vibrationen ihrer Lippen wahr. Jedes Mal, wenn sie ein Wort betont, treffen kleine Speicheltropfen meine Wange. Dumm. Warum. Ehrlichkeit. Revier. Aussage.

Ich nehme alles nur verschwommen wahr.

»Er steckt hinter dieser Sache! Er hat seine schwangere Freundin ganz allein an einem menschenleeren Strand zurückgelassen. Gibt es sonst noch etwas, was du mir verschwiegen hast?« Sie schüttelt mich, obwohl ich größer bin als sie, und ich fühle mich wie ein Roboter, als sei ich genetisch darauf programmiert, ihr zu gehorchen und zu tun, was sie mir sagt. Ihre Nägel graben sich noch tiefer in mein Fleisch.

Schließlich aber lässt sie von mir ab wie eine Ringerin beim Klang der Schlusssirene, lässt sich mit weit aufgerissenen Augen auf den Hocker neben unserem Telefontisch sinken und zerknüllt mit ihren Händen unbewusst den Stoff der Küchenschürze, die sie trägt. Jetzt ist es also raus. Es ist kein Geheimnis mehr. Nachdem der anfängliche Schock verflogen ist, empfinde ich eine ganz ähnliche Erleichterung, wie wenn man einen Sonnenbrand mit einem nassen Handtuch kühlt.

Wie in Zeitlupe klappt Mum die Augen zu und atmet schnaubend wie ein Bulle aus. »Ich hätte nie gedacht, dass du so naiv bist, Frankie.«

In meinem Hals steigt der Geschmack von Galle auf.

Stille legt sich über uns, wie kurz vor einem Sturm, und bei dem Gedanken, wie es weitergehen soll, breche ich abermals in Panik aus.

»Du wirst damit zur Polizei gehen«, stellt meine Mutter nüchtern fest. »Ich bringe dich gleich morgen früh als Allererstes aufs Revier. Denn die Polizei und ihre Eltern haben es verdient zu hören, was du mir gebeichtet hast!«

»Nein.« Es reicht. »Ich werde alles abstreiten, wenn du mich zwingst, zur Polizei zu gehen!«

Mum steht auf, streicht mit den Fingerspitzen über ihre Brauen und läuft vor mir auf und ab. »Dann wirst du, wenn es rauskommt, wegen Beihilfe belangt. Du musst deine Aussage zurückziehen. Komm doch bitte zur Vernunft!« Ihre Stimme klingt so angewidert, dass ich eine Gänsehaut bekomme, und als sie erneut die Hand auf meine Schulter legt, schreit jede Faser meines Körpers, dass sie mich nicht anrühren soll.

»Ich habe die Nummer von diesem Polizisten.« Wieder wischt sie sich die Braue ab und atmet auf, als wäre plötzlich alles wieder gut. »Ich werde morgen mit dir zu ihm fahren, damit du diese Sache richtigstellen kannst.«

»Du kannst nicht mehr über mich bestimmen, Mum. Ich bin nicht du! Das ist mein Leben, und du kannst mich nicht zwingen, all das Zeug zu tun, das du vielleicht gerne getan hättest, als du in meinem Alter warst. Mein Leben gehört mir.« Plötzlich brechen all die Sätze, die ich während unserer Streitereien in den letzten Jahren hatte unterdrücken müssen, weil ich nicht den Mumm besessen hatte, sie ihr ins Gesicht zu sagen, einfach so aus mir heraus.

»Wenn du nicht hingehst, werde ich das tun«, klärt sie mich reglos auf, als hätte ich kein Wort gesagt.

Meine Panik nimmt noch zu. Was, wenn sie dann wirklich die Ermittlungen noch einmal aufnehmen?

»Du bluffst doch nur!«

»Was in Gottes Namen hast du dir dabei gedacht? Ich hätte nicht gedacht, dass dir dieser verantwortungslose Bursche wichtiger als deine eigene Zukunft ist.«

»Er ist mein Freund, ich kann ihm das nicht antun! Und selbst wenn es sein Kind gewesen wäre, hätte er Kate nie weh getan.«

»Francesca Hudson«, klärt mich meine Mutter mit stählerner Stimme auf. »Wenn du nicht tust, was ich dir sage, und die Sache geradebiegst, kannst du gucken, wo du bleibst!«

»Das ist keine echte Drohung, Mum. Weil ich es nämlich sowieso kaum noch erwarten kann, endlich hier raus zu sein.«

Als ich losstürze, ruft meine Mutter mir noch irgendetwas hinterher, doch ehe sie mich daran hindern kann, schwinge ich mich auf das Rennrad meines Bruders, das neben der Haustür lehnt, und rase die zwei Häuserblocks bis zum Haus der Shaws entlang.

Es sieht vollkommen unverändert aus. Ich kann kein Zu-

vermieten-Schild im Garten sehen – weshalb das alles offenbar ein Irrtum oder rundheraus gelogen war. Jack ist einfach vor dem ganzen Zirkus abgehauen und feiert Weihnachten bei seinen Großeltern. Er bleibt ganz sicher nicht für immer fort. Denn schließlich hat er sich hier an der Uni eingeschrieben, hat hier seine Band … und mich.

Erleichtert werfe ich mein Fahrrad auf den Weg vor seinem Haus, und dabei fällt mein Blick auf die Garagentür.

Auf der in roter Farbe MÖRDER steht!

Die Farbe ist verlaufen, und die Buchstaben sehen wie Wunden aus.

Jemand hat vergeblich versucht, das Schandmal zu entfernen, das M ist verblichen und verkratzt.

Aber mir hat dieses Wort sich wahrscheinlich für immer eingeprägt.

Ich hoffe nur, dass Jack von diesem grausamen und dummen Streich nichts mitbekommen hat.

Schließlich atme ich tief ein und klopfe an die Tür. Hinter den Backsteinwänden, zwischen denen sich jede Menge Lügen und Geheimnisse verbergen und in die auch unsere Geschichten der vergangenen zehn Jahre eingegangen sind, höre ich das Klappern von Geschirr. Packen sie tatsächlich ihre Sachen? Gehen sie womöglich wirklich wegen dieser Sache von hier fort?

»Tante Sharon?« Ängstlich klopfe ich noch einmal lauter an die Tür. »Jack?«

Ich balle meine Faust, um an das Holz zu trommeln, doch im selben Augenblick wird mir geöffnet, und Jacks Mum sieht mich mit müden Augen an.

»Ich fürchte, ich bin's nur, mein Schatz.« Sie hat eine staubbedeckte, viel zu große Schürze umgebunden und sieht damit wie ein kleiner Vogel aus. Ihr Blick fällt auf die bös-

artige Schmiererei an der Garagenwand, doch keine von uns beiden sagt etwas dazu.

»Ist es wahr?«, frage ich unglücklich. »Bleibt er für immer dort? Ohne mir vorher auch nur auf Wiedersehen zu sagen?«

Ihre hoffnungslose Miene und ihr Schweigen sagen bereits alles aus.

Tränen trüben meinen Blick und rinnen mir dann ungehindert über das Gesicht. Weil in meinem Inneren kein Platz für auch nur eine zusätzliche Träne und in meinem Kopf kein Raum für eine neuerliche Hiobsbotschaft ist. Es ist mir jetzt schon zu viel, und ich weiß nicht, wie ich diese Nachricht noch aufnehmen soll.

»Frankie, Schatz, er hätte dir sehr gern auf Wiedersehen gesagt und ist todunglücklich, weil das nicht möglich war. Aber du weißt auch, dass es das Beste ist, wenn er noch mal woanders ganz von vorn beginnen kann. Denn das alles hier« – sie zeigt auf die besudelte Garage – »ist für ihn und auch für uns in höchstem Maße ungesund.«

»Hat er denn gesagt, dass er das will? Habt ihr ihn überhaupt gefragt? Was ist mit der Uni?« Plötzlich habe ich eine Idee. »Vielleicht kann er ja bei uns wohnen, wenn du und Richard umziehen müsst.«

Sharon bittet mich herein, und ich erkenne, dass es nirgendwo im Haus noch irgendeine Spur ihrer Familie gibt. Die leeren Schränke sind geputzt, durch die offenen Türen dringt frische Luft herein, und nur ein heller Fleck an der Tapete zeigt mir noch, wo bisher das Familienfoto hing.

Ohne dass mich Sharon dazu aufgefordert hätte, laufe ich den Flur hinab. Früher hatten wir die Stufen bis nach oben in die Küche abends immer extra abgezählt, um nicht auf die Stufe zu geraten, deren Quietschen uns verraten hätte,

wenn wir nach dem Schlafengehen noch einmal heimlich losgeschlichen sind, um uns aus dem Kühlschrank eine Limo oder irgendwelche anderen Leckereien zu holen.

Ich gehe hinunter in sein Zimmer, aber von dem Durcheinander, das dort immer herrschte, ist nichts mehr zu sehen. Auch das *Doors*-Poster ist weg und überdeckt nicht mehr das Loch in der Wand, wo einmal eine Faust von Ben gelandet war. Später hatten wir dort immer irgendwelche Kleinigkeiten vor den Argusaugen seiner Mum versteckt.

Bei dem Stapel Kisten, die in einer Ecke stehen, kann ich auch Jacks Gitarrenkasten sehen.

Wenn er sogar seine Gitarre mitnimmt, kommt er offenbar tatsächlich nicht zurück.

Jemand kommt den Flur herunter, und im nächsten Augenblick tritt seine Mutter durch die Tür.

»Ich kapier' es einfach nicht. Ihr bringt ihn von allen seinen Freunden weg? Verlasst euer Haus, weil irgendwelche Leute ein paar dämliche Gerüchte streuen und irgendwer eure Garagenwand beschmiert?«

Während mein Magen sich vor lauter Zorn zusammenzieht, sieht Sharon mich durchdringend an. »Charlie hat dort oben einen Job, mit Mums Gesundheit geht's bergab, und davon abgesehen würde ich alles tun, damit mein Sohn nicht länger unter dieser furchtbaren Geschichte leiden muss.« Denn so zerbrechlich sie auch wirkt, ist sie in ihrem Inneren eine wirklich starke Frau. »Ich weiß, dass ihr euch immer nahestandet, aber ihr seid beide anständige Kids und werdet deshalb andere Freunde finden. Du wirst sehen.«

Doch jetzt sehe ich erst mal rot. Denn ich hasse es, das die Erwachsenen stets so tun, als wären unsere Leben, unsere Probleme und Beziehungen verglichen mit den ihren klein und unwichtig.

»Es muss ja nicht für immer sein, Frankie. Wenn die Aufregung sich erst einmal gelegt hat, können wir ja weitersehen.«

»Denkst du, das ist so leicht? Denkst du, dass sich Jacks Schmerz einfach in Luft auflösen wird, nur weil ihr hier die Segel streicht?«

Die Wärme ihres Blicks wird durch einen Ausdruck stählerner Entschlossenheit ersetzt. Zähneknirschend stößt sie aus: »Ich werde nicht zulassen, dass dieses Mädchen einen dauerhaften Einfluss auf das Leben meines Sohnes hat.«

Ich denke an mein eigenes sicheres, langweiliges Leben in der Zeit vor Kate zurück. Erst hat sie es verändert, einfach nur, indem sie meine Freundin war, und schließlich hat sie es zerstört, indem sie mich verlassen hat.

»Zu spät«, erkläre ich und wende mich zum Gehen. »Denn auch wenn dir das offenbar nicht passt, hat sie den auf jeden Fall.«

20

Drei Sekunden

Auf das kinder- und fast partnerinnenfreie Junggesellenwochenende hat sich Jack seit einer halben Ewigkeit gefreut. Dem Gelächter, das spät in der Nacht aus einem Taxi in der Einfahrt drang, zufolge war er erst mit ein paar Freunden unterwegs, bevor er heute Morgen in Begleitung seiner knackig braunen Surfkumpels mit seinem Board und einem Neoprenanzug ans Meer gefahren ist. Seit einer knappen halben Stunde ist er wieder da.

Sara ist mit Oliver bei irgendeiner Freundin, und ich nutze die Gelegenheit, mit dem Streichen meiner Rückwand fortzufahren, ohne irgendwelchen bösen Blicken oder nachbarschaftlichen Streitereien ausgesetzt zu sein.

Ich kann mich ganz auf meine Arbeit konzentrieren. Und auf Jack.

Es ist, als habe er den Lack von seiner Küche aus gerochen, denn kaum habe ich die Dose aufgemacht, kommt er angelaufen wie ein Hund, den man mit einem Knochen lockt.

»Kannst du nicht auf den Golfplatz fahren oder irgendwas bei dir zu Hause reparieren?«, frage ich, als er sein T-Shirt auszieht und sich einen Pinsel schnappt. »Wo sind denn deine Kumpels hin?«

»Von denen muss ich mich jetzt erst einmal erholen. Und vor allem sind die meisten echten Freunde, die ich

habe, gar nicht hier, sondern in Townsville. Und meine Kollegen von der Arbeit … tja, die sind im Restaurant. Also bleibst jetzt nur noch du. Kumpel.«

Im hellen Sonnenlicht kann ich den weißen Streifen sehen, dort, wo seine Badehose saß, und sein phänomenales Sixpack. Ich frage mich, woher er all die Muskeln hat. Schließlich läuft er normalerweise statt mit Hanteln eher mit einer Bierflasche oder mit einem Donut durch den Garten.

»Das nennst du vorbereitet?« Stirnrunzelnd betrachtet er die Wand, die von mir persönlich abgeschliffen worden ist.

»Auf jeden Fall. Und zwar in echter Handarbeit.«

»Womit du bei dieser winzigen Fläche sicher spätestens nach einer halben Stunde fertig warst. Denn bei deinem Spielzeughaus misst sicher keine Wand mehr als drei Quadratmeter.«

Er tritt vor eine Seitenwand und schwingt den Pinsel locker aus dem Handgelenk nach links und rechts.

»Du hast echt starke Hände. Kommt das, weil du täglich stundenlang in irgendwelchen Töpfen rührst?«

Statt auf meine Frage einzugehen, sieht er mich ungläubig an. »Also, Fray, warum schleichen sich hier morgens niemals heimlich irgendwelche Kerle aus dem Haus?«

»Die einzigen Kerle, die in letzter Zeit in meinem Haus gewesen sind, waren der Klempner, Ben und du«, kläre ich ihn lachend auf.

»Was eine furchtbare Vergeudung ist. Obwohl bei mir auf dem Gebiet im Augenblick auch nicht viel mehr passiert.«

»Hör auf.« Ich halte kurz im Streichen inne und verziehe grimmig das Gesicht. »Ich habe schon genug

Details aus deinem Schlafzimmer gehört und tausche ganz bestimmt nicht irgendwelche Frauengeschichten mit dir aus.«

»Dann willst du mir also nicht erzählen, wie du mit irgendwelchen Freundinnen, die nicht nur Männer mögen, wilde Kissenschlachten ausgetragen hast?«

»Selbst wenn ich die erlebt hätte, ganz sicher nicht.«

»In der Beziehung warst du immer schon extrem zurückhaltend. Ich weiß noch, wie du in der Elften kurz mit diesem Kerl zusammen warst – wie hieß er noch einmal?«

»Dillon«, räume ich erschaudernd ein.

»Dillon! Ja, genau. Auf den sind damals alle Mädels abgefahren. War ein bisschen älter und ging schon zur Uni oder so. Was ist da noch mal schiefgelaufen zwischen euch?«

Ich fange an zu husten. »Könntest du vielleicht das Thema wechseln? Weil ich sonst nicht weiterstreichen kann. Jedenfalls ist da gar nicht so viel zwischen uns gelaufen, wie du denkst.«

»Okay. Aber ich nehme an, dass es nach Dillon auch noch irgendwelche anderen Typen gab. Vielleicht diesen Mercedes-Kerl?«

»Was glaubst du wohl? Ich bin inzwischen schließlich keine siebzehn mehr.«

»Aber du warst immer schon ein bisschen … prüde.«

»Prüde?«, kreische ich und fuchtele mit meinem Pinsel vor seinem Gesicht herum. »Nur, weil ich in unserer Schulzeit nicht für jeden Kerl zu haben war?«

»Ich will damit nur sagen, dass bei dir niemals die Brüste aus den T-Shirts rausgequollen sind und du auch nie mit irgendwelchen Typen hinter dem Geräteschup-

pen rumgeknutscht hast oder so. Ich kann mir gar nicht vorstellen, dass du überhaupt schon mal richtig geflirtet hast.«

»Ich bin keine Nonne. Und wenn's sein muss, flirte ich durchaus.«

Jetzt spitzt er die Ohren und legt eine kurze Arbeitspause ein. »Also gut, was ist dein bester Anmachspruch?«

Ich funkele ihn zornig an. »Ich habe keine Anmachsprüche, sondern setze meine Augen ein.«

»Deine Augen?«

»Na, du weißt schon, der berühmte Dreisekundenblick.«

»Der Komm-rüber-Blick?«

»Nicht ganz. Der Dreisekundenblick, der mir verrät, ob es eine Verbindung zwischen mir und einem Typen gibt. Denn falls du es vergessen hast, verdiene ich schließlich mit der Beurteilung von Menschen meinen Lebensunterhalt.«

»Dann weißt du also nach drei Sekunden, was die meisten anderen erst erkennen, wenn sie irgendwann mit jemandem zusammenziehen?«

»Mach dich ruhig lustig über mich. Aber ich schwöre dir, es funktioniert.«

Er sieht mich reglos an. »Dann guck doch mal, was dieser Blick dir über uns beide verrät.«

Ich bekomme einen trockenen Hals. Vielleicht hat er recht. Ich bin ziemlich prüde und kann mit ihm über dieses Thema nicht sprechen.

»So einfach ist das nicht. Dieser Blick funktioniert nämlich nur, wenn bei mir ehrliches Interesse an dem Typen besteht«, erkläre ich und hoffe, dass das Thema damit abgeschlossen ist. Denn andere Tricks habe ich

nicht auf Lager. Weil ich flirttechnisch tatsächlich eine vollkommene Niete bin. Ich habe einfach zu viel Stolz und nicht genügend Mut, um diese Dinge aktiv anzugehen.

»Na vielen Dank.« Er klatscht den nächsten großen Farbklecks auf die Wand, streicht ihn sorgfältig mit seinem Pinsel glatt und sieht mich wieder an.

»Wie oft benutzt du diesen Dreisekundenblick?«

»Das kann dir doch wohl egal sein.« Sprich, so gut wie nie.

»Vielleicht solltest du ihn noch mal üben, falls er etwas eingerostet ist.« Ich erröte, und er sieht mich grinsend an. »Ich schätze also, dass du nicht die Art von Frau bist, die auf willkürlichen Sex und One-Night-Stands abfährt.«

»Und wozu macht mich das aus deiner Sicht? Zu einem *anständigen* Menschen oder was?«

»Ich hätte eher gedacht, das macht dich *scharf*, aber wenn du möchtest, bleib du ruhig bei deinem Wort«, gesteht er mir mit einem nachsichtigen Lächeln zu.

Ich verziehe das Gesicht. »Vielleicht dürfte ich dich noch einmal daran erinnern, dass ich keine Frauengespräche mit dir führen will.«

Er rollt mit den Augen, und ich komme mir wie eine fürchterliche Langweilerin vor.

»Tja, wir haben noch zwei Wände vor uns. Welche Themen wären dir also angenehm?«

»Die Streicherei.«

»Na super. Wollen wir vielleicht auch zusammen zusehen, wie die Farbe trocknet?«

Plötzlich fallen mir die vielen kleinen, blauen Pünktchen auf, die durch die Fuchtelei mit meinem Pinsel auf seinem Gesicht gelandet sind.

»Komm mal näher.« Eilig schnappe ich mir einen Lappen, wische den noch feuchten Lack von seinen Schläfen ab, drehe das Stofftuch um, befreie auch sein Ohr vom Blau und nehme meine Arbeit wieder auf. Jack taucht seinen Pinsel in die Dose mit der Farbe, zieht ihn wieder raus, schwenkt ihn nach links, und plötzlich ist mein Arm mit lauter kleinen blauen Flecken übersät.

»Oh, tut mir leid«, sagt er, sieht mich aber zugleich mit einem breiten Grinsen an. »Bist du sicher, dass du mir deinen berühmten Dreisekundenblick nicht doch noch zeigen willst?«

Ich rolle mit den Augen. Wenn ich es nicht tue, stehe ich wie der totale Lahmarsch da, und er wird mir, solange er hier wohnt, mit dieser Frage auf die Nerven gehen.

»Meinetwegen!«, schnaube ich, auch wenn das wahrscheinlich ein Riesenfehler ist.

Er hört auf zu streichen, stellt den Pinsel in die Dose und setzt eine ernste gespannte Miene auf. »Ich bin bereit.«

»Als Erstes musst du dafür sorgen, dass du diesem Typen möglichst nahe kommst …«

Er stemmt seine Hände in die Hüften, und ich schiebe mich so dicht an ihn heran, dass sich unsere Nasenspitzen fast berühren und ich die feinen Linien auf seinen Lippen sehen kann. »Dann suchst du den direkten Blickkontakt – nicht blinzeln«, warne ich, doch er hat seinen Blick gesenkt, weshalb ich ihm nicht in die Augen sehen kann. Dafür fallen mir wieder einmal seine übertrieben langen, beinahe mädchenhaften Wimpern auf.

Entschlossen lege ich die Hand unter sein Kinn, hebe seinen Kopf ein wenig an, starre auf die blauen Sprenkel in den grauen Augen und halte furchtsam den Atem an.

Was mache ich hier nur?

Ich bete, dass er nicht bemerkt, wie siedend heiß mir plötzlich ist, doch jetzt muss ich die Sache bis zum Ende durchziehen.

Ihm direkt in die Augen sehen und hoffen, dass die drei Sekunden irgendwie vorübergehen.

Plötzlich aber wendet Jack sich ab, weicht einen Schritt von mir zurück, stolpert über eine Farbschale, und ich atme erleichtert auf.

»Na, glaubst du mir jetzt, dass drei Sekunden reichen?«, stoße ich mit rauer Stimme aus und drücke ihm den Pinsel wieder in die Hand.

»Nee ...«, sagt er und zieht die Nase kraus. »Daran musst du noch ein bisschen arbeiten.«

Nach einem Augenblick verräterischer Stille gibt er mir den Pinsel wieder, und urplötzlich kommt mir dieses Spiel entsetzlich grausam vor.

»Du solltest langsam weiterstreichen.« Er wischt seine Hände kurz an einem Lappen ab, wirft ihn auf den Boden und zieht sich in seine Welt zurück. »Ich habe selbst noch ein paar Sachen zu erledigen, solange Oli weg ist«, erklärt er dem Rasen, und ich starre seinen Rücken an.

Er hat sich verdrückt.

Als wir zehn waren, haben wir geübt zu knutschen und uns dabei die Hände vor den Mund gehalten, damit unsere Lippen sich niemals berühren. Und wenn wir bei unseren Doktorspielen gegenseitig unseren Herzschlag oder unseren Puls ertastet haben, war das irgendwie verrucht, vor allem aber einfach amüsant.

Doch das eben hat sich völlig anders angefühlt.

Und deshalb flirte ich normalerweise nie.

21

Betrunkener Blödsinn

Meg – die immer schon ein Herz für herrenlose Streuner hatte – hat uns beide zum Abendessen eingeladen. Sara ist mit Oli angeblich bei einer Tante, deshalb brauche ich nicht zu befürchten, dass sie ebenfalls erscheint. Wobei ich mich inzwischen frage, ob sie sich seit ein paar Wochen absichtlich kaum noch zu Hause blicken lässt.

Der Duft von Holzkohle und irgendetwas Essbarem, der von der Veranda meiner Freundin durch die offenen Fenster meines Hauses weht, ist rundherum verführerisch. Hat sie etwa Paprika und Chili eingelegt? Diese Frau ist einfach sagenhaft – es überrascht mich, dass sie jemals auch nur Zeit zum Zähneputzen findet, ganz zu schweigen davon, dass sie neben ihrer ganzen anderen Arbeit noch für die einsame Freundin und für den verlassenen Nachbarn kocht.

Ich beäuge unglücklich den Inhalt meines Kleiderschranks und wünsche mir, ich hätte, statt mein Haus zu streichen, einen ausgedehnten Einkaufsbummel unternommen. Denn die Arbeitssachen, die paar Jeans und das Chiffonkleid, das ich mal als Brautjungfer getragen habe, sehen alle gleichermaßen schäbig aus. Na toll.

Als ich Jacks Schritte auf der Hintertreppe höre, werfe ich mich schnellstmöglich in eine bügelfreie Bluse, und

als er den Kopf durch meine Tür streckt, knöpfe ich sie eilig zu.

»Oh, Verzeihung.« Trotzdem bleibt er einfach stehen.

»Alles in Ordnung?«, frage ich.

»Die wichtigsten Körperteile waren schon bedeckt. Und davon abgesehen habe ich dich schließlich auch schon früher nackt gesehen«, fügt er hinzu, zieht aber seinen Kopf zurück.

»Als wir beide acht waren? Ich glaube nicht, dass das zählt.« Eilig schließe ich die Tür mit meinem Fuß.

»Sechzehn«, korrigiert er mich. »Bei der Bio-Exkursion. Weil man durch ein weißes T-Shirt, wenn es nass wird, schließlich alles sehen kann.«

Ich zwänge mich in eine Jeans und trete zu ihm in den Flur. »Davon wollten wir nie wieder sprechen, weißt du noch?«, erinnere ich ihn und ziehe meine Stiefel an.

»Ach ja. Entschuldigung.« Lächelnd öffnet er die Flasche Wein, die doch bestimmt als Gastgeschenk für Meg geplant gewesen war. »Findest du nicht auch, dass Schraubverschlüsse etwas wirklich Tolles sind?«

»Können wir nicht warten, bis wir drüben sind? Es ist unhöflich, die Flasche jetzt schon aufzumachen«, tadele ich.

»Ist schon okay. Denn dafür, dass sie ab und zu auf Oli aufpasst, habe ich Meg schon vor ein paar Tagen ein paar Flaschen Wein rübergebracht.«

Plötzlich fällt mir ein, dass der Elektriker am Nachmittag die neuen Sicherungen eingebaut hat, und ich zeige voller Stolz auf die Geräte, die auf meiner Arbeitsplatte stehen. »Inzwischen kann ich gleichzeitig den Toaster und den Wasserkessel anstellen, ohne dass die Sicherung rausfliegt. Probier es ruhig mal aus.«

Jack sieht mich fragend an, und ich gebe verlegen zu: »Auch wenn das offensichtlich keine allzu große Sache ist.«

Er legt mir eine Hand unter das Kinn und zwingt mich sanft, ihn anzusehen. »Das freut mich, Fray.«

Ich wende mich so schnell wie möglich wieder von ihm ab.

»Bei uns drüben ist die Elektrik immer noch total veraltet. Sara war es wichtiger, dass erst mal alles möglichst hübsch aussieht.« Jack nippt an seinem Glas, und plötzlich hat er wieder diesen wehmütigen Blick. Seit meinem blöden Scherz beim Streichen hat er sich verändert. Aber vielleicht flirtet er auch einfach gern ein bisschen, sobald Sara – wie seit ein paar Wochen praktisch jedes Wochenende – bei Verwandten oder Freunden ist.

»Los, lass uns nach drüben gehen, bevor die Flasche ganz leer ist.« Inzwischen habe ich auch meinen zweiten Stiefel an und scheuche ihn vors Haus.

Als wir etwas zu spät bei Meg erscheinen, winkt mich Jack die Treppe vor dem Eingang rauf und streift dabei mit seiner Hand mein Hinterteil. »Pfoten weg. Dies ist schließlich kein Date«, flüstere ich, als jemand an die Haustür kommt.

»Du hattest ein Stück Klebeband am Arsch.« Grinsend hält er mir ein Stückchen Kreppband hin.

»Oh.« Verlegen wende ich mich ab. Vielleicht bilde ich mir das alles ja nur ein …

»Hallo, ihr zwei. Na, standet ihr im Stau?«, scherzt Meg und zeigt auf ihre Uhr.

»Tut mir leid, dass wir zu spät sind«, sage ich.

»Fray hatte nichts zum Anziehen«, klärt Jack sie auf und verdreht die Augen.

»Ihr klingt wie ein altes Ehepaar«, lacht Meg, und während ich noch schmerzlich das Gesicht verziehe, führt sie uns bereits durchs Haus nach hinten auf die riesige Veranda und erklärt uns, dass die Kinder schon *The Clone Wars* gucken und deswegen nicht zu sehen sind.

Wie jedes Mal bin ich vollkommen überwältigt von dem hübschen Stahlgeländer und der herrlich restaurierten, alten Holzfassade ihres Hauses und nehme mir vor, dafür zu sorgen, dass mein eigenes, wesentlich bescheideneres Häuschen irgendwann in einem ebensolchen Glanz erstrahlen wird.

Als ich weiter in die Küche gehe, um dort den Salat zu machen, nehme ich, um nicht noch weiter hinter Jack zurückzufallen, mein Weinglas mit. Und während ich Tomaten schneide, tauschen Meg und Jack sich gut gelaunt über die besten Marinaden zu verschiedenen Fleischgerichten aus, und Jack füllt abermals sein Weinglas auf.

»He, mach langsam!«, rufe ich. »Ich will dich nachher nicht nach Hause tragen müssen.«

Ich höre, wie Megs Kinder (Klein, Mittel und Groß) im Spielzimmer darüber streiten, wer die ganzen Chips gegessen hat.

Eilig öffne ich die Ofentür, nehme das knusprig braune Brot heraus und ordne es auf einem Teller an. Die kühle Abendluft weht durch die offene Schiebetür, und Jack tritt vor den Heizpilz, der auf der Veranda steht.

Als ich das Brot nach draußen trage, reckt sich Jack, um an die Zündflamme des Pilzes zu gelangen, und der rechte Ärmel seines Hemdes spannt sich sichtlich über seinem Bizeps an. Gleichzeitig rutscht ihm das Hemd über den Bauch, und ich kann ein paar Zentimeter seines

Sixpacks und die dünne Haarlinie zwischen dem Nabel und dem Reißverschluss seiner Hose sehen.

Vor lauter Starren übersehe ich die Türschwelle, und Brot und Teller fliegen durch die Luft.

Erschrocken fahren die beiden anderen zu mir herum, und ich entschuldige mich wortreich für den Brot- und Scherbenhaufen, den ich auf der Veranda angerichtet habe.

Jack gesellt sich zu mir, um die Scherben einzusammeln, sieht mich dabei aber aus zusammengekniffenen Augen an und stellt ironisch fest: »Und du sagst, dass *ich* beim Wein ein bisschen langsam machen soll?«

Während er die Scherben in die Küche bringt, sieht mich auch meine Freundin von der Seite an und sagt: »Pass auf, Schätzchen.«

Der Ton ihrer Stimme sagt mir, dass sie damit nicht meine Füße meint.

Schließlich schneidet Meg das rosmaringewürzte Lamm in dicke Scheiben, die sie uns mit Kräuter-Knoblauch-Folienkartoffeln und mit Maiskolben serviert. Ich bewundere sie dafür, dass sie bei diesem schlichten, aber eleganten Essen auf dezente, würdevolle Art auch ihren Mann vertritt. Weil Mitch vor lauter Arbeit kaum jemals zu Hause ist. Aber ihr »Pass auf, Schätzchen« hat mich geärgert. Hat sie wirklich ein so schlechtes Bild von mir, dass sie befürchtet, ich könnte womöglich eine glückliche Familie zerstören?

Für gewöhnlich stellen die Leute nach dem Essen auch das Trinken langsam ein, doch Jack kippt weiter ein Glas nach dem anderen in sich hinein.

Weswegen es nicht lange dauert, bis die Sprache darauf kommt, dass Sara anfangs keine Ahnung hatte, dass wir

zwei uns bereits kennen, seit wir kleine Kinder waren. Worauf Meg erzählt, sie selbst sei vor Jahren mal von einem Abendessen heimgekommen, und erst da hätte ihr Mitch gebeichtet, dass er während seines Studiums einmal kurz mit der Gastgeberin zusammen war.

»Ich kann also verstehen, wenn sie verletzt war und sich ziemlich dämlich vorgekommen ist, weil ihr zwei sie wochenlang im Dunkeln habt tappen lassen. Wahrscheinlich lässt sie dich seither am ausgestreckten Arm verhungern, oder, Jack?«

»Auf jeden Fall. Seither campiere ich nachts auf der Couch und schlafe nur in meinem eigenen Bett, wenn sie mal nicht zu Hause ist.«

Meg legt eine Hand auf seine Schulter und schenkt ihm eilig nach. »Das klingt nicht gut, Jacko. Aber wenn man Kinder hat, muss man versuchen, diese Dürrephasen irgendwie zu überstehen. Dein Ding fällt schließlich nicht gleich ab, wenn es mal eine Zeitlang nicht zum Einsatz kommt. Frag Mitch.«

Weil ich nicht noch mehr Details aus dem Intimleben der beiden hören will, trage ich die Teller in die Küche und spüle sie kurz mit kaltem Wasser ab. Da mir jedoch von all dem Wein ein wenig schwindlig ist, beschließe ich, es dabei zu belassen und wieder hinauszugehen.

Wo das Gespräch abrupt verstummt.

Doch schließlich sieht mich Jack durchdringend an. »Du hast bisher mit keinem Wort erwähnt, dass du einmal verlobt warst.«

Ich werfe einen Blick auf Meg, und lächelnd stellt sie fest: »Oh, gut. Dann bin ich also nicht die Einzige, der sie nichts von dem Kerl erzählt.«

Kaum kehre ich den beiden also den Rücken zu, ver-

bünden sie sich gegen mich. Jack, die Stütze meiner Kindheit, sowie meine neue beste Freundin Meg.

»Die Betonung liegt dabei auf *war*.«

Meg und Jack drängen auf schmutzige Details, und ich weiß einfach nicht, wie ich mich wehren soll. Plötzlich wogt in meinem Inneren ein Gefühl des Ärgers auf. Selbst in meinem angetrunkenen Zustand fühle ich mich unter Druck gesetzt. Ich weiß, sie meinen es nicht böse, aber trotzdem ist es an der Zeit, die Unterhaltung zu beenden, ehe dieser Abend noch ein schlechtes Ende nimmt. Widerstrebend dankt auch Jack Meg für die Gastfreundschaft, und mit dem Versprechen, sie und Mitch auch bald einmal in meiner Bude (entweder mit etwas vom Chinesen oder einer Riesenpizza) zu bewirten, wende ich mich schnellstmöglich zum Gehen.

Während ich vor meiner Haustür stehe und nach meinem Schlüssel suche, brabbelt Jack etwas in meinem Rücken, was ich nicht verstehen kann.

»Geh nach Hause, Jack«, befehle ich, als er sich wie ein herrenloser Hund auf meine Treppe setzt.

»Seltsam, wenn ich daran denke, dass du mal mit einem Kerl zusammen warst, den ich gar nicht kenne«, stellt er fest. »Ich meine, schließlich kannte ich in unserer Schulzeit alle Typen, denen du jemals begegnet bist. Und jetzt finde ich plötzlich raus, dass du einmal mit einem Mann, den ich noch nie gesehen habe, verlobt gewesen bist. Habt ihr auch zusammen gewohnt?«, stößt er mit schwerer Zunge aus.

»Ja.« Ich öffne meine Tür und hoffe, dass ich schnell im Haus verschwinden kann. Denn schließlich habe ich Megs Warnung noch im Kopf.

Aber Jack hat offensichtlich andere Pläne, denn er rührt sich nicht vom Fleck. »Und was war er für ein Mensch?«

»Attraktiv. Charmant. Erfolgreich. Aber leider nicht der Richtige für mich.« Mir wird bewusst, dass das seinen Charakter sehr gut trifft. Wie gewöhnlich bringt mich Jack dazu, die Dinge klar zu sehen. Er trifft mit seinen Fragen immer noch genau ins Schwarze. »Du bist ihm sogar mal begegnet. Er war sauer, weil du wolltest, dass er seine blöde Karre an die Seite fährt.«

Es dauert einen Augenblick, bis ihm ein Licht aufgeht. »Der Typ mit dem Mercedes?«, schreit er laut. Anscheinend hat er auch heutzutage, wenn er betrunken ist, noch immer keinerlei Gespür für Lautstärke. Während ich mich zu ihm auf die Treppe setze, lehnt er seinen Kopf an das Geländer und blickt in den sternenübersäten Himmel auf.

»Bitte werde jetzt nicht sauer«, sagt er mit einem halben Lachen. »Aber irgendwie dachte ich immer, du und Kate … du weißt schon.«

Ich falle aus allen Wolken. »Was? *Was* soll mit uns gewesen sein?«

»Nun, ihr standet euch immer so furchtbar nahe. Ständig habt ihr beieinander übernachtet und sogar in einem Bett gepennt.«

»Das hättest du wohl gern gehabt.«

Ich schubse ihn mit meinem Stiefel von der Treppe, und während er halb betrunken heimwärts torkelt, stößt er lachend aus: »Das wäre was gewesen.«

»Nacht, Jack.«

Eilig steige ich aus meinen Klamotten, ziehe, ohne noch einmal aufs Klo zu gehen – obwohl ich weiß, dass ich dann in den frühen Morgenstunden aufstehen muss –, mein letztes sauberes Nachthemd über meinen Kopf und werfe mich ermattet auf mein ungemachtes Bett. Mir ist schwindlig von dem vielen Wein und den Geschehnissen des Abends, und noch während ich mich frage, ob ich wirklich einen ganzen Teller voller Brot quer über Megs Veranda habe fliegen lassen, fallen mir bereits die Augen zu.

***

Mitten in der Nacht reißt ein Geräusch mich aus dem Schlaf. Ich sage mir, dass sicher einfach eine Beutelratte auf dem Dach herumläuft oder irgendwelche Fledermäuse um die grünen Mangos streiten, bis mir klarwird, dass jemand mit kleinen Steinchen auf die Jalousien vor meinem Küchenfenster zielt.

»Fraaayyy?«, brüllt Jack mit schwerer Zunge hinter meinem Haus. »Du kannst mich doch nicht so verarschen. Dieser Streich, den du mir vor ein paar Tagen gespielt hast. Mit dem Dreisekundenblick. Ach, Francesca, kannst du wirklich derart grausam sein?«

Na toll. Anscheinend hat er sein Besäufnis in der Einsamkeit seiner vier Wände fortgesetzt. Aber warum zum Teufel nennt er mich Francesca?

Ich kann sein Gebrüll nicht endlos ignorieren, und mit müden Augen blicke ich durch meine Hintertür. »Also bitte, Jack, es ist drei Uhr morgens. Was ist los? Hast du dich schon wieder ausgesperrt? Den Schlüssel, den ich hier für dich verwahren sollte, habe ich dir schon beim letzten Mal zurückgegeben.«

Ich luge durch den schmalen Spalt in meiner Tür, doch plötzlich schiebt er einen seiner Riesenfüße in die Lücke, hebelt meine Tür ganz auf und kommt ins Haus. Er hat eine halbleere Flasche in der Hand, und ich kann seinen Whiskeyatem riechen, als er mit mir spricht.

Er tastet nach dem Lichtschalter, und als es plötzlich hell wird, fällt mir auf, dass das letzte saubere Nachthemd mein gutes, schwarzes Spitzennachthemd war, das bisher noch niemand zu Gesicht bekommen hat. Er reißt die Augen auf, als er mich in diesem ungewöhnlich aufreizenden Aufzug sieht.

»Du bist echt gemein zu mir. Total gemein!«, lallt er und scheucht ein paar imaginäre Fliegen fort. »Warum quälst du mich nur so, indem du *so was* trägst?«

Eilig vergewissere ich mich, dass mein Nachthemd die wichtigsten Körperteile hinlänglich bedeckt.

»Um diese Uhrzeit habe ich bestimmt nicht mit Besuch gerechnet«, erkläre ich ihm böse und verschränke meine Arme vor der Brust. Ich habe einen fürchterlichen Kater und bin zugleich sauer wegen der nächtlichen Störung.

»Dieser gemeine Trick, als wir dein Haus gestrichen haben, Fray – damit hast du mich total verwirrt.«

Ich weiß, wovon er spricht. Von meinem Dreisekundenblick. Jetzt gibt er also endlich zu, dass er genau wie ich davon nicht völlig unberührt geblieben ist.

»Das ist deine eigene Schuld. Denn nachdem du behauptet hast, dass ich nicht flirten kann, hatte ich keine andere Wahl. Aber trotzdem habe ich nur Spaß gemacht. Ich hätte nicht erwartet, dass …«

»Dass er *funktioniert*? Verdammt, er hat sogar ganz ausgezeichnet funktioniert. Er hat mich wachgerüttelt,

und seitdem gehst du mir einfach nicht mehr aus dem Kopf.«

»Du bist mir an dem Nachmittag einfach wahnsinnig auf den Keks gegangen, Jack. Hast lauter wenig schmeichelhafte Dinge über mich gesagt, wie, dass ich eine Nonne wäre, ein asexuelles Wesen. Das hat mich echt getroffen.«

»Wenn ich mir nicht eingeredet hätte, dass du so was wie ein Neutrum für mich bist, wäre ich wahrscheinlich durchgedreht. Denn schließlich habe ich diese blöde Freundin am Hals, die mich nicht ausstehen kann. Und trotzdem sehe ich dich jeden Tag. Ich beobachte dich, wenn du deine Wäsche aufhängst, wenn du in der Küche sitzt und deinen Tee trinkst, und stelle mir vor, wie du wohl aussiehst, wenn du hinter den verdammten Milchglasfenstern deines Badezimmers stehst. Ich begehre dich schon seit dem ersten Tag, doch ich habe gelernt, damit zu leben, dass du mich noch nie so wolltest wie ich dich. Weißt du noch, der Abend, kurz bevor ich von hier weggezogen bin?«

»Jack!« O Gott, da haben wir's. Jetzt kommt alles raus.

Ich schüttele meinen Kopf, um richtig wach zu werden, und fange mit rauer Stimme an: »Ich konnte damals einfach nicht.«

»Erinner mich am besten nicht dran. Ich weiß noch ganz genau, was du zu mir gesagt hast. Und ich weiß auch noch, wie du mich dabei angesehen hast …«

Ich zucke zusammen, als mir klarwird, wie gemein ich damals zu ihm gewesen bin. Doch genauso schnell erinnere ich mich daran, dass er damals nicht mit mir, sondern mit Kate zusammen war. »Ich konnte an dem

Abend an nichts anderes denken als an Kate.« In dem Moment hatte nichts anderes für mich gezählt als meine abgrundtiefe Traurigkeit.

Die Erinnerung an meine Freundin hat mich schlagartig ernüchtert, und als er sich an der Wand hinab zu Boden gleiten lässt, setze ich mich seufzend neben ihn.

»Ich weiß. Aber ich hätte dich gebraucht. Hätte bei dem ganzen Elend einen kurzen Augenblick des Glücks gebraucht. Hätte wissen müssen, dass zwischen uns beiden weiter alles stimmt. Dass du nicht denkst …«

»Was? Dass du ihr etwas angetan hast?« Traurig schüttele ich den Kopf. »Das habe ich niemals gedacht. Damals nicht und heute nicht. Das denkt kein Mensch.«

»*Sie* schon.«

»Wer?« Ein kalter Schauder läuft durch meinen Körper. *Kate?*

»Sara. Nachdem sie herausgefunden hat, dass du und ich uns deutlich besser kennen, als ich anfangs zugegeben habe, war sie davon überzeugt, dass zwischen uns was läuft. Deshalb musste ich ihr alles sagen – um sie dazu zu bewegen, dass sie mir wieder vertraut.«

Was nichts Neues für mich ist. Denn schließlich habe ich so gut wie jedes Wort von ihren lauten Streitereien nach Bens Auftritt mitgekriegt.

»Das ist doch gut. Denn jetzt ist endlich alles raus.« Das hätte es bereits von Anfang an sein sollen.

»Sie denkt, ich hätte sie getötet. Auch wenn sie das nicht gesagt hat, sehe ich das ihren vorwurfsvollen Blicken deutlich an. Deshalb habe ich ihr nie etwas davon erzählt.«

Ich schließe meine Augen.

»Ich kann mir vorstellen, dass das furchtbar schmerz-

lich für dich ist, aber trotzdem solltest du versuchen, es aus ihrem Blickwinkel zu sehen. Du hast sie jahrelang im Dunkeln tappen lassen, deshalb weiß sie einfach nicht, ob sie dir noch vertrauen kann. Weil du ihr schließlich etwas Wichtiges verschwiegen hast.«

»Aber zu denken, dass ich jemanden getötet habe. Das ist doch vollkommen krank.«

»Du weißt doch gar nicht, ob sie das tatsächlich denkt. Sie hat wahrscheinlich einfach keine Ahnung, was sie glauben soll.«

»Sie hat es mir praktisch gesagt. Indem sie immer wieder irgendwelche Einzelheiten wissen will. Außerdem kann ich ihr deutlich ansehen, dass sie an mir zweifelt oder vielleicht sogar Angst hat, wenn wir zwei alleine sind. Sie wollte allen Ernstes von mir wissen, ob ich Kate erst vergewaltigt und dann Angst bekommen habe. Wie in aller Welt soll ich mit jemandem zusammenleben, der mir zutraut, einer Frau das denkbar Schlimmste anzutun?«

Wieder mache ich die Augen zu, weil jeder seiner Atemzüge, jedes seiner Worte einen Schauder über meinen Rücken jagt.

Müde lehnt er seinen Kopf an meiner Schulter an. Ich hatte gedacht, ich hätte alles mitbekommen, wenn sie nebenan gestritten hatten und sie ihm damit gedroht hatte, ihn zu verlassen, wenn er jemals auch nur wieder ein Wort mit mir spräche. Dass es so schlimm ist, hätte ich niemals auch nur vermutet. Denn als Mutter seines Kindes musste sie doch irgendwann das Licht in seiner Seele gesehen haben und deswegen wissen, dass er niemals in der Lage wäre, einem anderen Menschen derart weh zu tun.

Sein glühend heißer Kopf gleitet von meiner Schulter über meinen Hals an meine Brust. Er ist ein betrunkener, verzweifelter, gebrochener Mann, und als er mir die Hände um die Taille legt, erschaudere ich, wenn ich mir vorstelle, wozu das hier führen könnte.

Er schiebt einen Finger unter einen der Spaghettiträger meines Nachthemds, zieht ihn über meinen Arm, streichelt meine Schulter, sieht mich fragend an und bahnt sich küssend einen Weg in Richtung meines Busens, während seine Hand sich zwischen meine Oberschenkel schiebt.

Ich spüre sein Haar an meiner Brust und seinen Mund an meinem Schlüsselbein und schäme mich für meine Reaktion. Denn obwohl wir beide hoffnungslos betrunken sind und mir bewusst ist, dass er in der Tiefe seines Herzens gar nicht mit mir zärtlich werden will, ruft seine Berührung schmerzliches Verlangen in mir wach.

Meine Gedanken überschlagen sich. Mein Jack, der stets der Fels in der Brandung für mich war, berührt mich endlich so, wie ich es mir seit Jahren erträumt hatte. Und ruft dadurch in mir den Wunsch nach noch größerer Nähe wach.

Doch als ich meine Augen wieder öffne, löst der Nebel des Verlangens sich auf.

Weil der neue Jack der Vater eines kleinen Jungen ist. Dem das Wohlergehen seines Sohnes mehr am Herzen liegt als das, was wir hier gerade tun. Der seine Familie retten und nicht endgültig zerstören will.

Wieder schließe ich die Augen, kämpfe gegen meine Glücksgefühle. Und denke daran, dass ich von Seamus auf dieselbe Weise hintergangen worden bin.

Denn Jack gehört – mal wieder – einer anderen.

Ich schiebe seine Hand von meiner Brust, halte sie fest

und lege meine andere Hand unter sein Kinn, damit er mir bei meinen Worten ins Gesicht sehen muss.

»Wir können sie dazu bringen, es zu verstehen, Jack.«

»Es hat keinen Zweck. Sie liebt mich nicht!«

Ich frage mich, woher diese Verzweiflung plötzlich kommt. Denn schließlich ging es ihm bei Meg noch gut. Wahrscheinlich ist er nur so unglücklich, weil er betrunken ist. »Vielleicht nicht, Jack, vielleicht kann sie das jetzt gerade nicht. Aber Oliver liebt dich auf jeden Fall.«

Bei der Erwähnung seines Sohns zieht er den Kopf zurück, als hätte ich mit diesem Namen einen Schalter bei ihm umgelegt. Als sei ihm mit einem Mal wieder bewusst, was wirklich wichtig für ihn ist.

Stirnrunzelnd lehnt er sich an die Wand, und plötzlich scheint ihm klarzuwerden, dass wir wie die kleinen Kinder auf dem Boden sitzen, denn entschlossen steht er auf und marschiert wortlos aus dem Haus.

Seine halbgeleerte Whiskeyflasche hat er auf dem Küchenboden liegenlassen, und ich überlege, ob ich vielleicht selbst ein Schlückchen daraus nehmen soll.

***

Am nächsten Vormittag beschließe ich, die Dinge endgültig mit Jack zu klären, bevor Sara wiederkommt. Damit es in Zukunft keine Missverständnisse mehr gibt.

Mit zwei Milchkaffee vom Bäcker an der Ecke gehe ich zu ihm hinüber und muss nicht mal klingeln, weil er seinen Schlüssel stecken lassen und die Tür nicht einmal richtig zugezogen hat.

Er liegt bäuchlings auf der Couch im Wohnzimmer, und Bear hat sich gemütlich neben seinen Beinen ausgestreckt.

Dieser elende Verräter. Offenbar bin ich die Einzige, die letzte Nacht allein geschlafen hat.

Ich frage mich, ob ich ihn seinen Rausch ausschlafen lassen und mich leise wieder aus dem Zimmer schleichen soll, als er sich plötzlich rührt. Anscheinend hat der Kaffeeduft ihn aufgeweckt.

»Hallo, Fremde«, grüßt er rau, während er sich die Augen reibt.

»Hi.« Mit einem Mal bin ich nervös.

Und beschließe, erst mal vorsichtig herauszufinden, ob er sich an die Geschehnisse auf meinem Küchenboden überhaupt erinnern kann.

»Du versuchst, herauszufinden, ob ich einen Filmriss hatte, oder?«, stöhnt er. »Nein, hatte ich nicht. Weil ich mich noch genau an jede Einzelheit erinnern kann.«

Zu meiner eigenen Überraschung ist mir das überhaupt nicht peinlich. Denn Jack soll mich schließlich so genau wie möglich kennen. Das wollte ich schließlich schon immer. Nur stand dieser Art des Kennenlernens immer irgendetwas im Weg. Eine tote Freundin. Dass er jahrelang nicht hier, sondern in Townsville war. Dass er dann mit einer fertigen Familie zurückgekommen ist.

»Es tut mir leid, Fray-Fray.« Einer seiner Arme baumelt von der Couch.

So, wie er das sagt, erinnert er mich daran, wie er angefangen hat, mich Fray zu nennen, weil das K für ihn als kleines Kind zu schwierig war.

Er liegt mit plattgedrücktem Haar, blutunterlaufenen Augen und von trockener Spucke überzogenen, aufgesprungenen Lippen da, und trotzdem finde ich ihn einfach wunderschön. Denn er ist meine Vergangenheit und meine Gegenwart.

»Downuus«, murmelt er mit schlaftrunkener Stimme, und ich runzele die Stirn.

»Erst weckst du mich um drei Uhr nachts, und jetzt soll ich dir auch noch *Donuts* holen?«

»Ich hab' welche *gekauft*«, lallt er. Wahrscheinlich, weil er immer noch nicht wieder völlig nüchtern ist. »Ich war noch spazieren, nachdem ich bei dir abgehauen bin.« Plötzlich richtet er sich auf, als habe er einen wichtigen Geistesblitz. »Wusstest du, dass der *7-Eleven* am Everton Park rund um die Uhr geöffnet hat?«

Ich nicke stumm.

»Und warum heißt er dann nicht *24/7*?«

Auf der Bank liegt wirklich eine große Tüte voller Donuts, die zum Teil zerdrückt und angebissen sind.

»Hier. Nimm dir. Schließlich habe ich mehr als genug gekauft.«

Er hat Donuts für mich besorgt. Er ist dafür betrunken bis zum Park marschiert. Doch dann fügt er hinzu: »Das sind Olis Lieblingsdonuts«, lässt sich wieder auf das Sofa fallen und schläft auf der Stelle wieder ein.

Oli.

Es versetzt mir einen Stich, als ich erkenne, was ich angerichtet habe.

Jack ist alles, was ich will, und ich habe ihn zurück nach Hause und zu dieser anderen Frau geschickt.

22

Möglichkeiten

Ein paar Stunden später kratze ich die abblätternde Farbe von den Fensterbänken meiner Küche, als sich plötzlich meine Nackenhaare sträuben, weil das Tor des Nachbargartens quietscht.

Sara ist zurück. In meinem Kopf erklingt die Titelmelodie von *Der Weiße Hai*.

Wie eine Diebin schleiche ich mich an der Seitenwand meines Hauses entlang, stoße mit dem Schienbein gegen meinen Wasserhahn und unterdrücke einen Schrei. Im selben Augenblick taucht Bear zum ersten Mal an diesem Tag in meiner Nähe auf, doch als er an mir schnuppert, scheuche ich ihn fort.

Als der Wagen durch die Einfahrt bis in die Garage fährt, erscheint in der Haustür ein zerzauster Jack, in dessen Gesicht ich selbst aus der Entfernung noch die Knitterfalten, die das Sofa darin hinterlassen hat, erkennen kann. Sara befreit Oliver aus seinem Kindersitz und geht mit ihm zum Haus. Als Jack sich zu ihr vorbeugt, um ihr einen Kuss zu geben, hebt sie abwehrend die Hände hoch, und ich kann deutlich sehen, wie er zusammenzuckt. Oli aber streckt die Arme nach ihm aus, ruft glücklich: »Daddy«, und sofort hellt sich die Miene seines Vaters wieder auf.

Ich stehe unter dem Vordach meines Hauses und

beschließe, dass genügend Zeit vergangen ist, um mich hineinzuflüchten. Dann aber bricht im Nachbarhaus erneut gedämpfter Streit aus, und Vater und Sohn fliehen nach draußen. Wieder presse ich den Rücken gegen meine Wand, damit mich niemand sieht, doch ohne auch nur aufzublicken, klemmt sich Jack den Roller seines Kindes unter einen Arm und marschiert den Bürgersteig hinab. Sein Kater ist offensichtlich leichter zu ertragen als seine Partnerin.

Ich ziehe mich ins Haus zurück, und meine Anspannung nimmt langsam ab. Während ich in meinem praktisch leeren Kühlschrank schaue, ob er irgendetwas Genießbares enthält, freue ich mich für die Jungs. Weil sie der Furie entkommen sind.

Plötzlich aber sind von draußen schnelle Schritte zu hören.

Anscheinend habe ich dieses Glück nicht.

Es klopft. Dann stürzt sich Sara jetzt also auf mich. Hat ihr Jack etwa von seinem nächtlichen Besuch bei mir erzählt? Schließlich konnte er es noch nie für sich behalten, wenn er irgendetwas verbrochen hat. Früher hat er mir immer erklärt, sein Äußeres müsse zu seinem Innenleben passen, sonst verliere er sein Gleichgewicht. Außerdem hat er seine Lektion bestimmt gelernt und enthält ihr nicht so schnell noch einmal etwas vor.

Langsam öffne ich die Tür und atme hörbar ein. Ihre schwarzen Haaransätze sind verschwunden, ihre langen Krallen leuchten wieder feuerrot, und sie hat kampfbereit die Arme vor der Brust verschränkt.

Doch vor allem ihr Gesichtsausdruck verrät mir, dass ich in der Scheiße stecke. Und zwar bis zum Hals.

Ich hatte gehofft, sie komme rundherum erholt und

gut gelaunt von ihrem Mädelswochenende heim und wolle jetzt vielleicht in aller Ruhe klären, wie ihre und Jacks Probleme in den Griff zu kriegen wären. Doch anscheinend ist sie in ihrem selbstgerechten Zorn nur noch bestärkt.

»Ich habe von eurem Abendessen gestern bei Meg gehört. Sag mir nur eins. Hast du mit ihm geschlafen?«

Gott sei Dank. Mit dieser Frage komme ich zurecht. »Was? Nein!« Doch noch während ich dies sage, wogen heiße Schuldgefühle in mir auf. Sie fischt im Trüben. Dann hat er ihr also nichts erzählt. »Wir waren bei Meg zum Abendessen eingeladen, Jack hat ziemlich viel getrunken, irgendwelches wirres Zeug geredet und ist dann nach Hause, weil er seinen Rausch ausschlafen wollte, bis ihr wiederkommt.«

Was auf keinen Fall gelogen war.

»Du musst mir jetzt endlich die Wahrheit sagen. Weil ich es ganz einfach wissen muss!«, fleht sie und greift sich an die Schläfe, wo ich ihre Ader pochen sehen kann.

»Ich habe nicht mit ihm geschlafen.«

In ihrem verzweifelten Bemühen, den Dingen auf den Grund zu gehen, tut sie mir fast leid. Ihr Selbsterhaltungstrieb zwingt diese argwöhnische Frau dazu, die Tatsachen herauszufinden, um die dazu passenden Gefühle zu entwickeln, ohne sich in Mutmaßungen und verkehrten Ängsten zu ergehen.

»Wie, nie?« Sie starrt mich durchdringend an.

Ich schüttele den Kopf. »Weder irgendwann in der Vergangenheit noch jetzt.«

Die Erleichterung ist Sara deutlich anzusehen. Die Eiskönigin schmilzt. Und auch wenn ich keine Ahnung habe, ob dieses Gefühl ein Zeichen ihrer Liebe oder ihres

Stolzes ist, lässt sie sich aufatmend auf meinen Rasen fallen und sieht mich aus tränenfeuchten Augen an.

»Weißt du, ich hatte gehofft, wir könnten hier noch einmal ganz von vorn anfangen. Ich finde es schrecklich, wenn Oli unsere ganzen Streitereien mitbekommt und mich ständig heulen sieht. Aber Jack hat mich belogen, seit wir in dieses verdammte Haus gezogen sind. In Bezug auf dich und diese Kate.« Kaum hat sie den Namen ausgesprochen, springt sie wieder auf und pikst mich zornbebend mit einer ihrer roten Krallen an. »Irgendetwas stimmt nicht, und ich werde alles dransetzen, um rauszufinden, was das ist.«

Damit zieht sie sich wütend wieder in ihr Kartenhaus zurück.

Und ich schließe die Tür vor dem furchtbaren Chaos, das mit dem Erscheinen der Familie in meinem Leben ausgebrochen ist.

***

Meine nassen Haare hinterlassen einen dunklen Fleck auf meinem Morgenrock, und während ich den Dampf von meinem Spiegel wische, nehme ich mir vor, in meinem Bad so bald wie möglich einen Abluftventilator einzubauen. Anscheinend hatte ich in letzter Zeit einfach zu viel damit zu tun, das Glück einer Familie zu zerstören, um mit der Renovierung meines Hauses fortzufahren. Es ist schon spät, deswegen hoffe ich, dass ich, entspannt von einem ausgedehnten Bad, gut einschlafen kann.

Plötzlich aber schlägt mein Magen einen Purzelbaum, denn jemand klopft an meine Hintertür. Hoffentlich nicht wieder Sara. Denn von unserem letzten Treffen habe ich mich immer noch nicht ganz erholt. Zwar habe

ich danach bereits mit Nudeln vor dem Fernseher gesessen, einen Film gesehen und ordentlich Körperpflege betrieben, aber trotzdem geht mir das Gespräch nicht aus dem Kopf. Denn irgendwie tut sie mir leid.

Wieder klopft es beinah zögerlich an meiner Tür.

Wenn Bear nicht plötzlich Finger hat, ist es wahrscheinlich Jack. Ich weiß nicht, ob ich fürchte oder hoffe, dass er aus demselben Grund wie letzte Nacht erschienen ist.

Er fragt mit belegter Stimme: »Darf ich reinkommen?«, und ich binde schnellstmöglich meinen Morgenmantel zu, hole tief Luft und mache auf.

Sein durchdringender Blick bringt mich aus dem Konzept. Nicht schon wieder.

»Sara schläft«, erklärt er, während er verstohlen über seine Schulter blickt.

Während mir ihr Name einen Stich versetzt, sieht er mich mit großen Augen an »Mit nassen Haaren siehst du jünger aus.«

Ich merke, wie ich erröte, und hülle mich möglichst fest in meinen Morgenrock.

Als er sieht, dass ich anscheinend gerade schlafen gehen will, kratzt er sich am Kopf. »Ich wollte nur kurz rüberkommen, um …«

»Jack.« Ich werfe hilflos meine Hände in die Luft, aber er fängt sie auf und hält sie fest.

»Hör mir bitte einfach zu.«

Er bewegt den Mund, aber ich kann nicht hören, was er sagt. Denn seine Hände sind so warm und stark und rau, dass ich beim besten Willen nicht mehr denken kann. Ich bekomme einen heißen Kopf, reiße mich los, sinke auf den Stuhl, der vor dem Frühstückstresen steht, und schiebe meine Finger unter mich.

Er nimmt mir gegenüber Platz, und wenigstens ist jetzt ein kleiner Abstand zwischen uns.

Wir starren uns an und fragen uns, wie wir in dieser Sackgasse gelandet sind.

»Es tut mir leid.« Er zieht eine Grimasse. »Das von gestern Abend. Das, was ich getan und zu dir gesagt habe.« Er muss schlucken, und ich sehe, wie sein Adamsapfel sich bewegt. »Das war einfach nicht angemessen. Ich hatte zu viel getrunken und habe nicht nachgedacht. Es war ein Fehler.«

Meine Lunge bläht sich auf. Das ist mir alles klar. Deswegen ist es völlig unnötig, dass er darüber spricht. Warum können wir nicht wieder so wie früher sein und nach einem Augenblick verlegenen Schweigens kurzerhand vergessen, was geschehen ist? Denn wir wissen beide, dass aus uns nie etwas werden kann.

Verdammt, wir haben es schließlich schon mal versucht, und danach kam ein Mensch nie mehr zurück.

Er sieht mich flehend an. »Du hast selbst gesagt, dass ich versuchen muss, mich irgendwie mit ihr zu arrangieren. Weil es dabei schließlich auch um Oli geht.«

Ich nicke stumm. Weil meiner Stimme nicht zu trauen ist.

Plötzlich blinzelt er, als schaue er ins helle Sonnenlicht. Obwohl er nur der Wahrheit ins Gesicht sehen muss.

Dann starrt er vor sich auf den Boden und fährt fort: »Ich werde versuchen, dir so gut wie möglich aus dem Weg zu gehen. Schließlich sind es nur noch ein paar Monate. Wir brauchen nur noch ein paar Kleinigkeiten zu verändern, dann verkaufen wir das Haus und hauen wieder ab.«

Dann wird er mich also erneut verlassen, und ich kann

das langweilige Leben fortsetzen, das mir vor seinem Wiederauftauchen beschieden war. Das ist doch sicher gut. Weil dieses Leben schließlich herrlich einfach war.

Es ist so still, dass ich den leisen Lufthauch auf meiner Veranda hören kann.

Er blickt nervös hinaus und sieht mich auch danach nicht wieder an. Denn ihm ist ebenso bewusst wie mir – wir machen uns hier gegenseitig etwas vor.

»Im Grunde wollte ich nur sehen, ob zwischen uns alles in Ordnung ist. Und mich bei dir entschuldigen. Es wird nicht wieder vorkommen.«

Ich hasse es, dass er so förmlich wird, und zermartere mir das Hirn nach einer Antwort. Was mir gegenüber Jack sonst nie passiert. Weil ich mit ihm normalerweise völlig ungezwungen über alles reden kann.

»Ich weiß, Jack. Und genauso weiß ich, dass aus uns nie etwas werden kann. Wenn du dich besser fühlst, wenn du es aussprichst, sprich es meinetwegen aus.« Ich habe gar nicht derart schneidend klingen wollen, und während ich fröstelnd meine Arme um mich schlinge, trommelt er nervös mit seinem Daumen auf den Tisch.

Schließlich aber hört er auf zu trommeln und sieht mich mit argwöhnisch zusammengekniffenen Augen an. »Was soll das heißen?«

»Dass es gut ist, Jack. Dass ich euch nicht mehr in die Quere kommen werde, bis ihr euer Haus verkauft habt. Und jetzt geh einfach nach Hause.«

Er nagt an seiner Unterlippe und stößt zornig aus: »Kannst du mir mal sagen, warum du mit einem Mal so sauer auf mich bist? Du machst es mir nicht gerade leicht. Ich versuche schließlich nur, das Richtige zu tun! Letzte Nacht hast du moralisch auf dem hohen Ross gesessen

und mir rundheraus erklärt, dass ich an Oli denken muss. Und jetzt, wo ich die Dinge wieder geradebiegen will, ziehst du dich beleidigt in dein Schneckenhaus zurück?«

»Das tue ich ja gar nicht«, brummele ich beleidigt, wie als ich ein kleines Mädchen war. Ich habe keine Ahnung, was ich tue, doch es ist auf jeden Fall nicht gut, und plötzlich kriege ich nur noch mit Mühe Luft.

»Das ist meine Familie, Fray.« Er hebt den Arm und lässt die Hand auf seinen Oberschenkel krachen. »Sara und Oli. Sie ist alles andere als perfekt, aber eine andere Familie habe ich nun einmal nicht. Außerdem würde sie niemals mitmachen, wenn ich …«

Mit einem Mal erkenne ich, wo das Problem zwischen uns liegt. Warum zum Teufel fährt der Kerl bloß immer auf die irren, heißen Bräute ab? Immer wieder steht mir eine solche Frau im Weg, und ich lasse es tatenlos geschehen.

»Du redest so, als würdest du denken, dass ich was anderes von dir erwarte«, sage ich. »Aber das tue ich nicht. Denn du bist einfach nur loyal und tust genau das Richtige.«

Wieder sieht er mich mit zusammengekniffenen Augen an.

»Ich tue also deiner Meinung nach das Richtige? Wie damals, als ich meine Freundin, die angeblich schwanger war, allein am Strand zurückgelassen habe, damit sie ins Wasser geht? Oder als ich irgendwann gesoffen habe wie ein Stier und eine Frau geschwängert habe, die mir noch nicht mal richtig sympathisch war. Jack Shaw, der Inbegriff des Anstandes und der Moral.«

Mir wird übel, als ich daran denke, dass er nach Kates Tod völlig alleine dagestanden hat und es ihm offenbar noch weniger gelingt als mir, endlich einen Schlussstrich

unter die Vergangenheit zu ziehen. »Du hast zu mir gesagt, es käme dir so vor, als stünde ich noch immer in Kates Bann. Als würde mein Leben immer noch von ihr bestimmt. Aber wie steht es mit dir, Jack? Kommt es dir nicht irgendwie bekannt vor, dass du viel zu lange, nur aus Pflichtgefühl, mit einer Frau zusammenbleibst, aus Angst, sie käme vielleicht nicht damit zurecht, wenn du dich von ihr trennst?«

»Was zum Teufel …«, setzt er an, bevor er merkt, wie laut er ist, und leiser weiterspricht. »Letzte Nacht hast du mir noch gesagt, ich sollte wieder dorthin gehen, wo ich hingehöre, und nachdem ich dir gesagt habe, dass ich dort bleiben werde, stehe ich auf einmal wie ein Weichei da. Also, was, verdammt noch mal, soll ich jetzt tun? Such's dir aus, Frankie.«

»Das kann ich nicht, weil du dich längst entschieden hast.«

Er schaut, als hätte ich ihm in die Brust geschossen, und reibt mit einer Hand gegen das neuerliche Zucken seines Augenlides an.

»Bist du nicht extra hergekommen, um mir das zu sagen, Jack?«

Mit wild klopfendem Herzen gehe ich zur Tür und ziehe sie entschlossen auf.

»Freut mich, dass für dich alles so klar ist.« Er springt erbost von seinem Stuhl.

Als er auf mich zutritt, rinnt ein kalter Schauder über meinen Rücken, und ich denke an die letzte Nacht zurück. Da standen wir auf haargenau demselben Fleck. Im Dunkeln und betrunken, und ich wünschte mir, auch jetzt wäre es so. Zum ersten Mal in meinem Leben will ich machen, was ich will, nicht, was ich soll.

Zornbebend bleibt er an der Treppe stehen. Ich möchte, dass die Welt um uns herum verschwindet, möchte ihn mit beiden Händen packen, an mich ziehen und küssen. Möchte rufen: »Nimm doch mich! Du hast die Wahl, du könntest auch mit mir zusammen sein!«

Er schließt die Augen und atmet tief aus.

Ich hingegen halte angespannt den Atem an. Denn er dreht sich zu mir um, streichelt mein Gesicht und streicht mit seiner Fingerspitze über meinen Wangenknochen bis hinab zu meinem Kinn.

Ich ergreife seine Hand, während er mit dem Daumen weiter zärtlich über mein Gesicht fährt. Ich will sie über meine Brust und meine Taille dorthin schieben, wo das glühende Verlangen zwischen meinen Schenkeln schwelt.

Doch ich ziehe meinen Arm zurück und atme seinen Duft so tief es geht ein, als er sich abwendet und geht.

Und in dem schmerzlichen Bewusstsein, dass ich ihm nie näherkommen werde als in diesem Augenblick, kehre auch ich ins Haus zurück.

***

Ich weiche ihm die ganze Woche aus. Gehe erst zum Briefkasten, nachdem er weggefahren ist, meide meinen Garten und behalte sogar Bear im Haus, damit ich ihn nicht draußen suchen muss.

Langsam, aber sicher nehme ich mein langweiliges altes Leben wieder auf.

Und fühle mich so einsam wie seit langer Zeit nicht mehr.

Als ich Samstagmorgen meine Augen öffne, wird mir klar, dass Jack und die Familie in Townsville sind. Ich

glaube, zum Geburtstag seines Dads. Ich bin erleichtert, weil ich endlich wieder einmal durchatmen und nach Lust und Laune fluchen oder um mich schlagen kann. Das Wirrwarr der Gefühle meines sturzbesoffenen Nachbarn und seine armselige Entschuldigung haben die Grenzen unserer Beziehung aufgezeigt. Oder uns auf jeden Fall bewusst gemacht, wie wichtig Grenzen sind. Aber jetzt ist die Familie endlich weg, und ich kann meine Wäsche auf die Leine hängen, ohne dass mir einer von den beiden in die Quere kommt.

Ich schleiche mich im Morgenmantel bis zum Briefkasten, um meine Zeitung reinzuholen. Auf dem Weg läuft Bear an mir vorbei, fordert mich zum Spielen auf, und ich verfolge ihn rund um den Mangobaum und weiche dort den tief hängenden Früchten wie Granaten aus.

»Lange nicht gesehen …«

Na super. »Jack …« Ich zucke zusammen, weil er offenkundig doch noch nicht gefahren ist.

»Frankie …« Er zieht eine Braue hoch, und wir sehen uns unbehaglich an.

Was jetzt? Ich weiß ja noch nicht mal, ob er mit mir reden darf.

»Weißt du übrigens«, bricht er schließlich das Schweigen, »dass der alte Spanner gegenüber immer darauf bedacht ist, dass er was zu sehen bekommt?« Er zeigt auf unseren Nachbarn, der tatsächlich hinter einem seiner Rosenbüsche auf der Lauer liegt.

»Da hat er heute früh ja Glück«, erkläre ich und zerre unter einem lauten »Morgen, Mr Wilson!« meinen Morgenrock zurecht. Warum bin ich niemals richtig angezogen, wenn mich jemand sieht? Am besten gehe ich in Zukunft stets in Jeans und T-Shirt ins Bett.

Eilig macht der alte Mann sich aus dem Staub. Jack hingegen bleibt mir gegenüber stehen, auch wenn er nicht zu wissen scheint, wohin er blicken soll. »Statt den Köter um den Baum zu jagen, hättest du auch einfach wie gewöhnlich meine Zeitung klauen können«, stellt er fest, während er seinen Briefkasten leert.

»Ich vergreife mich niemals an irgendwas, was jemand anderem gehört.«

Auch ihm ist klar, dass die Bemerkung nicht der Zeitung gilt. Er sieht vom Rasen auf und wendet sich mir zu. »Ich weiß.«

Verlegen stehen wir da, denn schließlich ist es noch nicht lange her, dass er versprochen hat, mir aus dem Weg zu gehen.

»Wie dem auch sei, Sara fährt mich und Oliver zum Flughafen. Wir brauchen deine Dienste also nicht. Aber trotzdem danke für das Angebot.«

Verdammt. Ich hatte vollkommen vergessen, dass ich die Familie hatte fahren sollen, aber jetzt atme ich erleichtert auf. »Okay. Aber dann nehmt am besten eine neue Hypothek auf euer Haus auf, damit ihr die Parkgebühren dort bezahlen könnt.«

»Das wird nicht nötig sein«, klärt er mich auf und klopft sich mit der Zeitungsrolle in die Hand. »Sara muss arbeiten und kommt deshalb nicht mit«, behauptet er, doch ich kann deutlich sehen, dass das nicht stimmt. Denn wie in unserer Schulzeit schafft er es noch immer nicht, mir ins Gesicht zu sehen, wenn er lügt.

»Okay. Dann richte deinem Vater bitte meinen Glückwunsch zum Geburtstag aus.«

»Das mache ich.« Er wendet sich zum Gehen, bleibt dann aber noch einmal stehen. »Fray?«, fragt er und starrt

die Bäume an. »Könntest du am Wochenende vielleicht ab und zu nach Sara sehen?«

Ich bin baff. Meint er das etwa ernst? Ich soll freiwillig in die Nähe dieses Eisblocks gehen? »Ich bin mir nicht sicher, ob …«, setze ich an, doch er fällt mir ins Wort.

»Ich hätte selber bei ihr bleiben wollen, nur dass ich das meinem alten Herrn einfach nicht antun kann.«

»Ich bin doch sicherlich der letzte Mensch auf Erden, den sie …«

»Bitte. Sie ist unglaublich zerbrechlich.«

Ich bin sprachlos. Weil die Frau in etwa so zerbrechlich wie ein Panzer ist.

»Sie denkt, dass ich mit dir schlafe!«

»Ja, das hatte ich mir schon gedacht.« Er blinzelt, als das Licht der Sonne durch die Bäume fällt.

»Weshalb sollte sie mich also in ihrer Nähe haben wollen?«

Er legt den Kopf ein wenig schräg und sieht mich flehend wie ein Welpe an. »Könntest du es bitte wenigstens versuchen?«

Ich schüttele ungläubig den Kopf, verspreche aber gleichzeitig: »In Ordnung, Jack.«

Obwohl mir schon bei dem Gedanken übel wird.

»Danke. Dafür bin ich dir was schuldig …«, sagt er knapp und stapft entschlossen wieder heim.

***

Das Gewicht meines Versprechens lastet schwer auf mir. Ich kann unmöglich einfach bei ihr klopfen – weil bereits bei dem Gedanken ein eisiger Schauder über meinen Rücken rinnt. Die Tatsache, dass sie mir schon seit Wochen aus dem Weg geht, und die Vorwürfe, die sie erst

kürzlich wieder gegen mich erhoben hat, haben unserer anfangs durchaus guten Nachbarschaft ein für alle Mal den Garaus gemacht. Die Zeiten, als wir noch die Handtücher der jeweils anderen vor einem Regenguss gerettet haben, sind vorbei. Deswegen habe ich den größten Teil des Tages außer Haus verbracht – im Supermarkt, beim Kaffeetrinken mit Kolleginnen und mit der Suche nach einem Geschenk für Bens Geburtstag, der zwar erst in einem Monat ist, mir aber einen guten Grund geliefert hat, nicht früher heimzugehen.

Doch inzwischen sitze ich allein auf meinem Sofa und denke erneut darüber nach, worum mich Jack gebeten hat. Was hat er damit gemeint, dass sie »zerbrechlich« ist? Natürlich haben sie die Kate-Geschichte und die Sache zwischen Jack und mir wahrscheinlich erst mal aus dem Gleichgewicht gebracht. Aber das ist Wochen her. Deshalb gilt ihr Zorn inzwischen sicher nur noch mir, und ich würde alles nur noch schlimmer machen, stünde ich plötzlich vor ihrer Tür. Aber irgendetwas nagt an mir. Jacks letzte Freundin, die ich kannte, brauchte Hilfe, doch aus lauter Feigheit habe ich nicht darauf reagiert.

Voller Selbstmitleid, weil ich ein Leben führe, in dem meine Wochenenden für das Putzen meines Badezimmers vorgesehen sind, mache ich mich an die Hausarbeit. Ich würde lieber ein paar alte Fliesen von den Wänden reißen, als dieser eintönigen, zum Erbrechen langweiligen Arbeit nachzugehen, und während ich genervt meine Toilette schrubbe, denke ich über die letzte Woche nach. Die Nacht, als Jack vor meiner Tür stand und erzählt hat, dass ihm seine eigene Partnerin misstraut. Ist es vielleicht arrogant von mir zu denken, dass ich ihn noch immer besser kenne als die Frau, die immerhin die Mutter seines

Sohnes ist? Hat sie vielleicht recht, wenn sie sagt, dass irgendwas nicht stimmt?

Das kann einfach nicht sein.

Ich schiebe entschlossen meine Tasche voller Zweifel in einen entlegenen Winkel meines Hirns, stelle meine Klobürste wieder in ihren Halter und trete hinter das Haus, um irgendetwas abzuschmirgeln. Meine Türen oder sonst etwas.

Ich gehe in den Schuppen, doch die Schleifmaschine ist nicht dort. Die Wände hatte ich von Hand geschliffen, um die Rundungen der Hölzer zu erhalten, und noch immer tun mir meine Hände davon weh. Deshalb fange ich bei meinen Türen ohne Schleifmaschine besser gar nicht an.

Sie steht bestimmt bei Jack.

O nein.

Ich könnte ja versuchen, aus den Spalten in den Fensterrahmen noch die letzte Farbe herauszukratzen, aber da es regnen soll, habe ich keine Lust, über das Wochenende meine Fenster auszubauen.

Das ist sicherlich ein Zeichen. Denn wenn ich nach meiner Schleifmaschine frage, kann ich nach Jacks Freundin sehen, ohne dass es allzu offensichtlich ist. Dann wäre das erledigt.

Also gut. Am besten gehe ich sofort zu ihr. Bevor mich abermals der Mut verlässt.

Ich marschiere durch den Garten, klopfe, höre einen Knall und Schritte, und dann steht sie, in der einen Hand ein Weinglas, in der anderen eine Zigarette, in der Tür. Ich bin ehrlich überrascht – ich hätte nicht gedacht, dass Fitnessstudiobarbie raucht.

Ohne den muskulösen Jack an ihrer Seite sieht sie deutlich kleiner aus. Und ohne die gewohnte dicke

Schicht Make-up kommt mir ihr Gesicht viel weicher vor. Es scheint ihr gutzugehen – obwohl es fast so wirkt, als hätte ich die Frau erwischt, während sie endlich mal sie selber ist.

»Aber hallo, meine Lieblingsnachbarin«, stellt sie schleppend fest.

»Tut mir leid, dass ich störe – aber offenbar hat Jack sich meine Schleifmaschine ausgeliehen, und ich frage mich, ob ich sie wohl zurückbekommen kann.«

Sie starrt mich an, als spräche ich Chinesisch.

»Also?«

»Hol sie dir doch einfach. Schließlich machst du das ja auch bei anderen Dingen, die du brauchst.«

Das ist wirklich hässlich. Dieses blöde Weibsbild könnte wenigstens so tun, als seien wir uns nicht spinnefeind.

Stattdessen bläst sie jetzt noch eine dicke Qualmwolke direkt in mein Gesicht.

»Schon gut. Ich kann sie mir auch später holen, wenn es besser passt«, erkläre ich, um diesem Alptraum zu entfliehen.

»Tatsächlich geht es mir so gut wie schon seit langer Zeit nicht mehr.«

»Das kann ich sehen.«

Schwankend macht sie kehrt, stolpert zurück ins Haus, und ich sehe die leere Weinflasche, die einsam auf dem Sofa liegt. »Vielleicht solltest du ein bisschen langsam machen, wenn du morgen früh nicht einen Riesenkater haben willst.«

Sie legt die Stirn in wenig attraktive Falten, und ich wünsche mir, ich könnte kurzerhand im Erdboden versinken, statt noch länger hier herumzustehen.

»Du versuchst wohl immer, unbedingt das Richtige zu tun. Bildest dir anscheinend ein, dass du sämtliche Probleme lösen kannst.«

»Ich glaube, Jack brauchte die Schleifmaschine für das Badezimmer. Vielleicht wärst du ja so nett, mal nachzugucken, ob sie dort noch liegt.«

»Warum guckst du nicht einfach selber nach?« Sie winkt mich an sich vorbei ins Haus. »Ich bin sicher, dass du weißt, wo unser Badezimmer ist.«

Sie nutzt wirklich jede Chance, mir eine reinzuwürgen, aber ich bin nicht bereit, ihr bis ins Schlafzimmer zu folgen, und bleibe hinter ihr im Flur zurück. Trotzdem sehe ich ihr Bett, als sie den Raum betritt, den Stuhl, auf dem ihr Nachthemd liegt, die Porträtaufnahmen ihres Sohnes an der Wand und atme zischend ein.

»Hast du nach diesem Ding gesucht?« Sara hält die Schleifmaschine in die Luft, verliert dabei das Gleichgewicht und landet unsanft in dem Ohrensessel neben ihrem Bett. Sie kichert wie ein kleines Mädchen und strampelt vergnügt mit ihren Beinen in der Luft.

»Danke«, sage ich und nehme ihr die Schleifmaschine ab. »Dann lasse ich dich weitermachen, wobei immer du durch mein Erscheinen unterbrochen worden bist.«

Ich habe nach der Frau gesehen und festgestellt, dass sie noch quicklebendig ist. Womit meine Aufgabe erledigt ist.

Eilig trete ich den Rückzug an.

»Vielleicht könntest du mir helfen, eine Sache zu verstehen.«

Ich kneife meine Augen zu. Ich war so dicht davor …

»Was für eine Sache?«, frage ich und wende mich ihr wieder zu.

Inzwischen ist sie wieder aufgestanden, stützt sich mit der linken Hand gegen den Türrahmen und klopft mit ihrer rechten Asche von der Spitze ihrer Zigarette ab. »Was der Kerl mir immer noch verschweigt. Lügt ihr mich beide an? Läuft in Wahrheit doch was zwischen euch, oder hat er diesem Mädchen etwas angetan?« Sie nimmt ihr fast leeres Weinglas in die Hand, in der sie schon die Kippe hält. Was zeigt, dass sie auf alle Fälle multitaskingfähig ist. »Bisher stand er nicht unbedingt auf den Giraffentyp. Aber schließlich wusste ich bisher auch nicht, dass es ihm Spaß macht, Frauen weh zu tun. Also, was von beidem ist es?«

Sie bläst eine krebserregende Wolke in meine Richtung, und ich weiche ihr so schnell wie möglich aus.

»Es stört dich doch nicht, wenn ich rauche?«, fragt mich Sara und lehnt sich, um nicht noch einmal die Balance zu verlieren, an die Wand. »Ist ja schließlich auch mein Haus.«

Schätzchen, mich würde noch nicht mal stören, wenn du in diesem Haus verbrennst, denke ich mir.

Als sie erneut an ihrer Zigarette zieht, sieht sie mit ihren eingefallenen Wangen urplötzlich wie eine Stabheuschrecke aus. »Oder wart ihr es zusammen? Ist sie vielleicht irgendwo gestolpert und mit ihrem Kopf auf einen Felsen geknallt? Seid ihr dann in Panik geraten und habt ihre Leiche …« Nicht ein Funken Wärme liegt in ihren Augen, als sie hämisch fortfährt: »Wie romantisch, wenn man über all die Jahre ein Geheimnis miteinander teilt. Und sich gegenseitig deckt.«

Ich habe einen Kloß im Hals. »Jack hat in seinem ganzen Leben niemals auch nur einem Menschen weh getan.«

»Da muss ich dich enttäuschen. Denn das ist nicht wahr. Du weißt anscheinend doch nicht alles über deinen tollen Jack. Wie zum Beispiel, dass er mal wegen tätlichen Angriffs vor Gericht gestanden hat.«

Ich verliere die Balance. Tätlicher Angriff? Jack?

»Er hat vor ein paar Jahren mal so einer blöden Ziege eine reingehauen. Vielleicht war das ja nicht das erste Mal.«

Ich schüttele den Kopf. »Das glaube ich dir nicht. Da muss mehr dahinterstecken, als du mir erzählst.«

Ein müdes Lächeln umspielt ihre aufgespritzten Lippen. »Dich hat's wirklich schlimm erwischt, nicht wahr? Du denkst, er ist ein Heiliger.« Abermals schnipst sie die Asche ihrer Zigarette einfach auf die Fliesen, die von Jack in mühevoller Handarbeit sorgsam zurechtgeschnitten worden sind. Und als sie sie dann noch mit ihrem Schuh darauf verreibt, stoße ich ein leises Knurren aus. »Ich sehe doch, wie er dich anguckt«, fährt sie fort, während sie eine neue dichte Rauchwolke in meine Richtung bläst. »So hat er früher mich mal angeguckt.«

Jetzt erhält der Kloß in meinem Hals ein Säurebad. »Tja, ich weiß nicht. Ich weiß nur, dass zwischen uns nichts läuft und nie etwas gelaufen ist.«

Abgesehen von dem Beinahe-Petting in der Nacht, als er betrunken war.

Sie verzieht nachdenklich das Gesicht. »Vielleicht liegt ja genau darin das Problem.« Wütend fuchtelt sie mit einer ihrer Vogelkrallen vor meinem Gesicht herum. »Vielleicht hast du ihn tatsächlich noch nie rangelassen, und genau deshalb ist er so scharf auf dich. Vielleicht sollte er dich einfach einmal flachlegen, damit er sieht, dass es gar nicht so doll ist, wie er offensichtlich denkt.

Dann könnte er sich wieder ganz auf mich und Oli konzentrieren.«

»Das muss ich mir nicht anhören«, murmele ich und kehre der vulgären Kuh den Rücken zu. Danke, Jack, für dieses unvergessliche Gespräch. Zerbrechlich, hahaha. Ich habe das Gefühl, als hätte mich ein Grizzly attackiert.

»Ich kann ihm einfach nicht mehr vertrauen«, ruft mir Sara schluchzend hinterher. »Wie hätte ich da wohl seine bescheuerte Familie besuchen sollen? Die sowieso schon denkt, ich hätte mich von ihrem tollen Sohn absichtlich schwängern lassen, nur damit er bei mir bleibt. Und inzwischen würdigt Jack mich kaum noch eines Blickes und hat mich schon ewig nicht mehr angerührt.«

Ich bleibe wie angewurzelt stehen. Denn auch wenn es mich mit Scham erfüllt, mischt sich in meine Trauer etwas wie Erleichterung. Weil es zwischen den beiden offenbar noch schlimmer steht, als ich gedacht hatte.

»Er verschweigt mir irgendwas. Das weiß ich ganz genau. Und wenn's nicht darum geht, dass zwischen euch was läuft – was zum Teufel ist es dann?«

In meinen Ohren rauscht das Blut. Ich versuche, möglichst langsam ein- und auszuatmen, und benutze all die Strategien aus meinem Job, um ruhig zu bleiben, aber es gelingt mir einfach nicht.

»Hast du auch nur annähernd eine Ahnung, was er für ein Mensch ist?« Ich betrachte dieses kaltherzige, qualmende und zeternde Geschöpf, als komme es von einem anderen Stern. Ich kann aber immer noch nicht gehen. Denn vielleicht hat sie recht – vielleicht bin ich nur ein Gutmensch, der versucht, die Welt zu einem besseren Ort zu machen, indem er einzelnen Leuten hilft. »Er hat seit Jahren Schuldgefühle und fühlt sich verant-

wortlich für das, was damals an dem Strand geschehen ist. Vielleicht kannst du ihm nicht mehr vertrauen, aber ich hätte keinen Grund, dich anzulügen, und ich war damals dabei und weiß, er hätte ihr niemals auch nur ein Haar gekrümmt. Und genauso weiß ich, dass er unbedingt seine Familie retten will.«

»Wegen Oli! Ich bin ihm doch scheißegal!«

Ich kann sie nicht belügen. Die Probleme zwischen ihnen sind beim besten Willen nicht zu übersehen. Schulterzuckend setze ich mich in Bewegung. Denn ich habe meine Mission in diesem Haus erfüllt.

»Hau doch ab, du Schlampe!«, kreischt sie schrill. »Verkriech dich ruhig wieder in deiner Bruchbude, du diebische Hure! Wahrscheinlich ist dieses arme Mädchen damals deinetwegen durchgedreht! Wahrscheinlich hast du dich schon damals an ihn rangemacht. Und jetzt geht er nach all den Jahren endlich darauf ein. Wenn er wiederkommt, kannst du ihn haben. Ich will diesen Scheißkerl nämlich nicht mehr!«

Strohfarbene Flüssigkeit spritzt durch die Luft, denn plötzlich schleudert sie ihr Weinglas auf den Rasen, und ich ziehe mich verschämt mit meiner Schleifmaschine in mein halbgestrichenes Haus zurück und schmecke das Salz der Tränen, die das Schuldbewusstsein über meine Wangen strömen lässt.

***

Als ich an dem Abend schlafen gehe, gräme ich mich immer noch. Weil ich Tür an Tür mit dieser Hexe einfach nicht mehr leben kann. Jack zufolge dauert es noch Monate, bis sie das Haus verkaufen. Doch so lange halte ich diesen absurden Zustand sicher nicht mehr aus. Das

Innere meines Hauses ist inzwischen – abgesehen von der Küche … und dem Badezimmer – durchaus wohnlich. Also fände ich doch sicher einen Mieter und könnte dem ganzen Blödsinn kurzfristig entfliehen. Könnte mir ein Häuschen in der Innenstadt mit einem kleinen Garten mieten oder, wenn es gar nicht anders ginge, erst einmal zu meinen Eltern ziehen. Denn selbst dort wäre es sicher friedlicher als hier. Ich ertrage es noch nicht mal mehr, ihn auch nur in der Nähe dieser Furie zu sehen.

Mit rot verquollenen Augen liege ich in meinem Bett und denke über mein verpfuschtes Leben nach, als plötzlich ein Wagen ohne Licht direkt vor meinem Grundstück hält. Offenbar will irgendwer nicht auffallen. Der Splitt in meiner Einfahrt knirscht, als irgendwer in Richtung meines Häuschens schleicht. Bear liegt auf dem Boden neben meinem Bett und ist bereits ins Hundetraumland abgetaucht. Und so was will ein Wachhund sein? Ich ziehe vorsichtig den Vorhang an die Seite und entdecke eine hochgewachsene Gestalt. Ist es vielleicht Sara, die mir an die Gurgel gehen will? Oder ist Jack aus irgendeinem Grund schon heute wieder heimgekehrt? Ich stehe auf und tappe durch den dunklen Flur. Das Licht vor Saras Haustür brennt, und ich entdecke einen Mann, auf dessen hellem Baumwollhemd das dunkelblaue Polizeiabzeichen prangt. Wurde sie womöglich ausgeraubt, nachdem ich wieder heimgegangen war? Oder will sie vielleicht Anzeige erstatten, weil sie denkt, dass Jack vor dreizehn Jahren etwas verbrochen hat? Aber wo zum Teufel ist der Dienstwagen von diesem Polizisten, er ist doch wohl nicht mit dieser Karre ohne Licht gekommen? Und vor allem: Kommen sie normalerweise nicht immer zu zweit?

Ich verfolge mit zusammengekniffenen Augen, wie es weitergeht.

Sara kommt in einem halboffenen Morgenmantel an die Tür, schlingt dem Mann die Arme und die Beine um den Leib und presst ihm ihre Lippen auf den Mund. Ich bin geschockt.

Ohne Sara abzusetzen, stolpert ihr Besucher durch die Tür und drückt sie hinter sich ins Schloss.

Er ist offenkundig nicht im Dienst.

Und plötzlich ist mir alles klar.

Ich sollte traurig sein für Jack. Für eine gute Freundin würde sich das so gehören.

Aber ich bin mehr als eine gute Freundin. Oder etwa nicht?

Plötzlich denke ich daran zurück, was Sara heute Nachmittag behauptet hat. Dass Jack einmal gewalttätig geworden sei und ich keine Ahnung hätte, wer er wirklich ist. Könnte das tatsächlich sein?

Der Jack, den ich kenne und mit dem ich aufgewachsen bin, würde niemals auf Frauen losgehen. Egal, aus welchem Grund. Nicht einmal, wenn er bekifft oder betrunken wäre. Einfach nie.

Okay, die Tussi ist seit Jahren mit ihm zusammen und hat ewig mit ihm unter einem Dach gelebt.

Und trotzdem kennt sie ihn eindeutig nicht so gut wie ich.

Ich lege mich wieder ins Bett und denke an den Augenblick zurück, in dem mir klarwurde, dass Jack nicht wie die anderen Jungen war. Den Augenblick, der unsere Beziehung ein für alle Mal verändert hat.

23

Manche Dinge ändern sich und andere bleiben immer gleich

Fletchers Rinderfarm, Dezember 1994

Wir sind elf Jahre alt, und unser Campingwochenende fängt genauso an wie sonst auch. Unser flaschengrüner Kombi ist derart mit Zelten, Planen und den ganzen anderen Sachen vollgestopft, dass ich Angst habe, der rostzerfressene Boden könnte nachgeben, und wir müssten das Gefährt wie die Familie Feuerstein die letzten Kilometer tragen. Aber irgendwie kommt der Konvoi tatsächlich unbeschadet auf der Rinderfarm des Kumpels meines Vaters an. Wir fahren durch die drei Tore mit den Viehrosten, wobei die Alphamännchen mehrmals aus den Wagen steigen und die Vor- und Nachteile diverser Lagerplätze diskutieren, um am Schluss dieselbe Stelle auszuwählen wie beim letzten Mal. Weil sie im Schatten in der Nähe des Sees und eines kleinen Flüsschens liegt. Während ich aus meinem halboffenen Fenster luge, freue ich mich schon auf das bekannte Wochenendprogramm. Jack und ich werden im Schatten sitzen, Eis essen, zusammen auf die Bäume klettern, uns die Knie aufschrammen, uns dann mit Sonnenbrand und hundemüde an den Campingklapptisch setzen, der zusammenbricht, sobald man ihn bewegt, und uns streiten, wenn der andere beim *Monopoly* mehr Straßen als man selber hat. Während die Erwachsenen trinken, bis sie lachen wie Hyänen, werden wir uns gemütlich

auf dem See auf unsere Luftmatratzen fläzen. Oder wir werden in der Hängematte liegen und uns dort mit *Donkey Kong* die Zeit vertreiben, ehe ich am Abend beim Canasta siegen werde, während Jack der ungekrönte Fingerhakelkönig ist.

Doch als Erstes steht wie immer das Rennen an. Weil das traditionsgemäß der Anfang unserer Campingwochenenden ist. Es geht darum, wer zuerst den Fluss erreicht und im Wasser ist. Eilig bauen wir erst mein Zelt und dann das für Jack und meinen Bruder auf, dann stürmen wir los.

»Ich bin schneller als du, Fray!« Jack zieht sich im Laufen seine Hose aus und stürzt nur in seiner Unterhose los. »Worauf wartest du?«

Ich kann seine Schulterblätter und die spitzen Ellenbogen aus dem Wasser ragen sehen. An unserem ersten Tag im Kindergarten sind wir gleich groß gewesen, doch im Gegensatz zu ihm habe ich zwischenzeitlich einen echten Schuss gemacht. Seine nassen Haare glänzen wie Asphalt und kleben feucht an seinem Kopf. Trotzdem sieht er irgendwie nicht dämlich aus. »Nun komm schon, Lofty!«

»Ich will nicht, dass mein T-Shirt schmutzig wird!«, rufe ich zurück. Mein ärmelloses Oberteil erstrahlt noch im jungfräulichen Weiß eines Krankenhausbettbezugs.

»Dann zieh es einfach aus.«

Ich stehe am Ufer, das von den Teebaumblättern braungefärbte Wasser, das um meine Knöchel schwappt, steht in deutlichem Kontrast zu meiner bleichen Haut.

»Oder hast du etwa Angst, weil ich dann deine Melonenschaukel sehen kann?«

»Halt die Klappe, Blödmann!« Ich lasse meine Finger durch das Wasser gleiten, und die aufstiebenden Tropfen sehen aus wie Diamanten.

Es ist kein Geheimnis, dass ich seit knapp einer Woche

einen beigefarbenen Büstenhalter in Größe A mit einer Schleife in der Mitte trage. Die ganze Klasse weiß es. Und Jack hat das Ding gefühlt, als wir gerungen haben, deshalb wäre es vollkommen sinnlos, dieses Kleidungsstück jetzt zu verstecken. Vor allem ist es viel zu heiß, um einen Pulli anzuziehen, unter dem die Träger nicht zu sehen sind.

Ich steige aus meinen Shorts und stürzte mich in Unterhose, T-Shirt und BH in das kühle Wasser. Was macht es schon aus, wenn meine Sachen schmutzig werden? Schließlich ist es meine eigene Schuld, dass ich in einem blütenweißen Oberteil hierhergekommen bin. Denn wie lautet das oberste Gebot beim Camping? Trage niemals Weiß!

Und unter Missachtung der zweiten Campingregel haben wir die Zelte in der größten Mittagshitze aufgebaut. Doch zu meiner großen Freude wäscht das kühle Wasser jetzt den Schweiß von meiner Haut, und während wir uns einfach treiben lassen, schirmen uns die Teebäume gegen das helle Licht der Sonne ab.

»Ist das nicht irgendwie lästig?«, fragt Jack mit einem Blick auf meine Brust. Mein Vorhaben, ein Mindestmaß an Würde zu bewahren, indem ich mit meinem Oberteil ins Wasser gehe, war fehlgeschlagen, denn die Umrisse meines BHs und dessen, was darunter ist, sind durch den nassen, weißen Stoff hindurch hervorragend zu sehen.

»Du bist einfach pervers.« Ich verschränke eilig meine Arme vor der Brust. »Dass du dich immer noch benimmst, als wärst du fünf, heißt schließlich nicht, dass ich noch ein kleines Mädchen bin.« Ich bespritze ihn mit Wasser und breche dadurch einen Krieg vom Zaun, der niemals zu gewinnen ist.

»Brauchst du das denn überhaupt? Ich meine, was nützt einem ein solches Ding? Hält es deinen Busen davon ab,

eines Tages so zu hängen wie die Busen dieser Dschungelfrauen in Afrika?«

In letzter Zeit war er manchmal echt blöd. »Ich glaub, ich gehe erst mal zurück zum Zelt.«

»Ja, ja, hau ruhig ab«, ruft mir Jack mit einem gleichmütigen Achselzucken hinterher.

Immer noch mit vor der Brust gekreuzten Armen und am Leib klebenden Klamotten schlurfe ich zurück zu unserem Lagerplatz. Ich halte mich für den Rest des Tages von den anderen fern und ziehe mich nach dem Grillwurstabendessen in mein Zelt zurück.

Sommercampingtage kommen einem manchmal endlos vor. Um fünf Uhr morgens geht die Sonne auf, und abends zwitschern stundenlang die Vögel, bis man irgendwann nur noch das Schwirren der Insekten um die unzähligen Haufen Kuhdung und das Kreischen streitsüchtiger Fledermäuse hört.

Früh am nächsten Morgen fällt das warme Licht der milden Morgensonne durch den dünnen Stoff des Zweipersonenzelts, in dem ich liege. Ich kann den Rauch des Feuers riechen und das Knistern der verbrannten Zweige in der morgendlichen Stille hören. Irgendjemand ist schon aufgestanden und bereitet das Frühstück vor. Bisher hat Dad das Kanu nicht von unserem Autodach genommen, und ich kann den verzerrten Schatten an der Zeltwand sehen.

Dann höre ich mit einem Mal ein Gähnen, und plötzlich fällt mir ein, dass Jack mit seinem Schlafsack irgendwann mitten in der Nacht in meinem Zelt aufgetaucht ist. Und als er sich jetzt neben mir bewegt, raschelt der Stoff wie Zellophan. Ich habe gehört, wie Dad zu Mum gesagt hat, er finde es etwas daneben, wenn wir beide noch in einem Zelt campieren würden, doch in Wahrheit ist es Ben, der einfach vollkommen daneben ist. Jack hat mir erklärt, er sei aus dem

Zelt geflüchtet, denn die Gase, die Bens Hinterteil entströmten, seien sicher nicht gesund.

Doch im Grunde ist mir vollkommen egal, weshalb er jetzt hier liegt. Er hat mich im Dunkeln ein ums andere Mal beim Armdrücken besiegt, mit seiner Taschenlampe Schatten an die Wand des Zelts geworfen, beinah meine ganze Flasche Limo ausgetrunken und mir beigebracht, das Alphabet zu rülpsen, was aufgrund der lauten Lachanfälle, die ich dabei hatte, alles andere als einfach war.

»Schokokaramell?«, fragt er verschlafen. »Sie sind sogar erst halb geschmolzen.«

Er zieht eine Handvoll Bonbons aus der Tasche seiner Windjacke, die neben seinem Schlafsack liegt.

»Vor dem Frühstück?«

Als er mit den Augen rollt, gebe ich mich geschlagen.

»Also gut.« Ich richte mich lächelnd auf, schiebe meine Decke fort und ringe entsetzt nach Luft.

Auf meinem Bettlaken ist Blut.

Mit wild klopfendem Herzen ziehe ich mir die Decke bis zur Brust, als könne ich das Grauen ungeschehen machen, wenn es nicht zu sehen ist.

Jack sieht mich erschrocken an. »Was ist passiert?«

»Nichts weiter«, krächze ich. »Aber könntest du jetzt bitte gehen? Weil ich mich anziehen will.«

»Was versteckst du da vor mir?«, fragt er mich lächelnd. »Hast du etwa meinen *Donkey Kong* geklaut? Natürlich brauchst du noch jede Menge Übung, aber –« Er reißt mir die Decke fort.

Dann sieht er den Fleck, bevor ich ihn erneut verbergen kann, und wirkt mit einem Mal beinahe noch verlegener als ich selbst.

Ich wünsche mir, der Boden meines Zelts und die Erde

darunter täten sich auf und ich könnte darin versinken. »Geh einfach!«, schreie ich ihn an und breche in Tränen aus. Sein teils entsetzter und teils neugieriger Blick hat mir gerade noch gefehlt.

Wie ein Hund, den ich mit einem Fußtritt an die Luft befördert habe, schleicht er sich aus meinem Zelt, und als er endlich weg ist, sehe ich mir den Fleck noch mal genauer an. Ich spüre etwas Feuchtes zwischen meinen Beinen und habe ein merkwürdiges Ziehen im Unterleib. Doch meine Kleider sind noch im Auto. Was in aller Welt soll ich also tun?

Ich fahre erschreckt zusammen, als ich Jack von draußen fragen höre: »Alles klar bei dir?«

Was machte er noch hier? Ich flehe ihn mit rauer Stimme an: »Bitte geh einfach weg« und ziehe die Decke wieder über mich.

Eilig huscht er davon, und ich ziehe ein paar Taschentücher aus dem kleinen Rucksack, den ich mit ins Zelt genommen habe, und reibe an dem Bettlaken herum. Dadurch wird der Fleck noch größer und ist deutlicher zu sehen. Eilig drehe ich meine Matratze um. Ich habe immer Angst vor diesem Augenblick gehabt, doch dass es ausgerechnet hier vor ihm passieren würde, hätte ich mir nicht einmal in meinen schlimmsten Träumen ausgemalt. Mit dröhnendem Schädel lege ich mich wieder hin. Aber es ist nun mal geschehen.

Plötzlich höre ich, wie vor dem Eingang meines Zelts etwas mit einem leisen Aufprall auf den Boden fällt.

Ein frisches T-Shirt, saubere Shorts und … eine Binde. Ich recke den Hals wie eine Schildkröte und rufe mit leiser Stimme: »Mum?« Doch da ist niemand, und so schiebe ich vorsichtig den Arm nach draußen, schnappe mir die Dinge und bemerke, dass Jacks angebrochene Packung Schokokaramellbonbons auf dem kleinen Stapel liegt. Der Gedanke,

dass er nicht nur etwas von der Sache mitbekommen hat, sondern mir auch noch hat helfen müssen, ist mir unerträglich, und nachdem ich mich in aller Eile umgezogen und das Zelt verlassen habe, wage ich es kaum, zu unserem Frühstücksplatz zu gehen. Immer wieder bleibe ich stehen, zupfe an dem fremden dicken Streifen Stoff, der zwischen meinen Beinen klemmt, und frage mich ängstlich, wie ein elfjähriger Junge an ein solches Ding gekommen ist.

Wen hat er in mein Geheimnis eingeweiht?

Ich habe Angst davor, dass er und Ben vielleicht mit ausgestreckten Fingern auf mich zeigen werden, weil ich plötzlich diesen Lappen tragen muss, aber alles ist wie immer, und ich setze mich auf einen Campingstuhl, der etwas abseits von den anderen Stühlen steht. Ich bräuchte dringend eine Frau, doch Mum ist nirgendwo zu sehen, und auch meine Cousine Jennifer, die ein paar Jahre älter ist als ich, ist bisher nicht zum Frühstück aufgetaucht. Es heißt, die Frauen seien beim Haupthaus, um dort Eis für unsere Kühlboxen zu holen.

Als Jack in meine Richtung kommt, sehe ich ihn ängstlich an, doch er drückt mir einfach wortlos meinen angeschlagenen Lieblings-Alf-Becher mit einer heißen Schokolade in die Hand.

»Danke«, stoße ich quietschend hervor.

Um mich abzulenken, stehe ich auf und bereite das Frühstück vor. Drei sorgfältig über dem Grill gebräunte Scheiben Erdnussbutter- oder, wie wir sagen, Peanut- oder Penisbuttertoast für Jack und drei Scheiben mit Vege-, oder, wie es hier heißt, Vaginamite für mich. Außerdem stehen an diesem Morgen unsere Namen auf dem Hudson-Shaw'schen Abwaschplan. Deshalb füllt Jack den leeren Kessel und macht das Wasser zum Abspülen heiß.

Beim Zelten sind die Dinge immer furchtbar kompliziert, nur Jacks Unbekümmertheit bleibt immer gleich.

»Wir wollen ein bisschen Kanu fahren. Kommst du mit?«, fragt er so fröhlich wie sonst auch.

»Nee«, antworte ich. »Ich höre lieber ein bisschen Musik. Ich habe die Top 40 aufgenommen, bevor wir gefahren sind.«

Nickend trocknet mein Freund die letzten Teller ab, doch plötzlich taucht aus dem Nichts mein Bruder bei uns auf. »Warum denn nicht, du Pfeife?«

»Lass sie doch, wenn sie nicht will«, brummelt Jack, und sofort ist Ben still. Man hätte nicht meinen sollen, dass er fast zwei Jahre älter ist als wir, denn in dem verzweifelten Verlangen, dass wir ihn mit einbeziehen, hängt er stets wie eine dunkle Wolke über uns.

Es fühlt sich seltsam erwachsen an, als wir schweigend zu Ende spülen, ohne ab und zu mit den Geschirrtüchern auf unsere Gliedmaßen zu zielen und dort jede Menge roter Abdrücke zu hinterlassen, wie es sonst immer der Fall ist.

Doch irgendwann halte ich die Spannung einfach nicht mehr aus und sehe Jack fragend an: »Nun sag schon, wem hast du davon erzählt?«

Er reißt entsetzt die Augen auf. »Niemandem.«

»Aber woher hattest du dann …«

»Die habe ich geklaut. Mom legt diese Dinger immer in den Erste-Hilfe-Kasten. Seit ich weiß, wofür sie sind, finde ich das einfach schrecklich.«

»Und woher weißt du das? Etwa aus dem Bio-Unterricht?«

»Nee, von Mum. Da war ich noch ganz klein. Sie hat mich nämlich mal dabei erwischt, wie ich nach einem Sturz damit mein Knie verbunden habe. Und einmal, als ich einen platten Fahrradreifen hatte, habe ich das Loch damit geflickt.

Aber Mum hat mir erklärt, dass diese Dinger nur für Frauen, aber nichts für Jungen sind.«

Ich stelle ihn mir neben seinem BMX-Rad vor, eine Binde um den Reifen und die andere auf dem aufgeschrammten Knie. »Hat es funktioniert? Ich meine, konntest du das Loch tatsächlich damit flicken?«

»Nee«, räumt Jack mit einem Lächeln ein. »Das Ding war irgendwie nicht dicht.«

Den Rest des Tages bringe ich in einer Hängematte zu. Ich lese immer wieder dieselbe Seite meines Buchs, während Mum über dem Kreuzworträtsel einer Frauenzeitschrift sitzt und überlegt, wie der alljährliche Wechsel des Gefieders bei diversen Vögeln heißt.

»Sechs Buchstaben, der erste ist ein M«, erklärte sie.

»Morphe«, schlage ich vor.

»Nein, das passt nicht.«

Während ich Kartoffeln und Karotten schäle, schwärmen meine und Jacks Mum sich gegenseitig von den alten Zeiten vor. Während unseres letzten Campingtrips bin ich noch auf den Bäumen rumgeklettert und habe mir wie die Jungs die Schienbeine und Knie aufgekratzt. Säße ich beim nächsten Mal vielleicht mit irgendeiner Häkelarbeit da? Ich habe das Gefühl, als hätte ich mit einem Mal kein Leben mehr.

Jack fehlt mir. Wann kommen bloß die Jungs endlich vom See zurück?

Als ich längst das Warten aufgegeben habe, kommen sie wie Sargträger im Gänsemarsch zurück, nur dass sie fröhlich grinsen und auf ihren nackten Schultern unser Kanu liegt.

In dieser Nacht schläft Jack bei Ben. Ich warte darauf, dass er dessen Ausdünstungen abermals entflieht, doch er taucht nicht noch einmal bei mir auf.

Ich rede mir ein, die Schatten an der Zeltwand seien irgendwelche mystischen Gestalten, und auf einmal weiß ich die Antwort auf Mums Frage: Mauser. Ja, genau.

Es ist wie bei dem Suchspiel mit zwei Bildern, die beim ersten Hinsehen identisch, auf den zweiten Blick jedoch völlig verschieden sind.

In jener Nacht wird mir klar, dass sich die Beziehung zwischen Jack und mir für alle Zeit verändert hat.

24

Das Kartenhaus

Ich wälze mich stundenlang im Bett und frage mich, welche Bedeutung der Besuch des Cops bei Sara für mich hat. Oder für Jack und Oliver. Irgendwann nicke ich ein, doch wenig später reißt das schrille Piepsen eines Rauchmelders mich aus dem Schlaf. Hatte ich mal wieder meinen Trockner laufen lassen und das Fenster zugemacht? Müde schleppe ich mich Richtung Waschküche, als ich erkenne, dass der Lärm von draußen kommt. Es ist schon öfter vorgekommen, dass Meg in den frühen Morgenstunden Speck für Mitch gebrutzelt und verbrennen lassen hat, doch es ist mitten in der Nacht. Und so verrückt ist nicht mal sie, dass sie um diese Uhrzeit in der Küche steht.

Ich höre, dass Bear kläfft. In Richtung von Jacks Haus.

Sara.

Und der Polizist.

Der Wagen steht nicht mehr am Straßenrand. Ihre kleine Orgie ist also vorüber.

Ich stürze an die Hintertür.

Eine dichte Rauchwolke umwogt den Zaun, und als sie sich lichtet, starre ich entgeistert auf Jacks Haus, das lichterloh in Flammen steht. Ich renne in den Garten, rudere mit meinen Armen und kämpfe mich durch die Rauchwolke hindurch. Durch die Spalte der anscheinend

nicht ganz dichten Flügelfenster meines Nachbarhauses dringen dünne Rauchfahnen, und durch die Scheiben nehme ich ein helles Flackern wahr. Ich überlege, wie die Aufteilung der Zimmer ist. Badezimmer, Schlaf- und Arbeitszimmer liegen rechter Hand. Ob sie vielleicht eine Kerze hat brennen lassen?

Die Zigaretten!

Ich rüttele an den Türen und den Fenstern – abgesperrt. Ich brauche eine Waffe, laufe wieder durch den Garten, schnappe mir die Schleifmaschine, die auf der Veranda liegt, und werfe kurzerhand eine der Scheiben von Jacks nagelneuen Flügeltüren ein. Durch den Windstoß wird das Feuer noch genährt, und da die Flammen immer höher schlagen, reiße ich ein Hemd von Saras Wäscheleine, wickele es um meine Hand, schiebe meinen Arm durch die geborstene Scheibe, taste nach dem Schlüssel, drehe ihn herum.

Geschafft. Ich bin im Haus.

Als ich den verrauchten Raum betrete, streift die Hitze meine Beine, und als sich der Luftdruck ändert und der frische Sauerstoff ins Zimmer strömt, höre ich erst ein leises Zischen, dann ein Krachen und ein lautes Dröhnen, während gleichzeitig die Hitze unerträglich wird. Eine Rauchwolke weht in den Raum, und als sie sich verzieht, sehe ich einen Klumpen auf der Couch. Sara. Sie bewegt sich nicht. Ist sie vielleicht ohnmächtig? Die Vorhänge über dem Sofa brennen bereits lichterloh, und vor lauter Rauch kann ich nicht einmal mehr die Zimmerdecke sehen.

Ich zerre sie an den Armen in den Hof, lege sie im Licht der Lampe über ihrer Haustür ab und will ihren Puls ertasten, aber meine Hände zittern viel zu sehr.

Nichts. Ich schaffe es nicht, meine Hand ruhig auf ihren Unterarm zu legen, bis ich etwas spüren kann. Also presse ich den Mund auf ihre Lippen, atme kraftvoll aus, presse beide Hände auf ihr Brustbein, kann aber nicht hören, ob sie atmet, denn das Feuer ist zu laut. Also kneife ich die Augen zu, lege meine Hand an ihren Mund und kann endlich einen schwachen Lufthauch spüren. Gott sei Dank!

Ich atme erleichtert auf, und endlich lässt mein Zittern etwas nach.

Eilig laufe ich zu mir rüber, schnappe mein Telefon, wähle die Nummer der Feuerwehr, nenne die Adresse und werfe den Hörer einfach wieder weg. Weil ich keine Zeit verlieren darf.

Ich schnappe meinen Feuerlöscher, der unter der Spüle liegt, überfliege kurz die Warnhinweise auf dem Schild und stelle fest, dass dieses Ding nur etwas gegen Fettbrand ist. Was zum Teufel soll das sein? Aber spielt das wirklich eine Rolle? Bruchstücke der Notfallausbildung im Krankenhaus schwirren mir durch den Kopf.

Der Wasserschlauch. Ich zerre ihn hinter mir her und stürze mich erneut ins Flammenmeer in ihrem Wohnzimmer, das inzwischen schon bis an die freiliegenden Deckenbalken reicht. Der Strahl aus meinem Schlauch verdunstet zischend in der Hitze, die mich in dem Raum umgibt. Trotzdem schwenke ich ihn immer weiter zwischen den orangefarbenen Flammen hin und her. Dieser verfluchte Billigschlauch kommt einfach nicht gegen das Feuer an. »Hör endlich auf, immer so einen Billigkram zu kaufen!«, würde Jack jetzt sicher sagen. Und er hätte recht.

Ich brauche einen Eimer. Meine Augen brennen, und

ich huste ohne Unterlass. Ich gehe in die Hocke, weil ich hoffe, dass der Sauerstoff weiter unten noch nicht ganz verbraucht ist, und versuche, in dem dichten Qualm nicht die Orientierung zu verlieren – schließlich muss ich immer wissen, wo die Tür ist, denn sonst komme ich hier nicht mehr heil raus.

Ich stoße mit dem Fuß an etwas Hartes, Hohles. Eine umgestürzte Flasche. Deren blaues Etikett mit dem Eisbären mir irgendwie bekannt vorkommt.

Plötzlich schießt ein leuchtend rotes Band über den Boden auf mich zu – ein brennender Wodka-Strom.

Ich muss hier raus. Der Polizist ist weg, und sonst war außer Sara heute Nacht niemand im Haus.

Mit geschlossenen Augen und wild hustend renne ich zur Tür. Im selben Augenblick ertönt dicht hinter mir ein Krachen, und der Schmerz in meiner Schulter lässt mich an die Szenen in den Actionfilmen denken, in denen die Helden erst im allerletzten Augenblick aus einer Gefahrenzone fliehen.

Nur, dass keine hochdramatische Musik die Handlung untermalt und dieses Mal ich selbst die Heldin bin.

Ich laufe zurück zu Sara, als es irgendwo hinter mir plötzlich furchtbar kracht und eine unsichtbare Hitzewand uns zehn Meter entfernt erwischt. Hektisch zerre ich die immer noch bewusstlose Gestalt bis zu Megs Zaun.

Ich brülle: »Meg!«, obwohl ich weiß, dass meine Freundin nicht zu Hause ist. Denn all der Lärm hätte sie andernfalls auf jeden Fall geweckt. Ich frage mich, ob sie vielleicht mit den drei Jungs bei ihrer Schwester ist, wie sie es manchmal macht.

Dann höre ich Sirenen.

Bear kommt angetrottet, legt sich neben Sara und leckt ihr die Ohren ab. Sein Mundgeruch weckt doch wahrscheinlich Tote auf. Doch sie ist immer noch bewusstlos, und ich achte darauf, dass sie nicht aus der stabilen Seitenlage auf den Rücken kippt.

Endlich taucht der Krankenwagen auf, ein Sanitäter untersucht sie kurz, dann packt man sie auf eine Trage und verfrachtet sie in das Gefährt.

»Wo bringen Sie sie hin?«

»Steigen Sie ein«, weist man mich an. »Wir müssen Sie schließlich auch noch untersuchen.«

Mich?

»Und was ist mit dem Feuer?«, wende ich mich an einen der Brandbekämpfer. Mein Haus. Es steht direkt nebenan. Ich kann es nicht im Stich lassen.

»Es breitet sich inzwischen nicht mehr aus. Wir haben alles unter Kontrolle, Ma'am«, beruhigt er mich mit seiner tiefen Stimme und zeigt auf den Wagen. »Sie können getrost mitfahren.«

Als ich in den Krankenwagen steige, kommt es mir so vor, als ließe ich ein Kind im Stich. Denn dieses blöde Haus ist alles, was ich habe, und auf einmal wird mir klar, wie sehr es mir am Herzen liegt.

»Sind Sie sicher? Können Feuer nicht selbst Straßen überspringen? Es liegt jede Menge trockenes Laub in meinen Regenrinnen, und in dem Schuppen liegen alle möglichen brennbaren Materialien, und mein Hund ...«

»Wie gesagt, das Feuer ist unter Kontrolle, Ma'am.« Er fasst sich an den gelben Helm.

Durch die Tür des Krankenwagens sehe ich, dass ein dicker Ast von meinem Mangobaum abgerissen worden ist. Meine Einfahrt ist mit großen, gelben Blättern über-

sät, und plötzlich fällt mir wieder ein, dass Sara dieser Baum von Anfang an ein Dorn im Auge war.

Es riecht nach dem Erbrochenen, von dem ein Teil in Saras honigblonden Haaren hängt. Ihr Gesicht ist kreidebleich und eingefallen.

»Wir haben ihr ein Brechmittel verabreicht«, meint der Sanitäter. »Jetzt ist sie zumindest einen Teil der Sachen, die sie intus hatte, wieder los.«

Wie kann es sein, dass ich mit einem Mal in einem Krankenwagen sitze? Neben einer Frau, die mich von ganzem Herzen hasst.

»Vielleicht müssen wir ihr noch den Magen auspumpen. Wissen Sie, was sie getrunken oder eingeworfen hat?«

»Ich war nicht bei ihr, als das Feuer ausgebrochen ist. Ich habe nur den Rauchmelder gehört. Heute früh hatte sie Wein getrunken. Und im Wohnzimmer lag eine Flasche Wodka.«

Über den Gestank ihres Erbrochenen hinweg rieche ich den Alkohol. Aber sie bewegt sich. Ist am Leben. Wird von Fachleuten versorgt.

Ich nehme an, dass es ein gutes Zeichen ist, dass ich keine Sirene hören kann. Das heißt, dass es nicht allzu eilig ist.

Schließlich fahren wir durch die Tür der Notaufnahme, und die Helligkeit der Neonschilder brennt mir in den Augen, die vom Rauch derart gereizt sind, dass bereits der kleinste Windhauch wirkt, als stäche jemand mir die Augäpfel mit einem Messer aus.

Sie rollen Sara eilig auf der Trage fort, und ein freundlicher Mann führt mich zu einem Stuhl und spricht mit

einem anderen, der sachte meine rußgeschwärzte Hand ergreift.

Meine Schulter tut mir weh.

Ich habe – wieder mal – mein Elmo-Nachthemd an. Das auch als T-Shirt durchgehen kann. Als ich es über meine Knie ziehe, verzieht Elmo traurig das Gesicht.

Wegen des Schocks hüllt man mich zusätzlich in eine Decke ein, und trotzdem wünschte ich, ich hätte tatsächlich, so wie ich es mir schon vor Tagen vorgenommen hatte, auch beim Schlafen ganz normale Kleider angehabt. Ich bemerke, dass ein Ärmel meines Nachthemds angekokelt und zerrissen ist.

Sie bringen mich in einen anderen, nach Desinfektionsmittel riechenden Raum, untersuchen meine Lunge, um zu sehen, ob sie von der Hitze angegriffen worden ist, und spülen meine Augen aus.

»Aua!«, schreie ich, als sie vorsichtig versuchen, mir mein Nachthemd auszuziehen, ohne dass dabei noch mehr von meiner Haut zu Schaden kommt.

»Wieso tut mir überhaupt die Schulter weh?«, frage ich verblüfft.

»Einer der Deckenbalken ist wohl runtergekommen. Der hat Sie offenbar erwischt.«

»Deckenbalken?«

Davon habe ich gar nichts bemerkt.

Obwohl sich alle rührend um mich kümmern, nehme ich die Dinge, die sie mit mir anstellen, nur verschwommen wahr. Eine ganze Reihe Ärzte defiliert an mir vorbei. Eine Reihe Nadeln – vielleicht Antibiotika – werden in meinen gesunden Arm gerammt, und meine Schulter und die Hände werden sorgfältig von Ruß und Schmutz und Blut und Glassplittern befreit.

Das Schleifgerät, fällt mir erst jetzt wieder ein. Anscheinend wirkt die Aufregung der letzten Stunde sich auf mein Gedächtnis aus.

Man klebt mir ein Pflaster auf die Schulter und näht meine Hand. Wovon, abgesehen von dem Pikser, um sie zu betäuben, nichts zu spüren ist.

Ich bin ein bisschen stolz, denn ich wurde noch nie genäht. »Wie viele Stiche?«, frage ich.

»Nun, inzwischen macht man nur noch einen langen, durchgehenden Stich«, wird mir erklärt. Was mich etwas enttäuscht. Das klingt bei weitem nicht so spannend. Ich hätte eine Zahl gebraucht.

»Sie hatten wirklich Glück, denn Ihre Finger haben kaum was abgekriegt«, stellt die Krankenschwester nüchtern fest. »Dabei kriegen die fast immer etwas mit. Meistens bei Kleinkindern. Die schneiden sich oft die Sehnen in den Fingern an diesen verdammten Limodosen durch.«

Dann erscheint die Polizei, und ich werde gebeten zu erzählen, was geschehen ist, auch wenn ich keine Ahnung habe, was das soll. Ich berichte von dem Rauchmelder, dass ich ein Fenster eingeschlagen, sie vors Haus gezogen und versucht habe, mit meinem Schlauch zu löschen, bis ich mit dem Fuß gegen die Flasche stieß und eilig abgehauen bin. Viel mehr ist schließlich nicht passiert.

Dann heißt es, dass ich gehen, aber vorher gerne noch zu meiner Freundin kann.

»Sie ist nicht meine Freundin«, stelle ich umgehend klar.

»Sie haben sie gerettet. Was bedeutet, dass Sie jetzt bis an ihr Lebensende ihre Freundin sind.«

Das hat mir gerade noch gefehlt.

Die Schwester bringt mich auf eine Station, auf der es wie an meiner Arbeitsstelle riecht.

»Hier ist das Zimmer von Ms Mcleod. Sie schläft – was sicherlich das Beste für sie ist. Aber morgen früh kann sie entlassen werden. Denn dank Ihrer schnellen Hilfe ist ihr nichts weiter passiert. Trotzdem haben wir sie erst mal an den Tropf gehängt, damit die flüssige Aktivkohle den Rest des Zeugs, das sie getrunken hat, aufsaugt. Solche Fälle kriegen wir hier öfter rein.«

Ich bekomme Bauchweh, als ich daran denke, dass ich Jack von den Geschehnissen der Nacht erzählen muss. Ich hoffe, irgendjemand hat ihn bereits informiert, und plötzlich kommt mir der Gedanke, dass ich schon viel eher hätte erkennen müssen, dass mit ihr etwas nicht stimmt. Doch ich hatte nur daran gedacht, wie ausfallend sie bei meinem Besuch geworden war, und gar nicht überlegt, ob ich ihn vielleicht anrufen und wissen lassen sollte, dass sie völlig außer sich und sturzbetrunken war. Was, wenn sie vielleicht nur derart ausgerastet war, weil ich versucht hatte, nach ihr zu sehen? Was, wenn dadurch erst das Fass für sie übergelaufen war? Aber vielleicht hatte auch der Polizist mehr als nur seine Libido dabeigehabt. Womöglich einen kleinen Vorrat irgendwelchen Zeugs, das bei einer Razzia irgendwo verschwunden war? Wer weiß?

Ich schließe meine Augen und schlafe fast im Stehen ein. Ich bin abgrundtief erschöpft und will nur noch heiß duschen, um den Ruß von meinem Körper abzuwaschen, mich wieder in mein Bett verkriechen und so tun, als wäre all das nie geschehen.

Dann denke ich erneut an Jack. Soll ich ihm verraten, dass Sara kurz vor dem Brand Besuch von diesem

Polizisten hatte? Dass sie nicht alleine war? Was, wenn er plötzlich nach Hause kommt – wo nichts mehr ganz und keine von uns beiden anzutreffen ist? Dann wird er doch bestimmt vor lauter Angst vergehen.

Als ich Meg anrufe, ist sie völlig außer sich, weil ich nicht zu erreichen war, als sie von dem Besuch bei ihrer Schwester heimgekommen sind. Ich erkläre ihr, dass es mir gutgeht, und sie sagt, dass auch mit meinem Haus und meinem Hund alles in Ordnung ist und sie so schnell wie möglich in die Klinik kommen wird.

Wenig später stürmt sie völlig aufgelöst das Krankenhaus, fällt mir schluchzend um den Hals, und während sie mich heimfährt, rufe ich bei Jack in Townsville an. Ich nehme an, inzwischen ist die Feier seines Dads vorbei, weshalb ich sie durch meinen Anruf nicht mehr ruinieren kann.

»Was ist los? Geht es dir gut? Ist irgendwas mit Sara?«

Als ich seine Stimme höre, drohen mir die Nerven vollends durchzugehen. Also atme ich so tief wie möglich ein und antworte in, wie ich hoffe, ruhigem Ton.

»Es geht uns gut, Jack.«

»Gut. Denn ich hatte schon Angst, sie hätte sich vielleicht mit einer Axt auf dich gestürzt oder dein Lieblingsstofftier angezündet«, scherzt er völlig ahnungslos, bevor er mir berichtet, dass die Feier seines Vaters, abgesehen von den gefüllten Eiern, die eine mir unbekannte Großtante anscheinend nicht vertragen hat, echt super war. Dann hat also bisher noch niemand bei ihm angerufen. Toll.

»Jack, ich muss dir etwas sagen. Es ist nämlich doch etwas passiert.«

»Und was? Hat Sara etwa doch dein Lieblingsstofftier angezündet?«, fragt er gut gelaunt.

Es widerstrebt mir, ihm die Stimmung zu verderben, vor allem, als mit einem Mal im Hintergrund das fröhliche Lachen seines Sohnes ertönt.

»Eine Sekunde, Oli, gleich spielen wir weiter. Aber erst lässt du mich noch mit Tante Frankie reden, ja?«

Ich berichte knapp, was vorgefallen ist, lasse allerdings den abendlichen Gast erst einmal unerwähnt.

Sein Schweigen zeigt mir, wie schockiert er ist.

Schließlich aber vergewissert er sich ängstlich: »Und euch beiden geht es wirklich gut?« Im Flüsterton fragt er, ob Sara vielleicht »irgendetwas eingeworfen hatte oder so«.

»Ich bin mir nicht sicher, Jack.«

»Ich dachte, diesen Scheiß hätte sie hinter sich. Nachdem Oli auf der Welt war, habe ich ihr klipp und klar gesagt, dass ich nicht dulden werde, dass mein Kind je auch nur in die Nähe von so etwas …«

Ich kann deutlich hören, wie er sich in Rage redet, aber plötzlich bekommt seine Stimme einen förmlich-distanzierten Klang, als er erklärt, dass er den nächsten Flug zurück nach Brisbane nehmen wird. Er sagt, der Schaden an dem Haus sei ihm vollkommen egal, er sei einfach froh, dass alle rechtzeitig herausgekommen sind, und dankbar, dass er Oli mitgenommen habe. Noch ehe ich etwas erwidern kann, legt er grußlos den Hörer auf.

Plötzlich ist die Leitung tot, ich starre verblüfft mein Handy an, und als das Display schwarz wird, breitet sich in meinem Inneren ein Gefühl der Leere aus.

Als Meg und ich vor meinem Grundstück halten, zieht mein Magen sich zusammen. Denn der Anblick des geschwärzten, ausgebrannten Hauses, in das Jack derart viel Arbeit investiert hat, tut mir in der Seele weh. Ich bin

nur froh, dass meinem eigenen Häuschen nichts passiert ist, wie mir meine Freundin schon im Krankenhaus versichert hat.

Ich lehne dankend ab, als Meg mir anbietet, noch kurz mit reinzukommen. Ich muss erst einmal zur Ruhe kommen.

Allerdings stelle ich fest, dass es nicht gerade einfach ist, sich mit einer sorgfältig verbundenen Schulter auszuziehen. Und auch das Aufdrehen der Dusche ist viel schwieriger, wenn die Hand in einer Plastiktüte steckt. Meine blauen Flecken werden immer schillernder und schmerzen minütlich mehr, aber wenigstens bin ich allein, so dass ich langsam wieder einen klaren Kopf bekommen kann.

Ich wage nicht, nach hinten rauszusehen. Es riecht, als hätte man das Schmutzwasser vom Spülen über einem Lagerfeuer ausgekippt. Ein schlammiger und trauriger Geruch.

Trotz der frühen Stunde muss ich erst mal schlafen. Deshalb steige ich in meinen weichen Frotteeschlafanzug und krabbele ins Bett. Bear hat sich in meiner Nähe auf der bereits durchgelegenen Stelle meines Flickenteppichs eingerollt, denn seit den seltsamen Gerüchen und Geschehnissen der Nacht ist er ungewöhnlich anhänglich. Was ich sehr gut verstehen kann.

***

Als ich wach werde, zirpen die Grillen, und die Vögel zwitschern fröhlich in der Palme, die vor meinem Fenster steht. Ich habe einen ganzen Tag verloren, denn die Abenddämmerung bricht bereits an.

Trotzdem schlafe ich anscheinend noch mal ein, denn beim zweiten Mal werde ich von Geräuschen hinter meinem Haus geweckt. Ich höre Olivers vertraute, süße Stimme und weiß, dass Jack wieder da ist.

Sofort bin ich hellwach. Wie geht es ihm? Was macht das Haus? Sara wurde doch bestimmt inzwischen aus dem Krankenhaus entlassen. Und wenn sie zurück ist, darf ich dort drüben nicht eindringen. Ich kenne meinen Platz, und er ist hier.

Bei dem Gedanken an ein Wiedersehen mit Sara wird mir schlecht. Aber ist sie überhaupt zu Hause? Bisher ist nirgends eine Spur von ihr zu sehen. Kommt sie wohl überhaupt noch mal hierher zurück?

Ich setze erst mal Wasser auf, und das Ziehen der Naht an meiner Hand verrät mir, dass die Wunde heilt. Doch noch immer kommt es mir so vor, als ob mein Mund der reinste Aschenbecher wäre, und noch immer reagieren meine Augen fürchterlich empfindlich auf den kleinsten Lufthauch oder die geringste Helligkeit.

Während Jack in der Garage rumpelt, hat sich Oli in den rußbedeckten Sandkasten gesetzt und füllt fröhlich seinen Eimer mit einem Gemisch aus Sand und Gras.

Die untere Etage des Gebäudes ist mit Plastikbändern abgesperrt. Sie sieht wie ein Schwarz-Weiß-Druck aus – farb- und leblos, so, als würde sie nur noch aus eingeätzten Schwarz- und Grautönen bestehen.

Als Jack aus der Garage kommt – die man im Gegensatz zum Wohnhaus noch betreten darf –, hat er eine Kühlbox, eine Zelttasche und einen Campingstuhl in Form eines Frosches dabei. Ängstlich sehe ich ihn an und denke an den männlichen Besucher, der am Vorabend bei seiner Freundin war. An das Polizistendrama hatte

ich in meiner Aufregung wegen des Feuers fast gar nicht mehr gedacht.

Jack breitet das blaue Stoffzelt auf dem Boden aus, rammt die Heringe mit nackten Füßen in den Boden, spannt verführerisch die Muskeln an und zieht das Zelt mit wenigen geübten Griffen hoch. Oliver wirft aufgeregt die dünnen Ärmchen in die Luft, schnappt sich sein Kopfkissen, das auf dem Boden liegt, und nimmt seine neue Schlafstätte begeistert in Besitz.

Ich esse Toast, nippe an meinem Tee und höre zu, wie Jack mit schiefer Stimme seinem Sohn ein Gutenachtlied singt. Bei dem Gedanken, dass er nur ein paar Meter von mir entfernt in einem Zelt kampiert, huscht ein Lächeln über mein Gesicht.

Vor allem, da Sara immer noch nicht wieder auf der Bildfläche erschienen ist.

Nach einer Weile höre ich das Quietschen meines Gartentors, und dann steht Jack vor meiner Hintertür. Aus der Nähe sieht er aus, als sei er über Nacht um fünf Jahre gealtert. Seine Augen sind verquollen, er ist unrasiert, hat einen entsetzten Ausdruck im Gesicht, trägt sein T-Shirt falsch herum, und aus dem Hosenbund der Malerhose, auf der ein paar eierschalenfarbene Flecken prangen, lugt das ausgeleierte Gummiband.

»Hi. Bist du okay?« Er sieht mich forschend an, entdeckt meinen Verband, nimmt meine Hand, und ich erschaudere, als er mit seinem Daumen über meine Finger streicht. Am liebsten würde ich mich eng an seiner Brust verkriechen und für alle Zeit dort bleiben. »Ist das alles?«

»Ja«, flunkere ich. »Und wie geht's dir? Ich hoffe, besser, als du aussiehst.«

Er nickt, doch als er vor sich auf den Boden sieht, muss er ein Gähnen unterdrücken. Aber schließlich war es für uns alle ein ereignisreicher Tag. Ich werfe einen Blick auf die geschwärzte Hülle dessen, was einmal das Erdgeschoss von seinem Haus gewesen ist.

»Und wo ist mein größter Fan? Ich nehme doch wohl an, dass man sie in der Zwischenzeit entlassen hat?«

Seine Lippen fangen an zu zittern, und er schluckt, bevor er sagt: »Als ich in die Klinik kam, war sie schon nicht mehr da.« Er beißt sich auf die Lippen. »Irgend so ein Typ …«

Er kann nicht weitersprechen und sieht mich mit leeren dunklen Augen an. Das heißt, er weiß Bescheid, ohne dass ich ihm erst sagen muss, was ich gesehen habe.

»Sie hat mich verlassen …«, murmelt er.

Ich hatte gedacht, ich würde außer mir vor Freude sein, falls es jemals dazu käme. Wenn er endlich frei wäre und ich ihn haben könnte. Aber seine unglückliche Miene zerreißt mir das Herz.

»Ich dachte, wir könnten diese Krise überwinden und es für Oli noch einmal versuchen. Aber offenkundig habe ich's verbockt. Es ist vorbei. Für sie ist die Sache abgehakt.«

Ich lege meinen unverletzten Arm um ihn, und er sackt unglücklich an meiner Brust in sich zusammen und stößt eine Reihe kurzer, harscher Atemzüge aus. In meinen Augen steigen Tränen auf, aber ich weiß, dass es ihm noch viel schlechter geht als mir, und deshalb muss ich Haltung bewahren. Trotzdem fühle ich mich wie ein Kind, das einen schlechten Tag hatte und sich nur so lange zusammenreißen konnte, bis es endlich in den Armen seiner Mutter lag.

Er schlingt mir die Arme um die Taille und vergräbt die Nase tief in meinem feuchten Haar. Sofort bin ich von meinem Elend abgelenkt. Es wird ersetzt durch ein Gefühl der Wärme, seinen herrlichen Geruch und die Rauheit seiner unrasierten Wange an meinem Gesicht. Seine starken Finger suchen meine Hand, heben sie an seine Wange, und ich streichele sie.

Doch noch ehe ich mich fallenlassen kann, legt Jack die andere Hand auf meine Schulter, trifft dort auf das Pflaster, und als ich zusammenzucke, zieht er seine Hand so schnell es geht wieder zurück.

»Was zum Teufel ist das?«, flüstert er mit rauer Stimme, schiebt mein Hemd von meiner Schulter und betrachtet den Verband. »Bist du verletzt? Du hast gesagt, du hättest nur was an der Hand!«

»Es ist nicht weiter schlimm. Sie haben gesagt, dass einer von den Deckenbalken …«

»Einer von den *Deckenbalken*?«

»Ich weiß nicht mehr genau, was alles …«

»Ist die Schulter etwa auch verbrannt? Haben sie auch untersucht, ob du eine Rauchvergiftung hattest, und das ganze Zeug?« Dann zeigt er auf das Pflaster, das inzwischen durchgeblutet ist. »Das musst du dringend wechseln. Wenn du willst, kann ich dir dabei helfen.«

Doch ich wehre ab. »Schon gut.« Denn es täte sicher viel zu weh, wenn er mit seinen großen, unbeholfenen Männerhänden an meinem Verband herumreißen würde.

»Du stürzt dich also heldenhaft in ein brennendes Haus, um eine ohnmächtige Frau herauszuziehen, hast aber Angst davor, dass man dir ein Pflaster von der Schulter zieht?«

Gegen meinen Willen führt er mich ins Haus, schiebt

mich ins Bad und holt sogar noch eine Lampe, so, als wolle er nicht nur das Pflaster tauschen, sondern mir auch gleich die Schulter amputieren. Ich wende mich ab, schäle mich vorsichtig aus meinem Oberteil, halte mir ein Handtuch vor die nackte Brust und spüre, wie sein Blick mir Löcher in den Rücken brennt.

»Autsch!«, entfährt es mir, als er wenig sensibel an dem Pflaster reißt. »Warum kleben sie die Dinger immer direkt auf den wunden Stellen fest?«

»Halt die Klappe.«

Vorsichtig löst er das Pflaster ab, tauscht es gegen eins der frischen, die mir eine kleine, stets lächelnde Krankenschwester mitgegeben hat, und streicht vorsichtig die Ränder glatt.

»Danke, Dr. Shaw.«

Ich erwarte, dass er mich allein lässt, damit ich mich wieder anziehen kann, doch er bleibt vor mir stehen, rollt mit seinen Fingern wie ein Maler über meinen Rücken, und urplötzlich ist mir alles andere egal. Ich wünschte mir, er würde mich trotz meiner wunden Schulter kurzerhand gegen die Wand des Badezimmers drücken und mich küssen.

Wir müssen uns entscheiden, wie es weitergehen soll. Zum zweiten Mal in dreizehn Jahren.

Er beugt sich vor und küsst mich auf die Wange. Dann fährt er mit seiner Nase bis zu meinem Ohr und schnuppert an meinem Haar.

»Du solltest vielleicht nachsehen, was Oli macht«, stoße ich keuchend aus und hoffe, dass er sagt, der Junge schliefe tief und fest.

Stattdessen tritt er einen Schritt zurück, sagt mit rauer Stimme »Danke« und muss sichtlich schlucken, als er auf

das Zelt im Garten blickt. »Dafür, dass du Sara aus dem Haus gezogen hast.«

Die Leinenwände fangen an zu wackeln, und ich höre einen jämmerlichen Schrei. »Sie ist schließlich Olis Mutter.«

Ich atme aus, ergreife seine Hand und führe ihn zur Tür. Ich bringe es nicht über mich, ihm ins Gesicht zu sehen, wenn er von Sara spricht.

»Daddy!«, ruft das Kind verschlafen.

Jack steht einen bloßen Atemzug von mir entfernt, und ich kann spüren, welche Hitze seine Haut verströmt. Wieder macht er einen Schritt nach hinten, zieht die Hand zurück und geht dann langsam durch das Tor zurück zu seinem Zelt.

»Ich bin hier, Kumpel«, erklärt er seinem Sohn.

Und ich bin wieder mal allein.

25

Die neue Küche

Ich wälze mich in meinem Bett. Obgleich ich körperlich total erledigt bin, hält der Wirrwarr der Gefühle mich vom Schlafen ab. Das macht mich wütend und nagt derart an mir, dass ich immer wieder daran zurückdenke, wie Jack mit seinen Händen fast unmerklich die Konturen meines Rückgrats nachgezogen hat. An die unausgesprochene Botschaft, die dabei in seinem Blick gelegen hat.

Doch irgendwann bin ich anscheinend eingenickt, denn als ich erwache, hat der Schmerz in meiner Schulter merklich nachgelassen und die dunkelblauen Flecken sind zu Gelb und hellem Violett verblasst. Ich dusche, esse und fühle mich fast wieder normal.

Auf der Toilette fällt mein Blick auf den Kalender an der Tür, und mir wird klar, dass ich zu einer Konferenz nach Melbourne muss. Es geht dort um die Rehabilitierung junger Sexualstraftäter – ein Bestandteil meines Jobs, bei dem ich immer eine Gänsehaut bekomme, vor dem ich mich aber nun einmal nicht drücken kann. Denn ohne meine Teilnahme an dieser Konferenz werden uns die Gelder für diese Projekte nächstes Jahr gekürzt.

Körperlich bin ich inzwischen wieder fit. Emotional hingegen bin ich derart ausgelaugt, dass mich der Gedanke an den Flug und die Übernachtung im Hotel zusammenfahren lässt.

Vor allem aber will ich gerade jetzt nicht weg von Jack.

Plötzlich taucht in meiner Tür sein Kaffeebecher auf. (Wahrscheinlich will er noch mal nach mir sehen, um sich zu vergewissern, dass ich über Nacht nicht eine Lunge ausgehustet habe oder so.)

»Marco?«, ruft er wie als achtjähriger Junge, während wir in seinem Schwimmbecken gepaddelt haben.

»Polo«, stammele ich und füge schnell hinzu: »Keine Angst, ich atme noch.«

»Gut. Kann ich vielleicht mein Bier in deinen Kühlschrank stellen?«, fragt er mich und läuft bereits mit dem Karton an mir vorbei. Es ist, als wäre das, was gestern fast geschehen wäre, nie passiert, was gleichermaßen gut wie traurig ist.

»Hast du drüben noch immer keinen Strom?«

»Nee«, ruft er aus meiner Küche. »Und das Eis in unserer Kühlbox sieht wie warme Pisse aus, in der kleine Stückchen schwimmen.«

»Zahlt denn die Versicherung in einem solchen Fall nicht irgendeine Unterkunft?« Es erscheint mir einfach nicht gerecht, dass er so leben muss.

»Die läuft auf ihren Namen.« Jetzt kommt er ins Wohnzimmer zurück. »Und ich werde sie bestimmt nicht darum bitten, für mich bei dem Laden anzurufen oder so.« Als ich an sie denke, wird mir ganz flau im Magen. Ich fühle mich wie Dorothy im *Zauberer von Oz*, über der die ganze Zeit die böse Hexe schwebt. Ich weiß, dass die Beziehung zwischen Jack und ihr noch längst nicht wirklich abgeschlossen ist. Denn schließlich geht es dabei nicht nur um sie beide, sondern auch um ihren Sohn.

»Hast du inzwischen irgendwas von ihr gehört?« Der Kleine muss ihr doch entsetzlich fehlen.

»Sie ist anscheinend immer noch bei diesem Kerl. Irgendeinem Cop, der sie mal angehalten hat, weil sie zu schnell gefahren ist. Es sieht aus, als liefe diese Sache schon seit Monaten, und jetzt zieht sie wahrscheinlich bei ihm ein. Denn so macht sie es immer. Sie macht immer erst mit einem Typen Schluss, wenn sie bereits den nächsten sicher hat.« Er klingt vollkommen unbeteiligt, doch ich kann den dunklen, schmerzerfüllten Unterton in seiner Stimme hören.

»Echt?« Doch warum frage ich das überhaupt? Ich habe schließlich selbst gesehen, wie sie sich diesem Typen an den Hals geworfen hat.

»Nun, das Letzte, was sie mir am Telefon ins Ohr geschrien hat, war: ›Er schmeckt wie du, nur süßer.‹« Er klingt immer noch gefasst, tritt aber wütend gegen seinen leeren Bierkarton, der auf dem Boden liegt.

»Vielleicht wollte sie dir damit ja nur weh tun«, sage ich. »Wegen dem, was ihrer Meinung nach zwischen uns beiden läuft.«

»Was läuft denn zwischen uns?«, fragt er mich ruhig.

Vor lauter Schreck bringe ich keinen Ton heraus. Mir klappt die Kinnlade herunter, und ich starre ihn mit großen Augen an.

Er unterzieht mich einer eingehenden Musterung und stellt dann fest: »Verdienst du nicht deinen Lebensunterhalt mit Reden? Damit, dass du dich in die Gefühlswelt anderer Leute reinversetzt?«

»Das ist einfach«, murmele ich. »Denn dabei geht es schließlich nicht um mich.« Hinter mir steht eine Bank, und ich lehne mich ermattet daran an.

»Sag mir, dass es falsch ist.« Jetzt sieht er mir direkt ins Gesicht. »Sag mir, dass das, was ich für dich empfinde,

falsch ist, wenn du kannst.« Plötzlich klingt er wütend. Aber gilt sein Zorn eher mir oder ihm selbst?

Er geht wieder in die Küche, öffnet meine Kühlschranktür, holt sich ein Bier und trinkt die erste Hälfte noch im Stehen aus. Dann geht er auf die Veranda und wirft sich auf einen Stuhl.

Entschlossen laufe ich ihm hinterher, werfe ihm einen Schlüssel zu, und er zieht eine Braue hoch.

»Du willst, dass ich hier einziehe?«, fragt er mich überrascht.

»Ich muss arbeitsmäßig drei Tage nach Melbourne. Wenn du willst, könnt ihr so lange aus diesem Ofen, den du Zelt nennst, hierher umziehen.«

Dankbar, aber gleichzeitig auch unbefriedigt stellt er fest: »Dann darf ich also in dein Bett, während du selber gleichzeitig woanders schläfst?« Was sagt er da?

Damit er mich nicht lächeln sieht, küsse ich ihn eilig auf den Kopf.

»Oh, und vergiss nicht, Bear zu füttern.« Damit kehre ich ins Haus zurück, weil ich schließlich noch packen muss.

***

Drei Tage später liefert mich ein Taxi wieder vor der Tür meiner Baracke ab. Jack hat mir eine SMS geschickt und mich gefragt, wann ich wieder nach Hause käme, deshalb zerre ich mit wild flatterndem Magen meinen Rollkoffer über den Bürgersteig. Ein verführerischer Duft weht mir entgegen, und zum ersten Mal kommt es mir vor, als ob mich irgendwer in meinem Heim willkommen heißt. Unabhängigkeit ist etwas Wunderbares, ist aber nicht mit dem Gefühl vergleichbar, dass man

voller Ungeduld erwartet wird, wenn man nach Hause kommt.

Ich nähere mich der Veranda und kann deutlich hören, wie Oliver mit seinen kurzen Beinchen eilig an die Tür gelaufen kommt. Für einen zweijährigen Jungen ist er ungewöhnlich lange auf. Aber schließlich wurde Saras strenges Regiment inzwischen durch Jacks lässigen Erziehungsstil ersetzt. Essen gibt es aus der Dose oder von *McDonald's*, und wenn Oli keine Lust hat, sich von seinem Vater in der Wanne abschrubben zu lassen, wird er einfach mit dem Gartenschlauch vom größten Dreck befreit, bevor er abends schlafen geht. Weshalb er bester Stimmung ist.

»Fffankie!« Seine Augen fangen an zu leuchten, und mir schwillt das Herz vor lauter Glück.

Der Boden meines Hauses ist mit Spielzeug übersät, vor dem Sofa steht ein Zelt, und mitten durch den Raum hat Jack eine Art Seilrutsche gespannt. Es herrscht das totale Chaos, aber nie zuvor hat meine Bude so lebendig und so fröhlich ausgesehen.

Ich stelle meinen Koffer ab, marschiere in die Küche und entdecke durch die offene Hintertür Jacks alten Pick-up, der mit Schränken und zerbrochenen Türen beladen ist. Anscheinend räumt er nebenan schon auf.

Doch plötzlich wird mir klar, dass dieser Müll auf seiner Ladefläche einmal meine eigene Küche war.

Was hat das zu bedeuten?

Eilig drehe ich mich um.

Jack steht am Herd und rührt in einem Topf. Außer seinen Shorts hat er nur meine Schürze an, aber nicht deshalb reiße ich verblüfft die Augen auf.

Sondern, weil mein Blick auf einen nagelneuen Ofen

fällt. Er ist neben einer neuen Doppelspüle mit genau der schicken Armatur, die ich aus einer Zeitschrift ausgeschnitten und auf meinen Wunschzettel geklebt hatte, in eine Marmorarbeitsplatte eingelassen. Und meine Essenskisten wurden gegen einen über Eck gebauten Vorratsschrank getauscht.

Innerhalb von nur drei Tagen und mit einem zweijährigen Kind im Schlepptau hat der Mann mir meine Traumküche gebaut!

Ich bin völlig überwältigt, und vor lauter Freude wird mir siedend heiß.

»Gefällt es dir?«, fragt Jack mich strahlend. »Nur der gläserne Spritzschutz wurde nicht mehr pünktlich fertig. Weil der passend zugeschnitten werden muss.«

»Ich fasse es nicht, Jack!« Ich reiße mir meine Hände an die Wangen. »Wie in aller Welt hast du das in so kurzer Zeit geschafft? Wo hast du alle diese Sachen her?«

»Sie waren schon seit längerem bestellt. Für die kleine Küche, die ich drüben neben unserer großen Küche haben wollte. Und sie wurden angeliefert, kurz nachdem du Richtung Melbourne aufgebrochen warst. Ich dachte mir, wenn die Versicherung die Kosten für den Wiederaufbau meines Hauses übernimmt, brauche ich das Zeug nicht mehr«, erklärt er in einem so gleichmütigen Ton, als hätte er mir eine Tüte Apfelsinen mitgebracht. »Den Eckschrank musste ich ein bisschen umbauen, aber das war kein Problem. Die meisten anderen Sachen haben ganz hervorragend gepasst, und selbst die Anschlüsse waren in etwa dort, wo ich sie haben wollte«, fügt er gut gelaunt hinzu.

Ich bin vollkommen geplättet von der großzügigen Geste und bewundere ihn für sein Geschick. Und er sel-

ber strahlt vor lauter Stolz und Freude, weil er mir hat helfen können, wie ein Honigkuchenpferd. »Außerdem hat mir die Ablenkung echt gutgetan«, fügt er hinzu, und meine Euphorie verfliegt.

Denn plötzlich fallen mir die dunklen Ringe unter seinen Augen auf, und in die Freude über meine neue Küche mischt sich leiser Zorn. Denn vielleicht hatte ich mir meine neue Küche ja ganz anders vorgestellt. Schließlich ist es meine Sache, dieses Haus zu renovieren. Als Zeichen meiner Unabhängigkeit. Und ich bin mir alles andere als sicher, ob es mir gefällt, dass mit einem Mal ein Kerl das Ruder übernimmt.

»Was ist los?«, fragt er, und mir wird klar, dass ich mich noch bei ihm bedanken oder irgendeine andere Reaktion auf diese Hammergeste zeigen muss. »Magst du keinen Marmor? Ich hatte mir gleich gedacht, dass dir wahrscheinlich eine Hartholzarbeitsplatte lieber wäre, nur war dieses Ding eben bereits bestellt.«

Oliver hüpft wie ein Hampelmann neben seinem Vater auf und ab. »Wir haben deine alte Küche abbebaut und mit einem Hammer draufgehauen, bumm bumm!«, erklärt er aufgeregt, und ich wuschele ihm zum Dank durchs Haar.

»Das ist es nicht. Die Küche ist perfekt. Ein Traum. Ich kann einfach nicht glauben, dass du das für mich getan hast. Und ich finde es unglaublich, dass du all das in drei Tagen hinbekommen hast.«

Ich erstarre, als er vor mich tritt und mir die Arme um die Taille legt. Während Oli ihm die Ärmchen um die Beine schlingt.

Dann legt er eine Hand unter mein Kinn und zwingt mich sanft, ihm ins Gesicht zu sehen. »Aber … was?«

Ich versuche, meine Worte gründlich abzuwägen, aber plötzlich brechen meine Vorbehalte einfach so aus mir heraus. »Es ist einfach zu viel. Zu früh. Das hier ist mein Haus, mein eigenes Ding. Meine Ablenkung, nachdem …«

»Zu viel? Zu früh?« Seine Augen werden dunkel, während er die Hände müde sinken lässt. »Ich kenne dich bereits mein ganzes Leben, Fray! Und ich habe diese Woche extra eine Reihe Vierundzwanzigstundentage eingelegt – damit, wenn du zurückkommst, alles fertig ist. Aber trotzdem hättest du es vorgezogen, wenn ich dich gelassen hätte, mir zu beweisen, dass du all das auch alleine schaffst?« Er setzt Oliver mit einer Scheibe Knoblauchbrot auf die Veranda, ist aber bereits im nächsten Augenblick zurück. »Deine Küche war das reinste Dreckloch, in dem jahrelang die Ratten ein und aus gegangen sind!«, brüllt er mich wütend an. »Wenn ich mich nicht irre, hattest du schon ein paar Angebote für die neue Küche eingeholt. Und was, bitte, macht es für einen Unterschied, ob irgendwelche Fremden sie dir einbauen oder ich?«

»Ich weiß nicht. Vielleicht den, dass ich dann selbst hätte entscheiden können, was ich will«, erkläre ich, obwohl ich mir nicht sicher bin, ob das der wahre Grund für meinen Ärger ist.

»Und was von beidem willst du nicht am Hals haben – die Arbeitsplatte oder mich?«

Mein Kinn fängt an zu zittern. »Jack …«

Er lässt eine Kelle in die neue Spüle fallen, und mir spritzen ein paar Wassertropfen ins Gesicht. »Weißt du was? Ich kann dir gerne eine Rechnung schicken, wenn du dich dann besser fühlst. Und vielleicht merke ich mir

dann ja endlich, dass ich bei euch Weibern, ganz egal, was ich auch tue, niemals auch nur einen Blumentopf gewinnen kann.« Er tritt vor meinen neuen Herd und rührt erbost in einem Topf. Ein verführerischer Duft weht mir daraus entgegen. Währenddessen sehe ich mir das Ergebnis seiner Arbeit noch einmal genauer an. Mit den Schubladen, die lautlos schließen, und dem ganzen anderen modernen Zubehör ist meine Küche plötzlich wunderschön.

Jack hat mir immer noch den Rücken zugewandt und taucht den Rührlöffel in einen zweiten Topf. Mit nichts als meiner Schürze um den Hals sehen seine Schultern tatsächlich noch breiter aus, und während er energisch rührt, spannt er die Rücken-, Arm- und Schultermuskeln sichtlich an. Vor allem aber sein Genick hat es mir wieder einmal angetan. Warum nur bin ich eine derart blöde Kuh? Es ist doch schön, dass er mir eine Freude machen wollte und mir deshalb seine Küche überlassen hat. Weshalb muss ich ständig so genau analysieren, was ich fühle und wie alles laufen sollte? Warum tue ich nicht einfach, wozu meine Intuition mich drängt, und schmiege mich von hinten an ihn an?

Weil alles Mögliche dagegen spricht. Wie, dass ich hundemüde bin. Dass ich nicht weiß, ob er mich wirklich will. Dass Oli in der Nähe ist. Und dass ich seine tote Exfreundin, vor allem aber seine um ein Haar verstorbene aktuelle Freundin einfach nicht vergessen kann.

Ohne zu wissen, was ich denke, steht er immer noch am Herd.

Plötzlich aber dreht er sich zu mir herum, und mir wird schwindelig. Hatte er mich nicht vor meiner Abreise um Ehrlichkeit gebeten? Weshalb kann ich ihm nicht

sagen, dass ich ihn noch immer liebe? Warum bringe ich die Worte einfach nicht heraus?

Mit angehaltenem Atem gleite ich mit einem Finger über seinen Arm in Richtung seiner Schulter, zwinge mich, ihm ins Gesicht zu schauen, und stelle fest, dass er genau darauf gewartet hat. Ich bringe keinen Ton heraus, doch irgendwie ist das egal. Denn er nimmt meine Hand und zieht mich eng an seine Brust.

Ich ignoriere das Geräusch, das gleichzeitig an meine Ohren dringt. Denn schon seit Tagen habe ich mir ausgemalt, wie es wohl wäre, wenn es endlich so weit ist.

»Daddy! Will noch Brot, Daddy!«, reißt eine Kinderstimme mich aus meiner Trance.

Oli kommt von der Veranda, zupft mit einer Hand energisch an Jacks Hose und hält mit der anderen seine leere Plastikschüssel in die Luft. Er hat keine Ahnung, wobei er uns gerade unterbrochen hat. Keine Ahnung davon, wie wir zwei uns angesehen haben und dass eben eine Grenze von uns überschritten worden ist.

Trotzdem ist der Moment verflogen, und sofort wendet sich Jack dem Kleinen zu. »Du hast mich vielleicht erschreckt, Kumpel! Willst du noch mal Zaubersprenkel auf dein Brot?« Er nimmt eine Scheibe aus dem Korb und bestreut sie großzügig mit Parmesan.

Obwohl mein Körper Oli kurzfristig zum Teufel wünscht, verlässt mich gleichzeitig der Mut. Ich kann das einfach nicht. Immerhin hat der Mann ein Kind mit einer anderen Frau, die gerade einmal fünf Minuten weg ist und wahrscheinlich spätestens in einer Woche wieder bei ihm auf der Matte stehen wird. Ich müsste also vollkommen verrückt sein, finge ich tatsächlich etwas mit ihm an.

»Darf ich mich zu dir setzen, Oli?«, frage ich. »Dann kannst du mir erzählen, wie du und Daddy meine Küche so toll hinbekommen habt!« Ich nehme seine Hand und bringe uns beide vor dem heißen Herd und seinem noch heißeren Dad in Sicherheit.

Oliver berichtet, wie er mit dem Riesenhammer meine »ekelige« Küche kurz und klein geschlagen hat, dass sie dabei Micky Maus gesehen haben, die in einer Ecke wohnt, ein Loch in meine Wand gefressen hat und …

Bevor er mit dem nächsten grässlichen Detail aufwarten kann, taucht sein Vater mit zwei Tellern auf, drückt mir einen in die Hand und sieht mich gleichzeitig sehnsüchtig an.

Ich bedanke mich und sehe eilig fort.

So simpel die Ravioli aussehen, so göttlich sind die seidig weiche Konsistenz und die reichhaltige Tomatensauce, die nach Urlaub in Italien schmeckt.

Während ich das Mahl genieße, denke ich, dass Sara eine Närrin ist.

Hat sie diesen handwerklichen Alleskönner, Meisterkoch und Supervater tatsächlich verlassen?

Oder will ich einfach glauben, dass sie nicht mehr wiederkommen wird?

Wir essen, stellen für Oli eine Kindersendung an und spülen das Geschirr, wobei mir meine Anspannung wegen der Sache, die wir angefangen haben, sicher überdeutlich anzusehen ist.

Als Oli auf der Couch einschläft, verfrachtet Jack ihn in das Zelt, das vor dem Sofa steht.

Ich fühle mich lebendig. Fühle mich begehrt. Fühle mich, als wäre ich zwar immer noch ich selbst, nähme

aber jemanden auf eine wunderbare Reise mit. Sollte es tatsächlich endlich so weit sein?

Ich wende mich ihm wieder zu, und mit schmerzverzogener Miene flüstert er so leise, dass es fast nicht zu verstehen ist: »Ich will, dass du mich küsst.«

Ich recke meinen Kopf und küsse ihn sanft auf die Stirn, bevor er sich zu Oli legt, der sich unruhig hin- und herwirft, seit er von der Couch ins Bett verfrachtet worden ist.

»Da hatte ich mir aber etwas anderes vorgestellt«, raunt er mir zu und krabbelt zu dem Kleinen in das Zelt.

Ich höre, wie er seinem Sohn ein Gutenachtlied summt, und als er kurz darauf wieder zum Vorschein kommt, wird mir bewusst, wie sexy ihn die Vaterrolle macht, und wieder schmelze ich dahin.

»Und Herr Vater, haben Sie jetzt den Rest des Abends frei?«

»Wenn man Kinder hat, hat man das nie. Es überrascht mich, dass es Kinder mit Geschwistern gibt, obwohl ich hoffe, dass er irgendwann welche bekommen wird. Auch wenn er jetzt wohl eher mit Halbgeschwistern rechnen muss.«

Er sieht mich forschend an, doch ich bemühe mich um einen möglichst ausdruckslosen Blick.

»An dem Tag im Auto klangst du nicht gerade begeistert, als die Sprache auf das Thema kam.«

Mir fällt ein, dass ich bei dem Gespräch fast ausgerastet bin. Weil ich dabei an Seamus denken musste und an seine Überzeugung, dass einem ein Kind jegliche Freiheit raubte und dass kaum eine Beziehung das Hinzukommen von Nachwuchs schadlos überstand.

»Da hast du einen wunden Punkt bei mir erwischt«, murmele ich.

Er zieht verblüfft die Brauen hoch und beißt sich auf die Lippe, stellt dann aber spöttisch fest: »Tja nun, vielleicht sollte ich selbst noch mal darüber nachdenken, falls du sie wirklich Ross und Rachel nennen willst …«

»Haha.«

Zum zweiten Mal beißt er sich auf die Lippe, und zugleich wird sein Gesicht vollkommen ausdruckslos.

Hat ihn meine Reaktion etwa beleidigt? Spricht er tatsächlich davon, dass er mal Kinder mit mir haben will? Dabei hat er mich bisher noch nicht einmal geküsst. Oder bilde ich mir das alles nur ein? Weil er genau wie ich die ganze Zeit in Rätseln spricht.

»Nun, wie stehen die Aktien, Fray?«

Wieder spanne ich mich an. Er sitzt auf dem Bürostuhl, der vor meinem Schreibtisch steht, rollt dann aber durch den Raum bis dorthin, wo ich reglos auf der Kante meines Bettes sitze, ergreift meine Hände, und die wunderbare Wärme seiner Finger führt dazu, dass ich nicht richtig denken kann.

»Hat es bei dir nicht sofort klick gemacht, als ich plötzlich nach dreizehn Jahren in deinem Garten stand? Ich wusste es sofort in dem Moment, als ich dich sah. Ich hatte keine Ahnung, dass du da sein würdest, aber irgendwie ergab dadurch plötzlich alles einen Sinn. Eigentlich war ich hierher zurückgekommen, weil ich dachte, wenn wir noch mal ganz von vorn beginnen würden, hätten ich und Sara vielleicht doch noch eine Chance. Außerdem hat der Gedanke mir gefallen, dass Oliver am selben Ort aufwächst wie ich. Doch in Wahrheit musste ich hierher zurück, weil du hier bist.«

Als er mit den rauen Außenseiten seiner Finger meine Wange streichelt, kribbelt meine Haut. Ich ergreife seine Hand und sehe, dass sie voller feiner weißer Narben ist. Denn schließlich rutscht selbst einem Meisterkoch gelegentlich das Messer aus.

»Du warst schon immer wunderschön.« Er streichelt meine Hand. »Aber irgendwie bist du in den vergangenen dreizehn Jahren in dich reingewachsen und füllst dein Gesicht erst jetzt vollkommen aus.« Zärtlich zieht er die Konturen meiner Wangenknochen nach. »Ich hatte das Gefühl, als hätte ich den größten Teil deines Lebenswegs verpasst, und wollte alles nachholen, bei dem ich nicht dabei gewesen bin. Ich wusste schon die ganze Zeit, dass mir meine beste Freundin fehlt, aber erst als ich plötzlich vor dir stand, wurde mir klar, wie sehr.«

Ich bin sprachlos. Weil die Übereinstimmung unserer Gedanken geradezu gespenstisch ist.

»Für dich war es wohl nicht so …«, fährt er zaghaft fort.

»Natürlich hab ich mich auch über das Wiedersehen gefreut, aber zugleich habe ich dabei an den Strand gedacht.«

Er wendet sich ab und kratzt sich unglücklich am Kopf.

»Du siehst mich und denkst an Kate? Nach all der Zeit?«

Er steht auf, verschränkt die Hände im Genick, tritt ans Fenster, dreht sich um und sieht mich wieder an. »Dann hast du also noch immer Zweifel?«

Ängstlich registriere ich seinen verletzten Blick. Habe ich es etwa wieder mal vermasselt?

»Nicht an dir, Jack. Denn ich kenne dich.«

Er starrt mich an wie ein Hypnotiseur, der seine

Patientin seinem Willen unterwerfen will, damit sie ihm die Wahrheit sagt. Und anscheinend gibt er sich mit dem zufrieden, was mein Blick verrät.

»Was würdest du jemandem wie dir empfehlen? Sagen wir, einer Patientin in der Klinik, deren Leben wunderbar geregelt war. Die davon geträumt hat, einmal eine tolle Anwältin zu werden, einen erfolgreichen Mann zu heiraten und ein paar hübsche Kinder zu bekommen. Die unglaublich clever ist, aber den Tod von ihrer besten Freundin einfach nicht verwinden kann. Die deshalb alle ihre Pläne kurzerhand über den Haufen wirft. Deren Beziehungen zu Männern immer wieder in die Brüche gehen. Und die sich eine Arbeit sucht, die niemals wirklich enden kann, weil es immer wieder neue hoffnungslose Fälle gibt, denen sie helfen muss. Weil sie immer noch versucht, jemandem zu helfen, dem niemals zu helfen war.«

Ich ziehe wütend meine Hand zurück. »Wir haben doch bereits geklärt, dass ich eine totale Niete bin.«

Er packt meine Handgelenke und beugt sich so weit zu mir vor, dass sich unsere Nasenspitzen fast berühren. Und noch während ich nach Luft ringe, setzt er zu einer Antwort an. »Das habe ich ganz sicher nicht gemeint. Weil dein Leben vollkommen in Ordnung ist. Aber die Loyalität und die Verantwortung, die du empfindest, machen dich noch immer fertig, Fray. Kannst du mir nicht endlich glauben, wenn ich sage, dass ich dir gehöre?«, fleht er mit vor Zorn und vor Verzweiflung rauer Stimme und fügt eindringlich hinzu: »Ich habe schon immer dir gehört.«

Seine Finger werden schlaff, doch gleichzeitig sieht er mich durchdringend mit beinah schwarzen Augen an.

Seit Jahren sind wir diesem Thema ausgewichen, aber jetzt kommt plötzlich alles auf den Tisch.

»Es geht mir nicht um eine schnelle Nummer. Ich spreche von unserem Leben, Fray. Ich werde ihren Krempel einpacken und vor die Tür stellen. Und wenn es hilft, werde ich an den Himmel schreiben, dass die Sache zwischen mir und Sara endgültig vorüber ist.« Er drückt meine Hand. »Mir ist klar, dass das alles ein bisschen seltsam ist, aber irgendwie kommt es mir gleichzeitig so vor, als ob es einfach unvermeidbar war, dass wir uns wiedersehen. Ich verstehe, dass du diese Sache ohne Schuldgefühle angehen willst. Und dass du diesen ganzen Scheiß mit Kate immer noch nicht völlig überwunden hast. Aber du musst endlich einen Schlussstrich unter diese Sache ziehen.«

Ich spüre, dass er mir entgleitet, und will ihn mit beiden Händen packen, aber die Verbindung zwischen uns ist so zerbrechlich, dass ich Angst habe, dass sie dann endgültig zerreißt. Deshalb suche ich nach Worten. »Ich will es auch, Jack, aber es ist einfach – kompliziert.«

Er sieht mich an. »Das Einzige, was zählt, ist, ob du mich liebst. Alles andere sind Nebensächlichkeiten, die man in den Griff bekommen kann.«

Ich atme zischend ein. Ich liebe und ich will dich. Bitte bleib.

Doch ich bringe keinen Ton heraus.

Da ich zu feige bin, um etwas zu erwidern, steht er auf, stürmt aus dem Raum, und ich höre, wie er seinen Schlafsack aufmacht, meine Zierkissen vom Sofa wirft, sein Kopfkissen gegen die Lehne knallt und mich meiner Reue und den schmutzigen Gedanken, die mir durch den Kopf gehen, überlässt.

26

Grundlagen

Während Jack am nächsten Morgen Olis Toast zu kleinen Sternen schneidet, scheint die Sonne durch mein Küchenfenster und verleiht der neuen Marmorarbeitsplatte einen warmen Glanz. Ich habe das Gefühl, als hätte ich eine neue Müslipackung aufgerissen, in der statt wie sonst manchmal ein kleines Plastikspielzeug eine fertige Familie enthalten war. Ich werfe einen nachdenklichen Blick auf das geschwärzte Stelzenmonstrum, das mein Häuschen überragt, und denke an die vielen Renovierungsarbeiten, die Jack dort vorgenommen hat. Er hat alle Räume frisch gestrichen, hochmoderne, schimmernde Geräte aufgestellt und rostfreie Stahlsteckdosen aus Europa angebracht. Aber wie heißt es so schön? Außen hui und innen pfui. War das Feuer vielleicht ausgebrochen, weil Sara entschieden hatte, dass die teuren Armaturen wichtiger als die Elektrik seien? Vielleicht war es gar nicht so dumm, dass ich mein eigenes Haus von Grund auf renovieren wollte und deshalb zunächst die grundlegenden Dinge angegangen war. Auch wenn das Nachbarhaus mit seiner matt gestrichenen Holzfassade und den eleganten Hartholzböden prächtig anzusehen gewesen war. Während meine Bleibe immer noch eher einem aufgegebenen Lagerschuppen glich.

Die schnellen Schritte, die plötzlich das Pfeifen meines

Wasserkessels übertönen, holen mich in die Gegenwart zurück.

»Ich wusste, dass du hier bei ihr sein würdest, Jack.«

Verdammt. Sie ist zurück. Mir wird schlecht, doch eilig straffe ich die Schultern und bin froh, dass Jack am Vorabend noch rechtzeitig aus meinem Schlafzimmer verschwunden ist. Trotzdem sind mir meine Schuldgefühle sicher überdeutlich anzusehen. Denn auch wenn wir physisch auf Distanz geblieben sind, war unsere Absicht klar.

Jack und ich sehen erst einander und dann Oli an. Denn wir wissen beide, weshalb Sara hier erschienen ist.

Er holt tief Luft und öffnet ihr die Tür. Mit einer Louis-Vuitton-Tasche bewaffnet, stürmt sie zornbebend an ihm vorbei. Sie wirkt sichtlich erholt, ist tadellos frisiert und sorgfältig geschminkt.

Sie lugt in das Zelt und fragt erbost: »Wo ist er?«

Da mein Haus nicht allzu groß ist, wird es sicherlich nicht sehr lange dauern, bis sie ihn mit seiner Spielzeugeisenbahn in meinem Schlafzimmer entdeckt.

»Mach mal langsam, Sara. Schließlich müssen wir erst einmal über diese ganze Sache reden. Darüber, wie es zu diesem Feuer kam und wie es weitergehen soll.«

»Nein. Ich brauche Oli, und dann muss ich schnellstmöglich wieder hier raus.« Sie schüttelt den Kopf, und die Glieder ihrer schicken Kette klirren laut. »Ich halte es nicht aus, mit euch beiden in einem Raum zu sein.« Was zeigt, dass sie sich mir entgegen der Vorhersage des Arztes doch nicht lebenslang verbunden fühlt. Ich verkrieche mich in einer Ecke, doch ich fürchte, ich bin trotzdem immer noch nicht unsichtbar.

Ein Hauch von Mitgefühl steigt in mir auf, bis mir

wieder einfällt, dass am Abend vor dem Feuer dieser Polizist auf ihrer Schwelle stand. Und Heuchelei fand ich schon immer widerlich.

»Lass Oli einfach hier, bis wir alles geklärt haben. Er ist hier glücklich.«

»Er ist *mein* Sohn, Jack! Du kriegst ihn nicht!«

»Du bildest dir doch wohl nicht ein, dass du nach allem, was geschehen ist, die Mutterkarte aus dem Ärmel ziehen und mich damit übertrumpfen kannst? Was wäre gewesen, wenn er in der Nacht daheim gewesen wäre? Er ist ebenso mein Sohn wie deiner, und du musst dein Leben erst mal auf die Reihe kriegen, bevor ich ihn irgendwann wieder mit dir alleine lassen kann.« In seinem Bemühen, zu ihr durchzudringen, tritt er vor sie und legt seine Hände sanft auf ihren Schultern ab.

Sie blickt zu ihm auf, und für einen kurzen Augenblick herrscht Totenstille. War er zu ihr durchgedrungen?

Dann aber stößt sie tonlos aus: »Wenn ich nur sicher wüsste, ob du überhaupt sein Vater bist.«

Er lässt die Hände sinken und starrt sie mit angsterfüllten Augen an. »Was zum Teufel soll das heißen?«

Ich gehe ins Schlafzimmer, sammele Oli ein und bringe ihn nach draußen. Weil es jetzt wahrscheinlich ziemlich hässlich wird.

»Nachdem du mich verlassen hattest, war ich kurz mit jemand anderem zusammen. Deshalb war ich mir nie wirklich sicher, ob …«

Mein Gott, ist alles, was ich denken kann, während ich Oli frage, ob er Lust hat, Bear mit mir zu füttern. Dann hört er plötzlich ihre Stimme und ruft fröhlich »Mami«.

Bei allem Elend wogen gleichzeitig Erleichterung und

Hoffnung in mir auf. Denn wäre er nicht sein Vater, wäre Jack sämtliche Verpflichtungen ihr gegenüber los. Und ich bräuchte mich nicht mehr zu fragen, ob ich mich mit einem Mann einlassen soll, der kurz vor einem komplizierten Streit ums Sorgerecht für seinen Jungen steht. Doch bereits im nächsten Augenblick habe ich Schuldgefühle, weil ich derart egoistisch bin.

Nebenan werfen die beiden sich Beleidigungen an den Kopf. Ich habe Jack noch nie so erbost erlebt. Das heißt, ich habe überhaupt noch niemanden erlebt, der derart wütend war. Ich versuche, Oli von dem Streit seiner Eltern abzulenken, und ziehe den Kopfhörer meines iPads über seine kleinen Ohren.

»Du verdammte Schlampe! Du verlogenes Miststück!« Jack ist völlig außer sich.

»Du hast mir gesagt, dass ich der Vater bin! Ich habe dich sofort danach gefragt, als du gesagt hast, dass du schwanger bist – und da hast du behauptet, dass es niemand anderen gab!«

Wenn in der Klinik ein Patient so klingt, rufe ich den Wachdienst. Er ist wie von Sinnen.

Armer Jack. In seiner rauen Stimme liegt ein solcher Schmerz, dass sich mein Herz vor Mitgefühl zusammenzieht.

»Wahrscheinlich bist du es ja auch! Denn das mit dem anderen lief nur ganz kurz. Außerdem hast du mich bei der Arbeit kotzen sehen, bevor ich auch nur sicher wusste, ob ich dieses Kind tatsächlich kriegen will. Ich wollte, dass es dein Kind ist! Denn ich wollte dich. Weil du mein Weg zurück in ein normales Leben warst. Und als du anfingst, Pläne für uns drei zu schmieden, konnte ich das meinem Kind und dir unmöglich nehmen. Des-

halb habe ich gar nicht versucht herauszufinden, ob er wirklich dein Sohn ist.«

»Er ist inzwischen schon fast drei! Und du hast mir all die Jahre etwas vorgemacht!«

Beide brechen gleichzeitig in Tränen aus. Und auch wenn ich keine Ahnung habe, ob sie aus Erleichterung, weil endlich alles raus ist, oder aus Verzweiflung so hysterisch schluchzt, hätte ich nicht gedacht, dass dieses kalte Wesen überhaupt so stark empfinden kann.

»Vielleicht ja auch nicht. Vor allem, weil er dir von Anfang an so ähnlich sah, dass ich mir nicht vorstellen konnte, dass tatsächlich Romeo sein Vater ist. Mir war klar, dass du uns retten und dich um uns kümmern würdest, Jack. Alles andere war mir egal.«

Kopfschüttelnd stürzt Jack zur Hintertür, und Sara rennt ihm hinterher. Fluchend stürmt er durch den Garten wie ein Bulle durch den Ring.

»Romeo? Das ist ja wohl ein echter Scheißname.« Er sieht sich suchend nach seinem Kleinen um, kehrt allmählich in die Wirklichkeit zurück und streicht mit einer Hand über die Bartstoppeln an seinem Kinn.

Sara sieht ihn an und schüttelt unglücklich den Kopf. Vor lauter Scham sind ihre tränenüberströmten Wangen eingefallen, was sie merklich älter wirken lässt.

»So heißt also das Arschloch, das mein Leben ruiniert hat, weil ich seinen Sohn aufziehen darf?«

Sie sieht unglücklich und vollkommen verloren aus, und ihr Gesicht ist nur noch eine leere Hülle, bleich und ausdruckslos.

Irgendwie tut sie mir leid, denn schließlich hat sie Jack nur diese Lüge aufgetischt, weil sie dachte, dass das für ihr Kind das Beste ist.

Ich weiß aus eigener Erfahrung, wie es ist, wenn man aus Liebe lügt. Denn schließlich habe auch ich selbst einmal an einem Strand einen Polizisten angelogen, weil ich dachte, dass es für den Jungen, den ich habe schützen wollen, das Beste war.

»Geh mir, verdammt noch mal, bloß aus den Augen!«

Sara bricht erneut in Tränen aus, wirft eine Hand vor ihren Mund und stürzt auf Oli zu.

»Oli, deine Oma hat uns eingeladen. Willst du mit mir mit dem Flugzeug fliegen?«, fragt sie und wischt die dunklen Tuscheringe unter ihren Augen weg.

»Flugzeug!«, juchzt der Kleine und nimmt ihre Hand.

Ohne mich auch nur noch einmal anzusehen, führt sie ihren Sohn zum Gartentor, wo sie ihr Taxi hat warten lassen. Oli hebt die kleinen Wurstfinger, um uns zu winken, und sieht Jack aus seinen pfützengrauen Augen an. Denn schließlich hat er niemals einen anderen Dad gekannt.

Ich begutachte den Schaden, den die Bombe, die sie hat platzen lassen, bei dem letzten hier verbliebenen Opfer angerichtet hat.

Jack lehnt schlaff am Zaun. Er kann nicht hinsehen, als der Kleine ihn verlässt, und ich bin mir sicher, dass er nur durch den Holzpfosten noch gerade stehen kann.

Wütend tritt er gegen Eimer und Kartons, die auf dem Boden liegen, geht dann ruhig zu seiner offenen Garage, fährt mit einer Hand über die Deckenbalken und kommt kurz darauf mit einer Zigarette in der Hand zurück. Er hält einen professionellen Küchenbunsenbrenner, wie man ihn zum Karamellisieren einer Crème Brûlée verwendet, an die Spitze.

»Diesem verdammten Weib gelingt es mühelos, die

ganze Bude abzufackeln, und ich selbst kriege noch nicht mal eine blöde Zigarette an.«

Ich halte ihm den Bunsenbrenner, während er die Zigarette zwischen seine Lippen klemmt und kräftig daran zieht.

Diese Kippe hat er sich auf jeden Fall verdient.

»Ich fasse es nicht, Jack. Es tut mir furchtbar leid. Aber kann das wirklich sein? Ich meine, glaubst du nicht, dass sie dir vielleicht nur weh tun oder dich auf Abstand halten will?«

»Keine Ahnung«, stößt er schluchzend aus, bevor er sich erneut zusammenreißt. »Auf alle Fälle tut es so weh, als hätte man mir in den Bauch geboxt.« Wieder dringt ein Schluchzen über seine Lippen, aber als ich tröstend meine Arme um ihn schlinge, ist sein Körper starr vor Zorn. »Können sie so einen Scheiß nicht testen?« Abermals wird seine Stimme laut, denn wie bereits die ganze Zeit schwankt er zwischen heißem Zorn und eisiger Verzweiflung hin und her.

»Wir werden es herausfinden, weil du schließlich Gewissheit haben musst. Und Oli auch.«

»Ich verstehe einfach nicht, wie sie mich jeden Tag zusammen mit Oli sehen konnte, obwohl sie wusste, dass der Grundstein der Beziehung eine Lüge war!« Er sieht mich fragend an, als hätte ich für all die Dinge, die ihm auf der Seele liegen, passende Erklärungen parat.

»Vielleicht war es ja gar keine Lüge. Das hat Sara schließlich selber eingeräumt. Ich meine, es war unverzeihlich, dass sie nicht vollkommen ehrlich war, aber sie wollte dich für Oli, weil sie wusste, dass er besser dran wäre mit dir als Dad. Sie wollte eine perfekte Familie mit dir haben.«

»Unsere Familie war niemals auch nur annähernd perfekt.«

»Aber das, was du für Oliver empfindest, ist auf alle Fälle echt. Und selbst wenn Sara dich belogen hat, nimmt deine Liebe zu dem Kind dadurch nicht ab.«

Er atmet zischend aus und sieht an mir vorbei. »Nur, dass ich keinen Anspruch auf ihn habe, falls ich nicht sein Vater bin! Dann gibt's mich bald wahrscheinlich gar nicht mehr für ihn. Dann wird sie sich mit diesem neuen Kerl zusammentun, und der wird mich ersetzen – ich meine, verdammt, er ist doch noch ein Baby!« Jetzt ist es abermals um ihn geschehen. »Was wäre ich dann noch für ihn? Der Typ, von dem er irgendwann nicht mal mehr wissen wird, dass er ihn gewickelt hat, als er klein war, und dass er den Sitz gekauft hat, auf dem er als kleines Kind im Auto saß?«

»Der Mann, der ihm das Rollerfahren beigebracht hat. Der mit ihm gezeltet und am Lagerfeuer Marshmallows für ihn gebraten hat.« Alle diese Dinge habe ich ihn in den letzten Monaten mit dem Kleinen machen sehen. »Ich bin sicher, dass du weiterhin das Recht hast, ihn zu sehen, Jack. Denn egal, was sie getan hat, liebt auch Sara ihren Sohn. Du hast mir einmal selbst erzählt, dass sie eine gute Mutter ist. Und sie würde doch bestimmt nicht wollen, dass er leidet, weil er dich vermisst.« Ich schüttele den Kopf. »Und davon abgesehen wissen wir doch gar nicht sicher, ob sie sich das alles nicht nur ausgedacht hat, um dir weh zu tun. Ich meine, Sara ist für mich nicht unbedingt der liebste Mensch auf Erden, aber trotzdem fällt es mir schwer zu glauben, dass sie tatsächlich so weit gegangen wäre, dir die ganzen Jahre etwas vorzumachen. So was täte sie bestimmt noch nicht mal für ihr Kind.«

Schniefend schüttelt er den Kopf, als könne er dadurch seine Gedanken neu sortieren. »Und was jetzt? Diese Tests brauchen wahrscheinlich Wochen.« Er verzieht unglücklich seinen Mund, und seine vollen Lippen werden ganz schmal, und sein Kinn legt sich in Falten. »Die Vorstellung, den kleinen Kerl bis dahin nicht zu sehen, bringt mich um! Mir war gar nicht klar, wie sehr ich Kinder wollte, bis ich ihn zum ersten Mal in meinen Armen hielt.«

Schweigend setzen wir uns auf den Boden, lassen erst mal alles sacken, und wenn ich bedenke, was ich selbst für einen Stein im Magen habe, wage ich es kaum, mir vorzustellen, wie ihm in diesem Augenblick zumute ist. Seine Reaktion ist das genaue Gegenteil von Seamus' Reaktion auf unser Beinahekind.

»Das kann ich verstehen. Denn ich war mir eine Zeitlang auch nicht sicher, ob ich jemals Kinder haben will. Weil es nun mal alles andere als einfach ist, sie richtig zu erziehen. Und weil die Welt, tja nun, ein echt beschissener Ort sein kann. Aber als ich einmal dachte, dass ich schwanger wäre, da sah plötzlich alles anders aus. Die Vorstellung ist überwältigend, doch der Gedanke, dass es einen ganz besonderen kleinen Menschen gibt, den man mit jemandem gezeugt hat, den man liebt? Der ist einfach berauschend. Ich nehme an, genauso hat es die Natur auch vorgesehen.«

Jacks Blick wird weich, als habe sich all sein Ärger ganz plötzlich in Luft aufgelöst. »Mit dem Mercedes-Typen?«

Als ich wortlos nicke, fragt er leise: »Hast du dieses Kind verloren?«

»Nein, ich war in Wahrheit gar nicht schwanger. Es war nur ein kleiner Schreck. Das heißt, für ihn war es sogar

ein ziemlich großer Schreck. Während mich die Sache aufgerüttelt hat. Weil sie ein Zeichen dafür war, dass wir nicht zusammenpassen. Dass ich einen Menschen brauche, der dasselbe will wie ich.«

Ich muss schlucken. Weil das Ganze rückblickend betrachtet furchtbar einfach wirkt.

»Ich dachte, du hättest ihn mit einer anderen erwischt.«

»Ja, das auch. Was ebenfalls ein Zeichen war. Und zwar ein derart deutliches, dass die Beziehung danach endgültig für mich beendet war.«

Er sieht mich lächelnd an, wischt sich eine Träne aus dem Augenwinkel und blickt auf den Campingstuhl in Froschform, der unter dem Baum steht, und die Plastikschnabeltasse, die neben den Überresten eines Lagerfeuers auf dem Rasen liegt. »Ich kann mir gar nicht vorstellen, ohne Oli hier zu sein.« Als wir beide aufstehen, nimmt er meine Hand, drückt sie an seine Wange, küsst meine Handinnenfläche und schmiegt seinen Kopf an meinen Hals.

Auch ich werde etwas vermissen, wenn mich Oli nicht mehr jeden Morgen lärmend weckt. Vielleicht könnte das ja Jack in Zukunft tun?

Doch um ihm das zu sagen, fehlt mir immer noch der Mut.

***

An diesem Abend setzt vorübergehend mein Herzschlag aus, als ich höre, dass Jacks Wagen in die Einfahrt biegt und das Licht der Scheinwerfer durchs Fenster fällt. Ich sitze wach in meinem Bett und habe mir die Zeit mit einem Buch vertrieben, bis er heimgekommen ist.

Eilig laufe ich zur Tür.

Er trägt seine schicke Arbeitskleidung, ist aber noch immer unrasiert, und seine rot verquollenen Augen zeigen, dass er auf der Fahrt zurück nach Hause in der Ungestörtheit seines Wagens neuerliche Tränen um sein Kind vergossen hat.

Während ich ihn tröstend in die Arme nehme, sagt er: »Das Zelt. Es riecht nach ihm. Und außerdem halte ich diese blöde Luftmatratze einfach nicht mehr aus.«

»Willst du etwa bei mir schlafen?«, frage ich ihn lächelnd.

»Ich hatte tatsächlich an dein Bett gedacht«, erklärt er mir grinsend. »Damit ich zwar vielleicht nicht mit dir, aber wenigstens an deiner Seite schlafen kann.«

Mit einer Selbstverständlichkeit, als würde er hier wohnen, läuft er durch das Haus, zieht sich die Schuhe aus, schaut, ob die Hintertür verriegelt ist, und füllt den Wassernapf des Hundes auf. Und plötzlich fühle ich mich wunderbar geborgen. Wie, als ich ein kleines Mädchen war und meinen Vater rufen konnte, wenn in meinem Zimmer eine Spinne saß. Endlich ist ein Mann in meinem Haus, der sich um alles kümmert. Ein phantastisches Gefühl.

»Was ist?«, fragt er, als er das Wohnzimmer betritt und meine nachdenkliche Miene sieht.

»Du hast für mich abgesperrt.«

»Hättest du das etwa lieber selber machen wollen?«

»Ich habe diese Tür seit über einem Jahr jeden Abend selber abgeschlossen.«

»Also nein?«, fragt er und murmelt leise vor sich hin: »Aus euch Weibern werde einer schlau.«

Er duscht, und danach krabbeln wir gemeinsam in mein Bett, wo er sich eng an meinen Rücken schmiegt,

einen Arm über mich schiebt und meine Hand ergreift. Er hüllt mich in die Wärme seines Körpers ein, zieht mit einem Finger die inzwischen gut verheilten Wunden, wo während des Feuers Glassplitter in meine Hand gedrungen waren, nach, hebt meine Hand an seinen Mund und küsst sie sanft. Irgendwie jedoch hat das Verlangen, das ich noch am Vorabend empfunden habe, durch die stundenlangen Grübeleien über Oli, Sara, Kate einen Dämpfer abbekommen, deshalb stelle ich mich tot.

»Es war ein furchtbar langer Tag«, stellt jetzt auch er mit rauer Stimme fest.

Gibt es für Eltern wohl ein größeres Glück als den Moment, in dem ihr Kind geboren wird? Und ein größeres Unglück als den Augenblick, in dem sie es verlieren?

»Deshalb fürchte ich, dass ich total erledigt bin. Ich will, dass unser erstes Mal was ganz Besonderes wird und nicht für alle Zeit mit diesem Tag verbunden ist. Dem Tag, an dem ich rausgefunden habe, dass …«

»Ich weiß«, erkläre ich. »Und nachdem wir schon so lange warten …«

Sicher ist es gut, noch etwas Zeit zu schinden.

Denn vielleicht schaffe ich es irgendwann, ihm ins Gesicht zu blicken, ohne dabei Kates Gesicht vor mir zu sehen.

***

Ich habe während der gesamten Nacht praktisch kein Auge zugemacht. Habe ein ums andere Mal den Wecker auf dem Nachttisch angestarrt und die Wanderung der Zeiger mitverfolgt. Ich bin zu scheu, um mich zu dem Mann umzudrehen, der sich noch im Schlaf an meinen

Rücken schmiegt, und ihm im harschen Licht des Morgens ins Gesicht zu sehen. Noch mal durchlebe ich den Augenblick, bevor er eingeschlafen ist, und wieder wogt dasselbe schmerzliche Verlangen in mir auf, wie als er mich in seinen Armen hielt. Ich genieße die Erinnerung an meine Hände, die sich vorsichtig unter sein Hemd geschoben haben, wie in Zeitlupe an seinem Bauch herauf in Richtung seiner Brust geglitten und dort bis zu seinen harten Schlüsselbeinen vorgestoßen sind. Am liebsten hätte ich ihm kurzerhand das Hemd vom Leib gerissen, um die Hitze seiner nackten Haut an meiner zu spüren. Ich hätte meinem Verlangen nachgegeben und die neu erwachte Leidenschaft mit ihm geteilt.

Aber mehr als das Vergnügen, seinen Hals, die Lippen und das unrasierte Kinn zu küssen, habe ich mir nicht gegönnt. Dann bin ich mit dem Mund zu seinem Ohr hinaufgewandert und habe ganz sacht an seinem Ohrläppchen genagt. Alle meine Sinne waren hellwach, doch statt einen Gang heraufzuschalten, habe ich nach dieser zärtlichen Liebkosung erst mal wieder Schluss gemacht.

Jetzt küsse ich ihn, um ihn nicht zu wecken, so behutsam auf die Stirn, dass sich nicht eins der feinen Härchen, die dort wachsen, rührt.

Ich brauche erst mal Luft, muss Ordnung in meine Gedanken bringen und mich von all den Ereignissen erholen.

Entschlossen schüttele ich die surrealen Erinnerungen an die letzten Stunden ab, wappne mich für die schöne, neue Welt, die außerhalb des Zimmers liegt, und rolle mich aus meinem warmen Bett. Ich habe wackelige Knie

und bin derart dehydriert, dass mir fast schwindlig wird. Deswegen schleiche ich auf Zehenspitzen in mein Bad, spritze mir Wasser ins Gesicht und halte meinen Mund unter den Hahn, bis das Gefühl der Trockenheit in meinem Hals sich legt. Trotzdem brennen meine Augen immer noch vor Müdigkeit.

Hätte es sich wohl genauso angefühlt, wenn wir schon vor all den Jahren etwas miteinander angefangen hätten? Oder waren die Gefühle erst im Laufe all der Zeit gereift? Hat Sara vielleicht recht – ist die Spannung, die wir beide bereits seit dem Tag des Wiedersehens empfinden, einfach eine Folge von über Jahre angestauter Neugier? Doch egal, wie dem auch sei, komme ich mir wie ein Junkie vor, der sich seit letzter Nacht bis an sein Lebensende nach einer täglichen Dosis dieses Mannes sehnen wird.

Eilig schnappe ich mir meine Schuhe, um mit Meg wie jeden Morgen eine Runde um den Block zu drehen. Das ist gerade so ungefähr das Letzte, was ich will, aber wenn ich nicht erscheine, taucht sie garantiert hier auf und klopft wie eine übereifrige Personal Trainerin erbost an meine Tür. Und dann entdeckt sie ihn.

Ich luge vorsichtig durch einen Spalt zwischen den Jalousien. Sie steht schon vor dem Haus, deswegen muss ich sofort los. Es ist kalt, aber die kühle Luft auf meiner Haut tut mir nach der durchwachten Nacht wahrscheinlich gut.

Meg klopft demonstrativ auf ihre Uhr. Weil sie bereits seit über fünf Minuten auf der Straße steht.

Während wir uns in Bewegung setzen, macht sie ihrem Ärger über die Familie Luft. Froh, weil ich mal wieder etwas ganz Normales machen kann, versuche ich, ihr

zuzuhören, bin gedanklich aber immer noch bei Jack im Bett.

Ich hatte gedacht, wir hätten gestern Abend beim Zubettgehen geklärt, was nicht passieren würde. Weil er nach dem Tag und all den Tränen, die er nach der grauenhaften Offenbarung über Oliver vergossen hatte, vollkommen erledigt war. Aber trotz der Feuchtigkeit, die ich auf seinen Wangen spürte, rief bereits die winzigste Bewegung seines Armes schmerzliches Verlangen in mir wach. Genau wie seine Fingerspitzen, die kaum merklich über meinen Bauch in Richtung meiner Unterhose fuhren und den rauen Spitzensaum betasteten, und wie sein warmer Atem, der auf meinen Hals traf, während ich in seinen Armen lag.

Ich bin vollkommen verloren in der Erinnerung an meine Nacht mit Jack.

Was mir anscheinend anzusehen ist, denn plötzlich bleibt Meg stehen und starrt mich an. »Warum hast du so rote Wangen? Geht es dir nicht gut?«

Am liebsten würde ich mit meinem Glück herausplatzen, aber die Dinge, die in meinem Bett geschehen – oder eher nicht geschehen – sind, gehen außer Jack und mich niemanden etwas an.

Meg jedoch hakt noch einmal nach und kommt von selbst darauf, dass die Veränderung meines Erscheinungsbilds mit Jack zusammenhängt. Und mein Versuch, sie abzulenken, festigt noch ihren Verdacht, dass irgendetwas zwischen ihren beiden nächsten Nachbarn vorgefallen ist. Deshalb bohrt sie so lange, bis ich ihr erzähle, dass Sara endgültig ausgezogen ist, dass sie Jack von Anfang an belogen hat und wir nicht wissen, ob er wirklich Olis Vater ist.

»Echt? Dann hat sie ihm also die ganze Zeit was vorgemacht? So grausam kann doch sicher nicht mal eine Zimtzicke wie Sara sein.« Nachdem sie sämtliche Details der Seifenoper, die direkt vor ihrer Haustür spielt, vernommen hat, setzt sie sich wieder in Bewegung, bleibt dann aber plötzlich noch einmal stehen und stellt mit aufgeregter Stimme fest. »Dann ist er also plötzlich Single?«

Ich sehe sie mit hochgezogenen Brauen an und zucke mit den Achseln.

»Und?« Sie legt die Hand auf meinen Arm und reißt erwartungsvoll die Augen auf.

»Er hat bei mir übernachtet.«

»Aaaah!«, juchzt sie und springt begeistert wie ein Kind am Weihnachtsmorgen auf und ab.

»Es ist nicht wirklich was passiert.« Ich erwähne nicht, dass ich total in ihn verschossen, aufgeregt und gleichzeitig auch furchtbar ängstlich bin. Dass ein warmer Schauder über meinen Rücken läuft, wenn sie nur seinen Namen nennt, und es mir das Herz bräche, wenn ich erkennen müsste, dass auch dieses Mal nichts aus uns beiden würde.

»Und wo ist das Problem?«, fragt Meg. »Das Ekelweib ist weg, und vielleicht stellt sich raus, dass er noch nicht mal Olis Vater ist …«

Wenn sich meine Freundin derart für mich freut, weshalb kann dann nicht auch ich ganz einfach glücklich sein?

Weil es noch eine Sache gibt, die nicht erledigt ist.

»Ich denke immer noch die ganze Zeit an Kate.«

»O nein, Schätzchen. Das darfst du nicht. Du musst diese Sache endlich überwinden. Denn ich brauche drin-

gend einmal wieder irgendwelche positiven Nachrichten, und dies ist deine große Chance.«

»Ich weiß. Und keine Bange, denn ich habe bereits einen Plan.«

27

Abschluss?

Ich nehme die Sache sofort in Angriff. Von der Arbeit aus rufe ich sie an, und die vertraute Stimme lädt mich noch für denselben Abend zu sich ein.

Da hatte ich mich jahrelang gefragt, was wohl aus ihr geworden war, und stelle plötzlich fest, dass sie wie jeder andere Mensch einfach im Telefonbuch steht. Und auch wenn sie nicht mehr in demselben schicken Haus wie damals lebt, wohnt sie nur ein paar Stadtteile von mir entfernt.

Vor einem bescheidenen kleinen Haus mit einer hübschen Holzverkleidung und einem gepflegten Garten, in dem überwiegend ordentliche Alte-Leute-Pflanzen stehen, steige ich aus meinem Wagen. Früher hab ich sie Jess genannt – weil ihr Mrs Shepherd irgendwie zu förmlich war. Ich befingere nervös die Jacke, die ich über meinen Arm gelegt habe, und klopfe an die Tür. Beinah sofort macht sie mir auf – die Frau, vor der ich mich im Supermarkt versteckt hatte –, und ich erkenne, dass die Trauer ihr noch immer in das früher so hübsche Gesicht geschrieben steht.

Ihre Zähne haben den strahlend weißen Glanz verloren, doch ihr Lächeln ist so warm und einladend wie eh und je. Ich frage mich, wie Kate wohl heute aussehen würde, ob sie vielleicht noch schöner geworden wäre,

als es ihre Mutter damals war. Vor lauter Aufregung bekomme ich nicht einen Ton heraus, und während sie mir Tee anbietet, betrachtet sie immer wieder verstohlen mein Gesicht. Vielleicht, weil ich im Gegensatz zu ihrer Tochter nicht für alle Zeiten jung geblieben bin.

Ich bemühe mich um einen möglichst unverkrampften Ton. »Habe ich mich so verändert? Vielleicht lege ich mir besser langsam eine Creme gegen die Falten zu.« Ich denke an den Augenblick vor ein paar Monaten zurück, als Jack zum ersten Mal auf meiner Schwelle stand. Ihr dürfte es mit mir nicht anders gehen, deshalb nimmt meine Anspannung ein wenig ab.

»O nein, mit deinen langen Gliedmaßen und deinem seidig weichen, rötlich braunen Haar bist du noch immer wunderschön. Du weißt ja nicht, wie oft ich in den ganzen Jahren an dich gedacht und mich gefragt habe, was wohl aus dir geworden ist. Weil du Kate immer eine derart gute Freundin warst.«

Mühsam kämpfe ich gegen die aufsteigenden Schuldgefühle an. Ich frage mich, ob sie wohl weiß, dass damals nicht nur Kate, sondern auch ich in Jack verliebt gewesen bin. Dass das der Auslöser der Katastrophe war.

Wir sitzen in ihrem Wintergarten, einem kleinen, antiquierten Raum mit holzvertäfelten Betonwänden, an denen eine Reihe sorgfältig gerahmter, aber längst vergilbter Blumen- sowie Landschaftsbilder hängt. Hübsch, doch völlig unpersönlich. Fotos oder irgendwelche anderen Andenken an früher kann ich nirgends sehen.

Um das Eis zu brechen, erzähle ich erst einmal von meinem Leben. Womit ich jedoch bereits nach wenigen Minuten fertig bin. Jack erwähne ich vorläufig nicht.

Denn sie kommt mir wie ein kleiner Vogel vor, und wenn die Aufregung für sie zu groß wird, flattert sie bestimmt einfach davon.

Sie wählt ihre Worte mit Bedacht, als sie von ihrer Trauer spricht. »Warum gibt es eigentlich kein Wort für einen Menschen, der sein Kind verloren hat? Schließlich gibt es auch ein Wort dafür, wenn man den Mann oder die Frau verliert.« Sie fährt sich nachdenklich über den Hals. »Obwohl der Tod eines Kindes für die meisten Menschen doch viel schlimmer ist. Es ist, als würde unsere Kultur den Verlust der Partnerin oder des Partners akzeptieren, den eines Kindes aber nicht.« Sie wird durch einen lauten Windstoß und das Knarren des Fensterrahmens von ihrer Rede abgelenkt, dann aber fügt sie noch hinzu: »Weil es der natürlichen Ordnung der Dinge widerspricht.« Als ich sehe, dass das Aufwühlen der Erinnerung sie aus der Fassung bringt, komme ich mir furchtbar egoistisch vor, denn schließlich hat erst mein Erscheinen sie dazu gebracht.

»Immer wieder habe ich gedacht, warum nicht ich an ihrer Stelle sterben konnte«, beschreibt Jess die mühselige Reise, die sie nach dem Auffinden von Kate begonnen hat. »Denn anders, als die Leute sagen, nimmt die Trauer niemals wirklich ab. Sie wird nur verdünnt – mischt sich irgendwann mit der Erinnerung, die man an schöne Dinge hat –, und auch wenn ich jetzt wieder mit einem Lächeln an sie denken kann, zerreißt es mir doch immer noch das Herz, wenn mir bewusst wird, dass sie bald Geburtstag hätte oder so etwas. Es ist die Dauerhaftigkeit dieses Verlustes, die so schmerzlich für mich ist. Die Leute sagen, dass es besser wird, aber die Tatsache, dass sie nicht mehr am Leben ist, bleibt wei-

terhin bestehen. Sie war für mich der Mittelpunkt der Welt, und nichts wird jemals etwas daran ändern, dass sie niemals wiederkommen wird.«

Ich muss diese Worte irgendwie aus meinem Kopf vertreiben, wenn ich nicht zusammenbrechen will. Ich habe nicht das Recht, die Trauer dieser Frau zu übertrumpfen. Denn wenn es eine Hierarchie des Rechts auf Trauer gibt, tauche ich auf dieser Liste relativ weit unten auf und habe deshalb das Gefühl, dass ich mein Leid in ihrer Gegenwart herunterschlucken muss.

Wir leeren unsere Tassen, während das Gebäck, das sie bereitgelegt hatte, noch immer unberührt und ungeliebt auf dem Porzellanteller mit zartem Rosenmuster liegt. »Möchtest du noch Tee?«, fragt sie, und als ich höflich nicke, scheint sie sich zu freuen, weil sie mir diese Bitte mühelos erfüllen kann.

Nach einem kleinen Schluck aus ihrer eigenen Tasse fährt sie fort. »Anfangs war ich richtiggehend überwältigt von der Unterstützung, die uns überall zuteilgeworden ist. Ich habe all die Briefe und die Beileidskarten aufbewahrt. Weil sie mich daran erinnern, wie nett Menschen sein können. In gewisser Hinsicht war das erste Jahr beinah am einfachsten. Denn da wurde von mir erwartet, dass ich völlig fertig war. Aber es wurde immer einsamer um mich. Ich hatte ständig das Gefühl, dass sich die Leute fragen, wann ich endlich anfange, wieder nach vorn zu sehen. Obwohl ich das doch versuchte. Nur war es einfach so, dass sie niemals ein Teil von diesem neuen Leben wäre, deshalb habe ich mich jahrelang gegen den Neuanfang gewehrt und mich an die Vergangenheit geklammert, weil sie so zumindest in Gedanken weiter bei mir war. Aber nachdem ich meine Arbeit aufgegeben

hatte und sich meine Freundinnen und Freunde immer seltener bei mir blicken ließen, wurde mir bewusst, dass mir in dem Versuch, die Verbindung zu ihr aufrechtzuerhalten, alles andere entglitten war.«

Jess berichtet, sie und Mr Shepherd hätten sich nicht allzu lange nach Kates Tod getrennt. Anfangs hätten sie sich gegenseitig Trost gespendet, aber als die Zeit verging, wurden ihr der Druck, die Selbstvorwürfe und die Vorwürfe, die sie sich gegenseitig machten, irgendwann zu viel. »Ich hatte das Gefühl, als würde ich in einen Spiegel blicken, wenn ich seine unglückliche Miene oder seine leeren Blicke sah. Und irgendwann hielt ich das nicht mehr aus.« Mit unsicherer Hand stellt sie ihre Tasse auf der Untertasse ab, und während wir uns schweigend gegenübersitzen, hängt sie ihren eigenen Gedanken nach. Trotzdem spüre ich, dass ich noch bleiben soll. Weil es nicht angemessen wäre, erst das Druckventil zu öffnen und dann vor ihrem Gefühlsausbruch zu fliehen. Es kommt mir vor, als helfe es ihr, alle diese Dinge endlich einmal jemandem erzählen zu können. Als bringe sie auf diese Weise Ordnung in das Wirrwarr der Gefühle und Gedanken, die ihr in den letzten Jahren durch den Kopf gegangen sind.

Anders als befürchtet, habe ich das Leben dieser Frau durch mein Erscheinen ganz bestimmt nicht aus dem Gleichgewicht gebracht – denn es vergeht auch so bestimmt kein Tag, an dem sie nicht an die Geschehnisse von vor dreizehn Jahren denkt. Plötzlich wünschte ich um ihretwillen, dass Kate kein Einzelkind gewesen wäre – denn dann hätte sie jetzt etwas, was sie ablenken, ihr Leben reicher machen und ihr helfen würde, sich nicht nur auf den Verlust, den sie erlitten hat, zu kon-

zentrieren. Denn dann ginge es für sie nicht immer nur um Kate.

Ich bin mir nicht sicher, was ich mir von einem Wiedersehen mit ihrer Mum versprochen habe und auf welche Art mir dieses Treffen helfen soll. Hatte ich mir vielleicht vorgestellt, ich könnte dadurch endlich mit der Sache abschließen? Weil sie mir irgendetwas erzählt, was nicht schon damals in den Medien kam? Oder weil sie mir vergibt?

Doch alles, was ich höre, ist, dass in der Nacht am Strand der Ozean nicht nur ein Leben beendet hat.

Jess verlässt den Raum, kommt kurz darauf zurück, setzt sich wieder hin und drückt mir einen kleinen Leinenbeutel in die Hand. Ich schiebe ihn vorsichtig auf, und mir stockt der Atem, als mein Blick auf eine Muschelkette fällt. Die Muscheln sind an eine Angelschnur geknotet, so wie Kate es hatte machen wollen, ehe sie ertrunken ist.

»Sie haben diese Kette in der Tasche ihrer Shorts am Strand gefunden. Sie hat mir furchtbar viel bedeutet, denn sie war der letzte Gegenstand, den Kate berührt hat. Ich habe es bisher nicht über mich gebracht, mich davon zu trennen, aber jetzt, da du mir gegenübersitzt … Sie hat dir ständig Freundschaftsarmbänder gemacht. Deshalb denke ich, dass sie sich freuen würde, wenn du sie bekommst.«

Ich habe einen Kloß im Hals und streiche mit dem Finger über jede einzelne der glatten Muschelschalen. Denn ich kann Kate noch deutlich vor mir sehen, wie sie sie vor all den Jahren gesammelt hat. Ich rieche die salzige Luft und den süßen Frangipani-Duft ihres Parfüms. »Das ist meine letzte Erinnerung an sie – dass sie Muscheln gesammelt hat.«

Als ich meine Beine kreuze, fällt Kates Jacke auf den Boden, und Jess sieht mich fragend an.

»Ist das ihre? Sie ist mir schon aufgefallen, als du reinkamst.«

»Ja. Ich dachte, vielleicht hätten Sie sie gern. Kate hatte sie mir geliehen, und ich habe es in all den Jahren nicht über mich gebracht, sie wegzutun.« Als Jess das Leder vorsichtig berührt und seinen Duft einsaugt, habe ich Schuldgefühle, weil ich dieses Kleidungsstück die ganze Zeit einfach behalten habe, statt es der Person zu geben, der es jetzt gehört. »Ich bin mir nicht sicher, weshalb sie sie mir gegeben hat, denn schließlich hat sie diese Jacke selbst total geliebt …«

»Ich glaube, den Grund kennen wir beide. Schließlich hat sie Menschen, die ihr nahestanden, öfter ihre Lieblingssachen überlassen, meistens, kurz bevor es wieder einmal so weit war.«

»Bevor es wieder einmal so weit war?« Meine Gedanken überschlagen sich, und meine Hände werden feucht.

»Ja, bevor es wieder einmal so weit war. Das war einer der Gründe, weshalb wir damals hierhergezogen sind. Wir wollten einen Neuanfang. In Sydney wussten wir, es ginge nicht mehr lange gut, als plötzlich ihre Lieblingsschuhe unauffindbar waren.«

Ich kann einfach nicht glauben, was sie da erzählt. Ich bin schockiert und gleichzeitig erbost, weil offensichtlich alle wussten, dass Kate psychische Probleme hatte, während man mich all die Zeit im Dunkeln hatte tappen lassen. Ich erkläre, dass ich keine Ahnung hatte. Dass ich wusste, dass sie manchmal furchtbar launisch oder pessimistisch war, dass mir das aber immer wie ein Teil ihrer Begeisterung fürs Drama vorgekommen war.

»Tja, nun, die Medikamente haben vieles ausgeglichen …«

»Die Medikamente?«, frage ich. All die Male, die sie bei mir übernachtet hatte oder wenn wir übers Wochenende weggefahren waren, war mir niemals aufgefallen, dass sie irgendetwas nahm.

»Ihr wart noch Kinder, und wir fanden es deshalb nicht passend, euch über ihre bipolare Störung aufzuklären. Wir hatten gute Ärzte, sie stand unter Beobachtung, und in der Schule wussten sie Bescheid. Aber wir fanden es auch wichtig, dass Kate ohne das Stigma dieser Krankheit so normal wie möglich leben kann. Ich meine, wir dachten, wir hätten das Schlimmste überstanden, nachdem die Phase der Auflehnung endlich vorüber war. Nachdem sie von uns erfahren hatte, dass sie adoptiert war, hatte sie sich nämlich eine Zeitlang rundheraus geweigert, irgendetwas von den Sachen einzunehmen, die die Ärzte ihr verschrieben hatten, damit ihre Stimmungsschwankungen erträglich waren.«

»Sie war adoptiert?« Ich versuche, mir nicht anhören zu lassen, wie erstaunt ich bin. »Das hat sie mir nie erzählt.«

Jess blickt vor sich auf den Boden, und ihr schwaches Lächeln bricht, während gleichzeitig ein Schauder ihre losen Hautfalten erzittern lässt. »Nun, sie hat es selber erst erfahren, als sie dreizehn war. Was sie – verständlicherweise – sehr getroffen hat.« Sie legt ihre Hand auf meinen Unterarm. »Bevor du uns deshalb verurteilst, es war alles ziemlich kompliziert.«

»Das ist es nicht. Ich hatte nur einfach keine Ahnung – weil Sie beide sich so ähnlich waren, dass man hätte denken können, dass sie Ihre Schwester war.«

»Sie war ja auch mit mir verwandt. Sie war die Tochter meiner eigenen Schwester. Carmen war damals noch furchtbar jung, alleinstehend und völlig instabil. Sie war schizophren und, nun, sie kam mit ihrem Leben einfach nicht zurecht. Sie hat sich umgebracht, als ihre Tochter noch ein Baby war, deshalb haben wir sie adoptiert.« Jess massiert sich nachdenklich die Schläfe und fügt rau hinzu: »Aber ich habe sie geliebt, als wäre sie mein eigenes Kind, und wir sahen uns so ähnlich, dass es leicht war, so zu tun, als wäre sie das auch. Trotzdem habe ich furchtbare Ängste ausgestanden, als sie älter wurde, weil sie Carmen geradezu erschreckend ähnlich war. Und wir als ihre Eltern und auch ihr als ihre Freundinnen und Freunde habt für diese Ähnlichkeit einen hohen Tribut bezahlt. Aber wie dem auch sei, wir alle wissen, wie diese Geschichte ausgegangen ist. Es war immer meine größte Angst ...« Sie unterdrückt ein Schluchzen und fügt rau hinzu: »Tatsächlich waren die Medien sehr verständnisvoll und haben niemals öffentlich gemacht, wie sie tatsächlich umgekommen ist. Ich glaube, es gibt irgendeinen Kodex, dem zufolge über Selbstmord nicht berichtet wird.«

Dieses Teil des Puzzles hat mir jahrelang gefehlt. Mit einem Mal erkenne ich ein vollständiges Bild. Die arme Kate. Ich hatte keine Ahnung, dass ihr Leben derart kompliziert gewesen war. »Ich glaube, einmal wurde angedeutet, dass sie irgendwas genommen hatte ...«

»Lauter Zeug, das ihr verschrieben worden war. Das war nicht weiter interessant«, erklärt mir Jess. »Abgesehen natürlich von dem Gras.« Sie sieht auf ihre Hände und streicht einen Ärmel ihrer Bluse glatt. »Aber irgendwann habe ich gar nicht mehr versucht, sie davon abzu-

bringen – obwohl meine Angst um sie dadurch noch zugenommen hat, vor allem, als die Ärzte mir erklärten, dass Marihuana bei Menschen mit entsprechender Veranlagung schizoide Persönlichkeitsmerkmale zum Vorschein bringen kann. Es ist, als hätte sie das Zeug geraucht, um zu beweisen, dass das Quatsch ist und sie nie denselben Weg einschlagen würde, wie ihn ihre Mutter eingeschlagen hat.« Jess' Augen werden glasig, und sie starrt an mir vorbei. »Sie hat sich das Genick gebrochen, als sie von dem Felsen fiel.«

Ich kneife meine Augen zu. Die Landspitze. Dann hatte Jack also tatsächlich recht gehabt.

»In der Zeitung haben sie es wie Tod durch Ertrinken dargestellt.«

»Nun, sie könnte auch ertrunken sein. Weil sie schließlich im Meer gelandet ist.« Ihre Lippen fangen an zu zittern, doch sie presst sie aufeinander und fährt fort. »Ich nehme an, die Leser konnten diese Todesart wahrscheinlich einfach eher verdauen. Schließlich war gerade Weihnachtszeit und so. Nach all den Vorgeschichten konnten sie unmöglich *nicht* berichten, dass sie aufgefunden worden war. Ich hatte immer Angst, dass ein ausführlicher Bericht ein falsches Signal an Mädchen schicken könnte, die so sind wie Kate. Ich wollte auf keinen Fall, dass man den Selbstmord eines jungen Mädchens irgendwie glorifiziert. Und da sie noch minderjährig war, konnten wir entscheiden, was genau über den Fall in den Medien erscheinen darf.«

»Und die Verdächtigungen gegenüber Jack …«

Sie rollt mit den Augen. »Waren ungerecht und einfach grauenhaft. Mir war immer klar, dass er ein anständiger Junge war und ihr niemals etwas hätte antun können.

Und nachdem die Polizei von uns erfahren hat, was für psychische Probleme unsere Tochter hatte, haben sie ihre Ermittlungen in aller Stille eingestellt.«

Das Thema Schwangerschaft liegt mir noch auf der Seele, und ich kann nicht eher wieder gehen, als bis auch diese Sache angesprochen ist.

»Dann geben Sie ihm also nicht die Schuld?«

»An ihrem Tod? Oh, eine Zeitlang habe ich so gut wie allem und jedem Schuld daran gegeben, was mit ihr geschehen ist. Aber in Wahrheit waren es ihre eigenen Dämonen, gegen die sie letzten Endes nicht mehr angekommen ist.«

»Sie denken also nicht, dass vielleicht ihre Schwangerschaft …«, platzt es aus mir heraus.

Vor Schreck verschluckt sich Jess an ihrem Tee. »Wie bitte?«

O Gott, was habe ich getan? Ich war immer davon ausgegangen, dass Mum ihre Drohung wahr gemacht und mit der Nachricht von der Schwangerschaft zur Polizei und auch zu Jess gegangen war. Ich hätte sie damals gebraucht, und weil sie meiner Meinung nach nicht für mich da gewesen war, bin ich sofort zu Anfang meines Studiums zu Hause ausgezogen und habe meine Miete jahrelang von meinen Einkünften aus gleichzeitig zwei Nebenjobs bezahlt.

»Ich hätte gedacht, sie hätten sie eingehend untersucht und festgestellt …«

Stimmte vielleicht, was Jack behauptet hat? Hatte sie sich die Geschichte von der Schwangerschaft nur ausgedacht?

In den Augen ihrer Mutter steigen Tränen auf. »Sie hat es dir erzählt?« Jess streicht die Tischdecke mit ihren

schlanken Fingern glatt. »Dann hat sie es also gewusst?« Sie wirft eine Hand vor ihren Mund. »Es war noch so früh, deshalb war ich nicht sicher, ob sie …«

Also hat mich Jack belogen. Weil sie wirklich schwanger war.

Jess nimmt meine Hand, und ihre sanften Augen ziehen mich in ihren Bann. »All die Jahre habe ich gedacht, ich sollte euch dieses Detail ersparen. Dir und Jack. Ich meine, schließlich habe auch ich selbst eine Weile gebraucht, um mich damit zu arrangieren, dass wir nicht nur Kate verloren hatten, sondern auch ihr Kind. Ich war von dieser Schwangerschaft nicht wirklich überrascht. Weil sie schließlich alles andere als ein Mauerblümchen war. Schon in Sydney war sie andauernd mit irgendwelchen Jungs im Auto unterwegs und ist manchmal erst nach ein paar Tagen wieder aufgetaucht. Weshalb ich auch in dieser Hinsicht stets in Sorge um sie war. Deshalb wollte ich, dass sie die Pille nimmt, aber Brian war dagegen. Meinte, dass es dann so aussähe, als ob wir ihr Verhalten auch noch billigten.«

Ich bin sprachlos. Diese Kate, von der sie spricht, ist mir vollkommen fremd. Ihre Krankheit. Die Medikamente. All die Jungs, mit denen sie anscheinend schon vor Jack zusammen war. War die Nähe zwischen uns vielleicht nur meiner Phantasie entsprungen? Weil ich offensichtlich keine Ahnung hatte, wer sie wirklich war.

Jess' Stimme bekommt einen nachdenklichen Klang. »Ich habe mich jahrelang gefragt, ob sie wohl wusste, dass sie schwanger war, und ob das vielleicht der Auslöser für diese Kurzschlusshandlung war. Ich meine, sie haben gesagt, dass sie erst im zweiten Monat war. Und ich hätte

gedacht, wenn sie etwas davon gewusst hätte, hätte sie es mir doch bestimmt erzählt.«

Als ich ihre schmerzerfüllte Miene sehe, kommt es mir so vor, als ob ich ihr etwas gestohlen hätte, weil Kate nicht zu ihr, sondern zu mir gekommen war. »Sie hatte gerade erst den Test gemacht und hätte es Ihnen bestimmt sofort nach ihrer Rückkehr aus dem Camp erzählt. Aber sie war überglücklich, als sie davon sprach.« Ich erzähle Jess, wie aufgeregt und wie euphorisch sie gewesen war. »Jack hat immer alles abgestritten. Hat gesagt, sie hätte sich die Schwangerschaft nur ausgedacht.«

»Habt ihr beiden noch Kontakt?«

Inzwischen sogar wieder jeden Tag. Doch das zuzugeben, fällt mir schwer, deshalb sage ich nur: »Er lebt inzwischen wieder hier.«

Wieder nickt sie nachdenklich, doch dann wird ihre Miene plötzlich hart. »Nun, ich kann verstehen, dass er seine Zweifel hatte. Denn es ging ihr nicht gut, Frankie. Sie war am Schluss nicht mehr sie selbst. War völlig unberechenbar. Was an ihrer Krankheit lag. Einmal hat sie ihrer Hockeytrainerin erzählt, dass sie nur noch drei Monate zu leben hätte! Und sie haben eine Spendensammlung für ihre Behandlung durchgeführt.« Das ist derart lächerlich, dass ihre Miene sich wieder entspannt, doch ich erschaudere, als mir klarwird, dass die fürchterliche Prophezeiung letzten Endes wirklich eingetroffen ist. »Aber dich hat sie geliebt. Jack hat sie natürlich auch geliebt, aber du warst es, die sie von innen heraus hat leuchten lassen.« Sie drückt mir sanft die Hand, und mir steigen Tränen in die Augen. »Du darfst nicht böse auf sie sein wegen dem, was sie getan hat. Denn aus ihrer Sicht hatte sie keine andere Wahl.«

Ich brauche einen Augenblick für mich, deswegen trete ich ans Fenster und werfe die Hand vor meinen Mund, als ich erkenne, dass ich wütend bin. Auf sie und auch auf ihn. Denn ich habe für ihn gelogen. Weil er mir geschworen hat, dass er niemals mit ihr geschlafen hat. Ich habe seinetwegen sogar einen Krieg mit Mum vom Zaun gebrochen, der uns heute noch vor Zorn erbeben lässt, wenn wir uns sehen. Ich habe zu ihm gestanden. Denn ich habe ihm geglaubt.

»Eine Sache hat der Pathologe noch gesagt.« Wieder hebt Jess ihre zarten Finger an die Lippen, und es wird totenstill im Raum. »Nämlich, dass Kate noch kurz vor ihrem Sprung mit jemandem intim gewesen ist.«

Ich bin bereits verletzt, doch diese Worte treffen mich ins Mark.

Sie war mit jemandem *intim* gewesen? Hatte kurz vor ihrem Tod noch *Sex* mit jemandem gehabt?

Wie zur Bestätigung schließt Jess unglücklich die Augen.

Dann hat Jack Kate an dem Abend also nicht nur abserviert.

Ich habe das Gefühl, als hätte irgendwer ein Messer in mein Herz gerammt. Meine Mutter hatte recht gehabt. Ich hatte ihre Worte als Bestandteil der Gerüchte, die damals kursierten, abgetan. Zu denken, dass ich ihres Misstrauens wegen ausgezogen war. Jack hat recht. Der Abend an dem Strand hat mein Leben nachhaltig geprägt.

Meine Gedanken überschlagen sich. »War es eine *Vergewaltigung*?« Ich blinzele so schnell, als könne ich die grauenhaften Bilder, die mir durch den Kopf schießen, dadurch vertreiben.

Jess schüttelt den Kopf und legt ihre zitternde Hand vorsichtig auf dem Glastisch auf. »Nein. Aber trotzdem kam ich damit nicht zurecht. Ich meine, sie war ganz eindeutig keine Jungfrau mehr und hatte wahllos mit verschiedenen Jungs Geschlechtsverkehr. Vielleicht hat sie ihn dazu herausgefordert – und, tja nun, wir wissen beide, wie Jungen in diesem Alter sind. Und selbst die Schwangerschaft, natürlich war das vollkommener Irrsinn, aber solche Dinge kommen eben vor. Damit habe ich mich längst versöhnt. Aber was ich mich noch immer frage, ist, was an dem Abend wohl genau geschehen ist. Wie es ihr ging, als sie mit Jack alleine war. Ob es irgendeinen Auslöser für ihren Sprung von diesem Felsen gab. Ob man vielleicht irgendwie hätte verhindern können, dass sie springt.« Jetzt lässt sie ihren Tränen freien Lauf.

Mir wird übel. Warum hat mir Jack geraten, mich mit Jess zu treffen? Er muss doch gewusst haben, dass ihre Eltern diese schmutzigen Details erfahren haben. Dass sie schwanger war. Und dass er sie noch kurz vor ihrem Tod gevögelt hat.

Sie bricht in hemmungsloses Schluchzen aus. Bricht zusammen wie eine Sanddüne bei Flut. Das kenne ich von den Patientinnen im Krankenhaus.

Es ist höchste Zeit für mich zu gehen. Verdammt, ich muss hier einfach raus.

Trotzdem bleibe ich noch bei ihr sitzen, bis ihr Schluchzen nachlässt, helfe, das Geschirr vom Tisch zu räumen, danke ihr für das Gespräch und bitte sie, sich umgehend bei mir zu melden, falls sie jemals meine Hilfe braucht. Schließlich trete ich vors Haus, sage auf Wiedersehen, breche dabei selbst in leises Schluchzen aus und nehme sie unbeholfen in den Arm.

Es fühlt sich an, als würde ich ein Skelett umarmen, und aus Angst, sie zu zerbrechen, mache ich mich eilig wieder von ihr los.

***

Beim Aufwachen am nächsten Morgen fühle ich mich einsamer als je zuvor. Was ist nur mit mir los? Ich habe kein Problem damit, dass meine beste Freundin freiwillig von einer Klippe springt und dadurch nicht nur sich, sondern auch ihr ungeborenes Kind ums Leben bringt, komme aber nicht damit zurecht, dass Jack vorher mit ihr geschlafen hat? Auf alle Fälle habe ich die Nase von den beiden allmählich gestrichen voll. Ich bin wütend auf Kate wegen des Doppellebens, das sie offenbar geführt hat, und weil sie mich angelogen hat. Und wütend auf Jack, weil er mit ihr geschlafen, mir aber zugleich geschworen hat, er halte es noch nicht mal mehr aus, sie auch nur anzusehen, habe sich mit ihr gestritten, ihr erklärt, es sei aus, und dann sei sie abgehauen. Von einem letzten Stelldichein am Strand hat er mir nichts erzählt.

Wollte er mich schonen und hat deshalb nichts davon gesagt? Ging es ihm um seinen eigenen Ruf? Oder geht mich diese Sache vielleicht überhaupt nichts an?

Ich habe endgültig genug von meinen endlosen Versuchen, ihm hinter die Stirn zu blicken. Und warum hat er je gesagt, dass ich nicht hätte für ihn lügen müssen, während er doch selbst die ganze Zeit gelogen hat?

Auch wenn ich es bisher nie zugegeben habe, war Jack immer der, mit dem sich alle anderen messen mussten, und bevor ich einem anderen Mann vertrauen konnte, musste er beweisen, dass er dessen würdig war. Deshalb hatte ich nur selten einen Freund, während Jack nie län-

ger als zwei Tage ohne Freundin war. Doch die Geschehnisse am Strand haben mein Vertrauen in ihn erschüttert, und seither kommt es mir vor, als reiche niemand je an das Idealbild, das ich damals von ihm hatte – das des Menschen, der integer und immer vollkommen ehrlich war –, heran.

Vielleicht hat mich dieses Wissen mehr verletzt, als dass meine beste Freundin mich verlassen hat. Die Erkenntnis, dass selbst gute Menschen tödliche Charakterschwächen haben. Dass Männer wie Obst sind und auf Dauer alle schlecht werden.

Wie um mein Elend zu verstärken, steht mir heute auch noch eine Doppelschicht bevor, und die meisten Irren tauchen immer abends kurz vor Dienstschluss in der Klinik auf. Ich überlege zweimal, ob ich Wasser für den morgendlichen Tee aufsetzen soll, denn dadurch würde Jack bestimmt geweckt. Er ist offenbar spät heimgekommen und schnarcht immer noch draußen in seinem Zelt.

Zu spät.

Ich höre, wie er an der Hintertür erscheint. Er ist wie Bear – sobald die Futterschachtel rasselt, taucht er auf. Als er klopft, bleibe ich reglos in der Küche stehen, als sei er ein fleischfressender Dinosaurier, der nur auf Bewegung reagiert.

»Francesca. Ich weiß genau, dass du in deiner Küche bist.«

Scheiße. Ich kann seinen Schatten durch die Jalousien sehen. Sieht er mich also vielleicht auch?

»Ist alles klar bei dir?«

Stille.

»Fray, weichst du mir aus?«

Auf jeden Fall.

»Was habe ich denn jetzt schon wieder angestellt?«

Ich weiß, *mit wem* du etwas angestellt hast. Das ist das Problem.

Wenn ich meine Klappe halte, habe ich ja vielleicht Glück und er haut wieder ab.

Als er sich zum Gehen wendet, überwiegen meine Schuldgefühle meine Angst, ihm ins Gesicht zu sehen, und ich öffne die Tür.

»Ich bin hier«, erkläre ich.

»Alles okay?«

»Es geht mir gut. Nur steht mir heute eine Doppelschicht bevor.« Ich bleibe halb hinter der offenen Hintertür versteckt und mache ihm auf diese Weise deutlich, dass er nicht wirklich willkommen ist.

»Hast du mich nicht gehört, als ich letzte Nacht nach Hause kam? Ich habe noch bei dir geklopft.« Er zeigt keine Spur mehr von dem Selbstbewusstsein, das er eine Nacht zuvor noch hatte. Vielmehr wirkt er scheu wie ein Reh.

»Da habe ich wahrscheinlich schon geschlafen, tut mir leid.«

Jack beißt sich auf die Lippe und sieht vor sich auf den Boden.

»Und wie geht es dir? Hast du etwas von Oliver gehört?«

Meine Kehle schnürt sich zusammen. Er schüttelt den Kopf und sieht dann eilig fort. Denn die Wunde ist anscheinend noch zu frisch. »Aber ich habe so ein Test-Set übers Internet bestellt.«

Als mein Magen sich zusammenzieht, wird mir

bewusst, wie selbstsüchtig ich bin. Weil mir meine Ängste aus der Jugendzeit und meine Eifersucht auf ein seit Jahren totes Mädchen wichtiger als seine gegenwärtigen Probleme sind. Trotzdem kann ich ihm nicht in die Augen sehen, denn seine damaligen Lügen halten mich auch weiter auf Distanz.

»Okay, wann kommst du heute Abend nach Hause? Wie immer gegen neun, halb zehn? Ich könnte ja die Reste aus dem Restaurant stibitzen und dir etwas davon rüberbringen«, schlägt er vor.

»Wie gesagt, ich habe heute eine Doppelschicht und sicher alle Hände voll zu tun. Deshalb kann ich noch nicht sicher sagen, wann ich wieder da bin«, lüge ich.

Wieder sieht er vor sich auf den Boden, während er an einem losen Nagel in der Hauswand zieht. Die Stille zwischen uns ist unerträglich, und ich wünschte mir, ich hätte meinen ursprünglichen Plan befolgt und es geschafft, auch weiter so zu tun, als sei ich nicht da.

Nach einer gefühlten Ewigkeit sieht er mich wieder an. »Was ist los, Fray? Ist es wegen gestern Nacht? Du weißt, ich hätte …«

»Nein.« Gott, nein. Denn schließlich hatte ich genau gewusst, dass zwischen uns nichts laufen würde, da er von dem grauenhaften Tag völlig geschafft gewesen war.

»Was ist es dann?«, fragt er, und seine dunkle Stimme klingt frustriert. »Hast du es dir noch mal anders überlegt? Hat das etwas mit dem Kerl zu tun, der vor ein paar Tagen morgens bei dir aus dem Haus gekommen ist?«

»Mit was für einem Kerl? Glaub mir, Jack, es gibt in meinem Leben keinen Kerl.«

»Dann ist also am Dienstagmorgen niemand durch die

Hintertür aus deinem Haus geschlichen und mit einem Hilux-Pick-up weggefahren?« Ich kann hören, dass er ruhig und freundlich klingen will, doch gleichzeitig ist seine Stimme etwas rau. Dann weiß ich plötzlich, was er meint. Dienstag früh, noch ehe ich zur Arbeit musste, war der Klempner wegen der Toilette da. Und Jack denkt offenbar, er hätte Konkurrenz.

Was mich in höchstem Maße freut, doch keinen Einfluss auf meine noch immer schlechte Meinung von ihm hat.

»Und was geht dich das an?«, schwinge ich mich aufs hohe Ross. »Bildest du dir vielleicht ein, nur weil wir erwogen hatten, etwas miteinander anzufangen, müssten alle anderen Männer vorher bei dir um Erlaubnis fragen, wenn sie mich besuchen wollen?«

Er sieht mich mit zusammengekniffenen Augen an. »Erwogen hatten?«

Doch auch wenn ich plötzlich einen Stein im Magen habe und mir echt gemein vorkomme, habe ich noch immer keine Ahnung, wer er wirklich ist.

Er hat so getan, als ob mich meine beste Freundin angelogen hätte, nur damit ich nicht erfahre, dass er sich der armen Kate und auch mir selber gegenüber wie ein Schuft verhalten hat.

Er bläht seine Nasenflügel auf, rauft sich die Haare, stemmt die Hände in die Hüften und spielt sich mit einem Mal wie mein Beschützer auf. »Ich hätte einfach nicht gedacht, dass es dein Stil ist, dass du irgendwelche praktisch fremden Kerle bei dir übernachten lässt.«

»Vielleicht kennen wir uns ja gar nicht so gut, wie wir gedacht haben«, erkläre ich und starre ihn mit zornblitzenden Augen an.

Er sieht verwirrt und wütend aus.

»Und ich dachte, dass du Klasse hättest.«

»Das könnte ich auch von dir sagen.«

Ich werfe meine Tür mit einem solchen Schwung ins Schloss, dass die Fensterscheiben klirren, und stapfe erbost in meiner früher baufälligen, aber jetzt perfekten Küche auf und ab. Zu faul, um durch den Regen bis zum Gartentor zu gehen, springt Jack über den Zaun und ist nicht mehr zu sehen.

Doch auch wenn der Kerl mir aus den Augen ist, ist er mir lange noch nicht aus dem Sinn.

***

Den ganzen Tag und Abend in der Klinik ist der Mann das Einzige, woran ich denken kann. Seine Eifersucht – für die es keinen Grund gibt – und wie nahe wir uns wieder waren, ehe ich erkennen musste, dass ich keine Ahnung habe, wer er wirklich ist. Was hat er mit Kate gemacht? Mein Plan, sie ein für alle Mal aus meinem Leben zu vertreiben, ist nach hinten losgegangen. Denn jetzt grübele ich die ganze Zeit darüber nach, was wohl aus ihr geworden wäre, wenn er seine Hosen anbehalten hätte, wie er es immer behauptet hat. Ich weiß jetzt, dass ihr Tod kein Unfall war. Sie hat sich umgebracht, doch wieder einmal weiß ich nicht, inwieweit Jack daran beteiligt war. Das Kind musste auf jeden Fall von ihm gewesen sein – und selbst wenn sie ihn zwei Monate zuvor betrogen hätte, kann ich mir unmöglich vorstellen, dass sie diesen anderen Typen an dem Abend kurz vor ihrem Tod erneut getroffen hat.

Es gibt nur eine einzige Erklärung für den Sex, den sie an jenem Abend hatte. Dass mich Jack belogen hat.

Ich frage mich, ob er sich damals so verhalten und mich angefleht hat, nicht für ihn zu lügen, weil er seine eigene Zukunft sichern und vermeiden wollte, dass er festgenommen wird. Was ich in der Tiefe meines Herzens immer noch nicht glauben kann.

Er hatte an dem Abend ehrlich überrascht gewirkt, als ich von dem Baby sprach. Inzwischen aber ist mir klar, dass diese Überraschung nur geheuchelt war. Denn er muss gewusst haben, dass seine Freundin schwanger war. Das erklärt, weshalb er derart distanziert und fertig war, als er allein zurück zu unseren Zelten kam. Er stand eindeutig unter Schock.

Aber warum alle diese Lügen? Denn vielleicht ist es nicht gerade nobel, wenn ein Junge seine Teeniefreundin schwängert, aber ein Verbrechen ist das schließlich nicht. Hat er sich vielleicht einfach dafür geschämt, dass er sie kurz vor ihrem Tod noch derart ausgenutzt hat? Aber wie zum Teufel konnte er die ganzen Jahre mit dem Wissen leben, dass sie seinetwegen in den Tod gesprungen ist? Ist er wirklich so gewissenlos?

Und ich hatte die ganze Zeit gedacht, er hätte damals mich gewollt.

Ich zwinge mich zu lächeln, und dazu, mit den Kollegen und Kolleginnen die neuen Fälle durchzugehen, und währenddessen wird mir klar, dass ich ihn zur Rede stellen muss. Ich muss den ganzen passiv-aggressiven Schwachsinn überwinden und ihn einfach fragen, wie es damals abgelaufen ist.

Mühsam bringe ich die letzte Stunde meines Dienstes hinter mich, stelle die Notizen zu den aktuellen Fällen für die Ablösung zusammen und trete den Heimweg an.

Als ich durch die Automatikglastür auf die Brücke

Richtung Parkhaus trete, weht mir eine kalte, nasse Brise ins Gesicht. Es regnet immer noch, doch ich bin froh über die frische Luft.

Ich nähere mich meinem Wagen und entdecke, dass die Scheinwerfer schwach leuchten. Denn es hat auch auf der Herfahrt schon geregnet, und anscheinend habe ich die Lichter brennen lassen, als ich heute Morgen ausgestiegen bin. Ich versuche, meinen Motor anzulassen, doch die Batterie hat nicht genügend Saft.

Na, wenn das kein grauenhaft beschissenes Ende einer grauenhaft beschissenen Woche ist.

Bei dem Regen braucht die Straßenwacht wahrscheinlich Stunden, bis sie hier erscheint. Ben wohnt ewig weit von hier entfernt, Meg kann ihre Kinder nicht alleine lassen. Natürlich könnte ich ein Taxi nehmen, aber dann hätte ich morgen keinen Wagen, und vor allem würde ich durch die horrenden Parkgebühren ruiniert.

Jack.

Ich will ihn sowieso noch sprechen, und wenn ich jetzt bei ihm anrufe, erwische ich ihn vielleicht gerade noch in seinem Restaurant, bevor er selbst nach Hause fährt. Von dort ist es nicht weit bis hier, und wenn ich mich nicht irre, habe ich gesehen, dass in seinem Kofferraum ein Überbrückungskabel liegt.

Er könnte mir helfen.

Falls er mit mir spricht.

Zu meiner Überraschung kommt er sofort an den Apparat. Er will tatsächlich gerade Feierabend machen und erklärt, er sei spätestens in zehn Minuten da.

Ohne auf die morgendliche Auseinandersetzung einzugehen, fügt er noch hinzu: »Schließ deine Türen ab«, und legt dann wortlos auf.

Tatsächlich ist die dritte Parkhausebene um diese Zeit fast menschenleer. Die Besuchszeiten im Krankenhaus sind längst vorüber, und die meisten Angestellten stellen ihre Wagen in den unteren Etagen ab. Ich kann hören, wie der Regen auf das Dach meines Wagens trommelt und der Wind über das Parkdeck pfeift. Währenddessen sitze ich in meinem Auto und überlege mir, wie ich es verhindern soll, dass der komplexe Wust an Fragen, die mir durch den Kopf gehen, einfach so aus mir herausbricht, wenn mir Jack gleich gegenübersteht. Weil ich schließlich keine Bombe platzen lassen, sondern ruhig mit ihm über die ganze Sache reden will.

Jacks orangefarbener Subaru erscheint in der freien Lücke direkt gegenüber meiner alten Schüssel, und wir sehen uns durch die beiden regennassen Windschutzscheiben hindurch an. Vielleicht funkeln seine Augen nicht mehr so wie während unseres morgendlichen Streits, von seiner Direktheit aber hat sein Blick nicht das Geringste eingebüßt.

Ich sage tonlos »Danke«, während er mir reglos gegenübersitzt. Er sieht verändert aus mit seinem durch den Regen platt gedrückten Haar, der schwarzen Arbeitshose und dem schicken weißen Hemd.

Entschlossen rollt er seine Ärmel auf, so dass ich seine muskulösen Unterarme sehen kann, steigt aus, öffnet die Motorhaube seines Wagens und klemmt erst ein rotes und danach ein schwarzes Kabel an die Batterie.

»Wie hast du dieses Hemd so glatt gekriegt? Ich denke, die Stadtwerke hätten den Strom in deiner Hütte abgestellt.«

»Ja, und meine Nachbarin ist eine blöde Kuh. Deswegen habe ich sie nicht um Hilfe bitten wollen.« Er

sieht mich böse an. »Also habe ich eins von den Hemden angezogen, die für Notfälle im Restaurant im Schrank liegen.«

Er öffnet meine Tür, und ich rieche den Regen, der aus seinem Haar auf meine Beine tropft. Dann schiebt er den Arm an meinem rechten Knie vorbei, tastet nach dem Hebel für die Motorhaube und blickt aus meinem Fußraum zu mir auf.

Ich halte gespannt den Atem an.

»Wie kannst du überhaupt mit derart vielen Schuhen unter deinen Füßen fahren?« Grinsend spritzt er mir den Regen, der in seinem Haar hängt, ins Gesicht.

»Igitt!« Ich wische mir die Nässe von den Wangen und erkenne, dass genau aus diesem Grund niemals etwas aus uns geworden ist. Weil er nie länger als acht Sekunden ernst sein kann. Endlich findet er den Hebel, öffnet meine Motorhaube, richtet sich entschlossen wieder auf und beugt sich durch die offene Tür. »Keine Sorge, Fräulein, denn ich kriege Ihr Gefährt schon wieder flott.«

Warum zum Teufel kann ich diesem Kerl einfach nie lange böse sein?

»Ich hoffe, dass du wirklich gerade auf dem Heimweg warst.«

»Ich bin der Boss und war nicht wirklich böse, als ich einen Grund hatte zu gehen. Ich habe einfach Blair gesagt, dass sie absperren soll. Weil man schließlich auch mal Arbeit delegieren muss, wenn die anderen etwas lernen sollen.«

Als unsere Batterien verbunden sind, schiebt er sich abermals an mir vorbei, dreht den Zündschlüssel herum, und schnurrend springt mein Motor an.

»Mach ihn auf dem Weg nach Hause nicht noch ein-

mal aus, fahr also nicht noch tanken oder so«, erklärt er mir und knallt die Motorhaube meines Wagens zu.

Er setzt sich neben mich, und ich lasse den Motor noch ein wenig laufen, damit meine Batterie etwas Saft bekommt, bevor er mich alleine lässt.

»War das vielleicht einfach eine List, um mich hierherzulocken? Doch selbst wenn, wie wäre es mit einem ganz privaten Dankeschön?«, fragt er, aber ich gehe achtlos über diesen Satz hinweg.

»Ich war mir nicht mal sicher, ob du überhaupt ans Telefon gehen würdest, wenn du meine Nummer siehst.«

»Und ich war überrascht, weil du nicht diesen anderen Typen angerufen hast. Den, der letztens in der Früh mit dem Pick-up weggefahren ist. War das vielleicht der Mercedes-Kerl mit seinem Zweitwagen?«

Seamus in einem Pick-up? Nie im Leben. Schließlich haben diese Dinger nicht mal Sitzheizung. Um nicht laut zu lachen, stoße ich ein lautes Schnauben aus. »Das war der Klempner, den ich wegen meines Klos gerufen hatte. Und für Autopannen fühlt der sich bestimmt nicht zuständig.«

Ich kann sein Grinsen sehen, ehe er es eilig hinter einer Hand versteckt, indem er sich an der Nase kratzt.

»Ich habe keinen anderen, Jack.«

Sein Gesicht entspannt sich. »Und warum zeigst du mir dann mit einem Mal die kalte Schulter? Wenn du keinen anderen hast?«

Ich atme ein. Jetzt geht es los. »Du hattest recht. Als du zu mir gesagt hast, dass ich endlich einen Schlussstrich unter diese ganze Sache ziehen muss. Deshalb war ich bei Kates Mum …«

Er lehnt sich auf seinem Sitz zurück und sieht mich mit zusammengekniffenen Augen an. »Du warst bei Jess?« Er lässt den Blick von den grauen Betonwänden zum regenschwarzen Himmel wandern und trommelt nervös mit seinen Fingern auf sein Knie. »Gut.«

Am liebsten würde ich die Hand ergreifen und sie festhalten, denn das Getrommel macht mich ebenfalls nervös.

»Und wie ist es gelaufen? Geht's ihr halbwegs gut?«

Ich erzähle ihm von Kates Erkrankung, davon, dass sie manisch-depressiv und ihr deshalb nicht zu helfen war. Dass es, wie Jess gesagt hat, offensichtlich Selbstmord und dass irgendwann damit zu rechnen war.

Er wirkt niedergeschlagen und erschöpft. »Es überrascht mich, ehrlich gesagt, nicht wirklich.« Er fährt sich mit den Händen durch das nasse Haar. »Und in gewisser Hinsicht finde ich es sogar tröstlich.«

»Tröstlich? Was, dass unsere Freundin jahrelang todtraurig und verzweifelt war?«

»Dass sie sich schon hatte umbringen wollen, bevor sie mir begegnet ist. Dass sie es in den Genen hatte. Dass ich zwar vielleicht der Auslöser, aber nicht der Grund für ihren Selbstmord war.«

Was er da sagt, klingt furchtbar kalt, aber nach allem, was er selber durchgemacht hat, kann ich das verstehen.

»Außerdem hat Jess erzählt, dass sie tatsächlich schwanger war.«

Er reißt die Augen auf. »Warte. Was?«

Mir wird bewusst, dass ich ihm gerade offenbart habe, dass Kate sein ungeborenes Kind mit in den Tod gerissen hat, ich aber selbst nur denken kann: Habe ich dir das nicht damals schon gesagt?

Nachdenklich starrt er durch die Windschutzscheibe in den Regen. »Aber …«

»Oh, erspar mir diesen Scheiß. Ich weiß, dass du mit ihr geschlafen hast.«

Er trommelt auf das Armaturenbrett. »Fang bitte nicht schon wieder damit an. Wir hatten keinen Sex, deswegen dachte ich, sie hätte sich das mit der Schwangerschaft nur ausgedacht. Du musst mir schon verzeihen, dass ich nicht einfach glauben wollte, dass sie mit einem anderen rumgemacht hat, während sie mit mir zusammen war.«

»Jack, Jess hat mir erzählt, was der Pathologe rausgefunden hat. Sie hatte kurz vor ihrem Tod noch Sex. Das steht in dem Bericht.«

Abermals reißt er die Augen auf. »Sie wurde vergewaltigt? Jemand hat sie überfallen? Aber ich dachte, du hättest gesagt, dass es eindeutig Selbstmord war.«

Ich versuche, möglichst ruhig zu bleiben und ihn dazu zu bewegen, dass er endlich völlig ehrlich ist. Mit begütigender Stimme sage ich: »Es ist okay, wenn du mit ihr geschlafen hast. Weil sie schließlich deine Freundin war und du mir nichts schuldig warst. Falls du denkst, es hätte mich verletzt …«

»Denkst du etwa, ich hätte sie *missbraucht*?« Er starrt mich durchdringend an.

»Nein. Gewalt war dabei nicht im Spiel«, murmele ich.

Er sieht mich an und eilig wieder fort, während er frustriert die Hand auf die Armlehne des Sitzes fallen lässt.

»Verdammt, ist das dein Ernst? Denkst du wirklich, ich hätte sie flachgelegt und danach einfach zugesehen, wie sie losrennt und sich von der Klippe stürzt? Wann soll das gewesen sein? Vor oder nach dem Streit um unser ungeborenes Kind? Oder habe ich sie vielleicht beide eigen-

händig von dem Felsen gestoßen und meine Probleme dadurch ein für alle Mal gelöst?«

Ich kneife meine Augen zu. Er hat vollkommen recht. Bilde ich mir wirklich ein, dass er so etwas hätte tun können? Mein Hirn ist so umwölkt wie der abendliche Himmel.

»Denkst du das im Ernst? Kein Wunder, dass du derart sauer auf mich warst. Während du noch überlegst, ob du es endlich mal mit mir versuchen sollst, findest du gleichzeitig heraus, dass ich ganz offensichtlich ein verdammtes Arschloch bin, von dem du seit dreißig Jahren zum Narren gehalten worden bist.« Er atmet hörbar aus. »Ich habe sie nicht angerührt!« Bei jedem dieser Worte zerteilt er die Luft mit seiner Hand.

»Aber das kann nicht sein!« Ich komme einfach nicht damit zurecht, dass er mich immer noch belügt. »Sie war deine Freundin. Sie war wunderschön. Da ist es doch wohl vollkommen normal, dass du mit ihr geschlafen hast. Sei doch bitte endlich ehrlich!«

Er sieht mich mit zusammengekniffenen Augen an. »Denkst du wirklich, dass es darum geht? Dass ich dich belüge, weil ich dir nicht weh tun will?«

Der Kloß in meinem Hals schwillt an. »Ich dachte …«, setze ich mit rauer Stimme an, bringe die Worte aber einfach nicht heraus. Weil ich ihn immer noch nicht fragen kann, wie es ihm damals ging.

»Ich dachte, du hättest mich gewollt.«

»Das habe ich ja auch, und das tue ich auch heute noch! Du hast ja keine Ahnung, wie verrückt ich nach dir bin! Aber darum geht es nicht, nicht wahr? Denn im Grunde ist dir klar, was ich für dich empfinde. Aber denkst du wirklich, weil ich dich schon damals wollte, hätte ich aus

Scham nicht zugegeben, dass ich sie gevögelt habe? Oder dachtest du, ich hätte noch was anderes getan?«

Tränen steigen mir in die Augen, doch auch wenn mir diese Unterhaltung furchtbar peinlich ist, ist es für einen Rückzieher zu spät.

Ich wende mich ihm zu und blicke auf sein regenfeuchtes Haar und die zusammengezogenen Brauen, während er nervös mit den Lüftungsklappen spielt.

»Was hast du sonst noch über mich herausgefunden, weshalb du mir nicht vertrauen kannst? Hast du vielleicht so lange an deinem Computer auf der Arbeit recherchiert, bis du auch noch auf die Anzeige wegen Körperverletzung gestoßen bist?«

Tatsächlich hat genau das Wort an mir genagt, seit Sara es mir gegenüber fallengelassen hat. Trotzdem stelle ich mich dumm. Denn ich muss wissen, was er selbst dazu zu sagen hat.

»Körperverletzung?«

Seine Miene versteift sich. »Ich habe eine Frau verletzt.«

Obwohl ich das schon weiß, habe ich die Vorstellung bisher immer verdrängt. Denn noch immer hallt die dunkle Stimme seines Dads in meinem Kopf, der ihm erklärt: »Schlag nie ein Mädchen, Sohn.« Und ich hatte gedacht, das würde er auch niemals tun.

»Ich war damals achtzehn und habe in einem Pub gejobbt. Das Mädel hatte ihrem Freund eine zerbrochene Flasche quer durch das Gesicht gezogen, und bevor sie sonst noch jemanden verletzen konnte, habe ich sie mir geschnappt. Sie hat sich gewehrt, und dabei ist sie mit dem Schädel gegen einen Barhocker gekracht.« Ich kann ihm deutlich anhören, wie sehr er sich für diesen Unfall schämt.

»Ich habe dir nicht hinterhergeschnüffelt. Und es geht nicht darum, ob ich denke, dass du irgendwen verletzt hast oder so.«

»Hast du dich deshalb von mir ferngehalten? Weil du in all den Jahren nie vollkommen sicher warst, dass ich nicht doch etwas mit ihrem Tod zu tun hatte?«

In seinen Augen blitzen Zorn und Tränen auf.

»Das habe ich nie auch nur für einen Augenblick gedacht! Ich dachte nur, dass du letztendlich doch Kate wolltest und nicht mich. Ich denke einfach, dass du dich geschämt hast zuzugeben, dass du noch mit Kate geschlafen hast, bevor sie weggelaufen ist.«

»Du bist genauso schlimm wie Sara! Nur dass es mir noch viel mehr weh tut, wenn du so bist!« Er springt aus meinem Wagen und stapft wütend auf dem Parkdeck auf und ab.

Ich öffne meine Tür und folge ihm. Vor Kälte und vor Einsamkeit habe ich eine Gänsehaut, und als ich vor ihn trete und ihn vorsichtig berühre, reißt er seinen Arm zurück, tritt gegen einen Reifen seines Pick-ups und starrt mich mit zornblitzenden Augen an.

»Ich kann es nicht erklären! Ich weiß, ich stehe wie ein gottverdammter Lügner da, als hätte ich dir irgendwelchen Quatsch erzählt, aber ich war dir gegenüber immer ehrlich.« Er schwingt sich hinter das Lenkrad seines Wagens und fügt wutschnaubend hinzu: »Und wenn du mir nicht glaubst, kannst du zur Hölle fahren!«

Damit lässt er mich allein mit meinen Zweifeln auf dem menschenleeren Parkdeck stehen. Und plötzlich bin ich wieder siebzehn Jahre alt und habe keine Ahnung, was ich denken soll.

28

Auflösung

Ich sitze verloren in meinem Wagen, und während der Regen auf das Blechdach prasselt und die Batterie sich weiter auflädt, schwirren mir zahllose Gedanken durch den Kopf. Seit dem Abend, als ich Sara aus den Flammen ihres Wohnzimmers gezogen habe, habe ich das seltsame Gefühl, als hätte dieses Feuer irgendwie den Staub in allen Ecken aufgewirbelt, so dass man ihn sehen und entfernen kann. Und als wäre diese Sache einer dieser Haufen Staub, die ich entsorgen muss.

Ich schiebe einen Schuh aus meinem Fußraum unter meinen Sitz, und mein Blick fällt auf den Leinenbeutel, den Kates Mum mir überlassen hat. All die Informationen, die mir Jess gegeben hatte, hatten mein Gehirn derart beansprucht, dass die Muschelkette völlig in Vergessenheit geraten war. Jetzt aber schiebe ich den Finger unter einen der zahlreichen Knoten in der Angelschnur und ziehe sie heraus.

Angelschnur?

Ich fahre rückwärts aus der Lücke, biege aus dem menschenleeren Parkhaus auf die Straße und kämpfe mich durch den dichten Regen Richtung Autobahn. Ich darf nicht anhalten, weil dann der Wagen sicher nicht noch einmal anspringt, ohne dass mir Jack ein zweites Mal zu Hilfe kommt.

Auf der zweistündigen Fahrt treibt mich nur eine Frage an, und als ich endlich in Toowoomba bin und dort die tausend roten Ampeln bis zur Wohnung meines Bruders schadlos überstanden habe, öffnet mir sein neuer Mitbewohner Boon die Tür. Er wirft einen Blick auf die zerknautschten Arbeitsklamotten, die ich trage, und die Spuren der schwarzen Mascara, die meine Wangen zieren. Er denkt wahrscheinlich, dass ich überfallen worden bin. Zum letzten Mal bin ich vor über einem Jahr – nach Kapitel 1 von *Seamus und die Schlampe* – ohne Voranmeldung in Toowoomba aufgetaucht.

Dann erscheint auch Ben. Er trägt sein T-Shirt falsch herum und kratzt sich durch den abgewetzten Stoff von seinen Boxershorts am Sack.

»Ben.« Nach einer flüchtigen Umarmung mache ich mich eilig wieder von ihm los. Weil ich so schnell wie möglich auf den Grund meines Besuches kommen will.

»Was ist los? Was ist passiert?« Ben sieht mich ängstlich an. »Dad hatte doch nicht etwa wieder einen Herzanfall?«

Ich schüttele den Kopf. »Dad geht es gut. Aber ich brauche deine Hilfe.«

»*Du* brauchst *meine* Hilfe?« Er kratzt sich am Kinn und zieht verwundert eine Augenbraue hoch.

»Ich meine es ernst.«

Er wirft sich auf die durchgelegene Couch, und eine Feder bohrt sich durch den Stoff.

Trotzdem setze ich mich neben ihn. »Sag mir, was du über diesen Fischer weißt.«

»Über was für einen Fischer?«

»Den von der Landspitze Double Island. Den, von dem ich denke, dass er Kate ermordet hat.«

Er starrt mich an, als wäre ich nicht mehr ganz dicht. »Du meinst den alten Nick? Den Krebskorb-Nazi?«

»War das nicht derselbe Kerl wie der, den du und Dad dort öfter mal gesehen habt, als wir noch Kinder waren?«

»Dad hat damals gedacht, dass er es vielleicht war, aber, Frank, worauf willst du hinaus? Ich meine, *ermordet*? Es hieß doch, dass Kate ertrunken ist. Du musst über diese ganze Scheiße endlich mal hinwegkommen. Ich wusste es, durch das Wiederauftauchen von Jack würde diese ganze Sache wieder aufgewühlt.« Er schlägt sich auf die Oberschenkel und steht wieder auf.

»Ich war bei Kates Mum. Sie ist nicht ertrunken, sondern hatte ein gebrochenes Genick. Vielleicht hat ja jemand sie gestoßen – vielleicht wurde sie tatsächlich umgebracht.«

Er wird kreidebleich, wendet sich ab und tigert durch den Raum. »Aber in der Zeitung stand, dass sie ertrunken ist.«

»Das hier hat sie mir gegeben.« Ich lege die Muschelkette auf den Tisch, und er reißt abwehrend die Hände hoch, als würde er von einer Giftschlange bedroht.

»Was zum …«

»Diese Kette haben sie in ihren Shorts gefunden, und es gab damals nur zwei Leute, von denen sie die Angelschnur bekommen haben kann. Nämlich dich und diesen Fischer.«

Ich erzähle von Kates Sturz, von ihrer psychischen Erkrankung und dass sie schon einige Selbstmordversuche unternommen hatte, wobei jedes einzelne Detail ein Stück von meinem Bruder wegzusprengen scheint wie von einem der Asteroiden, die er früher bei Computerspielen mit Begeisterung unter Beschuss genommen hat.

Gleichzeitig wirkt er beinah erschreckend missmutig und reserviert.

»Dem Bericht des Pathologen nach hatte sie kurz vor ihrem Sturz noch Sex, aber Jack bestreitet, dass er an dem Abend noch mit ihr geschlafen hat. Ich habe ihm vorgehalten, dass …« In meiner Kehle steigt ein Schluchzen auf.

»Warte – woher wollen sie das denn wissen? Nachdem sie eine Woche lang im Wasser lag?« Ben schüttelt den Kopf, und jetzt weicht noch der letzte Rest Farbe aus seinem Gesicht.

»Und es kommt noch schlimmer, Ben, denn sie …«

»Moment mal. Warte. Du hast alles völlig falsch verstanden, Frank. Ich meine, das mit Jack.« Er beißt sich auf die Lippe und sieht eilig fort. »Das war nicht er.«

»Ich weiß. Inzwischen ist mir klar, dass es der Fischer war. Was den totalen Sinn ergibt.« Als hätte sich die Rauchwolke in meinem Hirn gelichtet, sehe ich urplötzlich völlig klar. »Die Kette – Kate hatte nur einen Haufen Muscheln gesammelt, als ich weggegangen bin. Ich hatte gar nicht mehr daran gedacht, aber als mir Jess die Kette gab, fiel mir wieder ein, dass mich Kate gefragt hat, ob wir eine Angelschnur dabeihaben. Und ich habe im Spaß gesagt, dass der Fischer eine Schwäche für sie hätte und sie ihn doch fragen soll.« Plötzlich fühle ich mich hundeelend. War dies vielleicht alles meine Schuld, wenn auch aus Gründen, die mir jetzt erst aufgegangen sind? »Ich glaube, dieser Fischer hat sie umgebracht. Ich glaube, sie hat diesen zwielichtigen alten Mann gesucht, er hat sich an ihr vergangen und sie dann von einem Felsen ins Meer geworfen, damit es so wirkt, als sei sie gestürzt und dann ertrunken! Das müssen wir den anderen sagen, Ben. Als

Erstes muss ich mich bei Jack entschuldigen, und dann müssen wir mit der Polizei und …«

Meine Stimme und meine Gedanken überschlagen sich, doch gleichzeitig werde ich völlig ruhig. Weil plötzlich alles einen Sinn ergibt. Meine beste Freundin hat sich doch nicht umgebracht. Und Jack hat mich auch nicht belogen.

»Mach mal langsam, Frankie!«, fällt mir Ben ins Wort. »Dieser Kerl war damals schon uralt. Wahrscheinlich lebt er längst nicht mehr. Du musst dich beruhigen. Warum kannst du diese Dinge nicht in der Vergangenheit belassen, wo sie hingehören?«

»Nein.« Ich schüttele den Kopf. »Jess muss wissen, wie es wirklich war. Sie denkt seit dreizehn Jahren, Kate hätte sich umgebracht. Mit diesem Wissen musste sie die ganzen Jahre leben! Du hättest sie hören sollen – sie hat fast Kates ganzes Leben damit zugebracht, darauf zu warten, dass so was passiert. Ich frage mich, was wohl die Polizei herausgefunden hätte, wenn sie nicht so überzeugt davon gewesen wäre, dass es Selbstmord war.«

»Bildest du dir etwa ein, dass es ihr hilft, wenn du diese ganze Sache jetzt noch einmal aufwühlst?« Ben fuchtelt mir mit einer Hand vor dem Gesicht herum. »Lass es, Frankie!«

Ich sehe meinen Bruder an und habe das Gefühl, als sähe ich ihn jetzt zum allerersten Mal.

Dann sehe ich die auf dem Tisch liegende Muschelkette an, und eilig wendet er sich ab und wirft eine Hand vor seinen Mund.

Unbewusst ahme ich diese Geste nach. »Du warst es.« Ich springe auf und weiche einen Schritt vor ihm zurück. »Du hast sie gesehen, nachdem sie vor Jack weggelaufen

war. Du hattest eine Angelschnur dabei. Du warst der Letzte, der sie an dem Abend noch gesehen hat.«

Er starrt immer noch die Wand an, und ich kann das Beben seiner Schultern sehen.

»Ich habe alles versucht, um sie zu retten.« Jetzt dreht er sich wieder zu mir um und sieht mich mit zornblitzenden Augen an. »Ich habe es versucht – aber sie hat einfach nicht reagiert.« Er tritt auf mich zu, und wieder weiche ich vor ihm zurück. Also packt er meine Hände, wie als wolle er mich auf diese Art zwingen zu verstehen.

Dann dreht er sich wieder um, hockt sich auf den Boden, wirft sich beide Hände vors Gesicht und bricht in hemmungsloses Schluchzen aus. »Du weißt ja nicht, wie oft ich schon versucht habe, es dir zu sagen.«

Ein verstohlener Atemzug beruhigt mich so weit, dass ich nach Einzelheiten fragen kann. »Dann hast du sie also gesehen, als sie mit Jack zusammen war?«

Auch er beruhigt sich ein wenig, so dass er wieder auf die Couch sinkt. Dann atmet er tief durch wie ein Verbrecher, der sich darauf vorbereitet, seine Taten zu gestehen. »Ich war oben an der Flussmündung und hatte keine Köder mehr. Deshalb bin ich zurück zu meinem Zeug, weil dort der Nachschub lag – und dabei habe ich gehört, wie sie sich am Strand mit Jack gestritten hat. Ihre Stimme klang so seltsam, dass ich stehen geblieben bin. Sie war völlig außer sich. Komplett durch den Wind – du weißt ja, wie sie manchmal war. Hat dieses Hyänenlachen ausgestoßen und hysterisch rumgeschrien.«

Ich kann einfach nicht glauben, was er da erzählt. Da habe ich mich jahrelang damit gequält, dass ich nicht wusste, was geschehen war, und er hat keinen Ton gesagt. Aber darum geht's jetzt gerade nicht. Denn ich habe

bereits genug damit zu tun, diese zusätzlichen Szenen in das grässliche Theaterstück zu integrieren.

»Du hast also gehört, wie sie gestritten haben …«

Seine Hände zittern. »Sie ist vor ihm weggelaufen und hat laut geschrien ›Hau ab, du hast mich nicht geliebt‹ und lauter solches Zeug. Jack ist ihr hinterhergerannt und hat sie angefleht zurückzukommen, weil es zu gefährlich wäre, ganz allein am Strand zu bleiben, wenn es dunkel wird.«

»Und dann?« Bis hierher hatte ich mir das Geschehen genau so vorgestellt.

»Sie blieb stehen und hat gewartet, bis er bei ihr war. Ich habe gesehen, wie er sie gepackt und auf sie eingeredet hat. Sie haben sich zusammen in den Sand gesetzt – und ich habe an meinem Platz hinter der Düne ausgeharrt. Denn ich wollte sichergehen, dass sie in Ordnung ist.«

»Wie es jeder anständige Stalker machen würde«, murmele ich, doch er geht nicht auf diesen Einwurf ein.

»Dann hat ihn Kate plötzlich geküsst.«

Mein Herz zieht sich zusammen. Hatte Jack womöglich doch mit ihr geschlafen?

»Willst du sagen, dass sie Sex hatten?«

»Nein. Genau das ist es ja. Er war offensichtlich nicht in Stimmung, denn er hat sie weggeschoben.«

»Und wie hat sie darauf reagiert?«

»Sie ist wieder total ausgeflippt. Hat auf ihn eingeschlagen und ihn wild beschimpft. Hat ihn wieder angeschrien, dass er verschwinden soll.« Er bricht ab, als würde er das alles in Gedanken noch einmal erleben, wie bestimmt schon tausendmal zuvor, nur dass bisher niemals jemand etwas davon mitbekommen hat.

»Jack hat zu ihr gesagt, dass er kurz pinkeln gehen würde und sie sich beruhigen soll. Dann ist er in die Düne, und als er eine Minute später wiederkam, war sie schon nicht mehr da. Er ist runter ans Wasser und hat dort und auch am Strand nach ihr gesucht. Als er sie nicht sehen konnte, ist er panisch bis zur Brust ins Wasser, weil er dachte, dass sie vielleicht weiter draußen wäre, hat sie aber nirgendwo entdeckt.«

Mein Schädel dröhnt von all den Neuigkeiten, aber trotzdem frage ich: »Und wo hat sie gesteckt?«

»Bei mir. Als er zum Pinkeln ging, ist sie ein Stück gerannt und hat sich in der Düne direkt neben mir versteckt. Sie hat zu mir gesagt, ich sollte meine Klappe halten und ihn gehen lassen, ohne ihm zu sagen, wo sie ist. Weil sie erst mal ihre Ruhe vor ihm bräuchte.«

»Also hast du nichts gesagt?«

»Also habe ich nichts gesagt«, gibt er mit reumütiger Stimme zu. »Ich war total in sie verschossen und hätte mein linkes Ei für sie gegeben, wenn sie das gewollt hätte.«

Was mich nicht wirklich überrascht. »Und dann?«

»Wir haben nur geredet. Sie hat mir erzählt, Jack hätte mit ihr Schluss gemacht, und ich habe sie beruhigt. Dann hat sie die Muscheln aus der Tasche ihrer Shorts gezogen und gefragt, ob ich ihr was von meiner Angelschnur abgeben kann. Dann hat sie die Muscheln aufgefädelt und gesagt, sie wünschte sich, sie wäre mehr wie du.«

Ich bekomme nur noch mühsam Luft, muss mich aber weiter darauf konzentrieren, dass er die Geschichte bis zum Schluss erzählt. »Das erklärt noch immer nicht …«

»Plötzlich hat sie sich an mich herangemacht.«

»Und was hat sie genau getan? Hat sie dich geküsst?«

»Nicht nur. Gleichzeitig hat sie mir die Hose aufgemacht.«

»Und das hast du zugelassen? Obwohl sie total hysterisch war?« Ich starre meinen Bruder an, von dem ich wieder einmal völlig angewidert bin.

»Eine Zeitlang, ja.«

»Du bist einfach krank.« Wütend boxe ich ihm gegen die Brust.

»Also bitte, Frankie. Davon hatte ich die ganze Zeit geträumt. Deshalb konnte ich die Chance nicht ungenutzt verstreichen lassen – außerdem fand ich, dass Jack das Arschloch war – weil er sie einfach abserviert hat, als sie vollkommen daneben war, und dann alleine dort zurückgelassen hat. So was hätte ich ihm niemals zugetraut. Sie war fix und fertig. Denn anscheinend hat sie diesen Blödmann echt geliebt.«

Ich kann nur noch den Kopf schütteln. Zugleich jedoch bin ich auf irgendeine Art beruhigt, als würde durch die letzten Sätze alles glaubhaft, was er sagt.

»Aber, okay, ich hatte trotzdem leichte Skrupel. Deshalb habe ich nach einem Augenblick gesagt, dass sie das lassen soll. Weil es total seltsam war und sie mit ihrem nassen, aufgequollenen Gesicht bei weitem nicht so toll aussah wie sonst. Also habe ich die Bremse gezogen. Aber als nach Jack auch ich plötzlich nichts von ihr wissen wollte, ist sie vollends abgedreht.«

»Und dann hast du gedacht, dass du sie mit *Sex* am ehesten beruhigen kannst?«

Abermals vergräbt er seinen Kopf zwischen den Händen. »Nein, so war es nicht. Auf einmal war sie wieder ganz die Alte, hat gelächelt und mir laute heiße Sachen zugeflüstert. Und dann hat sie mich richtiggehend ange-

fleht, es ihr zu besorgen. Und zwar möglichst schnell. Weil sie das Gefühl bräuchte, geliebt zu werden, nachdem sie von Jack zurückgewiesen worden war.«

Ein Teil von mir ist angewidert, doch der andere hat Mitgefühl mit ihm, weil er derart im Zwiespalt war. »Also hast du nur getan, worum sie dich gebeten hat.«

Wieder starrt er blind die Wand an und gesteht mit rauer Stimme: »Und zwar nicht zum ersten Mal.«

Ich reiße entsetzt die Augen auf. »Das heißt, dass du auch vorher schon mit ihr geschlafen hast?«

Er schafft es nicht, mir ins Gesicht zu sehen, aber sein Schweigen sagt mir alles, was ich wissen muss.

Das Baby war von ihm. Weil meine Freundin Jack – mehrfach – mit diesem blöden Kerl betrogen hat.

»Wann?« Ich bin inzwischen außer mir vor Zorn. »Sie war meine beste Freundin! Und sie war mit Jack zusammen, du verdammter Freak!«

»Du verstehst nicht. *Sie* hat sich an *mich* herangemacht. Und zwar nicht erst an dem Abend an dem Strand. Auch in der Nacht nach eurem Abschlussball tauchte sie plötzlich bei mir auf. Sie stand mit total zerzausten Haaren und verheulten Pandaaugen da und meinte, jetzt wäre ihr klar, dass Jack sie gar nicht liebt.«

Denn an dem Abend hatte er mit mir getanzt.

»Das warst du? Du bist mit ihr zum Mount Cootha raufgefahren? Hast dort eine Decke auf dem Boden ausgebreitet und sie dann im Licht der Sterne flachgelegt?«

Er schüttelt den Kopf. »Nee. Ich habe gesagt, ich würde sie nach Hause fahren, und dann haben wir auf dem Rücksitz meines Autos rumgemacht.«

Mir bricht das Herz. Dann hatte Kate also ihr ganzes Leben umgeschrieben, Charaktere ausgetauscht und die

Stellen, die sie anders hätte haben wollen, ausgebessert, bis sie etwas ganz Besonderes gewesen waren. War sie deswegen verrückt gewesen? Oder einfach eine kreative Optimistin? War es falsch, auch diesen Teil von ihr zu lieben?

Ben muss sichtlich schlucken. »Einmal kam sie zu mir und …«

»Hör auf! Ich will davon nichts hören! Sag mir einfach, wie es an dem Abend weiterging.«

Er atmet aus, aber obwohl es sicher furchtbar für ihn war, die ganze Zeit damit zu leben, habe ich nicht das geringste Mitgefühl mit ihm.

»Dann …« In der Mitte seines Kinns erscheint ein Grübchen, als er unglücklich an seiner Unterlippe saugt. »Dann ist sie total ausgeflippt und hat wie eine Irre rumgeschrien. Meinte, das hätte sie nicht gewollt, sie würde keinen anderen wollen als Jack, und ich sollte mich verziehen. Meinte, sie könnte unmöglich ein Kind bekommen, das so krank wäre wie sie. Ich wäre ebenfalls total bekloppt, und das Kind wäre von mir. Dabei hatten wir nur zweimal Sex gehabt und das erste Mal war gerade einmal ein paar Wochen her, deswegen dachte ich, dass sie mir wieder einmal einfach irgendwelchen Mist erzählt. Ich habe versucht, sie zu beruhigen und mit ihr zu reden, aber sie ist völlig ausgerastet, hat mit Sand nach mir geworfen und ist abgehauen. Es war doch Blödsinn, oder? Diese Sache mit dem Kind. Oder hat sie dir etwa etwas von einem Kind erzählt?«

Ich überlege kurz, ob ich es ihm verschweigen soll. Aber das kann ich einfach nicht.

»Doch, das hat sie. Sie war wirklich schwanger, Ben.«

»Woher weißt du das? Ich meine, ja, okay, sie hat

behauptet, dass sie schwanger wäre, aber so hat sie nicht ausgesehen.« Er kratzt sich am Kopf, springt auf und stapft wie ein gefangener Löwe durch den zugemüllten Raum.

»Der Pathologe hat es ihrer Mum erzählt.«

Sein Wimmern klingt wie das eines Hundes, dem jemand auf den Schwanz getreten hat.

»Du sagst, sie hat ein Kind erwartet? Echt?« Er springt wieder auf die Couch, zieht seine Knie an die Brust und wiegt sich hin und her, doch selbst als seine Augen sich mit Tränen füllen, habe ich noch immer keine Spur von Mitleid mit dem Kerl.

Ich lasse ihn die Nachricht erst einmal verdauen, obwohl ich ungeduldig darauf warte zu erfahren, wie es an dem Abend weiterging. Ich schiebe mich dicht neben ihn und lege eine Hand auf seine Schulter. »Jess hat mir erzählt, dass sie gestürzt ist – und zwar von den Klippen an der Landspitze. Konzentrier dich, Ben. Wie ist sie dorthin gekommen? Wart ihr zwei vielleicht oben beim Leuchtturm oder so?«

Er bleibt stumm, weil er sich erst mal sammeln muss. Fährt sich mit den Händen durchs Gesicht und reibt sich die Augen, bis sie wieder trocken sind.

»Du hast gesagt, sie hätte angefangen rumzuschreien und dich mit Sand beworfen. Bist du ihr gefolgt, als sie davongelaufen ist?«

Er blitzt mich wütend an. »Erst mal habe ich versucht, den verdammten Sand aus meinen Augen zu bekommen, und als ich dann endlich wieder etwas sehen konnte, war sie nicht mehr da. War wie vom Erdboden verschluckt.«

»Und was war mit ihrem T-Shirt? Dem T-Shirt, das

wir gefunden haben. Hatte sie es ausgezogen? Ist sie ohne T-Shirt weggerannt?«

»Ich glaube nicht, dass sie das noch gekümmert hat. Denn sie wollte nur noch weg von mir.«

»In Ordnung, und das war's? Du hast sie nicht mehr gesehen, und deshalb hast du dir dein Angelzeug geschnappt und dich wieder damit an den Fluss gesetzt?«

Inzwischen ist er außer sich vor Zorn. »Nein. Das war erst der Anfang.«

»Was?« Die Angst schnürt mir die Kehle zu. »Was soll das heißen, dass das erst der Anfang war?«

»Sie hat mir vorgeworfen, dass ich sie gezwungen hätte mitzumachen, und ich bin in Panik ausgebrochen, weil ich dachte, dass sie zu dir rennen und behaupten würde, ich hätte sie vergewaltigt oder so!« Er kann mir nicht mehr in die Augen sehen. »Ich habe gesehen, wie ihr Schatten auf die Klippen an der Landspitze geklettert ist. Dann hat sie den Weg erreicht, und als sie gesehen hat, dass ich in ihre Richtung kam, ist sie losgerannt.«

»Du hast sie verfolgt?«

»Ich bin eine halbe Ewigkeit hinter ihr hergerannt, und obwohl ich irgendwann total erledigt war, habe ich sie schließlich eingeholt und sie gepackt, weil sie total hysterisch war. Es war stockfinster, weil sich gerade eine Wolke vor den Mond geschoben hatte, aber von den ganzen Tränen haben ihre Wangen so geglänzt, dass es selbst in der Dunkelheit zu sehen war. Ich habe versucht, sie zur Vernunft zu bringen, und gesagt, dass sie dir nicht erzählen soll, was wir getan haben. Sie hat versucht, sich von mir loszureißen, und geschrien, dass ich ein sexbesessener Irrer wäre. Darauf habe ich gesagt ...« Sein Blick wird trüb, er zieht eine Grimasse und stößt

schluchzend aus: »Ich habe gesagt, dass sie die Irre von uns beiden ist. Habe gesagt, sie wäre vollkommen verrückt und eine blöde Kuh.« Er kneift die Augen zu. »Es war immer noch so dunkel, dass ich kaum was sehen konnte. Trotzdem habe ich sie weiter festgehalten, denn ich hatte eine Heidenangst, sie würde dir erzählen, dass ich sie gezwungen hätte, Sex mit mir zu haben. Dabei hat sie es gewollt. Das musst du mir glauben!«

Ich versuche, meine schnellen Atemzüge zu beruhigen. Jede Faser meines Körpers will vor ihm zurückweichen, doch als die ersten Tränen über meine Wangen rinnen, weicht stattdessen er vor mir zurück und zieht die Beine noch ein wenig enger an die Brust.

»Ben?«

Er hört auf, sich hin- und herzuwiegen, und fährt tonlos fort: »Es war dunkel, und wir haben nicht gemerkt, dass wir direkt am Rand der Klippe waren. Ich habe sie gepackt, sie hat sich losgerissen, dabei die Balance verloren und ist ausgerutscht.« Mit einem Mal ist seine Stimme völlig klar. »Ich habe gehört, wie sie erst über das Gestrüpp und dann über den Stein geschlittert ist, konnte sie aber nicht mehr sehen! Da war nur noch der Ozean! Und sie war plötzlich nicht mehr da!«

Ich bin völlig entsetzt und starre ihn mit großen Augen an.

»Ich habe überall nach ihr gesucht, denn auch wenn das vollkommen idiotisch war, habe ich gehofft, sie würde sich vielleicht einfach vor mir verstecken oder wäre irgendwo auf einem Felsvorsprung gelandet und säße dort fest. Aber dann sah ich sie auf den Wellen treiben. Als verschwindend kleiner weißer Fleck im schwarzen Meer.«

Ich spüre, wie die Luft aus meinen Lungen weicht. Das Bild, das Ben für mich gezeichnet hat, schockiert mich mehr als jedes Bild aus meiner Phantasie. Weil es so wirklich abgelaufen ist.

»Dann ist sie also ins Meer gestürzt, als sie mit dir gerungen hat? Dann wollte sie sich also gar nicht umbringen?«

»Ich schwöre dir, es war ein Unfall, Frankie!«

Ich drehe innerlich völlig durch.

»Du hast noch versucht, sie zu erreichen?«, frage ich und flehe stumm, dass er mir die erhoffte Antwort gibt.

»Verdammt, natürlich habe ich versucht, sie zu erreichen!« Ben richtet sich auf und wirkt mit einem Mal wie eine Klapperschlange, die zum Angriff übergeht. »Ich bin runter an den Strand gerannt, ewig weit hinausgeschwommen und hätte sie fast berührt! Weil sie direkt vor mir war! Aber das Meer war furchtbar rau. Die Wellen haben laut gerauscht, aber ich hatte das Gefühl, dass ich sie trotzdem hören kann. Ich habe versucht, sie zu erreichen, aber sie trieb immer weiter weg.« Abermals zieht er die Beine an, fängt an zu schluchzen wie ein Kind, und wie eine Mutter ziehe ich ihn tröstend an die Brust.

Tränen strömen über meine Wangen, während er in meinen Armen weint. »Sie sah aus wie eine Stoffpuppe, die von den Wellen hin- und hergeworfen wird. Und dann war sie mit einem Mal nicht mehr zu sehen. Und ihr anderen seid wie die Ameisen am Strand herumgelaufen und habt sie gesucht, obwohl sie längst verschwunden war.«

Ich denke an den Abend, als ich auf der Treppe vor der Haustür saß und meine Mutter mir erklärt hat, dass die Leiche meiner Freundin ein paar Kilometer von der

Landspitze entfernt an den Strand getrieben worden war. Und stelle mir meinen Bruder vor, wie er allein in seinem Zimmer auf dem Bett gelegen und geschluchzt hat, weil ihm dieses grässliche Geheimnis auf der Seele lag.

»Und du hast in all den Jahren niemals irgendwem etwas davon erzählt?«

Er schüttelt knapp den Kopf.

»Es war ein Unfall, Frankie. Das musst du mir glauben. Sie ist ausgerutscht!«

»Du hast der Polizei von alldem nichts erzählt?« Verglichen damit finde ich es plötzlich völlig harmlos, dass ich den Beamten nicht erzählt habe, dass meine Freundin vielleicht schwanger war.

»Ich wurde damals nicht vernommen.« Ben reißt unschuldig die Augen auf. »Ich habe die ganze Zeit dort rumgesessen und darauf gewartet, dass sie kommen. Schließlich habe ich gesehen, wie du und die drei Jungs vernommen worden seid, aber für mich haben die Bullen sich gar nicht interessiert.« Wieder mal war er einfach vergessen worden, wie es offenbar sein Schicksal war.

Ich halte meinen unglücklichen Bruder immer noch im Arm, denn endlich brechen all der Zorn und all die Schuldgefühle, die seit dreizehn Jahren an ihm genagt haben, aus ihm heraus. Doch plötzlich bricht sein Schluchzen ab. Als sei er erleichtert, dieses furchtbare Geheimnis endlich los zu sein.

»Wirst du damit zu den Bullen gehen, Frankie? Wenn du das machst, sperren sie mich ein!«

Darüber kann ich jetzt nicht nachdenken. »Hast du mir das alles nur erzählt, um deine eigene Haut zu retten? Weil du denkst, ich hätte Mitgefühl mit dir und hielte deshalb dicht?«

»Du kennst jetzt die Wahrheit und weißt, dass Jack mit dieser ganzen Sache nichts zu tun hatte: Er hatte nicht mal Sex mit ihr! Begreifst du nicht, was das bedeutet, Frankie? Jetzt könnt ihr zusammen sein. Ist das denn nicht genug?«

Mein Bruder hat die Welt schon immer in Schwarzweiß gesehen: Für ihn ist es ganz einfach. Wenn man einen Menschen liebt, soll man mit ihm zusammen sein.

Er fährt sich mit den Händen durchs Gesicht. »Es war meine Schuld, dass sie so ausgerastet ist. Ich war der, vor dem sie weggelaufen ist. Weißt du, wie das ist? Zu denken, dass sie meinetwegen nicht mehr lebt?«

Das weiß ich sogar ganz genau.

Er ist immer noch untröstlich, aber in sein Elend mischt sich offensichtlich noch ein anderes Gefühl. Vielleicht Erleichterung?

Ich halte seine Nähe nicht mehr aus und muss so schnell wie möglich raus aus seinem Haus.

Es ist inzwischen beinahe wieder hell, und während ich zu meinem Wagen gehe, stellt er noch mal fest, wie leid ihm alles tut. Doch was genau tut ihm so leid? Dass er mir die Wahrheit über Jahre hinweg vorenthalten hat? Dass sie überhaupt nur seinetwegen oben auf der Klippe war? Dass er sie geschwängert und ihr dann auch noch den letzten Rest von Zuversicht genommen hat? Vielleicht all das, aber vielleicht auch nichts von alledem.

Im Grunde ist mir vollkommen egal, weshalb er mich nach all den Jahren um Verzeihung bittet. Ich bin nur erleichtert, als mein Wagen anspringt und das erste Sonnenlicht durch meine Windschutzscheibe fällt. Ich nehme

meine Kette und die Antworten auf meine Fragen, fahre Richtung Autobahn und schwanke auf der Fahrt nach Hause zwischen Zorn und Mitleid hin und her.

Mein Bruder ist ein armes Schwein. Da hat er all die Jahre mit dem Bild von ihr und mit dem Wissen leben müssen, wie sie umgekommen ist. Und gestern Abend hat er noch erfahren, dass er an dem Abend nicht nur einen, sondern zwei Menschen verloren hat. Gleichzeitig aber bin ich wütend, weil er uns der Ungewissheit in den Tagen nach ihrem Verschwinden, dem emotionalen Aufruhr, all den Suchaktionen und dem Medienrummel ausgesetzt und zugelassen hat, dass unsere Mutter Jack die Schuld an Kates Verschwinden gab, obwohl er genau wusste, was geschehen war. Ich zucke zusammen, als ich an die letzten Worte denke, die der Kerl zu ihr gesagt hat. *Blöde Kuh.* Mir wird davon derart übel, dass ich an den Rand fahren und mich übergeben muss.

Und während sich die Säureflut in meinen Mund ergießt, denke ich an die Geheimnisse, die er in all der Zeit mit sich herumgetragen hat. An den grenzenlosen Kummer, den ich in den Monaten nach ihrem Tod empfunden habe. Während er die ganze Zeit auf seinem Bett herumgelegen, *Teenage Dirtbag* laufen lassen und auf seiner dämlichen Gitarre immer wieder denselben blöden Moll-Akkord gespielt hat, und dabei genau wusste, was geschehen war.

Es aber, feige, wie er war, für sich behalten hat.

***

Als ich zu Hause ankomme, zwitschern die Vögel, und die Hunde schnuppern an den Baumstämmen am Rand des Bürgersteigs. Eilig laufe ich hinter das Haus, denn

ich muss Jack so schnell wie möglich sehen, ihn berühren, ihm alles erklären, mich bei ihm entschuldigen und dafür sorgen, dass er mir verzeiht.

Ich entdecke ihn sofort. Weil er mit herunterhängenden Schultern vor den Resten eines Lagerfeuers sitzt. Am liebsten würde ich sofort zu ihm hinüberlaufen, aber mir ist klar, dass er bestimmt noch höllisch sauer auf mich ist.

Er weigert sich, mich anzusehen, und stößt wutschnaubend aus: »Unter was für einem Stein kommst du denn plötzlich vorgekrabbelt? Warum hast du mich nicht wenigstens kurz angerufen, um zu sagen, dass du heile wo auch immer angekommen bist?« Kopfschüttelnd fügt er hinzu: »Ich hatte Angst, dein Wagen wäre vielleicht noch mal ausgegangen und irgendein Psychopath hätte dich aufgesammelt oder so.«

»Tut mir leid. Ich war bei Ben. Ich brauchte erst mal etwas Luft.«

Er zieht eine Braue hoch. »Und die kriegt man, indem man mitten in der Nacht bei einem Kiffer auf der Matte steht?«

Ich nehme auf dem Froschstuhl Platz, hoffe, dass das Ding nicht unter mir zusammenbricht, und taste nach Jacks Bein. Er blickt erst auf meine Hand, dann in mein Gesicht, und ich merke, wie er sich entspannt.

»Und jetzt hast du wieder einen klaren Klopf?« Er stellt die Dose mit den Bohnen, die er gerade essen wollte, auf dem Boden ab und sieht mich fragend an.

»Also?«

»Tut mir leid, Jack. Denn ich habe mich in jeder Hinsicht hoffnungslos geirrt.«

Reglos starrt er mich mit seinen großen, schiefergrauen Augen an, und ich kann sehen, wie verletzt er ist.

»Ben hat mir erzählt, dass er mit Kate geschlafen hat. Und zwar nicht nur an dem letzten Abend, deshalb schätze ich, dass er der Vater ihres Babys war.«

Jack starrt mich verwundert an.

»Er hat gesagt, sie hätte es gewollt. Nachdem du sie zurückgewiesen hast ...«

Jack errötet, sagt aber noch immer keinen Ton, deswegen fahre ich mit rauer Stimme fort.

»Er war am Schluss mit ihr zusammen.«

»Er hat gesagt, dass er gesehen hat, wie sie gesprungen ist? Hast du ihm das geglaubt? Ich meine, war er nicht mal wieder total zugedröhnt?«

»Sie ist ausgerutscht.«

Nachdenklich hört er sich an, wie es Ben zufolge abgelaufen ist. Dass Kate vor ihm geflüchtet und dass er ihr hinterhergelaufen ist, dass sie gerungen haben, sie sich von ihm losgerissen hat und dabei ausgerutscht, also nicht freiwillig gesprungen ist.

Das Gesicht in den Händen, sitzt er völlig reglos da, erwacht aber mit einem Mal wieder zu neuem Leben und will von mir wissen: »Du glaubst nicht, dass er sie vielleicht absichtlich gestoßen hat? Denn mit seinen neunzehn Jahren hat er doch wahrscheinlich nicht gerade von einem Kind geträumt. Weshalb ihm ihr Tod doch vielleicht nicht ungelegen kam.«

Ich schäme mich, denn wenn auch nur für einen kurzen Augenblick, hatte ich mir diese Frage ebenfalls gestellt. »Ben kann ein echtes Arschloch sein, aber ein Mörder ist er nicht. Ich glaube nicht, dass er ihr überhaupt geglaubt hat, dass sie schwanger war. Denn er war fix und fertig, als vorhin die Rede darauf kam.«

»Vielleicht hat er sich auch einfach eingeredet, dass er

davon keine Ahnung hatte und dass es ein Unfall war. Auf alle Fälle sollten wir der Polizei erzählen, was du rausgefunden hast. Jess hat ein Recht darauf zu hören, was damals genau geschehen ist.«

»Ich weiß nicht, Jack. Denn schließlich würde das jetzt nichts mehr ändern. Und mein Bruder hat sich schon genug gequält, ohne dass wir alles noch mal aufwühlen. Vor allem gäbe es ja sowieso keine Beweise, deshalb würde es bestimmt auf jeden Fall als Unfall abgetan. Und damit wäre niemandem gedient.«

Damals hatte ich geschwiegen, weil ich Jack hatte beschützen wollen. Könnte ich das jetzt nicht auch für meinen eigenen Bruder tun?

Ich dachte an Jess und fragte mich, ob es wohl schlimmer für sie wäre zu erfahren, dass Kate damals einfach das Gleichgewicht verloren hatte, oder weiterhin zu denken, dass sie freiwillig gesprungen war. »Aber in Bezug auf Jess hast du wahrscheinlich recht. Sie hätte es verdient zu wissen, dass es doch kein Selbstmord war.« Ich frage mich, ob sie verstehen wird oder ob vielleicht unser aller Leben nochmals durcheinandergebracht wird, wenn die alte Wunde wieder aufgerissen wird. »Kate war adoptiert. Jess hat mir erzählt, ihre leibliche Mutter wäre psychisch krank gewesen und hätte sich umgebracht, als Kate ein kleines Mädchen war. Deshalb hätte sie schon immer Angst gehabt, Kate würde irgendwann dasselbe tun. Ich frage mich, ob das womöglich einen Einfluss darauf hatte, wie Kate war.«

Jack schüttelt den Kopf. »Trotzdem wäre es nicht richtig, ihr nicht zu erzählen, was dir Ben gestanden hat. Ich meine, warum ist er nach all der Zeit mit einem Mal damit herausgeplatzt?«

»Ich glaube, es hat schon die ganze Zeit an ihm genagt. Außerdem …«

Er beißt sich auf die Lippe und sieht vor sich auf den Boden. »Was?«

»Er möchte, dass ich glücklich bin und nach all der Zeit endlich nach vorne schauen kann.«

Mein Blick zeigt Jack, dass ich nach vorne schauen will, und endlich nimmt er meine Hand und stellt mit rauer Stimme fest: »Irgendwie tut mir der Kerl echt leid. Was hat er all die Jahre durchgemacht? Kein Wunder, dass er nichts auf die Reihe bekommt.«

»Er ist einfach auf einem anderen Weg als wir.«

»Er war der Schlauste von uns allen und hat nie etwas daraus gemacht. Aber jetzt kann ich verstehen, weswegen er das alles weggeworfen hat. Dieser Scheiß hat jahrelang an ihm genagt. Ihr Hudsons seid doch einfach beide hoffnungslose Fälle. Was habe ich damals schon zu dir gesagt? Darüber, dass bei einem Menschen Inneres und Äußeres zusammenpassen müssen?«

Er legt eine Hand unter mein Kinn und zwingt mich sanft, ihm ins Gesicht zu sehen. »Zumindest ist es jetzt vorbei. So, wie sie am Ende war, war ich mir sicher, dass es Selbstmord war, obwohl ich es entsetzlich fand zu denken, dass sie ihres Lebens derart überdrüssig war. Ich weiß, wie es sich anfühlt, wenn man nur noch weg von allem will, deshalb ist es eine Erleichterung für mich zu wissen, dass sie nicht freiwillig von dem Felsen gesprungen ist. Jetzt kann ich endlich einen Schlussstrich unter die Geschichte ziehen.«

Ich schlinge ihm die Arme um den Hals, atme seinen vertrauten Duft ein, und plötzlich bin ich wieder siebzehn, auf dem Konzert in der *Arena*, und mir wird klar,

dass ich diesen Jungen nicht mehr nur als guten Kumpel will. Doch zugleich wird mir bewusst, dass ich keine Ahnung habe, wie ein großer Teil seines Lebens abgelaufen ist. »Was meinst du damit, dass du weißt, wie sich das anfühlt?«

Er schweigt einen Moment.

»Es ging mir eine Zeitlang ziemlich schlecht, nachdem wir nach Townsville umgezogen waren. Die ersten Jahre habe ich mit irgendwelchen Kneipenjobs verbracht, das heißt, ich habe entweder gearbeitet, getrunken oder beides gleichzeitig getan. Mehr als einmal bin ich sturzbesoffen nachts auf irgendeiner Parkbank eingeschlafen und wurde am nächsten Morgen von den Rasensprengern aufgeweckt. Weil meine Schuldgefühle einfach übermächtig waren. Weil ich etwas hatte haben wollen, was ich nicht verdient hatte. Und dass man uns getrennt hat, kam mir wie die Strafe dafür vor.«

»Das ist das Überlebendensyndrom.«

Sein Blick zeigt mir, was er empfindet, während er mir schweigend gegenübersitzt, und plötzlich sehne ich mich schmerzlich danach, die Kapitel seines Lebens zu entdecken, die mir durch die eine Nacht am Strand gestohlen worden sind.

29

Alles fügt sich

Vollkommen benommen fahre ich zur Arbeit, und in einer kurzen Pause erscheint meine Chefin und erklärt, es stünde jemand für mich vorne am Empfang.

Ich entdecke Jacks zerzausten Schopf und erkläre knapp: »Ich mache Mittagspause.« Dann schnappe ich meine Handtasche und stürze los.

Er drückt sich von dem Pfeiler ab, an dem er lehnt, und hält mir eine buntbedruckte Brotdose für Kinder hin. Sein ungekämmtes Haar ist etwas feucht, als hätte er gerade geduscht, und so schwungvoll habe ich ihn schon seit langem nicht mehr erlebt.

»Hi.«

»Ich weiß, du hast zu tun, aber trotzdem dachte ich, dass du was essen musst.«

Er folgt mir durch das Labyrinth meiner Abteilung, wo wir allzu vielen neugierigen Blicken ausgeliefert sind, und ich bin überrascht, dass er mich überhaupt gefunden hat. »Außerdem habe ich Neuigkeiten.«

Eilig lege ich die Hand auf seinen Arm. »Hast du den Vaterschaftstest gemacht? Hat Sara es erlaubt?«

»Sie hat mir keine Steine in den Weg gelegt. Was bestimmt an ihren Schuldgefühlen liegt. Und jetzt ist das Ergebnis da.« Er sieht mir ins Gesicht. »Es besteht kein Zweifel daran, dass ich Olis Vater bin.«

Ich umarme ihn und reibe ihm den Rücken. »Das ist wunderbar, Jack«, flüstere ich in sein feuchtes Haar.

Überrascht stelle ich fest, dass ich mich wirklich für ihn freue, und atme erleichtert auf, weil Oli jetzt auch mir erhalten bleibt. Vor allem aber, weil mir Jack ohne das Kind völlig verloren vorgekommen ist. Sein Gesicht wird weich, und seine Augen leuchten wie die eines zukünftigen Vaters, der es kaum aushalten kann, bis ein geliebtes Kind, das sehnsüchtig erwartet wird, endlich das Licht der Welt erblickt. »Sie brauchten nicht mal Blut von ihm zu nehmen – ein normaler Wischtest hat gereicht.«

Auf dem kurzen Weg hinunter an den Fluss erzählt er aufgeregt, dass er in ein paar Tagen rauf nach Townsville fliegen will, um dort mit Sara zu besprechen, wie das Sorgerecht für Oliver am besten aufzuteilen ist. Ich frage mich, ob das bedeutet, dass auch Jack zurück nach Townsville zieht, und wo mein Platz in diesem Puzzle ist.

Wir setzen uns ans Ufer, und er klappt die bunte Plastikdose auf. Ein so feudales Mahl habe ich nie zuvor in einer Kinderbrotdose gesehen. »Du hast mir Sushi mitgebracht?«

»Selbst gemacht«, erklärt er mir. Ich hatte vollkommen vergessen, dass der neue Jack mir gegenübersitzt. »Und Blaubeer-Friands.«

»Friands? Darf man diese Teile nicht mehr Muffins nennen, wenn man Chefkoch ist?«, erkundige ich mich und frage neugierig: »Hast du eigentlich auch eine Kochmütze?«

»Nein. Die sind nur was für Weicheier. Genau wie all diese Versicherungen, die es heutzutage gibt.«

Ich rolle mit den Augen. »Hast du nicht gesagt, dass

du eine phantastische Moussaka machst? Ist die dein Markenzeichen, Mr Meisterkoch?«

Er sieht mich lächelnd an. »Komm doch einfach heute Abend noch ins Restaurant. Dann koche ich etwas für dich.«

Ich lächele ebenfalls. »Und was stört dich an meiner Küche? Schließlich wurde sie frisch renoviert.«

»Was das angeht, schätze ich, dass ich ein bisschen übereifrig war. Ich wollte einfach Eindruck bei dir schinden, als ich, ohne dich zu fragen, über deine alte Küche hergefallen bin«, räumt er mit einem selbstzufriedenen Grinsen ein. »Aber trotzdem hast du immer noch nur eine Pfanne, deshalb kommst du besser doch ins *Pig*.«

»Glaubst du, dass es klug ist, wenn ich dort erscheine – so kurz, nachdem Sara …«

»Glaub mir, meine Angestellten werden jubeln – weil ihnen mein ständiges Gejammere zum Hals raushängt. Übrigens haben die Umzugsleute heute ihren ganzen Krempel eingepackt und schaffen ihn nach Townsville rauf.«

Dann ist sie also wirklich weg. Und wenn sich jetzt ihr böser Blick in meinen Rücken bohrt, weiß ich, dass er meiner Einbildung entspringt. »Irgendetwas an ihr muss dir trotzdem fehlen. Weil man nach einer Trennung schließlich immer eine Zeitlang hin- und hergerissen ist.«

»Ich nicht. Nur ist es ohne Oli einfach viel zu ruhig.« Sein Adamsapfel bewegt sich, als er bei diesen Worten schlucken muss. »Ich erwarte ständig, dass er angesprungen kommt und meine gute Arbeitshose mit seinen verklebten Marmeladenfingern schmutzig macht. Ich habe ihn dafür immer ausgeschimpft, aber jetzt wünschte ich

mir, er wäre da und würde meine Hose vollkommen versauen.«

»Das ist bestimmt nicht leicht für dich. Ich weiß, wie glücklich du immer mit Oli warst. Aber nächste Woche wirst du ihn doch sehen, oder? Du weißt jetzt, dass du tatsächlich sein Vater bist, und es ist doch sicherlich ein gutes Zeichen, wenn sie jetzt schon über die Besuchszeiten verhandeln will.«

Er blickt auf den Fluss und wirft der Elster, die über dem Wasser kreist, die Reste eines Muffins hin.

Ich lege meinen Arm um seine Schultern, und wir sitzen schweigend da. Am liebsten würde ich wie ein verliebter Teenie mit ihm knutschen, aber irgendetwas hält mich davon ab. Vielleicht die Aufregung?

»Kommst du gegen sechs ins Restaurant? Diesmal werde ich persönlich kochen«, verspricht er mir auf dem Weg zurück ins Krankenhaus. »Vorne springt dann einfach jemand anderes für mich ein.«

»Wird das etwa ein Date?« Vor lauter Freude wird mir richtiggehend schwindelig. »Denn ich habe nichts zum Anziehen dabei.«

»Dann komm doch einfach nackt«, schlägt er mir lächelnd vor.

***

Als die Sonne langsam untergeht und die Schatten auf den Rasenflächen länger werden, frage ich mich aufgeregt und ängstlich, was der Abend mir und Jack wohl bringen wird. Ich fahre nach der Arbeit heim, ziehe mich dort dreimal um und wähle letztendlich ein schwarzes Trägertop mit tief ausgeschnittenem Rücken aus.

Als ich das *Duck Duck Pig* zum zweiten Mal betrete,

hat sich meine Sicht aufs Leben und auf Jack verändert, aber von der buntgemischten Einrichtung des Ladens bin ich noch genauso hingerissen wie beim ersten Mal. Die rustikalen Vogelkäfige, die an der Decke baumeln, und die rote Telefonzelle, die in der Ecke steht, sehen einfach entzückend aus. Doch mein Techtelmechtel mit dem Restaurant ist nur von kurzer Dauer, denn ein Ober führt mich durch den Notausgang nach draußen und zieht, als er mich verlässt, die Tür hinter sich zu. Ich umklammere meine Handtasche, denn ich stehe allein mitten auf einem Dach. Hat der Mann vielleicht die falsche Tür geöffnet? Aber dann sehe ich Jack. Er nimmt mich lächelnd in Empfang, und ich fühle mich, als hätte ich bei einer Rateshow im Fernsehen mitgemacht und als hätte man mir dort den ersten Preis enthüllt.

Eine Petroleumlampe brennt auf einem Tisch, der früher eine Umzugskiste war und an dem zwei leere Bierfässer als Stühle stehen. Der Blick über die Stadt lenkt mich kurzfristig von meinem Gegenüber ab, doch einen Moment später sehe ich ihn wieder an. Auf dem Rand des Daches steht ein Lautsprecher, in dem Jacks iPhone steckt, und als ich mein Lieblingslied von *Powderfinger* höre, wird mir warm ums Herz.

Jack serviert mir Jacobsmuscheln, Knoblauchmus und Safransoße und als Hauptgang herrlich krossen Schweinebauch auf einem Spargel-Fenchel-Bett. »Du hast gesagt, du hättest nichts zum Anziehen.« Lächelnd streicht er mit den Fingerspitzen über meinen nackten Rücken. »Aber dieses Teil gefällt mir wirklich gut.«

Ich erröte wie ein Schulmädchen bei seinem ersten Date, doch während wir das Mahl beenden, wenden wir uns der Erinnerung an alte Zeiten zu.

»Rückblickend betrachtet ist es wirklich seltsam.« Jack nimmt zärtlich meine Hand. »All die Dinge, die mir noch von dir als jungem Mädchen in Erinnerung geblieben sind.« Sein Gesicht fängt an zu leuchten, und ich stelle wieder einmal fest, wie ungeheuer attraktiv er ist. »Wie zum Beispiel, dass ich immer heimlich über die Rücklehne von meinem Sitz gelugt habe, wenn du dich nach dem Baseball auf der Heimfahrt hinten umgezogen hast.« Er zieht mit seinem Zeigefinger unsichtbare Kreise auf der Innenseite meines Arms. »Oder dass ich, während ich auf deinen Schultern Sonnenmilch verrieben habe, immer hoffen musste, dass du meinen Ständer nicht bemerkst.«

Ich beuge mich über den Kartontisch und pikse ihm in die Rippen.

»Aber weißt du, was für mich immer das Allerschönste war?«

»Du wirst es mir bestimmt gleich sagen.«

»Wenn du mit nichts als einem dieser kleinen Handtücher am Leib aus der Dusche in dein Zimmer geflitzt bist. Du hast es vorne immer möglichst hoch gezogen, damit niemand diese Dinger sieht.« Er zeigt auf meine Brüste und fährt grinsend fort: »Was hieß, dass praktisch dein gesamtes Hinterteil zu sehen war.«

Ich kann einfach nicht glauben, dass er sich an diese winzigen Details auch Jahre später noch erinnern kann. Es ist, als gebe er auf diese Weise einen Kommentar zu meinem damaligen Leben ab.

»Und dein langer, schlanker Rücken hat immer verführerisch geschimmert, wenn er nicht ganz trocken war.« Er gleitet mit der Hand daran herab. »Ich fand dich immer furchtbar elegant. Viel zu gut für jemanden wie mich.«

Ich schüttele den Kopf. »Und ich fand dich immer viel zu cool für jemanden wie mich«, erkläre ich und fahre mit dem Finger über seine Nase.

»Wobei Klasse Coolness ja wohl übertrumpft.« Er wackelt fröhlich mit den Brauen. »Und davon hattest du bereits als Teenager im Übermaß.«

Wir blicken auf den Fluss, auf dessen Oberfläche sich die Lichter der Stadt spiegeln, und die feuchte Hitze, die den ganzen Tag auf uns gelastet hat, nimmt dank der kühlen abendlichen Brise langsam etwas ab. Jack reibt seine Schulter sanft an meiner, schaut mich liebevoll mit seinen eindeutig schiefergrauen Augen an, und ich merke, dass ich rundum glücklich bin.

***

Zwischen Hauptgang und Dessert kehrt Jack mehrmals ins Restaurant zurück, weil es dort immer wieder einmal irgendwas zu klären gibt. Dadurch ist der Abend ein bisschen zerrissen, aber auch während der Wartezeiten ist für Abwechslung gesorgt. Einmal huscht eine niedliche Beutelratte quer über das Dach, und einmal schickt mir Jack den Spüljungen, damit er mich mit seinen fürchterlichen Witzen unterhält. Ich fühle mich, als würde ich in irgendeiner schrecklichen Klamotte mitspielen und darauf warten, dass mich eine Ratte anspringt oder so. Doch gerade als ich aufstehen, mich bei Jack für seine Einladung bedanken und nach Hause fahren will, kommt er zurück und küsst mich auf die Wange. Er hat Feierabend, deshalb schnappe ich mir meine Tasche und wir brechen gut gelaunt zusammen auf.

Ohne dass wir erst darüber reden müssen, ist uns beiden klar, dass er die Nacht bei mir verbringen wird.

Schweigend laufen wir zu meinem Wagen, und mit einem Mal bin ich entsetzlich aufgeregt. Ach, hätte ich doch an dem Wein, den es zum Essen gab, nicht nur genippt.

Eine bittersüße Spannung breitet sich in meinem Gesicht aus. Ich fange an, die roten Ampeln gleichzeitig zu fürchten und mich wie ein Kind auf sie zu freuen – denn immer, wenn ich stehen bleiben muss, bedenkt er mich mit einem heißen Blick und einem Kuss, während er die Hand von meinem Knie über die Innenseite meines Oberschenkels gleiten lässt.

»Übrigens war ich noch mal bei Jess. Ich war die ganzen Lügen einfach leid und habe ihr alles erzählt. Von Ben und so.«

Jack runzelt die Stirn: »Warst du etwa alleine dort?«

»Du scheinst zu vergessen, dass ich meinen Lebensunterhalt mit diesem Scheiß verdiene.«

»Ja, nur bist du dabei nicht persönlich in die Fälle involviert. Wie hat sie es aufgenommen? Hast du Ben gewarnt?«

»Erst war sie total geschockt, dann wurde sie wütend, und am Ende kam sie mir ehrlich erleichtert vor. Es ist schwer zu sagen, wie sie langfristig damit zurechtkommt, aber ich kann mir nicht vorstellen, dass sie in der Sache noch was unternehmen wird. Ich bin froh, es ihr gesagt zu haben. Weil diese Geschichte damit ein für alle Mal für mich abgeschlossen ist.«

»Ich wollte damit nicht sagen, dass ich dir nicht zutraue, so was alleine hinzukriegen. Es ist echt erstaunlich, wie sehr deine Arbeit Menschen hilft.«

»Ich weiß.« Und während ich dies sage, wird mir klar, dass ich tatsächlich einige zerbrochene Leben reparieren konnte. Selbst mein eigenes, denke ich und drücke glück-

lich seine Hand. »Trotzdem überlege ich, ob ich den Job nicht schmeißen soll. Ich würde lieber unterrichten.«

Er zieht seine Brauen hoch, sieht mich dann aber mit einem weichen Lächeln an. »Ach ja? Du wärst sicher eine ganz hervorragende Lehrerin. Und weißt du noch was? Ich überlege, ob ich nicht auch noch den Rest meines Hauses und den hässlichen Zaun abreißen soll, der zwischen unseren Gärten steht. Wenn Oli in den Ferien kommt, kann er dort Cricket spielen, und glaubst du nicht, dass Bear sich ebenfalls über den größeren Garten freuen wird?«

»Auf jeden Fall.« Ich lächele, und wieder wird mir warm ums Herz. »Auch wenn ich mir nicht sicher bin, ob Sara die Idee gefallen wird.«

»Warum denn nicht? Sie hat den ganzen Hausrat mitgenommen, deswegen erscheint es mir nur fair, wenn sie mir im Gegenzug das Grundstück überlässt. Vielleicht könnten wir statt meines Hauses deine Bude renovieren.« Er zieht die Brauen hoch und fügt hinzu: »Aber natürlich nur, wenn du auch damit einverstanden bist.«

Noch während ich mit meinen Augen rolle, huscht ein Lächeln über mein Gesicht.

Wir haben unser Ziel erreicht und laufen Hand in Hand zu meinem kleinen Häuschen – in dem alles angefangen hat. Während ich mit meinem Schlüssel kämpfe, schlingt er mir von hinten seine Arme um die Taille, und ich spüre seinen warmen Atem im Genick.

Ich muss daran denken, wie ich selbst zum allerersten Mal durch diese Tür getreten bin – ich habe mich gefühlt wie ein im Wind wehendes Blatt. Und auch wenn mein Haus von einer tollen Küche und ein bisschen Farbe

abgesehen noch fast so aussieht wie vor einem Jahr, hat es inzwischen doch ein starkes Fundament. Es steht nicht mehr auf halb verfaulten Holzstümpfen, sondern auf einem sicheren Sockel aus Beton.

Und genau so eine feste Basis habe plötzlich auch ich selbst.

Dabei hätten wir das Glück, das wir jetzt haben, allzu leicht verpassen können. Immerhin bin ich nur aus Zufall hier in diesem Haus gelandet. Nicht einmal im Traum wäre ich darauf gekommen, dass eines Tages ausgerechnet Jack Nathaniel Shaw aufs Nachbargrundstück ziehen könnte.

»Komm mit.« Entschlossen nimmt er meine Hand, durchquert mit mir das Haus und führt mich durch die Hintertür wieder hinaus. Ich bin verblüfft, doch gleichzeitig auch neugierig zu sehen, was er im Schilde führt. Ich bin so nervös, dass ich plötzlich befürchte, vielleicht hätte er sich alles noch einmal anders überlegt.

Mit einem kribbelnden Gefühl im Magen folge ich ihm hinters Haus. Dorthin, wo es zwischen uns zum zweiten Mal begonnen hat. Als wir gestrichen haben und ich meinen Dreisekundenblick an ihm getestet habe. Danach habe ich die Streicharbeiten eingestellt. Weil mich die Tätigkeit zu sehr an ihn und an den Augenblick erinnert hat, an dem eine Grenze überschritten worden ist.

Seitdem habe ich gefürchtet und zugleich gehofft, dass wir diese Grenze nochmals überschreiten würden. Und jetzt ist es offenbar so weit.

Als wir in der Dunkelheit des Gartens stehen, befiehlt mir Jack im Oberlehrerton: »Mach deine Augen zu und warte, bis ich sage, dass du sie wieder aufmachen darfst.«

»Okay.« Hat er vielleicht die Streicharbeiten fortgesetzt? Soll das die große Überraschung für mich sein?

Er läuft zurück ins Haus, wühlt dort in irgendwelchen Sachen, und allmählich halte ich die Spannung nicht mehr aus.

»Okay. Du kannst die Augen wieder aufmachen«, erklärt er atemlos, als er ein paar Minuten später wiederkommt.

Das Erste, was mir auffällt, ist das Flutlicht, das auf meine Hauswand fällt. Als Zweites fällt mein Blick auf das Gerüst, das heute Morgen noch nicht dort gestanden hat.

Und dann entdecke ich den Satz, der in leuchtend blauer Farbe auf den nackten Brettern steht.

Ich liebe dich, Fray.

Mein schockierter Blick macht einem Lächeln Platz, und Jack zieht mich an seine Brust und dreht mich so lange im Kreis, bis mir vollkommen schwindlig ist.

»Ich wollte immer dich«, wispert er zärtlich in mein Haar.

Und endlich wage ich, ihn flüchtig anzusehen. Doch meine Freude ist einfach zu groß, um es bei bloßen Blicken zu belassen, und ich schlinge ihm glücklich meine Arme um den Hals.

Er zieht mich so eng an seine Brust, dass ich nur noch mit Mühe Luft bekomme, und als seine Lippen endlich meinen Mund berühren, ist das Einzige, was ich noch höre, wie er Luft holt, und das Einzige, was ich noch fühle, mein Verlangen, jede Stelle seines Körpers zu erforschen, weil wir endlich wieder eine Einheit bilden.

Endlich heißt es wieder Jack und ich gegen den Rest der Welt.

Trotzdem mache ich mich wieder von ihm los, atme so tief wie möglich ein und versuche, meinen wilden Pulsschlag zu beruhigen, während er die Stirn an meinen Kopf legt und sich ein Lächeln auf seine Lippen stiehlt.

Ich blicke auf die leuchtend blaue Botschaft an der Wand. Blicke auf sein glückliches Gesicht und bin erleichtert, weil nach all den Jahren endlich wieder die Chemie zwischen uns stimmt.

Mir wird bewusst, dass wir im Flutlicht stehen und uns dort jeder sehen kann, also ziehe ich ihn wieder durch die Tür ins Haus.

Ich empfinde eine überwältigende Leichtigkeit. Als habe plötzlich alles seine Ordnung und als könne ich mein Leben endlich so beginnen, wie es immer schon geplant gewesen war.

Trotzdem stehe ich in meiner Küche und weiß nicht genau, wie ich den nächsten Schritt in Angriff nehmen soll, als er plötzlich in Richtung meines Badezimmers zeigt. »Gib mir fünf Minuten … und lauf bloß nicht weg.«

Als ich höre, wie er seine Schuhe auszieht und die Dusche aufdreht, nutze ich die Zeit, um mich selbst auch ein wenig frisch zu machen, reiße hektisch die Kommodenschublade mit meiner Unterwäsche auf und wühle dort ganz hinten nach den hübschen Stücken, die ich schon seit Monaten nicht mehr getragen habe, weil es keinerlei Verwendung dafür gab.

Dann warte ich mit wild klopfendem Herzen darauf, dass er wieder aus dem Badezimmer kommt.

Und endlich wird die Tür des Schlafzimmers geöffnet, ich entdecke seinen Schatten an der Wand und höre seine Schritte Richtung Bett.

Ich halte den Atem an und kneife meine Augen zu, als

er sich neben mir unter die Decke legt. Denn bereits sein Anblick ruft ein heißes Kribbeln in mir wach.

Seine Haut ist feucht und sein ganzer Körper herrlich warm.

»Ich habe einem völlig ahnungslosen Teenager die Führung meines Ladens überlassen, nur, damit ich mit dir nach Hause fahren kann. Denk also bloß nicht, dass du einfach schlafen kannst«, raunt er mir zu. Er riecht nach Seife, und von seinem heißen Atem bekomme ich eine Gänsehaut.

»Alles okay bei dir?«, fragt er besorgt, und in der Dunkelheit des Zimmers kann ich seine Silhouette und das Glänzen seiner Augen sehen.

Ich nicke schüchtern mit dem Kopf.

Auch er ist etwas zögerlich, doch dann presst er die Lippen sanft auf meinen Mund und hüllt mich ganz in seine wunderbare Wärme ein. Trotzdem kommt mein Hirn noch immer nicht zur Ruhe und vor meinen Augen tauchen Bilder von ihm auf, wie er auf der Rückbank unseres Wagens sitzt und furchtbare Grimassen an der Fensterscheibe zieht, wie er, seine Unterhose auf dem Kopf, splitternackt unter den Rasensprenger hüpft und wie seine Haare ordentlich wie die von einem Messdiener gescheitelt waren, als er neben mir an unserem ersten Schultag vor der Klasse stand.

»Warum lachst du?«, fragt mich Jack. »Das macht mich irgendwie nervös.«

»Tut mir leid. Ich lache ganz bestimmt nicht über dich.« Abermals versuche ich, mich zu entspannen, doch die Aufregung der letzten Monate und die Erinnerungen an die Kindheit sind einfach zu viel, und wieder breche ich in wieherndes Gelächter aus.

Jack macht sich von mir los, legt sich auf den Rücken, starrt die Decke an und wirft sich einen Arm vor das Gesicht.

»Bist du sicher, dass mit dir alles in Ordnung ist?« Inzwischen ist ihm die Verzweiflung deutlich anzuhören.

Es ist einfach unverzeihlich. Wenn ich mich nicht gleich zusammenreiße, steht er sicher auf und tritt den Rückzug an. Ich versuche, mir ein totes Känguru am Rand der Straße vorzustellen – irgendwas, damit ich endlich nicht mehr lachen muss.

Gleichzeitig wiederhole ich: »Es tut mir wirklich leid. Ich will das genauso so sehr wie du! Aber es ist einfach total irreal – ich meine, ich werde von Jack Shaw geküsst!«, stelle ich mit ungläubiger Stimme fest, während schon die nächste Lachsalve im Anzug ist. Die ich aber mühsam unterdrücke, als ich sehe, wie verletzt er ist. »Ich habe einfach Schwierigkeiten, dich in diesem Licht zu sehen – nachdem du mein Leben lang so etwas wie ein Bruder für mich warst.«

»O nein! Fang nicht mit diesem Blödsinn an!« Er setzt sich auf und macht die Nachttischlampe an. Im hellen Licht erkenne ich die Frustration und gleichzeitige stählerne Entschlossenheit in seinem Blick. »Du siehst mich doch wohl hoffentlich nicht jetzt in diesem Augenblick als etwas wie einen Bruder an. Dann wären wir echt am Arsch. Weil du für mich, verdammt noch mal, ganz sicher nicht so was wie eine kleine Schwester bist!«

Ich kann spüren, wie gekränkt er ist, und merke, dass der Abend nur durch einen geschickten Gegenzug zu retten ist.

Entschlossen robbe ich dorthin, wo er den Rücken an das Kopfteil meines Bettes lehnt, schiebe einen meiner

nackten Schenkel über seinen Bauch und nehme rittlings auf ihm Platz.

Ich nehme meinen ganzen Mut zusammen, greife nach den Knöpfen des schwarzen Bustiers, das ich noch nie getragen habe, und enthülle, ohne meinen Blick auch nur für einen Augenblick von ihm zu lösen, langsam meine Brust. Gleichzeitig schlinge ich meine Beine fest um seine Hüfte und presse ihm meine Fersen ins Hinterteil.

Langsam öffne ich die nächsten Knöpfe, doch bevor ich meinen Bauchnabel erreiche, ergreift Jack mein Oberteil, reißt die letzten Knöpfe auf, schiebt die schmalen Träger über meine Schultern, vergräbt sein Gesicht an meinem Busen, saugt an einem meiner Nippel und presst meine Brüste derart fest zusammen, dass er regelrecht darin ertrinkt.

Jetzt muss ich nicht mehr lachen, und wir können fortsetzen, was er begonnen hat.

Er rollt mich unter sich, und sein Gewicht und seine breiten Schultern rauben mir die Luft, während er mit einem Zeh die Boxershorts an sich herunterzieht und meinen Slip entschlossen über meine Schenkel, Knie, Knöchel schiebt. Meine Hände tasten seinen Körper von seiner muskulösen Brust bis hinunter zu den weichen Innenseiten seiner Schenkel ab, bis nicht ein Millimeter Raum mehr zwischen uns ist.

Bis es keine Ausflüchte mehr gibt. Keine Schuldgefühle. Keine Kate und keine Sara.

Sondern nur noch ihn und mich.

***

In der blauen Stunde zwischen Nacht und Dämmerung sehe ich Jack beim Schlafen zu. Voller Glück und Liebe, wie ein Kind, das ein wunderbares neues Spielzeug hat. Außerdem verspüre ich die Hoffnung, dass von nun an bis an unser Lebensende alle Nächte derart glücklich werden, und zugleich macht es mich traurig, dass das Schicksal uns so viele glückliche Jahre gestohlen hat. Trotzdem wäre ich schon dankbar, gäbe es nur diesen einen rundherum perfekten Augenblick.

Während ich mit einer Fingerspitze die Konturen seines Ohrs nachziehe, um ihn endlich wieder zu berühren, nimmt er mich, wie ich heimlich gehofft hatte, noch fester in den Arm und zieht mich in dem Gewirr aus Gliedmaßen und hoffnungslos zerwühltem Laken eng an seine Brust. Züchtig ziehe ich die Decke an mir hoch und klemme eine Haarsträhne hinter mein Ohr.

Er betrachtet mich aus einer völlig neuen Perspektive, und entschlossen schiebe ich den Nacken unter seinem Arm durch und lege den Kopf auf seinem Oberkörper ab. Ich frage mich, wie ich wohl damals darauf reagiert hätte, wenn mir jemand vorhergesagt hätte, dass Jack und ich einmal ein Paar werden würden. Dass wir ein halbes Leben später die perfekte Mischung zwischen Lust und Freundschaft finden würden, die es nur sehr selten zwischen zwei Menschen gibt. Dabei denke ich an all die Kinofilme meiner Jugend, bei denen Jack mit seiner neusten blonden Flamme Zungenküsse ausgetauscht hat und ich traurig eine Reihe weiter saß.

Und jetzt liege ich in meinem Bett und habe endlich auch mal ein rotes Kinn von seinen Bartstoppeln.

Da erwacht der Riese vollends und vergräbt die Nase tief in meinem Haar.

»Weißt du, was ich als Erstes mit dir machen werde, Fray?«, fragt er verschlafen, und ich weiß nicht, ob mich diese Frage heißmacht oder eher erschreckt.

»Was denn?«, frage ich ihn rau.

»Ich bringe dir das Kochen bei.«

Das Buch

Francesca, genannt Fray, ist Anfang dreißig und hat eine gescheiterte Beziehung hinter sich. Zusammen mit ihrem Hund flüchtet sie sich auf ein kleines Cottage am Rande von Brisbane. Sie hat sich gerade eingelebt und beschlossen, von vorne anzufangen, als ausgerechnet ihr Jugendfreund Jack ins Haus nebenan zieht. Und Jack ist nicht allein: Er hat einen zweijährigen Sohn, Oli. Doch Jack und Fray verbindet mehr als eine gemeinsame Schulzeit. Sie sind zusammen aufgewachsen. Erst waren sie nur Freunde, dann wurde mehr daraus. Für beide war es die große Liebe – und sie haben einen hohen Preis dafür bezahlt. Denn Jack war eigentlich Kates Freund. Kate, Frays beste Freundin, die so anders war als sie und allen Jungs den Kopf verdrehte. Und die in einer schicksalhaften Nacht verschwand. Bis heute ist Fray nicht über den Verlust hinweggekommen. Immer wieder fragt sie sich, was in dieser Nacht passiert ist, und möchte gleichzeitig am liebsten alles vergessen. Doch die Vergangenheit hat sie noch immer fest im Griff. Als Jack auftaucht, muss Fray sich ihren Schuldgefühlen stellen – und sich darüber klarwerden, was ihre Liebe von einst heute noch bedeutet.

Die Autorin

Kylie Kaden stammt ursprünglich aus Queensland und verbrachte als Kind viel Zeit beim Campen an der Sunshine Coast, wo große Teile von *Der Sommer mit Kate* spielen. Heute lebt sie mit ihrem Mann und ihren drei Söhnen in Brisbane.

ullstein